수의 환향

숙의환향

| 지은이_유엽미 | 초판 1쇄 찍은 날_2019년 1월 30일 | 초판 1쇄 펴낸 날_2019년 2월 7일 | 발행처_도서출판 청어람 | 펴낸이_서경석 | 편집책임_이은주 | 편집_이예진 | 경기도 부천시 부일로 483번길 40 서경B/D 3F (우) 14640 | 등록_1999년 5월 31일 (제387-1999-000006호) | 전화_032-656-4452 | 팩스_032-656-4453 | http://www.chungeoram.com | E-mail_chungeorambook@daum.net | 어람번호_제8-0103호 |

ISBN 979-11-04-91914-5 03810

수의 회향

유엽미 장편소설

도서출판 청람

목차

혼돈 속으로

1636년 11월 청나라, 허투알라(赫圖阿拉)

타타라 잉굴다이는 말고삐를 잡아당겨 한 사저의 대문 앞에 멈춰 섰다. 그는 형을 만나기 위해 묵던(선양)에서 이곳 허투알라까지 전속력으로 말을 몰아 왔다.

형 타이바이는 오래전, 명과의 묵던 전투를 치르는 와중 말에서 떨어져 허리 부상을 당한 이후 이곳에서 조용히 살고 있었다. 허투알라는 태조 누르하치께서 대청을 일으키신 곳이자 대청의 첫 번째 수도였다. 게다가 타타라 가문 조상들이 대대로 살아온 자쿠무와 가까우니 노년을 보내기에 이만한 곳도 없었다.

방문객의 기척을 눈치채 쏜살같이 튀어나온 마구간지기가 고삐를 붙들며 인사했다.

"대인, 오셨습니까."

고개를 끄덕인 잉굴다이는 대문을 넘어 사저 안에 들어갔다. 안뜰에 서 하늘을 올려다보던 젊은 사내가 잉굴다이에게 눈길을 던졌다. 안개가 낀 산속 같은 젊은 사내의 고요한 눈동자와 웅장한 파도 같은 잉굴다이의 눈동자가 마주쳤다.

"숙부님."

"룽거, 너도 예 와 있었구나. 미리 형님께 인사를 하러 온……."

말끝을 흐린 잉굴다이의 입매가 굳었다. 조카의 늠름한 얼굴에 떠오른 근심을 읽은 그는 부러 엄히 말했다.

"룽거, 내달에 대청국은 다시 한 번 조선국을 침공한다. 준비는 모두 끝났다. 돌이킬 수 없어. 알잖느냐?"

"저는 조선국에 가고 싶지 않습니다."

"너는 내 조카다. 형님과 나를 뒤이어 가문의 수장이 될 대장부다. 그런 네가 어찌 불명예스러운 말을 하느냐?"

"……."

"또한 나만큼이나 조선국을 잘 아는 너는 조선국 침공에 반드시 필요한 인재다. 그러니 무기력한 태도를 보이지 말고 자부심과 열의를 가져라."

"조선국을 잘 알지 않습니다. 잘 안다 착각했을 뿐입니다."

"……룽거."

"저는 전쟁도, 조선국도 지겹습니다."

"허튼 소리!"

분노가 깃든 고함이 울렸다. 허리에 복대를 두른 타이바이가 지팡이에 기대 처소 밖으로 나오며 아들을 타박했다.

"네가 만주인이 맞느냐? 싸우는 것이 그리 무섭더냐? 그것도 몽골인도 아닌, 작은 땅에 사는 조선국 놈들이 무서워 계집만도 못한 소릴 하느냐?"

타이바이는 냅다 지팡이를 휘둘러 아들의 허벅지를 후려쳤다.

수의환향

"아니면 네놈, 조선국 놈들이 아니라 조선국 계집이 무서우냐? 이 못난 놈 같으니!"

분이 풀리지 않은 아비는 아들의 뺨을 쳤다. 룽거의 입술에서 흘러내린 피가 아래턱을 타고 땅에 떨어졌다.

"형님, 고정하십시오!"

잉굴다이가 부자 사이를 가로막았다. 그러나 타박은 멈추지 않았다.

"뭐? 조선국에 가고 싶지 않아? 어디 가서 기인(旗人)이라 하지 마라, 한인 것들이 비웃을 테니까."

"형님, 그만하십시오. 룽거는 출전을 앞뒀습니다. 지금 비록 형님께서 화를 내시지만, 마음이 가라앉으면 필시 오늘 일을 후회하실 겁니다. 룽거가 조선국에 나가 있는 동안 얼마나 미안해하려 이러십니까."

"그 계집의 망령이 쫓아올까 봐 무서워 조선국에 가기 싫다 하는 저런 겁쟁이 놈에게 나는 미안해하지 않을 거다!"

"아버님, 그 얘기는 그만하십시오!"

"뭐야? 아비한테 소리치는 패악은 어디서 배웠느냐? 한인들에게 배웠더냐?"

"숙부님의 아들 잉수도, 아버님의 장자 랑수 형님도 전쟁터에서 죽었습니다. 아버님께서는 부상 탓에 반 시진을 서 있기 힘든 몸이 되셨습니다. 그런데도 두 분, 전쟁이 지겹지 않으십니까."

"닥치어라, 닥쳐! 네 형을 핑계 삼을 생각 말고 어찌하면 전장에서 공을 세울지 계획이나 세워라! 그리고 당장 내 집에서 나가라! 네놈 집은 묵던에 있으니 내 집에서 썩 꺼지고 돌아가란 말이다!"

마지막으로 외친 타이바이가 처소 안으로 들어갔다. 침묵하는 조카를 바라보는 잉굴다이의 눈에 안쓰러움이 비쳤다.

"룽거, 나라고 피비린내 나는 전쟁터가 즐겁겠느냐."

"......"

"대의를 위한 불가피한 선택이다."

"폐하의 욕심을 위해서겠지요."

"그런 말은 절대 해선 안 된다. 너는 젊으면서 생에 미련이 없느냐? 네 형과 내 아들의 몫까지 더해 오래도록 살아야 되지 않겠느냐."

"숙부님께서 말씀하신 대의를 위해 청군은 다시 조선인들을 죽이고 포로 삼고 겁간할 테지요."

"……."

"먼저 묵던으로 돌아가겠습니다."

잉굴다이는 대문을 나서는 조카를 말없이 바라보았다.

1636년 12월 조선, 개성

진작 첫눈을 뿌린 겨울 날씨가 매서웠지만 기연은 추운 줄을 몰랐다. 쏟아지는 발길질을 방 한구석에서 몸을 웅크리고 받아내던 기연이 휘청거리더니, 아정이가 뒷머리를 부딪쳤던 바로 그 이불장 모서리에 이마를 박았다. 기연은 뭔가가 이마로부터 흘러내리는 것을 눈치챘다.

"우리…… 이러고 있을 때가 아녜요. 떠나야 해요. 앞집 사는 강 씨 말이 곧 전쟁이 날 거래요."

"이년이 또 남자를 홀리고 다녔어?!"

"……."

국조의 정신머리에 전쟁은 없었다. 첩실이 앞집 강 씨, 다른 외간 사내와 말을 붙였다는 사실만이 떠돌았다. 금세 방 밖에 나갔다 들어온 국조는 움켜쥔 빨랫방망이로 소실을 두들기 시작했다. '억!', 아픔과 놀람이 뒤섞인 신음이 울렸지만 매질은 점점 거세졌다.

"왜, 무서우냐? 임금님이 사시는 한양이 이 개성 바로 밑인데 더러운 오랑캐들이 여기까지 내려오게 할까 봐?"

"지난번에도 오랑캐들이 개성에 내려올 뻔했다고, 개성 바로 위 평산에서 겨우 멈췄다고 했잖아요.”

지난번 오랑캐들이 쳐들어왔을 때, 기연은 국조의 첩실이 아니었고 개성에 있지 않았었다. 당시에는 저 아래 남쪽, 전주에 있었다.

“겁 많은 년이 개성에는 왜 왔으며 다른 놈팡이한테는 어찌 치근댔대? 서방한테 도망가자 부탁하면서 한 번을 서방님이라 안 부르는 버르장머리는 뭐고?”

서방님은 무슨. 개새끼만도 못한 게.

욕지거리를 삼키고 조용히 있는 기연의 헝클어진 머리채를 붙잡은 국조는 곧장 마른 몸뚱이를 반대편 벽 쪽으로 내던졌다. 나동그라진 기연의 배를 국조는 숨 돌릴 틈 없이 걷어찼다.

“너 이년! 남필형 그놈과 뭔 짓 했어? 아정이 그 새끼 씨였던 거 아니야?”

기연은 고개를 치켜들어 국조를 노려봤다. 매끄러운 비단옷이 못난 인성을 포장하지는 못한다. 송국조 놈은 살인자요, 망나니요, 오랑캐보다 상스러운 자다.

흘러내린 머리칼 사이로 빛나는 기연의 두 눈에서 욕설을 읽은 국조가 얼굴을 울긋불긋 붉혔다.

“이년이 감히 누구를 그 따위로 흡떠 봐?!”

철썩 소리가 울렸다. 퉤 방바닥에 침을 뱉은 국조가 밖으로 사라졌다.

혼자 남은 기연은 뜨거운 뺨을 감싸 쥔 채 웅크려 앉았다. 맞은 곳이 아파서인지 억울하게 죽은 아정이가 생각나 분해서인지, 몸에 경련이 일었다.

경련이 가라앉자 걸레로 바닥에 흩뿌려진 침을 닦은 기연은 대충 머리를 가다듬었다. 며칠 전, 시집 간 딸을 보러 안주에 갔다 온 앞집 강 씨가 분명 말했다. 전쟁이 일 거라는 소문이 돌았다고. 안주는 구 년 전 오랑캐들에게 이미 짓밟힌 전적이 있기에 그곳 사람들은 전쟁 기미에 민감하다 했다. 만약 안주에 떠도는 소문이 사실이라 조만간 진짜 전쟁이 일어난다면 큰일이었다. 이대로 앉아 죽을 수 없었다. 어미처럼, 언니처럼, 아정이처럼, 허무하게 죽어선 안 됐다.

별당에서 나온 기연은 안채로 향했다. 지나다니는 하인들이 또 맞았나, 불쌍하다, 속으로 혀를 차는 것이 느껴졌지만 신경 쓰지 않았다.

"마님."

"……"

"마님, 드릴 말씀이 있습니다."

"……"

"형님, 드릴 말씀이 있어요."

그제야 안채 방문이 열렸다. 기생 부럽지 않게 화려히 차려입은 순명이 기연을 노려보며 밖에 나왔다.

"누가 형님이야?"

순명은 잠깐 기연을 살펴봤다. 한쪽 눈두덩은 멍이 들어 퉁퉁 부었다. 이마에 덜 닦은 핏자국이 남았다. 어떻게든 추스른 흔적이 보이지만 그럼에도 머리가 엉망이었다.

조금 안쓰러운 마음이 들었지만 순명은 다시 쏘아붙였다.

"주제를 알아야지, 첩실이 정실인 나를 언니 대하듯 해? 몇 번씩이나 그러지 말라 했는데 아직까지 말귀를 못 알아들은 걸 보면 머리는 장식으로 달고 다니는 거지? 그렇지?"

"그게 아니라 제가 형님이라 불러야 화를 내시면서도 나오시니까요."

"뭐야? 이 건방진 계집이, 나한테도 맞아야 정신 차릴래? 어디서 말대꾸야?"

"……마님, 북쪽에 전쟁이 날 거란 소문이 돈답니다. 남쪽으로 피난을 가야 해요. 서방님께서 떠나실 기미가 없는 것 같아서…… 마님께서 말씀 좀 잘 해주세요."

"그런 소문이 한두 해 있었어? 왜놈들과 오랑캐들한테 당한 기억 때문에 조선에는 지난 수십 년간 걸핏하면 전쟁 날 거란 소문이 떠돌았어!"

"앞집 강 씨가 이번에는 정말일 거 같다 했어요."

"강 씨가 무당이야? 하여간 귀만 얇아서는. 지난번 오랑캐가 쳐들어왔을 때 피난을 갔다가 얼마나 집안이 손실을 입었는지 알긴 해?"

"저는 시집오기 전이었으니 모르지요."

"그때는 나도 시집오기 전이었어. 그래도 시어머님과 하인들, 서방님 얘기를 들었을 거 아니야?" ﹨

"……."

"대충 여비를 챙겨 한양에 내려갔는데 오랑캐들은 개성까지 오지도 않았지, 집에 돌아오니까 곳간이며 돌아가신 시아버님과 시어머님 방 귀중품들은 물론이고 하다못해 부엌 부지깽이까지 훔쳐 갔지, 뉘인지 모를 작자들이 원래부터 저들이 이 집에 살았다 억지를 부렸지, 정말 끔찍했다 누누이 말씀하셨잖아. 말씀 안 듣고 졸았니? 아니면 귀도 장식이니?"

"듣는 것과 실제로 겪는 것은 다르니까요."

"입만 살아서는. 여하간 그런 일을 겪고도 시어머님과 서방님이 쉬이 피난을 가시겠어?"

"아무렴 재산이 사람 목숨보다 중하지 않잖아요."

"네 아비를 보면 그렇지도 않은 것 같던데?"

"……."

"그리 겁나면 남필형한테 가 도망가자 매달리든지."

"그 사람과 제가 무슨 상관이라고요."

"왜? 남필형이 그랬잖아, 네가 저한테 치근댔다고."

"……."

거짓말. 순 거짓말. 기연은 억울함을 삼켰다. 남필형이 얼굴을 붉히며 '함께 송악산에 오르지 않겠냐.' 묻는 모습을 동네 사람 누군가가 봤고, 그것을 송국조 개만도 못한 놈에게 일렀다. 송국조가 바로 남필형에게 따지러 갔더니 남필형 그 뻔뻔스러운 작자는 네 첩실이 내게 먼저 눈웃음을 쳤다 거짓말을 했고, 이후부터 호된 구타가 시작됐다. 그렇지만 정말이지 남필형이 거짓말을 늘어놓은 거였다. 기연은 맹세코 눈웃음을 친 적이 없었다.

"그 사람이 서방님에게 맞을 게 무서워 거짓말을 한 거예요."

순명은 귀찮은 파리를 쫓듯 손을 내저었다.

"알 게 뭐야. 그만 귀찮게 하고 얼굴 보이지 마."

"……."

기연이 버티고 있자 순명은 짜증스럽게 말했다.

"휴, 알았어, 알았어. 네가 듣고 싶은 얘기를 해줄게. 전쟁 나 죽을 걱정 할 필요 없어. 서방님도 주변 소식통에 귀를 기울이고 계시니까 상황이 진짜 심각해지는 듯싶으면 밑으로 내려가실 거야. 안 그래도 제일 값나가는 물건들 위주로 짐을 몇 개 싸실 거라 이틀 전에 말씀하셨어. 이제 됐지?"

휙 돌아선 순명이 안채 방 안으로 들어갔다. 기연은 더 토를 달아봐야 소용이 없을 듯해 사저 밖에 나왔다. 때마침 절뚝거리며 앞을 지나가던 박 씨 부인이 기연을 발견해 가까이 다가왔다.

"또 맞았어요?"

"……예."

"……."

두 여자는 서로를 안쓰럽게 쳐다봤다.

박 씨 부인의 이름이 무엇인지 개성 사는 누구도 몰랐다. 동네 누군가가 이름을 물어보면 부인은 그저 한 번 웃고 말았다. 그러나 이름이 알려지지 않았어도 암암리에 소문이 퍼지길, 사람들은 박 씨 부인이 지난번에 오랑캐가 쳐들어왔을 때 청나라에 끌려갔다가 친정에서 값을 치르고 데려온 여자라 했다. 또한 지아비와 시부모에게 정절을 잃었다 쫓겨나, 친정 부모와 이 개성에 거처를 옮겨 온 거라 했다. 이러한 소문은 부인과 식구들이 통 해명을 하지 않아 기정사실화된 지가 오래였다.

기연은 내심으로 떠도는 소문을 믿었지만 그렇다 해서 다른 동네 사람들처럼 박 씨 부인을 속으로 더럽다 여기지는 않았다. 정확히는 그런 쓸데없는 생각을 할 여유가 없었다.

박 씨 부인은 조심스럽게 소매 끝으로 기연의 이마에 남은 핏자국을 닦아내며 말했다.

"저는 부모님께 그쪽이 제게 해준 이야기를 말씀드렸어요. 부모님께서 그러면 혹시 모르니 아래로 내려가자 하셔서 돌아오는 새벽에 떠날 예정이에요."

"저희는…… 잘 모르겠어요."

"그렇게 맞고 살 바에는 차라리 우리랑 가요, 그럼."

"……."

"몸 귀한 줄 모르고 언제까지 맞고 살려고요."

"일단은 아버지한테 가보려고요. 들어가세요, 저는 이만 가볼게요."

"네."

희미한 미소를 지어 보인 박 씨 부인을 뒤로하고 기연은 송악산으로 방향을 잡았다.

산 중턱에 덩그러니 놓인 움막 수준의 친정에 도착해 문을 열자, 술 냄새가 확 풍겨 나왔다. 빨래한 지 오래돼 거무죽죽한 이불을 덮고 코를 골아대던 부호가 딸을 돌아봤다. 술이 덜 깬 눈매가 게슴츠레했다.

"너 왔냐?"

"……."

"네 서방 요즘 얼굴 보기가 힘들더라. 두 번이나 상점으로 찾아갔는데 출타 중이라 해서 못 만났다. 설마 노름값 대주기 싫어 제 장인어른을 피하는 건 아니겠지?"

"……."

"너 왜 대답이 없냐. 정녕 그런 거냐?"

미간을 구긴 기연이 외쳤다.

"내 얼굴을 보고 한다는 소리가 겨우 그거야?!"

"귀 따갑게 소린 왜 질러!"

"그놈의 노름, 노름! 처 약값도 노름으로 탕진해 죽게 하고, 싫다 하는 큰딸도 기어코 인삼 장사꾼에게 팔아넘겨 죽게 하더니 나까지 인삼 장사꾼에게 팔아 내가 매번 죽기 직전까지 이렇게 맞고 사는데, 한데 아직도 노름 타령만 해?"

"그러니까 이년아, 왜 처신을 똑바로 안 하고 외간 놈과 추문을 만들어?"

"만들긴 뭘 만들어? 송국조가 미쳐 저 혼자 나를 의심하는 건데 내가 무슨 추문을 만들어! 그리고, 설사 내가 추문 날 짓을 했어도 그게 아비가 딸한테 할 소리야? 제 딸 패는 사위 편을 드는 아비가 세상천지 어디 있어? 사람이 아니지? 그렇지? 사람이 아니라 송국조처럼 개만도 못한 작자지?"

"뭐야? 이 망할 년이 아비한테 못 하는 소리가 없어! 키워주고 먹여주고 쌀이 넘쳐 나는 집에 시집보내 줬더니 고마운 줄 모르고, 제 서방 손 통해 그깟 노름값 몇 푼 대줬다고 회까닥 돌아서는!"

"내가 망할 년이면 아버지는 뭔데?! 아버지는 망할 놈이야! 이름을 부호로 바꿨다 해서 부자가 될 수 있을 줄 알아? 절대 아니야! 이름이 부호건 복석이건, 노름과 술에 미쳐 도둑질과 사기를 일삼다 전주에

서부터 이곳 개성으로 도망 온 사기꾼에 망나니, 아버지는 그 이상도 이하도 아니야! 거기다 개성에 와서도 시전에서 하도 싸움을 일으킨 바람에 적이 넘쳐 나서 이 산속에 숨어 살고 있지! 아버지는 사기꾼에 망나니에, 머리 나쁜 싸움꾼이야!"

"이 상년! 네 서방이 널 왜 때리는지 오늘에서야 제대로 알겠다!"

부호가 바닥을 나뒹구는 술병을 움켜쥐고 덤벼들어 기연은 온 힘을 다해 내달렸다.

아비를 따돌린 기연은 한동안 산속 수풀 한가운데에 덩그러니 앉아 있었다. 그러다가 문득, 오랜만에 아비를 찾아온 이번 방문이 완전히 망했다는 것을 깨달았다. 별로 보고 싶지 않았으나 그래도 아비라고, 몸조심을 하라 말해주려 왔다. 한데 그 말은 못 하고 서로에게 애꿎은 고함만 고래고래 치다가 쫓겨 나왔다.

"엄마, 언니, 보고 싶어."

어미는 죽기 전에 아비를 가엽게 여기라 했었다. 언니는 죽기 전에 '기연아, 너는 꼭 행복해.'라고 했었다. 하지만 기연은 아비를 가엽게 여기지도, 언니의 바람대로 행복하지도 못했다.

"나도 몰라. 알아서 하라지. 술주정뱅이 노름꾼."

내 코가 석 자인데 딸자식도 팔아버리는 아비 따위 어찌 챙겨.

기연은 일어나 산을 내려갔다. 자꾸 처량 맞은 생각이 떠올랐다. 마음 붙일 수 있고 기댈 수 있는 친정이 있으면 얼마나 좋을까, 아비가 아니라 어미나 언니가 살아 있었으면 얼마나 좋을까, 왜 하필 하나 남은 가족이 아비일까, 시댁에 돌아가면 또 송국조에게 맞지 않을까, 가기 싫다…….

처진 어깨를 하고 걷던 기연이 멈춰 섰다. 어딘가 멀리서부터 커다란 소리가 들린 듯했다. 하지만 무슨 소리인지 알 수 없었다. 산이 흔들리는 것도 같고 땅이 쪼개지는 것도 같은 이상한 소리였다.

귀를 기울이던 기연은 불현듯 주변에 사람은 고사하고 개미 한 마리도 없다는 사실을 깨달았다. 송상이라 불리는 개성상인들이 조선에서 원체 유명한지라 개성은 언제나 사람이 넘쳤다. 하지만 지금, 개성 시장의 가장 큰 대로변에 서 있는데도 사람 한 명이 안 보였다. 이런 일은 나라님이 돌아가셨을 때나 생기는데.

기연은 대로 반대편을 쳐다봤다. 기연의 눈이 휘둥그레졌다. 오랑캐들이 끝없이, 마치 물밀듯이 말을 몰고 쏟아졌다. 말들의 발굽 소리가 어찌나 큰지 당장 하늘이 뒤집힐 것 같았다. 안주에 막 다녀온 앞집 강 씨에게 전쟁이 날 거 같다는 얘기를 전해들은 게 불과 이틀 전이었다. 개성에 뻔질나게 드나드는 이들이 의주상인과 평양상인이지만 누구도 오랑캐가 오고 있다 말하지 않았다. 그랬는데, 눈앞에 오랑캐 바다가 펼쳐졌다!

달려오는 오랑캐들을 멍하니 쳐다보던 기연의 눈이 앞줄에 있는 오랑캐들 중 한 명과 마주쳤다. 젊은 오랑캐의 눈빛이 사람을 능히 잡아먹을 듯싶었다. 기연은 뛰기 시작했다.

"억!"

몇 발자국 가지 못해 말들에게 따라잡힌 기연을 오랑캐 하나가 사과나 배 따위의 과일을 따듯 낚아챘다. 짐짝처럼 말 뒤에 엎어진 기연은 하얗게 질려, 휙휙 움직이는 땅바닥에 처박히지 않기 위해 다급히 말안장 밑단을 움켜쥐었다. 뒤로 고개를 돌려 조선인 여자 포로를 쳐다본 변발의 오랑캐가 씩 웃었다. 그 모습이 야차를 연상케 해 기연은 사지를 벌벌 떨었다.

한성이 지척에 다가오자 마푸타가 이끄는 청군 선봉 부대는 속력을 줄였다. 기병으로 구성된 선봉 부대는 압록강을 건넌 이후, 오로지 한양을 목표로 밤낮을 쉬지 않고 달려왔다.

마푸타는 숨을 고르며 말을 몰면서 옆에 있는 잉굴다이에게 말했다.

"조선 놈들은 불과 십년 전에 대청국의 위력을 실감했으면서 벌써 과거를 잊었나 보군. 덕분에 애초 계획했던 대로 한양에 이렇게나 일찍 도착했지만."

마푸타는 잉굴다이 뒤에 있는 룽거를 돌아봤다.

"여기서부터 나눠 움직인다. 지난 침공 때 조선 왕은 쥐새끼처럼 강화도로 숨어 들어갔으니 이번에도 그러려 할 게다. 조선 왕이 숨지 못하게 강화도로 가는 경로를 확실히 차단해라. 예친왕께서 곧 우익군을 이끌고 네게 가실 거다. 잉굴다이와 나는 계속 한양으로 전진한다."

"예."

"룽거."

잉굴다이가 조카를 상기시켰다.

"조선 왕이나 왕자들이 이미 강화도에 들어갔을 경우를 대비해, 뭘 해야 할지 잊지 않았을 테지?"

"예, 알고 있습니다."

잉굴다이가 고개를 끄덕이자 룽거는 곧장 일부 기병들을 나눠 이끌고 선봉 부대로부터 떨어져 나갔다.

잉굴다이와 마푸타는 다시 속력을 높였다. 거센 바람이 그들이 지나간 자리에 휘몰아쳤다.

두 지휘관들과 경로를 달리한 룽거 역시 말을 재촉했다. 룽거가 이끄는 군대는 금세 김포와 통진 일대를 뒤덮었다.

"이곳에 주둔할 것이다! 진지를 구축하고 체력을 보충할 준비를 하라!"

그의 결정에 청군 기병들은 기뻐하며 병영을 짓기 시작했다. 아무렴 막사가 고향에 있는 따뜻하고 푹신한 집만 하겠냐만, 며칠을 눕지 못하고 말을 몰았기에 겨울바람과 새벽 서리를 피해 두 다리를 쭉 뻗을 수 있다는 것만으로 설레기 짝이 없었다. 때문에 청군들은 지쳐 있던 것을 잊고 병영을 가꿨다.

막사를 세우는 이들 외에 다른 청군들은 근처 민가들을 속속들이 뒤졌다. 근방에 평야가 많아서인지 백성들이 두고 떠난 먹을거리며 값나가는 물건들이 예상보다 풍족했다.

음식과 재물뿐 아니라 청군들은 멀리 도망가지 못한 조선인들도 잡아들였다. 특히 아녀자들을. 조선인 사내는 노동력이요, 조선인 계집은 대청국의 백성을 낳을 귀한 씨받이였다. 일단 청국으로 끌고 갔다가 전쟁이 끝나면 비싼 몸값을 받고 조선국으로 되팔 수 있으니 재물이기도 했다.

여러모로 바삐 움직이는 청군들을 말 등에 앉아 주시하는 룽거의 귀에 비명이 스쳤다. 주변이 소란스럽지만 확실하게 알 수 있었다. 계집의 비명이었다.

말에서 내린 룽거는 막사들을 지나쳤다. 세 번째 막사 뒤편에 펼쳐진 광경을 맞닥뜨린 그의 눈이 가늘어졌다. 입에 재갈이 물리고 양손이 포승줄에 단단히 묶인, 조선인이 분명한 계집은 온 힘을 다해 몸부림을 치고 있었다. 계집을 겁박한 청군 병사는 바지춤을 이미 무릎 아래까지 내린 상태였다. 아랫도리를 드러낸 그 청군 병사 뒤로 다른 병사 넷이 줄 서 있었다.

룽거는 치켜 올라가다 만 치마 밑으로 쑥 드러난 기연의 종아리를 흘끗 바라봤다. 바지를 끌어올린 병사가 일어나 상관의 눈치를 살폈다.

"네 이름이 무엇이냐."

"샨치입니다."

"샨치."

룽거는 대번에 샨치의 뺨을 후려쳤다. 차례를 기다리던 병사 넷의 뺨도 잇달아 후려쳤다.

다시 샨치 앞에 선 룽거가 물었다.

"내가 네놈에게 뭘 하라 했느냐."

"그게…… 저……."

"나는 진지를 구축하고, 휴식을 취할 준비를 하라 했다. 내가 네놈들에게 부녀자를 겁탈하라 했느냐?"

"……."

"샨치, 네놈은 말귀를 못 알아듣느냐?"

"송구, 송구합니다!"

샨치와 병사 넷은 무릎을 꿇고 연방 송구하다 빌었다. 룽거는 주변 병사들이 모두 들을 수 있게 크게 외쳤다.

"하라는 것을 하고 하지 말란 것은 하지 말거라! 조선인 여자들을 겁탈하지 말거라! 이곳에 오는 길에 얻은 조선인 포로들을 모두 내 막사 앞에 모아두어라!"

그가 다시 샨치를 포함한 뺨을 얻어맞은 병사들에게 말했다.

"네놈들은 정찰을 다녀와라. 가장 먼저 강화도에 조선국 왕이 들어갔는지 동향을 살펴야 한다. 다음으로 이 근방 해안가를 돌며 쓸 만한 배가 있는지 확인하고, 있다면 배를 훔쳐 가는 조선인이 없도록 조치하라."

"예, 예, 군명을 틀림없이 따를 것입니다."

"우리는 배에 대해 잘 아는 어민이 필요하다. 그러니 어지간해선 조선인 사내들을 죽이지 말고 산 채로 끌고 와라."

"명심하겠습니다."

샨치와 네 병졸들은 얼른 기연을 상관의 막사 앞에 데려다놓고 정찰을 하러 떠났다. 다른 병사들도 조선인 포로들을 그곳에 모아놓았다. 백여 명가량 되는 포로들은 대부분이 여자였다.

기연은 바로 옆에 앉은 여자를 쳐다봤다. 여자는 눈빛이 멍했다. 공포에 질린 몸이 덜덜 떨렸는데 그 정도가 심했다. 본능적으로 여자의 치마를 살펴본 기연은 구겨진 끝단에 핏자국이 묻은 것을 발견했다. 여자는 이미 청군에게 몹쓸 짓을 당한 게 분명했다. 그것도 아주 악랄하게.

말은 통하지 않고, 청군은 호시탐탐 여자들을 겁탈할 기회를 노린다! 더더욱 두려워져 주위 눈치를 살피던 기연의 시선이 막사로 들어가던 룽거와 마주쳤다. 기연은 이 오랑캐가 개성에서 처음 청군을 맞닥뜨렸을 때 눈이 마주쳤던 그 오랑캐와 같은 자라는 사실을 깨달았다.

잠시 기연을 쳐다본 룽거는 얼굴 가득 절망이 들어찬 그녀를 뒤로하고 막사 안으로 들어갔다.

마푸타와 잉굴다이가 홍제원에 도착하니 앞에 조선인 무리가 나와 있었다. 선봉 부대가 정지했다.

잉굴다이는 조선인 무리 중 한 명을 알아봤다. 이전에 몇 번씩이나 본 조선 왕의 신하였다.

"최명길이로군."

"최명길?"

그제야 마푸타도 나이 지긋한 조선인을 알아봤다. 진정 최명길(崔鳴吉)이었다. 마푸타의 표정이 사나워졌다.

"호부승정!"

잉굴다이가 말렸으나 마푸타는 상대편을 향해 직진했다. 최명길을 호위한 조선 금군들은 재빨리 창칼을 바깥쪽으로 세웠지만 감히 먼저 공격할 엄두를 내지 못했다. 그들은 고작 다섯이서 대군을 마주하고 있었다.

마푸타는 최명길 주위를 뱅뱅 돌며 위협했다.

"조선 왕은 대청국 황제 폐하의 선봉 부대가 한양 코앞까지 왔거늘 겨우 신하 하나와 호위병 다섯을 보내 환대하는가?"

긴장해 굳은 최명길은 가타부타 말이 없었다. 최명길이 역관을 동행하지 않았음을 알아챈 잉굴다이가 누군가를 불렀다.

"정명수."

"예, 타타라 장군."

뒤편에서 나온 정명수가 기세등등하게 최명길을 바라봤다. 정명수는 조선인이나 청국을 위해 싸웠다. 청국의 옷차림새를 받아들였다. 머리털을 깎아 변발을 했다.

마푸타가 먼저 정명수에게 명했다.

"이봐 정명수, 최명길에게 물어라. 어찌하여 달랑 호위병 다섯을 끌고 예 왔느냐고. 설마 다섯으로 황상의 선봉 부대를 상대하려는 건 아니겠지?"

조롱기 다분한 말을 정명수가 곧이곧대로 통역했다. 하잘것없는 질문을 무시할 수 있었지만 왕이 남한산성으로 도망칠 시간을 벌기 위해 최명길은 구태여 대답했다.

"오는 길에 나머지 금군들이 달아났소."

정명수가 다시 통역해 아뢰자 마푸타는 웃음을 터뜨렸다. 굴하지 않은 최명길이 청했다.

"혹한의 날씨에 먼 길을 오느라 지쳤을 터, 그대들을 위로하라 주상께서 술과 고기를 보내셨소. 받아주오. 그대들에게 물을 말도 있소."

잉굴다이에게 피식 웃어 보인 마푸타가 말에서 내려 익숙한 홍제원 안으로 들어갔다. 그 뒤를 최명길과, 술과 고기가 든 거대한 궤짝을 든 조선인 군졸들이 쫓았다. 그러나 잉굴다이는 들어가지 않았으므로 약삭빠른 정명수는 감히 잉굴다이를 앞서갈 생각을 하지 않고 기다렸다.

기병들을 돌아본 잉굴다이가 명했다.

"우리가 북쪽에서 내려왔고 서쪽에는 룽거가 있으니 최명길과 오다가 탈영했다는 호위병들은 감히 북쪽이나 서쪽으로 갈 엄두를 내지 못했을 거다. 기병 오십 명은 궁궐을 기준으로 동쪽으로, 오십 명은 남쪽으로 순찰을 가 탈영병들을 잡아오너라. 그자들은 왕실의 소식을 잘 알 것이다. 만약 탈영병들을 찾지 못하겠거든 한양 백성들이라도 대신 잡아오도록 하여라. 조선 왕이 왕궁 안에 있는지 그 여부도 정탐하여라."

"예!"

무리를 짓는 기병들을 뒤로하고 잉굴다이는 홍제원으로 향했다.

"장군의 혜안이 정녕 깊습니다."

아부하는 정명수와 함께 안에 들어가니 탁상에는 술과 고기, 여러 음식들이 차려져 있었다. 잉굴다이가 곁에 앉자 마푸타는 물처럼 술을 마셔댔다. 그러나 잉굴다이와 최명길은 아무것도 먹지 않았다. 최명길은 두 장수가 잔뜩 마시고 취할 때까지 기다렸다가 말문을 열려했지만 잉굴다이는 시간을 지체하지 않았다.

"술과 고기를 가져왔다 한들 최명길, 그대는 우리를 환영하러 온 게 아닐 테지?"

정명수가 통역했다.

"장군께서는 이리 술과 음식을 가져왔을지언정 조선 측이 대청국 선봉 부대를 환영할 리가 없으니, 어찌 온 겐지 본론을 말하라 하셨소."

최명길은 어찌하면 이 회담을 최대한 오래 끌 수 있을까 고민했다. 청군이 너무나 빠른 속력으로 왔기에 왕이 피신할 시간조차 부족했다. 그렇기에 시간을 끌어야 했다.

최명길이 말했다.

"나는 그대들에게 물으러 왔소. 그대들은 지난 정묘년 침공 때 조선과 맹약을 맺었소. 다시는 압록강을 건너 조선 땅에 넘어오지 않기로 말이오. 한데 이리 침략한 연유가 무엇이오? 침략을 해도 그렇지, 어찌 사전에 통보를 하지 않았으며 어찌 주상께서 머무시는 궁궐 앞을 점령했단 말이오?"

쾅 탁자를 내려친 마푸타가 말했다.

"조선은 십 년 전 대청국과 형제가 되겠다 약속했다. 하지만 실상은 그렇지 않았다. 한결같이 명국만을 칭송했고 심지어 지난겨울에는 대청국의 칭제건원을 알리러 온 잉굴다이를 못마땅하게 여겨 죽이려 했다. 잉굴다이와 함께 너희 조선국 왕비의 조문을 온 나를 죽이려 했다. 하여 우리가 예 온 것이다. 어찌 사전에 통보하지 않았느냐 따졌던가? 여기, 지금 이 자리에서 통보하겠다. 최명길 너는 선택해라. 조선은 대청국과 전쟁을 치를 테냐, 군신의 예를 맺을 테냐?"

"······."

군신의 예!

최명길은 눈을 질끈 감았다. 올 것이 온 거였다. 청국은 나날이 강성해지고 명국은 나날이 쇠퇴하거늘 조선은 현실을 직시하지 못했다. 내리 청국을 오랑캐라 무시했다.

눈을 뜬 최명길은 대답 대신 말꼬리를 물고 늘어졌다.

"그대들은 내게 묻는 게요, 협박하는 게요? 내 의사를 묻는 척을 하나 밖에 칼을 찬 군사들이 가득하니 실상 힘으로 억눌러 협박하는 게 아니요? 조선이 형제 역할을 다하지 못했다 탓하면서, 모범을 보이지는 못할망정 그대들은 조선을 이리 막 대해도 되는 게요?"

"뭐라고?!"

"저자가 시간을 끄는 겁니다."

발끈해 일어난 마푸타를 돌아본 잉굴다이가 재차 말했다.

"저자가 호부승정의 질문에 대답은 안 하고 시비를 트듯 하고 있으니 이는 모종의 이유로 시간을 끄는 겁니다. 이 이상의 회담은 무의미

합니다."

"……정명수, 통역해라. 시간 끌려 쓸데없는 소리 늘어놓는 짓 그치고 전쟁인지 군신의 예인지 어서 선택하라 해라."

"예."

통역을 들은 최명길은 한참을 고민하는 체를 하다가 입을 열었다.

"그것은 내가 결정할 사항이 아니외다. 주상께 여쭤야 하오."

"그렇다면 너를 죽이고 조선 왕을 붙잡아 물으면 되겠군."

놀란 정명수가 벽 쪽으로 바짝 물러났다. 잉굴다이는 칼을 빼 들어 최명길의 목을 치려 하는 마푸타의 팔을 붙들었다.

"고정하십시오."

"잉굴다이, 조선 조정은 사신으로 왔던 너와 나를 죽이려 했다. 조선 백성들은 돌아가는 우리에게 돌을 던졌다. 한데 내가 최명길을 죽이지 못할 까닭이 무어냐?"

"최명길은 정묘년에 대청국과 강화하자 주장했던 몇 안 되는 자입니다. 살려 보내면 도움이 될 겁니다."

"……."

"이번에 군신 관계를 맺는 데 유용하게 쓸 수 있을지 모르잖습니까."

"……."

칼을 거둔 마푸타가 정명수에게 명했다.

"조선 왕에게 당장 돌아가 새로운 맹약을 맺을 것인지, 여부를 알아 오라 통역해라."

정명수가 말을 전하자마자 더는 시간을 끌 구실이 없어 최명길은 홍제원을 떠났다. 잉굴다이가 과연 최명길이 돌아올까 의심하고 있는데, 외침이 날아들었다.

"타타라 장군, 조선인 군사를 잡아왔습니다. 차림새가 조선인 신하가 데려왔던 호위병들과 같습니다!"

마푸타, 잉굴다이, 정명수가 밖에 나와보니 과연 사실이었다. 두 지휘관들을 흘끔거린 정명수가 냅다 잡혀온 포로를 죄어쳤다.

"죽고 싶지 않거든 바른 대로 고해라. 조선 왕과 세자, 왕자들은 어디 있느냐? 진실로 아뢰지 않았다간 목을 칠 것이다."

바들바들 떨던 금군은 털썩 바닥에 무릎을 꿇었다.

"살려주십시오! 살려주십시오! 임금께선 세자와 나, 남한산성으로 피난 가셨습니다. 대군들과 나머지 종친들은 임금보다 앞서 출발하여 일찍부터 강화도에 들어갔습니다."

"조선 왕이 종친들보다 늦게 피난길에 올랐다는 게냐?"

"임금과 세자께서 종친들보다 반나절 뒤에 출발하셨습니다. 본래는 강화도로 뒤따라가시려 했으나 처, 청군이 가는 길을 막았다 하여 남한산성에 가기로 결정했다 들었습니다."

비식 웃은 정명수가 통역했다.

"두 분께 아룁니다. 금군이 토설하기를 대군들과 종친들은 앞서 강화도에 들어갔으나 조선 왕과 세자는 길이 막힌 후에 출발한 바람에 남한산성으로 향했다 합니다."

잉굴다이가 되물었다.

"남한산성?"

"예서 멀지 않사옵니다."

"잉굴다이, 자네 말이 맞았던 듯하군. 최명길이 저희 왕이 도망칠 시간을 벌기 위해 왔던 게야."

마푸타의 눈이 번뜩였다.

"후방에 뒤따라오고 있을 군사들과 강화도 앞에 있는 룽거에게 알려야겠군. 우리 선봉 부대가 먼저 남한산성으로 가 조선 왕에게 대청국의 발밑에 엎드릴 겐지, 묻고 있겠다고!"

강화도 앞에 남은 청군들은 어디선가 자꾸 조선인들을 붙잡아왔다. 하기야 피난민들 대부분은 걸어 다니는데 청군들은 말을 탄 데다, 어찌 된 영문인지 먼 거리를 귀신처럼 빠르게 왔다 갔다 하니 붙잡히지 않는 게 되레 이상했다.

포로들이 늘어났다는 것은 먹을 입이 늘어났다는 의미지만 청군들은 신경 쓰지 않았다. 배를 곯지 않을 정도의 소량의 음식을 포로들에게 주었기 때문이다. 반면 조선 농민들이 아끼고 아껴가며 키운 소, 닭, 돼지와 쌀은 몽땅 청군의 잔칫상이 돼, 움푹 파여 초췌했던 청군들의 뺨에 통통히 살이 차올랐다.

문제는 배가 덜 고파지자 다른 욕정이 치솟는지 조선인 여자 포로를 바라보는 청군들의 눈빛이 점점 음흉하게 빛났다는 거였다. 청군들은 여자 포로 주변을 지날 때마다 질리지도 않는지 매번 흘끔거렸다.

그들의 우두머리가 아녀자를 겁탈하지 말라 엄명했기에 기연은 아직 몹쓸 짓을 당하지 않았다. 하지만 뒤늦게 잡혀온 여자들은 사정이 달랐다.

추위를 참으려 다른 포로들과 옹기종기 등을 맞대고 앉아 있던 기연은 훌쩍이는 소리를 찾아 두리번거렸다. 우는 이는 간밤에 새로이 잡혀온 여자였다. 우는 여자가 막 잡혀 왔을 때, 기연은 여자를 붙든 청군 두 명 중 한 명이 만족스럽게 히죽거리며 다른 청군들에게 제 바짓가랑이를 툭툭 쳐 보이는 모습을 똑똑히 목격했었다.

"식사다, 조선 연놈들아."

청군 하나가 포로들을 앞에 두고 외쳤다. 조선말이 아니니 당연히 알아듣지 못했지만 진영에 음식 냄새가 가득했으므로 포로들은 청군

28 수의환향

이 밥때를 알렸음을 눈치챘다. 찬바람과 뒤섞여 날아다니는 고기 타는 냄새가 굶주린 조선인 포로들의 배 속을 요동치게 만들었다. 그러나 고기는 절대 조선인 몫이 아니었다.

기연은 청군이 나눠준, 곡식이란 곡식은 모두 뭉뚱그린 밥덩이를 받아 들었다. 오늘도 역시나 밥덩이를 베어 물자 귀밑에서 잘그락 돌 씹히는 소리가 났다. 개성 시댁에 살 때 송국조에게 하루걸러 맞는 삶은 끔찍했다. 아정이가 죽은 후로는 끔찍을 넘어 매일이 지옥 불구덩이에 들어앉아 있는 듯했다. 하지만 조부 때부터 인삼 장사를 한 송국조가 모아둔 재물이 꽤 있었는지 최소한 끼니만큼은 남들보다 풍족하게 먹곤 했었다. 그랬거늘 포로가 된 뒤로는 배가 불러본 적이 없었다.

기연은 돌 섞인 밥을 아기작대며, 멀찍이서 고기를 입안에 욱여넣는 청군을 쳐다봤다. 시선을 느낀 청군이 고개를 치켜들었다.

재빨리 눈을 내리깔았으나 청군은 기어코 다가왔다.

"드시오."

"……."

청군이 내민 손가락 두 개 크기의 닭고기 덩어리를 얼결에 받아 든 기연은 놀란 표정을 지었다. 조선말이다! 방금 이 청군이 조선말을 했다!

"조선…… 조선 사람이에요?"

"……."

"그런데 왜 오랑캐들과 한편이 된 거예요?"

"……욕하려거든 하시오."

"……."

욕이 날아들지 않자 조선인 청군은 본래 자리로 돌아가 먹기를 계속했다. 기연은 넋이 나가 그이를 쳐다보다가 이내 고기에 집중했다.

입안에 침이 고였다.

"이거 먹겠어요?"

그러나 고민 끝에 나눠 먹을 것 없는 작은 고기 덩어리를 바로 옆에 앉은 여자에게 내밀었다. 여자는 청군이 막사를 짓던 첫날부터 기연과 함께 끌려와 있던, 겁간당한 그 여자였다. 여자는 지금까지 밥은 고사하고 물 한 모금 삼키지 않았다. 밤새 잠을 자지 않았다. 텅 빈 눈으로 허공만 쳐다보고 있을 뿐이었다. 여자가 먹지 않고 버려둔 밥덩이는 스리슬쩍 다른 조선인들이 빼앗아 먹곤 했다.

기연은 반응이 없는 여자를 설득했다.

"아무것도 안 먹은 거 알아요. ……힘들어도 살려면 먹어야 하잖아요. 밥이 먹기 싫으면 이걸 먹어요."

"서방님이……."

"네?"

"시댁, 친정이, 자식과 일가친척들이 알았다간……."

중얼거린 여자는 천천히 고개를 돌려 기연을 바라봤다.

"오랑캐가 순식간에 나를 더럽혔어요. 내가 자결할 틈 없이 나를 땅에 엎어놓은 다음 짐승처럼 뒤에서……."

"그건…… 자책하지 말아요. 당신 잘못이 아니에요. 오랑캐 잘못이지."

"나는 더럽혀졌어요. 절개를 잃고 더러워졌어."

"그, 그렇지 않아요. 더럽지, 헉!"

여자는 묶인 손 안에 꼭 쥐고 있던 은장도로 번개처럼 빠르게 스스로의 목 가운데를 찔렀다. 어찌나 세게 찔렀는지 기다란 목이 금세 시뻘겋게 물들었다. 여자의 몸뚱이가 휙 뒤로 넘어갔다. 기연은 비명을 내질렀다.

"사람, 사람 살려!"

조선인 포로들의 놀란 소리가 파도쳤다. 청군들이 몰려들었다. 기연은 뒤뚱거리며 간신히 일어나 닭고기를 건네줬던 조선인 청군에게 부탁했다.

"의원을 불러줘요! 사람이 죽어가요!"

"나보고 뭘 어쩌란 말이요? 저 여자는 목을 정통으로 찔렸소. 가망이 없소."

"살리려는 노력이라도 해야 하잖아요! 사람이 죽어가는데 어떻게 보고만 있어!"

뒷머리가 서랍장 모서리에 부딪치자마자 즉사한 아정이와 다르게 여자는 아직 숨이 붙어 있다!

기연은 주변을 두리번거리다가 막사에서 뛰쳐나온 룽거에게 매달렸다. 그가 오랑캐라 조선말을 모른다는 사실은 안중에 없었다.

"살려주세요! 저 여자가 죽어가요!"

"……."

겁 없이 한참 윗사람에게 외쳐 대는 조선 여자를 보다 못한 청군 하나가 기연을 룽거에게서 떼어내 꿇어앉혔다. 기연은 굴하지 않았다.

"살려줘요! 제발! 오랑캐가…… 청나라 사람이 아니더라도, 조선인이라도, 하찮더라도 어찌 됐든 산목숨이잖아요! 발치에 치이는 풀 같은 게 아니잖아요!"

"……."

룽거는 목에 단도가 꽂힌 여자를 내려다봤다. 가망이 없었지만, 청군 병사에게 명했다.

"확인해라."

여자의 코 아래에 손가락을 갖다 댄 청군이 고개를 흔들었다.

"적당한 곳에 치워라."

"예."

청군 둘이 각각 여자의 양 겨드랑이와 두 다리를 붙잡았다. 시신을 내다 버리려 한다는 것을 안 기연은 다시 일어나, 막사 안으로 들어가려는 룽거에게 외쳤다.

"버리지 마요! ……청나라 말을 할 줄 알아요? 알면 저 젊은 장수에게 시신을 내다 버리지 말라고 해줘요. 사람을 어찌 길거리에 내다 버려요? 묻어주기 싫으면 나라도 하게 해줘요!"

"하, 거참. 괜히 고기 나눠줬네."

난감히 중얼거린 조선인 청군은 룽거가 자신을 빤히 쳐다보자 조심스럽게 통역했다.

"이 여자가 어찌 사람을 길거리에 내다 버리느냐며…… 묻어주지 않을 거면 자신이 하게 허락해 달라 했습니다."

"……네놈의 이름은?"

"천립입니다."

"좋다. 네가 계집을 감시해라. 단, 진영으로부터 백 보 이상 멀어질 수 없다."

"예? 아, 예."

의외의 명령에 놀라 더듬거린 천립은 죽은 여자를 안아 들고 기연에게 말했다.

"따라오시오."

기연을 데려가다가 따가운 눈빛을 느껴 뒤를 돌아본 천립은 룽거가 매섭게 주시하고 있는 것을 확인하곤, 부러 날카로운 어조로 엄포를 놓았다.

"조선인 아낙, 나는 대청국 병사요. 그러니 도망칠 생각일랑 꿈도 꾸지 마오. 만약 허튼 짓을 했다간 봐주는 일 없이 청국 군법대로 처리할 거요."

"그쪽한테 그런 배려 바라지 않아요."

"크흠."

다행히 진영 근처에 야트막한 언덕이 있어 봉분을 만들기 적합했다. 천립은 삽으로 땅을 팠다. 기연은 곡괭이로 언 땅을 내려쳤다.

"이쯤이면 된 거 같소."

죽은 여자의 차게 식은 목에 꽂힌 은장도를 뽑아낸 천립이 여자를 구덩이에 밀어 넣으려 했으나 기연은 만류했다.

"잠시만요."

"추도문이라도 외줄 작정이요? 전쟁 통에 땅에 묻히는 것만으로 다행이거늘, 참 요란스럽소."

"그래도 불쌍하게 죽었는데……. 나는 끌려왔을 때부터 이 여자와 나란히 붙어 앉아 있었어요. 그런데도 이름도 몰라요. 그쪽 병사님은 이름이 무어지요?"

"……천립이요."

"나는 기연이에요. ……잘 가요. 저세상에서는 당신 서방이나 시댁, 친정 걱정 말아요. 이름도 모르는 당신을 배웅해 준 나는 기연이고 저이는 천립이라네요."

천립은 이번에는 정녕 시신을 구덩이에 넣었다. 여자의 창백한 얼굴 위로 흙이 쏟아졌다. 또 한 번의 한참의 삽질 끝에 둥근 봉분이 생겼다.

"이만 돌아가오."

"예."

진영으로 돌아오던 그가 조선말로 중얼거렸다.

"왜 나와 있지?"

앞을 본 기연은 룽거를 발견했다. 정말, 추운데 왜 나와 있을까? 도망갈까 봐 걱정돼 지키고 있었을까?

"묻어주고 왔……."

천립이 만주어로 보고하려 했으나 룽거는 홱 돌아섰다. 기연은 막사 안으로 들어가는 오랑캐를 의심스레 쳐다봤다.

❀

무능한 왕과 친명배금에 사로잡힌 신료들이 숨어든 남한산성의 상황은 하루가 다르게 최악으로 치달았다. 산성 안은 식량이 부족했다. 걸핏하면 눈보라가 휘몰아쳐 사람들의 체온을 떨어뜨렸다. 굶주림과 매서운 추위를 이기지 못한 조선 병사들이 하나둘 쓰러졌고, 산성을 포위한 청군들은 어떻게 하면 이 요새를 함락시킬까 궁리했다. 정기적으로 날아드는 포탄은 공포감을 조성했다.

불리한 여건 속에서도 조선군은 죽기 아니면 까무러치기로 안간힘을 다해 적을 물리치며 버텼다. 그러지 않았다간 성내에 있는 그들의 처자식, 늙은 부모는 오랑캐들에게 능욕당하다 잔혹하게 살해당할 거였다.

불행한 사실은 아무리 사살해도 적의 수는 줄기는커녕 늘어갔다는 거였다. 청의 후발 부대가 속속들이 선봉 부대와 합류했기 때문이었다.

숨 쉴 틈 없이 압박해 오는 청군이 무얼 원하는지를 산성 가장 안쪽에 틀어박힌 왕은 알고 있었다. 그들은 항복을 원했다. 잉굴다이가 살려 보낸 최명길을 비롯해 홍서봉, 장유 등의 신하들은 항복을 강화로 포장해, 오랑캐들의 요구를 받아들여야 한다 주장했다. 하지만 왕은 항복하기 싫었다. 항복할 수 없었다. 어찌 오랑캐에게 고개를 숙이겠는가? 대명이 아닌 오랑캐를 섬긴다는 구실로 광해를 내쫓았는데, 어찌 반정의 명분을 저버리고 오랑캐 우두머리를 황제로 모시겠는가?

왕은 고집스레 현실을 외면하며 각지에서 근왕군이 도착해 적을 물리쳐 주기를 바랐다. 그러나 아직까지 어느 근왕군 부대도 남한산성을 구해내지 못하고 있었다. 외려 근왕군들은 곳곳에서 청군들에게 궤멸당하는 중이었다. 명나라는 이자성을 제압하는 것만으로 버거워 왜란 때처럼 원조를 보내지 못했다.

기적이 일어나 오랑캐들을 물리칠 수 있기를 간절히 바라면서도 마냥 기적만 바라고 있을 수는 없어, 왕은 강화냐 전쟁이냐를 놓고 파벌을 형성해 싸워대는 신하들에게 명했다.

"호조판서와 도승지는 청군 진영에 술과 안주를 가져가 그들의 마음에 조금이나마 변함이 있는지 동향을 살피고 오라."

최명길이 나서 만류했다.

"전하, 신이 목격했기를 저들이 단호하니 술로 달랠 수준이 아닙니다. 저들을 떠볼 게 아니라 정식으로 강화를 논해야 합니다."

"……혹시 모르니 호조판서와 도승지는 어서 다녀오라."

왕이 물러나지 않아 호조판서 김신국, 도승지 이경직은 술과 고기를 챙겼다. 성루에서 망을 보는 조선군이 사신(使臣)이라 쓴 커다란 어기(御旗)를 적군을 향해 휘둘러 보였다. 이윽고 조심스럽게 열린 산성의 남문 지화문으로 김신국과 이경직, 약간의 호위병들이 나왔다.

적진으로 가는 동안 무수한 시체가 보였다. 어떤 시체는 목이 찔렸다. 어떤 시체는 배가 시뻘겋고 어떤 시체는 어디로 굴러갔는지 머리가 없었다. 죽은 이들은 청군 조선군, 너나 할 게 없었다. 죽음은 편을 가르지 않는다.

김신국은 발치에 덩그러니 놓인 잘린 손 한 짝을 밟지 않으려 보폭을 크게 했다. 이경직은 연방 침통한 한숨을 내쉬었다. 저 불쌍한 망자들의 혼을 무슨 수로 달랠 텐가?

정명수를 대동한 마푸타와 잉굴다이는, 진영에 도착한 늙은 신료 김신국과 이경직을 막사 안에 들이지 않았다. 칼바람이 휘몰아치는 바깥에 선 채로 맞이했다.

"아, 이번에는 조선인들과 또 무슨 소용없는 수다를 떨게 될 텐가?

……그건 무엇인가?"

조선 측이 가져온 궤짝을 본 마푸타가 묻자 이경직이 답했다.

"주상께서 그대들을 위무하시고자 술과 고기를 보내셨소."

마푸타가 피식 웃었다.

"잉굴다이와 내가 막 남한산성에 도착했을 때, 우리는 너희에게 원활히 회담을 진행하고자 한다면 최소한 조선 왕의 적자를 보내라 했으나 너희는 가짜를 위장시켜 보냈다. 그럼에도 잉굴다이가 조선 왕의 신하 하나를 베는 것으로 너희들의 기만을 용서해 줬다. 두 번째 회담 때 우리는 너희가 산성의 문을 순순히 열지 않는다면 왕족들이 있는 강화도를 공격할 거다, 더는 피를 흘리려 하지 말라 경고했다. 너희는 얼지 않은 강화 해협을 믿고 우리의 경고를 우습게 여겼을 뿐 아니라 아직까지 버티고 있다. 그 결과로 더 큰 태풍이 몰려오고 있는데 이 마당에 술과 고기가 해결책이 될 수 있을 거라 믿는가?"

호조판서 김신국이 장수들을 설득하려 애썼다.

"그대들은 정묘년에 조선과 맺은 맹약을 기억하지 않소? 분명 조선의 영토를 침범하지 않겠다 약속했소. 이제 조선 조정이 그대들이 새로운 맹약을 원한다는 사실을 틀림없이 인지했으니, 압록강 너머로 돌아가 있으면 이 문제를 심사숙고하여 토론한 후 추후 정식으로 청국에 사신을 보내 결론을 말씀드리겠소."

"또 똑같은 소릴 하는군!"

질린다는 표정을 지은 마푸타가 더 이상 말하고 싶지 않다는 듯 먼 산을 쳐다봤다. 잉굴다이가 말했다.

"음식들을 가지고 돌아가시오."

"이는 조선국 주상께서 보내신 성의요."

"조선 왕과 병사들은 고립된 산성 안에 있소. 그러나 우리 청군은 바깥에서 기세가 등등한 데다 황제 폐하까지 뒤에 오고 계시니 조선 왕의 성의는 필요치 않소. 가져가 추위와 허기에 시달리고 있을 불쌍한 조선 백성들에게나 먹이고, 앞으로는 새로운 이야기를 할 게 아니라면 찾아올 필요 없소."

"……."

단호한 문전박대였다. 오랑캐들을 어를 여지가 없음을 깨달은 김신국과 이경직은 처진 어깨를 하고 산성으로 되돌아갔다.

❀

남한산성에서 시작된 올해 유독 혹독한 추위는 조선 사방으로 퍼져 나갔다. 김포 일대도 예외가 아니었다.

굵은 진눈깨비는 삼 일째 내리는 중이었다. 그럼에도 그칠 기미가 없어 청군들은 소수의 보초를 제외하고는 막사 안에 틀어박혔다. 바깥에 방치된 조선인들은 진작부터 살아 있는 눈사람의 형상을 하고 있었다.

"아낙과 함께 자결한 부녀자를 묻어주러 갔던 청군이 조선말을 하는 것 같던데."

기연은 무릎에 깊숙이 묻고 있던 얼굴을 슬쩍 들었다. 말을 붙인 이는 옆에 앉은, 나이가 사십쯤 돼 보이는 강돌이라는 조선인이었다.

"네. 조선인인가 보더라고요."

"조선군이 이기고 있다 하오? 어떻게 되고 있는지 뭐 좀 들은 게 있소?"

"아니요. 여인을 묻어주느라 다른 생각할 겨를이 없어서…… 아무것도 못 들었어요."

그러고 보니 왜 물어볼 생각을 안 했을까? 기연은 자책하며 다시 무릎 속에 얼굴을 처박았다.

"알았소."

'조선군이 이길까? 이기겠지?' 강돌이 중얼거리는 혼잣말이 희미해져 갔다. 눈이 엉겨 붙은 기연의 긴 속눈썹이 스르륵 내려앉았다. 온 세상이 캄캄해졌다.

'사실 나는 살고 싶었어요. 살아서, 오랑캐들의 땅에 끌려가지 않고 가족들과 무사히 만나 행복해지고 싶었어요. 하지만 절개를 잃은 나를 누가 받아주겠어요? 조선 땅 어디를 가든 손가락질을 받을 테지요. 당신 이웃에 살던 박 씨 부인이 그랬듯 말예요. 하물며 가족들도 나를 수치라 여길 거예요. 내 자식은 오랑캐 자식이라는 오명을 뒤집어쓰고 날 원망할 거고요.'

목에 은장도가 꽂힌 피투성이 여자가 사라지고 아정이가 나타났다. 갓 돌을 넘겼던, 죽었을 때 모습 그대로였지만 웬일인지 말을 훨씬 잘했다.

'어마, 어마…… 살려줘. 살려줘.'

기연은 아정이를 안아주려 뛰었다. 이상하게 거리가 좁혀지지 않았다. 대신 반대편에서 송국조가 달려들더니 아정이의 발목을 콱 움켜쥐었다. 허공에 거꾸로 둥둥 들린 아정이 얼굴이 피가 쏠려 시뻘게졌다. 서럽게 우는 아이의 울음소리와 송국조의 고함이 뒤엉켰다.

'너 이년, 이 애 누구 애야? 누구랑 붙어먹고 낳았어? 남필형이지?'

'아니에요! 아니라고요! 수백 수천 번 말했잖아요, 아니라고!'

'닥쳐! 이년이 입만 열면 거짓말이야! 바른 대로 안 털어놔?'

'누구 자식이긴 누구 자식이에요! 당신과 내 자식이지!'

'바른 대로 털어놓으라고! 확 죽여 버릴라!'

거칠게 뒤흔들린 아정이가 한결 서럽게 울었다. 기연은 어떻게든 송국조를 말리려 했지만 두 발에 쇠사슬이 차인 것처럼 움직이지 않았다.

'그만둬! 그만두란 말이야!'

'그러니까 솔직히 말하라고!'

송국조가 아정이를 던지는 시늉을 했다. 아정이의 뒷머리가 불쑥 나타난 서랍장 모서리에 부딪치더니 삽시간에 아이 울음소리가 그쳤다.

'안 돼! 안 돼!'

"안 돼!"

기연은 번쩍 눈을 떴다. 뺨에 번진 뜨거운 눈물을, 전신을 뒤덮은 눈의 무게를 기연은 알아채지 못했다. 어디선가 으앙, 애 우는 소리가 났다. '엄마, 살려줘!' 외치는 소리가 이어졌다.

"아정아……"

기연은 비틀거리며 일어나 눈발이 흩날리는 어둠 속으로 내달렸다. 어서 아정이를 찾아내 안아줘야 했다. 아기 울음소리가 커져 갔다.

"내 아기!"

"포로 계집이 도망친다!"

졸던 청군 중 하나가 외쳤다. 보초 담당 청군들이 우르르 기연을 뒤쫓는 틈에 강돌이 날름 반대편으로 뛰었다.

"너 이 계집!"

"내 아기! 아정아!"

청군들은 미친 것처럼 요란히 외치는 기연을 붙들었다. 그들의 거친 손길 탓에 중심을 잃은 기연은 앞으로 고꾸라져 눈밭에 파묻혔다.

"흐흑, 내 아기를 찾으러 가야 해요…… 내 아기가 나를 찾아요."

"무어라는 거야?"

"정신이 나간 걸지 몰라."

투덜거린 청군들은 기연을 진영으로 도로 끌고 왔다. 안타깝게도 강돌 역시 붙잡혀 와 있었다.

"내 아기, 아정이……."

울며 중얼거리는 기연의 뺨을 청군 하나가 매섭게 때렸다. 눈물 젖은 작은 얼굴이 홱 돌아갔다. 차가운 입술이 찢어져 피가 튀었다.

성난 만주어가 울렸다.

"네 이년 시끄럽게 하지 마라!"

강돌을 붙든 청군이 말했다.

"이것들이 다시 도망치지 못하게 발목 뒤 힘줄을 잘라야 돼."

"그럼 못 걷잖아."

"발뒤꿈치를 조금만 자르는 건 어때?"

"미련하기는. 여기서 발뒤꿈치를 자르면 묵던으로 끌고 가기 불편하잖아. 잘라도 묵던에 데려간 후에 자르라고 윗분들이 명했던 거, 기억 안 나?"

"하지만 최초 이탈자는 그냥 둬선 안 되잖아. 사지 멀쩡하게 고이 놔뒀다간 다른 포로들이 무서운 줄 모르고 툭하면 도망치려 할 거야. 본보기로 이 두 연놈에게 무슨 벌이든 내려야 돼."

"그건 그래. 그럼 늘 그랬듯이 이 두 연놈 목을 베 내일 아침까지 포로들 옆에 효수해야지, 뭐, 별수 있나. 아깝군, 이놈들을 팔면 은화 오십 냥은 벌 수 있을 텐데."

강돌을 포박하고 있던 청군이 칼을 꺼내 순식간에 강돌의 목을 쳤다. 강돌은 무서워할 겨를 없이 죽었다. 하지만 산 기연은 달랐다.

새하얀 눈을 물들이는 피, 잘린 머리를 본 기연은 정신이 번쩍 들어 다급히 빌었다.

"살려, 살려주세요! 도망치려던 게 아니었어요! 정말이에요! 도망치려던 게 아니라 아기가 날 불러서…… 아정이가 나더러 살려달라고 해서…… 그래서 찾아내 달래주려고 그랬던 거예요! 내 아기를…… 내 아기를 내 서방이라는 자가 죽였어요! 식구들 중 아무도 내 편을 들어주지 않았어요! 그래서 내가 너무 힘들어서, 억울해서…… 으흑……."

"이년이 아까부터 뭐라는 거지? 어차피 난 알아듣지 못하는데. 그래도 눈빛을 보니 정신이 돌아온 듯하군. 아무튼 간에 한 놈 죽인 김에 이 계집도 내가 죽일게."

강돌을 죽인 청군이 웃으면서 일어났다. 반면 기연은 다리가 풀려 주저앉았다. 덕분에 목이 베이기에 알맞은 높이가 됐다.

"살려줘요, 살려주세요, 제발!"

"글쎄 난 못 알아듣는다니까."

"멈춰라."

얇은 목에 내리박히던 칼날이 멈췄다.

막사에서 나온 룽거는 무릎을 꿇은 채 서럽게 우는 기연과 목이 잘린 시체를 차례로 살폈다. 그의 눈길이 다시 기연에게 박혔다.

참으로 귀찮은 계집.

칼을 휘두르다 만 청군이 보고하려 입을 열었으나 룽거는 한 손을 들어 제지했다.

"굳이 설명하지 않아도 상황을 알 만하다. 바깥에서 떠드는 소리가 시끄러워 안까지 새어 들어왔기도 하고."

룽거는 여전히 기연을 쳐다보고 있었다. 계집은 처음 봤을 때부터 누구에게 맞았던 겐지 얼굴에 멍이 시퍼렇게 들어 있었다. 그랬는데 지금은 새롭게 입술이 터져 있었다.

기연은 어쩐지 룽거가 자신의 속을 꿰고 있는 듯하단 착각이 들어 애달피 애원했다.

"살려주세요, 도망치려던 게 아니었어요."

"……."

고민한 룽거는 청군들에게 명했다.

"한 명의 머리를 벤 것으로 포로들에게 충분히 경고가 됐을 터다.

아깝게 둘씩이나 죽이면 양국 모두에 손실이 된다. ……천립은 어디 있느냐?"

룽거가 목소리를 높여 천립을 찾았다. 근처에 있던 천립이 후다닥 뛰어왔다.

"부, 부르셨습니까."

"어쩌면 포로 계집들이 계집은 도망치다 잡혀도 봐줄 거라 착각할지 모르겠다. 그러니 똑똑히 전해라. 허튼 수작을 부렸다간 어찌 되는지."

천립이 조심스레 여쭸다.

"무어라 전하면 될는지요?"

"조선인 포로 계집이 도망치다 잡히면 대청국 군사들의 몸시중을 들게 하겠다."

"예, 예, 알겠습니다, 장군. 똑똑히 전하겠습니다."

"그보다 우선 천립 너는 이 계집을 내 막사 안에 들여라."

"예?"

"내 앞에 무릎 꿇고 있는 이 계집을 내 막사 안에 데려다놓으라 했다. 엄포가 아님을 보여야 되지 않겠느냐?"

"예, 예. 그렇고말고요. 명을 따르겠나이다."

천립은 기연을 일으켜 세워 끌어당기며 속삭였다.

"반항하지 마오. 몸 더럽히는 거다 자책해 난동 피우지 말고 순순히 구시오. 죽기 싫다면."

"무슨 소리예요?"

"장수가 도망치는 포로 여자는 청군의 수청을 들게 할 거라 했소. 그리고…… 그쪽을 자기 막사에 넣으라 했소."

말문이 턱 막혀 기연은 아무 소리가 나오지 않았다. 천립은 기연을 막사 안으로 끌고 가 룽거의 침상에 내려놓고, 재빨리 밖으로 자리 피했다. 그 뒤를 이어 룽거가 들어와 기연은 바짝 벽 쪽으로 물러났다.

죽은 어미, 언니, 아정이가 머릿속을 스쳤다. 겁탈당해 죽은 여자와 여자가 스스로 목을 찌르기 전에 했던 말이 스쳤다. 불쌍한 그 여자와 같은 처지가 되는 건가?

엄마! 언니! 아정아! 나 어떡해?

웅크리고 앉아 오들오들 떨던 기연은 한참이 지나도록 아무 일이 없자 질끈 감고 있던 눈을 떴다. 젊은 오랑캐는 여전히 입구에 서 있었다. 갑자기 덤벼들려는 걸까?

룽거가 움직였다. 기연은 움찔했다. 하지만 그는 이부자리 반대편에 있는 소박한 책상 뒤에 앉아 꼼짝하지 않았다.

그럼에도 안심이 되지 않아 기연은 룽거를 계속 흘끔거렸다. 잉굴다이와, 조선 방방곡곡에 퍼져 있는 청군 부대로부터 받은 전령을 읽던 룽거는 돌연 기연을 쳐다봤다. 사실 그는 이미 전령 내용을 달달 외운 상태였다.

룽거는 잠시, 숨을 제대로 쉬지 못할 정도로 긴장한 여자를 바깥에 내보낼까 고민했다. 시간이 꽤 지났으니 밖의 포로들은 저 여자가 진작 겁탈당했다 여길 것이었다. 설사 여자가 밖에 나가 아무 일이 없었다 해명한들 대다수의 포로들은 믿지 않으리라. 조선인들은 한 명 이상의 사내와, 그것도 오랑캐와 관계한 여자를 병적으로 혐오하고 조선인 여자들은 저들 낭군에 대한 의리를 저버리느니 차라리 죽는 쪽을 택할 테니, 저 여자가 비난받지 않으려 거짓말을 한다 치부할 것이었다.

룽거의 눈길이 기연의 터진 입술, 추위와 두려움 탓에 떨리는 어깨를 스쳤다.

고민을 끝낸 그는 다시 전령을 읽었다. 아주 한참 만에 고개를 드니 계집은 웅크려 앉아 졸고 있었다. 아기를 찾는 애달픈 비명은 울리지 않았다.

잘 만큼 자니 후각이 예민해져 잠결에도 밥 짓는 냄새를 느낀 기연은 깨어났다. 천운으로 꿈에서 다시 아정이를 만나지 않았다. 또한······.

쏜살같이 일어나 앉은 기연은 옷고름을 내려다봤다. 멀쩡했다. 옷깃 사이가 파헤쳐져 가슴이 드러나거나, 치마가 치켜 올라가 두 발이 비죽 나오지 않았다. 자기 전처럼 두 손은 단단히 묶여 있었다.

기연은 주변을 두리번거리다 반대쪽을 빤히 쳐다봤다. 오랑캐 우두머리는 마지막으로 봤을 때처럼 책상 뒤에 허리를 꼿꼿이 세우고 앉아 전령을 읽고 있었다. 그래도 의심스러웠다. 잠든 사람을 상대로 이미 몹쓸 짓을 해놓고 시치미를 뚝 떼는 걸지 어찌 알겠는가?

"아무 짓도 하지 않았다."

"네?"

알 수 없는 오랑캐 말이 날아들어 기연이 되물었다. 두 번 말하지 않은 룽거는 기연을 쳐다보며 검지로 막사 입구를 가리켰다.

"아····."

나가라는 뜻을 눈치챈 기연은 재빨리 움직여 밖으로 나왔다. 잠을 깼으니 당연히 이른 아침일 거라 생각했는데 이게 무슨 일인지, 서쪽에서 지는 해가 하늘을 붉게 물들이고 있었다. 갑자기 배가 훨씬 심하게 고팠다.

"나왔소?"

기연에게 다가온 천립이 숨겨놨던 밥덩이를 건넸다.

"그쪽 몫을 챙겨놨소."

천립의 얼굴에 일순 불쌍하다는 표정이 스쳤다. 정조 잃은 계집을 향한 동정이었다.

"내가 그쪽 몫을 챙겨주려 하니 포로들에게 밥을 나눠주는 청군이 못마땅해했소. 하지만 다른 포로도 아니고 이 부대의 우두머리의 계집인 그쪽을 줄 거라 하니까 별다른 토를 달지 못했소."

그제야 기연은 사람들이 자신을 어찌 여기고 있을지 깨달았다. 오랑캐에게 더럽혀져 열녀 자격을 잃은 계집. 그리 여길 터였다.

"아니, 나는 아무 일……."

거대한 호각 소리에 목소리가 묻혔다. 귀를 틀어막은 천립에게 기연이 크게 물었다.

"이게 무슨 소리지요?"

"이건 아마……."

"예친왕께서 오신다!"

청군들의 외침을 천립이 통역했다.

"도르곤이요."

"뭐요?"

"도르곤 말이오, 도르곤!"

"그게 뭔데요?"

"도르곤은 예친왕의 본명이요. 대청국 황제 폐하의 동생 예친왕 도르곤이 우익군을 이끌고 온 거요. 친왕은 강화도에 숨은 조선국 대군과 왕족들을 잡으러 왔소."

한 번 더 호각이 울렸다. 머리부터 발끝까지 완전 무장한 룽거가 막사 밖으로 나오더니 호각 소리가 날아든 방향으로 달렸다.

거대한 대군이 다가오고 있었다. 대군의 선두에서 룽거와 같은 순백의 갑주로 다부진 몸을 감싼 젊은 사내가 당당히 말을 몰았다. 살아생전 누르하치가 가장 총애한 아들, 현 대청국 황제 홍타이지의 이복동생, 여러 전쟁에서 혁혁한 공을 세운 스물넷의 젊은 예친왕, 도르곤이었다.

룽거는 말을 멈춘 도르곤에게 고개를 숙였다.

"신 타타라 룽거, 예친왕 전하를 뵙니다."

"가까이 다가오라."

"예."

도르곤은 룽거를 내려다보며 웃었다.

"호부승정이 그대에게 강화도로 들어가는 길목을 지키게 했다는 장계를 진작 받았다. 말에 타라. 조선 왕족들이 피신해 있는 강화도를 둘러보겠다."

"예."

도르곤을 쫓아 말을 몬 룽거는 해안가에 멈춰 새하얗게 눈 덮인 섬을 바라보았다. 도르곤은 한참 만에 강화도에서 눈을 떼 룽거를 돌아봤다.

당당한 기운과 윤기가 흐르는 친왕의 잘생긴 얼굴은 상기돼 있었다. 또 다른 공을 세울 생각에 가슴이 벅차올랐기 때문이었다.

"과거 원의 몽골인들은 끝까지 강화도를 함락하지 못했다지?"

"그렇게 알고 있습니다."

"정묘년 침공 때 대청국 군사들도 강화도 안에 입성하지 않았지."

"예. 당시에는 정세상 서둘러 전쟁을 마무리 지어야 했기에 강화도를 함락시킬 시간적 여유가 없었습니다."

"마푸타가 전하길, 남한산성에 고립된 조선 왕과 신하들에게 대청국이 강화도를 공격할 거라 경고했더니 우습게 여겼다더군."

도르곤은 다시 푸르른 바다 위 강화도를 주시했다. 그의 입가에 자신만만한 미소가 떠올랐다.

"나, 도르곤은 다르다는 것을 보여줘야겠군."

❆

강화도 구경을 마치고 진영으로 되돌아온 도르곤은 그와 함께 온 조카이자 황장자 숙친왕 후거, 명국 수군 출신 회순왕 경중명을 조선인 포로들 앞으로 불러들였다.

주르륵 꿇어앉혀진 조선인들을 둘러본 도르곤은 옆에 선 룽거에게 열성적으로 질문을 쏟아냈다.

"룽거, 이중에 어민이 많겠느냐? 배를 잘 아는 어민은 얼마나 되겠느냐? 또한 근방 해안가에 쓸 만한 배가 몇 척이나 있을까?"

"포로들 중 어민인 자가 몇인지 아직 수를 헤아리지 않았지만, 정찰병을 보내 삼판선 이십여 척을 확보해 두었습니다."

"아하, 좋다. 하지만 그 정도로는 강화도가 대청국의 위세를 실감하게 하기 부족할 테지. 본왕이 수군들과 조선공들을 데려오긴 했으나 조선인 어민들의 손을 빌리면 배를 제작하는 기간이 훨씬 줄어들 터, 룽거, 포로들을 어찌 대하건 어떤 수단을 쓰건 상관치 않겠다. 재량껏 어민들을 추려내고, 그들이 대청국에 순순히 협력하도록 만들라."

"예."

"남한산성이 마푸타와 잉굴다이에게 대항해 고집을 피우고 있다지만 그와 별개로 본왕은 시간을 지체하고 싶지 않다. 당장 내일부터 배를 제작하길 원하니 서두르라."

"예."

"그러나 오늘 저녁만은."

엄한 표정을 지운 도르곤은 청군들을 보며 개구쟁이 같은 웃음을 지었다.

"바빠지기 전에 먼저 병사들의 사기를 높여야 할 테지. 그렇지 않은가, 숙친왕?"

그는 자신보다 나이가 세 살 많은 조카 후거에게 물었다.

후거는 청군들의 얼굴을 자세히 살폈다. 일찍부터 주둔해 있던 선봉 부대 병사들은 그나마 피로를 떨쳐 냈으나 새로 합류한 우익군 병사들은 아니었다. 우익군은 선봉 부대처럼 전투를 회피해 최대한 빨리 남하하는 방식을 취하지 않았다. 조선의 주요 성 이곳저곳을 차례로 점령하면서 내려왔다. 그런즉 우익군들의 몰골이 말이 아니었다.

후거는 오늘 밤만은 야심만만한 어린 삼촌을 견제하는 대신 지지해주기로 결정했다.

"숙부 말씀이 옳습니다. 하룻밤쯤은 군기를 조금 풀어줘도 좋을 테지요."

"하하, 역시 그렇지?"

도르곤은 군사들이 들을 수 있게끔 크게 외쳤다.

"대청국 군사들은 들으라! 오늘 밤 황제 폐하께서는 그대들을 위해 술과 고기를 아끼시지 않을 것이다! 오늘 밤 그대들은 강화도에 숨어 있는 조선국 왕족들과 백성들이 대청국의 열기에 짓눌려 까무러칠 때까지 한껏 취해 기쁨의 함성을 내지를 것이다!"

친왕의 결정을 지지하는 청군들의 거대한 함성이 강과 바다를, 산을, 목을 찔러 자결한 여인이 묻힌 봉분을 뒤흔들었다.

도르곤은 만족스럽게 웃었다. 그런 그에게 젊은 포로 여인들을 흘끔거리던 경중명이 은근슬쩍 권유했다.

"예친왕 전하, 숙친왕 전하, 술과 고기에 더해 청군들에게 조선 여인들을 하사하신다면 군사들의 사기가 정녕 치솟아, 사기만으로 강화도가 갈기갈기 찢어질 정도가 되지 않겠습니까?"

도르곤은 쉬이 경중명의 속내를 꿰뚫었다. 실은 경중명 자신이 조선 여인을 원하는데 노골적으로 굴기 겸연쩍어 군사들 핑계를 댄 것이 분명했다.

웃음을 참은 도르곤이 말했다.

"회순왕의 제안에 일리가 있으나 포로 여인의 수가 군사들에 비해 적지 않소? 그렇다고 한 계집을 군사 여럿에게 내린다면 가혹할 테지."

"......"

다른 청군 부대에서는 포로 계집 한 명이 청군 여럿을 번갈아 상대하는 경우가 부지기수였다. 하지만 경중명은 그 사실을 강조하지 않았다.

재차 경중명의 속내를 꿰뚫은 도르곤이 달래듯이 말했다.

"병사들 모두에게 여인을 하사하지는 못해도 거병을 이끄느라 지쳤을 지휘관들까지 통제할 수는 없지. 회순왕께서는 부디 측실로 들이고 싶은 이가 있다면 편할 대로 하시오."

측실이라는 표현은 상당히 점잖은 축에 속했다. 측실이 될지, 밤이 지나면 무슨 일이 있었냐는 듯 내쳐질지 아무도 그 여부를 알 수 없었다. 여하간에 안색이 설핏 밝아진 경중명은 마음과는 달리 놀라 사양하는 척을 했다.

"소신은 감히 그런 뜻으로 말씀드린 것이 아니었습니다. 단지 대청국 병사들을 어찌 고취시킬까 고심하다가 떠오른 방도를 아뢰어 올렸을 뿐이지요. 더군다나 두 전하께오서 계시거늘 신하된 자로서 어찌 불순한 욕심을 부리겠습니까."

"그러한가? 어쨌든 그대 뜻대로 하시오. 본왕은 신경 쓸 필요 없으니. 하면 본왕은 잔칫상이 준비될 때까지 안에서 쉬고 있으리다."

돌아선 도르곤은 그제야 웃으면서 개인 막사로 향했다. 만주인이건 한인이건 몽골인이건, 여인을 마다하는 사내는 없다는 사실을 확인한 격이라 우습기 짝이 없었다.

도르곤을 뒤이어 후거 역시 막사로 들어갔다. 그제야 절호의 기회를 놓치지 않은 경중명은 노골적으로 포로 여인들의 얼굴을 뜯어보기 시작했다.

룽거는 번뜩이는 경중명의 눈동자가 기연 근처에 다다르자 슬쩍 신경이 쓰였다. 어째서인지 알 수 없었다.

여자들을 가리키며 경중명이 하급 병사들에게 명했다.

"하나, 둘, 셋…… 저 셋을 예친왕 전하의 막사로 데려가거라."

단정한 외양의 여인 셋이 공포에 질린 채 병사들에게 끌려갔다. 여인들은 상황이 어찌 돌아가는 겐지 알 수 있었다. 난리 통에 여인이 당할 만한 변고는 세 가지뿐이었다. 죽거나, 겁탈당하거나, 겁탈당한 후 죽거나.

"저들은 숙친왕 전하의 막사로 데려가라."

청군들은 새로운 여인 세 명을 후거의 막사로 끌고 갔다. 탐욕스러운 두툼한 손가락이 여전히 허공을 배회했다. 룽거는 다른 여인들과 마찬가지로 겁에 질려 고개를 푹 숙인 기연을 흘끗 쳐다봤다.

"하나, 둘……."

기연 주변으로 온 경중명의 손가락을 참지 않은 룽거가 불쑥 말했다.

"회순왕께서는 저도 하나 고를 수 있게 해주시지요."

심사숙고하던 경중명은 아래위를 모르고 끼어든 룽거를 불만스레 노렸다. 자신이 한인이라 하여 이 어린 작자가 무시하나 싶어 열등감이 치솟았다. 발끈 성을 내고픈 충동을 참은 경중명이 물었다.

"솔직히 말하면 자네에 대해 잘 알지 못하네. 누구인지 자세히 소개해 줄 텐가?"

"만주정백기 소속의 니루 장긴, 타타라 룽거입니다."

"정백기인 것은 자네가 입은 순백색 갑주 덕에 진작 알고 있었네."

싸늘히 답한 경중명이 생각했다. 타타라 가문이라. 황상과 예친왕 모두에게 총애받는 그 유명한 잉굴다이의 가문이 타타라였다.

"자네는 타타라 잉굴다이 장군과 무슨 연고인가?"

"제 숙부십니다."

"……."

첫. 속으로 혀를 찬 경중명은 겉으로는 매우 경쾌하게 파안대소했다.

"자네가 눈여겨본 이가 있나 보군. 혈기왕성한 젊은 나이에 그러지 않는 게 이상하지. 물론, 물론일세. 둘이고 셋이고 자네 먼저 선택하시게나."

룽거는 기연의 팔을 붙잡아 일으켜 세웠다. 다행히 경중명은 불만스러워하는 기색이 없었다. 룽거가 추가로 여자를 뽑을 기미가 없자 뭐가 급한지 얼른 병사들에게 명했을 뿐이었다.

"맨 앞줄 이 두 명과, 여섯 번째 줄 가장 오른쪽 조선인을 내 막사로 데려오너라. 흠, 흠."

기연의 바로 뒤편에 앉아 있던 여인을 포함한 세 명이 서둘러 걷는 경중명의 뒤로 끌려갔다.

기연을 막사 안으로 데려왔으되 룽거는 후회했다. 어차피 이 계집은 지목을 당하지 않았는데, 지레 겁을 먹어 공연히 경중명에게 밉보였다.

한숨을 삼킨 룽거는 두려워 시근거리는 기연을 내려다봤다. 계속 어설프게 신경을 쓸 바에는 밤새 계집을 취하고 말끔히 털어내 버리는 편이 나을 터였다.

"네놈과 네놈 족속들은 내 나라, 가족, 이웃을 짓밟았어! 네놈은 살인, 약탈, 겁탈을 일삼는 짐승만도 못한 오랑캐야! 괴물이야! 네놈과 한자리에 누웠을 때마다 혀를 깨물고 죽고 싶었다!"

서러운 외침이 떠오르자 두통이 일어 룽거는 인상을 찌푸렸다. 기연을 놔준 그가 말했다.

"나가라."

"……."

만주어에 반응을 할 리 없었다. 룽거는 또 다시 손으로 입구를 가리켰다.

두 번째인지라 수월히 그의 말뜻을 알아들은 기연은 밖으로 향하다가 룽거를 돌아봤다. 가슴 한 편을 채운 혹시나 하는 기대감을 외면하기 힘들었다.

"저를…… 풀어주면 안 돼요?"

"……."

기연은 사나운 눈빛에 억눌려 움츠러들었다. 그럼에도 오랑캐가 자신의 속내를 아는 듯하다는, 말을 알아듣는 듯하다는 착각이 그치지 않아 용기를 냈다.

"저를 풀어주면……."

"나가라 했다!"

룽거는 언성을 높였다. 이번에는 확실히 낯선 말을 알아들은 기연은 후다닥 뛰쳐나갔다.

❀

도르곤이 잔치를 베푼 다음 날, 청국 군사들이 술에서 깨지도 않은 이른 아침부터 룽거는 천립을 통해 조선 포로들에게 알렸다. 대청국이 배를 제작하려 하는데, 돕는 조선인 포로는 전쟁이 끝난 후 아무런 조건 없이 풀어주겠다고. 청국으로 끌고 가지도, 죽이지도 않겠다고.

배를 다 만들면 오랑캐들은 그 배를 타고 강화도에 가 대군과 세자빈, 원손 그리고 백성들을 잡을 것이다! 포로들은 그 사실을 군이 오랑캐들에게 설명 듣지 않아도 알 수 있었다.

그렇지만, 살려주겠다지 않는가? 오랑캐 땅으로 끌고 가지 않고 풀어준다지 않는가?

강력한 유혹에 무릎 꿇은 많은 조선 어민들이 오랑캐를 돕겠다고 자원했다. 그리하여 청국 수군들과 조선 포로들은 서로 뒤섞여 삼판선을 만들었다. 일손이 넉넉하다 보니 비록 삼판선이 작다 한들 배는 배이거늘, 하루에도 네 척, 다섯 척씩이 완성됐다. 배에 쓰일 목재를 대주느라 많은 주인 잃은 민가가 헐렸다.

포로 어민들이 나룻가와 해안가로 일을 하러 간 바람에 드문드문 자리가 빈 주변은 기연을 애태웠다. 백성으로서 제 나라에 충성해야 한다는 것을 알지만 어쩔 수 없이 재주 있는 어민들이 부러웠다. 청군 을 도운 어민들은 전쟁이 끝나면 고향으로, 집으로 돌아갈 수 있을 것 이다. 만약 약속한 이가 다른 오랑캐였다면 '조선인들을 이용만 하고 죽이는 거 아닐까?' 의심이 들었을 터다. 하지만 천립의 입을 빌려 말 한 자는 그 오랑캐였다.

그, 겁탈하지 않는, 무덤을 짓는 것을 허락해 줬고 목숨을 살려준, 젊은 오랑캐.

"자, 밥이오."

"아…… 예."

기연은 천립이 내민 밥덩이를 묶인 두 손 안에 받아 들었다. 일부러 기연에게 가장 늦게 밥을 건넨 천립은 슬그머니 기연 옆에 쭈그려 앉 아 말을 붙였다.

"그거 알고 있소?"

오랑캐 편을 들어 싸운다, 자신을 탓하는 기미가 없는 기연에게 천 립은 언제부턴가 부쩍 친하게 굴곤 했다. 큰 돌을 씹어 미간을 구긴 기연이 되물었다.

"무얼요?"

"간밤에 조선 여자 하나가 죽었소. 잔치가 벌어졌던 날, 윗놈들 수 청을 든 여자 중 하나였는데 몇 날 며칠을 곡기를 끊더니 기어이 굶어 죽었소."

"……고생만 하다 간 사람인데, 죽어서도 무덤에 제대로 묻히지 못했을 테지요? 죽었다는 그 여인, 아무 데나 내다 버렸을 테지요?"

"아휴, 당연하지, 생판 모르는 여자를 누가 애써 힘써가며 묻어주겠소? 목 찔러 죽은 여자를 굳이 묻어주겠다 우긴 아낙이 이상한 거요."

"……"

어미도 언니도 아정이도 사는 내내 작은 복조차 누리지 못했다. 목숨이 붙어 있어 그냥저냥 살았다. 그랬는데 죽어서도 박복하면 너무 처량 맞으니까, 태어난 보람이 없으니까, 무덤이라도 양지에 나름 공을 들여 만들어줬었다. 하지만 이번 전쟁 중에 죽어나간 이들은 대부분이 아무렇게 버려져 산짐승에게 뜯어 먹힐 테니, 어미와 언니보다 신세가 불쌍하지 않은가?

"살면서도 힘들고 죽어서도 힘들면 비참해 어쩐대요."

"혹시나 싶어 당부하는데 앞으로 죽어나가는 이들을 봐도 절대 저번처럼 묻어주게 해달라느니, 나서서 우기지 마오. 이목을 끌어 좋을 일 없소. ……여기 있는 포로들은 이제 내가 조선 출신인 걸 알아 날 쳐다볼 때마다 속으로 내 욕을 하오. 나는 눈빛으로 다 느낄 수 있소. 하지만 아낙은 그러지 않는지라 조금 고마워 특별히 충고해 주는 거요."

"알았어요. 그러고 보니 예전부터 묻고 싶었어요. 상황이 어찌 돼 가지요? 조선이 이길 가능성이 있는 건가요?"

천립은 혀를 끌끌 찼다. 이런 순진한 질문이라니.

"조선은 이기지 못하오. 괜한 희망 갖지 마시오. 정묘년에는 청군 삼만 명이 쳐들어왔지만 올해에는 자그마치 십만 명이오. 자세히 세보면 십만보다 많을 게요. 군사 수가 많을 뿐 아니라 선봉 부대가 한양 코앞에 올 때까지 조선 조정은 아무것도 못 했소. 그리 엉망진창인 조선이 청국을 이길 수 있겠소?"

"나라님은 어찌 되셨어요? 설마 붙잡히시지는 않았지요?"

"아직은. 하지만 시간문제요. 왕이 숨은 남한산성이 험준한 터라

버팅기고 있지만 갇힌 채로 얼마나 가겠소? 날씨는 춥고 먹을 것은 한정됐는데."

"……."

"거기다 도르곤 왕은 강화도 안 왕족들을 인질 삼아 조선 왕을 압박할 생각이오. 제 핏줄들이 죽을 판에 항복하지 않으면 어쩔 텐가?"

"어쩌면 강화도도 버틸지 모르지요."

천립은 코웃음을 쳤다.

"그건 아낙이 도르곤 왕을 몰라 하는 소리요. 도르곤은 나 같은 천한 놈도 들어봤을 정도로 아주 유명한 자요. 황제를 따라 다니며 전쟁에서 많은 공을 세웠다 했소. 배가 완성되는 대로 강화도는 함락될 거요."

"그럼 나는…… 만에 하나 조선이 이기지 못하면 나 같은 포로들은 어떻게 되는 건데요?"

"청국으로 끌려갈 거요."

"대체 오랑캐들은 왜 우리를 끌고 가지 못해 안달이란 말예요?!"

기연의 목소리가 높아져 천립은 제 입술을 검지로 막는 시늉을 하며 경고했다.

"쉬, 쉬, 함부로 오랑캐들이라 하지 마오. 조선말일지언정 저들 욕하는 소리는 알아듣는 법이오. 저들은 심지어 되놈이라는 욕도 아오."

"……나는 끌려가고 싶지 않아요."

"누군들 그러고 싶겠나? 그래도 끌려갈 거요. 계집은 첩으로 사내는 노비로 삼으면 제격이니까. 아니면 조선으로 되팔아 은화를 챙기겠지. 십 년 전에는 속환 값이 은자 이백, 삼백 냥까지 치솟았다 하오."

삼백 냥!

기연은 그만한 재물이 송국조에게 있을지 의심스러웠다. 송국조는 집안 재산이 얼마나 되는지 알려주지 않았다. 설사 삼백 냥이 있다 해도 송국조가 살았는지 죽었는지 알 수 없었다. 전쟁이 끝날 때까지 운이 좋아 살아서 잡히지 않는다 한들, 삼백 냥씩이나 치러가며 구박덩어리 첩실을 되사려 하진 않을 듯했다.

좌절한 기연은 밥덩이를 내던졌다. 무릎 사이에 고개를 파묻었다. 무슨 팔자가 이러한가? 무어 이다지 박복한가? 어미와 언니, 자식을 잃고 서방이라는 놈에게 맞고 살다가 오랑캐 땅에 끌려가게 생겼다. 어찌 보면 자결한 여자들이 현명한 것일지 몰랐다.

"오늘부터 나도 물 한 모금 먹지 말아야 할까 봐요."

천립은 달래듯 물었다.

"고향이 어디요? 아낙 옷차림이 남루하지 않으니 만약 남쪽 저 아래에 일가친척이 있다면 추후 어떻게든 속가(贖價)를 내고 아낙을 데려오려 하지 않겠소? 그전에 고생을 하긴 하겠지만……."

"이백, 삼백 냥이라면서요."

"더 낮을 수도 있소. 본래 포로의 속가는 이십 냥 안팎이었다더군. 한데 양반네들이 워낙 애타게 가족을 되찾아오려 하니 오랑캐들이 사람의 급한 심리를 이용해 속가를 진탕 올린 바람에 말도 안 되는 액수가 판을 쳤던 게요."

"지난번에 있었던 일이 이번이라고는 없겠어요? 더군다나 나는 가족이라고는 술주정뱅이 노름꾼 아비와 사람 구실 못 하는 서방놈 하나인데 모두 개성에서 살았던지라 죽었는지 살았는지 장담할 수 없어요."

자식 죽인 송국조에게 맞고, 노름꾼 아비에게 팔려 다닌 조선에서의 삶과 오랑캐 땅에서의 삶, 둘 중 어느 쪽이 더 끔찍할까? 쉬이 답이 떠오르지 않았다.

"그러면 아낙, 내 말을 곡해하지 말고 들으시오."

은밀한 목소리가 심상치 않아 기연은 고개를 들었다.

"혹여, 만약 조선이 이기지 못하면 나를 풀어주겠다 말하려는 거예요?"

소스라쳐 놀란 천립이 벌떡 일어섰다.

"그랬다가는 내 목이 달아날 텐데 내가 미쳤었소? 나는 단지 아낙이…… 청군 수청을 들었던 다른 여자들보다 덜 망연자실한 듯이 보여서…… 그래서 차라리 아낙이 몸시중을 두 번씩이나 든 그 장수에게 아예 의탁하라 제안하려던 게요. 안 그러면 천생 청국에 끌려가 여러 사내들에게 돌아가며 겁탈당할 테니까."

"뭐, 뭐라고요?"

"내 할 말은 그뿐이었소! 어찌 처신할지는 알아서 선택하오!"

친한 척을 해댈 때는 언제고, 천립은 누구냐 묻는 듯한 낯선 표정을 기연에게 짓더니 뒤돌아 내달렸다. 기연은 허둥지둥 도망치는 그를 노려보다가 룽거의 막사로 눈을 돌렸다.

저 오랑캐가 그나마 덜 잔혹하다는 것은 알겠다. 하지만 그래도 그렇지 어찌 의탁하라 하는가?

분하고 속상해 기연은 괜스레 묶인 손목을 비틀었다. 포승줄은 꿈쩍하지 않았다.

2

포로의 길

　새벽의 강화 해협은 새카맸다. 물 흐르는 소리가 들릴 뿐 아무것도 보이는 게 없었다. 그럼에도 도르곤은 어둠 속에 시선을 고정했다. 그는 무언가를 기다리는 중이었다.

　돌연 붉은 빛이 타올랐다. 좌우로 왔다 갔다 한 불빛은 점점 커지며 도르곤에게 다가왔다.

　통, 삼판선 앞부분이 땅에 닿더니 횃불을 든 청군 병사들이 내렸다.

　제일 처음 내린 병사가 눈을 반짝이는 친왕께 아뢨다.

　"아무런 반응이 없습니다. 지난 저녁부터 갑곶진(甲串津, 조선시대 경기 내륙 지역에서 강화도로 들어오는 나루) 부근을 맴돌았지만 저들은 단 한 번도 공격을 가하지 않았습니다."

　"저들은 안일한 것인가, 겁에 질린 것인가, 포기한 것인가? 무엇이건 어리석군. 횃불을 달라."

　"예."

건네받은 불로 도르곤은 뒤편을 밝혔다. 주르륵 선 후거, 경중명, 룽거 그리고 청군들의 얼굴에 빛이 비췄다. 청군들의 표정은 비장했다. 감히 대청국이 질 거라 생각하진 않았으나 어찌 됐건 그들은 전투를 앞두고 있었다.

도르곤은 병사들을 격려했다.

"그대들은 아무것도 하지 못하는 섬 안의 저 어리석은 조선인들을 두려워할 필요가 없다. 대청국은 언제나 승리할 것이다. 그러니 황제 폐하의 병사들답게 용기를 내라. 삼판선을 모두 띄워라. 우리는 해가 뜨는 대로 해협을 건너 강화도로 진군할 것이다."

상관의 말이 끝나자 청군들은 배를 옮겼다. 우익군이 처음 도착했던 날부터 어제까지 제작해 온 배들이 첨벙거리며 바다로 밀려들어 갔다.

어둠이 가실 무렵, 모든 삼판선은 물 위에 떠 있었다.

만주인, 몽골인, 조선인 청군들이 타고 최신식 대포 홍의포(紅衣砲)가 실린 삼판선 무리를 도르곤은 뿌듯하게 둘러보았다.

"가서 어느 누구도 대청국의 위세를 비껴갈 수 없다는 사실을 알리라!"

"예!"

백여 척의 삼판선들이 일제히 나아갔다. 삼판선으로 빽빽하게 메워진 해협은 더는 바다가 아니었다. 좁다란 계곡에 지나지 않았다.

순항하는 배들에서 눈을 뗀 도르곤이 좌우 지휘관들에게 말했다.

"회순왕은 단연 수군 출신이니 출정해야 할 테고, 선봉 부대의 일원으로서 여태껏 말만 몬 룽거 역시 심심할 테니 공을 세울 기회를 줘야 할 테지? 숙친왕, 피곤할 텐데 진영에 남아 체력을 보충하는 게 어떠한가?"

경중명은 내심 저가 진영에 남아 포로들을, 특히 여인들을 지키고 싶었으나 아쉬운 마음을 바깥으로 표 내지 않았다. 그러나 후거는 아니었다. 도르곤이 강화도 함락의 공을 독차지하게 둘 수 없었다.

"숙부께서 출정하시는 마당에 어찌 뒤에 남아 편히 쉬길 바라겠습니까. 같이 배에 오르시지요."

"하면 후방 진영은 누가 관리한단 말인가?"

"잉굴다이의 조카에게 맡기시지요."

"……."

도르곤은 쉬이 답하지 않았다. 그는 그 자신이 관장하는 정백기에 속한 룽거를 뒷전에 미뤄두고 싶지 않았다. 부하의 공은 곧 상관의 공이다.

"글쎄, 젊은 인재를 아니 써서 되겠나."

"숙부, 저도 젊습니다. 나이로 따지면 경중명이 제일 윗사람이지요."

"……."

"하면 소인이 부득이하게 뒤에 남아……."

"두 친왕 전하께서 허락하신다면, 진영을 지키겠습니다."

말끝을 잘린 경중명과 친왕들은 룽거를 돌아봤다. 도르곤의 눈빛이 차갑게 식었다.

"네놈 뜻대로 해라."

싸늘한 한 마디를 끝으로 도르곤은 유독 큰 삼판선에 올랐다. 피식 웃은 후거가 룽거의 귓가에 작게 이죽거렸다.

"겁이 나는 게냐, 공을 세워 더 높이 올라가고자 하는 욕심이 없는 게냐?"

"……."

후거가 삼판선에 오르자 경중명과 노를 저을 청군들이 뒤따랐다. 도르곤이 탄 배가 해협을 절반 즈음 건너서야 룽거는 돌아섰다.

"이곳에는 정찰병 열 명가량만 남고 나머지는 나를 따라 진영으로 되돌아간다."

"예."

룽거와 청군들이 진영을 향해 출발한 지 얼마 되지 않아 콰쾅, 커다란 굉음이 울렸다. 강화도 점령을 위해 홍의포가 본격적으로 조선을 살육하는 소리였다.

❀

강도검찰사 김경징은 술병을 든 채 딸꾹거렸다. 방금 전까지 들이켠 술이 순식간에 깨는 듯싶었다.

김경징은 눈가를 비볐다. 확실했다. 술이 깼다. 앞에 펼쳐진 광경은 술김에 헛것을 보는 것이 아니라 현실이었다.

"이를 어찌한답니까!"

짐승 떼처럼 우글우글 몰려오는 삼판선들을 멍하니 보던 김경징은 떨리는 두 다리를 겨우 움직여 뒤돌아섰다. 누군가가 뛰어오고 있었다.

강화유수 장신이 김경징을 닦달했다.

"어찌한단 말입니까! 절대 오랑캐들이 쳐들어오지 못할 거라, 물을 건너지 못할 거라 호언장담하지 않았습니까! 오랑캐들이 배를 준비한다 정찰병들이 알려왔는데 무시하고, 섬 외곽에 보초를 안 세웠지 않습니까! 한데 이게 뭡니까! 저놈들이 시커멓게 몰려오잖습니까!"

"……."

"명령을 내려야 합니다! 어찌 해야 할지 어서 지시를 내리십시오!"

"……."

"언제까지 망연자실해 있을 겁니까!"

여전히 김경징은 조용했다. 속이 탄 장신이 언성을 높였다.

"이보시오, 당신이 총사령관인데 왜 말이 없소!"

쾅쾅, 고막을 찢는 굉음과 동시에 김경징과 장신 바로 옆에서 불길이 치솟았다. 포탄이 터져 엉망이 된 땅을 확인한 김경징이 버럭 내질 렀다.

"나보고 뭘 어쩌라고! 내가 총사령관이긴 하지만 수군 대장은 네놈 이니까 너는 네가 할 일을 알아서 하여라!"

"뭐요? 뭐, 나보고 뭘…… 나도 어째야 할지 모르겠단 말이오! 어딜 가는 게요!"

다짜고짜 달리는 김경징을 뒤쫓으며 장신이 물었다.

"어디를 가냐 물었소!"

"멍청하게 예 남아 있으면 개죽음밖에 더 당하냐!"

"그래서 도망이라도 치겠다는 게요? ……같이 가오!"

왕실 가족과 백성들을 버리고 저만 살겠다 도망가는 김경징과 장신 은 변절자요, 역적이었다. 두 역적이 강화도의 유일한 나루인 갑곶나 루에 다다라 나룻배에 올라타려는 참에 노한 고함이 울렸다.

"네 이놈들! 네들이 그러고도 나라 녹을 받는 관리냐!"

군사를 끌고 온 육십팔 세 노장 강화부중군 황선신이 재차 외쳤다.

"네 이놈 김경징! 무능력하면서 아비 김류를 배경 삼아 관리가 된 걸로 모자라 피난길에 제 식솔만 챙기고, 강화도 방비에 소홀하더니, 이제는 정녕 부끄러운 줄을 모르고 도망을 놓느냐! 네놈들이 역적이 아니면 무엇이냐? 내 네놈들의 목부터 베겠다!"

수군들을 끌고 온 충청수사 강진흔도 병선 뱃머리에 서 분통을 터 뜨렸다.

"네 이놈 장신, 강화유수와 주사대장을 겸직씩이나 한다는 작자가 겁쟁이 노릇이냐! 강화부중군보다 앞서 내가 네놈을 죽이겠다!"

그러나 황선신도 강진흔도 역적들을 죽이지 못했다. 나루 가까이에 다가온 삼판선들을 저지해야 했다.

강진흔은 강화도로 급히 오느라 무기들을 넉넉히 챙기지 못한 것을 통탄하며 활을 빼 들었다.

"육지 근처에 다가온 오랑캐들에게 화살을 쏘라! 해협 위의 삼판선들에 천자총통을 겨냥해라!"

조선군들이 쏜 화살이 청군들의 가슴을 꿰뚫었다. 망자들이 첨벙거리며 물에 빠졌다. 천자총통이 내뱉은 탄환에 맞은 삼판선은 조각나 가라앉았다. 그럼에도 청군들은 속속들이 강화도 땅에 내렸다.

"오랑캐를 두려워 마라!"

목에 핏대를 세워 외친 황선신이 오랑캐들에게 돌진했다. 그 틈에 김경징과 장신은 나룻배에 올라 허겁지겁 노를 저었다.

둘은 안전하다 싶을 정도로 나룻배가 멀어지자 뒤를 돌아봤다. 더는 갑곶진이 보이지 않았다. 대신에 섬 절벽에서 수건 혹은 손으로 눈을 가리고 바다로 뛰어내리는 여인네들이 보였다. 오랑캐들이 쳐들어왔다는 소식을 접한 그녀들은 능욕을 당하느니 죽음을 택했다.

장신은 슬픈 광경을 피해 고개를 돌렸다. 김경징이 중얼거렸다.

"내 처와 며느리, 어머님, 조부님의 소실도 무사히 자결해야 할 터인데."

역적들이 무사히 도망친 반면 갑곶진의 상황은 한결 처참해졌다. 쾅, 삼판선 위 홍의포가 날린 포탄이 황선신의 늙은 몸뚱이를 갈가리 찢었다. 창자가 헤집어지고 사지가 너덜너덜해진 피투성이 황선신의 시체를 본 조선군들이 걸음아 나 살려라 뿔뿔이 흩어졌다.

"도망치지 말라! 도망치지 말라!"

전사한 늙은 노장을 확인한 강진흔은 눈물을 흘리며 직접 천자총통을 삼판선에 겨눴지만 그 역시 오래 버티지 못했다. 조선의 천자총통보다 강력한 홍의포는 강진흔이 탄 병선을 침몰시켰다. 지휘관을 잃은 수군들이 도망을 놓았다.

청군들은 물 위로 떠오른 강진흔을 삼판선으로 끌어올려 옴짝달싹

할 수 없게 포박했다.

강화부성 안 대군들께서는 어찌 되실 텐가! 세자빈과 원손은! 역대 왕, 왕비의 신주는! 걱정이 앞선 강진흔의 서러운 울음이 출렁이는 바닷물을 타고 메아리쳤다.

❀

도르곤의 두 발이 흙을 디뎠을 때 상황은 이미 끝나 있었다. 나룻가에는 시신과 피가 즐비했지만 오랑캐 왕을 죽이겠다 덤벼드는 조선군은 더는 없었다. 용케 살아남은 조선군 네다섯은 전신을 포박당한 상태로 한쪽에 아무렇게 내팽개쳐 있었다. 도르곤도 섬 점령이 이렇게나 쉬울 줄은 미처 몰랐다.

"두 친왕 전하께서 타실 말을 바칩니다."

먼저 상륙했던 청군이 갑곶진 근방 민가를 뒤져 가져온 말 세 필을 도르곤과 후거, 경중명 앞에 대령했다. 말 등에 오른 도르곤이 청군에게 물었다.

"왕족들은 어디 있느냐?"

"조선 출신 역관 김돌시를 시켜 사로잡은 조선군들을 심문하니 실토하기를, 왕족들이 섬 안쪽 성내에 있다 했습니다. 하여 청군들이 성을 완전 포위한 상태입니다."

"가장 가까운 성문이 어디냐?"

"남문으로 가심이 마땅한 줄 압니다."

"안내하라. 숙친왕, 회순왕, 본왕은 강화도의 풍경을 구경하며 천천히 갈까 하는데 어찌 생각들 하는가?"

후거가 간단히 고개를 끄덕였다. 경중명이 들뜬 목소리로 거들었다.

"급할 것이 없는데 무엇 하러 서두르겠습니까. 예친왕 전하의 뜻대로 하시옵소서."

도르곤은 유유히 말을 몰았다. 의외로 강화부성 남문으로 가는 길은 깨끗했다. 시신들이 즐비해야 마땅할 것을, 많지 않았다.

그가 안내하는 청군에게 물었다.

"예상보다 덜 격렬했나 보군?"

"예. 조선인들은 일단 대청국 병사들이 상륙하자 뿔뿔이 흩어졌고, 성이 포위되는데도 크게 저항하지 못했습니다. 남문을 지키던 늙은 조선인 관리 하나가 대청국 병사들이 가까이 다가왔을 때, 화약 더미에 담뱃불을 붙여 자폭했다고는 하지만 저항은 그것이 마지막이었습니다."

"자폭? 조선은 아까운 목숨 하나를 잃었군. 순순히 항복했다면 좋았을 것을."

남문 앞에 다다른 도르곤은 역관 김돌시를 불러들였다. 그리하곤 청군들에게 명했다.

"저 문루와 성 안으로 홍의포를 쏴라."

홍의포들이 연달아 포탄을 쏴댔다. 문루의 기와지붕 절반이 날아갔다. 성벽이 허물어지고 돌덩이가 튀었다. 성내로 들어가 터진 포탄은 백성들의 비명을 자아냈다.

도르곤은 손을 들어 병사들을 멈췄다. 성내 비명소리가 움츠러들기를 기다린 그가 크게 외쳤다.

"조선 왕의 혈육은 들으라! 이 작은 산성을 함락시킬 능력이 없어 기다리는 것이 아니다! 억지로 성문을 열고 들어가지 않는 이유는 황상께서 왕족들을 소 돼지처럼 도륙하지 말라, 황은을 베푸셨기 때문이다! 황상의 아우인 나, 예친왕은 황상과 압록강을 넘으며 진작 허락을 받았다! 강화도에 있는 왕족들과 강화해도 된다고 말이다! 그대들이 순순히 나와 항복한다면 남한산성 인근에 가 계신 황상께서는 기꺼이 조선 왕에게도 황은을 베푸실 것이니라!"

역관 김돌시가 전력을 다해 친왕의 말을 통역했다. 김돌시의 목소리가 끊긴 후 한동안 적막이 감돌았다.

끼익, 성문이 열렸다. 솜털이 가시지 않은 어린 사내를 필두로 비단옷 차림새를 한 관리 둘이 나왔다. 뻣뻣하게 서 있는 무리를 김돌시가 재촉했다.

"황제 폐하의 아우이신 예친왕을 뵙고 있거늘 어찌 예를 올리지 않는단 말이오?"

그제야 무리는 머리를 숙여 인사했다. 도르곤이 손짓했다.

"가까이 오라."

다가온 이들을 보며 미소를 지은 도르곤이 가장 앞에 선 청년한테 물었다.

"조선 왕의 적자(嫡子)인가?"

"대군이냐 물으셨소."

김돌시의 통역에 청년이 답했다.

"예. 봉림이라 합니다."

"아하, 예 있는 조선 왕의 적자는 그대뿐인가?"

망설이던 봉림대군이 실토했다.

"아우가 하나 있으나 어려 나오지 말라 했습니다."

"아우가 몇 살인가?"

"열여섯입니다."

김돌시의 통역을 들은 후거가 엄히 꾸짖었다.

"열여섯이면 다 성장했거늘 제 형 뒤에 숨는 까닭이 무엇인가? 조선 왕의 적자가 지닌 기개란 고작 그 정도인가?"

"나머지 하나도 나와야 하오. 방금 말씀하신 분은 황장자이신 숙친왕 전하로, 적자들이 모두 나오지 않아 심기가 상하셨소이다."

"……."

이들이 아우를 해치면 어쩔 텐가? 걱정됐지만 별다른 방도가 없어 봉림대군은 뒤에 선 동부승지 한흥일더러 부탁했다.

"인평을 데려와 주십시오."

"예, 대군."

성 안으로 들어갔던 한흥일은 인평대군을 데려왔다. 사악한 오랑캐들을 마주한 인평의 두 손이 가늘게 떨렸다. 그 모습이 우스워 도르곤과 후거의 입가에 조소가 스쳤다.

"비로소 숙친왕이 만족스럽겠군. ……인사는 이 정도면 되었으니 조선 왕의 적자는 본왕과 함께 성내로 들어가 항복 문서를 적겠는가?"

"예, 그리하겠습니다."

"잘 생각했느니라. 왕자에게 말을 내주어라."

긴장으로 몸이 굳은 탓에 봉림대군은 평소보다 서툴게 말 등에 올랐다. 그가 무사히 앉은 것을 확인한 도르곤은 청군들을 주의시켰다.

"대청국 군사들은 반드시 필요한 만큼만 성내에 주둔하고 나머지는 성 밖에서 기다리되, 성내 군사들은 조선인들과 섞이지 말라. 또한 대청국 군사들은 강화도에 기거하는 조선 백성들을 죽이거나 그들의 재물을 약탈해서는 안 된다. 포로 삼지도 말라. ……역관은 본왕을 따르거라. 숙친왕, 뒤를 부탁한다."

후거는 자신을 제외시킨 삼촌이 제멋대로 구는 것이 탐탁지 않으나 조선인과 청군들 가운데서 위엄 없게 행동할 순 없었다.

"숙부께서는 염려 놓으십시오."

도르곤은 말을 몰아 성문을 통과했다. 내부는 단출하기 짝이 없었다. 그럴듯한 건물이라고는 두 채뿐이었는데 그마저 한 채는 포탄에 맞아 훼손된 상태였다. 나머지는 민가였는데, 고위 관리들이 차지했는지 꾀죄죄한 백성들은 모두가 바깥에서 떨고 있었다.

도르곤은 알아서 행궁 안으로 들어가 상석에 앉았다. 그의 곁에 선 김돌시의 통역 아래에 봉림대군은 말석에 앉아 항복 문서를 써내려 갔다.

도르곤이 항복 문서를 손에 쥐고 바깥에 나왔을 때는 하늘이 온통 붉었다.

"서둘러 돌아가야겠군. 역관은 전해라, 본왕은 조선 왕의 적자 둘 모두를 황제께 데려갈 것이다."

"예. 전하께서 대군들은 모두 전하를 뒤따라 대청국 황제 폐하를 뵈러 가야 한다 하셨소."

"그리하겠으나 먼저 부탁이 있소."

김돌시가 물었다.

"무엇이오?"

"부디 친왕께 백성들을 포로 삼지 말고 약탈, 살육하지 말라 아뢰주시오."

"그거라면 걱정할 것 없소. 성문을 지나실 때 벌써 말씀하셨으니까."

"⋯⋯고맙소."

잠자코 듣고 있던 도르곤이 김돌시에게 물었다.

"무어라느냐?"

"전하께 조선 백성들이 위험해지지 않게 해달라 여쭐 수 없느냐 물었습니다."

"강화도 백성들에 한해서는 포로 삼지 말라 이미 말하지 않았던가?"

"예, 그 사실을 전했사옵니다."

"좋다. 더는 문제 될 게 없겠지?"

대답을 듣지 않고 도르곤은 말을 몰았다. 봉림대군이 그를 쫓았다. 쏜살같이 성문 밖으로 튀어나온 도르곤이 외쳤다.

"날이 저문다, 숙친왕! 나머지 적자를 데리고 어서 나루터로 내려와라!"

"하여간에 제멋대로기는. 철수한다!"

훌쩍 말에 탄 후거는 인평대군의 목덜미를 거칠게 낚아채 뒤에 실었다. 호각 소리가 강화산성을 찔러댔다. 퇴각 의미였다.

청군들은 일시에 갑곶진을 향해 회군했다. 하지만 몽골 병사 백 명가량은 부러 뒤처져 미적거렸다.

누군가의 음흉한 몽골어가 울렸다.

"이쯤이면 만주 왕은 배를 탔을 텐데, 이대로 가기는 아쉽지. 안에 민가가 적지 않아 훔칠 것이 있을 텐 데다 계집들이 저리 많으니까."

그 발언을 시작으로 고삐가 풀린 몽골 병사들은 강화산성 내로 쳐들어갔다.

그들을 만류하는 고위 관리들의 분노한 외침, 공포에 질린 나약한 백성들의 비명이 남문 밖에 새나왔다. 그러나 몽골 병사들은 강간과 약탈, 살인을 그치지 않았다.

❀

"친애하는 짐의 아우 도르곤, 짐의 장자 후거 보라. 강화도가 함락되었고 조선 왕의 두 적자들이 사로잡혔다는 너희의 장계를 읽고 짐은 기쁜 마음으로 본 칙서를 보낸다. 너희들이 알린 강화도 소식을 조선 왕에게 전한 결과, 조선 왕은 마침내 저항하겠다는 고집을 꺾고 항복 의지를 밝혀왔다. 이는 실로 아우와 장자가 충성을 다해 짐을 도운 결과가 아닌가? 아! 기쁘도다! 도르곤, 후거, 삼전도에서 조선 왕은 짐에게 군신의 예를 올릴 것이다. 대청국 황실 일원인 너희는 필히 참석하여 조선 왕의 모습을 지켜봐야 마땅한즉슨, 서둘러 오라. 기다리겠다. ……숙친왕, 똑똑히 들었겠지? 조선 왕이 항복을 한다, 하하!

아들 둘에 온 왕족들이 내 손아귀에 있는데 당연히 그래야지!"

도르곤의 호탕한 웃음소리가 막사 천장을 찔렀다. 의자에서 일어난 그가 후거를 재촉했다.

"황상께서 기다리시게 할 수 없지. 당장 삼전도로 가자. 여봐라!"

보초병이 재빨리 들어왔다.

"예, 전하."

"회순왕과 룽거, 김돌시 그리고 두 조선 왕자들을 데려오라."

"예."

"마음이 급해 가만히 기다릴 수 없군! 후거, 나가자."

"그러시지요."

막사 밖으로 나온 도르곤과 후거는 지휘관들, 왕자들을 기다렸다. 모두가 모이자 도르곤은 봉림, 인평 두 왕자들에게 말했다.

"왕자들은 들으라. 그대들의 아비 조선 왕이 항복 의지를 밝혔다. 그런 고로 이제는 정녕 김포 진영을 떠나 삼전도로 가, 황제 폐하를 폐현해야 한다."

도르곤은 이어 룽거에게 말했다.

"본왕과 숙친왕은 우익군을 이끌고 두 왕자들과 지금 바로 삼전도로 가려 한다. 조선 왕의 항복 의식이 끝나는 대로 폐하께서 회군하실 테니 룽거, 너는 네 휘하 군사들 그리고 포로들을 데리고 먼저 북진하면서 폐하께서 돌아가시는 길목에 불편한 점이 없도록 하라. 덧붙여 묵던에 도착하거든 정친왕께 조선 정벌에 관해 자세히 보고 드려야 한다."

한 마디로, 앞서 가면서 뒤따를 황제를 위해 길이나 닦아놓으라는 의미였다. 룽거는 도르곤의 이 지시가 다분히 악의적이라는 것을 쉬이 눈치챘다. 강화도를 침공하러 갈 때 진영에 남아 있었던 일로 앙심을 품은 친왕이 삼전도 항복 의식을 볼 기회를 박탈한 데다, 굴욕까지 내린 거였다. 그러나 룽거는 공손히 응수했다.

"분부 받들겠습니다."

"회순왕께선 일단 룽거와 가되, 가도 정벌에 대비해 의주에서 천우병(天佑兵)과 대기해 주오."

"한 치의 흐트러짐 없이 기다리고 있을 터이니 전하, 부디 항복을 받는 것에만 집중하소서."

도르곤은 웃음을 터뜨렸다.

"하하, 그리라. ……말을 대령하라! 우익군들은 출발 준비를 하라!"

말에 오른 도르곤, 후거, 봉림, 인평은 진영을 가로질렀다.

앞서가는 도르곤의 뒤통수를 흘끔거리며 눈치를 살피던 인평이 돌연 말고삐를 잡아당겨 말을 멈췄다.

"형님……."

침울한 목소리에 봉림도 멈춰 섰다. 인평을 돌아본 봉림은 아우의 시선을 쫓아갔다. 대군들의 눈에 비참한 몰골을 한 조선 포로들이 비쳤다.

뺨이 푹 파인 포로들은, 분명 살가죽으로 뒤덮여 있음에도 해골 같아 보였다. 메마르고 부르튼 포로들의 입술은 희고 검붉었다. 포승줄에 단단히 묶인 손들은 추위로 인해 덜덜 떨렸다. 눈이 들러붙은 사내들의 눈썹, 수염에 얼음 알갱이가 맺혔으며 여인들의 이마와 뺨은 동상에 걸린 듯 빨갰다.

"형님, 저들을 구명할 방도가 없는 겁니까?"

"……."

대군들이 인질로 붙잡혀 왔다는 소식을 조선 출신 청군들을 통해 진작 들었던 포로들은, 자신들을 안쓰럽게 쳐다보는 귀한 차림새의 도령들이 바로 그 대군들이라는 사실을 알아챘다.

"대군, 대군마마님이시지요? 대군마마님!"

앞줄에 앉은 포로 사내의 외침을 신호로 모든 포로들이 울음을 터뜨렸다.

"살려주십시오, 대군마마님! 이놈들을 데려가 주십시오!"

"살려주세요, 마마! 이년은 자식이 있습니다! 가서 자식을 찾아야합니다, 오랑캐들한테 끌려가 수치를 당할 수는 없습니다!"

도르곤과 후거, 김돌시는 대군들을 돌아봤다. 도르곤이 재촉했다.

"왕자들은 게 멈춰 뭐 하는가?"

아우성치는 포로들을 나 몰라라 할 수 없어 봉림은 간절히 부탁했다.

"포로들을 풀어주실 수 없습니까."

"본왕은 강화도 백성들이 무사할 수 있게 조치를 취해줬다. 그로모자라는가? 하지만 이 이상의 은혜를 바란다면 그것은 폐하께서 결정하셔야 하지 본왕의 몫이 아니다. 그만 시간 지체하고 서두르라."

"……"

친왕들이 다시 나아갔으나 봉림은 움직이지 않았다. 망설이는 그의모습에 탄력받은 포로들 중 일부가 기우뚱거리며 일어나 대군들이 탄말 아래로 달려들었다.

"대군마마님, 살려주시옵소서! 제발 살려주시옵소서!"

"요란 떨지 말고 제자리로 돌아가라!"

"돌아가라지 않느냐, 이 멍청한 조선 놈들!"

청군들이 커다란 채찍으로 포로들을 휘갈겼다. 철썩 하는 둔탁한채찍질 소리를 뒤이어 고통에 찬 신음이 울렸다. 그럼에도 버티는 조선인 포로들의 머리채를 그들은 우악스럽게 움켜쥐어 잡아당겼다. 몇몇은 서슬 퍼런 칼날을 포로들의 목에 겨눴다.

소맷자락으로 눈가를 찍은 인평이 권했다.

"형님, 저희가 해줄 수 있는 것이 없을뿐더러 예 있어봐야 외려 백성들을 곤욕스럽게 하니, 차라리 어서 자리를 피하는 편이 낫겠습니다."

"……아우 네가 옳다."

동의한 봉림이 말을 재촉하려 했지만 누군가 필사적으로 길 앞을 막았다. 머리가 잔뜩 헝클어진 젊은 여인이었다.

"대군마마, 포로들을 버리지 마세요!"

"미안하오. 나와 아우가 부덕한 까닭에 해줄 수 있는 게 없소."

"저들은 여자들을 겁탈합니다! 도망치려 시도했다가 잡히면 목을 베 죽입니다! 무수한 조선인들이 죽는 동안 이리 살아남았지만, 청국에 끌려가게 생겼습니다! 끌려가면 죽음보다 더한 고통을 겪기밖에 더하겠습니까? 대군마마, 살려주세요!"

"……미안하오."

질끈 눈을 감은 채 중얼거린 봉림은 포로들을 외면하고 말을 빨리 몰았다. 인평이 뒤따랐다.

"대군마마! 대군마마!"

"이 계집, 왜 이렇게 말을 안 들어!"

"아윽!"

여인의 머리통을 퍽, 주먹으로 거세게 때린 청군 병사가 그녀의 기다란 머리칼을 움켜쥐었다. 기연은 질질 끌려가며 두 대군의 뒷모습을 노려보았다.

청군들은 꼭 개돼지, 말소를 부리듯 조선인 포로들을 줄로 매어 끌고 갔다. 뿐만 아니라 남녀를 구분해서 포로들을 서로서로와 연결했는데, 한 줄당 연결된 포로 수가 열대여섯 명이었다. 적은 수가 아님에도 줄을 절대 풀어주지 않아 같은 줄에 묶인 포로들은 잘 때건 밥을 먹을 때건 용변을 볼 때건 항상 같이 움직여야 했다. 진정 치욕스러운 가축 신세였다.

기병 행렬 앞에서 기연은 터덜터덜 힘없이 걸었다. 끼니를 제대로 못 얻어먹고 먼 길을 걸으려니 정녕 너무나 힘들었다. 뻣뻣한 다리는 오랑캐의 채찍질에 맞았다간 단숨에 부러질 것 같았고 언 땅을 겨우 겨우 디뎌가는 발바닥은 아프다 못해 화끈거렸다. 불을 켠 화로를 옆 구리에 끼고, 이불을 깐 따뜻한 방에 누워본 게 언제인지 생각나지 않을 정도로 추웠다. 배고픔과 육체 피로, 추위가 어찌나 강렬한지 씻 지 못해 가려운 머리와 몸은 괴로운 축에 끼지 못했다.

그런데 대체 며칠을 못 씻었더라?

기연은 새삼스레 붙잡힌 지가 아주 오래됐다는 사실을 깨달았다. 얼마나 오래됐냐면 정확한 시일을 알지는 못하지만, 달거리를 할 주기 는 확실히 훨씬 넘긴 듯싶었다. 그럼에도 달거리를 하지 않았으니 이 는 필시 제대로 먹지 못해서가 분명했다. 그래도 달거리를 하는 것보 다는 안 하는 편이 나았다. 그걸 해 봐야 무얼 어떻게 처리할 수 있으 랴? 천생 치마 뒤에 피를 묻힌 채 끌려가는 수밖에 없을 거였다.

웬일로 배고픈 속이 좀 진정된다 싶더니 졸음이 쏟아져 기연은 몽 롱한 상태로 걸었다. 마지막 남은 힘을 짜내 한 걸음 한 걸음 가까스 로 내딛는데, 별안간 왼편에서 가던 포로들이 단체로 넘어졌다. 한 줄 로 연결된 포로들 중 가운데 사람이 넘어지자 앞뒤 이들의 걸음까지 덩달아 엉킨 탓이었다.

"어서 일어나지 못해!"

말을 타고 뒤쫓아 오던 청군 병사가 채찍을 휘둘렀다. 질긴 가죽에 등을 거세게 얻어맞은 포로들은 앓는 소리를 내며 서둘러 일어섰다. 그 불쌍한 모습을 보자 잠이 확 달아나 기연은 정신을 곤두세우고 걸 었다. 저들처럼 넘어졌다가 채찍 세례를 받고 싶지 않았다.

"언니."

희미한 목소리가 울리더니 누군가 붙어왔다. 기연은 고개를 떨궈 아홉 살 혹은 열 살쯤 됐을 법한 여자아이를 내려다보았다. 아이의 두 눈이 어른들과 마찬가지로 피로 탓에 흐리멍덩했다.

"언니, 추워요."

"네 부모님은 어디 계시니?"

"없어요."

기연은 질문을 정정했다.

"어찌 되셨어?"

"죽었어요."

"두 분 다?"

"엄마는 원래 없었어요. 아버지는 뒤에 따라오는 저 사람들이 죽였어요."

뒤를 돌아보는 아이를 기연은 만류했다.

"돌아보지 마. 그래서 좋을 거 없어. 춥다 했지? 손 이리 줘. 언니가 잡아줄게."

기연과 아이는 서로를 향해 각자의 묶인 손을 내밀었다. 기연은 아이의 부르터 울긋불긋한 손을 감싸 잡았다.

"언니, 따뜻해요."

"넌 이름이 뭐야? 이름 있어?"

"개시요."

"개시야, 조금만 힘내. 이따 쉴 때 언니가 안 춥게 안아줄게."

"네."

언 얼굴을 움직여 애써 웃은 기연은 거친 숨을 내쉬면서 계속 걸었다.

❀

청군들이 갑자기 대열을 흐트러뜨려 뿔뿔이 흩어졌다. 포로들에게 다가온 천립이 건성으로 알렸다.

"오늘은 예서 머물 거요."

그리 말한 그는 원망 서린 포로들의 눈빛을 피해 서둘러 청군들 사이로 섞여들어 갔다.

드디어 날이 저물어 앉을 수 있게 됐구나!

냉기가 올라오는 눈 덮인 땅이라도 좋으니 제발 앉을 수 있으면 좋겠다 생각하던 차에 날아든 소식이 기연은 반가웠다. 하여 안도하며 주변을 둘러보던 그녀의 눈이 커졌다.

지쳐 땅만 보고 걷느라 몰랐거늘 오늘 밤 청군이 머문다 한 곳은 개성이었다! 개성! 다시 개성으로 돌아왔다!

맞고 사는 처지였던지라 딱히 좋았던 적이 없었던 개성이 지금만큼은 반가워 기연은 더 자세히 주변을 살폈다. 예는 분명 평산으로 올라가는 길목이다. 바보같이, 개성 시내를 가로질러 오면서도 눈치채지 못했다니!

"두 지휘관께서 막사와 저녁 식사를 준비하지 않는 청군들은 인근 대로변을 정갈하게 치우라신다! 황제 폐하께서 지나가실 것을 대비해 시신이나 장애물이 있다면 구석진 곳으로 밀어둬라!"

청군 하나가 군사들 사이로 말을 타고 돌아다니면서 외쳤지만 뭐라는지 모를 오랑캐 언어를 무시한 기연은 한 곳을 뚫어져라 쳐다봤다. 저쪽으로 가면 시댁이 나올 것이다. 송국조한테 맞을까 봐 두려워 가기 싫어했던, 지금은 가고 싶은 시댁 집이.

"볼일을 보러 데려갈 건가 보오."

기연과 오랏줄로 연결된 여인이 혼잣말처럼 말했다. 뒤이어 몸에 칭칭 감긴 줄이 팽팽해져 기연은 근처 외진 수풀로 끌려갔다. 하지만 꽤 많은 여인들은, 특히나 사대부가 출신들은, 오랜 시간을 쉼 없이 걸었음에도 용변을 해결할 엄두를 내지 못했다. 사내이자 오랑캐인 청군 병사가 앞을 떡하니 지키는 걸로 모자라 주변에 여러 사람이 다닥다닥 붙어 있는 상황에서 치마를 들치느니, 그들은 거적때기가 된 옷을 입은 그대로 지리는 쪽을 택해왔다. 김포에서 출발했을 때부터 지금까지 쭉.

"나는 오랑캐와 사람들에게 둘러싸인 채로는 못 누겠소. 아무리 같은 여인이라도 그렇지 어찌 속살을 내보인단 말인가? 이중에는 노비도 섞여 있잖은가? 그나마 한곳에 잡혀 있었을 때는 지금처럼 서로 붙어 일을 치르지 않아도 됐었는데, 굴비 따위의 생선처럼 사람 스물이 한 줄에 묶인 바람에……."

그렇게 말한 중년 여인의 발밑 눈이 누런 빛깔로 물들었다. 참은 지 오래돼 실수를 한 거였다.

먹은 양이 적은지라 큰 일이 생각나진 않았지만 기연은 요의는 느꼈다. 오줌을 지린 여인처럼 미련스럽게 굴 마음은 없기에 근처에 뒤돌아서 있는 청군 병사의 뒤통수를 흘끔 확인한 그녀는 냅다 치맛단을 들춰 안고 쭈그려 앉았다.

용변을 끝내고 일어나 치마를 내린 기연을 여인 몇몇이 부럽다는 듯 흘끔거렸다. 그네들의 시선을 의식한 기연이 제안했다.

"정 민망하시면 바로 옆에 선 사람들끼리 치마를 펼쳐 가려주면 되지 않을까요."

간단한 해결책이었지만 여인들은 꽤 큰 깨달음을 얻었다. 서른 살 안팎으로 보이는 여인 하나가 성마르게 고개를 끄덕거렸다.

"그래요, 그러면 되겠네요. 나는 더는 못 참겠어요. 치매 걸린 노인네인 양 옷에 누는 것도 질리고. 내 앞을 치마로 가려줘요."

치맛자락들이 뒤섞여 펄럭거리는 소리가 끊기자 청군 병사가 외쳤다.

"가자!"

포로 여인들이 본래 장소로 돌아와 보니 청군들은 진영을 세우는 것을 마친 상태였다. 막사들의 중앙, 맨 땅에 주저앉은 기연에게 개시가 다가왔다.

"언니."

"개시야, 가까이 와. 온기를 나눠줄게."

두 사람은 서로와 바짝 달라붙어 앉았다. 여전히 추웠지만, 하나일 때보다는 나았다.

"개시는 풀숲에 다녀왔니?"

"쉬 하러요? 네. 그런데 저만 눴어요."

"다른 언니들이 창피했나 봐."

"저 사람들 중 하나가 언니들 엉덩이랑 가슴을 막 만졌어요. 그걸 보고 저 말고는 아무도 쉬를 안 했어요."

"……"

아이의 말을 전해들은 것만으로도 치욕스러워 몸이 부르르 떨렸다. 얼마나 많은 여인들이 풀숲에서 추행을 겪었을까? 추행만이 아니라 겁탈을 당한 이들이 있을지 몰랐다.

"언니들이 울었어요."

"……"

"언니는 안 울었지요?"

"응. 난 안 울었어."

"다행이다. 언니, 저는 아버지가 보고 싶어요. 언니는요?"

"……"

기연은 가족들을 떠올렸다. 아비는 어찌 됐을까. 송국조 놈은, 순명과 늙은 시모는? 다들 살았을까? 포로가 됐을까? 다 살지는 못했겠지.

"언니도 조금…… 언니는 아버지보단 엄마랑 언니랑 그리고 딸이 보고 싶어."

"언니 딸은 몇 살이에요?"

"……한 살. 한 살에서 멈췄어. 영원히."

"밥이오!"

천립과 조선인 청군들이 주먹밥을 나눠줬다. 두 덩이를 받은 기연은 하나를 얼른 개시 손에 쥐어주었다.

"꼭꼭 씹어 먹어야 해? 배고프다고 급히 먹으면 체해."

"네."

고분고분히 대답한 개시는 그러나 눈 깜빡할 새에 제 몫을 먹어치웠다. 씹을 새 없이 삼킨 듯했다. 그러고도 다른 포로들이 먹는 모습을 빤히 구경하는 아이가 측은해 기연은 반도 안 먹은 자신의 밥을 내밀었다.

"언니 것도 먹어."

눈치를 살핀 아이가 물었다.

"언니는 배 안 고파요?"

"응, 안 고파. 개시를 보고 있으니까 언니 딸이 생각나 주고 싶어."

"정말요?"

배시시 웃은 아이가 밥을 받아 들었다. 맛있게 먹는 모습을 내려다보던 기연은 집으로 돌아가고 싶은 욕심에 이끌려 멍하니 주변을 두리번거렸다. 하지만 집 가는 길은 더는 보이지 않았다. 고기를 뜯는 청군들과 막사들이 시야를 채우는 전부였다.

아쉬운 대로 개성 하늘을 올려다보다가 따가운 시선을 느껴 고개를 내린 기연은 막사 사이에 서 자신을 바라보는 룽거를 발견했다.

왜 쳐다보지? 젊은 오랑캐 장수와 처음 마주쳤던 곳이 개성이었는데, 저 오랑캐가 그 사실을 기억하나? 하여 네 집으로 가고 싶지 않냐 약 올리며 묻고 싶어 저러고 있나?

기연은 돌아서 멀어지는 룽거의 뒷모습을 좇았다. 갑자기 천립이 한 말이 떠올랐다. 오랑캐 땅에 끌려가면 윤간당하는 신세가 될 테니 그럴 바에는 한 사람에게 의탁하라는……

며칠을 하늘이 흐리더니 비가 쏟아졌다. 잠깐 지나가는 소낙비일지 모른다는 기대감에 젖어 행군을 지속하던 청군들은 반시진이 지나도록 비가 그치지 않자 어쩔 수 없이 평소보다 일찍 진을 쳤다. 그러자 해괴하게도 비가 그쳤으나 이미 만든 진영을 치우는 것이 번거롭거니와, 날이 저물 때가 아예 멀지 않았기에 청군들은 그냥 눌러앉아 버렸다.

전쟁을 치르는 와중에 약탈한 가축과 고기, 땔감이 풍부했기에 청군들은 아낌없이 불을 피우고 그 위에 고기를 구웠다. 포로들 사이에도 군데군데 모닥불을 피워줬지만 쫄딱 젖어 떠는 그들을 북돋우기에는 한참 부족했다. 포로들은 밥덩이 외에 추가적으로 먹거리가 필요했다. 불만으로는 바싹 말라 약해진 그들의 경련 이는 몸을 회복시킬 수 없었다.

노릇하게 익어가는 돼지고기를 바라보던 기연은 나란히 붙어 앉은 개시를 살폈다. 항상 오랑캐들이 먹는 모습을 침을 꼴깍이며 보던 아이가 웬일로 고개를 땅을 향해 처박고 있었다.

"개시야."

"……."

"개시야. ……개시야!"

풀린 개시의 눈을 확인한 기연은 다급히 아이를 불렀다.

"개시야, 괜찮아?"

"언니…… 머리 아파요."

감기에 걸린 걸까? 젖은 옷을 갈아입혀야 하는데. 기연은 아이를 쓰다듬었다. 그것밖에 해줄 수 있는 게 없었다.

"밥이오."

밥덩이를 받아 개시의 입가에 가져갔지만 진정 많이 아픈지 아이는 고개를 저었다.

"개시야, 밥을 잘 먹어야 나아. 조금이라도 먹어봐."

기연이 아이에게 억지로 밥을 먹이는 사이, 그녀 옆에 앉아 있던 포로 사내가 조심스레 천립을 불렀다.

"나리, 나리, 여쭤볼 것이 있습니다."

"뭐요?"

"나라님이 어찌 되셨답니까? 무슨 새 소식이 없습니까?"

"그쪽이 들어 기쁠 소식은 없소만."

퉁명스레 대꾸해 놓고 천립은 입이 간지러워 다시 떠들었다.

"어제 전령이 왔소. 조선 왕에 관한 거였소. 포로들에 관한 내용도 있었다 하오."

"무업니까? 설마 진짜로 항복하시지는 않았겠지요?"

천립은 기대에 차 눈을 반짝이는 사내를 면박했다.

"조선 왕이 지금이라도 구하러 와주지 않을까 하는 희망을 가졌다면 집어치우는 게 좋을 거요. 조선 왕은 삼전도에서 황제 폐하께 삼궤구고두를 올렸소."

"삼궤구…… 그게 무업니까, 나리?"

"한 번 절할 때마다 세 번 이마로 땅을 찧는 인사요. 조선 왕은 그걸 총 세 번 반복해 폐하께 세 번 절하고 아홉 번 이마로 땅을 찧었소. 소문으론 조선 왕의 눈물과 피로 땅이 젖었다더군."

사내뿐 아니라 다른 포로들까지 놀란 신음을 흘렸다. 어떤 이들은 분해 울음을 터뜨렸다.

"그뿐만이 아니오. 조선 왕이 약속했다 하오."

"뭘 약속했다는 말씀이십니까?"

"조선인 포로들이 탈출하거든, 무조건 대청국으로 되돌려 보내겠다고 말이오. 포로들이 환향할 수 있는 방법은 이제 속가를 내는 거뿐이외다. 그러지 않고 탈출하려 했다간 발꿈치가 잘릴 거요."

기연은 번쩍 천립을 올려다보았다. 어떻게 왕이라는 자가 제 백성을 오랑캐 땅으로 되돌려 보내겠다 약속할 수 있는가? 부리나케 떠나던 대군들의 모습이 떠올라 기연은 밥을 들지 않은 오른손을 꽉 주먹 쥐었다.

"설마, 설마 그럴 리가요, 나리? 나라님께서 어찌 저희를……. 포로 중에는 하찮은 저 같은 놈뿐 아니라 양반네들께서도 계시는데요."

"못 믿겠거든 탈출 시도를 해보든가. 대신 붙들려 뒤꿈치를 잘려도 난 모르오."

"……예, 나리. 알려주서 감사합니다."

"흠, 흠."

천립이 사라지자 사내는 욕지거리를 내뱉었다.

"나리는 개뿔. 나라 배신한 빌어먹을 놈이."

하지만 사내는 곧 침울해졌다. 기연은 그가 어찌 그런지 알 듯했다. 사내도 왕이 포로들을 돌려보내겠다 약속했다는 천립의 말을 되새기는 것이 틀림없었다.

❈

"어림잡아 평양쯤 온 거 같소. 의주를 오가는 통에 매번 지나다녔기에 알겠소."

누군가의 중얼거림이 귀에 꽂혔다. 상업이 발달했고 풍류와 기생이 넘쳐 난다는 평양의 명성을 익히 들었기에 구경 오고 싶다 생각한 적이 있긴 했지만, 기연은 두 발만 내려다보면서 걸었다. 더는 평양이라는 곳이 궁금하지 않았다. 여기까지 오는 동안 망가진 조선의 몰골을 실컷 구경했다.

부서진 민가들, 널브러진 시체들로 뒤덮인 마을을 질리도록 봤다. 평양이라고 사정이 다를 리 없었다. 젖 먹던 힘을 짜내 고개를 들어봤자 썩어가는 시신 따위나 보일 것이었다.

"발…… 발이 시려. 못 참겠어……. 발 시려."

개시의 바로 뒤에 따라오는 여자가 기운 빠진 목소리로 불평했다. 기연은 여자의 치맛단을 곁눈질했다. 펄럭이는 치마 밑으로 여자가 신은 미투리가 보였다. 얼마나 발을 질질 끈 겐지 미투리가 너덜너덜했다. 그마저 한 짝밖에 없어 여자의 오른발에는 새카맣게 때가 탄 버선만 신겨 있었다. 저래서는 머잖아 동상에 걸릴 터였다. 혹은 이미 걸렸을지 몰랐다.

기연은 다시 '해야 어서 져라, 쉴 수 있게.'라고 속으로 되뇌며 두 발만 내려다보고 걸었다. 피로가 파고든 뼈마디가 욱신거렸다. 눈앞이 탁했다. 한데 아직 숨이 붙어 있다는 사실이 신기했다.

"멈춰라!"

"멈추라신다!"

만주어를 뒤이어 조선어가 울렸다. 날이 저물어 쉬어 가려는 것임을 안 기연은 철퍼덕 언 들판에 주저앉았다. 땅이 차갑거나 말거나 누워 자고 싶었다. 다들 같은 마음인 듯 포로들 중 서 있는 자가 없었다.

새우 모양으로 웅크리고 드러누운 기연에게 개시가 안겨들었다. 부드러운 품에 등을 붙여 누운 개시는 아무 말을 하지 않았다. 기연은 아이와 함께 눈을 감았다.

잠에 들었을 때는 초저녁이었건만 다시 눈을 떠 올려다본 하늘은 암흑 그 자체였다.

모닥불 빛에 의지해 기연은 개시의 머리맡에 가지런히 놓인 밥덩이 두 개를 발견했다. 저녁 식사를 나눠준 것을 다른 포로들이 대신 받아, 뺏어 먹지 않고 놔둔 모양이었다.

모닥불 주위에 아무렇게나 드러누운 포로들의 지친 얼굴을 쳐다보던 기연은 딱딱한 주먹밥을 움켜쥐었다. 누운 그대로 입안에 흙 묻은 밥을 욱여넣고, 남은 한 덩이를 개시에게 먹이려 차가운 작은 몸을 어루만졌다.

"개시야, 밥 먹고 자. 아침에 일어나 배고프다고 허겁지겁 먹지 말고. 체하니까."

아이의 뒤통수는 미동이 없었다. 기연은 일어나 앉아 개시를 바로 눕혔다.

"개시야, 밥 먹고 자는……."

불이 비친 아이 얼굴이 새파랬다. 반면 표정은 이상하리만치 편안했다. 이러한 얼굴을 본 적이 있었다. 엄마, 언니, 아정이가 죽었을 때.

"개시야."

"……."

"개시야?"

"……."

아이의 이마, 뺨, 목, 팔, 다리를 만졌지만 체온이 느껴지지 않았다. 날씨가 추워서라기엔 손안에 닿은 서늘함의 종류가 달랐다. 아이를 감싼 이 오싹한 서늘함은 죽음의 그림자였다.

통나무처럼 뻣뻣한 개시의 팔다리를 재차 쓰다듬은 기연의 뺨을 타고 뜨거운 눈물이 흘렀다. 고작 십여 년을 산 아이가 전쟁 통에 적국으로 끌려가다가 배고픔과 추위를 못 이겨, 객사했다. 아이는 나라에 버림받고 왕에게 버림받고 먼저 죽은 제 아비에게 버림받았다.

모두가 잠든 새벽어둠 속에서 소리 없이 운 기연은 모닥불 가장자리에 놓인 타다만 장작을 꺼냈다. 날이 밝으면 오랑캐들은 어린 소녀의 시신을 들판 아무 곳에 내버리고 출발할 것이다. 소녀의 시신은 늑대나 들개 혹은 호랑이의 먹이가 될 것이다.

기연은 장작과 돌, 맨손을 번갈아 사용해 개시가 누운 풀밭 아래를 파헤쳤다. 흙이 파고든 손톱 밑이 까매졌다. 손톱 밑과 대비되는 새빨간 손끝에서 감각이 사라져 갔다. 손등에는 생채기가 생겼다. 그럼에도 멈추지 않고 땅을 파니 어느 순간부터 추위가 느껴지지 않았다.

얄팍한 구덩이 안에 누운 개시 위로 기연은 흙을 덮지 않았다. 어쩌면 어둠 탓에 뭘 잘못 봐 개시가 죽었다고 착각한 걸지 몰랐다.

"세상에…… 이게 뭐요? 밤새 맨손으로 땅을 판 게요?"

붉게 떠오르는 태양빛에 눈을 찔려 하나둘 일어난 포로들이 놀라 물었다. 대답 않은 기연은 개시만 응시했다. 개시의 얼굴이 새벽녘과 비교할 수 없을 정도로 창백했다.

죽었다.

개시의 몸통을 동여맨 오랏줄을 어찌해야 할까 고심하다가 혹여나 싶어 줄을 붙잡고 아래위로 흔들었다. 출발했을 당시보다 얼마나 살이 많이 빠진 겐지 오랏줄이 헐거웠다. 하여 조금씩 밀어내자 머리 위로 쑥 빠졌다. 시신에 흙을 덮는 기연을 일찍 일어난 포로들이 도왔다.

모두가 기상해 아침을 먹고 출발할 때까지 기연은 밤사이 새롭게 생겨난 무덤만 바라봤다. 무덤은 실상 초라하고 허접하기 짝이 없어, 비바람이 조금만 불어도 시신이 드러나지 않을까 걱정이 될 정도였다.

"일어나 움직여라!"

"개시야, 편히 쉬어."

"어서 일어나랬잖아!"

철썩, 청군 병사가 휘두른 채찍이 기연의 등과 머리통을 휘갈겼다.

일어난 기연은 포로들 틈에 섞여, 빙빙 도는 앞을 향해 나아갔다. 어쩐지 온몸에 열이 펄펄 끓었다. 정신이 몽롱했다. 허리 부분을 잘

라낸 것처럼 허벅지 아래의 감각이 느껴지지 않아 남의 다리로 걷고 있는 기분이었다.

혹여 죽을 때가 된 걸까? 어미와 언니, 개시처럼? 차라리 그랬으면. 이리 힘들 바엔 나도 죽었으면.

아정이를 잃은 이후 처음으로 죽고 싶다는 생각이 들었다. 행복하라는 언니의 당부를 포기하고 그냥 다 끝내고 싶었다. 개시처럼 편히 눈을 감고 싶었다.

"저기, 저기요."

마지막 남은 힘을 짜내, 전날에 발이 시리다 불평했던 여인을 부른 기연은 숨을 헐떡거리며 말했다.

"발이 시리다 했지요. 내 걸 줄게요. 가죽신이니까 미투리에 비할 바가 아닐 거예요."

여자의 눈이 휘둥그레졌다.

"그럼 그쪽은요?"

"나는……."

오늘 드디어 죽으려나 봐요. 내 진짜 가족을 만나려나 봐요.

희미하게 웃은 기연은 '신을 주는 대신 내가 죽으면 묻어줄 수 있냐' 물을까 하다가 헛된 소원인 듯해 조용히 신을 벗어 여자 쪽으로 밀었다.

그러자마자 쿵 소리가 울리더니 눈이 감겼다.

❀

이곳은 저승인가? 맞다면 의외로 아늑하다. 습하고, 덥고, 캄캄할 줄 알았는데 정반대다. 적당히 따스하고 푹신하다. 그런데 엄마와 언니, 아정이는 어디 있을까? 어서 만나 사과해야 하는데.

엄마, 엄마가 죽기 직전에 그랬지. 아버지도 처음부터 못난 사람은 아니었다고. 젊은 시절에는 누구보다 성실하게 농사일을 했다고. 한데 조선에 쳐들어온 왜놈들에게 농사지은 곡식과 그나마 모아둔 재물을 몽땅 뺏기고 목숨만 겨우 부지한 이후 의욕을 잃은 거라고. 그러니까 아버지를 가엽게 여기라고. 하지만 나, 엄마 말대로 못 했어. 아버지를 가엽게 여기지 못했어. 엄마 약값으로까지 노름하고 시정잡배들과 싸우고, 싫다는 언니를 늙은 장사치에게 팔아 넘겨 불행하게 만들고, 나까지 송국조에게 판 아버지를 미치도록 미워했어. 매일 원망했어. 미안해.

언니, 언니가 병을 얻어 죽게 된 건 마음이 행복하지 못했던 탓이라며 나는 행복하게 살라 했지. 괜찮은 사람, 내가 좋아하는 사람 만나 의지할 수 있는 가족을 꾸리라 했지. 나 언니 유언을 못 지켰어. 포기하고 언니 따라왔어. 미안해.

아정아, 불쌍한 내 딸…… 엄마가 미안해. 송국조에게 시집와 널 낳아서, 네가 송국조를 아비로 두게 해서 미안해. 남필형과 얽혀 송국조 의심을 사서, 송국조가 미쳐 날뛰는 걸 막지 못해서 미안해. 네가 이 불장 모서리에 머리가 부딪히는 걸 막지 못한 것, 나 같은 부족한 어미를 두게 한 것도 정말 미안해…… 정말 많이…….

사과를 해야 하거늘 가족들은 마중 나올 기미가 없었다. 직접 찾으려 기연은 무거운 머리를 움직였다. 뾰족한 천장을 외면하고 사방을 살펴봤다.

어느덧 익숙해진 소박한 책상, 책상이 올려져 있는 평상, 불이 벌건 화로 그리고…… 오랑캐.

젊은 오랑캐, 룽거를 찾아낸 기연은 망치로 이마를 맞은 것처럼 머리가 아픈데도 그를 빤히 쳐다봤다. 비로소 알 수 있었다. 죽은 것이 아니었다. 여기는 저승이 아니라 젊은 오랑캐의 막사 안이었다. 그 사실을 인지하자 열이 들끓는 뜨거운 사지가 어렴풋이 느껴졌다.

룽거는 막사 한가운데에 서서 누운 기연을 바라보고 있었다. 그의 시선을 받아내며 기연은 입을 뻐끔거렸다.

"나…… 겁탈 안 할 거지요."

"……."

"안 죽일 거지요."

"……."

"나한테…… 해 끼치지 않을 거지요."

한 음절 한 음절 소리 낼 때마다 머리가 터질 듯이 아팠다. 속이 메슥거려 왈칵 토할 뻔했다. 그럼에도 참고 물었는데 돌아오는 답이 없었다. 당연했다. 조선말로 물은 질문에 저자가 어찌 대답하겠는가? 스스로 한 짓이 우스워 여인의 메마른 입술 새로 비식 웃음이 흘러나왔다.

"알아듣지 못할 텐데…… 알아듣는 거 같아. 내 속을 잘 이해하는 거 같아……."

"겁탈하지 않는다."

"……."

다시 룽거를 보는 기연의 눈이 커졌다. 조선말! 분명 조선말이 들렸다! 오랑캐가 조선말을 읊었다! 그것도 퍽 자연스럽게! 하지만 어찌 그럴 수 있는가?

안 죽었다 생각했건만, 아니었나? 저승이 맞는 건가? 저 오랑캐가 그 오랑캐가 아니라 닮은꼴을 한 저승사자인가?

"죽이지 않는다."

"……."

"해 끼치지 않는다."

"……."

아니면 너무 아파 헛것이 들리나? 그도 아니면 저승에 가기 전에 잠깐 꿈을 꾸고 있는 걸지 몰랐다.

이런저런 상상을 하는 기연에게 룽거는 성큼성큼 다가왔다. 그래놓고 여자가 놀라지 않을까, 한참 동안 가만히 서 있었다.

하지만 기연은 룽거가 지척에 있다 한들 무섭거나 불안하지 않았다. 겁탈당하면 어쩌나 하는 걱정이 들지 않았다. 다른 이는 몰라도 이 오랑캐는 막되게 행동하지 않을 거라는 믿음, 그것이 그녀에겐 있었다.

기연의 편안한 눈빛을 읽은 룽거는 그녀 곁에 앉아 손을 뻗었다. 굳은살 박인 투박한 손이 기연의 이마에 맺힌 식은땀을 부드럽게 닦아냈다.

비식거리는 웃음소리가 들려 그는 왜 웃느냐 묻듯 기연을 쳐다봤다. 그러나 긴 속눈썹이 붙은 두 눈은 감겨 있었다.

"조선어에…… 간병이라니…… 해괴한 꿈 덕분에 오래간만에 웃네."

진정 우스웠다. 아정이가 죽은 뒤로 이렇게 순수하게 웃긴 적이 없었다. 하여 두통마저 잊은 기연은 양 입꼬리를 슬쩍 올린 채 잠에 빠져들었다.

✿

개시는 묘지 사이를 기어 다니는 아정이를 등에 업었다. 그리하곤 뒤를 돌아보며 말했다.

'언니, 아정이는 제가 데려갈게요.'

'개시야, 안 돼. 언니 딸은 안 돼, 두고 가.'

웃은 개시는 아정이를 데리고 멀어졌다. 쫓아가려 했지만 또다시, 급한 마음과 달리 다리가 무거워 기연은 서두를 수 없었다.

'개시야, 내 아기는 주고 가! 그러지 마!'

개시의 뒤통수 아래에 위치한 아정이의 뒤통수는 살이 터져 피투성이였다. 기연의 눈시울이 홧홧해졌다.

'내 아기는 주고 가. 가려면 너 혼자 가. 내 아기는 주고 가라고!'

갑자기 허공에서 낯선 손이 튀어나왔다. 그 손이 기연의 팔을 붙들고 흔들자 개시와 아정이가 연기가 돼 사라졌다.

"내 아기……."

"네 아이는 여기 없다."

"……."

꿈을 깬 기연의 눈에 사내가 비췄다. 제법 익숙한 사내였다.

"먼저 부처께 갔다."

"부처……."

"그래, 부처."

불교를 천시하는 조선 사람더러 '네 아이는 부처께 갔다' 하다니, 이것이 욕이 아니고 뭔가? 아니, 잠깐, 그보다…….

룽거의 짙은 눈썹 아래, 빛나는 까만 눈동자를 쳐다보던 기연은 벌떡 상체를 일으켰다. 급히 움직인 탓에 안 그래도 아픈 머리가 지끈거렸다. 등허리가 쑤셨다. 하지만 그게 문제가 아니었다. 아픈 몸보단 여전히 귓가를 맴도는 저음이 신경 쓰였다.

방금 오랑캐와 짧게나마 대화를 나눴다. 틀림없이, 확실히, 오랑캐가 조선말을 소리 냈다! ……지난번에도 꿈을 꾼 것이 아니었나? 이 젊은 오랑캐가 정말 조선말을 할 수 있나?

"조선, 조선말을 할 줄 아는 겁니까? 지난번에 들은 게…… 헛것이 아니었던 거예요?"

"……."

"방금 전에 했잖아요, 조선말. 한데 왜 못 하는 체를 했지요?"

"그 이유를 네게 설명할 의무는 없다."

충격을 받은 기연의 입이 헤벌어졌다. 룽거가 설명해 주기 싫다 했기 때문이 아니었다.

"그건 그렇지만……."

일어난 룽거에게서 눈을 뗄 수 없었다. 조선말을 너무 잘한다. 어투나 단어가 매끄럽다. 심지어는 오랑캐 말을 쓸 때보다 조선말을 쓸 때가 어투가 더 부드러운 것 같다.

"나는 너를 세 번 구해줬다."

"뭐, 뭐라고요?"

"나는 너를 세 번 구해줬다."

"아, 네…… 알아요. 몹쓸 짓과 참형을 당하지 않게 도와줬지요. 이번에도…… 앓다가 쓰러진 나를 구해줬어요."

"그러니 내가 다른 이들에게 알리고 싶어 하지 않는 사실을 네가 대신 떠벌리고 다니는 일은 없을 거라 여겨도 되겠지?"

"어차피 떠벌릴 상대도 없어요."

"천립과 조선인 포로들, 조선 출신 청군들이 있잖은가."

"포로들은 모두가 지쳐 말할 기운도, 들을 기운도 없어요. 조선 출신 청군들하곤 천립 외에 한 번도 얘길 나누지 않았고 천립과는 예전엔 꽤 말을 했던 것 같지만 이제는 아는 척도 안 해요."

"어째서냐."

"뭐가요?"

"왜 천립이 너와 아는 척을 안 하느냔 말이다."

"……."

'나를 도망치게 해주려는 거냐.' 물었던 것을 털어놔 봐야 좋을 일이 없을 거였다.

"포로들이 조선 출신 청나라 군사를 싫어하니까요. 나도 그럴까 봐 천립이 겁이 나는 거겠지요."

"아니, 그렇지 않다."

"네?"

"너는 거짓말을 하고 있어. 그게 걱정됐다면 애초에 어째서 네게 친근하게 굴었겠느냐? 천립이 네게 말 거는 모습을 한두 번 본 게 아니다."

"……나를 뭐 얼마나 자주 봤다고요?"

"……."

잠시 조용한 룽거가 되물었다.

"내가 잘못 짚었다는 거냐? 너는 내게 거짓말을 고하지 않았다, 부처께 맹세할 수 있는가?"

"……."

비록 불자가 아닐지언정 부처도 신은 신인고로, 헛되이 맹세하기 꺼려졌다. 머뭇거리던 기연은 탐색하는 듯한 룽거의 집요한 눈초리에 굴복해 사실을 고백했다.

"실은 한때 천립이 나를 풀어줄 수 있지 않을까 기대했어요. 그 기대를 내보였더니 천립은 놀라 소스라치더라고요. 이후로 나를 피했고요."

"천립이 처신을 잘했군. 널 놓아줬다면 너와 천립, 둘 모두 사지가 온전치 못했을 거다."

"……."

무서운 위협에 목소리를 잃은 기연을 룽거는 닦달했다.

"언제는 포로인 네 처지를 모르고 망자의 무덤을 짓게 해달라 우겨대더니 지금은 어찌 조용하냐. 도망칠 생각을 한 과거를 반성하는 것은 아닐 테고."

"……."

기연은 룽거가 무언가 새로운 말을 할 때마다 점점 더 심하게 놀랐다. 하여 속으로 감탄하기 바쁜건만 룽거는 그녀를 가만두지 않았다.

"내가 물었다."

"그냥…… 딱히 할 말이 없어서요."

뻣뻣한 반응에 마찬가지로 할 말이 없어진 룽거는 침상 반대편으로 향했다가, 책상 위에 놓인 무언가를 들고 다시 기연에게 돌아왔다. 그가 침상에 내려놓은 것은 음식이 담긴 커다란 접시였다.

산처럼 쌓인 돼지고기, 닭고기, 떡을 눈에 담자 금세 혀 아래에 침이 고였다. 배 속뿐 아니라 머릿속에서까지 꼬르륵거리는 천둥이 치는 듯했다. 가만히 서 있는 룽거의 눈치를 살핀 기연은 닭고기 덩어리를 집어 입안 가득 베어 물었다. 소금으로밖에 간하지 않은 삶은 닭고기였지만 맛있었다. 세상에 이렇게 맛있는 음식이 있었나 싶을 정도로 맛있었다. 접시 옆에 물이 담긴 놋쇠 잔이 놓였지만 기연은 음식만 씹어댔다.

입에 음식을 물고 있는데도 더 넣어달라 요동치던 배 속은 돼지고기, 닭고기 각 두 덩이에 떡까지 먹어서야 진정이 됐다. 그러자 뒤늦게 홀로 배가 부른 것이 미안해 기연은 룽거를 찾았다. 그는 어느 틈엔가 책상 뒤에 가 앉아 있었는데, 손에는 둘둘 만 책을 들고 있었지만 날카로운 두 눈은 밥 먹는 이를 주시하고 있었다.

걸신들린 양 허겁지겁 먹는 볼썽사나운 꼴을 내보인 것이 민망해 기연의 귀가 달아올랐다.

"내가 혼자 너무 많이 먹어서 그쪽 몫을 동낸 건 아닌지……."

붉은 귀를 쳐다보던 룽거는 책을 펼치며 아무렇지 않게 말했다.

"너는 이틀 만에 깨어났다. 한데 고작 그걸 먹고 멈추면 양이 적은 게지. 내가 알기로 조선인들은 남녀노소 구분 없이 대식가일 텐데?"

"……."

"조선국 신료들이 남한산성에 식량을 비축하는 일을 소홀시한 바람에 그곳에 숨었던 조선국 왕조차 죽 한 그릇으로 하루 식사를 때우고, 백성들은 굶어 죽었다더군. 대청국 황제께서는 혜안과 덕이 넘치신다. 조정에는 영민한 신료들이 가득하다. 덕분에 우리는 식량이 풍족하니 원한다면 더 먹어라."

그게 다 조선 백성들이 피땀 흘려 저장해 둔 걸 뺏은 거면서. 게다가, 그렇게 풍족하면 밖의 포로들한테나 나눠주지.

불만을 삼킨 기연이 사양했다.

"충분히 배불러요. 그보다…… 저……."

불과 한 식경 전에 허기져 죽겠다 외치던 배는 이제 요의를 해결해달라 아우성이었다. 이런 걸 보면 사람이나 짐승이나 본능에 충실한 것은 매한가지였다.

"그…… 나는……."

불편한 기색의 원인을 알아챈 룽거는 책을 내려놓고 일어났다. 막사 구석에 놓인 불그스름한 빛깔의 둥근 통을 침상 옆으로 옮긴 그가 말했다.

"나가 있겠다."

"저기, 나가지 않아도 돼요."

뚜껑이 덮인 붉은 통이 요강임을 눈치챘음에도 기연은 룽거를 불러세웠다. 룽거의 눈썹이 치켜 올라갔다.

"나가준다 해도 되놈은 못 믿겠다는 건가?"

"아니, 아니에요. 그렇지 않아요."

"하면 무어냐."

"……요의만 느껴질 뿐이지만…… 작은 일도 냄새는 나니까요. 바깥에 나가 해결하고 싶어요."

"나는 짐승과 다를 바 없는 오랑캐인데 그것이 무슨 상관이냐?"

급해 죽겠는데 자꾸 말을 시켜! 슬쩍 짜증이 난 기연의 목소리가 뾰족해졌다.

"어떤 짐승이 방을 이리 꾸미고 살아요?"

"……"

"여기는 내가 편히 써도 되는 내 방이 아니라 그쪽이 먹고 자는 곳인데, 아무렴 서로 적인들 안 좋은 냄새를 풍기고 싶겠어요? 부끄러운 줄 모르면 그게 진짜 짐승이잖아요."

"……."

"그럼 나가봐도 되는 거지요?"

"네가 맹랑한 건 진작 알고 있었다. ……기다려라."

"하지만……."

이젠 진짜 한계인데!

안절부절못하며 급해하는 이를 달래듯 룽거는 재빨리 그가 가진 여분의 목 긴 가죽신을 입구에 내려놓았다.

"신어라."

"아, 고, 고마워요."

그제야 버선발 상태임을 자각한 기연은 커다란 신에 발을 욱여넣었다. 곧바로 어기적거리는 부자연스러운 걸음걸이로 내달렸다. 외간 사내의, 그것도 오랑캐의 신이라 하여 찝찝해할 새가 없었다. 칼바람이 뺨을 매섭게 할퀴었지만 추위할 새도 없었다.

가장 가까이에 있는 수풀 깊숙이 뛰어들어 쭈그려 있길 한참. 일어난 기연은 치마를 정리하며 나오다가 문득 자신의 두 손을 관찰했다. 개시의 무덤을 파느라 새카맸던 손이 정성스레 닦은 것처럼 깨끗했다.

"도망쳤다간 각오해야 할 것이다."

"……도망치지 않았어요."

앞쪽에서 굵직한 목소리가 날아들어 기연은 두 다리를 서둘러 움직였다. 곁에 온 이를 확인한 룽거는 다시 막사로 향했다. 마찬가지로 막사 안에 들어온 기연은 입구에 멀뚱히 선 채, 책상 뒤에 가부좌 자세로 앉은 룽거에게 말했다.

"나는 이만 포로들이 있는 곳으로 가볼게요. 원래는 들어오지 않으려 했는데 바깥에서 조선어를 썼다가 곤란해질까 봐 온 거예요."

추위로 떨리는 마른 어깨를 한 번 곁눈질한 룽거가 무심하게 물었다.

"자신 있느냐."

"무슨 자신이요?"

"잠깐 나갔다 온 걸로 그리 추워 떨면서 모닥불에 의지해 밖에서 잘 자신."

"……."

"없거든 여기서 자라."

기실 몸이 완쾌하지 않은지라 피로가 느껴졌다. 따스한 잠자리가 얼마나 좋은지 오래간만에 맛본 탓에 바깥의 혹독한 환경이 더 무서 웠다. 하지만 잘 곳이 하나인데 오늘 밤도 예서 잤다간, 오랑캐는 어쩌는가?

기연이 고민하는 까닭이 겁탈을 두려워해서라 여긴 룽거가 냉담히 몰아붙였다.

"정신이 좀 들고 보니 역시나 오랑캐는 못 믿을 짐승이다 싶은가 보 군."

"그런 거 아니에요. 괜한 오해 말아요."

"하면?"

"내가 여기서 자면 그쪽은요?"

"……."

룽거는 부드러워진 어조로 답했다.

"책을 보다 잘 것이다."

"거기서요? 그쪽이 앉아 있는 평상은 길이가 그쪽 다리보다도 짧잖 아요."

"알아서 할 테니 신경 쓰지 마라."

"……."

어떡하지? 아무리 상대가 오랑캐라도 뻔뻔하게 남의 침상을 뺏어도 될까? 하지만 수풀에 가는 동안 맞았던 바깥바람은 얼음장처럼 시렸는데…….

고민을 끝낸 기연은 빌린 가죽신을 가지런히 벗고 침상 이불 속으로 파고들었다. 밥을 든든히 먹었겠다, 수풀에 다녀왔겠다, 등이 따뜻하니 졸음이 쏟아졌다.

룽거가 고개를 들었을 때 여인은 깊이 잠들어 있었다.

✽

하룻밤 더 막사에서 보낸 효과는 컸다. 따뜻한 이불에 뒤덮여 자고 일어나 아침밥까지 한껏 얻어먹은 덕택에 차갑던 몸에 기운이 돌았다. 욱신거리지 않는 사지가 평안했다.

룽거가 씻고 무장하려 한다는 것을 알아채 막사 바깥에 나온 기연은 분주히 출발 준비를 하는 청군들을 하릴없이 쳐다보다가, 인기척을 쫓아 몸을 돌렸다. 순백색 갑주를 차려입은 룽거를 올려다본 그녀가 나직이 말했다.

"이만 포로들 틈으로 가볼게요."

"……."

무반응이 동의라 치부한 기연은 자진해 포로들과 뒤섞였다.

그런 기연을 포로들을 관리하는 청군 병사가 말 위에서 흘끗 내려다봤다. 그러나 병사는 손목만 묶인 그녀의 몸에 추가로 오랏줄을 묶지 않았다. 굴비 엮듯 다른 포로들과 연결하지도 않았다. 그는 그의 상관인 타타라 룽거가 포로 여자가 쓰러졌던 동안 내내 말 뒤에 직접 싣고 다녔던 것을, 삼 일이나 옆에 끼고 잔 것을 똑똑히 인지하고 있었다. 상관이 아끼는 계집을 융통성 없이 가혹하게 대했다간 밉보일지 몰랐다. 대신 병사는 채찍으로 포로 사내 하나의 등을 내려치고 외쳤다.

"출발해라!"

출발해라, 쉬어 간다, 밥이다, 세 가지 만주어는 용케 알아들을 수 있게 된 포로들이 비틀비틀 귀신처럼 걷기 시작했다.

왜 내 몸에는 오랏줄을 안 채우나, 의문스러워하는 기연에게 포로 여인이 다가왔다.

"저는 소옥이라고 해요."

기연이 자기소개를 해온 여인을 보니, 지난날 신을 벗어준 그이였다.

"기연이에요."

미소 지은 소옥이 인사했다.

"신을 내주셔 감사했어요. 다시 돌려 드릴게요."

룽거가 빌려준 가죽신을 신은 터라 기연은 묶인 두 손을 흔들었다.

"아니요, 그러지 않아도 돼요."

"그것이 무슨 말씀이세요? 당연히 돌려 드려야지요. 발이 시리실 텐데 폐를 끼칠 수 없어요. 어서 받으세요."

"아니요, 나는 괜찮아요."

"제가 염치가 있지, 그럴 수 없……."

원래 주인 쪽으로 신을 벗어주려던 소옥이 멈칫했다. 사내의 것이 분명한 커다란 가죽신을 발견한 소옥의 뺨이 붉으락푸르락 달아올랐다.

"치욕을 당한 당신을 불쌍히 여겼는데, 어찌 수치를 모르고 되놈이 준 신을 당당히 얻어 신었단 말예요? 되놈한테 발바닥 보인 걸론 부족했나 보지요?"

싸늘히 쏘아붙인 소옥이 기연을 노렸다. 당황해 얼떨떨하던 기연은 소옥뿐 아니라, 그녀 주위의 몇몇 포로들 역시 형형한 안광에 혐오를 띤 채로 자신을 노려보고 있다는 사실을 깨달았다.

기연이 더듬거렸다.

"그런, 그런 거 아녜요. 그쪽이 생각하는 거 아니에요."

"내가 뭘 생각하는데요?"

"……내가 청나라 사내에게 흔쾌히 몸을 팔았다 생각하는 거잖아요."

소옥의 눈초리가 사나워졌다.

"청나라 사내라고요? 되놈이나 오랑캐가 아니라? 꼭 정인을 부르는 듯하네요."

"그게 아니라 저들은 우리가 욕하는 말을 알아듣는다고요."

"되놈들이 알아듣건 말건 무슨 상관이지요? 몸 바친 되놈 장수에게 미움을 살까 봐 무서운가요?"

추운 날씨에도 불구하고 기연의 등허리를 타고 열이 치솟았다. 답답증이 인 기연이 짜증스레 반박했다.

"우린 포로잖아요. 사방이 청군인데 말실수했다가 무슨 고초를 얼마나 더 겪으려고요?"

"포로 신세일지언정 나는 내 절개와 나라님에 대한 충심을 지키고 있어요! 당신처럼 쉽게 몸을 팔지 않는다고요!"

"……"

소옥의 빈정거림이 점점 거세지니 기연도 화가 났다.

"나는 그저 신을 빌려 신었을 뿐이에요. 언 겨울 땅을 버선발로 걸을 순 없으니까."

"왜 없지요? 오랑캐 신을 신을 바엔 동상에 걸리는 한이 있더라도 맨발로 걸어야지요!"

"그쪽도 내가 준 신을 얼씨구나 좋다 하고 받아 신었잖아요!"

뺨뿐 아니라 소옥의 얼굴 전체가 달아올랐다. 주위 포로들 눈치를 살핀 소옥이 빽 외쳤다.

"당신이, 당신이 억지로 신겼잖아!"

"내가 언제요? 신길 새가 어디 있었게요? 벗어주자마자 쓰러졌는데."

"나, 나는…… 나를 당신과 같은 취급할 셈인가 본데 그만두라고요! 당신이 조선인에, 여자였기에 잠깐 빌려 신은 것뿐이니까. 나는 갖신을 신을 형편은 못 됐지만 어엿한 양반가 출신이야…… 당신 같은 수치심 없는 여자와는 달라! 게다가 이 냄새나고 더러운 신, 돌려주려 했다고!"

냅다 신을 벗은 소옥이 앞서갔다. 싸움을 지켜보던 나이 든 사내가 악질적으로 침을 퉤 뱉었다.

"몸 팔아 뭐 맛있는 음식을 얻어 처먹었는지 신수가 훤하네. 몸시중 들며 아양은 오죽 떨었으면 묶이지 않고 저리 편하게 걸을까. 몹쓸 짓 당한 다른 여자들은 매일 울거나 굶어 자결하는데, 눈물 한 방울 안 흘리고. 더러운 년 같으니."

사내와 소옥을 비롯한 포로들은 저들끼리 뭉쳐 걸었다. 또한 언제부터 친했다고, 함께 기연을 더러운 병이라는 양 흘끔흘끔 돌아보았다. 그 단체 행동 탓에 걷는 속력이 지체돼 참다 못한 청군들이 포로들 사이로 말을 몰며 시끄럽게 굴지 말라, 채찍을 휘둘렀다.

소옥과 사내 등, 경멸스러운 눈빛을 보냈던 포로들의 뒤통수를 기연은 매섭게 노렸다. 저런 여자에게 '신을 주는 대신 날 묻어줄 수 있냐' 물어보려 했다니!

"아! 내 신!"

뒤늦게 땅을 살폈으나 신은 보이지 않았다. 필시 뒤따라오는 청국 기병들의 말발굽에 짓밟히고 있을 터였다.

설움을 삼킨 기연은 세 보 뒤처져 홀로 걸었다.

❀

포로들은 자신들이 북쪽으로 가고 있다는 사실을 점점 실감할 수 있었다. 증거로 해가 가장 높이 떴을 무렵 쏟아지기 시작한 눈이 반나절 만에 포로들의 발목을 덮을 높이로 쌓였다. 한데도 그치지 않는 것이 사람들을 모조리 눈 속에 파묻을 작정인 듯했다. 눈만 내리는 거면 그나마 나았겠지만 안타깝게도 바람도 거세졌다. 뼈를 쑤시는 겨울 칼바람은 마치 산 정상이나 바닷가에서 부는 것처럼 혹독했다.

빨간 손에 후후 입김을 불며 눈 위에 발자국을 새기던 기연은 걸음을 멈췄다. 앞서가던 포로들이 둥그렇게 모여 술렁거렸다. 무슨 일일까? 궁금했으나 소옥이나 다른 이들에게 또 욕먹고 싶지 않아 꼼짝하지 않았다.

기연을 제쳐 앞으로 간 청군 기병 둘이 채찍을 휘둘러 포로들을 흩어뜨렸다. 얼어 죽은 시신을 발견한 병사들은 말에서 내려 시체를 길한 구석 외진 그늘에 내버렸다. 다시 말 등에 오른 그네들이 포로들의 머리를 채찍으로 때렸다. 소란 떨지 말고 어서 가라는 재촉이었다.

"꾸물대지 마라! 시간 끌지 말라고, 이 말귀 못 알아듣는 멍청한 것들!"

채찍질을 피하려 포로들이 부지런을 떨었다. 병사는 이번에는 얼어 죽은 시체를 안쓰럽게 보는 기연의 뒷목을 채찍 반대편으로 쿡쿡 찔렀다.

"시간 끌지 마라니까! 안 맞은 걸 감사히 여기고 어서 움직여!"

재촉하는 소리임을 눈치챈 기연은 별수 없이 속력을 높였다. 걸으면서도 머릿속에는 얼어 죽어 버려진 시체가 맴돌았다. 앞으로 몇 명이 그 시체 꼴로 생을 마감할 텐가.

"으, 발 시려…… 발 시려……. 동상 걸린 것 같은데 썩으면 어떡하지."

눈 쌓인 머리를 땅을 향해 처박고 걷던 기연은 옆을 쳐다봤다. 소옥의 시선이 기연과 마주쳤다.

소옥이 싫었지만 기연은 여자의 시퍼런 얼굴, 버선만 신은 발을 보자 다시 일말의 동정이 느껴졌다. 반면 불쾌한 표정을 지은 소옥은 포로 무리에게 딱 달라붙었다.

"누군 저를 좋아하는 줄 아나."

"쉬어 간다!"

기연의 불평이 청군 병사의 고함에 묻혔다. 앓는 신음을 낸 포로들이 털썩 주저앉았다.

포로들보단 아니라도 청군들도 추운 건 매한가지라 그들은 제일 먼저 곳곳에 모닥불부터 지폈다. 기연은 포로들 몫의 모닥불로 다가갔으나 몇몇 포로들이 매서운 눈길을 보냈다.

기분이 상한 기연은 불에서 조금 떨어진 곳에 홀로 쭈그려 앉았다. 엉덩이가 심하게 차가워 이대로는 다시 앓게 되지 않을까 걱정이 됐다. 그렇다고 서 있을 기운은 없기에 몸을 최대한 웅크려 무릎 사이에 얼굴을 처박았다.

밤이 지나고 새로이 해가 떠올랐지만 상황은 마찬가지였다. 눈발은 전날보다 굵게 흩날렸다. 새벽 동안 동상 증상이 악화된 포로들이 고통에 헐떡거렸다. 아침에만 포로 세 명이 시체가 돼 버려졌는데, 오후까지 합하면 반나절 만에 얼어 죽은 이가 총 다섯이었다.

"쉬어 간다!"

"불, 불 좀 주십시오, 청군 나으리!"

허벅지 사이에 두 손을 끼운 사내가 발을 동동 구르며 애원했다. 사내는 모닥불이 피어오르자 불속으로 뛰어들 것처럼 바싹 붙어 앉아 썩어가는 손발을 데웠다.

옹기종기 모여 앉은 포로들 중앙에서 열을 뿜어내는 모닥불을 간절히 쳐다보던 기연은 추위는 둘째치고, 일단 볼일부터 해결하려 청군 병사에게 이끌려 수풀로 가는 포로 여인들을 뒤따랐다.

여인들과 조금 떨어져 일을 해결하고 수풀 밖으로 나가려는 참, 우악스러운 손길이 기연의 머리채를 낚아챘다.

"악!"

"뭐냐!"

멀찍이서 포로들을 감시하던 청군이 뛰어왔다. 머리채를 붙든 이가 샨치임을 확인한 청군이 물었다.

"뭘 어쩌려고? 재미 보고 싶어서?"

"그거 아니면 뭘까 봐. 난 계속 이년 엉덩이 사이를 쑤시고 싶었어."

씨익 웃은 샨치가 자유로운 오른손으로 바지를 끌어내렸다. 기연은 공포에 절어 샨치를 곁눈질했다. 야차 같은 오랑캐의 웃음을 선명히 기억하고 있었다. 몹쓸 짓을 당할 뻔했던 것도.

"놔, 놔! 도와줘요! 거기, 아직 조선인들이 있지요? 제발 도와줘요!"

기연은 잡힌 머리채를 빼내려 몸부림쳤으나 끄떡 않은 샨치는 입맛을 다셨다. 툭 불거진 샨치의 다리 사이를 본 청군이 비식거리다가 물었다.

"아, 그런데 걔가 타타라가 아끼는 년인 거 알아?"

"알아."

"괜찮겠어?"

"아악!"

기연을 바싹 끌어당긴 샨치는 저고리 안으로 손을 넣어 물컹한 젖가슴을 움켜쥐었다. 한 손 가득 찬 가슴을 주무르니 아래가 훨씬 후끈거렸다. 샨치는 냄새 나는 혀를 내밀어 계집의 목을 핥았다. 처절한 비명이 울렸다.

"놔, 놓으란 말이야!"

"이년은 본디 내 거였어."

"타타라는 네 상관이야. 더군다나 잉굴다이의 조카라고."

"어차피 그 자식이랑 이년은 말도 안 통할 텐데 내가 갖고 놀면 어때?"

"나한테 피해 안 오게 하라고. 나도 계집 맛 좀 보고 싶은데…… 타타라와 예친왕이 계집들에게 손대지 말라 해서……."

"그 말 한 지가 언젠데? 뭐라 했었는지 저들도 다 까먹었을 거야."

"그래도……."

"경중명 그 한인 놈은 매일 밤 조선 계집 위에 타느라 바빠. 우린 왜 안 돼?"

"나도 불만스럽지만 참을래. 대신 구경이나 하자."

"그러든가. 이 형님의 화려한 못질에 감동해 마음이 바뀌거든 말해. 내줄게."

"됐으니까 빨리 끝내. 포로 년들 데려다놔야 하니까."

누런 이를 혀로 핥은 샨치는 몸통 부분이 두 갈래로 나뉜 나무로 기연을 질질 끌고 갔다. 나무 몸통 사이에 기연을 엎어놓은 그가 버둥거리는 여체를 몸으로 누른 채 거칠게 치맛자락을 들췄다. 속곳을 벗겼다. 질겁한 기연이 울부짖었다.

"하지 마! 하지 말란 말이야! 살려, 살려주세요! 도와줘!"

"맛깔나게 박아줄 테니 교태 그만 부려라, 이 계집아."

미끄덩한 살덩이 끝이 볼기를 스치매 기연의 눈에서 폭포수 같은 눈물이 쏟아졌다.

"하지, 하지 말라고! 으흐흑……!"

"어이, 잠깐. 그년이 신은 신발, 값비싸 보이는 게 타타라 거 같은데? 정말 그년 건드려도 괜찮겠어? 신까지 갈아 신길 정도면 많이 아끼는가 본데 만에 하나 저것이 천립이나, 다른 조선 출신 군인들 입을 빌려 타타라한테 이르면 어쩔 거야?"

"……뭐야?"

샨치가 멈칫한 사이 온 힘을 다해 몸을 뒤집은 기연은 그의 사타구니를 걷어찼다.

"윽! 이 망할 년이! ……잡아, 잡으라고!"

"난 저기 오줌 싸다 만 년들을 지켜야 한다고!"

오랑캐들의 고함이 캄캄한 수풀 속에서 메아리쳤다. 뒤쫓아 오는 발소리가 들리는 듯해 기연은 죽기 살기로 달렸다.

"아흑!"

수풀을 빠져나온 기연은 종아리에 얽힌 속곳 탓에 발이 꼬여 나동그라졌다.

"흐흑, 제발……."

덜덜거리는 손으로 가죽신, 버선, 속곳을 통째로 벗고 맨발로 달렸다. 날선 눈송이에 베인 발에 상처가 아로새겨졌으나 아픔이 느껴지지 않았다. 발바닥에 구멍이 난다 해도 멈춰선 안 됐다.

"살려, 살려줘요! 어디 있어요!"

기연은 진영을 가로지르며 가장 큰 막사를 찾았다. 시야를 뿌옇게 만드는 눈물을 떨치기 위해 질끈 눈을 감았다 뜬 순간, 저 앞에 룽거가 보였다. 막 막사 밖에 나온 룽거에게 쏜살같이 내달린 기연이 애원했다.

"살려줘요! 제발 날 살려줘요, 제발!"

"……."

"날, 날 강간하려 해요. 지난번 그 오랑캐가, 흐흑……."

"……."

눈물에 젖어 번들거리는 뺨을 내려다보던 룽거는 시선을 더 밑으로 내렸다. 여자의 상의가 헤집어져 설핏 속살이 보였다. 눈을 디딘 작은 두 발에는 신이 신겨 있지 않았다.

"포로 계집이 뭐라는 게지? 버릇없이 주제를 모르고 자네에게 하소연을 하다니…… 자네 아시겠나? 이래서 계집들은 적당히 잘 대해줘야 한다네. 뭐든지 항상 균형이 중요하지. 한데, 보아하니 병사들이 계집을 조금 짓궂게 대했나 보군."

맞은편 막사에서 나온 경중명이 웃으며 말했다. 룽거는 놀라 움찔거린 기연을 제 등 뒤에 세웠다.

"이걸 어찌한다? 숨겨도 보이는데. 아무튼, 자네가 그 계집을 아끼는 것을 알지만 하찮은 포로 때문에 대청국 병사들을 나무라진 말게. 고생한 병사들이 응당 회포를 풀 수 있게 허락해 줘야 했거늘, 포로 계집들을 고이 둔 까닭에 서운함이 분출한 게지."

무엇이 우스운지 시종일관 웃는 낯을 한 경중명과 달리 룽거는 딱딱하게 굳은 얼굴로 물었다.

"회순왕께서는 예친왕의 말씀을 잊으셨습니까."

"예친왕의 말씀?"

"포로 여자가 병사들에 비해 부족한데, 여자 하나가 여럿을 상대하게 하면 가혹하다 하셨습니다. 하여 병사들에게 포로 여자들을 하사하지 않으셨건만, 친왕께서 측은지심을 베푸시는 모습을 저와 함께 보셨으면서 회순왕께서는 거룩한 뜻을 거역하려 하십니까?"

"……내가, 내가 어찌 예친왕 전하의 뜻을 거역하겠는가?"

"그러시다면 함부로 부녀자를 추행하려 한 병사를 잡아내 벌해야 합니다. 예친왕께서 이 자리에 계셨어도 그러라 명하셨을 겁니다."

"……"

경중명은 룽거가 이해되지 않았다. 울며불며 난리를 친 포로 계집이 겁간을 당한 듯싶기는 하지만, 그게 뭐 대수란 말인가? 승리자가 패배자에게 제멋대로 구는 거야 동서고금을 막론한 당연한 순리이거늘. 아니면 잉굴다이의 젊은 조카 놈은, 저 포로 계집을 진심으로 아껴 측실로 삼을 생각인가? 묵던에 도착하면 내다 버릴 게 아니라?

여하간 룽거가 과민 반응하는 이유가 무엇이건 간에, 경중명은 슬그머니 기분이 상했다. 어린놈이 바락바락 대들 듯이 하다니…… 가르치듯 하다니…….

한인이라 하여 무시를 받나 싶은 자격지심이 또 피어오른 경중명의 속이 끓었다. 그는 미소를 지어 보이며 비꼈다.

"만주인은 예절로 유명하다 들었거늘 거짓이었나 보군. 어른을 앞에 두고 고집을 피우는 이에게 내가 이 이상 뭐라 하겠는가? 멋대로 하게. 자네가 대청국 병사까지 벌하고자 하면서 저 계집을 감싸는 이유는 그만큼 아껴서겠지. 나는 이만 들어가 보겠네."

으드득 이를 간 경중명이 처소로 들어가자 룽거는 주위 병사들을 재촉했다.

"샨치를 잡아와라."

"예."

룽거는 우는 기연을 막사 안으로 데려가 침상에 앉혔다. 긁힌 상처 투성이의 작고 빨간 발을 흘끔거린 그는 그녀의 하반신에 이불을 덮어줬다. 그러고는 방금 겁탈당할 뻔한 이가 다시 놀랄까, 거리를 둬 물러났다.

훌쩍이는 소리가 줄어들길 기다린 룽거가 이윽고 물었다.

"샨치가 네게 무슨 짓을 했느냐."

멈췄나 싶던 눈물이 언 뺨을 타고 흘러내렸다. 눈물을 훔친 기연은 고개를 저었다.

"마, 말하기 싫어요."

"……그놈이 너를 겁탈했나?"

재차 고개를 저은 기연은 가슴을 사정없이 주무르던 끔찍한 손길, 볼기를 스쳤던 살덩이의 감촉을 되새겼다. 막사 안이 춥지 않았지만 소름이 끼쳐 어깨가 떨렸다. 눈물줄기가 굵어졌다. 기연은 아직 떨리는 손으로 이불을 붙잡아 당겨 가슴을 가렸다.

"그럴 뻔…… 했어요. 아무도 나를 안 도와줬어요. 근처에 다른 포로 여자들이 있었는데……."

"……너는 일단 자는 것이 좋겠다. 곁을 지켜줄 테니 누워라."

기연은 룽거의 권유대로 누워 이불 속으로 파고들었으나 수풀에서의 장면이 자꾸 떠올랐다. 베갯잇이 축축해졌다.

"잠이 안 와요……."

"……."

"저녁 식사입니다, 장군."

음식 그릇이 담긴 쟁반을 들고 온 병사에게 룽거가 명했다.

"술을 한 병 가져와라. 종류는 상관없다."

"예."

웬일로 잘 마시지 않는 술을 찾는 룽거가 신기했지만 병사는 얼른 술병과 잔을 대령했다. 룽거는 술을 가득 따른 찻잔을 기연 앞에 내밀었다.

"네가 나를 믿을 만하다 여기거든 걱정 말고 다 마셔라."

"……난 술을 못 마셔요."

"마시고, 자라."

"……."

독한 술 냄새가 코를 찔렀다. 아비와 서방 놈이 술만 취하면 한층 심하게 포악질을 저지르곤 했던 터라 술이 싫었으나, 잔을 받아 들었다. 숨을 참은 채 따뜻하게 데운 술을 한 번에 삼키자 순식간에 취기가 올라왔다.

기연은 두통이 이는 머리를 다시 베개에 붙였다. 겁간하려 한 야차 오랑캐가 머릿속에서 사라져 갔다. 돌덩이인 양 무거운 눈꺼풀을 벗겨낼 수 없었다…….

"장군, 혹여 주무십니까?"

잠든 기연을 내려다보던 룽거가 바깥에 나왔다. 샨치를 잡아오라 보냈던 병졸들은 손이 비어 있었다. 병졸 중 한 명이 보고했다.

"샨치가 보이지 않습니다. 탈영한 듯합니다."

"……."

룽거는 맞은편 경중명의 막사를 바라봤다. 경중명처럼, 대부분의 청군 병사들과 지휘관들은 그네들이 포로 여자들을 윤간하는 것을 당연시 여겼다. 외려 겁탈을 금하거나 자제시키는 룽거 자신이나 숙부 잉굴다이, 예친왕이 별종이었다.

"저들이 겁간은 예삿일로 생각해도 탈영 죄는 그렇지 않을 터."

"예?"

경중명의 막사에서 시선을 뗀 룽거는 어리둥절한 병졸들에게 명했다.

"말을 몰고 가 샨치를 잡아라. 멀리 가지 못했을 거다."

"예. 생포해 대령하겠습니다."

"아니다."

"하오시면……."

"샨치는 탈영 죄를 범했다. 발견하거든 사살해라."

"예."

샨치가 탈영을 해준 덕택에 조선인 계집의 치마폭에 휩싸여 앞뒤 분간을 못 한다느니, 공처가 기질이 있다느니, 쓸데없는 소리를 듣지 않을 수 있게 된 것을 만족하며 룽거는 막사 안으로 되돌아왔다.

그는 마른 눈물로 얼룩진 기연의 얼굴을 또 내려다보았다. 다행히 표정이 편안했다.

"……너는 어째서 자꾸 내게 보이는 거냐. 나는 조선인 계집이라면 지긋지긋한데."

회한 서린 저음을 끝으로 막사 안에는 색색이는 숨소리만이 울렸다.

※

술이 깨자 잠도 깼다. 덕분에 끔찍한 기억이 되살아나 기연은 후다
닥 상체를 일으켰다. 막사 입구 아래 틈새로 스며든 어스름한 새벽빛
에 의지해 방 안을 두리번거리니, 책상 뒤에 가부좌 자세로 앉은 오랑
캐 사내의 인영이 보였다. 설마 밤새 저러고 앉아 있었을까?

앉아 있었건 쪼그려 누웠었건, 마음이 불편한 것은 이제나 저제나
같았다.

"미안해요. 나 때문에……."

"신경 쓰지 마라."

"그래도……."

"네 발밑에 신을 뒀다. 신어라."

침상 다리 근처를 훑은 기연은 운혜 한 켤레를 찾아냈다. 신 안에
버선이 들어 있었다.

"이걸 어디서 구했지요?"

"간밤에 포로 여자가 죽었다더군."

"……."

룽거는 감고 있던 눈을 떠 기연을 살폈다. 착잡한 표정이 거슬렸다.

"망자의 물건이다, 찜찜한 게냐."

"아니요. 그냥…… 죽은 이가 안쓰러워서……."

"네 앞가림이나 잘해도 부족할 것을 너는 어째서 매번 네 처지를 잊
고 남 걱정을 하느냐."

"네?"

예기치 못한 꾸중을 들은 기연의 눈이 동그래졌다. 위축돼 당황하

는 기연을 달래듯 룽거는 나긋이 말했다.

"뭐라 하는 것이 아니다. 이상해 그런다. 저번에 보니 너도 힘들 텐데, 손이 까져 가며 밤새 어린 계집아이를 묻어줬더군."

"……."

어찌 저리 세세히 알까? 개시를 묻어주느라 손 상태가 안 좋아졌던 것까지 알고.

개시가 죽은 날을 되새긴 기연은 묶인 손을 내려다봤다. 쓰러졌다 일어났을 때 까맣던 손은 깨끗해져 있었다. 설마.

"내 물음에 대답하지 않았다."

"아…… 그다지 걱정하지 않았어요. 죽고 나서도 처량 맞으면 정말 불쌍하니까 무덤이라도 만들어준 거지요. ……내가 선심을 베풀면 내가 죽었을 때 누군가도 나를 위해줄지 모르고요."

"너를 위해줄 사람이 그리 없느냐."

"……."

대답 없는 기연을 룽거는 재촉하지 않았다. 일어선 그가 말했다.

"일어나라. 밖에 나갈 것이다."

바깥이 조용한 게 아직 출발할 때가 아닌 듯싶은데 어딜 가려는 거지? 궁금증을 느낀 기연은 발을 내밀었다. 버선을 신다 아차 싶어 고개를 드니 사내가 맨발을 쳐다보고 있었다.

뺨이 더워진 기연은 얼른 두 발을 이불 속에 숨겼다. 맨발이 보이지 않게 조심하면서 버선을 신느라 그녀는 그가 이번에는 달아오른 자신의 얼굴을 보는 것을 눈치채지 못했다.

기연을 데리고 바깥에 나온 룽거는 보초병에게 말 한 필을 가져오라 명했다. 먼저 말 등에 기연을 올린 그가 뒤에 앉았다. 딸그락거리는 말발굽 소리가 막사에서 새나온 병사들의 코 고는 소리와 뒤섞였다.

청나라산 말은 조선산 말에 비해 갑절로 큰즉, 발 아래로 보이는 땅이 멀기 짝이 없어 기연은 말갈기를 불안히 움켜쥐었다. 땅에 떨어지면 어쩌나 무섭거니와 뒤에 앉은 사내의 숨소리가 신경 쓰여 등허리에 긴장이 배겼다.

"어딜 가는 거지요?"

"멀리 가지 않는다."

말은 넓은 진영을 빠져나왔다. 마지막으로 지나친 막사가 찻잔만 해져서야 말발굽 소리가 멈췄다.

"내려라."

"……."

눈치를 살핀 기연은 하얀 서리로 뒤덮인 들판에 내려섰다. 룽거는 여전히 말 위였다.

"너는 이제 어찌할 테냐?"

"……."

그의 질문 뜻을 알아들었지만 뭐라 대답할지 몰랐다. 왜냐면 어째야 하는지 정말 몰랐기 때문이다. 포로들 틈으로 돌아가 진군하다 보면 어제 같은 일을 또 겪지 말란 법이 없었다. 간신히 겁탈당하지 않고, 포로들의 배척과 추위, 굶주림을 이겨내고 청나라에 도착한다 해도 그것은 그것대로 문제였다. 오랑캐 땅에서 무슨 경험을 할지 상상하려 애쓸 때면 매번 다리가 떨렸다.

조용한 기연 대신 룽거가 말했다.

"간밤에 샨치가 죽었다."

"샨치가 누구지요?"

"네게 몹쓸 짓을 하려 한 자."

"……."

스산한 기운이 어깨를 스쳤다. 어디선가 샨치가 튀어나와 가슴을 만질 것만 같아 기연은 막사로 돌아가고 싶었다.

"왜 죽었지요? 혹시 나 때문에 벌을 받은 건가요?"

"샨치는 탈영 죄를 저질렀다. 그는 심각한 중죄이지."

"아……."

"샨치는 죽었지만 그런 놈은 어디에나 있다. 그중 하나가 또 네게 다가올지 모르고."

"……."

어스름한 하늘에 뜬 달을 등진 이국적인 사내를 기연은 빤히 꿰뚫어봤다. 왜 저런 얘기를 하는지 이해할 수 없었다. 절망감을 주려? ……풀어주겠다 제안하려는 건 아니겠지.

"우리나라 임금께서 그쪽들한테, 우리 포로들이 탈출하면 청나라로 되돌려 보내겠다 약속했다고 천립이 떠드는 것을 들었어요. 참인가요?"

"……."

"아니지요? 천립이 잘못 안 거지요?"

"잘못 알지 않았다."

"……."

대군들은 포로들을 모른 체하더니, 그네들 아비 되는 왕은 한술 더 떠 탈출한 포로들을 오랑캐 땅으로 되돌려 보내겠다고 약속했다니.

"황제께서는 대청국으로 이동하는 중 탈출에 성공한 포로들에 한해 죄를 묻지 않겠다 말씀하셨다. 그러나 압록강을 건넌 포로들의 경우에는, 고향 땅에 돌아올 방법은 몸값을 지불하는 것뿐이다. 너는 압록강을 건너기 전에 끝까지 잡히지 않고 도망칠 자신이 있는가?"

"……잡히면 발뒤꿈치가 잘리나요?"

"간밤에 포로 여자가 죽기만 한 게 아니다. 사내 둘이 도망치다 잡혔다."

"그, 그 사람들은 어찌 됐는데요? ……잘렸어요?"

"다른 지휘관 경중명이 병사들을 시켜 도망치다 잡힌 포로들의 머

리칼을 짧게 자르게 했다. 죄를 지은 사실을 표식으로 분명히 남겼으
니 그들은 묵던에 도착하는 대로 뒤꿈치를 잘릴 거다."

"……."

기연은 본능적으로 자신의 두 발을 살폈다. 뒤꿈치가 잘리는 고통
이 얼마나 클지 상상되지 않았다. 거길 잘리고 걸을 수 있을지도. 정
녕 잘리지 않고 도망칠 방법이 없을까. 누군가, 이 사내가 당장 풀어
준다면……. 혹시나 싶은 기대가 또 가슴을 매웠다.

"저를…… 풀어주실 수 없는지요."

"……."

룽거는 과거에 그랬듯이 여자가 알아듣지 못하는 만주어로 소리치
지 않았다. 도리어 어린애를 달래듯 부드럽게 물었다.

"너는 내가 죽기를 바라느냐?"

"그게 무슨……."

"포로를 풀어준 것을 들키는 날엔 나는 온전치 못할 거다."

"……."

"경중명이나 병사들은 사흘을 내 막사에서 잔 네가 내 애첩인 줄
안다. 하여 네 얼굴을 나머지 포로들보다 잘 기억할 텐데 그런 네가
없어지면 쉬이 눈치채지 않겠는가?"

"……."

"게다가 경중명은 날 탐탁치 않아 하니 내 트집을 잡을 구실을 놓치
려 하겠느냐?"

"……."

룽거는 여자의 얼굴에 떠오른 좌절을 알아보았다. 실은 여자를 지
금 풀어주고 경중명에게는, 야외에서 범하려 했으나 저항이 심해 죽
여 치웠다, 우기는 방법을 시도해 볼 만했다. 순종적이지 않은 여자를
죽여 없애는 것이 가혹한 짓이다 생각하는 사내는 많지 않으니까. 그

러나 무리하고 싶지 않은 이유 외에 개인적 욕심 탓에 풀어주고 싶지
않았다.

끝내 풀어주겠다 하지 않은 그가 물었다.

"너는 내가 너로 인해 죽음을 각오하길 바라느냐. 네 목숨을 네 번
씩이나 살려준 것으로 부족하냐."

"……."

아무리 사람의 천성이 이기적일지언정 제 목숨 귀한 줄을 알면 남
목숨 귀한 줄도 알아야 했다. 그렇기에 기연은 차마 '그렇다' 답하지
못했다. 하지만 이기적인 유혹을 외면키 어려워 '됐다' 하지도 못했다.

갈등이 인 그녀의 속내를 꿰뚫은 룽거가 단언했다.

"나는 너 때문에 목숨을 잃을 생각은 없다."

"……."

그가 재차 못 박았다.

"네가 나를 만만히 여겨 도망치려 든다면 세상 끝까지 뒤쫓을 것이
다."

"그럼, 나는 청국에 가면 어찌 되는지…… 내 가족이 나를 찾으러
오지 않으면……."

"……."

"그러니까 내 말은…… 천립은 내가 청국에 가면 윤간당할 거라 했
어요."

"그럴지 모르지. 조선에도 기방이 많지 않느냐."

"……."

"운이 좋아 한 명의 주인을 갖게 된다 해도, 네 가족 대신 널 산 그
자 역시 너를 고이 두지는 않겠지."

"……."

"혹은 묵던에 도착하기 전에 죽을지 모른다. 경중명은 포로들에게

장작 하나 쓰는 것조차 아까워하니 북쪽으로 올라갈수록 추위가 혹독해진들, 포로들의 처지는 나아지지 않을 거다. 어쩌면 너는 일찍 죽는 편이 낫다 생각할지 모르겠군."

"……이 모든 얘기를 날 겁주려 들려준 거예요?"

"……"

기연의 미간이 속절없이 구겨졌다. 참으려 했지만 입이 비죽해졌다. 처음으로 마주한 오랑캐가 무섭지 않고 말 안 듣는 일곱 살 애인 양 얄미웠다.

"방금 들은 얘기를 참고해 오늘부터 끼니를 굶을게요. 배고파 기운이 딸리면 설사 압록강에 빠지더라도 한두 번 허우적대다 금방 가라앉아 죽을 테지요."

"……"

"더 할 말 없으면 포로들 틈으로 돌아갈게요."

홀로 앞서가려는 이를 룽거는 말 머리를 돌려 막아섰다. 뜨거운 입김을 뿜어내며 갈기를 흔드는 말을 피해 기연은 뒷걸음질 쳤다.

"나는 아직 물을 말이 남았다."

"무언데요."

"오늘 이후 너를 돕지 않을 거다. 포로 계집을 쫓아다닌다는 둥의 얘기를 듣고 싶지 않으니까."

"하지만 그건 사실이 아니잖아요. 언제 날 쫓아다녔다고…… 도와줬을 뿐인걸요."

"수다 떨고 싶어 하는 이들에게 사실 여부는 상관이 없는 법이지."

"하면 내가 그쪽 근처에 안 오면 되는 건가요?"

"……널 신경 쓰지 않을 거지만 네가 내게 온다 하면 생각을 달리하겠다."

"무슨 뜻이지요?"

"네가 내가 내민 손을 잡는다면 세간을 무시하고 확실하게 지켜주겠다. 그리고 이곳에 왔을 때처럼 너를 다시 내 말에 태워 돌아가겠다."

"……."

"거부하면 손발이 다치건 샨치 같은 놈을 만나건, 눈길도 주지 않을 것이다. 차가운 땅을 걸어 진영으로 되돌아가게 할 것이다."

"……."

"선택해라. 너는 내 손을 잡겠느냐, 말 테냐."

룽거를, 그가 내민 커다란 손을 번갈아 본 기연의 눈동자가 흔들렸다. 냉혹한 현실을 되짚은 그에게 서운했던 마음이 가시고 허리에 전율이 돋았다. 말없이 손바닥을 더러운 치마에 문지르다가 한참 만에 물었다.

"왜 내게 손을 내밀지요? 손을 잡아 그쪽 보호를 받는 대신…… 나는 뭘 해줘야 하는데요?"

"……."

"밤마다…… 함께 자야 하나요?"

자야 하냐 묻는 순간 눈을 내리떴던 기연은 다시 룽거를 올려다봤다. 그는 동요하는 기색이 없었다.

"아마도."

"……."

"나도 사내이니 뭇 사내들이 여자에게 원하는 것을 네게 원하게 될 테지. 그러나 싫다는 여자에게 강제로 하는 취미는 없다."

"……."

예상한 대답이었지만 그럼에도 충격적이라 힘이 빠진 다리가 삐끗했다. 꼼짝 않고 서 있을 뿐이거늘 숨소리가 거칠어졌다. 심장이 펄떡였다.

한 보 더 뒷걸음질 친 기연이 말했다.

"나는……."

첩실 처지였기에 혼인을 했다기보다는 지아비가 있다 표현하는 것이 맞았지만 송국조를 지아비 취급하고 싶지 않았다.

"나는 혼인한 몸이에요."

"네 아이를 죽인 사내를 기다리느냐? 제 자식을 죽인 자가 처인 너는 구할 듯싶으냐?"

"……아니요. ……내가 혼인했다는데도 괘념치 않아요?"

"상관없다."

"왜 하필 나한테 이래요?"

"네게 관심이 조금 있다."

"……."

얼굴이 확 불타올랐다. 사내한테 저런 소리를 들어본 적이 처음이었다. 아직 해가 안 떴으니 망정이지 대낮에 사과색 뺨을 했다면 광대인 양 우스워 보였으리라.

"이해가 안 되네요. 관심이 있다는 건 내가, 내가 여자로 느껴진다는 거잖아요?"

"네가 여자가 아니면 무어지?"

"그게 아니라 난 거지꼴인데……."

"네 말대로 보기 좋은 모습은 아니다."

"한데 왜요?"

"……내가 조선 여자를 좋아하는 게지."

기연의 눈썹이 꿈틀했다.

"그 이유가 전부라면 널린 이가 조선 여자인데요."

"……마지막으로 물으마. 잡을 테냐, 말 테냐."

"……."

'나도 사내이니 뭇 사내들이 여자에게 원하는 것을 네게 원하게 될 테지.' 그토록 확실시한 사내를 잡아도 될까. 기대도 될까.

목을 찔러 자결한 여인, 도망치다 잡혀 죽은 강돌, 얼어 죽은 개시, 경멸스러운 눈빛을 한 소옥과 포로들, 샨치가 머릿속을 스쳤다. 뒤이어 묵던에서의 삶이 그려졌다. 매 맞고, 겁탈당할까 떨고, 노비가 돼 손발이 부르트도록 부려지다 개돼지 꼴로 죽는…….

그 누구에게도 겁탈당하고 싶지 않았다. 추위, 굶주림, 피로는 이미 충분히 버거웠다. 이 이상 극심해진다면 진정 버텨내지 못할 듯했다.

붉은 해가 떠오를 때까지 고민을 되풀이한 기연은 손을 뻗었다. 룽거가 인내심 있게 내밀고 있는 손을 지나, 단단한 그의 팔목을 두 손으로 움켜쥐었다.

잠시 주저한 룽거는 자유로운 왼손으로 허리춤의 단도를 빼 들었다. 말라비틀어진 손목을 옥죈 밧줄을 끊은 그 역시 그녀의 손목을 움켜쥐어 끌어당겼다. 기연을 뒷자리에 앉힌 그가 말을 몰았다.

기연은 떨어지지 않으려 룽거의 등 아래에서 나부끼는 옷자락을 어설피 움켜쥐었다.

3

심양

말을 타고 가니 확실히 고생이 덜했지만, 단점이 없지 않았다. 첫째로 청군 행렬 앞에서 걷는 조선인들의 불쌍한 뒷모습이 잘 보여 마음이 불편했다. 둘째로 청군들이 자꾸 힐끔거렸다.

기연은 킥킥 하는 작은 웃음소리를 놓치지 않고 눈을 굴렸다. 뭐가 재밌는지 저들끼리 미소 띤 낯으로 소곤거리다가 기연을 곁눈질한 청군들의 시선이 그녀와 딱 마주쳤다. 청나라 말을 알아듣지 못하지만 병졸들이 뭐라 떠들었는지 짐작할 만했다. 힘드니 말에 태워 데려가 달라, 얼마나 교태를 떨며 졸랐기에 저리 같이 탔겠냐느니, 압록강을 넘기 전에 벌써 당당히 첩실 행세를 한다느니, 다른 조선 여자와 달리 뻔뻔하다느니, 수다를 떨었을 게 뻔했다. 청군뿐 아니라 포로들 역시 속으로 물씬 욕을 하고 있을 터였다. 몸을 바치고 갖신을 얻어 신은 걸로 부족해 말을 얻어 탄 계집이 진정 남세스럽다, 불결하기 짝이 없다고.

차라리 포로들과 청군들을 보지 말자 싶어 기연은 룽거의 등에 이마가 닿을락 말락 하게 고개를 숙였다. 내 마음이 이리 불편한데 이 사내는 어떨 텐가? 세간의 시선을 꽤 신경 쓰는 듯했는데.

"타타라 장군께 회순왕의 말씀을 전해 올립니다."

뒤편에서 달려온 보병이 말 위의 룽거에게 고했다.

"회순왕께서 오늘은 유독 힘이 든다 하면서, 조금 일찍 쉬는 것이 어떤지 여쭈라 했습니다."

"……."

기실 회순왕은 여정으로 인한 피로 탓에 쉬고 싶기보단 어서 포로 여자를 막사 안에 불러들이고 싶은 것일 거였다. 그의 음흉한 속내를 모르지 않지만 룽거는 고개를 끄덕였다. 청군들과 포로들을 혹사시키면서 발걸음을 서두를 필요가 없었다.

"회순왕의 뜻대로 한다."

"예. 쉬어 간다!"

보병이 뒤편 제 원래 자리로 돌아가며 크게 외치자 기병들이 하나둘 말에서 내려 기지개를 켰다. 포로들은 일시에 땅에 주저앉았다.

반면 룽거는 행렬로부터 떨어져 나와 말을 몰았다. 청군들이 보이지 않게 멀리 와서야 멈춘 그가 조선어로 물었다.

"너는 수풀 속에 들어가고 싶을 테지?"

"네?"

뒤늦게 질문을 이해한 기연이 답했다.

"그래야겠어요."

미끄러지듯 말에서 내린 기연은 볼일을 해결하러 수풀 속을 헤쳐 들어갔다. 나무에 말을 맨 룽거가 뒤를 따랐다.

"저…… 그만 쫓아오면 좋겠어요."

"……."

멈춰 뒤돌아선 룽거를 확인한 기연은 열 보쯤 더 걸어 들어가 쭈그려 앉았다.

"도망치면 세상 끝까지 쫓아가겠다고 말했다."

"……도망 안 쳤어요."

룽거는 부루퉁한 표정으로 나온 기연을 내려다보았다.

"발뒤꿈치 잘리기 싫다고요. 눈으로 손을 씻느라 좀 더 늦은 거예요."

"……."

물방울이 맺힌 기연의 빨간 손을 살핀 룽거가 재촉했다.

"어서 간다."

숲을 빠져나온 그들은 다시 말에 올랐다. 서두르는가 싶던 룽거는 기연이 무의식적으로 제 허리를 움켜쥐자 마음을 바꿔 말을 천천히 몰았다. 차가운 손이 그의 허리춤의 온기를 채 갔다.

"오늘 아침부터 방금 전까지 내내 청나라 군사들이 그쪽과 날 흘끔거리며 웃었어요. 알아요?"

"안다."

"한데 소피 보라 날 수풀에 데리고 다니기까지 하면 그쪽을 더 비웃지 않을까요?"

"너는 도망갈 궁리를 하느냐?"

"네?"

"그런 말을 해 날 떼놓고 도망갈 궁리를 하는 것이 아니냐?"

"……."

하여간에 의심도 많다.

"아니에요. 발뒤꿈치 잘리는 고통이 어떨지 상상이 안 간단 말예요."

"……."

"말을 얻어 타고 막사에서 자니 편하긴 해요. 그래도…… 청군들이 수군거리니까……."

"도망갈 궁리를 하지 않는다면, 내 위신을 걱정하는 게냐?"

"딱히 그런 건 아니에요. ……실은 조금 신경 쓰이긴 해요."

"내 위신 말고 너 자신은 어떠냐. 웃는 놈들이 거슬리느냐."

"아예 안 그렇다 하면 거짓말이겠지만, 몸 힘든 거보다는 나아요."

"그러면 나도 됐다."

"무슨 소리예요?"

"네가 괜찮으면 나도 병졸들을 신경 쓰지 않는다."

"……그렇군요."

민망해하며 중얼거린 한 마디를 끝으로 기연은 침묵했다. 하지만 조용한 이의 목소리가 듣고 싶어 룽거는 말을 붙였다.

"포로 여자들은 오랑캐를 무시하느라 치마를 더럽히느냐?"

"네?"

처음 룽거의 조선말을 들었을 때 너무 잘한다 생각했던 기연은 그와 함께 있는 시간이 늘어갈수록 그가 외국인이긴 외국인이라는 사실을 실감할 수 있었다. 가끔씩 그의 말을 단번에 알아듣기 어려웠다.

"무슨 뜻인지 모르겠어요."

"수풀에 데려가도 많은 포로 여자들이 치마를 더럽히는 쪽을 택한다, 병졸들이 떠드는 소릴 들었다. 감시하는 오랑캐가 못 미덥다 하여 어리석게 구는 게 아닌가?"

비로소 알아들을 수 있었다. 그는 포로 여자들 중 일부가 왜 옷에 용변을 지리는지 이해하지 못하고 있었다.

"어리석게 구는 게 아니에요! 다만 한 줄로 묶인 사람들과 너무 가까이 붙어 있기도 하고, 청나라 군사가 무서운 거야 당연하고, 그리고 또……."

개시가 해준 이야기가 떠올랐다. '저 사람들 중 하나가 언니들 엉덩이
랑 가슴을 막 만졌어요. 그걸 보고 저 말고는 아무도 쉬를 안 했어요.'

"청나라 군사가 수풀에 데려간 아녀자들의 몸을 더듬으며 추행한댔
어요. 내가 묻어준 어린 여자아이가 죽기 전에 직접 보고 내게 알려줬
어요. 나도…… 수풀에 갔다가 몹쓸 짓을 당할 뻔했고요."

"……"

"그러니 여자들이 어찌 안심하고 볼일을 해결하겠어요?"

"……병사들을 다시 주의시키고, 보다 엄중히 단속하겠다."

"참이에요?"

"그래. ……미안하다."

수풀에 다녀오는 데 얼마나 오랜 시간이 걸렸던지, 룽거의 막사 안
에는 이미 저녁 식사가 놓여 있었다. 더불어 대야와 수건, 새 물이 담
긴 통과 헌 물을 버리는 통 등, 세면도구가 준비돼 있었다. 물통이 뿌
연 김을 내뿜었다.

룽거는 책상에 놓인 두 사람 몫의 음식이 담긴 접시를 침상으로 옮
겨주었다.

"저녁 식사를 들어라. 또한 씻고 싶거든 원하는 대로 해라."

"……"

음식을 보자 배 속이 요동쳤지만 기연은, 이제는 익숙한 가부좌 자
세로 책상 뒤에 앉은 룽거에게 말했다.

"기다렸다가 남은 음식을 먹을게요."

"조선인들은 대식가가 아니냐. 나는 소식가니 먼저 들어라."

"……"

저 소릴 자꾸 하는 까닭은 놀리기 위해서인가?

"그럼 같이 먹어요."

룽거가 미처 대답하기 전에 기연은 접시를 번쩍 들어 책상 위에 도

로 내려놓았다. 먼저 먹으라 토를 달아봐야 쓸데없이 시간만 지체될 듯싶어 룽거는 양고기 한 점을 집어 들었다. 그리하자 마침내 음식을 먹기 시작한 기연을 그는 빤히 지켜보았다.

그러나 웬일로 기연은 돼지고기 조금과 떡으로 식사를 마쳤다. 어째서 급격히 먹는 양이 줄었는지 궁금했으나 룽거는 내색하지 않았다.

"그쪽이 먹는 동안 씻어도 될까요?"

"마음대로 해라."

반색한 기연은 침상 머리맡 구석으로 대야를 옮기고 그 안에 따뜻한 물을 부었다. 낯선 이와 한 공간에 있는 채로 목욕을 하거나 발을 씻을 순 없지만 얼굴과 목덜미라도 제발 씻고 싶었다.

흘낏 룽거를 돌아봐 눈치를 살핀 기연은 그에게 등을 돌린 채로 손 안에 뜨거운 물을 담았다. 곧장 물로 얼굴을 적셨다. 오래간만에 세수를 하니 개운하기 그지없는 것이, 욕심이 치솟아 머리까지 감고 싶었다. 아니, 그냥, 목욕통을 달라 해 옷을 벗고 풍덩 뛰어들고 싶었다.

"왜 갑자기 멀뚱히 멈춰 있느냐? 내가 돌아앉아 주면 되는가?"

기왕 이리된 김에 머리를 감을까? 하지만 어찌 외간 사내를 앞에 두고 머리를 풀어 내리나? 고민하느라 굳어 있던 기연이 됐다 말하려 뒤를 돌아보니 룽거는 이미 반대편을 향해 앉아 있었다.

이 틈에 얼른 발을 씻을까? 재차 고민한 기연은 결국 포기했다. 같이 쓰는 대야라 마음대로 다루기 꺼려졌다.

"아니에요, 괜찮아요. 나중에 기회가 되면 제대로 씻을게요. 그보다……"

기연은 똑바로 앉는 룽거에게 쪼르르 다가갔다.

"오늘부터 나는 바닥에서 잘게요. 그러니 침상으로 가요."

"……."

멀끔해진 기연의 얼굴을 잠시 본 룽거가 거절했다.

"됐다."

"마음이 불편해서 그래요."

"네 불편한 마음만 받겠다."

"이럴 바에는 침상을 하나 더 들이는 게 낫지 않아요?"

"너는 사내놈들을 모르는군. 이상한 것으로 잘난 체하는 이들이 사내들이다. 침상을 또 들이면 병졸들은 내가 너를 가만히 둔다는 사실을 눈치챌 것이고, 그러면 그때는 나를 정말 되놈 취급할 거다."

"그래도 나는 침상에서 자기 싫어요. 바닥에서 자거나, 아니면 내가 그쪽이 앉아 있는 평상에서 잘게요."

"……맹랑한 데다 고집스럽구나. 네 고집을 꺾을 자신이 없다."

그리 말한 룽거는 침상으로 가, 등을 돌려 누웠다.

제멋대로 군다 하여 화가 났나? 너른 뒷모습을 걱정스레 보던 기연은 평상에 웅크려 누웠다. 예상보다 편했다. 하기야 냉기가 올라오는 축축한 맨땅보다 최악인 잠자리가 어디 있을까.

"그런 곳이 있을 리 없지."

중얼거린 기연은 눈을 감았다.

뒤에서 들리는 숨소리가 깊어지자 룽거는 일어나 앉았다. 황소고집을 부린 이는 침상 반 크기밖에 안 되는 평상이 불편하지 않은지 곤히 잠들어 있었다. 하지만 보는 사람 입장에선 제대로 된 이부자리 없이 덜렁 자는 모양새가 신경 쓰였다. 그렇다고 안아 침상에 옮겨 눕히자니, 깨어나 '어딜 만지느냐'며 경기를 일으킬 듯했다.

룽거는 이불을 챙겨 평상으로 다가갔다. 마른 몸에 이불을 덮어준 그는 자러 되돌아가지 않았다. 그러기는커녕 스리슬쩍 평상 끄트머리에 걸터앉아 잠든 여자의 하얀 얼굴을 내려다봤다. 처음 마주쳤을 당시 얼굴에 새겨 있던 멍 자국은 더는 없었다.

"네 어디에 때릴 데가 있었던가?"

나직이 혼잣말한 그는 한참을 평상을 떠나지 않았다.

❀

"오늘은 왜 이리 이른 낮부터 쉬는 거예요?"

수풀에 들렀다 나온 기연이 룽거를 뒤따라 말에 타며 물었다. 해가 높이 뜬 모양새를 보건대 곤시쯤 됐을까? 한데도 청군들은 진영을 치기 시작했다. 지금껏 이렇게나 이른 시각에 진군을 멈춘 적이 없었다.

느긋이 말을 몰며 룽거가 답했다.

"이곳은 의주다."

"……의주."

"압록강이 가깝다. 도강하는 데 한두 시진 걸리는 것이 아니니 이 이상 나가봤자 소용없다. 내일 아침 일찍 움직일 거다."

"……의주를 지나 압록강을 건너면 청나라라고 듣곤 했어요."

"……."

기운 빠진 목소리가 신경 쓰여 룽거는 뒤를 돌아봤다. 목소리처럼, 작은 얼굴에 비친 기색이 암울했다. 망설인 그가 물었다.

"압록강을 건널 때가 오니 네 가족이 더욱 보고 싶겠지?"

"가족은 항상 보고 싶지요."

"그들도 잡혔을 성싶은가?"

"아니요. 내가 보고 싶은 내 진짜 가족은 다행히 모두 잡히지 않았어요. 다들 죽었거든요."

"……."

"아버지와 송…… 아버지는 어찌 됐을지 모르겠네요."

"너는 당분간 조선 땅을 밟지 못할 거다. 의주를 돌아보겠느냐?"

"어쩌면 평생 못 밟고 낯선 땅에 묻힐지 모르지요. 홀로 쓸쓸하게."

쓸쓸히 중얼거린 기연이 덧붙였다.

"의주에 무언가 구경거리가 있을 듯하진 않지만, 좋아요. 둘러볼래요."

"조건이 있다. 도망가려 해선 안 된다. 울면 안 된다."

"자꾸 나를 의심하는데 내가 무슨 수로 눈 깜빡할 새에 개성까지 쳐들어온 그쪽을 따돌리고 도망을 놓을 수 있겠어요? 발 없는 귀신이 아니니까 금방 잡혀 뒤꿈치를 잘리겠지요. 절름발이가 되고 싶은 생각 없어요."

"……."

기연은 발뒤꿈치 걱정을 여간 해대는 게 아니었으나, 기실 룽거에겐 설사 기연이 도망을 시도한들, 뒤꿈치를 자를 의지가 없었다. 그리 막대할 거였다면 말에 태우고 다니거나 먼저 식사를 하게 하거나 꼬박꼬박 수풀에 데려가고 신발을 구해주는 등, 잘해주지 않았을 것이었다. 한데 그간의 정성에도 불구하고 여자는 그의 물렁해진 마음을 잘 눈치채지 못했으니, 이상했다. 혼인을 했었다면서 어찌 사내를 모르는가? 낭군이었던 자가 잘해주지 않았던가?

"도망은 그렇다 쳐도 왜 우는 것도 내 마음대로 못 하게 하려 해요?"

"……."

멍든 기연의 얼굴을 되새기던 룽거는 맹랑한 질문에 잠시 할 말을 잃었다. 솔직하게 '네가 울면 마음이 약해져 풀어주고 싶어질 거다' 대답하지 않은 그가 얼버무렸다.

"여자 우는 것이 싫다."

"시끄러워서요?"

"누가 우는 네게 시끄러우니 그치라 했었더냐?"

"……."

기연의 눈앞에 송국조가 지나갔다. 시집온 이후 죽은 아정이를 품에 안고 딱 한 번 엉엉 울었을 때 송국조가 그랬었다. 시끄러우니 닥치라고.

"이제 네가 평소에는 말을 잘 하다가도 불리하다 싶으면 조용한 체를 한다는 걸 알겠다. 내려 걷겠느냐?"

"네."

말에서 내린 기연은 주위를 살폈다. 그들은 읍성의 성문 안쪽에 서 있었다. 성문으로부터 시작돼 쭉 뻗은 길이 제법 크고, 길 가장자리에 선 망가진 집채들 앞에 부서진 가판대, 평상이 놓여 있는 것이, 비록 의주 지리를 모르나 이곳이 시전이지 않았을까 유추할 수 있었다.

"다른 곳과 마찬가지로 망가져 폐허가 됐어요."

고로 볼거리가 있을 리 만무한즉, 기연은 가까이 있는 민가 앞, 그나마 멀끔한 평상에 걸터앉아 먼 산만 멀뚱히 바라보았다.

"조선에 멀쩡한 거라곤 하늘, 산, 강, 바다밖에 없는데 그마저 곧 못 볼 테지요."

"……."

"조선은 심지어 임금도 멀쩡하지 않아요. 탈출한 제 백성들을 청국으로 되돌려 보내겠다 약속한 왕이라니."

말고삐를 잡은 채 룽거는 기연의 옆에 앉아 침묵했다. 그는 조선인들이 혐오하는 오랑캐였다. 조선을 망가뜨리는 데 일조한 침략자 중 하나였다. 그러한데 번지르르한 말을 한들, 조선인 여자에게 위로가 되겠는가? 있는 듯 없는 듯 침묵하는 것이 상책이었다.

기연은 산꼭대기에 닿은 해가 붉게 타오르며 등성이를 타고 내려가는 광경을 꼼짝 않고 지켜보았다. 잊지 않겠다는 양, 까매진 하늘에 뜬 별과 달을 세세히 관찰했다. 곧 있으면 조선의 산과 밤, 하늘, 그 모든 것을 볼 수 없게 된다. 내일 압록강을 건너면 언제 다시 조국으로 돌아올 수 있을까? 설마 정녕 낯선 땅에 묻히게 되지는 않겠지? 설마.

처량 맞은 기분에 빠져 있다가 문득, 옆에 앉은 이가 시장할 거라는 생각이 들었다. 일어난 기연이 말했다.

"이만 가요."

기연을 먼저 말 등에 태우고 뒷자리에 앉으려던 룽거가 멈칫했다.

그의 눈길이 기연의 자태에서 떨어지지 않았다. 세수를 제대로 해 맑은 얼굴을 한 데다 밤하늘의 환한 보름달까지 등진 여자가 오늘따라 아리따웠다. 하여 자신도 모르게 보고 있으니 여자의 얼굴에 의문이 떠올랐다.

"왜요? 어찌 안 가요?"

"⋯⋯."

뒤늦게 말에 오른 룽거는 기분이 멋쩍어 괜한 질문을 던졌다.

"근래에 네가 식사에 소홀하던데 따로 이유가 있느냐?"

부루퉁해진 기연이 되물었다.

"조선인은 대식가이면서 왜 안 먹는 체를 하느냐, 놀리려고 묻는 거예요?"

"아니다. 잘 먹던 이가 편식을 하면 걱정되지 않겠느냐?"

"⋯⋯걱정이 돼요?"

"그래."

"⋯⋯."

갑자기 얼굴이 더워졌다. 네게 관심이 있다, 걱정이 된다⋯⋯. 그런 말을 들은 상대가 서방 놈이 아닌 오랑캐 사내라는 것이 기이했다.

이마까지 차오른 열이 식길 기다린 기연이 말했다.

"포로들이 굶다시피 하는 마당에 내 배만 채우기 민망해서 그래요."

"그러니 포로들에게 음식을 많이 주라 날 압박하는 게냐?"

"아……! 아니에요, 물으니까 대답했을 뿐이에요. ……한데 그래주면 좋긴 하겠네요."

"너는 혹여 장사를 했느냐? 아니라면 어찌 그리 내게 원하는 바를 잘 뜯어내려 한단 말이냐? 네 뻔뻔함에 내가 혀를 내두를 지경이다."

"……."

"뭐라 하는 것이 아니니 말 아낄 것 없다. 네 뜻대로 앞으로 포로들에게 먹을 것을 넉넉히 주라 이르마. 그러니까 너도 많이 먹어라. 내일 경중명과 헤어져 다행이다. 그 앞에서 포로들에게 음식을 더 주라 했었다간 난리를 피웠을 테니까."

"경중명이란 사람이 조선인들을 많이 싫어해요?"

"싫어한다기보다는 가축처럼 여겨 잘해줄 필요성을 못 느끼는 게지. 포로들에게 불을 피워주라 명했을 때 나는 그자와 말다툼을 벌여야 했다. 경중명은 포로들을 위해 음식과 장작을 쓰는 것을, 청국 병졸들에게 포로 여자들을 내주지 않는 것을 불만스러워한다. 경중명이 비록 한인이라 하나 폐하께 왕 작위를 받은 자인데, 그런 자와 대치한 내 고생이 너는 짐작이 가냐?"

"……고마운 줄 알라는 거지요?"

나직한 웃음소리가 귀를 파고들어 기연은 눈을 휘둥그레 떴다. 잘못 들었나 싶어 고개를 뒤로 젖혀 오랑캐 사내를 살폈다.

잘못 듣지 않았다. 룽거의 입가가 곡선을 그리고 있었다. 그와 시선이 마주쳐 기연은 재빨리 앞을 쳐다봤다.

"포, 포로들 사정을 봐줘 고마워요."

기연은 묘한 기분을 참아내며 괜스레 말갈기를 만지작거렸다.

❈

그 유명한 압록강은 컸다. 나루터 땅에는 녹지 않은 지저분한 얼음이 흐트러져 있었으나 압록강 중심부는 완연히 녹아 웅장한 물줄기가 흘렀다. 물살이 세 보여 건너기에 만만찮을 듯했고, 바다인 양 물빛이 거무스름해 무서웠다.

긴장한 채로 나룻가에 서 있는 기연의 어깨를 커다란 손이 지그시 밀었다. 기연은 고개를 돌려 룽거를 올려다보았다. 조국을 지척에 두고 있음에도 그는 기쁜 내색이 없었다. 오히려 뭔가를 착잡해하는 듯했다. 어쩌면 강제로 큰 강을 넘게 된 포로들을 안쓰럽게 여기고 있으리라.

앞장서 걷는 그를 뒤따른 기연은 물에 젖어 질척한 땅에서 두 발을 떼어 배에 올랐다. 반사적으로 룽거의 반대편에 앉았다가, 다른 청군들이 뒤따라 타자 룽거의 옆으로 자리를 옮겼다. 한 번 크게 흔들린 배가 육지를 떠나 전진했다.

의주에 남은 경중명과 병사들을 되새긴 기연이 물었다.

"남아 있는 청군들은 뭘 하려는 거예요?"

"……."

룽거는 그저 빤히 기연을 내려다보았다.

"……아."

둘이 있을 때만 조선말을 하지.

고개를 끄덕인 기연은 짧은 틈새에 물씬 멀어진 의주 땅을 돌아보았다. 기분이 기괴했다. 슬픔과 회한, 떨림이 엉겨 붙은 마음이 배의 움직임을 따라 출렁거렸다. 조선을 떠난다는 사실이 드디어 실감났다. 평생 한곳에서 나고 자라 죽는 조선인이 대다수이거늘, 포로로 잡힌 걸로 모자라 낯선 나라에 가게 됐으니 이 얼마나 기구한 운명인가?

아정아, 어미는 다신 네 무덤을 못 찾아갈지 몰라. 설사 갈 수 있은들 그게 언제일지 몰라. 그러니 햇볕 무럭무럭 받고 혼자 씩씩하게 지내야 해…….

죽은 딸아이를 그리는 기연의 귀에 첨벙, 물소리가 파고들었다. 포로들은 배가 아닌 뗏목을 타고 뒤쫓아 오고 있었는데, 뗏목 중 하나의 옆에 물보라가 일었다.

"개돼지들 땅에 붙잡혀 가느니 압록강에 빠져 죽으련다!"

또 다른 뗏목에 탄 포로 사내가 유언을 남기자마자 강 속으로 몸을 던졌다. 같은 뗏목에 탄, 포로들을 감시하는 청군들의 얼굴에 차가운 물방울이 튀었다. 하지만 끝이 아니었다. 서러이 울부짖은 여자들이 말릴 새 없이 연달아 사내를 뒤따랐다. 열댓 명 사람이 순식간에 깊은 강 아래로 가라앉았다.

놀란 기연이 일어나려 했으나 룽거는 그녀의 팔을 붙잡아 끌어 앉혔다. 그는 그녀의 배자 끝자락을 은근히 쥐었다.

여러 사람이 빠져 죽는 모습을 목도한 탓에 기연은 소름이 끼쳤지만 청군들은 태연자약했다. 청군들은 빠진 포로들을 찾는 시늉조차 하지 않는데, 거대한 압록강에 빠지면 어찌할 도리가 없음을 알고 있기 때문이었다.

먼저 도강한 청군들은 곧장 맹렬히 진군했다. 룽거 역시 멀어진 의주를 응시하는 기연을 말에 태우고 달렸다. 그가 좌우에 달리는 기병들이 들을 수 있게끔 크게 외쳤다.

"애라하(愛刺河)를 건너 구련성에 진을 친다!"

"예!"

그들은 압록강만은 못하나 크기가 꽤 크고 물살이 잔잔한 강을 하나 더 건넌 후, 우거진 수풀에 진영을 세웠다. 뒤따라온 나머지 군사들과 포로들이 진영에 도착했을 때는 나뭇가지들 사이로 노을빛이 가득했다.

청군들은 진영 주위에 코가 촘촘한 그물을 두르고 곳곳에 햇불을 켰다. 그리하고는 막사 바깥에 무리지어 앉아 틈틈이 나각을 부르거나 혹은 소리를 질러댔다. 저녁 식사를 하는 동안에도, 끝마친 후에도 군사들의 시끄러운 함성은 그치지 않았다. 덕분에 평소라면 진작 곯아떨어졌을 기연은 밤이 늦도록 눈을 반짝였다.

이불 속에 숨어 평상에 웅크리고 누워 있던 기연은 고개를 쑥 빼 들었다. 침상에 앉아 책을 읽는 룽거를 확인한 그녀는 상체를 일으켰다.

부스럭거리는 소리를 쫓아 고개를 든 룽거가 말했다.

"자리가 불편하거든 침상에 누워라."

"자리는 괜찮아요. 아까부터 궁금했는데 청군들은 왜 소리를 지르는 거예요?"

"근방에 범이 많아 그렇다."

기연은 어깨를 떨었다. 조선 사람들은 귀신보다 호랑이를 더 무서워했다.

"조선에는 범이 많아요. 청나라도 그래요?"

"내가 알기로 조선국만큼 많지는 않다. 그러나 이 근방에는 산이 많아 맹수가 꽤 있다."

불안한 표정을 한 기연을 보며 룽거는 미소를 지었다.

"조선인들이 범을 얼마나 무서워하는지 알고 있다. 걱정 마라. 범이 나타난들 내가 너를 지켜줄 것이다."

"네?"

"내가 내민 손을 잡는다면 확실히 지켜주겠다 하지 않았느냐? 네가 비록 내 손이 아닌 팔을 잡긴 했지만 약속을 틀림없이 이행할 거다."

"……."

웃음을 거두지 않는 룽거가 농을 쳤다는 사실을 기연은 뒤늦게 알아챘다. 그가 웃은 모습을 마주하는 것이 두 번째였지만 여전히 생소했다. 한데 지켜준다 말하지를 않나, 농을 치니 얼굴에 열이 차올랐다.

붉은 얼굴을 빤히 보던 룽거가 짐짓 모르는 체하며 물었다.

"어찌 얼굴을 붉히느냐?"

"그…… 아무것도 아녜요……."

얼버무린 기연은 집요한 눈길을 피해 이불 속으로 숨어들었다. 심장이 덜그럭거렸다. 혹여나 룽거가 옆에 다가오진 않을까, 같이 침상에 눕자 하진 않을까 걱정이 됐지만 다행히 움직이는 기척이 없었다.

❀

툭툭, 무언가가 룽거의 등을 두드렸다. 규칙적으로 등에 부딪히는 것이 조는 기연의 이마임을 확인한 룽거는 말을 멈췄다.

땅에 내려선 그는 기연의 팔을 붙잡아 흔들었다. 졸린 눈을 겨우 뜬 그녀를 앞자리에 앉힌 그는 뒷자리에 앉았다.

말이 다시 움직이자 기연도 다시 얼굴을 밑으로 고꾸라뜨리고 졸았다. 룽거는 조심스레 기연의 고개를 뒤로 젖혔다. 뒤척인 기연은 그에게 머리와 등을 기대 잤다.

기병들이 반 시진쯤 더 나아가자 민가가 눈에 띄게 많아졌다. 이윽고 나타난 뾰족한 석산, 봉황산(鳳凰山)이 그들이 봉성에 가까워졌다는 사실을 증명했다.

그들이 봉성(鳳城) 패방에 다다른 참, 패방 기둥 아래에 서 있던 평복 차림을 한 사내 하나와 갑군 다섯이 다가왔다.

평복 차림의 사내가 물었다.

"대인께서는 혹여 조선국을 침공하고 오십니까? 묵던으로 가시는 길에 이곳 봉성에 들르셨는지요?"

"그렇다. 나는 이등 니루장긴 겸 병부원외랑 타타라 룽거로, 나와 내 부대는 황제 폐하의 아우이신 예친왕 전하의 명에 따라 묵던으로 환군하는 중이다."

"소인은 봉성장군이신 동 대인을 모시는 보양이라 하옵니다. 동 대인께오서 일찍이 묵던 중앙 조정으로부터 조선국 내 대청국 군사들이 철군할 거라는 소식을 전해 들으신 이후, 내리 소인을 시켜 패방 앞을 지키게 하셨습니다. 회군하시는 분들이 봉성을 지나시거든 환대해야 하니 놓치지 말고 모시라고요. 날이 저물어가는 바, 대인께서는 부디 동 대인 댁에 머물러 주시옵소서. 동 대인께서 봉성 내 민가들에 회군하는 병사들을 풍족히 대접하고 방을 내주라 말씀해 놓으셨으니 뒤에 분들께서도 따르시고요."

보양과 나란히 선 갑군 중 한 명이 거들었다.

"동 대인께서 아직 퇴청하지 않으셨으나 머잖아 자택으로 가실 겁니다. 먼저 자택에 가서 쉬고 계십시오. 포로들은 소인들이 아문으로 데려가 적당한 곳에서 밤을 보내게 하겠습니다."

"우리의 편의를 위해주시는 대인을 나 또한 어서 만나 봬 감사 인사를 드리고 싶군."

겸손히 답한 룽거는 보양과 갑군을 뒤따랐다.

말소리 탓에 진작 깨 있던 기연은 번화한 거리를 둘러보았다. 어디인지 모를 마을은 한 마디로 대단했다.

조선은 번화가라 할지라도 큰 길이 있는 경우가 드물었다. 조선의 길들은 보통 매우 좁아 짐을 진 두 사람이 나란히 걸을라치면 서로와 어깨가 부딪치기 일쑤였다. 한데 이곳은 대로는 물론 샛길도 크고, 길들이 마치 칼로 썬 듯 반듯반듯했다. 또한 조선인들이 짐을 주로 지게에 이고 다니는 데 반해 이곳에는 수레가 널렸다. 사람이 전용으로 탄수레, 짐을 실은 수레가 쉼 없이 굴러다녔다.

올곧게 줄 서 있는 집들은 규모가 커다래, 지붕이 껑충 높았다. 상점 앞에 진열된 글씨, 꽃, 나무, 잉어 등을 새겨 넣은 도자기, 형형색색 비단, 장신구들은 어찌나 크고 호화로운지, 상인으로 유명한 개성에서 살았음에도 기연은 신기해하지 않을 수 없었다.

청나라 사람들도 신기했다. 사내들은 어른 아이 구별 없이 머리카락을 거의 남기지 않았다. 추운 날씨에 깎은 머리를 하고 있기 힘들어서인지 작은 모자를 쓴 이가 많았다. 여자들은 옥, 은, 금으로 만든 장신구로 머리, 귀, 손목을 치장했다. 어떤 여자들은 웃옷에 바지를 입었고, 어떤 여자들은 기다란 한 벌짜리 옷을 입었다. 남녀 사람들 모두가 병사들과 포로들을 구경하며 미소 지었다.

"소인들은 오른쪽으로 빠져 포로들을 아문에 데려갔다가, 내일 아침 요양으로 가는 방향에 대기시켜 놓겠습니다."

룽거에게 보고한 갑군들과 기병 몇몇이 포로들을 이끌고 멀어졌다. 보얀은 직진했다.

커다란 저택 대문 앞에 멈춰 선 보얀이 고했다.

"소인의 주인댁에는 타타라 대인을 비롯해 군사 오십 명이 머물 자리가 있습니다. 다른 군사들께오선 근처 민가에 원하시는 대로 머무시면 되겠습니다. 하면 타타라 대인, 안으로 드시지요."

룽거는 기연을 데리고 보얀을 따랐다. 보얀이 안내한 곁채 내부는 말끔히 정돈돼 있을 뿐 아니라 분재니 도자기, 비단으로 곳곳이 치장돼 집주인이 물씬 신경 쓴 티가 났다.

"타타라 대인께오서는 혹여 옥체를 씻고 싶으십니까? 그러시다면 목욕물과 새 옷을 내드릴 수 있습니다."

"고맙네."

"아닙니다, 당연한 일인걸요. 속히 따뜻한 목욕물을 들이겠습니다. 다 씻으실 즘에 동 대인께서 도착하시겠군요."

보얀이 나가고 얼마 후 시녀들이 목욕물과 새 옷, 수건 등을 처소 안에 대령했다. 한 칸으로 트인 처소 구석에 멀뚱히 서 있던 기연은 그제야 룽거가 목욕을 하려 한다는 것을 알았다.

시녀들은 기연을 흘끗 보고 밖으로 나갔다. 침실을 공유하는 여자가 있으니 따로 목욕 시중을 들 필요가 없다 생각한 터였다.

얼굴을 붉힌 기연에게 룽거가 말했다.

"씻을 것이다. 민망하거든 침상 휘장이나 병풍 뒤에 가 있어라."

기연은 얼른 침상 휘장 뒤에 숨었다. 그럼에도 노란 휘장 너머로 나신이 된 사내의 뒷모습이 보이는 듯해 벽을 향해 돌아섰다.

방 안에 한동안 물소리와 뿌연 김의 습기만이 감돌았다. 이윽고 옷자락이 펄럭이는 소리와 발자국 소리가 울리더니 기연의 어깨에 손이 닿았다. 놀라 움찔한 기연은 조심스레 뒤를 돌아봤다. 룽거는 옥색 평복 차림이었다.

"너는 씻고 싶으냐?"

"……."

물론 씻고 싶었다. 하지만 외간 사내 앞에서 벌거벗을 수 없잖은가?

"나는 이 집 주인을 마중하러 갈 거다. 환영해 줘 고맙다 인사해야 하니까. 주인과 밤늦게까지 술을 마시게 될 테니 너는 내가 없는 틈에 편히 씻을 수 있다."

"그럼 씻을래요."

"알았다. 아랫것들에게 새 목욕물을 달라 얘기하마."

혼자 된 기연은 그제야 처소 내부를 자세히 관찰했다. 침상 아래로 구들이 지나가고 있었다. 청나라식 온돌인 모양이었다.

바닥에는 붉게 타오르는 숯이 든 화로가 놓였다. 방문 맞은편에 마련된 걸상에 표범 가죽이 깔려 있는데 사치스러워 보였다. 푸른색 붉은색 꽃이 그려진 탁자 위의 자기 화병은 지금은 텅 비어 있지만, 봄여름에는 필시 모란 따위의 봉오리가 큼지막한 꽃을 꽂아놓을 터였다.

"새 목욕물을 대령했습니다."

가녀린 음성을 뒤이어 시녀들이 줄줄 들어왔다. 시녀들은 룽거가 사용한 목욕 도구를 새것으로 교체했다.

팔에 비단옷을 걸친 시녀 하나가 빤히 기연을 쳐다봤다. 시녀는 만주인, 한인과 차림새가 다른 이 낯선 이방인 손님과 말이 통할까 재는 중이었다.

"목욕을 도와드려요?"

"……."

뭐라는 거지? 눈치를 살핀 기연은 지난 날 룽거가 하던 손짓을 되새겨 시녀를 한 번, 문을 한 번 가리켰다.

"나가도 괜찮아요. 혼자 씻을게요."

"뭐라고요?"

"혼자, 씻을, 게요."

기연은 목욕통과 스스로를 손가락으로 가리키며 말했다.

고민한 시녀는 팔에 걸친 옷을 내밀었다. 기연이 옷을 받아들자 다른 시녀들과 함께 나가 버렸다.

기연은 더러운 옷을 벗고 목욕통에 들어갔다. 옹송그려 앉아 이마 끝까지 물속에 담그니 기분이 너무나 좋았다. 도대체 얼마만의 목욕인지 알 수 없었다.

"지금이라도 씻을 수 있어 다행이야."

배시시 웃은 기연은 머리카락 한 오라기부터 발가락 끝까지, 온몸을 정성스럽게 씻었다. 끓는 듯 뜨겁던 물이 미지근하게 식었지만 그래도 좋았다.

창가가 새카매진 후에야 목욕통 밖에 나와 시녀들이 두고 간 옷을 살펴보니, 잘 익은 복숭아 색깔 바지와 웃옷 한 벌로, 모양새가 낯설었다.

"방을 치우러 왔는데요. 차와 식사를 가져왔고요."

벌거벗고 있을 수 없기에 서툴게 속곳과 옷을 차려입은 참, 시녀들이 문을 열고 들이닥쳤다. 새 옷을 건네줬던 시녀가 바닥에 물을 뚝뚝

흘리는 기연의 젖은 머리를 쳐다봤다. 시녀는 기연을 침상으로 데려가 앉힌 다음 젖은 머리칼을 수건으로 사정없이 닦고, 빗으로 빗어 내렸다. 마지막으로 향유를 발랐다. 다른 시녀들은 목욕 도구들을 치웠다.

빗질을 마친 시녀는 기연이 벗어놓은 옷을 집어 들었다.

"안 돼요, 그거 내일 입어야 해요!"

청나라 옷을 입은 모습을 포로들이 보게 하고 싶지 않았다.

"내일, 다시, 그 옷을, 입어야 해요."

더러운 옷과 스스로를 가리키는 기연의 급한 손짓을 물끄러미 보던 시녀가 옷을 비비는 시늉을 했다.

"빨래해 준다는 거예요? ……알았어요, 정말 고마워요."

열심히 고개를 끄덕이는 기연에게 옷은 시녀가 사라졌다.

기연은 음식 그릇이 차려진 탁자 앞에 앉았다. 떡, 양고기, 닭고기, 돼지고기, 내장을 넣은 국, 술, 그리고 찻잔이 펼쳐 있지만 웬일인지 식욕이 돌지 않았다. 낯선 방 안에 낯선 옷을 입고 홀로 앉아 있어서 인가, 마음이 이상했다. 긴장됐다. ……술을 마신다 했으니 저녁 식사를 하고 오겠지?

차로 끼니를 때운 기연은 침상에 누웠다. 인기척이 울리지 않을까 싶어 귀를 곤두세웠지만 사방이 조용했다.

차가운 바람이 머리칼에 닿아 눈이 떠졌다. 가까이에서 사람의 존재감이 느껴지는 듯싶었다. 착각이 아니라 이불이 바스락거려 기연은 반대쪽으로 몸을 뒤집었다.

"……지금 온 거예요?"

"그렇다."

화롯불 빛이 곁에 앉은 익숙한 사내의 얼굴에 아른거렸다. 그에게서 알싸한 술 냄새가 났다. 일어나 앉은 기연이 물었다.

"많이 마셨어요?"

"평소보다는. 그래도 안 취했다. 나는 크게 술을 즐기지 않지만 주량이 약하진 않거든."

"술 싫다는 사내를 본 적이 없어요."

웃은 룽거가 되물었다.

"술 안 즐기는 내가 이상해 보이냐?"

"아니, 아니요. 그게 가능한가 싶어서요. ……자야지요? 잠깐 눕는다는 것이 깜빡 잠들었어요. 미안해요, 비킬게요."

룽거는 기연의 팔을 지그시 붙들었다. 불안한 두 눈이 그를 살폈다.

"미안해하지 마라. 비키지 마라."

"……."

"무서워하지도 마라."

"……."

"오래전부터 네게 궁금한 것이 있는데 답해줄 테냐?"

"뭐, 뭔데요?"

"네 이름이 무엇이냐?"

"이름……."

"그래, 이름. 네 이름이 알고 싶다."

그러고 보니 한창 겨울일 당시에 만나 날이 풀리려 하는 지금까지 붙어 다니면서도 서로의 이름을 몰랐다.

룽거는 주춤거리며 열리는 붉은 입술을 쳐다보았다.

"기연이요."

"기연."

"그쪽은요?"

"룽거다. 타타라 룽거."

"룽거가 이름이고 타타라가 성인가요?"

"그렇다. 네 성은 무어냐?"

"없어요."

"없다?"

"네, 없어요. 나는 좋은 가문 출신이 아녜요."

"그렇다면 너는 그냥 기연이로군. ……기연, 너는 나를 어찌 여기냐? 네게 나는 더러운 오랑캐인가? 너는 나를 혐오하는가?"

내리 화롯불을 쐈지만 덥지 않았거늘 기연은 갑자기 초여름 날에 온 듯 등허리에 열기가 퍼졌다. 마주친 시선이 부담스러워 눈이 절로 내리깔렸다.

"혐오하지 않아요. ……그쪽은요?"

"나는, 무얼 말이냐?"

"그쪽은 나를 어찌 여기는데요?"

"나는 이미 네게 답을 주었다."

"……."

'네게 관심이 조금 있다.' 충격적이던 한 마디가 어제 들은 것처럼 생생하게 귓가를 맴돌았다. 기연은 이제 초여름을 지나 한여름 햇볕을 쐬는 양 뺨이 더웠다.

"여인들은 이미 알고 있는 사실도 확인받기 좋아하지? 기연, 나는 너를 내 사람으로 만들고 싶다. 네가 허락한다면 당장 그럴 수 있다."

"……."

"네가 싫다 하면 강요할 순 없지."

"……."

답을 기다리는 룽기의 두 눈이 기대에 차 반짝거렸다. 동시에 그의 눈은 강렬하고 진중하고 부드러웠다. 이러한 복잡한 사내의 눈빛을 기연은 본 적이 없었다. 이전에 알던 사내들은, 그래봤자 송국조 하나지만, 단순했다.

송국조는 짜증이 나면 짜증만 냈다. 화나 손찌검을 할 때면 제 화만 풀기 바빴다. 남필형 말고 어느 외간 사내를 또 꾀었냐 의심할 때 번뜩이던 송국조의 눈은 징그러웠다. 무서웠다. 혼인한 지 얼마 안 돼 합방을 탐할 때는 오직 색욕만을 좇았었다.

불현듯 기연은 마주 앉은 사내가 궁금해졌지만 묻고 싶은 질문이 많아 어디서부터 시작해야 할지 헷갈렸다. 하여 한참 생각하다 물었다.

"내가 성씨 없는 하찮은 출신인데도 상관하지 않아요? 그쪽은 장군…… 같은 높은 사람이잖아요."

"너는 그냥 기연이지. 그것으로 됐다."

"……"

송국조가 뭐라 했었더라? '네 성씨 없는 아비를 닮아 무식한 년'이라 했었나?

"내가 만약 평생 그쪽을 거부하면 나를 포로들 틈으로 내칠 건가요?"

"너는 그럴 생각인가? 평생 나를 밀어낼 텐가?"

"……"

"어려운 질문이지만…… 내치지 않겠다. 포로들 속으로 돌아갔다간 네가 고생할 테니까."

"……"

"그래도 나는 언젠가 네가 나를 받아줬으면 한다. 무리한 부탁이냐?"

"……모르겠어요. 확실한 건…… 시간이 필요한 거 같아요."

기연은 룽거가 안 된다, 못 참는다 우기며 덤벼들지 않을까 싶어 걱정됐다. 실제로 손에 커다란 사내 손이 닿아 어깨가 움찔거렸다.

"네가 시간이 필요하다면, 가져야 할 거다. 네 옷을 끌어내리려 하지 않겠다, 걱정 마라."

"……"

"이리 손을 붙들고 곁에 누워 자고 싶은데 그것도 안 되는가?"

"……잠만 자겠다는 거지요?"

"그래."

"그게 가능해요?"

"가능할 것 같다."

"……."

'걸상에서 자겠다. 홀로 침상을 차지해라.' 말하는 대신 기연은 고개를 끄덕였다.

"알겠어요."

기뻐할 거라 예상했거늘 사내는 아무런 동요가 없었다. 덤덤히 베개에 머리를 붙일 뿐이었다.

뭐지 이 미지근한 반응은……. 그냥 손을 밀어내 버릴까?

고민하다가 누운 기연을 룽거가 불렀다.

"기연."

"왜요?"

"부르고 싶어 불러봤다."

"……."

뒤척이던 룽거는 성큼 기연과의 거리를 좁혔다. 기연이 경직됐지만 그는 그녀의 목 밑에 자유로운 왼손을 밀어 넣더니 팔베개를 해줬다.

코앞에 다가온 룽거를 기연은 얼어붙은 채 올려다봤다. 당황스러웠다. 하지만 왜인지 그의 마음과 인내에 호응해야 할 것 같아서…… 실은 그가 마냥 싫지 않아서 얌전히 너른 품속에 담겨 있었다.

"기연……."

흐트러진 까만 머리카락, 작은 귀, 매끄러운 목, 벌건 뺨, 긴장한 눈동자……. 여자의 조각조각을 살핀 룽거는 눈을 감았다.

반면 잠이 오지 않아 기연은 처음으로 잠든 룽거를 자세히 들여다봤다. 술 냄새는 더는 나지 않았다. 오직 달큼한 살 내음이 났다.

만삭의 젊은 여인은 방석이 깔린 구들에 앉아 꾸벅꾸벅 졸았다. 그 옆에 앉아 수를 놓던 아바하이가 여인의 불룩한 배를 부럽게 바라봤다.

만삭 여인의 이름은 구왈기야 푸라로, 아바하이의 친척 여동생이었다. 첫 출산을 앞둔 푸라가 두렵다, 같이 있어달라 요청한지라 아바하이는 벌써 닷새째 푸라의 집에 머물고 있었다.

"언니들을 위해 내가 직접 따뜻한 차를 끓였어요. 어서 마셔봐요. 푸라 언니, 일어나."

찻잔 세 잔이 담긴 쟁반을 들고 오던 푸아가 문지방에 걸려 넘어졌다. 쨍그랑, 요란한 찻잔 깨지는 소리에 졸던 푸라가 잠을 깼다. 아바하이는 엎어진 푸아를 부축해 주며 바깥을 향해 명했다.

"무엇 하느냐? 들어와 깨진 찻잔을 치워라!"

놀랐을 아기를 진정시키려 배를 쓰다듬은 푸라가 동생을 질책했다.

"덤벙거리는 애가 그렇게 왜 직접 차를 끓여? 시녀를 시킬 것이지."

아바하이의 부축을 받아 푸라 옆에 앉은 푸아가 서럽게 항변했다.

"언니 위하다가 넘어진 건데 괜찮냐, 고생했다, 토닥여 주지는 못할망정 잔소리야? 너무하잖아!"

"푸아 말이 맞아, 푸라. 하나뿐인 네 친동생이 네게 잘해주고 싶어 노력하다 실수한 것이니 혼내지 마렴. 어서 괜찮냐 물어봐 줘."

못마땅하게 눈을 흘기던 푸라가 마지못해 말했다.

"알았어요, 아바하이 언니. 우리 푸아가 저리 덤벙거려서 시집이나 갈 수 있을지 걱정되지만…… 그렇지만 푸아, 언니는 네가 언니를 위해 애써줘서 고맙단다. 됐지?"

"치, 억지로 고맙다 하면 좋아할 줄 알고?"

눈물을 글썽거린 푸아가 등을 돌렸다. 투닥거리는 자매가 귀여워 웃은 아바하이는 푸라의 배를 어루만졌다.

"푸라, 네 배 모양이 참 탐스럽다. 예쁜 아기가 나올 거야."

"아기 낳을 생각을 하면 무서우면서도 어서 만나고 싶어 기다리기 힘들어요. 언니 말대로 예쁘면 좋겠네요. 예쁜 아들이면 금상첨화고요. 의원은 아들이라 하는데, 믿을 수가 있나요? 나와봐야 확실히 알지요."

"딸이면 어떻고 아들이면 어떠해. 너와 아기가 건강하기만 하면 되지."

"시부모님과 그이는 아들을 바란다고요."

"설사 딸이라도 다음에 아들을 또 낳으면 되지."

푸라는 꺄르륵 웃음을 터뜨렸다.

"첫애 낳기도 전에 둘째 생각을 해야 한다니, 아휴, 힘들어라. 그러는 언니는 언제 나한테 좋은 소식을 들려줄 거예요?"

"……글쎄."

"형부가 하루 빨리 돌아와야 언니 회임 소식을 들을 수 있을 텐데 말예요. 폐하와 대청국 군사들이 철군한단 얘기를 들은 게 한참 전인데…… 다들 어디쯤 왔을까요?"

"여하간에 잘 오고 있겠지."

"언니, 관심 없는 척 말하지만 실은 형부가 보고 싶어 미치겠지요? 안 그래요? 언니 마음이 내 마음과 뭐가 다르겠어요?"

다 안다는 듯 웃는 푸라에게 아바하이는 희미한 미소를 지어 보였다.

아바하이의 눈앞에 낭군이 떠올랐다. 그녀는 푸라나 푸아, 다른 친척들에게 '부부 사이가 극악하다' 말한 적이 없었다. 설사 기적이 일어나 사이가 좋아진들 푸라처럼 회임할 수 있을지 확신이 서지 않았다. 병이 깃든 이 몸으로 아이를 가지고 열 달을 품을 수 있을까?

아바하이는 물론, 어느 누구에게도 지병이 생겼다는 사실을 말하지 않았다. 주변 사람들의 동정을 받고 싶지 않았거니와 청승을 떨기 싫었다.

"아바하이 언니, 룽거 형부가 조선 여자를 데려오진 않겠지?"

슬며시 언니들을 마주한 푸아가 해맑게 물었다. 아바하이의 눈치를 살핀 푸라가 동생을 나무랐다.

"푸아, 왜 쓸데없는 소릴 해? 웃기지도 않고 듣기 좋지도 않은 그런 얘길 할 거면 네 방에 가 낮잠이나 자!"

"언니는 맨날 나한테만 잔소리야! 내일 당장 내 집으로 돌아갈 거야!"

머리끝까지 화난 푸아가 발을 쿵쿵 구르며 사라졌다. 하지만 푸라는 아바하이만 걱정했다.

"애가 철이 없어 입조심할 줄을 몰라요. 기분 풀어요, 언니. 네?"

"기분 나쁘지 않은걸? 염려 마."

아바하이는 안간힘을 짜내 자수에 집중했다. 눈치 없는 여동생을 속으로 비난한 푸라가 미간을 찌푸렸다.

❀

누운 자리가 따뜻했다. 음식을 넉넉히 채운 배가 든든했다. 하지만 기연은 잠이 오지 않았다. 자세를 바꿔봐도 또렷한 정신이 여전했다.

일어나 앉은 기연은 자는 룽거를 내려다보았다. 봉성을 지나친 후로 그는 매일 자연스럽게 곁에 와 누웠다. ……그러고 보니, 오늘은 웬일로 손을 안 붙잡았지? 밤마다 붙잡고 자더니.

허전한 손을 내려다보는 여인에게 저음이 날아들었다.

"잠이 오지 않거든 술을 한 잔 마셔라."

"……낮에 많이 졸아 그런가 봐요. 나 때문에 깼나 본데…… 미안해요."

미안하면서 한편으론 룽거가 깬 것이 반가웠다. 산 입에 거미줄을 칠 순 없음이랴, 한데 대화를 나눌 상대라고는 룽거 하나뿐이라 그런지, 은근히 그와 얘기를 하고 싶었기 때문이다. 밤마다 관리들한테 끌려가 술 상대를 해주는 그의 입장에서는 구태여 조선 여자와 입 아프게 말을 섞고 싶지 않을 테지만.

"네 탓이 아니다. 오늘 일찍 잠자리에 들어 깬 거다."

"⋯⋯하면 궁금한 걸 물어도 돼요?"

졸린 눈을 문지른 룽거는 침상 머리맡에 등을 기대앉았다. 실은 그는 오랜 시간 말을 몬 데다, 방을 내준 요양 지주와 술을 마신 덕에 피곤하고 졸렸다.

"실컷 물어라."

"여기도 관리의 집이에요?"

"요양 지주의 자택이다."

"아까 본 탑 있잖아요, 그건 청나라 사람들이 만든 거예요?"

기연은 낮에 보았던 거대한 불탑을 떠올렸다.

부처가 조각된 불탑이 어찌나 높던지 해에 닿을 성싶었다. 너비가 넓어 장정 열 명이 팔을 좌우로 펼치고 둘러싸도 틈이 남을 듯했다. 청나라 사람들이 대체 무슨 수로 그러한 큰 탑을 만들었을지 상상이 가지 않았다.

"요양 백탑을 말하는 거로군."

"탑 중간이 하얘 백탑이라 하나 보네요? 언제 세운 거예요?"

"백탑은 대청국이 건국되기 한참 전, 요(遼) 시대에 세워졌다."

"그리 높은 물건은 태어나 처음 봤어요. 청나라에는 백탑 같은 게 많아요?"

"요양 백탑처럼 높은 것은 드물다. 작은 건 많아."

"청나라는 뭐든 큰 것 같아요. 말도 크고, 집도 크고, 길과 수레도

커요. 탑도 크고. 조선 절에 있는 석탑은 나만 한데."

"음, 먹는 배는 조선인이 훨씬 크지 않은가?"

"……."

스스로의 배를 툭툭 두드리며 말한 룽거가 웃었으나 기연은 부루퉁
해졌다.

"내가 많이 먹는다 놀리는 거지요?"

"아니, 너는 소식하더군. 다른 조선인 얘기를 한 거다. 삐치지 마라."

"……."

해명에도 불구하고 기연은 화를 푸는 기색이 없었다. 눕는 그녀의
팔을 룽거가 붙잡았다.

"왜요?"

"내가 너를 껴안고 자면 싫어할 테냐?"

"……."

마침내 얼굴 표정을 누그러뜨린 기연의 뺨에 홍조가 돌았다.

"어차피 지난번에도…… 껴안았잖아요."

"아니다. 팔베개를 해줬지 껴안지는 않았다."

"……그리고 손도 잡았지요. 매일 밤."

"팔베개를 해주고 손을 붙든 것이 껴안은 건 아니지 않느냐? 한데,
손을 잡아 싫었더냐?"

룽거가 심각해져 기연은 재빨리 부정했다.

"싫지는 않았어요. ……안고 자도 싫지 않을 듯하고요."

기어들어 가는 목소리로 덧붙인 여인을 가벼이 끌어안은 룽거는 풀
어 내린 긴 머리칼의 향기를 맡았다. 이윽고 그는 그녀를 안은 그대로
베개에 머리를 붙였다.

바닥에 놓인 화로에, 침상 아래 구들에, 룽거의 뜨거운 몸까지…….
서슬 퍼런 바깥의 밤 추위가 전혀 느껴지지 않는 것은 물론, 등허리에

식은땀이 배어 나오려 했지만 기연은 그냥 더위를 참아버렸다. 지난번과 비할 수 없게 가까운 바싹 맞닿은 품 안에서, 눈을 감은 룽거를 쳐다보며 물었다.

"조선말은 누구에게 배운 건가요?"

"……그래."

"누구요?"

"죽은 사람이다."

"……."

짤막히 대답한 목소리가 싸늘했다. 기가 죽은 기연의 입술이 꼭 닫혔다. 해선 안 되는 질문을 했나 싶어 당혹스러웠다.

"말 잘하는 이가 어찌 조용하냐?"

룽거가 다시 평소대로 돌아온즉, 당신이 방금 불친절하게 굴었지 않느냐고, 잘해주던 이가 무섭게 구니 내가 얼마나 난감했겠느냐고 기세등등하게 쏘아붙이고픈 충동이 일었지만 참은 기연은 대충 얼버무렸다.

"졸려서요."

"하면 어서 자라. 요양 너머에는 벌판뿐이라 내일은 쉬이 묵던에 도착할 거다. 묵던은 요양보다 커 볼거리가 더 많다. 조느라 신기한 광경을 놓치고 싶지 않다면 자둬야겠지."

"묵던요?"

"네게는 심양이라는 이름이 익숙할 텐가? 대청국의 수도다."

"심양……."

지난 호란 때 사로잡혔던 포로들이 끌려간 곳이 심양이라 어렴풋이 들어본 듯했다. 거기서 포로들은 어찌 될까. 기연은 불안과 궁금증을 무시하고 잠을 청했다.

묵던에는 볼거리가 더 많다는 룽거의 말은 사실이었다.

한양을 연상케 하는, 사람이 바글거리는 거리를 구경하던 기연은 앞에 나타난 묵던 외성 벽을 올려다보았다. 하늘을 향해 뻗친 높은 성벽과 성문 위에 세워진 문루를 보고 있자니 밝은 햇빛 탓에 눈이 시큰거렸다. 목뒤가 아팠다.

성문 안에 펼쳐진 대로는 요양의 갑절은 되는 듯했다. 비단으로 몸을 감싼 청나라인들이 이 층짜리 상점들 앞에서 골동품, 비단, 음식, 도자기 혹은 다른 사치품을 살펴봤다. 얼굴빛이 흰 어린 장사꾼들은 손님들과 흥정하느라 바빴다. 물건을 사지 않는 손님들은 차점 앞 교의에 느긋이 앉아 차를 마셨다.

상점들은 둘레에 붉은색 난간이 쳐 있고, 벽면을 하얗게 칠했다. 지붕 아래에 가게 이름이 쓰인 현판이 달려 있는데 현판과 글씨가 커다래 멀리서도 훤히 읽을 수 있을 듯했다. 처마를 받친 기둥은 노송의 몸통만 한데, 황금색으로 주련을 새겼다.

수두룩하게 늘어져 있는 상점들 중 가장 인기가 많은 곳은 문 앞에 사초롱을 매달아놓은 주점이었다. 조선 놈이나 청나라 놈이나 술 좋아하기는 똑같아, 저녁 전인데도 술집이 붐볐다.

한 무리의 여인들이 품에 닭고기, 오리고기를 안아 들고 지나갔다. 고기들에 머리, 부리, 발이 그대로 붙어 있는 게 신기해 여인들을 좇아 고개를 뒤로 돌린 기연이 중심을 잃고 기우뚱했다.

"앗!"

"똑바로 잡아라!"

성난 만주어가 울렸다. 한눈팔지 말라는 소리가 분명해 기연은 얼른 룽거의 허리를 꽉 껴안았다. 혼나 무서운데도 정신을 차릴 수 없었다. 기연은 멀리 나타난 궁궐을 입을 헤 벌린 채 바라보았다. 붉은 궁궐 담 너머로 무려 삼 층이나 되는 건물이 비죽 솟아 나와 있었다.

"이 층도 모자라 삼 층 건물이라니……. 그런데 뒤따르던 병사들이 사라졌어요! 우리밖에 없다고요!"

뒤늦게 알아챈 기연이 룽거의 옷자락을 잡아당기며 말했다.

"저들 집으로 간 거다."

태연히 답한 룽거는 속력을 높였다. 혹여 기연이 떨어질까, 허리춤에 달라붙은 왼팔을 움켜쥐고 쏜살같이 말을 몬 그는 번화가를 벗어났다.

한산한 길목 끝자락, 저택 앞에 멈춘 그가 기연을 내려주며 대문에 외쳤다.

"부우자! 하르갈!"

"아이고! 대인께서 드디어 오셨나 봅니다아!"

젊은 사내가 우는 척을 하면서 뛰쳐나왔다. 그 뒤를 젊은 여자가 쫓았다.

"대인께서 무사 귀환하시기를 빌고 또 빌었……."

젊은 사내의 입이 둥글게 벌어졌다. 주인이 데려온 낯선 이를 발견해서였다. 턱이 빠진 양 닫히지 않는 그 입모양을 사내 뒤에 선 젊은 여자가 똑같이 따라 했다.

먼저 정신을 차린 여자가 바닥에 넙죽 엎드려 절을 올렸다.

"대인께서 강녕하신 모습으로 귀환하시어 기쁘옵니다!"

"기쁘옵니다! 예, 기쁘고말고요!"

사내 역시 절을 올렸다. 룽거가 명했다.

"그쯤이면 인사는 충분하다. 부우자 너는 내 말고삐를 받아라. 하르갈, 내 처소인 전당(前堂) 바로 옆 곁채를 가다듬어라."

"대인의 처소 바로 옆을…… 말씀이시옵니까? 예, 명 받들겠습니다."

하르갈이 재빨리 대문 안으로 뛰어 들어갔다. 부우자는 말을 마구간으로 데려가 물과 여물을 먹였다. 기연을 하르갈이 청소 중인 곁채로 데려온 룽거가 물었다.

"아바하이는 어디 있지, 하르갈?"

"대인, 마님께오서는 푸라 아가씨 댁에 가 계십니다. 대인께서 이리 일찍 오실 줄 몰랐기에 해산 날을 앞두신 푸라 아가씨를 응원하러 가셨지요. 사람을 보내 대인께서 오셨다는 소식을 전할까요?"

"아니, 됐다. 하르갈, 나는 정친왕 전하를 찾아뵈 전쟁과 철군에 관해 보고해야 한다. ……만주어를 전혀 못한다. 일단은 네가 챙겨주고 있어라. 청소가 오래 걸릴 듯하거든 내 처소에 데려다놓아도 좋다."

"예, 대인."

홱 돌아서 나가는 룽거의 뒷모습에서 시선을 뗀 기연은 하르갈을 바라보았다. 뭐가 어찌 되는 건지 몰라 불안했다.

"나 참, 말이 안 통하니 뭘 어째야 하지? 대인께서는 어쩌자고……. 이 여자가 만주어 배우는 데는 얼마나 걸리려나? ……저기, 청소는 끝났어요."

"……."

돌덩이처럼 서 있는 기연의 옷깃을 하르갈은 슬쩍 붙들어 당겼다.

"들어와도 돼요. 들어와도 된다고요, 네?"

순순히 끌려 들어온 기연의 머리부터 발끝까지의 모습을 하르갈이 관찰했다.

"꽤 깨끗하네? ……씻겠어요? 밤에 대인께서 댁을 찾을 거 아녜요? 그러니 씻고 단장을 해야겠지요? 맞지요?"

기연은 손으로 얼굴과 몸을 닦는 시늉을 하는 하르갈이 뭘 말하고자 하는지 눈치챘다. 목욕! 목욕을 하겠냐 묻는 것이 틀림없었다.

기연은 고개를 끄덕였다.

"네, 네, 좋아요."

"하르갈, 그분은 어떠해? 말이 통해?"

곁채 앞을 기웃거리며 부우자가 물었다. 밖에 나온 하르갈이 웃었다.

"통하기는 뭘 통해? 벙어리지. 비켜, 부우자. 나는 저 여자에게 줄 목욕물과 옷을 준비해야 해. 마님 옷을 줄 수 없으니 오늘은 임시방편으로 내 걸 줄 수밖에."

"내가 네가 편하라고 너 대신 소돔비에게, 푸라 아가씨 댁에 가 마님께 대인께서 오셨다 전하라 말했어. 잘했지? 그러니까 나랑 혼인하자, 어때?"

"부우자 이 멍청아!"

하르갈이 빽 소리쳤다. 그들에게 주인이 데려온 조선 여자는 웃전이 아니었다. 고로 목소리를 낮출 필요가 없었다.

"대인께서 말할 필요 없다 하셨단 말이야! 내가 너 같은 눈치 없는 사내랑 왜 혼인을 해?! 으이그!"

사납게 부우자를 쏘아본 하르갈이 그를 지나쳤다.

"하르갈!"

그러나 부우자는 자존심 없이 하르갈을 뒤쫓았다. 두 남녀를 기연은 우두커니 서 바라보았다.

"왜 서 있어요? 앉아 있어도 되는데. 이곳은 오늘부터 그쪽 처소예요. 물 끓이는 동안 그쪽 처소를 꾸밀게요?"

자신의 옷을 탁자 위에 내려놓은 하르갈은 기연을 흘끗 보고는 한숨을 내쉬었다. 말해봐야 입만 아프다.

"답답하지만 대인께서 아끼시는 여자니까 잘해줘야겠지."

혼잣말한 하르갈은 기연의 처소 구들에 불을 피웠다. 만주족의 쪽구들은 벽 세 면에 걸쳐 이어져 있어, 한 면은 침상 밑으로 지나가고 나머지 두 면은 앉거나 무언가를 올려두는 용도로 사용됐다. 앉는 곳 옆, 쪽구들의 제일 가장자리에는 부뚜막이 설치돼 있었다. 부뚜막 위 솥에 물을 부은 하르갈은 이어 화로에 질 좋은 숯을 잔뜩 넣고 불을 붙였다.

값싼 것을 써 조선 여자가 콜록거렸다간 주인이 성을 낼지 몰랐다.

침상에 푹신한 이불을 펼치고, 알록달록한 보석이 박힌 분재 화분을 창가 아래에 두고, 마지막으로 탁자와 걸상 등받이에 옥색 비단을 깐 참, 다른 시녀들이 목욕 도구를 가져왔다. 시녀들을 도와 하르갈은 목욕통 안에 뜨거운 물을 부었다.

"혼자 씻을 거지요?"

대충 물은 하르갈은 기연이 대답하거나 말거나, 문을 닫고 나갔다.

기연은 옷을 벗고 목욕통 안에 들어가 씻었다. 누가 구박한 것도 아닌데 눈치가 보이고 걱정스러웠다. 단 한 마디도 청나라 말을 알아듣지 못하는 마당에 잘 지낼 수 있을까? 게다가.

"허전하네……."

썰렁한 방 내부를 훑어본 기연은 무릎을 안고선 물속에 얼굴을 담갔다. 그 상태로 숨을 내쉬자 보글거리는 물소리가 들렸다. 그러나 곧 숨이 차 고개를 빼 든 바람에 하나뿐이던 소리조차 사라졌다.

"그 계집이 어디 있느냐?!"

날카로운 고함이 울렸다. 무슨 일이 있나 싶어 목욕을 마무리한 기연은 허겁지겁 새 옷을 걸쳤다. 막 신에 발을 찔러 넣은 순간 문이 열렸다. 문 틈새로 나타난 여자는 몹시 화나 보였다.

"또 조선인 계집을……."

분노를 짓씹은 아바하이는 눈앞의 여자를 노렸다. 여자의 하얗고 둥근 얼굴 위로 원수 계집이 겹쳤다. 원수 계집을 처음 만났던 날도.

그날도 이랬다. 새신부로서 부푼 마음을 안고 처음 신혼집에 왔을 때도 마치 지금처럼, 조선인 계집이 먼저 와 있었다. 낭군에게 하찮은 계집 하나가 있다는 사실을 혼인하기 전 이미 들어 알고 있었지만, 그럼에도 불구하고 막상 연적을 보니 어찌나 화가 났던가? 그것도 만주인 여자가 아닌, 조선인 포로 계집 따위였다니!

"조선국은 대체 나와 무슨 악연이라는 말이냐? 두 번씩이나 하찮은 조선인 계집을……."

넓은 보폭으로 걸은 아바하이는 단숨에 기연의 뺨을 내려쳤다. 터진 기연의 입술이 핏방울을 튀겼다.

"아바하이!"

욱신거리는 뺨을 감싸 쥔 기연은 고함을 쫓았다. 사납게 굳은 얼굴을 한 룽거를 보자 눈물이 나오려 했다.

"룽거……."

기연이 부른 이름을 알아들은 아바하이의 눈꼬리가 치켜 올라갔다.

"조선국 포로 주제에 주인의 이름을 부르다니……."

"그쯤해라, 아바하이!"

아바하이의 어깨가 움찔했다. 곁채 안에 들어와 기연 앞을 막아선 룽거가 말했다.

"아니면, 나를 원망해라. 그것이 맞지 않은가?"

"……."

"내가 억지로 데려온 이에게 무슨 죄가 있겠느냐? 손찌검을 해도 내게 해야 할 거다."

"……."

아바하이는 눈을 내리깔았다. 보호하듯 포로 년의 손목을 붙든 낭군의 왼손을, 여인용 모령을 쥔 오른손을 번갈아 살핀 아바하이가 물었다.

"낭군께서는 또 목을 다치고 싶으신가 봅니다. 전에는 빗나갔지만 이번에도 그럴까요?"

"……."

"목은 다치면 생사를 오가게 되는 소중한 곳입니다. 다치지 마세요."

"……."

"저는 낭군께서 다치시길 원치 않으니까요. 몸도, 마음도. 한데, 어째서 낭군께서 자꾸만 낭군을 싫어하는 조선 여인들에게 반하시는지 모르겠습니다. 정말 모르겠어요."

기연은 손목에 닿은 룽거의 손이 떨리는 것을 눈치챘다. 여자가 뭐라 했기에 이러는지 알 수 없어 답답했다.

"낭군 외에 함께 온 이가 있었다는 사실을 알았다면 푸라의 집에 계속 머물렀을 텐데요. ……출발하기 직전 푸라에게 산통이 왔었답니다. 제 당황한 마음을 가라앉힐 시간을 가져야겠거니와 동생의 기운을 북돋아주고 싶으니 다시 푸라에게 다녀올게요."

차분히 돌아선 아바하이가 떠났다.

기연을 돌아본 룽거는 피가 흐른 입술을 확인하곤 그녀를 제 처소인 전당으로 데려갔다. 문을 닫은 그가 물었다.

"나로 인해 맞게 해 미안하다. 많이 아픈가?"

기연은 딱 한 방울, 눈물을 흘렸다. 맞고 산 탓에 구타에 익숙하건만, 어째서 룽거가 아프냐 물으니 눈물이 흐르는지 알 길이 없었다. 송국조에 비하면 여자의 손찌검은 어린아이 수준이었는데.

"아파요."

기연을 따뜻하게 데운 침상에 앉힌 룽거는 약병을 가져왔다. 기연 옆에 앉은 그는 직접 다친 입술에 약을 발라줬다.

"오는 길에 추울까 봐 급히 모령을 사 왔다. 입겠느냐?"

기연은 룽거가 내민 옷을 받아들었다. 능소화 빛깔의 비단에 흰 모피를 덧댄 청나라식 배자였다. 촉감이 부드럽고 모양새가 화사한 것이 여간 비싸지 않을 듯했다.

"조선 옷이 아니라 싫거든 입지 않아도 된다."

"……이곳 날씨가 조선보다 추운 듯해요."

배자를 입은 기연은 뺨맞은 충격이 가시지 않았거니와, 무어라 말해야 할지 생각나지 않아 애꿎은 목깃의 짐승 털만 만지작거렸다.

"기연."

"네?"

기연이 대답을 해주니 한시름 놓은 룽거는 조심스레 그녀를 감싸 안았다. 싫다는 거부는 없었다.

"나 때문에 맞게 해, 이런 식으로 아바하이를 만나게 해 정녕 미안하다."

"아까 그 여인이 아바하이예요?"

"그래. 나와 혼인한 여자다."

"……."

"나는 부인이 있다. 게다가 그 부인은 너를 고생시켰지. ……내가 혐오스러워졌느냐?"

"당신이 상투 안 올린 총각일 거라 생각한 적 없어요. 애초에 상투를 머리칼도 없지만."

"상투가 무엇이냐?"

"조선 사내들이 머리를 묶어 올린 거요."

방금 전까지 시무룩해 있던 것을 잊은 기연은 슬그머니 조금 남은 룽거의 땋은 머리를 만지작거렸다. 그러자 웃음이 터져 나왔다. 룽거는 웃는 기연을 더 가까이 끌어안아 예쁜 입술을 빤히 쳐다보았다.

"……네가 내 머리 덕에 기분이 나아진 건 좋으나, 너무 크게 웃었다간 입술 상처가 심해질 거다. 그러니 아껴두었다가 나중에 웃어라."

"알았어요."

가까스로 기연의 입술에서 눈을 뗀 룽거는 기연을 침상에 눕히고 이불을 덮어줬다.

"늦은 밤이나 아침에 아바하이가 돌아올지 모른다. 오늘 밤은 내 침상에서 자자."

"아바하이가 어디 갔는데요?"

"출산하는 친척 동생에게 갔다."

"아바하이가 돌아오는 거랑 내가 내 처소에서 자는 거랑 무슨 상관이 있지요?"

"……네게 다시 해코지를 할까 염려돼 그런다."

"여기서 잘게요."

"잘 생각했다. 나는 씻을 것이다. 휘장을 쳐 줄 테니 편히 누워 있어라. 네 저녁 식사를 가져오라 명하마."

"배고프지 않으니까 다 씻은 후에 같이 먹어요."

기연은 일어나려는 룽거의 옷깃을 꽉 붙들었다.

"그런데 아바하이와 사이가 좋아요?"

"……."

어째서 그를 묻는가. 가슴 한쪽에 차오른 기대감을 숨기지 못한 룽거가 눈을 빛냈다.

기연의 손을 붙잡아 따뜻한 이불 속에 넣어준 그가 말했다.

"아니. 좋지 못하다. 우리 사이에는 단단한 벽이 있지."

"그렇구나. 알았어요."

"……목욕물을 대령해라."

문을 연 룽거가 명하자 하인들은 금세 목욕물을 준비했다. 다시 문이 닫히고 룽거가 옷을 벗으려 해 기연은 재빨리 벽 쪽으로 고개를 돌렸다. 몸을 감싼 이불에서 그의 냄새가 나는 듯했다. 마음이 편해진 기연은 뺨의 통증을 잊고 잠에 빠져들었다.

4

아바하이

산실(産室)에는 손님이 끊이지 않았다. 푸라의 친정 부모, 시부모, 푸아가 번갈아 들락거리며 출산을 능히 치러낸 산모와 갓 태어난 사내아이를 축하했다. 첫 자식이 아무리 봐도 어여뻐 푸라의 입가에서는 미소가 떠나지 않았다.

"이목구비가 어미를 닮았어."

"아비를 닮은 것 같은데."

산모와 아이 주위에 둘러앉아 신나 떠드는 집안 식구들을 뒤편에서 구경하던 아바하이는 자신의 처소로 돌아갔다.

탁자 앞에 앉은 그녀는 메마른 입술을 잘근거렸다. 다른 누군가가 곁에 있을 때면 푸라의 출산과 조카의 탄생이 정녕 기쁘다는 듯 미소를 유지했다. 그러나 기실 속이 썩어 문드러져 가고 있었다.

낭군에게 다른 계집이, 그것도 조선인 계집이 또 생긴 이유가 뭘까? 과거에 저지른 죄에 대한 벌일까?

눈앞에 피투성이가 된 종아리가 아른거렸다. 다친 다리를 붙잡고 울던 계집도. 멀쩡하던 이가 다리를 절게 만든 죗값을 갚으라, 부처께서 새로운 조선 계집을 보내신 걸까?

"모초르."

"예, 마님."

아바하이는 시녀 모초르에게 물었다.

"내 옆에 있었으니 그 계집을 보았겠지? 대인께서 데려오신 조선인 말이다."

"예, 마님. 봤습니다."

"어떠하냐? 고우냐?"

"소인은 모르겠습니다, 마님."

"화내지 않을 테니 솔직히 말해봐라. 대인의 새 조선인 계집이…… 이원해보다 고우냐? 이원해는 확실히 꽤 미인이었지?"

"……마님, 새 조선인은 원해보단 못한 듯합니다. 다만 피부가 희고 깨끗한 데다 얼굴, 이마가 달걀 같아 단정하긴 하더군요. 키도 작지 않고요."

"대인께서 그 계집을 많이 좋아하실까?"

"소인이 어찌 감히 대인의 마음을 헤아리겠습니까."

아바하이는 허탈한 웃음을 터뜨렸다.

"네게 화내지 않겠다니까. 너도 보는 눈이 있으니 알 거 아니냐?"

"대인께서 조선인 계집을 감싸시던 모습이…… 마, 많이 좋아하시는 것처럼 보였습니다."

아바하이는 찻잔을 집어 들어 내던졌다. 옷장에 부딪힌 찻잔이 파편을 튀겨내며 깨졌다. 반사적으로 몸을 웅크리고 돌아선 모초르가 신음을 흘렸다.

"마, 마님……."

"모초르, 내가 그 계집 얼굴에 뜨거운 물을 부어 망가뜨리면 대인 께서는 이번에는 정녕 나를 안 보시려 하겠지? 시아버님과 시숙부님, 오보이가 아무리 날 감싸고 대인을 회유해도 기필코 나를 쫓아내려 하실 거야."

"마님……."

"그 계집은 참 간드러진 목소리로 대인을 부르더구나. 이원해는 무 뚝뚝했었는데. 어쩐지 그 계집이 이원해보다 더할 거라는 예감이 든 다. 그럼 대인께서는 넓은 강에 빠진 것처럼 계집에게서 헤어 나오지 못하시겠지. 나는 또 외면받고. 쓸쓸하게."

"마님…… 송구합니다."

"아바하이 언니, 말린 과일을 가져왔어. 같이 먹어요. ……찻잔이 왜 저기 깨져 있어?"

과일이 담긴 그릇을 들고 뛰어 들어온 푸아가 의심쩍은 표정을 지었 다. 아하바이는 얼른 얼굴을 풀었다.

"실수로 놓친 것이 저기까지 굴러가 깨졌단다, 우습지, 푸아?"

"신기하네. 나도 찻잔을 여러 번 떨어뜨렸지만 그럴 때마다 매번 발 치에서 깨졌는데."

"그러게 말이야. 푸아, 언니 옆에 앉아 먹으렴. 모초르, 깨진 잔을 치우거라."

"예, 마님."

무릎을 꿇고 앉은 모초르가 찻잔을 치웠다. 푸아는 언니 옆에 앉아 열심히 과일을 씹었다.

"언니, 룽거 형부가 왔다는 소식을 듣자마자 가더니 왜 일찍 돌아왔 던 거야? 설마 형부가 조선국 여자를 데려왔어?"

"……푸아, 언니는 단지 푸라가 걱정돼 낭군께 인사만 드리고 돌아 온 거야."

"으응, 그랬구나. 룽거 형부가 돌아왔으니 언니 입맛도 돌아와 언니가 살이 찌겠지? 푸라 언니가, 언니가 자꾸 말라가 걱정된다 했어. 분명 룽거 형부가 보고 싶어서일 거라면서."

"……."

바닥을 닦던 모초르가 움찔거렸다. 아바하이가 음식을 제대로 소화시키지 못하고 토하기 일쑤라는 사실을 아는 이는 모초르 하나였다.

"그래, 언니는 이제 살이 많이 찔 거야."

"지금은 언니 뺨이 푹 파였는데 찌면 어여쁘겠다. 그치?"

"응. 언니는 어여뻐져 낭군께 총애를 받을 거야."

속이 쓰려 아바하이는 화제를 바꿨다.

"푸아, 네가 올해 열여섯이었나?"

"아니, 열일곱. 부친께서 내년이나 내후년에 시집보내실 거래. 이건 비밀인데, 아바하이 언니한테만 알려줄게. 사실은 나 요즘에 밤마다 달을 보면서 기도해. 멋진 낭군과 행복하게 살게 해달라고."

"……."

아바하이는 부끄러워하는 동생을 서글피 바라봤다. 혼인을 올리기 전에는 자신 역시 푸아 같았다. 설렘에 휩싸여 낭군을, 낭군과의 행복한 삶을 상상했다.

"아바하이 언니, 왜인지 언니가 슬퍼 보여. 무슨 생각해? 알겠다, 형부가 보고 싶어 그러지?"

"……푸아 네가 시집갈 나이가 된 게 신기하고 대견하면서, 시댁에 보내는 상상을 하니 섭섭하구나."

"언니, 난 시집가도 언니들이랑 자주 어울려 놀 거야. 그러니까 걱정 말아. 알겠지?"

"그래, 알았어."

아바하이는 억지 미소를 지었다.

아침에 기연이 눈을 떴을 때 밤새 꼭 안아주었던 룽거는 없었다. 침대 옆자리에 그의 향기는 남아 있었지만, 방 안 어디에도 그는 없었다. 구들과 화로가 뿜는 열기는 기연이 느낀 허전함을 채우지 못했다.

정오가 한참 지나도록 룽거의 그림자조차 아른거리지 않았으나 기연은 그의 처소를 떠나지 않았다. 시녀가 가져다준 식사를 먹는 둥 마는 둥 하고 침상에 늘어져 누워 있었다.

"아침에 대인께서 출타하시면서 저더러, 그쪽이 입을 옷을 구해오라 하셨어요. 친한 상인의 가게에 들러 급한 대로 사 왔으니 입어요. 장신구도 몇 가지 사 왔어요."

다짜고짜 들이닥친 하르갈이 홀로 떠들었다. 기연은 하르갈이 준 옷과 진주 달린 옥비녀, 호박 귀걸이, 나비 장식이 달린 떨잠을 살펴봤다. 그러다가 하르갈이 옷을 벗기려 하자 놀라 그녀의 손길을 뿌리쳤다.

"하루 종일 잠옷을 입고 있을 거예요?"

하르갈이 새 옷을 뒤흔들었다.

"귀가하시는 대인을 어여쁘게 차려입고 맞이해야 하잖아요? 귀신 꼴인 그 머리도 빗어야 되고요!"

"......"

흰 옥빗을 집어 든 하르갈은 머리를 빗는 시늉을 하곤, 다시 기연의 옷을 벗기려 들었다. 기연은 이번에는 순순히 시녀가 하는 대로 따랐다. 속바지와 녹색 치마를 입은 기연은 빼먹지 않고 룽거가 직접 사다 준 모령을 걸쳤다.

기연의 머리를 빗고 높이 틀어 올려 묶던 하르갈이 중얼거렸다.

"이 여자도 귀를 안 뚫었잖아? 조선 여자들은 죄다 귀걸이를 안 하나?"

기연의 얼굴, 입술에 분과 연지를 살짝 발라줘 치장을 마무리한 하르갈이 밖으로 사라졌다. 두리번거린 기연은 자그마한 거울을 찾아내 그 앞에 섰다. 거울 속에 청나라 여자가 서 있었다.

이리 아무렇지 않게 청나라 옷을 입어도 될까?

"기연."

이제는 익숙한 목소리를 쫓아 뒤돌아서자 룽거가 보였다. 말이 통하는 유일한 이가 반가워서인지 입가에 미소가 번졌다.

"뭐 하고 온 거예요?"

"폐하를 환대할 준비를 해야 한다. 그리고……."

입을 다문 룽거는 가까이 다가온 기연을 물끄러미 내려다보았다.

"화장을 했구나."

"누구 꾀려고 화장질이야?!"

송국조의 구박이 떠올라 기연은 뺨을 붉혔다. 미적지근한 반응을 보건대 어울리지 않는 듯했다.

"젊은 시녀가 해줬어요. 안 어울리나 봐요."

룽거는 소매로 뺨을 닦으려 하는 기연의 팔을 붙잡아 만류했다. 여자를 침대로 데려가 입을 맞추고픈 충동을 참은 그가 칭찬했다.

"어울린다. ……예쁘다."

"……."

기연의 뺨이 한결 붉어졌다.

"네가 곁채에 가 있을 줄 알았다."

"아, 미안해요. 빈방에 마음대로 있어서."

"아니, 나는 너와 있는 것이 좋다. 네가 내 공간에 있는 것이 좋다. 오늘 밤에도 같이 있고 싶다."

"……."

기연 역시 내심 룽거와 같이 있고 싶었다. 그러나 냉큼 알았다 하기 멋쩍어 고개만 끄덕였다.

"대인, 차를 가져왔습니다."

"들여라."

문을 열고 들어온 부우자가 뚜껑 덮인 차 두 잔을 구들 위 소반에 내려놓고 나갔다. 간편한 옷으로 갈아입은 룽거는 가부좌 자세로 방석이 깔린 구들에 앉아 기연을 불렀다.

"기연, 함께 차를 마시자."

"좋아요."

소반을 사이에 두고 룽거 맞은편에 앉은 기연은 뜨거운 찻잔을 손 안에 쥐었다. 김을 타고 올라온 차 향기가 후각을 자극했다.

"폐하의 환대 준비 외에 나는 포로 명부를 작성하고 있다."

"포로 명부요?"

"조정은 벌써 포로들을 속환시킬 계획을 세우고 있다. 명부를 완성해 조선국에 넘기면 조선국 관리들과 포로들의 보호자가 묵던에 올 거다."

"관리들과 보호자가 묵던에 직접 와 포로들을 사가는 건가요?"

"그래. ……나는 네 이름도 명부에 적었다."

"……."

룽거가 '네 이름이 명부에 오르길 바랄 생각일랑 마라, 조선국에 돌아갈 수 없다' 하기는커녕 가족을 찾을 길을 열어줬으니 다행스러워해야 마땅했다. 하지만 기연은 기쁘지 않았다. 청나라에 무사히 온 데다, 조선으로 돌아갈 수 있게 됐거늘 어찌 이러한가. 무슨 연유로 마음이 착잡한가.

손에 힘이 빠져 기연은 찻잔을 소반에 내려놓았다.

"고마워요."

입으로는 감사 인사를 전했으나 의문이 가슴을 채웠다. 참지 못한 기연이 물었다.

"왜 적은 거지요? 내 말은 그러니까…… 나한테 관심이 있다면서요. 그쪽 사람으로…… 만들고 싶다면서요."

"……."

"하면 날 보내기 싫어해야 맞는 거 아녜요?"

"이 문제에 있어 내 의사는 중요하지 않다."

그럼 누구 의사가 중요한가? 송국조한테 쥐어 잡혀 살았던 기연은 룽거가 이해되지 않았지만 토를 달지 않았다. 대신 묵던에 나타난 송국조를 따라가는 스스로의 모습을 상상했다. 속이 메슥거렸다.

"송국조가 만약 살아 있다면, 그래서 묵던에 온다면 난 꼼짝 없이 조선에 돌아가겠네요."

"송국조?"

'이 문제에 있어 내 의사는 중요하지 않다.' 다시 되새겨 봐도 배려 섞인 그 한 마디가 마음에 들지 않았다. 기연은 룽거가 기분 나빠하길 바라며 대답했다.

"나랑 혼인한 사내예요. ……내 서방이요."

"……."

룽거는 기연이 바라던 대로 분노를 표하진 않았다. 그러나 그가 더는 차를 마시지 않았으므로, 아직 그의 찻잔에 남은 차는 싸늘히 식어갔다.

잘 시간이 되자 남녀는 평소처럼 나란히 누웠다. 그러나 둘 모두 각자의 이유 탓에 기분이 상해 있었다.

"기연, 자는가?"

"……."

자는 체를 할까, 말까.

벽을 보며 고민한 기연은 일어나 앉았다. 룽거를 내려다보다가, 그의 팔을 베고 누워 안겨들었다. 뿐만 아니라 참으로 과감하게 그의 허리춤을 껴안았다. 그리하자 놀란 룽거가 흠칫했지만 기연은 물러나지 않았다. 마음 가는 대로 하고 싶었다.

불현듯 기연은 단순한 사실 한 가지를 새삼스레 깨달았다. 룽거가 싫지 않았다. 송국조는 죽이고 싶을 만큼 싫었지만 룽거와는 계속 같이 있고 싶었다. 다정히 바라봐 주는 눈빛이 좋고, 목소리를 들으며 얘기하고 싶었다.

오랑캐라 하여 모두 나쁘지 않다. 조선인이라 하여 모두 착하지 않다. 룽거는 좋은 사람이다.

"안 자요. 당신은 왜 안 자요?"

"궁금한 것이 있다."

"궁금한 것이 이름은 아닐 테지요? 뭔데요?"

"네 서방은 어떤 자였지?"

"……."

기연은 룽거를 올려다보았다. 그다지 샘내는 기색이 없었다. 단순히 궁금한 걸까.

"사실 나는 첩이었어요. 우리 아버지는 허구한 날 술만 마시고 노름에 빠져 사는 망나니였는데, 노름값을 벌고자 내 언니를 먼저 나이 많은 장사꾼에게 팔았어요. 그리곤 나도 똑같이 팔았어요."

"네 아비는 두 딸을 팔아 노름값을 많이 벌었는가?"

"아니요. 고작 노름 한두 판 할 수 있을 정도를 받았을 테지요. 내가 크게 잘나지 않았는데 누가 비싸게 사려 했겠어요? 아무튼, 내 서방이라는 놈은 개성에서 인삼을 팔았어요. 조상대부터 팔았다지만 모아둔 재물이 많았는지는 모르겠어요. 그래도 서방 놈이 틈틈이 아버지에게 노름값을 쥐어준 바람에 아버지는 만족해했어요. 나도 송국조가 날 때리……."

재잘거리던 말소리가 뚝 끊겼다. 룽거는 기연의 뺨을 어루만졌다.

"그자가 네 아이를 해친 건 알고 있다. ……너를 때렸느냐?"

"……막 시집와서는 나쁘지 않았어요. 제 딴에는 잘해주려 했던 거 같아요. 그런데 어느 순간부터 내가 외간 사내를 꾀고 다닌다 괜한 의심을 하더니, 때리더라고요. 처음에는 뺨을, 그 다음에는 머리, 배, 다리를 주먹으로 치고, 발로 차고, 몽둥이질을 하고…… 애 가져서도 많이 맞았어요. 평소보다 덜하긴 했지만. 애 태어나고는 내가 애를 너무 좋아하니까, 애를 무기 삼아 괴롭히더군요."

기연은 왈칵 쏟아져 나오려 하는 눈물을 삼켰다.

"그만 말할래요."

말없이 기연의 마른 등을 쓰다듬은 룽거는 한참 만에 입을 열었다.

"그자를 마주하는 날이 온다면 어쩌면, 죽일지 모르겠다."

"……."

다부진 가슴에 얼굴을 묻은 기연은 그저 등허리를 오가는 손길을 느꼈다. 이윽고 기분이 나아져 고개를 들었다.

"나한테 관심 있다 했던 거, 진심이었어요?"

룽거의 눈썹이 치켜 올라갔다.

"그게 무슨 소리냐?"

"내 이름을 명부에 넣고, 송국조 놈에 대해 아무렇지 않게 물었잖아요. ……청나라 사람은 샘이 없어요?"

"내가 태평하다 탓하는 거로군. 너는 내가 방금 송국조라는 놈을 만나게 되면 죽일지 모르겠다 말한 것을 듣지 못했느냐?"

"들었지만 잘 모르겠어요."

"정확히 뭘 모르겠다는 거냐?"

"당신이 원체 차분하니까 나, 나를 진심으로 좋아하는 건지, 얼마나 좋아하는 건지를……."

"나는 아무 여자에게 잘해주지 않는다. 묵던에 오는 내내 너를 황녀 받들 듯 했거늘 아직도 내 속이 어떨지 모르겠느냐? ……밤마다 널 껴안고 자면서 무슨 생각을 할는지도?"

기연은 모르는 체하고 물었다.

"무슨 생각을 하는데요?"

"……."

살갗을 오소소 돋게 만드는 저릿한 침묵이 피어올랐다. 타오르듯 번뜩이는 룽거의 눈동자에 머리를 풀어 내리고 누운 여자가 비쳤다.

"네 입을 통해 송국조 얘기를 듣는 동안 기분이 나빴다. 그래도 궁금증을 참을 수 없어 물었다. 너에 관한 건 모두 알고 싶으니까."

"……."

"네게 진심이 아니라 쉽게 여겼다면 왜 여태껏 가만뒀겠느냐. 네가 싫다 울건 말건, 하룻밤 취하고 버렸으면 됐을 거다. 나는 여자 몸을 모르는 사내아이가 아니다."

노골적인 표현에 기연의 얼굴이 달아올랐다. 덕분에 룽거의 숨소리는 한층 거칠어졌다. 눈앞의 보드라운 뺨, 길쭉한 목, 붉은 입술…… 모든 게 탐스러워 마른침이 절로 삼켜졌다.

위험하다! 머릿속에서 경고하는 고함이 울렸다. 화로를 뒤집어쓴 듯 배 아래에 열이 솟구쳤다. 그는 겨우 기연을 외면했다.

"밖이 춥다. 그러니 내가 곁채로 건너가마. ……내일부터는 따로 자는 편이 안전할 듯하다."

"아!"

붙잡을 새 없이 룽거는 잠옷 차림 그대로 나가 버렸다.

❦

여느 때와 마찬가지로 오늘도 룽거가 일찍 출타해, 기연은 그에게
잘 다녀오라는 인사를 하지 못했다. 이럴 줄 알았으면 보통 언제쯤에
기상하느냐 물어놓을 걸 그랬다. 후회하는 그녀의 귓가에 지난밤의
목소리가 맴돌았다.

"내 속이 어떨지 모르겠느냐? 밤마다 널 껴안고 자면서 무슨 생각을
할는지도?"

"치. 미륵불이 아닌데 남의 속이 어떠한지, 밤마다 무슨 생각을 하
는지 어찌 알까 봐."

확실하게 확인시켜 줘야 알지. ……솔직히, 무슨 생각하는지 알 만
하다만.

"그렇지만 확인…… 받고 싶은데."

룽거의 허리를 끌어안았을 때 손바닥에 퍼졌던 몸의 촉감, 거칠던
그의 숨결, 나직한 목소리……. 간밤을 멍하니 되새기던 기연은 전신
이 간지럽고, 기분이 이상해져 고개를 저었다. 혼자 있으니 자꾸 잡생
각이 나는 듯했다.

밖에 나온 기연은 문가에 나란히 주저앉아 화롯불을 쬐는 하르갈
과 부우자의 뒤통수를 내려다보았다.

"여기서 뭐 해요?"

기연을 곁눈질한 부우자가 하르갈에게 말했다.

"뭐라 하는데?"

"알 게 뭐야. 내버려 둬."

"어떻게 그래. 작은 마님, 대인께서 저희더러 작은 마님을 지키라 하셨습니다. 큰 마님이 언제 오실지 모르는지라 작은 마님의 안위가 염려되셨던 게지요."

부우자가 또박또박 발음했다. 하르갈이 까르륵 웃었다.

"그런다고 저 여자가 알아듣겠어? 목 쉬겠다, 그만해."

"하르갈, 새 작은 마님도 저번 작은 마님처럼 만주어를 안 배우려 할까?"

"그렇겠지. 하지만 이 여자는 이원해보다 약간 나은 것 같기도 해. 최소한 나를 더러운 짐승 보듯이 하지 않거든."

"부우자, 하르갈, 마님께서 오셨는데 어서 일어나지 않고 뭐 해?"

따끔한 질책이 날아들었다. 아바하이와 모초르를 발견한 부우자와 하르갈이 재까닥 일어났다. 창백해진 하르갈이 인사했다.

"마, 마님. 오셨습니까."

"대인께서는 나가셨느냐?"

"예. 정친왕 전하의 왕부에 가신 줄로 압니다."

가까이 다가온 아바하이를 부우자와 하르갈이 막아섰다. 모초르가 나무랐다.

"이 집 안주인은 마님이신데 네들, 뭐 하는 거야? 저 조선인 포로를 감싸는 거야?"

부우자가 애원했다.

"용서하십시오, 마님. 하지만 대인께서 출타하시면서 이르시기를, 마님께서 작은 마님께 다가오시지 못하게 하라 당부하셨습니다."

"작은 마님?"

싸늘히 중얼거린 아바하이는 조소를 흘렸다.

"부우자 네가 충성스럽구나. 대인께서 그리 말씀하셨다면 따라야

지. 모초르, 피곤하구나. 낮잠을 자야겠다. 저녁에 마늘을 넣은 요리
가 먹고 싶으니 준비해라."

"예, 마님."

아바하이가 순순히 물러가 안도하던 하르갈과 부우자는 아직 남아
있는 모초르를 쳐다봤다.

"넌 왜 안 가?"

대꾸 않은 모초르는 곳간에 들러 통마늘을 저장해 둔 포대를 꺼내
왔다. 그것을 기연의 발치에 내던진 모초르가 엄포를 놓았다.

"마님께서 저녁에 마늘을 넣은 요리가 드시고 싶다 하시는 거 들었
지? 저 여자는 노비나 마찬가지야. 그러니 일거리를 줘야 하니까, 포
대 안에 든 마늘 껍질을 모조리 까라 해. 부우자, 하르갈, 네들은 절
대 도와줘선 안 돼. 이건 마님의 뜻이야. 불복종했다간 무서운 벌을
받을 줄 알아."

"저 많은 걸 혼자 깠다간 손가락이 상할 거야."

"맞아. 내가 도울게."

굴러 나온 마늘에 손을 뻗는 부우자의 등을 모초르가 때렸다. 자
존심 없이 하르갈더러 자꾸 혼인하자 하지를 않나, 조선인 포로 따위
를 도우려 하는 착해 빠진 부우자가 답답했다.

"도와주지 말라 분명히 경고했어. 특히 부우자 너, 조심해. 네가 저
여자를 도와 한 쪽이라도 마늘 껍질을 깐다면 마님께선 평생 너를 장
가들지 못하게 하실 거야."

"나보고 죽을 때까지 숫총각으로 살라는 거야?!"

"흥."

콧방귀를 뀐 모초르가 내실로 갔다. 부우자와 하르갈은 서로 눈치
를 살피며 기연을 흘끔거렸다.

"여기 든 마늘 껍질을 벗기라는 거지요? 할게요."

기연은 마늘 한 움큼을 탁자에 꺼내놓고 의자에 앉았다. 어차피 할 일이 없겠다, 소일거리가 생긴 게 나쁘지 않았다. 마늘을 준 이유가 괴롭히기 위해서임을 눈치챘기에 기연은 썩은 것도 묵묵히 손질했다.

본래 양의 반가량을 손질하자 손가락 끝이 바늘로 찌르는 것처럼 따끔거렸다.

"마님께서 마늘을 빻으라 하셨어."

"모초르, 그건 내가 할게."

"끼어들지 마, 하르갈! 대인께서 마님이 저 여자에게 다가가지 못하게 하라 명하셨다며? 마님은 대인의 명령을 어기지 않으셨어. 단지 저 포로 노예에게 일거리를 주셨을 뿐이라고."

성낸 모초르는 기연의 품에 조그만 절구와 절굿공이, 빈 그릇을 떠안겼다. 기연은 아린 손을 참으며 절구질을 하기 시작했다. 팔과 허리가 아팠다. 눈이 매웠다. 하지만 모초르가 도끼눈을 뜨고 옆을 지키고 있어 마음대로 쉬기 어려웠다.

"네가 이러면 대인께서 화내실 거야. 마님께서는 이 여자를 괴롭히느라 일을 시키시는 거잖아."

"누가 그래? 착각하지 마. 정말 마늘이 필요해서 시키는 거야."

하르갈의 반발을 무시한 모초르는 계속해서 기연을 감시했다. 절구 속 마늘이 다 다져질 때마다 새 마늘을 넣는 것도 잊지 않았다.

거의 반 시진간 이어진 절구 소리를 뚫고 해맑은 목소리가 날아들었다.

"배가 고프구나. 재료가 제대로 준비됐는지 확인해야겠다."

다시 곁채 앞에 나타난 아바하이는 자신 앞을 막아서는 하르갈을 꾸짖었다.

"나는 저 계집을 해치려는 것이 아니다. 재료가 준비됐는지 보려 하거늘 어찌 이리 버릇없이 구는 게냐?!"

"마님, 하오나 대인께서……."

"조용히 물러서지 못해?!"

"……."

기어이 안으로 들어온 아바하이는 자리에서 일어선 기연을 곁눈질하곤 탁자 위를 살폈다. 곱게 다진 마늘이 그릇 속에 담겨 있었다.

"솜씨는 나쁘지 않으나 이 마늘은 저장해 둔 지 오래되었으니, 먹어도 될지 어찌 알겠느냐? ……그러니 네가 맛을 보아라."

그릇을 집어 든 아바하이는 그것을 곧바로 눈치를 살피느라 바쁜 기연의 머리 위에 뒤엎었다. 질척한 내용물이 얼굴을 타고 내려와 기연은 놀란 숨을 들이쉬었다. 눈이 너무나 따가웠다. 불로 지지는 듯했다.

소매로 눈가를 훔쳐 내는 기연의 머리를 아바하이가 거세게 때렸다. 분이 풀리지 않아 그녀는 돌절구를 집어 들었다. 죽기 전에, 이 계집을 먼저 죽여야 했다!

"마님!"

"아이고, 마님! 어찌 이러십니까!"

"지금…… 무슨 짓이냐?"

아바하이와, 아바하이를 둘러싸고 말리던 하인들이 문가를 돌아봤다. 분노한 룽거를 확인하고도 아바하이의 표독스러운 표정에는 변화가 없었다.

"이 계집은 이원해와 다를 것 같은가요? 아니에요. 똑같아요. 오랑캐인 당신을 좋아해 줄 조선인 계집은 없다고요! 그러니까 이번에야말로 목을 찔려 죽기 전에 이 계집을 없애야 해요!"

아바하이의 손을 쳐 낸 룽거는 기연의 머리를 감싸 안았다. 날아간 돌덩이에 맞은 도자기가 굉음과 함께 박살 났다. 손목을 감싸 쥔 아바하이를 노려보며 룽거가 명했다.

"전당에 세수할 물을 준비해라, 하르갈."

"예, 예, 대인."

기연을 안아 들어 전당 침상으로 데려온 룽거는 물에 적신 수건으로 그녀의 눈을 닦아줬다.

"내가 할게요. 수건으론 안 되겠어요."

세수를 끝낸 기연의 머리칼을 하르갈이 정리해 줬다. 엉망이 된 기연을 보던 룽거가 바깥을 향해 날카로이 명했다.

"부우자, 내 말을 준비시켜 놔라! 하르갈, 대충 마무리가 되면 대문가에 데려다놓아라."

"예, 대인."

룽거는 곁채로 되돌아왔다. 아바하이는 손목을 움켜쥔 그대로 굳어 있었다.

"네가 오늘 한 짓을 널 내쫓을 구실로 간주하겠다."

"……."

"진작 너를 버리지 않았던 이유는 단 한 번을 잘해주지 않은 네게 일말의 미안함을 느꼈기 때문이었다. 그러나 지금은 아니다. 잠시도 널 보고 싶지 않다."

"……어차피 볼 날도 얼마 안 남았어요."

"네 목소리 따위 듣고 싶지 않다. 말하지 마라."

"……."

아바하이는 돌아서는 룽거를 껴안았다.

"대인이 데려온 여자를 제가 어찌 상냥히 대할 수 있겠어요? 악독한 나인데, 그런 나한테마저 미안함을 느꼈다는 대인을 어찌 연모하지 않을 수 있겠어요? 가슴 속에 대인을 넘치다시피 담아서 그래요. 하여 착하게 굴 수 없는 거라고요."

"네게 남은 내 감정은 혐오뿐이다. 닷새 주겠다. 짐을 챙겨 네 시녀와 친정으로 가라. 다시 돌아왔을 때 보인다면 내 손으로 직접 너를 끌어낼 것이다."

허리를 움켜쥔 손길을 룽거는 냉담히 뿌리쳤다. 멀어지는 그에게 아바하이가 악에 받쳐 외쳤다.

"그깟 계집, 알게 된 지 얼마나 됐다고 이래요! 아윽!"

"마님!"

명치를 움켜쥔 아바하이가 주저앉았다. 모초르의 부축을 거부한 그녀가 외쳤다.

"모초르, 어서 대인을 쫓아라! 그 계집을 데리고 시숙부님 댁에 가실 거다! 어서 대인을 뒤쫓아 가 내가 아프다고, 죽기 직전이니 돌아오시라 해! 무슨 수를 써서든 내게 모셔와! 빼앗겨선 안 돼!"

악귀의 것 같은 고함이 메아리쳤다.

기연은 눈을 질끈 감고 있었다. 세수를 했음에도 홧홧한 기운이 완전히 가시지 않아 눈을 뜰라치면 눈물이 흘러나왔다.

먼저 말에서 내린 룽거는 기연을 끌어내렸다. 인기척을 느껴 대문 밖을 내다본 사내종이 룽거에게 아는 체를 했다.

"대인, 며칠 전에 문안 인사를 하고 가셨으면서 어찌 또 오셨답니까? 그분은…… 뉘시지요? 어디가 아프십니까? 의원을 부를까요?"

룽거는 야르시를 지나쳐 내실로 향하며 물었다.

"숙모님께서 안에 계시느냐."

"예, 그럼요."

얼른 말고삐를 맨 야르시가 뒤쫓아 오면서 외쳤다.

"주인마님, 타타라 공자께서 오셨습니다!"

"룽거가? 다녀간 지 얼마 안 되지 않았느냐?"

중년 여인이 내실에서 나왔다. 그녀는 룽거와, 그의 품에 안겨 눈을 꼭 감고 있는 낯선 젊은 여인을 가만히 바라보았다.

"숙모님, 염치 불구하고 당분간 신세를 질 수 있는지 여쭙니다."

"……무슨 일인지 알겠다. 아바하이가 네 새 사람을 괴롭힌 게지?"

쯧, 혀를 찬 여인이 야르시를 재촉했다.

"야르시, 방이 가장 큰 중당을…… 아니다. 빈방은 하나뿐이니 중당 곁채를 내줘라."

"예? 주인마님, 오해하셨나 봅니다. 빈방은 많습니다. 거기다 중당 곁채는 워낙 좁아 두 분이 머무시기에 불편하실 텐데요."

온화한 미소를 지은 여인이 타일렀다.

"내 말대로 하래도. 그리고 수와얀다를 시켜 룽거가 필요한 것이 있다 하면 가져다주라 해라."

"알겠습니다, 마님."

"룽거, 내가 오늘 일찍 자려 하니 자초지종은 추후에 논하고, 너는 네가 데려온 이나 챙기면 되겠다."

마지막으로 말한 여인은 대답도 듣기 전에 서둘러 내실 안으로 들어갔다. 야르시가 두 손으로 공손히 중당 쪽을 가리켰다.

"공자님, 이쪽으로 오시지요."

중당 곁채에 들어온 룽거는 기연을 안은 그대로 걸상에 앉았다. 눈이 따가워 괴롭다 불평할 만하거늘, 기연은 여전히 아무 말 없이 손등으로 눈가를 누르고 있을 뿐이었다.

"대인, 소인 수와얀다입니다. 방에 불을 피우려 합니다만."

"목욕 준비도 해라."

"예."

여종 수와얀다가 부지런히 방에 불을 피웠다. 행랑에 이미 끓여놓은 물이 있었기에 여종은 금세 목욕통에 따스한 물을 부어 넣었다.

"잉수 도련님과 바이비야 아가씨가 입으셨던 잠옷을 놓고 가겠습니다. 저녁 식사는 어찌할까요?"

"필요하면 부르마."

"예."

남녀용 은색, 노란색 비단 잠옷 두 벌을 침상에 내려놓은 수와얀다가 나갔다. 룽거는 기연을 일으켜 세워 목욕통 앞에 데려다주었다.

"목욕을 하는 게 좋겠다. 수발 들 시녀를 불러주길 원하느냐?"

"아니요, 혼자 할게요."

"나가 있을 테니 편히 씻어라."

허공을 더듬거린 기연은 룽거의 옷깃을 움켜쥐었다.

"가지 말아요. 당신이 있어도…… 불편하지 않을 것 같아요."

"……"

"당신이 안 갔으면 좋겠어요. 같이 있고 싶어요."

"……침상 휘장 뒤에 돌아 앉아 있으마. 훔쳐보지 않을 테니 걱정 마라."

"걱정 안 해요."

빙긋 웃은 기연은 옷을 벗고 목욕통에 들어갔다. 뜨거운 물로 수십 번 얼굴을 헹구자 겨우 눈물이 그쳤다. 비녀를 뽑아낸 그녀는 머리카락을 물에 적시며 방 안을 관찰했다.

룽거의 집이 전체적으로 깔끔한 분위기라면, 이 집은 무언가 잡다한 물건들이 많아 빽빽했다. 곳곳에 널려 있는 도자기, 주렴, 담요, 서랍장의 모양새가 자못 오래돼 보이는 게, 집주인이 젊을 듯싶지 않았다.

"여기는 누구 댁이에요?"

"내 숙부님 댁이다."

"왜 온 거예요?"

룽거의 목소리가 냉담해졌다.

"아바하이를 보고 싶지 않다. 네게 하는 짓을 참을 수 없어."

"……"

"내칠 것이니 친정으로 가라 했다."

"서방이 새로 데려온 여자를 반기는 본부인은 없어요. 나는 원래도 첩이었기 때문에 구박에 익숙하니까 너무 신경 쓰지 마요."

"익숙해하지 마라. 넌 내게 중한 사람이다."

"……."

기연은 홱 하니 침상에 앉은 룽거의 뒷모습을 돌아보았다. 그러다가 부끄러움이 몰려들어 고개를 숙였다. 저러한 말을 듣는 것은 여전히 어색했다.

"자꾸 듣기 좋은 말을 하는 이유는 나, 나를 유혹하기 위해서인가요?"

가라앉았던 기분을 잊은 룽거가 나직한 웃음을 흘렸다.

"유혹하려 하면, 넘어오느냐?"

"……몰라요."

그가 재차 웃었다. 보면 볼수록 기연이 하는 짓이 귀여웠다. 맹랑한 것은 진작 알았지만, 귀염 섞인 말을 곧잘 할 줄은 몰랐었다.

"당신이 어제 급하게 나가 버리기에 다시는 못 보려나 싶었어요. ……오늘부터는 정말로 방을 따로 쓸 생각이에요? ……같이 있을 수 없나요?"

웃다가 흠칫한 룽거는 허튼 상상을 하지 않으려 눈을 감았다. 숨을 천천히 들이 내쉬었다. 대답을 기다릴 여자를 외면할 수 없어 한참 만에 입을 열었다.

"어려운 요구를 하는구나."

"어려운가요?"

"……아니다. 내가 참아보마."

"정말요?"

"대인, 소인 소돔비입니다! 대인께 아뢸 말씀이 있어 쫓아왔습니다!"

반색하던 기연은 문가를 바라봤다. 벌거벗은 여체를 보지 않으려 안간힘을 쓰며 일어선 룽거는 문을 최소한으로만 열었다. 바깥에 나오니 소돔비가 안절부절못하며 서 있었다.

"무슨 일이냐."

"대인, 마님께서 편찮으십니다. 당장 잘못되실 지경이라 대인을 모셔오라 하셨습니다."

정실이 아파 죽으려 한다는 소식을 들었음에도 불구하고, 기연을 대할 때와 달리 룽거의 낯빛은 바늘로 찔러도 피 한 방울 나오지 않을 듯 냉담했다.

"상관없으니 잘못되도 친정에 돌아가 잘못되라 해라."

"예? 대인, 소인이 어찌 감히 그 말씀을 마님께 전하겠습니까? 대인, 살려주시옵소서!"

"네 안위가 걱정된다면 내 집으로 돌아가지 말고 이곳 사내종들의 처소에서 자라."

"아이고, 대인……. 예, 차라리 그러겠습니다."

"룽거."

문 틈새로 새어 나온 옥음을 쫓아 룽거가 다시 안에 들어오니, 기연은 이미 옷을 차려입은 상태였다. 물이 떨어지는 젖은 머리카락을 흘끔거린 그는 그녀를 뜨끈한 구들에 앉혔다.

"네 머리를 닦아주고 싶은데."

"직접…… 요?"

"그래. 싫으냐?"

"……아니요. 안 싫어요."

수건을 집어 든 룽거는 기연 뒤에 앉아 비단실 같은 머리카락을 닦아주었다.

조심스러운 손길이 머리에 닿을 때마다 기연은 목뒤가 간질거렸다.

하지만 기분이 좋았다. 언니가 죽은 이후로 누가 이토록 정성스레 머리카락을 만져 줬던가? 송국조 손이 머리에 닿았을 때는 매번 맞는 중이었다. 구타를 피해 도망치지 못하게끔 송국조는, 머리가죽이 벗겨질 듯이 세게 머리카락을 움켜쥐곤 했었다.

어쩐지 코끝이 찡해졌다. 눈물이 날 것 같아 기연은 괜스레 수다를 떨었다.

"누가 찾아왔던 거예요?"

"자택에서 하인이 왔다."

"아바하이가 보냈나 보네요?"

"그래."

"왜요?"

"몸이 아프다며 내게 와달라 했다더군."

기연은 룽거를 곁눈질했다.

"갈 거예요? ……날 여기 두고?"

룽거는 머리카락 물기를 털어내는 것을 멈췄다. 서운함이 아로새겨진 하얀 얼굴을 살피다가 되물었다.

"갔으면 좋겠느냐?"

"……아니요. 가지 마요."

"……"

"아픈 아바하이가 안타까워요. 하지만 나도 오늘 고생 많이 했어요. 마늘 껍질을 너무 많이 까 손가락이 아프고, 맞은 머리도 아파요. ……그러니까 나랑 있어줘요."

"……"

돌아오는 반응이 없자 기연은 내리깔고 있던 눈을 들었다.

"왜 대답을 안 해줘요? 내가 못돼 보여요?"

"……넌 날 예상보다 거세게 뒤흔드는구나. 이 정도일 줄 몰랐다."

"네?"

대답 않은 룽거는 기연의 허리를 낚아채 가는 여체를 끌어안았다. 이래서 언제까지 여자를 보고만 있을 수 있을지 확신이 서지 않았다.

마치 한 몸이 될 것처럼 그는 기연을 감싸 안은 팔에 한껏 힘을 실었다. 뺨에 닿은 축축한 머리카락조차 사내로서의 그의 열망을 자극했다.

"네가 그리 말하는데 어찌 가겠는가. 나는 너를 떠나지 못한다, 기연."

"……."

조급히 뛰는 사내의 심장이, 열기가, 맞닿은 가슴을 통해 전해졌다. 그것이 싫지 않아 마주 룽거를 그러안은 기연은 솔직히 고백했다.

"당신이 나를 다정히 봐주는 게 좋아요. 내가 소중한 사람이라는 듯 나를 품에 안고 보듬어주는 게 좋아요. 당신과 얘기하는 것이, 목소리를 듣는 것이 좋아요. 당신처럼 날 봐준 사람은 엄마와 언니, 아정이 외에 없었어요."

기연은 룽거의 가슴에 뺨을 비볐다. 그 귀여운 행동 탓에 몸속 피가 들끓어, 룽거는 기연의 목에 얼굴을 묻고 커다란 숨을 들이쉬었다. 진한 향기가 정신을 아찔하게 만들었다.

❀

마침내 기연은 아침에 출타하는 룽거에게 잘 다녀오라 인사를 건네는 데 성공했다. 또한 아침 식사를 함께 먹었다. 그 사실이 뿌듯해 입가에 절로 미소가 새겨졌다.

침상에 누워 한참 웃은 그녀는 한낮이 되어서야 화장대 앞에 앉았다. 출타하기 전 룽거가 아프지 말라, 열 손가락에 약을 발라준 터라 미끄러운 옥빗을 잡기가 힘들었다.

옷을 갈아입은 기연은 미리 빗어둔 머리카락을 올려 묶고 비녀를 꽂아 넣었다.

"낮잠 주무세요?"

누군가가 밖에서 말을 걸어왔다. 문을 열자 전날에 목욕물을 데워준 여자 하인이 보였다.

"주인마님께서 보자 하시는데요."

"난 청나라 말을 할 줄 몰라요."

쩍 입을 벌렸던 여자가 소리치다시피 혼잣말했다.

"설마 또 조선인?! 왜 하필, 자꾸 조선인을?!"

얼어붙은 수와얀다는 가까스로 정신을 차렸다. 기연의 팔을 살살 잡아당겨 저택 깊숙이 위치한 내당으로 데려온 그녀가 고했다.

"주인마님, 공자님 새 처가 왔습니다."

"아직 날이 춥다. 감기에 걸릴까 저어되니 어서 들여보내라."

"들어가세요."

등 떠밀려 안에 들어온 기연은 꽃과 나비가 새겨진 병풍 앞 의자에 앉은 중년 여인을 바라보았다.

보랏빛 배자와 치마를 입은 여인은 눈매가 서글서글했다. 입가에는 시종일관 미소가 떠나지 않아 성품이 온화할 듯했다. 장신구라고는 단 하나, 손목에 옥팔찌를 찼지만 여유로운 태도로 말미암아 여인의 신분이 귀하다는 사실을 알 수 있었다.

예를 올리지 않는 기연을 이상히 여기던 소야는 무언가를 눈치채 손뼉을 짝! 마주쳤다.

"조선인인 게로구나!"

수와얀다가 대신 답했다.

"예, 마님. 그런 것 같습니다."

"어제는 눈을 감고 있어 몰랐지만 오늘 다시 얼굴을 보니 알겠다.

만주인이나 한인과는 생김새가 달라."

여인은 잠시 걱정을 내비쳤다.

"타타라 가문의 두 늙은 사내들은 탐탁지 않아 하겠지만…… 룽거가 정을 붙일 수 있다면야 조선인이건 만주인이건 몽골인이건, 무슨 상관이겠느냐? 수와얀다, 보아하니 만주어를 전혀 못 하는 듯하다. 울갼을 불러오너라. 여자 배에 좋은 당귀차를 내오고."

"예, 마님."

"이리 와 앉아보려무나."

방석 깔린 의자를 소야가 두드렸다. 그러나 기연이 반응이 없자 이번에는 다가오라, 손을 흔들었다.

"와서 앉으렴. 가까이 보고 싶다."

주춤거리며 앉은 기연을 소야는 이리저리 뜯어봤다.

"젊고 예쁘구나. 이번 전쟁 중에 잡혀온 거겠지? 예 오면서 고생을 많이 해 그런지 과히 말랐다. 여종들을 시켜 고기를 종류별로 넉넉히 사 오라 해야겠어. 먹는 음식에 정성을 들여야 하루 빨리 아이가 생길 테지."

"마님, 소인 울갼입니다."

"들어와라."

살집이 풍성한 마흔 살 안팎의 여인이 찻잔 두 잔이 담긴 쟁반을 들고 왔다. 피부가 까맣게 그을린 울갼은 소야 곁에 앉은 기연을 발견하곤 낯빛을 환히 밝혔다.

"울갼, 생김새가 만주인이나 한인과 다르지? 넌 이 애가 어디서 왔는지 알 게다. 안 그러냐?"

"조선인입니까, 마님?"

"맞다. 룽거의 집에는 조선인 아랫것이 없으니 앞으로 네가 이 애를 따라다니며 보살펴 주면 되겠구나. 자리에 앉아 우선 네 소개를 해라."

"예, 마님."

말석에 앉은 울걈이 말했다.

"소인은 울걈이라 합니다. 살이 이리 쪘다 하여 마님께서 돼지라는 뜻의 울걈이라 이름 붙이셨지요."

술술 나온 조선말에 놀란 기연의 눈이 휘둥그레졌다.

"조, 조선인이시군요!"

"예. 조선식 이름은 갑단이었습니다. 십 년 전 첫 번째 호란 때 잡혀오기 전엔 의주서 살았었지요."

"십 년씩이나 청나라에 사셨다니……."

갑단은 서글픈 미소를 지었다.

"살다 보니 그리됐습니다."

"……괜찮으신가요?"

"예, 괜찮다마다요. 저는 그나마 운이 좋은 편이었습니다. 마님께서 거둬주셔 시집도 보내주셨으니까요. 제가 비록 곱지는 않지만 서방은 꽤나 잘해줍니다. 여기 오시는 길에 고생을 많이 하셨을 테지요?"

"다른 포로들에 비하면 별로 고생한 것도 아니었어요. 청군들에게 나쁜 짓도 안 당했고…… 룽거가 잘 챙겨줬어요."

웃으며 두 조선 여자를 지켜보던 소야가 '룽거'를 알아듣고 갑단에게 물었다.

"이 아이가 룽거라 했지?"

"예, 마님. 아가씨께서 말하기를, 대청국에 오는 동안 공자께서 잘 보살펴 줬답니다. 외간 사내들에게 몹쓸 짓을 당하지 않고, 건강히 왔답니다."

"다행이구나, 다행이야. 이 애 이름이 뭔지 물어보아라."

"마님께서 아가씨 성함을 물으십니다."

"기연이에요."

갑단의 통역을 들은 소야가 중얼거렸다.

"기옌, 기옌……. 크게 어렵지 않구나. 따로 만주식 이름을 짓지 않아도 되겠다. 울갼, 이 애가 룽거를 어찌 생각한다니? 좋다니? 둘이 금슬 좋게 지내는지, 조만간 아이가 생길 것 같은지 물어봐라."

통역을 들은 기연의 얼굴이 불타올랐다. 시선이 절로 바닥에 박혔다. 아무 일이 없었거늘 어찌 아이가 생기겠는가? 문득 룽거와 엉킨 자신의 모습이 그려져 기연은 머리를 도리질했다.

소야가 즐거운 웃음을 터뜨렸다.

"애가 불쾌해하기는커녕 부끄러워 어쩔 줄 몰라 하니, 울갼 네게 통역을 듣지 않아도 애 마음을 알겠다. 이원해와 다르게 속이 음흉하진 않은 듯해. 아니 그러냐?"

"……."

금기어나 다름없는 이름 석 자를 듣자 불안해져, 울갼은 기연에게 진지하게 물었다.

"아가씨께서는 공자님을 어찌 생각하십니까? 싫으신가요? 마님께 말씀드리지 않을 테니 진심을 알려주세요. 아무래도 공자님을 좋아하시기는 힘들겠지요?"

"저는 룽거가 싫지 않아요. ……좋은 것 같아요."

"울갼, 애가 또 룽거라 했지?"

거짓말은 아닌 듯한데. 조금 안심한 울갼이 고했다.

"예, 마님. 아가씨께서 공자님이 좋답니다."

"세상에나, 착하기도 하지! 그래, 내가 알아봤다니까. 이 아이는, 새아기는 그것과 달라. 아주 순하고 속마음이 투명하다! 그간에 룽거가 여복이 없어 내 걱정이 여간 크지 않았는데, 이제라도 새아기가 들어와 얼마나 다행이냐?"

소야는 기연의 두 손을 붙잡아 보물이라는 양 성심껏 어루만졌다.

"기옌, 내가 울간을 주면 만주어를 열심히 배울 테냐? 룽거한테 양처 노릇을 해주고, 아이를 많이 안겨줄 테냐? 룽거가 친모를 잃은 이후 계모로부터 진실된 애정을 못 받은 데다, 주변에 두었던 계집이라고는 악독한 이원해와 아바하이뿐이었으니, 얼마나 귀여운 처와 자식이 얻고 싶겠니? 그러니까 기옌, 너는 부부싸움 따위 없이 언제나 룽거와 살갑게 지내어라. 알았지?"

갑단이 통역을 끝내자 기연이 말했다.

"숙모님 말씀대로 하겠다고 전해주세요. 그런데, 아바하이는 알지만 이원해는 누구지요? 이름이 조선인 같네요?"

"그것이 저······."

주저한 갑단이 고백했다.

"원해는 공자께서 예전에 아끼셨던 조선 여인입니다."

"······."

설마, 조선어를 가르쳐 줬다는 사람이 이원해라는 여자인가?

어두워진 기연의 안색을 눈치챈 소야가 미간을 찌푸렸다.

"새아기가 갑자기 어찌 이러지? 기분이 나빠졌잖아."

"마님, 아가씨께서 공자님의 첫 조선 여인에 대해 모르셨나 봅니다."

기연은 여전히 가라앉아 있었지만 소야는 안도했다. 그녀는 심지어 만족스러운 미소를 지었다.

"아바하이처럼 질투를 심하게 하면 문제이지만, 아예 안 해도 문제다. 질투가 없다는 것은 애정하지 않는다는 의미야. 한데 갑자기 궁금하구나. 사내는 여인과 말이 통하지 않아도 좋아할 수 있는 법이다. 그러나 여인이 그러기는 쉽지 않거늘, 이 아이는 왜 룽거가 좋을까? 룽거가 조선어를 조금쯤은 알아듣고, 더듬더듬 말할 수 있는 것 같기는 했지만 그래도 답답할 텐데······. 더군다나 조선국 여인들은 청나라 사내들이라면 보통 치를 떨지 않느냐? 이원해를 겪은 탓에 내가 그 사실 하나만은 뼈저리게 배웠지."

"마님께서는 아가씨께서 어쩌다 말이 잘 통하지 않는 공자님을 마음에 담게 되셨는지가 궁금하시다 합니다."

"네?"

집안사람들마저 룽거가 역관을 해도 될 만큼 조선어에 유창하다는 사실을 모르는 듯싶었다. 어찌 답해야 하나 고민하는 참에 구원병이 나타났다.

"숙모님."

"룽거가 왔구나! 들어오려무나."

숙모께 인사를 올린 룽거는 기연을 쳐다봤다. 그와 눈이 마주치자 소야가 했던 민망한 질문들이 되살아나 기연은 시선을 피했다.

"일찍 왔구나."

"다시 나가야 합니다, 숙모님."

"잠시 들른 게로군? 집에 새신부가 있으면 바깥일에 집중하기 곤욕스럽지? 한창 때인 젊은 남녀를 방해할 수는 없지. 어서 데려가려무나. 새아가, 룽거를 따라가거라."

기연의 무릎을 가볍게 두드린 소야가 룽거를 가리켰다. 일어난 기연은 그를 쫓아 곁채로 돌아왔다. 구들에 앉은 룽거는 기연을 옆에 끌어당겨 앉히고 물었다.

"기연, 숙모님께서 너를 불편하게 만드시지는 않았는가?"

"전혀요. 굉장히 잘 대해주셨어요. 얘기도 많이 했고요."

"무어라 하셨지?"

"……."

뭐부터 말해야 하지? 금슬? 아기? 애정이 얼마나 깊은지? 아님 이원해?

뭐 하나 얘기를 꺼내기 쉬운 주제가 없어 기연은 대충 얼버무렸다.

"제가 조선인인 걸 아시곤 갑단이라는 분을 소개시켜 주셨어요. 제게 갑단 이모를 주면, 만주어를 열심히 배우겠냐고 물으셨고요."

"……."

겉옷을 벗던 룽거가 멈칫했다. 묵던에서 조선 출신 하인을 찾는 것은 그다지 어려운 일이 아니었지만 그는 찾으려는 시도를 하지 않았다. 기연이 언제 돌아가겠다 할지 알 수 없으니까.

마음과 달리 룽거는 가벼운 어조로 물었다.

"뭐라 대답했느냐."

"알았다고 했어요."

"……."

"숙모님은 인자하신 분 같아요."

안도해 옅게 웃은 룽거가 긍정했다.

"사실이다. 내게는 친모나 다름없으신 분이지. ……내일 폐하께서 묵던에 당도하실 예정이라 외성 바깥으로 마중을 나가야 한다. 폐하의 환영식이 끝나면 당분간 한가해질 듯하니, 네게 필요한 물건들을 사러 함께 시장에 가자."

"나는 딱히 필요한 게 없어요. 이미 다 마련해 주었잖아요."

"너는 그리 여길지 모르나 사주고 싶다."

"……알았어요. 오늘은 왜 이렇게 일찍 왔나요?"

신을 벗고 가부좌 자세로 앉은 그가 기연을 보며 웃었다.

"왜일 것 같으냐?"

"……."

말장난을 하자는 건가? 부루퉁해진 기연이 받아쳤다.

"도사도 아닌데 안 알려주면 내가 어찌 알겠어요?"

"네가 보고 싶어 왔다."

"……."

순식간에 여인의 목 윗부분 전체가 붉어졌다. 기연은 얼른 무릎을 내려다봤지만 룽거는 그녀에게서 눈을 떼지 않았다.

말 한 마디에 저토록 난감해하면, 실오라기 하나 걸치지 않은 채로 눕혀졌을 때는 어떠할 텐가. 어쩔 줄 몰라 하며 자지러지는 기연을 보고 싶은 충동이 룽거를 사로잡았다. 이성을 잃지 않으려 그는 부러 딱딱하게 말했다.

"잠시 들른 거라 점심만 먹고 다시 나가야 한다."

"저녁에 늦게 올 건 아니지요?"

"일찍 올 거다."

"그럼 됐어요."

"대인, 차를 가져왔습니다."

룽거가 허락하자 안에 들어온 수와얀다는 소반에 찻잔 두 잔을 내려놓았다.

"점심 식사를 조리하고 있습니다, 대인. 곧 들이겠습니다."

"알았다."

벽에 등을 기대 느긋이 앉은 룽거는 물끄러미 기연을 봤다. 처음 만나는 여자를 관찰하는 것 같은 집요한 시선이 부담스러워 목이 더웠지만 기연은 피하지 않았다.

"내가…… 내가 너무 많이 좋아서 그렇게 보는 건가요?"

"잘 알면서 어찌 묻는가?"

"……."

기연은 불현듯 고민에 빠졌다. 이원해가 더 좋냐 내가 더 좋냐, 물어볼까, 말까?

망설이는 틈에 시녀들이 음식 그릇들을 가져왔다. 기연을 탁자 앞에 앉힌 룽거는 그녀의 손에 젓가락을 쥐어주었다.

"어서 먹어라, 기연. 네가 야위어 걱정스럽다."

"……."

이원해. 세 글자를 떨친 기연은 식사에 집중했다.

❀

쓴 물이 왈칵 올라왔다. 수건으로 입을 틀어막은 아바하이는 구역질이 멈추지 않아 침상을 빠져나왔다. 또 조선인 계집이 낭군을 빼앗았다. 그 불쾌한 사실로 인해 그녀의 지병은 급격히 악화돼 갔다.

모초르가 비워놓고 간 그릇이 다시 노란 쓴 물로 채워졌다. 제대로 먹은 음식이 없으니 뭐가 나올 리 만무했다. 물로 입을 헹군 아바하이는 침상에 누워 씨근거렸다. 거친 숨결이 방금 한 구역질 때문인지 아니면 분노 때문인지 헷갈렸다.

모초르는 소돔비를 시숙부 댁에 보냈다 했다. '마님께서 돌아가시기 직전이다, 필히 대인을 모셔 와야 한다.' 신신당부를 했다고 했다. 하지만 소돔비도, 룽거도 돌아오지 않았다.

소돔비를 내치던 그 순간에마저 그는 그 계집을 품에 끼고 있었겠지.

"도대체 왜!"

악을 쓴 아바하이는 두 손으로 이불을 움켜쥐었다. 아픈 와중에도 손힘이 어찌나 셌던지 투두둑, 실밥 터지는 소리가 났다.

"마님, 소인 모초르입니다."

"어서 들어오너라! 대인은 만나 뵈었느냐?!"

모초르는 고개를 저었다.

"동이 트기 전 새벽 일찍 출타하신지라 만나 뵙지 못했습니다, 송구합니다. 마님, 대신에 소돔비를 만났습니다. 그리고 소인을 본 수와 얀다가 큰 마님을 부른 바람에 큰 마님을 뵈었습니다."

"소돔비가 시숙부님 댁에 있다는 말이냐?"

"예."

"소돔비와 시숙모님께 무언가 들은 얘기가 있느냐?"

"그게……."

아바하이의 눈앞에 소야가 떠올랐다. 소야는 이원해를 끔찍하게 여겼지만, 그렇다고 아바하이를 어여삐 하지도 않았다. 아바하이가 질투에 미쳐 원해의 다리를 망가뜨린 뒤로 소야는 그녀 또한 혐오했다. 그러니 모초르에게 좋은 소릴 했을 리가 없었다.

"내가 친정서 데려온 시녀인 너를 시숙모께서 반기시지 않았을 거라는 사실쯤은 이미 예상하고 있다. 그러니 괘념치 말고, 낭군님과 관련한 무슨 얘기든 들은 게 있다면 얘기해 봐라."

"큰 마님께서 말씀하시기를…… 금슬 좋은 신혼 방해할 생각일랑 말라고, 멀쩡한 여자 다리를 못 쓰게 할 생각도 말라고 하시면서 다시는 찾아오지 말라 호통치셨습니다."

"소돔비 그놈은 제 주인댁인 이곳에 안 오고 시숙부님 댁에서 무얼 한다느냐?"

"소돔비가 마님께서 편찮으시다, 당장 잘못되실 지경이니 돌아와 주시라 전했더니 대, 대인께오서 상관없으니 잘못되도 친정에 돌아가 잘못되라 하셨다고……."

"……."

"소돔비가 감히 대인의 말씀을 마님께 전하지 못하겠다 하자 그럼 숙부님 댁에 머물라 하셨답니다. 소, 송구합니다, 마님!"

"네가 방금 말한 대인이…… 잘못되도 친정에 돌아가 잘못되라 하셨다는 그 대인이 내 낭군님을 이르는 것이 맞는 게냐?"

"예. 소인도 설마 싶어 재차 소돔비에게 확인을 받았습니다. 송구합니다, 마님!"

"……."

가슴이 도려내지는 듯했다. 피가 흐르는 살 틈새로 심장이 뜯겨 나가는 듯했다. 하지만 아바하이는 눈물 흘리지 않았다. 뼈마디에 알알이 박힌 질투를 드러내며 모초르를 때리지도 않았다.

이대로 친정으로 쫓겨날 수 없었다. 자신이 없는 시숙부의 집에서 낭군과 하찮은 계집이 편히 연정을 속삭이게 하기 싫었다!

그러니까 침착하게 대책을 세워야 했다. 어찌하면 그를 집으로 불러올 수 있을까?

"허투알라로 가야겠다."

"예?"

"내가 직접 그곳에 가 시아버님을 모셔 와야겠어."

조선인 계집이라면 치를 떠는 시아버지를 묵던으로 모셔 온다면 큰 도움이 될 것이다.

어서 채비해라, 아바하이는 모초르를 재촉했다.

❀

아바하이처럼 거센 질투를 내보이지 않는다. 이원해와 달리 붉어진 뺨을 한 채로 룽거가 좋다 속삭인다……. 그러한 기연이 마음에 들어 소야는 번번이 그녀를 내당으로 불러들였다. 소야의 상냥함이, 끼니때마다 요리와 간식, 차를 챙겨주는 다정스러운 행위가 죽은 어미를 연상시켜 기연 또한 그녀가 싫지 않았다. 때문에 냉큼 그녀의 부름에 응하곤 했다.

"울갼, 탁자에 뜯어진 내 옷과 실, 바늘이 있다. 가져와 기옌에게 주거라. 바느질 솜씨를 보고 싶구나. 바느질이 아랫것들에게 시키면 되는 하찮은 일이라지만, 어느 아랫것이 부인만큼 정성스레 지아비의 옷을 손봐주겠느냐?"

"공자님 옷만큼은 아가씨께서 꿰매주시는 편이 좋겠지요. 공자님께서 기뻐하실 테고, 덩달아 부부사이가 돈독해질 수 있으니까요."

"내 말이 바로 그거다. 하여간에 너는 참 영리한 조선인이라니까, 울갼."

갑단은 기연에게 옷과 실, 바늘을 건네주었다.

통역을 들은 기연은 옷을 꼼꼼히 살펴보았다. 왼쪽 겨드랑이 부분이 터져 있었다. 양반집 자제들이 글자를 깨우칠 무렵에 어미와 언니를 따라 생활비를 벌려 삯바느질을 시작한즉, 바느질쯤은 어려운 일이 아니었기에 기연은 곧바로 옷을 고쳐 나갔다.

집중한 기연을 흐뭇하게 보던 소야가 물었다.

"오늘 묵던성 안팎은 귀성하시는 황제 폐하를 환영하느라 난리란다. 그러나 나는 내 아들을 잡아먹은 전쟁이 지긋지긋해 나가지 않고 있지. 기옌 너는 어떠니? 폐하의 환영식을 볼 겸, 묵던 구경을 할 겸 나가고 싶니?"

기연은 바느질을 멈췄다. 황제가 조선 포로들을 끌고 오지 않을까? 만약 그렇다면 환영식을 보고 싶지 않았다. 온갖 고생 끝에 청나라에 끌려온 추레한 몰골의 조선 포로들을 보았다간 마음이 아플 것이었다.

"숙모님께서 같이 가자 하셨다면 따랐겠지만, 그게 아니라면 괜찮습니다. 저는 숙모님과 갑단 이모와 있는 것이 즐거워요."

갑단의 통역을 들은 소야가 만족스러운 웃음을 터뜨렸다.

"고울 뿐 아니라 어쩜 이리 말을 깜찍하게 하는지! 나 역시 기옌 너와 울갼과 조용히 있는 편이 좋다. 어디, 바느질 한 것을 보자."

옷을 받아든 소야는 겨드랑이 부분을 살폈다. 어찌나 실을 다부지게 꿰었는지 말이 물어뜯어도 거뜬할 것 같았다. 옷을 내보인 그녀가 자랑했다.

"울갼, 보아라. 젊은 애 솜씨가 너나 나보다 낫다. 정말, 어디서 이

아바하이   195

런 예쁜 애가 들어왔을까?"

귀여워 참을 수 없다는 듯 기연의 손을 어루만지던 소야의 안색이 언짢아졌다. 아침에 본 모초르가 떠오른 탓이었다. 진작부터 미워하던 아바하이를 기연과 비교하자, 훨씬 미웠다. 불만이 터져 나왔다.

"아바하이 그것이 이번엔 또 무슨 꿍꿍이를 품었기에 모초르를 보내서는…… 분명 이 예쁜 애를 해칠 흉계를 꾸미고 있을 테지. 아바하이가 구왈기야 가문 출신이 아니었다면 내가 진작 나서 쫓아냈을 텐데. 하지만 기옌, 너는 내가 반드시 지켜줄 것이다. 그러니 불안해하지 말렴."

아바하이가 대체 무슨 짓을 했기에 룽거가 숙부 댁에 피신을 온 것이며, 평소 인자한 소야가 분노를 표하는 걸까? 궁금증을 참지 못한 기연이 갑단에게 물었다.

"아바하이가 어쩌다 미움을 받게 된 건가요?"

"작은 마님은 원해를 투기해 사람들 몰래 때리고 구박을 했더랬지요. 어느 날은 갑자기 선심을 쓰는 척 원해 방에 탁자장을 새로이 사다 놔주더니, 그것을 원해 쪽으로 밀어뜨렸습니다. 무거운 탁자장에 원해의 종아리가 깔렸을 뿐 아니라 게 놓여 있던 도자기가 깨져 커다란 파편이 발목을 찔렀지요. 사고 이후 원해는 다리를 절게 됐고, 작은 마님은 실수였다 했지만 믿어주는 이는 아무도 없었습니다."

"……안타깝네요."

"그렇긴 합니다만 원해도 작은 마님 못지않게 악독했으니 어찌 보면 미리 인과응보를 받았던 격입니다."

"그 여인은 무슨 짓을 했는데요?"

"울걘, 너희 둘이 계속 아바하이와 이원해를 입에 담는구나. 그러지 말거라. 새아기가 악한 것들을 귀에 오래 담아봤자 좋을 것 없다. 아름다운 것만 보고 좋은 말만 들어야 해. 지금부터는 나도 그것들 얘기를 안 하려 노력하마. 기옌, 이번에는 자수를 놓아보겠느냐?"

소야의 닦달에 조용해진 기연은 색실을 바늘에 꿰웠다. 붉은 비단에 뭘 그릴까 고민하다가, 포도로 결정했다. 언젠가 언니가 포도가 다산을 상징한다 말해줬었다.

기연은 자수를 놓기 시작했다. 한데 왜일까? 포도 알갱이 하나를 다 완성하지 못했건만 졸음이 쏟아졌다. 갑자기 졸린다기에 믿을 수 없을 정도로 잠이 콸콸 쏟아져 시야가 침침했다. 눈꺼풀이 무겁다 못해 아렸다. 내가 왜 졸린데도 침상에 드러눕지 못하나, 짜증까지 슬그머니 났다. 애를 가졌을 리가 없는데 이런 이상한 증상이라니, 달거리를 하려는 건가?

풀린 눈을 손등으로 훔치는 기연이 졸려 한다는 사실을 소야는 눈치챘다.

"울걘, 얘가 많이 졸리나 보다. 내 침상에 재워라. 눈을 보건대 한 발자국 내걷는 것도 힘들어하겠다."

"예, 마님. 아가씨, 졸리시거든 마님 침상에 누우시랍니다."

"그래도 돼요?"

"마님께서 먼저 말씀하셨으니 괜찮아요."

안도한 기연은 갑단의 부축을 받아 소야의 침상에 누웠다. 머리에 베개가 닿자마자 잠이 쏟아졌다. 편히 자라, 갑단은 침상에 휘장을 쳤다.

❀

룽거는 중당 곁채 앞에서 걸음을 멈췄다. 평소보다 귀가가 늦은지라 기연이 먼저 자고 있을지 모를 거라고 생각했었다. 실제로 그러한 듯 곁채 창문에는 아무런 불빛이 비추지 않았다.

발소리를 죽여 방 안에 들어온 그는 이상한 낌새를 알아챘다. 불이 피워진 방 안은 따뜻했다. 목욕통에는 김이 피어오르는 따뜻한 물이 담겨 있었다. 하지만 사람의 기척이 없었다. 샅샅이 살펴봤지만 침상에도, 화장대에도, 탁자에도, 그 어디에도 기연이 없었다. 숙모는 일찍 침수에 드니 아직까지 내당에 있을 리는 없는데, 대체 어디 있단 말인가?

번개처럼 빠르게 바깥에 나온 룽거는 땔감을 들고 가는 수와얀다를 불러 세웠다.

"수와얀다!"

"헉, 깜짝이야!"

놀라 움찔거린 수와얀다가 뒤를 돌아봤다.

"오, 오셨습니까, 대인. 하온데……."

시녀는 룽거를 관찰했다. 늘 과묵하고 침착하던 공자가 웬일로 초조해 보였다. 화가 난 것도 같았다. 내가 뭘 잘못했나?!

겁에 질려 땔감을 떨어뜨린 수와얀다가 재까닥 무릎을 꿇었다.

"소인이 아둔해 뭘 잘못했는지 깨닫지 못했사오나, 용서해 주시옵소서, 대인!"

"기연이 어디 있는지 아느냐?"

"예?"

"혹여 어딘가로 나가는 모습을 봤다든가, 잠시 나간다 하고 돌아오지 않았다든가…… 망할!"

머릿속이 복잡해서인지 말이 제대로 나오지 않았다. 욕지거리를 삼킨 룽거는 성화를 부렸다.

"기연, 기연이 없단 말이다!"

"아!"

조선인 첩실이 혹여나 도망갔을까 봐 불안해하시는구나! 마침내 깨달은 수와얀다가 고했다.

"둘째 마님께서는 내당에서 주무시고 계십니다. 아까 울간이 주인

마님의 차를 끓여가며 말해주었습지요."

"기연이 왜 내당에…… 알았다."

다행스러우면서도 여전히 미심쩍어 룽거는 걸음을 서둘렀다. 내당에서 희미한 불빛이 흘러나왔다.

"숙모님, 주무십니까."

"아니다. 오늘은 잠자리에 드는 시간이 늦어졌구나. 들어오너라."

룽거는 웃어른께 인사를 올린다는 것을 잊고 내당 안을 살폈다. 갑단과 창가에 앉아 차를 마시던 소야가 웃었다.

"네 새 신부는 침상에 있다, 룽거."

"……송구합니다, 숙모님."

다짜고짜 여자부터 찾았음이랴. 민망해진 룽거는 사죄를 했지만 그럼에도 두 발은 이미 침상으로 가고 있었다. 그는 서두르느라 손을 거칠게 놀리지 않으려 애쓰며 휘장을 젖혔다.

수와야다의 말은 거짓이 아니었다. 기연은 침상에 누워 깊이 잠들어 있었다. 비로소 완전히 마음을 놓은 룽거는 소야를 돌아봤다.

"숙모님, 기연이 어찌 내당에서 자고 있습니까."

흘끗 울간과 시선을 마주친 소야가 심술 맞은 표정을 지었다.

"네가 마땅히 끌어안고 자야 할 신부를 내가 뺏었다, 원망할 요량이냐?"

"단지 궁금할 뿐입니다."

"기옌이 내 침상에서 자는 이유는 불 보듯 뻔하지 않느냐? 룽거 너 때문이지. 네가 밤마다 얼마나 호되게 괴롭혔으면 그 애가 웃어른인 나 어려운 줄을 모르고 여기서 잠들었겠느냐?"

"……"

웃음을 참느라 입술을 씰룩거리던 갑단이 고개를 떨어뜨렸다. 생전 처음으로 소야를 앞에 두고 당황한 룽거는 얼굴에 열이 차는 것을 느껐지만, 최대한 덤덤히 말했다.

"숙모님께서 이토록 짓궂으신 줄 몰랐습니다."

"나이가 들어 그런다. 나는 기옌을 밤새 내 옆에 재워도 상관없지만 룽거 너는 아닐 테지? 어서 데려가라. 나와 울간은 그 애와 어울려 노는 것이 좋으니 밤에 적당히 못 살게 굴고."

"……쉬십시오, 숙모님. 물러가겠습니다."

기연을 안아 든 룽거는 웃는 여인들을 피해 곁채로 향했다.

허공에 들린 걸로 모자라 찬바람이 뺨을 스치는데 어찌 잠기운이 달아나지 않겠는가? 곤히 자다 깨어난 기연은 신경질적으로 인상을 찌푸렸다. 자주 짜증이 나는 것을 보건대 달거리를 하려는 것이 틀림없었다.

"기연, 네 덕에 오늘 두 번이나 당황했다."

침상에 눕혀진 기연은 옆에 앉은 룽거를 올려다봤다.

"무슨 소리예요? ……내가 숙모님 침상을 차지해서군요. 달거리를 하려는 건지 너무 졸렸어요. 내가 달거리를 하는 걸 아셨다간 숙모님이 실망하실 텐데."

룽거가 덮어준 이불 속으로 파고들면서 혼잣말하던 기연은 퍼뜩 그의 눈치를 봤다.

"그렇다고 뭘 어찌 해달라는 건 아니라…… 별 뜻 없이 말한 거예요."

"나는 아무 말 안 했다."

"……오늘은 늦었네요? 바빴나 봐요. 내일도 늦어요?"

"아니. 당분간 출타하지 않는다. 고생한 신하들을 위해 폐하께서 열흘간의 특별 휴가를 내리셨다."

"정말요?"

반색하는 기연이 귀여워 그녀와 붙어 누운 룽거는 잘록한 허리를 껴안았다. 기연의 반듯한 이마에 가볍게 입을 맞춘 그가 놀라 흠칫했다.

방금 전의 입맞춤은 완벽한 실수였다. 기연이 떠났으면 어쩌나, 긴장됐던 마음이 풀린 바람에 처신을 바로 하지 못했다.

심장이 철렁 내려앉은 룽거는 상대의 반응을 살폈으나 기연은 그저 졸린 눈을 비비적거렸다.

"그럼 내일은 같이 시장에 갈 거예요?"

"······그래."

"기대돼요."

웃은 기연은 룽거 품에 안겨들어 못다 한 잠을 청했다.

이튿날 약속했던 대로 룽거는 기연과 함께 묵던 시장으로 나섰다. 날씨가 많이 풀렸다고 하나 아직 쌀쌀했다. 소야의 일구종을 빌려 입은 기연에게 어서 옷을 사주고 싶어 룽거는 부지런을 떨었다.

덜그럭거리던 마차가 멈췄다. 마차 밖으로 나온 룽거는 기연을 부축해주며 야르시에게 말했다.

"둘이 다녀오겠다."

"소인은 이곳 시전 입구에서 기다리겠습니다, 대인. 천천히 둘러보고 오십시오."

고개를 끄덕인 룽거는 복잡한 인파에 치여 떨어질까, 기연의 팔을 살짝 붙들고 걸었다.

"우선 포목점에 가자."

"좋아요."

기연은 사람이 넘치는 시장을 구경했다.

길가 곳곳에 삶은 달걀이니 떡, 만두, 과자를 파는 노점들이 즐비했다. 그릇 파는 상점, 비단, 옷, 모피, 서화 파는 상점은 당연지사 많았고, 책을 파는 서점도 있었다. 조선에는 서점이 없기에 책을 사고자 하는 선비들은 천상 책쾌에게 부탁을 해야 했다. 그마저 원하는 책을 얻기까지 오랜 시간이 소요되곤 했다. 한데 청나라에는 수백 권의 책을 쌓아둔 서점이 있으니, 책 욕심 많은 선비들이 이를 안다면 결코 청나라를 오랑캐의 나라라 무작정 욕하지 못할 터였다.

작은 가판대에 책 한 권을 올려놓은 노인은 반대편에 마주 앉은 여인 두 명에게 열심히 무언가를 설명하고 있었다. 여인들은 연신 고개를 끄덕였다. 점을 보는 모양이었다. 사내 열댓 명은 차점 앞에 다리를 꼬고 앉아 차를 마셨다. 그중 한 명이 담배를 태우자 주변 사내들이 부러운 눈길을 보냈다.

기연은 룽거를 올려다봤다.

"조선에서는 남녀 어른들뿐 아니라 어린아이도 담배를 피워요. 청나라는 어때요?"

"처음에는 군인들이나 폈지만 점차 유행하고 있다."

"당신도 피울 거예요?"

기연을 내려다보는 룽거의 눈에 짓궂은 빛이 서렸다.

"어찌할까? 네가 하라는 대로 하마."

"……."

세상 어떤 사내가 여자 의견을 묻는 걸로 모자라, 네가 하라는 대로 하겠다 말할까? 송국조였다면 '네년이 그걸 왜 묻냐, 내가 알아서 한다.' 쏘아붙였을 것이었다. 마치 대단한 사람이 된 듯한 착각이 들어 기분이 이상하면서도 싫지 않아 기연은 슬그머니 룽거의 손을 붙잡았다. 그리하자 그는 더 세게 맞잡아왔다.

더운 뺨을 식힌 기연이 말했다.

"피우지 마요."

"어째서냐?"

"건강에 해롭대요. 연기도 독하고요."

"알았다. 네가 걱정해 주는데 어찌 반항하겠느냐?"

"……."

기연은 부끄러워 고개를 숙였다. 그런 그녀의 옆을 한 무리의 여자아이와 남자아이가 까르륵 웃으며 지나갔다. 여자아이들은 하나 같이 머리를 양 갈래로 올려 묶었다. 남자아이들은 변발을 했다.

모피 모자를 쓴 룽거를 곁눈질한 기연이 물었다.

"항상 궁금했는데 청나라 사내들은 어째서 머리를 깎나요?"

"조선국 사내들이 상투를 트는 이유는 무엇이냐?"

"딱히 이유가 있다기보다는 원래부터 그랬어요."

"우리도 마찬가지다. 사냥하기 편해 치발을 시작했다는 얘기는 있더군."

룽거는 기연을 포목점으로 이끌었다. 각양각색 비단 앞에 선 그가 권했다.

"골라봐라. 전부 사도 좋다."

"……."

비단이 얼마나 비싼데 다 사도 된다는 거지? 안 아끼고 살다가 나중에 나이 들어 고생하면 어쩌려고. 그간에 모아둔 재물이 많나? 며칠 전 '필요한 게 없어도 사주고 싶다' 룽거가 말했던 것을 되새긴 기연은 미지근하게 물었다.

"내가 안 사도 된다 해도 사라 할 건가요?"

"잘 아는구나."

"……."

기연은 비단을 자세히 둘러봤다. 보라색, 복숭아색, 자주색, 백색, 노란색, 녹색…… 모두가 고왔다. 하지만 하나를 골라야 했다. 안 그랬다간 룽거가 몽땅 사라 하거나 혹은 고를 때까지 포목점에 붙들려 있을지 몰랐다. 고민 끝에 기연은 물빛 비단을 가리켰다.

"이걸로 할게요."

"겨우 하나?"

"그럼 연노란색도 할게요. 오늘은 두 필만 사주고 다음에 다시 시장에 같이 와서 또 사줘요. 한 번에 다 사면 나중에 당신이랑 나올 구실이 없어지잖아요."

"……."

씀씀이를 적게 하려 되는 대로 말한 거였지만 효과는 좋았다. 반박하면 어쩌나 싶었거늘, 룽거는 의외로 순순히 가게 주인을 불렀다.

포목점을 떠난 기연은 모피 가게, 옷가게, 장신구 가게에 들러서도 똑같은 핑계로 한두 가지씩만 물건을 샀다. 녹색 비단을 덧댄 신까지 사자 기연은 룽거를 단속했다.

"이제 그만 사요."

"아직 하나 남았다. 난 네게 신을 사주고 싶다."

"샀잖아요."

"그것과 다르다."

룽거는 기연을 상점 제일 안쪽으로 데려갔다. 굽이 엄청나게 높은 여인용 신들이 진열장에 첩첩이 쌓여 있었다. 색실로 자수가 놓이고, 앞코와 좌우 옆면이 구슬, 보석, 술 등으로 꾸며진 신은 값비싸 보였다. 굽 높이는 손가락 한 마디짜리에서부터 손바닥 길이만 한 것까지 다양했다.

"사주고 싶다는 신이 이거예요?"

"그래. 고저혜라 한다. 받아줄 테냐?"

"……고저혜."

검지 끝으로 톡 고저혜의 굽을 만진 기연은 망설였다.

"고저혜는 지체 높은 여자들이 신는 거지요? 이리 굽이 높은 걸 일하느라 바쁜 양민들이 신을 리 없잖아요. ……나는 고저혜를 신을 만한 귀한 사람이 못돼요."

"내게 너는 지체 높은 여자다. 어느 누구보다 귀인이야."

"……."

"이것을 꼭 네게 선물하고 싶다. 받아줄 마음이 있거든 어서 골라 봐라, 기연. 신지 않고 갖고만 있어도 된다."

"……."

귀족들이나 쓸 물건을 가져도 될까. 고저혜를 신은 모습을 다른 누군가가 보았다가, 주제를 모른다 욕하면?

방 안에 두고 구경만 하면 되겠지. 어쩌면 아주 가끔씩은 룽거 앞에서만 신고 뽐낼 수 있으리라. 기연은 고민을 끝냈다.

"알았어요. 이걸로 할게요."

자주색 바탕에 녹색 구슬 술로 장식된 고저혜를 기연이 가리켰다. 상점 문가에 서 있던 주인 부부가 결정이 끝난 것을 귀신같이 알아채다가왔다.

"안목이 높으십니다, 마님."

기연의 발을 슬쩍 살핀 여주인은 적절한 치수의 고저혜를 바닥에 내려놓았다.

"소인이 신 장사를 한 지가 십 년째입니다. 대충 한 번 본 것만으로 마님들 발 크기를 알아맞히지요. 신어보셔요, 마님. 딱 맞으실 겁니다."

두 발을 신에 넣어보니 과연 치수가 맞았다.

"맞아요."

룽거가 사준 물건 전부가 소중했지만 고저혜는 특히 그랬다. 그가 꼭 선물해 주고 싶다 한 것이니까. 때문에 기연은 화려한 신을 품 안에 고이 안아 들었다. 신 선물을 받은 적이 처음이라서인지, 준 사람의 마음이 고마워서인지, 심장이 간지러웠다.

"고마워요. 소중히 여길게요."

"별거 아니다."

그들이 사저에 돌아오니 소야가 중당 처마 아래에 교의를 가져다놓고 앉아 있었다. 소야는 혼자가 아니었다. 곁에 서 있는 갑단 외에, 소야와의 사이에 화롯불을 둔 중년 사내가 마찬가지로 교의에 앉아 차를 마시고 있었다. 중년 사내의 날카로운 눈빛이 룽거를 지나 기연에 닿았다. 주눅이 든 기연의 어깨가 움츠러들었다.

소야와 중년 사내에게 룽거는 공손히 인사했다.

"숙부님, 한참 뒤늦게 출발하셨다 들었기에 입성하시는 데 좀 더 시간이 걸릴 줄 알았습니다."

잉굴다이의 아래턱이 움직이자 굵은 저음이 울렸다.

"집이 그리운 마음에 온 군사들이 같이 서두르다 보니 일찍 왔다."

잠시 조카에게 머문 잉굴다이의 시선은 다시 기연에게 돌아왔다. 젊은 여인을 궁금해하는 그의 속내를 파악한 소야가 조심스레 운을 뗐다.

"당신이 직접 보고 판단하시라 룽거의 새 사람에 대해 말하지 않았습니다. 조금만 얘기를 나눠보시면 괜찮은 아이라는 걸 아실 거예요."

"······."

잉굴다이는 반응이 없었다. 불편한 침묵 속에서 룽거는 보호하듯 한 팔로 기연을 감쌌다.

"숙부님, 제가 아끼는 사람입니다."

잉굴다이는 순식간에 쥐고 있던 찻잔을 거칠게 내던졌다. 쨍그랑 소리와 함께 자기 파편이 사방으로 튀었다. 다치지 않게 기연을 감싸 안은 룽거와 그에게 안긴 기연, 두 남녀에게 간신히 노기를 억누른 매서운 목소리가 날아들었다.

"또 조선인 계집이냐? 널 오랑캐라 무시하는 족속이 질리지도 않느냐, 룽거? 형님께서 아시면 나와 비교가 안 되게 화내실 거다. 설마, 예친왕 전하께서 강화도를 침공하러 가자 하셨을 때 불복한 이유가 그 계집 때문이었더냐? 너는 계집한테 정신이 팔려 공을 세울 기회는 놓치고, 항복하는 조선 왕을 볼 영광을 박탈당한 건가? 네가 강화도 침공에 참여했다면, 예친왕께서는 폐하의 허락을 받아내 다른 부대를 먼저 묵던으로 올려 보내게끔 조치하셨을 거다."

"그 일은 기연과 관계가 없습니다."

"이 상황에서도 조선인 계집 편을 들기는!"

"대인, 부디 그만 꾸짖으세요! 충분히 하셨어요!"

창백해진 소야가 잉굴다이를 말렸다. 거친 숨을 씨근댄 잉굴다이는 갑단에게 명했다.

"계집에게 가까이 오라 전해라."

"숙부님!"

"너는 나서지 마라! 네가 내 집에 있는 이상 나는 타이바이 형님을 대신해 네 아비 노릇을 할 자격이 있다! 울갼, 뭐 하느냐!"

화들짝 놀란 갑단이 서둘러 통역했다.

"아가씨, 대인께오서 가까이 오시랍니다."

"가, 가볼게요."

놔주려 하지 않는 룽거에게 속삭인 기연은 바들거리는 다리를 움직여 잉굴다이에게 다가섰다.

그는 마냥 상냥해 보이는 소야와 판이했다. 그의 피부는 햇볕에 그을려 까맸고, 관자놀이 부근에 점과 검버섯이 새겨져 있었다. 광대뼈가 불거져 옆선이 울긋불긋한 그의 얼굴에는 강인한 성격이 묻어 있는 듯했다. 그러한데 표정까지 딱딱하니 '웃을 줄을 알긴 알까?' 하는 의문이 떠올랐다. 떡 벌어진 어깨, 고목나무 몸통만 한 다리, 솥뚜껑만한 두 손에선 호랑이를 능히 때려잡을 힘이 나올 듯했다.

"내 이름은 잉굴다이다. 조선인들은 용골대라 발음하더군. 나에 관해 들어봤느냐?"

"대인의 존함은 잉굴다이로, 조선에서는 용골대라 불리십니다. 아가씨께서는 대인의 명성을 들어보셨나요?"

기연의 등허리에 전율이 돌았다. 숨이 막혔다. 용골대! 조선인치고 그 이름을 못 들어본 이는 없을 거였다.

오래전부터 조선인들은 오랑캐를 무시하고, 경멸했지만 정묘년 침공 이후에는 그 정도가 하늘을 찌를 만큼 거세졌다. 그리고 용골대는 오랑캐를 대표하는 자였다. 청나라와 조선을 오가며 나라님을 핍박한 그를 조선인들은 찢어죽이고 싶어 했다. 오죽하면 심술부리는 이를 가리켜 용골때질을 한다 빗댔겠는가? 그런데 그 유명한 용골대가 룽거의 숙부였다니!

당혹감을 추스른 기연이 답했다.

"들어보았습니다."

"룽거는 우리 가문의 대를 이을 장자이자 내 조카다. 알고 있었느냐?"

"그것은 몰랐습니다. ……하지만 제 마음에는 변화가 없습니다."

통역을 들은 소야는 미소를 지었으나 잉굴다이는 눈꼬리를 사납게 추켜올렸다.

"네가 나 잉굴다이의 조카를 연모한다 말하는 게냐? 내 조카에게 억지로 붙들려 있는 것이 아니라 주장하는 건가?"

"……."

소야나 갑단, 잉굴다이보다도 뒤에 있는 룽거가 신경 쓰여 기연은 뺨을 붉혔다.

"저는 억지로 붙들려 있지 않습니다. 제가 룽거를 선택한 거예요…… 숙부님."

"……."

마지막 세 글자를 부러 또렷하게 소리 낸 기연은 잉굴다이의 눈치를 살폈다. 그는 여전히 무서웠지만 한 가지를 확신할 수 있었다. 잉굴다이의 표정이 누그러졌다.

"너는 조선을 잃더라도 슬플 게 없는 이로군."

"숙부님께서 대단하시다는 소문을 조선에서부터 들었습니다. 소문이 사실이라 제 속을 훤히 꿰뚫으시니 무어라 반박할 수가 없습니다."

"조선인들이 날 싫어해 욕한다는 사실을 뻔히 알거늘, 조선에 퍼진 내 소문을 대단하다 포장해? 맹랑하기는!"

야멸차게 쏘아붙인 것과 달리 잉굴다이는 피식 웃었다. 한시름 놓았다는 양 소야가 휴, 한숨을 내쉬었다.

"일단은 지켜보겠다. 그러나 조선인이 또다시 내 조카를 흠집 내려 했다간 이번에는 결코 좌시하지 않을 거다. 가봐라."

물러나려는 기연을 소야가 불렀다.

"새아가, 네가 고저혜를 선물받았구나. 그 신은 품위 있게 신기 어렵지만, 사내가 아끼는 여인에게 줄 수 있는 귀한 선물 중 하나지. 처소에 들어가 신을 갈아 신고 나와보겠니? 고저혜를 신은 네 모습을 보고 싶구나."

"예, 숙모님."

순순히 수긍한 기연은 처소에 들어와 신을 갈아 신었다. 굽이 낮은 편인 고저혜를 골랐음에도 영 불편해 그녀는 기우뚱거리는 걸음걸이로 밖에 나왔다. 막 첫걸음마를 뗀 아이처럼 발을 겨우 내디디며 팔을 허우적거리는 기연을 보고 소야와 갑단이 웃었다. 심지어 잉굴다이도 웃었다. 덕분에 분위기가 완화됐지만 룽거는 여전히 걱정을 그치지 못했다.

룽거의 기분을 풀어주려 그를 향해 두 손을 뻗은 기연은 애교스럽게 말했다.

"잡아줘요."

"……."

그제야 안색이 나아진 룽거는 달팽이 버금가게 느린 기연의 두 손을 받아 쥐었다. 아이가 어미를 잡고 걸음을 내딛듯 그녀는 그를 잡고 걸었다. 남녀의 그 모습이 어여뻐 중당에 웃음소리가 그치지 않았다.

기연은 돌연 멈춰 섰다. 제 손을 든든히 붙든 투박한 사내 손을 내려다보다, 룽거의 가슴에 몸을 기대 안겨들었다. 결국 웃고 만 룽거는 기연을 감싸 안았다.

"룽거가 원해를 데리고 살 때도 저런 적이 없었던 것 같은데…… 벌써부터 저 아이를 더 좋아하나?"

애정이 일렁이는 시조카의 두 눈을 보며 중얼거린 소야가 잉굴다이의 무릎을 흔들었다.

"들어가세요."

"쟤들 하는 짓이 웃긴데 갑자기 어째서?"

"방해되지 않게 어서 내실로 가세요. 울갼, 가서 네 할 일을 해라."

"예, 마님."

어른들의 뒷모습을 확인한 기연은 룽거를 올려다봤다. 쑥스러워 괜히 룽거의 소맷자락을 만지작거리며 운을 뗐다.

"당신이 청나라 황제님을 환영하러 갔던 날, 숙모님께서 내게 물으셨어요. 당신이 좋으냐고. ……난 좋다고 답했어요."

"……."

"방금 전에 내 손을 잡아줬듯이 앞으로도 그래줄 거예요?"

"그래. 네가 원한다면 언제까지나 잡아줄 것이다."

"나, 나중에 내가 나이 들어 늙어도요?"

룽거는 빙긋 웃었다.

"걱정 마라. 나는 쉽게 마음이 바뀌는 사람이 아니다."

"……."

기연은 이번에는 룽거의 가슴팍 단추를 만지작거렸다. 고백을 하려니 참 어려웠다. 룽거는 어떻게 낯간지러운 말을 덤덤히 하곤 하는 걸까?

쓸데없이 단추를 만지작거리는 걸 멈춘 기연은 떨리는 목소리로 고백했다.

"그럼 나…… 당신 사람이 되고 싶어요. ……당신을 내 사람으로 만들고 싶어요, 룽거."

"……."

대답 않은 룽거는 여인의 촉촉하게 젖은 눈동자를 들여다보았다. 홀린 듯 목에서 말소리가 절로 새나왔다.

"네가 그리 말해주기를 간절히 기다리고 있었다."

감격한 마음을 드러낸 그는 기연의 턱을 감싸 쥐었다. 그의 입술이 그녀의 입술에 맞닿았다.

룽거의 목을 감싸 안은 기연은 그가 하는 대로 입술을 따라 움직였다.

몸에 물을 끼얹는 기연의 손이 떨렸다. 물소리가 유독 커다랗게 들렸다.

기실 더는 씻을 곳이 없었지만 기연은 시간을 끄는 중이었다. 침상에 돌아앉아 있는 먼저 씻은 룽거를 생각하면 서둘러 목욕을 마무리해야 할 듯싶었지만 마음이 떨려 다리가 꼼짝하지 않았다. 따스한 물에 몸을 푹 담구고 호흡을 골라봐도 진정이 되지 않았다.

이대로 하루 종일 목욕통 안에 숨어 앉아 있어봐야 달라지는 게 없으리라. 그 사실을 인정한 기연은 젖은 머리를 꼭꼭 짜냈다. 잠옷을 입으려다 마음을 바꾼 그녀는 걸상을 덮은, 회색빛 털이 북슬북슬한 모피 담요로 나체를 감쌌다.

"룽거."

젖은 목소리를 쫓아 룽거는 뒤를 돌아봤다. 이미 충분히 예뻐하는 여자가 물기 가득한 몸에 모피 담요만을 두르고 있다……. 신선한 자극을 참을 수 없었다. 조급해하지 말자 되뇌던 것을 잊은 룽거는 기연의 팔을 붙잡아 당겼다. 코앞에 온 허리를 낚아채 침상에 눕히자 벌어진 담요 틈새로 둥근 가슴선과 흰 다리가 보였다.

"룽거…… 긴장돼요."

나도 그렇다는 말이 나오지 않아 대신 룽거는 모피 담요 안쪽으로 손을 넣었다. 납작한 배를 타고 올라가 담요를 쥔 작은 손을 조심스레 떼어낸 그는 담요를 열어젖혔다. 곡선이 도드라진 여체가 시야를 채웠다.

큰 숨을 들이쉰 룽거는 단숨에 옷을 벗고 기연의 위에 엎어졌다.

"룽거……."

바들바들 떤 기연은 눈가와 뺨, 귀를 오가는 사내의 입맞춤을 받아내며 그의 목을 끌어안았다. 실오라기 하나 걸치지 않은 속살을 보이기 부끄러웠다. 룽거와 합방하기 부끄러웠다. 그러면서도 그가 입을 맞춰주는 것이 좋았다. 가슴과 볼기, 허벅지 등 그의 손이 닿는 곳곳이 화끈거렸지만 싫지 않았다. 어색하면서 좋았다.

목욕통 안에 숨어 있었을 때와는 다른 종류의 긴장을 느끼며 기연은 룽거를 따라 해 그의 입술과 뺨과 목에 입을 맞췄다. 가벼운 입맞춤 소리가 귀를 활짝 열리게 했다. 쪽쪽거리는 소리와 뒤섞인 룽거의 호흡이 거칠어져 갔다.

은근히 뿌듯해하던 기연은 그의 입안으로 가슴이 빨려 들어가자 신음을 삼켰다. 젖먹이 자식이 죽은 이후 뉘의 입술이 가슴에 닿은 적이 처음이었다. 하지만 자식한테 젖을 물렸을 때는 지금처럼 가슴이 저릿하지 않았다.

"헉…… 아흑……."

배를 타고 내려간 룽거의 입술이 파격적이게 허벅지 사이에 닿았다. 이래도 되나? 이렇게도 하는 건가? 궁금증을 금세 잊은 기연은 아래가 뜨거워 연신 신음했다. 가빠진 숨결이 헉헉거렸다. 정신은 아찔했고, 허리는 뒤틀렸고, 발목은 배배 꼬였다. 고개가 절로 뒤로 넘어갔다.

하체에서 힘이 빠져나가는 것이 이상해 도망치려 했으나 두 허벅지를 붙든 손아귀 힘이 강해 옴짝달싹할 수 없었다. 하는 수 없이 기연은 어느샌가 머리 밑에서 빠져나간 베개 끄트머리를 움켜쥐고선, 괴로운 것도 같고 기쁜 것도 같은 이질적인 신음을 계속 흘렸다.

"아…… 아으흑……."

이러다간 벅차오른 가슴이 터지지 않을는지. 영원히 다리가 마비되지 않을는지. 두렵던 차에 마주하게 된 룽거의 눈을 기연은 몽롱하게 바라보았다. 마지막으로 룽거의 얼굴을 봤던 것이 까마득한 옛날처럼 느껴졌다.

기운 빠진 손을 들어 올려 룽거의 이마와 눈, 코, 입, 아래턱을 쓰다듬었다. 멀쩡한 사람 생김새를 한 그를 어째서 예전에는 오랑캐라 낮잡아봤었는지 이해가 안 갔다. 지금은 근사해 보이기만 하는 그에게 홀려 입을 맞추는데, 허벅지 사이로 무언가가 들어오는 느낌이 들었다. 뒤이어 아랫배가 꽉 차, 그제야 그와 한 몸이 됐음을 알 수 있었다. 허리를 힘차게 움직이는 룽거에게 기연은 마치 힘없는 나뭇잎처럼 휘둘렸다.

룽거가 허리를 튕길수록 그가 점령한 그녀의 따뜻하고 습한 길은 점차 미끄러워졌다. 자지러지는 비명이 선명해졌다. 그러한 증상들이 만족스러워 틈틈이 입을 맞춰주는 것을 잊지 않으며, 룽거는 가는 여체를 극한으로 몰아붙였다.

"아흑…… 아으흑……."

기연은 룽거에 의해 옆으로 눕혀지기도 하고, 일으켜져 그의 위에 겹쳐 앉기도 했지만 뭐가 어찌 되어가는 건지 잘 알아차리지 못했다. 이전에는 겪지 못했던 거센 쾌감이 생경해 그가 하는 대로 끌려 다닐

뿐이었다.

정신이 조금 들었을 때는 다시 룽거의 아래에 깔려 있었다. 정점에 올랐던 빠른 파동이 느려져가다 아예 멈추더니, 아래에 따스한 물이 흐르는 듯한 느낌이 났다.

식은땀이 식자 피로와 졸음이 쏟아졌다. 무거운 무게를 받아내는 사지가 뻐근했다. 그럼에도 기연은 옆에 내려와 눕지 않는 그에게 불만을 표하지 않았다. 합방이 끝났다 하여 곧바로 몸을 떼 돌아눕느니, 룽거처럼 어루만져 주고 입 맞춰주는 편이 훨씬 좋았다.

룽거의 입술을 스스로의 입술로 지분거린 기연은 드디어 옆자리에 내려온 그에게 안겨들었다. 허리를 보듬는 부드러운 손길이 졸음기를 재촉했다.

앙증맞은 귀에 입을 맞춘 룽거가 물었다.

"기연, 내가 너를 아프게 하진 않았겠지."

"……안 아팠어요."

외려 당신이 정성스레 안아줘 행복했다. 그리 말하고 싶었으나 지친 혀가 움직이지 않았다.

다음에 말해줘야지. 다짐한 기연은 잠에 빠져들었다.

※

마지막으로 허투알라에 왔던 것이 이 년 전이었던가, 삼 년 전이었던가? 또렷이 기억나지 않았다.

아바하이는 가늘게 뜬 눈으로 안뜰 사방을 관찰했다. 자식들과 처들을 떠나보내고 시부 홀로 남은 사저는 머릿속 잔영 그대로 삭막했다. 제대로 관리되지 않은 정원 여기저기에 잡초가 났다. 말소리, 사람의 생기가 맴돌지 않아 폐가에 있는 듯 기분이 으스스했다. 지금처럼 시부와 하인 소수만 있지 않고 가족들이 많았을 당시에는 이리 황량하지 않았으리라.

문득 아바하이는 홀로 쓸쓸하게 늙어가는 스스로의 모습을 떠올렸다. 추레한 몰골로, 주변에 아무도 없이 온기와 애정을 그리워하며 죽는……. 명줄이 얼마 남지 않아 부모보다 빨리 죽게 생겼으니 설마 그 꼴이 되겠느냐만 낭군 곁에서, 낭군 품속에서 죽고 싶었다.

"아버님, 아바하이입니다."

"들어와라."

복대를 두르고 지팡이를 쥔 채로 교의에 앉아 있는 타이바이를 향해 아바하이는 절을 올렸다. 오래간만에 갑자기 며느리가 찾아왔지만 타이바이는 경황하는 기색이 없었다. 병색을 감추려 아바하이가 화장을 진하게 한 고로, 며느리가 아플 거라 짐작하지도 못했다.

"어인 일로 허투알라에 왔느냐?"

"죄를 고하러 왔습니다, 아버님."

"죄? 뭔 죄?"

아바하이는 바닥에 무릎을 꿇었다.

"아버님께 오래간만에 문안 인사를 올린 데다, 첫 아이를 유산한 뒤로 여태 타타라 가문에 아들을 낳아주지 못한 저는 죄인입니다. 문안 인사는 지금 올렸으니 됐다 쳐도, 아들 못 낳은 죄는 유효하지요. 하오나 낭군이 잉굴다이 숙부님 댁에서 돌아오지 않아 무자(無子)의 죄를 갚으려야 갚을 수가 없습니다."

타이바이의 입술이 비틀렸다. 노쇠한 얼굴에 의심이 아로새겨졌다.

"네들 둘, 또 싸웠느냐?"

"……."

"하여 네 편들어달라 날 끌어들이려는 게야?"

"아버님, 금번에는 숙부님과 제 동생 오보이가 저를 감싸준들 소용이 없을 듯합니다. 믿을 분은 아버님뿐입니다."

타이바이가 아는 한 아들과 며느리는 단 한 번을 살갑게 지낸 적이 없었다. 거의 십 년을 부부로 사는 동안 조금도 정겹지 못하다니. 이 정도면 가망 없는 잘못된 인연이라 결론지어야 했다.

"너는 내가 이 허리를 하고서 묵던에 가 그놈을 꾸짖어주길 바라는 게냐? 귀찮다!"

"아버님!"

"네들 싸움은 이제 네들이 알아서 해라. 늙은 나 끌어들이지 말고. 도대체가 네들은 어떻게 그 오랜 시간을 한 지붕 아래에 살았으면서 서로를 원수 대하듯 하느냐? 네들 사이는 평생 호전되지 못할 듯싶다. 포기하는 편이 빠르겠어."

"……그러면 아버님, 저를 내쫓으려 하는 낭군을 방치하시렵니까? 낭군이 조선인 계집과 어울리는 걸 보고만 계시렵니까? 낭군은 아버님의 하나 남은 아들인데, 이러다 또 목을 찔리면 어쩌시려고요? 타타라 가문의 대가 끊겨도 괜찮으신 건가요?"

"뭐야?!"

타이바이는 방 안에 도둑이라도 쳐들어온 양 꽥 소리를 내질렀다.

"그놈이 또 조선 계집을 들였어?!"

노발한 타이바이의 얼굴이 거무죽죽해졌다. 그의 이마 주름 한 줄 한 줄마다 분노가 차올랐다. 탁, 지팡이를 내팽개친 그가 아픈 허리를 잊고 일어섰다.

"이 어리석은 놈이! 당장 묵던으로 간다! 이번에는 반드시 그놈 정신머리를 고쳐 놓을 게야!"

5

세자빈

기연과 어울리는 것이 좋다, 그러니 밤에 적당히 괴롭히라, 소야가 분명 일렀건만 룽거는 친모나 다름없는 숙모의 말을 따르지 않았다. 그는 기연을 독식했다. 밤이고 낮이고 가만두지 않았다.

"아……."

신음을 사그라뜨린 기연은 늘어져 누운 그대로 숨을 골랐다. 막 붙잡혔을 때는 점심을 먹은 지 얼마 안 됐었기에 배가 불렀는데, 합방이 끝난 지금은 어쩐지 허기가 졌다. 그렇다고 귀찮게 뭔가를 먹고 싶지 않았다. 낮잠이나 자고 싶었다.

룽거가 옆에 눕자 움찔한 기연은 벽 쪽으로 물러났다. 그러나 도망친 보람이 없게, 득달같이 따라온 사내의 팔이 허리에 들러붙었다. 별수 없이 뜨겁고 단단한 몸에 안긴 채로 쿵쾅거리는 가슴을 진정시킨 기연은 그와 시선을 마주했다.

"나도 지금부터는 휴가 줘요."

사방에 흐트러진 기연의 머리카락을 가지런하게 정리해 주던 룽거가 되물었다.

"휴가?"

"네, 휴가. 힘들어서 더는 안 되겠어요."

"……오늘 하루 주면 되는 건가?"

"아니요, 내일까지 줘요."

"……."

대답 않은 그가 내심 불만스러워한다는 걸 눈치챘지만 기연은 물러나지 않았다. 약해지려는 마음을 다잡고 쐐기를 박았다.

"안 주면 숙모님한테 갈래요. 그리고 앞으로 열흘간 내당에서 숙모님과 잘래요."

"그건 안 된다."

단언한 룽거는 끙, 앓는 소릴 내뱉으며 손등으로 이마를 문질렀다. 그간 점잖게 구느라 고생했기에 더는 참기 싫었다. 그러나 휴가를 안 줬다간 얼굴조차 실컷 못 보게 될 테니 별다른 도리가 없었다.

"알았다. 네가 날 무섭게 겁박하는데 무슨 수로 버티겠느냐? 내일까지…… 참으마."

"정말이에요?"

안 된다 하면 당장 옷을 차려입고 내당에 가려 했건만, 다행이었다. 내당에 숨어 있으면 몸은 편할지언정 룽거가 자꾸 보고 싶었을 터다. 그를 껴안고 싶고, 만지고 싶은 충동을 참느라 힘들었을 터다. 반색한 기연은 엎드려 룽거를 내려다봤다.

젖혀진 이불 아래로 가슴 곡선이 보여 룽거는 이불을 추켜올렸다. 참겠다 한 지 일다경 만에 말을 바꿔 체면을 깎아먹을 순 없었다. 기연의 목 아래를 꽁꽁 숨긴 그가 약속했다.

"그래. 정말이다."

"난 낮잠 잘 거예요. 자고 일어난 나한테 슬그머니 입 맞추면 안 돼요?"

그 말에는 불만을 숨기지 못한 룽거는 눈썹을 치켜세웠다.

"그것도 아니 된다?"

"뺨이나 목에 입만 맞출 거 아니잖아요. 입 맞추다 또……."

또 그럴 거면서. 지치게 할 거면서. 붉어진 뺨을 숨기려 룽거에게 바싹 달라붙은 기연은 졸음기를 느끼면서 물었다.

"그간에 어찌 참았어요?"

"조금만 늦었어도 성불할 뻔했다."

"성불……."

배시시 웃은 기연은 눈을 감았다.

룽거는 잠들어가는 하얀 얼굴을 구경했다. 깨 있는 것이, 자는 것이, 먹는 것, 웃는 것이, 울 때를 제외한 모든 모습이 어여뻤다. 한데 뭘 해도 어여쁜 여자를 내일까지 어찌 고이 놔둘 텐가? 고민하며 동시에 편히 자라, 기연의 허리를 쓰다듬어 주는데 문 너머에서 저음이 날아들었다.

"잠깐 나올 수 있느냐."

"예, 숙부님."

일어나려는 기연의 어깨를 지그시 눌러 만류한 룽거는 옷을 차려입었다. 바깥에 나온 조카를 잉굴다이가 놀렸다.

"분명 한 집에 사는데 얼굴 보기가 힘들구나. 네가 다른 생각을 할 겨를이 없는 듯해 노파심이 일어 묻는다. 열흘 휴가가 끝나는 내일부터 황제 폐하를 따라 사냥 훈련에 간다는 것을 기억하겠지?"

룽거는 낯빛을 흐렸다. 솔직히 잊고 있었다.

"송구합니다, 숙부님. ……일찍 채비하겠습니다."

"……."

이놈을 혼내야 하나, 말아야 하나. 금번 사냥 훈련에서는 조선국 침공의 공을 따져 상을 내릴 것인즉, 특별히 더 중요하거늘.

잉굴다이는 엄히 말했다.

"강화도 침공을 거부한 네게 예친왕께서 많이 실망하셨다. 사냥 훈련이 진행되는 동안은 집중력을 잃지 말고 네 실력을 십분 발휘해 너 자신과 정백기의 명예를 드높여라. 그러면 정백기를 관장하시는 예친왕 전하의 기분이 조금이나마 풀릴지 모르잖느냐."

"……예, 숙부님."

흘끗 곁채 문을 원망스레 쳐다본 잉굴다이가 처소로 돌아갔다.

아이신기오로 도르곤은 선황의 아들들 중 세 번째로 어리지만, 야망은 으뜸가게 큰 황족이었다. 그런 자를 신경 쓰라 하는 숙부가 룽거는 이해되지 않았다. 도르곤 같은 자와 깊게 얽혔다간 곤욕을 치르기 십상이니 친하지도 나쁘지도 않게, 적정선을 유지하는 것이 편할 터였다.

"형님."

도르곤을 지운 룽거는 가까이 다가온 사내를 주시했다.

"오보이."

수많은 전투에서 활약한 공을 인정받아 황제께 직접 만주제일용사라는 칭호를 받은 군인이자, 아바하이의 친동생, 구왈기야 오보이는 건장한 체격과 어울리지 않는 귀여운 미소를 짓고 있었다.

"격조했습니다, 형님."

오보이의 목소리는 낭랑했고 태도는 살가웠다. 그러나 저러다가도 제 마음에 안 든다 싶으면 거칠어질 수 있는 사내가 오보이었다. 그런 그의 성격을, 그가 왜 왔는지 이유를 아는 룽거는 차가운 태도로 일관했다.

"아바하이 얘기라면 듣고 싶지 않다, 오보이."

"아이, 형님, 누이가 많이 반성했을 겁니다."

친근감의 표시로 오보이는 룽거의 허리를 껴안으려 했으나 룽거는 뒤로 물러났다. 그의 능청에 넘어가 줄 의사가 없었다. 기연의 온기가 새겨진 허리를 장정이 만지게 하고 싶지도 않았다.

"오보이, 아바하이가…… 그 여자를 불구로 만들었을 때도 이리 찾아와 누이를 위해 용서를 구했었지. 자네 부탁이 이유는 아니었지만, 어찌 됐건 나는 아바하이를 내치지 않았고. 그러나 더는 타협은 없다."

"……."

"다시는 아바하이를 보고 싶지 않다. 아바하이가 아직 내 사저에 있다면 돌아가는 길에 데려가도록 해. 그렇지 않았다간 내가 직접 구왈기야 대인께 끌고 갈 테니까."

처소로 들어가려는 룽거에게 오보이는 사납게 외쳤다.

"타타라 당신은 고작 조선인 계집 따위에 미쳐 만주제일의 용사 나, 오보이의 누이를 내치겠다는 건가?!"

흥분해 눈알을 부라린 오보이의 모습은 저승을 탈출한 귀신이었다. 하지만 금방이라도 달려들 형세를 한 그를 룽거는 신경 쓰지 않았다.

"너는 비위가 좋아 네 누이 같은 성격의. 여자와 함께할 수 있을지 모르나 난 아니다, 구왈기야."

"……형님과 나 둘 다 감정이 격해졌으니 어찌 대화를 이어가겠습니까? 타타라 장군께 의논드려야겠군요. 아니, 어쩌면, 황제 폐하께 고할지 모르겠습니다. 포로 계집을 이유로 만주인 본처를 내치려 하는 형님과 억울한 내 누이의 사연을."

"멋대로 해봐라."

"내가 그까짓 포로 년 하나를 쥐도 새도 모르게 못 죽일 것 같소?"

다시 들어가려던 룽거는 삽시간에 오보이의 멱살을 휘어잡았다. 룽거의 낯빛은 평소처럼 차분했으나 눈동자에는 살기가 비쳤다. 오보이의 멱살을 틀어쥔 굵은 손에 어찌나 강한 악력이 실렸던지, 엉망으로 추켜 올라가고 구겨진 오보이의 옷 어딘가에서 실밥 터지는 소리가 났다. 목 졸린 이의 험상궂은 얼굴이 보랏빛이 됐다.

"그것도 할 수 있으면 해봐라."

"……."

"네가 내 계집을 죽인다면 나는 네 처를 죽일 거다."

"……."

"네 자식, 형제자매, 네 부모, 일가친척 모두를 도륙하겠다."

"……."

"어설픈 협박으로 들리거든 당장 저 안으로 들어가 봐라."

"……형님, 제가 이만 물러갈 테니 마음을 가라앉히고 차분히 다시 생각해 보십시오."

이를 으득거린 오보이는 억지웃음을 지었다. 조심스레 룽거의 두 손을 떼어낸 그가 돌아섰다. 오보이가 사라졌음에도 룽거는 미동하지 않았다.

한참 걸려 화를 식힌 룽거가 처소 안으로 들어오니 기연은 옷을 차려입은 상태였다. 굳은 그를 확인한 기연이 불안히 물었다.

"무슨 일이 있는 거예요?"

"……."

"두 사람 목소리가 나는 듯했어요. 숙부님과 낯선 사내 목소리가."

"아무것도 아니다. 네 말대로 숙부님과, 아는 사람이 잠깐 찾아와 담소를 나눴을 뿐이다."

기연을 침상에 끌어 앉힌 룽거는 그녀 옆에 누워, 달래듯 섬섬옥수를 지분거렸다. 기연은 여전히 마음을 놓지 못했다.

"담소라기엔 나중에는 말하는 어조가 날카롭던데요. 고함도 들리고."

"……."

"싸운 거 아니에요? ……당신 기분이 안 좋아 보여요."

룽거는 고민에 잠겼다. 오보이와의 거친 언행을 입에 담고 싶지 않았다. 그랬다간 기연이 더 불안해할 거였다.

"실은 잊고 있던 비보가 떠올라 나도 모르게 기분이 상했다."

"……뭔데요?"

창백해진 기연의 팔을 룽거는 잡아당겼다. 기우뚱한 그녀를 낚아채 끌어안은 그는 서운함을 드러냈다.

"어찌 설명해야 할지 모르겠군."

"……."

"내일 숙부님과 황제폐하께서 주관하시는 사냥에 간다. 족히 열흘은 널 볼 수 없다는 상상을 하자 서운함을 참을 수 없더군. 그래도, 슬픈 나와 달리 너는 좋겠지? 내가 없어 휴가를 확실히 보장받을 수 있게 됐으니까."

"……."

기연의 눈가와 손 안에 차례로 입을 맞춘 룽거가 웃었다. 그가 놀렸다는 것을 깨달은 기연은 벌게진 뺨을 숨기려 그의 가슴에 고개를 파묻었다.

"뭐예요, 놀랐잖아요! 놀리지 마요!"

놀리지 말라니까 웬걸, 이젠 소리까지 내 웃는다.

"분명히 해두자. 너도 나도 한 번씩 휴가를 가지는 셈이니 내가 돌아왔을 때 또 쉽게 해달라 하면 아니 된다. 약속해라."

"놀리는 거 알아요. 민망하니까 그만둬요, 제발……."

우는 소릴 흘린 기연은 룽거의 허리춤 옷깃을 부여잡고 뒤흔들었다. 그 손짓이 파리 날갯짓처럼 간지러워 룽거는 재차 웃음을 터뜨렸다.

두 타타라 사내는 기연이 평소 일어나는 시간보다 훨씬 일찍 떠날 채비를 했다.

룽거는 바깥에 따라나서려 하는 기연을 나오지 말라 다독였지만 기연은 그럴 수 없었다. 숙모가 숙부를 배웅할 게 뻔한데 어찌 혼자 편하게 침상에 누워 있겠는가? 웃어른들 예쁨을 받기를 원하진 않아도, 미움을 받고 싶지도 않았다. 아니, 실은, 소야가 주는 총애를 유지하고 싶었다. 개성에 사는 내내 시모와 순명, 송국조한테 구박을 받다 드디어 다정히 대해주는 누군가를 얻었건만, 예전으로 돌아가고 싶지 않았다.

말 등에 앉은 잉굴다이의 옷자락을 정리해 준 소야가 인사했다.

"대인, 조심히 다녀오세요. 룽거, 다치지 않게 주의해라."

"룽거 솜씨가 좋거늘 웬 걱정이란 말인가?"

"어미 눈에는 자식이 예순이 되어도 어려 보이는 것과 같은 이치지요."

"하여간에 사서 걱정하기는. 다녀오리다."

무뚝뚝하게 말한 잉굴다이가 앞서 나갔다.

"다녀오겠습니다, 숙모님."

"그래, 식사 제때 챙기고."

인사를 끝낸 룽거는 떠나지 않았다. 그의 눈길이 소야의 뒤, 갑단과 붙어 서 있는 기연에게 머물렀다.

아쉬움을 삼킨 그가 말을 몰았다. 두 사내가 희끄무레한 새벽어둠 속으로 사라졌다.

"룽거가 기옌 네게서 눈을 떼지 못하더구나."

웃은 소야는 기연의 팔을 붙잡아 집 안으로 데려왔다. 중당 앞에 멈춘 그녀가 명했다.

"울간, 기옌이 먹고 싶어 하는 음식을 참고해 이따 낮에 장을 봐라."

"예, 주인마님."

"나는 처소에 가 좀 더 자야겠……."

말끝을 흐린 소야는 어쩐지 불편해 보이는 기연을 걱정스럽게 살폈다.

"왜 그러니, 기옌? 어디 아프니?"

"작은 마님, 괜찮으신가요?"

"그게……."

기연은 슬쩍 다리를 움직였다. 걸으면서 아래가 축축하다 싶었거늘 착각이 아니었다. 허벅지 사이가 확실히 축축했다. 전날에 합방을 하긴 했지만 시간이 한참 흘렀으니 다리 사이의 이 물기는 룽거의 흔적이 아닐 거였다. 그렇담 남은 이유는 하나, 달거리를 하는 게 분명했다.

따끔거린 아랫배를 문지른 기연은 소야를 흘끔거렸다. 달거리를 한다는 사실을 숙모가 알면 실망할 텐데 하필이면 지금 시작하다니.

소야가 '아이가 생길 듯하냐' 물었을 당시엔 룽거와 아무 일이 없었지만 지금은 상황이 달랐다. 비록 소야가 자세한 내막을 모르긴 하지만 그럼에도 기연은 합방을 했음에도 달거리를 하는 스스로가 죄인처럼 느껴져 주눅이 들었다.

"죄송해요, 숙모님. 제가 달거리를 하나 봐요."

"뭐? 아하하!"

실망할 거라는 예상과 달리 소야는 파안대소했다.

"내가 부담을 줬구나. 그래선 안 됐는데!"

진지해진 소야는 기연의 두 손을 다정히 붙들었다.

"정말 미안하구나, 기옌. 내 마음에 쏙 든 네가 반가워 주책을 떨었다. 나 때문에 어서 아이를 가져야 한다는 조급증을 느끼고 있거든, 그러지 마렴. 너는 젊고 달거리를 하지. 그렇다는 건 언제고 아이를 가질 수 있다는 의미인데 내가 무슨 걱정이 있겠니? 게다가 너와 룽거는 며칠간 방 안에만 갇혀 있을 정도로 금슬이 좋은데. 막 같이 살기 시작한 사내와 여인 사이의 신혼 재미는 일 년, 길어봐야 이 년밖에 안 간단다. 더러 평생 가는 경우가 있긴 하다지만 드무니까. 아무튼 간에 당분간은 부담 갖지 말고 신혼을 즐기렴. 이런, 달거리하는 너를 붙잡아두고 내가 말이 길었구나. 어서 들어가 봐라."

통역을 듣고 민망해하는 기연의 등을 쓰다듬어 준 소야가 내당으로 갔다. 갑단이 말했다.

"작은 마님, 어서 들어가세요. 저번에 공자님과 작은 마님이 시장을 다녀오셨던 날, 곁채를 청소하면서 옷장 한쪽에 개짐을 넣어놨어요. 찾아드릴게요."

방에 들어온 기연은 갑단이 건네준 개짐을 받아 병풍 뒤에서 옷을 갈아입었다. 문가에 있던 갑단이 구들에 앉은 기연에게 다가왔다.

"작은 마님, 드시고 싶은 음식을 말씀해 주세요. 조선 음식이라도 최대한 비슷하게 만들어 드릴게요."

"저는 아무거나 잘 먹어서 딱히 떠오르는 음식이 없어요. 그보다 갑단 이모, 저도 시장에 데려가시면 안 돼요?"

"안 될 건 없지만 괜찮으시겠어요? 배가 아프지 않으세요?"

"이상하게 안 아프네요."

"그럼 출발하기 전에 알려 드릴게요. 참, 수와얀다도 간답니다."

"네. 한데, 왜 갑자기 절 작은 마님이라 부르세요? 처음엔 아가씨라 부르셨잖아요."

갑단은 찰나에 난처한 표정을 지었다.

"예전에 한 번, 제가 작은 마님이라 부르자 원해가 화를 냈었습니다."

"……."

"처음에는 작은 마님도 그러시지 않을까 우려했더랬지요. 제가 작은 마님이라 부르면 공자님 처첩 대하듯 하지 말라 화내실 거라 예상했어요. 하지만 지금은 작은 마님은 원해와 다르다는 것을 알겠습니다."

"……."

"작은 마님은 진정 아무런 거부감 없이 공자님을 의지하시는 듯 보여요. 더군다나 주인마님 말마따나 두 분 금슬이 좋다는 것을 제 두 눈으로 직접 확인했으니 더는 아가씨라 불러선 안 되겠다 싶었지요."

"네? 갑단 이모 두 눈으로 확인을 하셨다고요? 어디 창문이나 무, 문이 열려 있던 적이 있었나요?"

그래서 그 틈새로 들여다본 건가? 사색이 된 기연을 갑단이 황급히 다독였다.

"아니요, 아니요! 그게 아니라 작은 마님…… 사실은 두 분 금슬은 주인마님보다 제가 더 파악하기 쉽지요. 저는 이 댁 집안 살림을 거드니까요."

"……."

모호한 말뜻을 헤아리던 기연은 룽거와 처음 합방한 다음 날, 수와 얀다와 갑단이 방을 청소해 주고 이불을 바꿔줬던 것을 떠올렸다.

"아!"

이불! 지저분해진 이불을 봤구나!

새빨개진 얼굴을 숙인 기연이 웅얼거렸다.

"저는 갑단 이모를 유모처럼 여기고 싶어요. 그런데 이모가 절 작은 마님이라 부르면 너무 격식을 차리는 것 같아 멀게 느껴지니까 차라리 아가씨라 불러주세요. 이름으로 불러주셔도 되고요."

"혹여나 이름으로 불렀다가 주인마님께서 아시면 제가 치도곤을 당할지 모르니 그럼 아가씨라 부를게요."

"네, 편한 대로 해주세요."

"이만 나가볼게요, 아가씨. 일찍 깨셨으니 좀 더 주무세요."

"네."

개성에 살 적에는 잠시라도 시댁에 있기 싫었다. 가만히 앉아 있으면 송국조가 '또 어느 놈을 꾈 궁리를 하냐.' 구박하기도 했다. 하여 일부러 일을 찾아 했었다. 청소와 요리, 빨래도 당연히 직접 했었기에 남의 손을 빌리면 이런 민망한 상황이 생길 수 있다는 것을 체감하지 못했었다. 송국조와 삭막했거니와.

다음부터는 침상 청소를 직접 하거나, 몸 뒤처리를 꼼꼼하게 해야 겠다. 다짐한 기연은 홧홧한 뒷목이 식지 않아 방에 부채가 있나, 주위를 두리번거렸다.

❀

갑단을 따라나선 기연을 보고 수와얀다는 매우 기뻐했다. 들떠 박수까지 친 수와얀다가 떠들었다.

"공자님 첩이 간다면 야르시가 마차를 태워주겠지? 시장에 걸어가기 힘들었는데 오늘은 마부석을 얻어 탈 수 있겠다. 울걏, 잠깐만 기다려, 야르시를 부를게."

계획한 대로 마부석을 얻어 탄 수와얀다는 야르시에게 기왕 온 김에 짐꾼 노릇을 하라 종용했지만, 야르시는 마차를 지켜야 한다는 명분을 내세워 단칼에 거절했다. 누군가 말을 훔쳐 가면 책임질 거냐는 야르시의 반박을 받아칠 재간이 없어 수와얀다는 입을 다물었다.

기연은 갑단과 수와얀다를 따라다니며 음식 재료를 구경했다. 룽거와 왔던 날에는 값비싼 물건이 주로 진열된 시장의 중앙 대로를 돌아다녔지만, 수와얀다와 갑단은 비교적 작은 측로로 다녔다. 빼곡히 늘어선 상점들은 쌀, 밀, 보리, 콩, 팥 외에 말린 물고기도 팔았다.

"아가씨, 이리 오세요. 고기를 사야 해요."

갑단을 쫓아 맞은편 상점으로 온 기연은 다양한 종류의 고기를 구경했다. 소고기를 사는 갑단에게 그녀가 물었다.

"만주어로 소가 뭐예요? 돼지는 알아요. 울걍이랬지요?"

"아가씨 기억력이 좋으시네요. 소는 이한이라 해요."

기연은 바로 옆 가게에서 머리와 다리가 달린 닭고기를 사는 수와
얀다를 곁눈질했다.

"닭은 뭐라 하나요?"

"초코요."

두 여인은 양, 오리, 꿩 고기도 샀다. 짐이 하나둘 늘 때마다 기연
은 재료의 만주어 이름을 물었다.

사슴과 토끼고기, 버섯, 자라까지 산 그들은 마차로 향했다. 괜찮
다 하는 갑단에게서 짐 보따리 하나를 뺏어 들고 가던 기연은 걸음을
멈췄다.

왼쪽으로 난 측로에 늘어선 상점들이 유독 큼지막했다. 하지만 꽃이
그려진 등불을 주렁주렁 매단 상점들 중 어느 곳도 장사를 하는 낌새
가 없었다. 가끔씩 화려하게 치장한 여자들이 길을 나다닐 뿐이었다.

"저긴 주점이 모여 있는 거리인가요?"

"청루 거리예요, 아가씨."

"까악!"

돌연 어딘가에서 고통스러운 비명이 새나왔다. 벌꺼덕 열린 한 청
루의 문틈 새로 여인이 뛰쳐나왔다.

"아가씨, 어서 가세요."

"매음굴 근처에 있다가 덕 볼 거 없어요, 가요!"

수와얀다까지 나서 기연을 재촉했다. 등 떠밀려 걸음을 서두르는
기연에게 여자가 달려들었다.

"이봐, 이봐요!"

"어머나! 저년이 왜 이쪽으로 뛰어와?!"

식겁해 부르짖은 수와얀다와, 갑단이 기연 앞을 막아섰다. 수와얀

다는 여자를 인정사정없이 밀쳐 냈지만 여자는 포기를 몰랐다. 멍투성이 앙상한 두 팔이 기연을 잡으려 허우적거렸다.

"이 여자가 미쳤나!"

"이봐요! ……기연, 기연이랬지요? 나예요! 나, 소옥이라고요!"

여자를 뒤늦게 알아본 기연의 눈이 휘둥그레졌다. 요란한 화장과 치장을 한 여자는 마지막으로 봤을 때와 판이하게 달랐다. 그러나 분명 소옥이 맞았다.

"어쩌다 그렇게……."

"아는 여자인가 보네?"

눈치를 보던 수와얀다가 미심쩍어하며 물러났다. 갑단을 지나친 소옥은 기연을 붙잡고 매달렸다.

"나를, 제발 나를 도와줘요! 막말해 미안했어요! 잘못했어요! 그러니까 제발 도와줘요, 흐흑……."

굵은 눈물줄기가 소옥의 얼굴을 덮은 새하얀 분가루를 지워냈다. 눈물 맺힌 턱끝을 소맷자락으로 훔친 소옥이 하소연했다.

"일찍이 한 사내를 선택해 몸을 의탁한 당신이 현명했다는 걸 미리 깨달았어야 했는데……. 그걸 몰라 날 데려간 오랑캐 우두머리한테 저항했어요. 화난 그놈은 몇날며칠을 날 두드려 패더니 청루에 팔아 버렸어요. 여기선 하루에 수십, 수백 번을…… 흐흐흑……."

"……."

"도와줘요, 부탁이에요! 무릎 꿇고 사죄하라면 할게요! 시키는 건 뭐든 할게요!"

소옥이 부담스러워 기연은 팔에 닿은 그녀의 손길을 뿌리쳤다. 뒷걸음질 친 기연을 막아선 수와얀다가 다시 소옥을 몰아내려 애썼다.

"나보고 뭘 어쩌라는 거예요? 내가 무슨 힘이 있다고. 설사 도와준들 욕밖에 더 먹어요?"

"화난 거 알아요! 이해해요! 내가 당신이었어도 그랬을 거예요! 그래도 이렇게 부탁하니까 한 번만 용서해 줘요!"

"……."

"우린 조선인이잖아요! 포로로서 함께 고생하며 청나라에 끌려왔잖아요!"

"당신은 나를 욕했잖아요. 내가 준 신을 버리고, 다른 포로들과 뭉쳐 날 배척했잖아요. 그런 당신을 내가 왜 도와줘요?"

"미안하다고요! 잘못했다고요! 사과했으니까 제발 좀 도와달란 말예요, 으흐흑…… 신을 빌려줬듯이 한 번만 더 날 불쌍하게 여겨달라고! 으흐흑!"

"……."

"아니면, 날 도와주기 싫으면 세자관에 가 내 사연만이라도 전해줘요! 난 양반이니까 세자님께서 기꺼이 도와주실 거예요! 내가 있는 곳에는 나 말고도 조선 여인들이 꽤 있어요!"

"세자요?"

"우리 조선의 세자마마와 세자빈마마, 대군마마가 묵던에 오셨잖아요! 나는 세자관이 어디 있는지 모르고 거기까지 갈 처지가 못돼요!"

"이년이! 며칠간 도망치지 않고 얌전하기에 사지를 풀어줬더니 또 난동을 부려? 고양이도 아니고 어느 틈에 나갔어?!"

"꺄악!"

눈 깜빡할 새에 뛰어온 장정 둘이 소옥의 머리채를 잡아챘다.

"걸핏하면 도망이나 치고, 손님 비위도 못 맞추는 이 쓸모없는 년! 얌전한 줄 알고 샀더니 속았어! ……부인, 폐를 끼쳐 송구합니다."

기연에게 사과한 장정들은 대충 취급해도 되는 짐짝인 양 소옥을 아무렇게나 끌어당겼다. 머리채를 잡혀 끌려가는 소옥의 아무것도 신지 않은 맨 발꿈치가 땅에 질질 끌렸다. 살갗이 까진 발이 피를 흘렸다.

"내가 있는 청루는 밤마다 백색 등불 세 개를 켜요! 기억해 줘요, 제발!"

청루 문이 쾅 닫혔다. 처절한 울부짖음이 사라진 거리가 다시 고요해졌다.

❀

드넓게 펼쳐진 초원에 일렬로 선 말 세 필은 윤기 흐르는 꼬리를 한가로이 흔들었다. 각자의 애마에 앉아 있는 아지거, 도르곤, 도도, 세 형제가 멀찍이 있는 사내를 흥미롭게 지켜봤다.

시종의 도움을 받아 말 등에 앉은 사내가 휘청거렸다. 중심을 잡나 싶던 그는 시종이 천천히 말을 끌자 다시 상체를 흔들거렸다. 등에 탄 주인이 불안해하면 말은 더 불안해하는 법, 서투른 사내를 거부하듯 머리를 흔든 말이 고삐를 쥔 시종의 손아귀에서 벗어나려 몸부림쳤다.

"워, 워!"

시종은 앞발을 들려 하는 말을 진정시키느라 진땀을 뺐다. 사내는 떨어지지 않으려 상체를 바싹 숙이고 말 목을 부둥켜안았다.

"하!"

더는 참지 못한 삼 형제 중 막내, 도도가 조소했다. 도르곤은 동생을 나무랐다.

"도도, 그는 조선국 세자다. 조선 왕은 내 두 손을 잡고선 제 아들을 보살펴 달라, 청국에 가는 동안 구들에 재워달라, 친히 부탁하더군. 조선 왕의 부탁대로 세자를 구들에 재워주진 못했으나 비웃기까지 해서야 되겠느냐?"

"송구합니다, 형님. 저자가 하는 짓이 하도 우스워 자제할 새가 없었습니다. 앞으로 주의하지요."

진중해진 도도가 약속했다. 그러나 동생들의 대화를 귓등으로 들은 겐지, 이제는 아지거가 소현을 모욕했다.

"저놈은 저 나이가 먹도록 말 타기도 안 배우고 뭘 한 겐가? 세자부터가 저러니 조선국에 발전이 없지."

이대로는 형제들은 해질녘이 되도록 세자 욕만 할 터였다. 피식거리는 그들을 말릴 요량으로 도르곤은 화두를 바꿨다.

"세자를 비웃는 것은 그쯤하고 경쟁을 시작하시지요, 아지거 형님. 항상 그랬듯이 범 종류는 이십 점, 멧돼지 십오 점, 사슴은 십 점, 노루는 칠 점입니다."

"오냐. 꿩은 오 점이고 말이다!"

맞받아친 아지거가 달려 나갔다.

"아지거 형님! 매번 갑자기 뛰쳐나가시다니, 너무하십니다!"

억울하게 외친 도도가 아지거를 쫓아 수풀로 들어갔다.

아무리 형제들이 앞서 나간들 결국 승리는 내 것이라는 듯, 자신만만하게 웃은 도르곤은 뒤에 선 정백기 군사들에게 따라오라 손짓했다. 호위들을 대동한 그가 우거진 수풀로 뛰어들었다.

숲속은 몰이꾼들이 불어대는 나각 소리와 고함으로 가득했다. 시끄러운 소음이 뇌리를 흔들었지만 도르곤은 끄덕하지 않았다. 불이 튀기는 친왕의 두 눈은 오로지 사냥감을 찾아 헤맸다. 돌연 도르곤은 활을 쐈다. 무언가가 바스락거리며 쓰러졌다.

"아하, 칠 점이로군! 챙겨라!"

죽은 노루를 내려다보고 웃은 도르곤은 낯선 기척을 감지해 두 번째 화살을 겨눴다. 금번에는 몇 점짜리일 텐가?

"이런, 타타라 장군!"

"예친왕 전하."

잉굴다이를 확인한 도르곤은 활을 내렸다.

"본왕이 승기를 잡게 해줄 사냥감인 줄……."

조용해진 도르곤이 창백해졌다. 잉굴다이 곁에 있던 룽거가 삽시간에 도르곤을 향해 화살을 날렸다.

"이게 무슨!"

"룽거! 뭐 하는 게냐!"

메아리친 장부들의 놀란 고함이 나무들을 어지럽혔다. 화살이 스쳐지나간 오른쪽 귀를 손바닥으로 감싸 쥔 자세 그대로 도르곤은 거친 숨을 몰아쉬었다.

분노에 찬 그가 외쳤다.

"네 이놈! 대체 이게 무슨 짓이냐, 사지를 찢겨 죽고 싶은 게냐?!"

"예, 예친왕 전하!"

겁에 질린 목소리로 상전을 부른 호위병이 후다닥 말에서 내렸다. 호위병은 도르곤이 탄 말의 배 밑에 늘어진 짐승을 일으켜 세웠다. 화살에 꿰뚫린 얼룩무늬 짐승의 머리가 온통 붉었다.

"송구합니다, 예친왕 전하. 표범은 원체 기척을 내지 않는지라……."

"……."

도르곤은 고개를 들었다. 그늘을 드리운 굵은 나무를 살피던 그는 나뭇가지에 앉은 새끼 표범의 샛노란 눈과 눈이 마주쳤다. 죽은 어미 표범을 다시 내려다본 그가 냅다 호위병의 뺨을 후려쳤다.

"형편없는 것들!"

사납게 내뱉은 도르곤은 나머지 호위병들의 뺨을 마저 때렸다. 하지만 분이 풀리지 않았다.

"나, 아이신기오로 도르곤의 휘하에 있는 네놈들의 실력이 고작 이 정도냐? 어디 가서 정백기인이라 하지 말거라!"

말에서 내려온 호위병들이 무릎을 꿇었다.

"송구합니다, 예친왕 전하."

"닥쳐라! 네들 따윈 필요치 않으니 도도한테 가 정람기 소속으로나 받아달라 해라!"

"송구, 송구합니다, 예친왕 전하! 용서해 주시옵소서!"

"못난 놈들!"

보기 싫은 호위병들을 외면한 도르곤은 잉굴다이와 룽거에게 다가 갔다. 룽거의 어깨를 토닥인 친왕은 온화한 어조로 칭찬했다.

"네게 목숨을 빚졌다. 너는 진정 네 숙부님의 용기와 혜안을 빼닮 은 친조카가 맞도다."

"과찬이십니다."

"아니다. 그렇지 않다. 범을 가까이 가져와라."

죽은 표범을 어깨에 둘러맨 호위병이 웃전께 다가왔다.

표범을 자세히 내려다본 도르곤은 모골이 송연해지는 것을 느꼈다. 부황(父皇) 누르하치와 형 홍타이지를 따라 무수한 전쟁을 치렀다. 전 쟁의 결과로 승리의 기쁨을 만끽했지만, 때로는 사지에 몰려 절박해 하기도 했다. 그럼에도 살아남았건만 고작 사냥 중에 죽을 뻔했다니. 이 젊은 나이에, 산해관 너머 중원을 공략하기 전에 죽었다면 얼마나 원통했으랴?

죽음의 불쾌감을 털어내겠다는 듯, 도르곤은 피에 절은 표범의 머 리 가죽을 와락 움켜쥐었다.

"전혀 과찬이 아니었다, 타타라 룽거. 너는 황제 폐하를 도와 중원 을 제패할 운명을 타고난 본왕을 구했다. 본왕은 대청국 친왕이자 황 제 폐하의 아우로서의 체면을 소홀시하지 않는다. 본왕은 넓은 아량 을 지녔다. 한데 어찌 네게 진 목숨값을 모르는 체하겠는가? 타타라 룽거, 단 한 번, 네가 본왕에게 소원을 말할 기회를 주겠다. 그러니 추후 바라는 바가 생긴다면 주저 말고 청해라."

"황송합니다, 예친왕 전하."

여유를 되찾은 도르곤은 공손한 태도로 읍하는 룽거를 보며 뿌듯함을 내비쳤다.

❀

기연은 보료가 깔린 구들에 우두커니 앉아 과거를 회상했다.

"어찌 수치를 모르고 되놈이 준 신을 당당히 얻어 신었단 말예요? 되놈한테 발바닥을 보인 걸론 부족했나 보지요?"

"포로 신세일지언정 나는 내 절개와 나라님에 대한 충심을 지키고 있어요! 당신처럼 쉽게 몸을 팔지 않는다고요!"

소옥이 내뱉었던 막말이 생생했다. 그녀가 내팽개친 바람에 잃어버리고 만 신 한 쌍이 어찌 생겼는지, 그 모양새도.

침상 머리맡의 협탁에 다가간 기연은 서랍을 열었다. 고이 보관해 둔 고저혜를 꺼낸 그녀는 다시 구들에 앉아, 고저혜에 달린 녹색 술을 만지작거렸다.

룽거가 없으니 소야에게 불려가고, 갑단에게 만주어를 묻고, 한참 낮잠을 자도 시간이 남아돌았다. 그래서 그런가 자꾸 소옥이 떠올랐다. 소옥이 싫지만, 신경 쓰였다. 하필이면 처참한 몰골을 봐서……

룽거가 있었다면 마음과 기분이 이다지 뒤숭숭하진 않았을 듯한데. 처음에 휴가를 얻었을 때는 마냥 좋더니 열흘이 이리 길 줄이야.

"빨리 와요."

고저혜를 옆에 내려놓은 기연은 소옥을 잊는 데 도움이 될까, 비단과 색실을 꿴 바늘을 집어 들었다.

지난 날 소야의 처소에서 처음 수를 놓았던 붉은 비단에는 어느덧 포도 알갱이가 꽤 많이 생겼다. 하지만 비단에 그림이 찰수록 후회가 들었다. 룽거에게 포도가 새겨진 옷을 지어줄 순 없으니 이 비단은 천생 나중에 태어날 아이의 강보로나 이용해야 할 터다.

그런데, 내가 왜 갑자기 아이 생각을 하지? 숙모가 조급해하지 말라 한 덕에 더는 압박감을 느끼지 않는데. 나는 룽거의 아이가 갖고 싶나?

"아가씨, 들어가도 될는지요?"

"앗!"

혼자 앞서 나간 것이 민망해 더워하던 기연은 움찔거리다가 검지를 바늘에 찔리고 말았다. 포도 알갱이에 피가 묻지 않았나 확인한 그녀는 따끔거리는 검지를 빨았다.

"네, 들어오세요."

소반에 쟁반을 내려놓은 갑단이 기연 옆에 앉았다.

"바늘에 찔리셨군요. 깊게 찔리셨어요?"

"아니요, 별거 아녜요."

도리질한 기연은 쟁반 안을 들여다봤다. 찻잔과 음식 접시가 담겨 있었다. 찻잔에서는 평소처럼 당귀차 향기고 났고 접시에는 기다란 만두 같은 음식이 있었다.

"주인마님께서 양고기를 넣은 전병이 드시고 싶다 하셔 만들었어요. 아가씨 입맛에 맞을는지 모르겠네요."

바늘을 비단에 꽂은 기연은 전병을 집어 들었다. 한입 크게 베어 물자 파 향과 뒤섞인 양고기 누린내가 후각을 자극했다.

"양고기라 냄새가 심하지요?"

"그래도 맛있어요. 갑단 이모도 드세요."

"만들면서 많이 먹었답니다. 저는 청나라에 와 처음 양고기를 먹어봤는데, 제 주제에 고기라면 뭐든 감사히 먹었어야 했는데도 양고기만큼은 심한 누린내 땜에 삼키기 어려웠더랬지요. 익숙해진 다음부턴 청나라 사람들 못지않게 즐기게 됐지만요. 아가씨는 저와 달리 처음부터 잘 드시네요."

"아무리 맛없는 음식인들 굶는 것보단 나으니까요."

"편식을 안 하시니 복스러워 보이세요. ……저, 아가씨."

"네?"

뜸을 들인 갑단이 물었다.

"소옥이라는 여인을 어쩌실 건지 여쭤도 될까요?"

"……"

기연은 덜 먹은 전병을 접시에 내려두었다. 몇 입 먹지 않았는데 체한 듯 속이 답답했다.

"어쩌고 말고 할 게 뭐 있겠어요. 저는 아무런 힘이 없는걸요."

"그렇지 않아요. 아가씨는 타타라 가문의 일원이시잖아요."

"……"

"아가씨가 원하시면 제가 세자관에 가, 아가씨 말씀을 대신 전할 수 있어요."

"……이모는 제가 그 여인을 도와주길 바라시는군요."

평소답지 않게 들뜬 갑단을 빤히 쳐다본 기연이 말했다. 속마음을 꿰뚫린 갑단의 까무잡잡한 얼굴에 홍조가 돌았다.

"저도 비슷한 고생을 했다 보니……."

"……"

당황한 기연은 두 손을 꼭 마주 잡았다. 청나라에서 사는 것이 괜찮다 말했던 갑단이라지만, 처음부터 괜찮았겠는가. 올해 끌려온 조선인 포로들처럼, 십 년 전에는 그녀도 이루 말할 수 없는 고생을 겪었을 거였다. 그런 갑단을 앞에 두고 소옥을 도울 힘이 없다, 뭘 어쩌겠느냐, 소극적인 태도를 보인 것이 창피하고 미안했다.

"갑단 이모도 고생을 많이 하셨지요."

"청루까진 안 갔답니다. 그나마 다행이었지요."

"……룽거가 그랬어요. 포로 명부를 조선에 주면 조선에서 벼슬아치와 포로의 가족이 와 포로들을 데려갈 거라고요. 이모는 어땠나요? 가까운 가족이나 일가친척 중 소식이 닿았던 분이 있었나요? 그분들은 이모를 데려가려 하셨나요?"

"아니요."

"……"

"저는 가난하고 미천했지요. 저를 위해 속가를 내줄 부자 피붙이도 전혀 없었고요."

"그 여자는 양반가 출신이랬어요."

"그럼 친정 식구가 찾으러 오겠네요! 양반네들은 가난한 백성들보다 포로를 찾는 데 적극적이거든요."

희망적으로 말한 갑단은 곧 풀이 죽어 중얼거렸다.

"설사 가족이 올지언정 그때까지 소옥은 청루서 계속……."

갑단이 흐린 말끝을 기연은 충분히 짐작할 수 있었다.

소옥은 가족을 기다리며 하루에도 수십 번씩 발바닥을 내보일 것이다. 싼값에 몸이 팔려 능욕당할 것이다. 소옥이 내뱉었던 막말은 고스란히 그녀 스스로에게 돌아갔다.

"압록강을 건너기 전에 조선 출신 청군 병사에게 들었어요. 정묘년에 끌려왔던 조선인 포로들의 몸값이 원래보다 훨씬 비싸게 치솟았었다고요. 금년에도 그러겠지요?"

"예, 포로들을 사고파는 속환시장이 열릴 즘엔 조선인 포로값은 지금과 비할 수 없게 비싸져 있을 거예요."

"그 여자는 양반가 출신이지만, 갖신을 신을 형편이 못 된다 했어요."

"……."

계속 소옥을 신경 써서인지 두통이 일었다. 저릿한 관자놀이를 문지른 기연이 물었다.

"세자관이 멀까요? 어디 있는지 들어보셨어요?"

"황궁 근처라더군요."

"……."

소옥으로 인해 길게 고민할 바엔 세자관에 찾아가는 편이 나을 듯싶으면서도 망설여졌다. '일단은 지켜보겠다.' 잉굴다이의 엄한 음성이 귓가를 맴돌았다.

혹여 무언가가 잘못돼 문제가 생기면 어쩔 텐가? 룽거가 난처해지면?

"제가 함부로 나서도 될지 모르겠어요. 무언가 문제가 생기면 어떡해요."

"소옥의 사연을 전해주는 것뿐인데 무슨 문제가 생기겠어요, 아가씨."

"……."

갑단은 어지간히 소옥을 돕고 싶어 했지만 기연은 영 불안감이 사그라지지 않았다.

"오늘은 어차피 날이 져 가니까 하루만 더 생각해 볼게요."

"예예, 그러셔요."

기연은 다시 비단에 수를 놓았다. 머릿속을 떠다니는 소옥이 사라지지 않았다.

❀

품 안의 딸을 보며 어미는 미소를 지었다. 딸 또한 어미 품이 좋다 말하듯 연신 방긋거렸다.

'아정아, 이거 먹어볼 테야?'

'도와줘요! 마지막으로 한 번만 도와줘요, 제발!'

아정이에게 양고기 전병을 먹이던 기연은 볼을 우물거리는 아이를 안은 그대로, 웅성거리는 문가로 향했다. 열린 문 밖에 인산인해가 펼쳐졌다. 꾀죄죄한 조선인 포로들이 발 디딜 틈 없이 북적이는 정원은 시장통을 방불케 했다. 인파 제일 앞줄에 선 소옥이 울부짖었다.

'막말해 미안해요, 잘못했어요! 사과했으니까 도와줘요! 흐흑……'

'아정아, 도와줘야겠지?'

기연은 아정이를 내려다봤다. 아정이는 굳은 표정으로 어딘가를 바라보고 있었다.

어린아이가 이런 얼굴을 하게 만드는 것이 대체 뭘까? 어딜 보는 걸까? 궁금해진 기연은 딸의 눈길을 좇았다.

두 모녀는 포로들 뒤쪽에 있는 한 사내를, 송국조를 주시했다. 모녀를 마주할 때마다 화나 있던 송국조의 분위기가 웬일로 처연했다. 눈물이 맺혀 반짝거리는 처진 눈꼬리가 '그간에 때려서 미안하다, 죽여서 미안하다' 사죄하는 듯했다……

기연은 스르륵 눈을 떴다. 간밤에 잠이 오지 않아 수를 놓다 느지막이 잤다. 그렇다 한들 자는 동안에는 편안하게 푹 잤거늘, 머리가 무거웠다. 기분이 나빴다. 꿈에서 소옥도 모자라 송국조를 본 결과였다.

아정이는 그 여자를 도와주라 말하고 싶었던 걸까. 송국조 놈은 왜 나왔을까.

어쩐지 룽거를 향한 그리움이 치솟는 걸 느끼며 기연은 몸을 일으켰다. 간단히 치장을 하고 갑단을 찾아 바깥으로 나갔다.

집 안 전체에 고소한 죽 냄새가 가득했다. 냄새를 좇아 행랑채 부엌에 온 기연을 발견한 갑단이 주걱으로 솥 안을 휘저으며 아침 인사를 건넸다.

"평소보다 일찍 일어나셨네요? 주인마님께선 진작 조반을 드셨답니다. 아가씨께서도 죽 한 그릇 드셔야지요?"

"배가 고프지 않네요. 그보다 이모, 저랑 세자관에 가주실래요?"

"네?"

되물은 갑단은 세차게 고개를 끄덕였다.

"예예, 그럼요. 지금 바로 가시겠어요?"

"바쁘지 않으세요?"

"아니요, 전혀요. 마님 조반을 챙겨 드린 터라 한가해요. 일이 생겨도 수와얀다가 대신 해줄 거고요."

"그럼 가요. 마음이 무거워 힘드네요."

그들은 곧바로 길을 나섰다. 여인들에게 마차를 태워준 야르시는 두어 번 말을 멈추고 '세자관이 어디 있냐?' 주변에 소리쳐 물었다. 그 외에는 길을 찾는 데 아무런 어려움이 없었다. 황궁에서 일각을 더 달리니 세자관은 금방 모습을 드러냈다.

"도착했습지요."

마차에서 내린 기연은 깜짝 놀랐다. 세자관은 조선에 있던 어느 관아를 통째로 청나라에 옮겨다 놓은 모양새였다. 아름답게 뻗친 길쭉한 처마에, 자연미가 살아 있는 디딤돌, 격자무늬 살이 촘촘히 들어찬 창문으로 구성된 세자관의 전각들은 청나라 건물에 없는 고즈넉한 아름다움을 지녔다. 대추나무, 회화나무, 향나무가 드문드문 심어진 세자관의 정원은 정갈했다.

구경을 마친 기연은 세자관 대문의 좌우에 선 병졸들을 흘끔거렸다.

"갑단 이모, 제가 감히 세자님을 뵙겠다 할 수도 없고…… 막상 오긴 했는데 뭘 어찌해야 할지……."

갑단 역시 난감하긴 매한가지라 잠시 말문이 막혔다. 고민한 그녀가 말했다.

"아가씨께선 타타라 집안에 속해 계셔요. 대인과 공자님을 거론하시면 들여보내 줄 겁니다."

"그건 안 돼요! 그러다 만약 문제가 생기면 어떡해요? 잉굴다이 장군이…… 숙부님이 함부로 바깥사람들 이름을 거론하고 다닌다, 화를 내시면요? 룽거가 곤란에 처하면요? 관직에 나가 있는 사람은 작은 허물로도 곤경에 처하기 십상이라고, 조선에 살 때 이웃 여인들이 떠드는 걸 들었어요. 역시 안 되겠어요. 마음이 안 좋더라도 참았어야 했는데 제가 경솔했어요."

"하지만 아가씨, 여기까지 오셨는데 그냥 가시려고요?"

"조선인들인가?"

기연과 갑단은 소스라쳐 뒤돌아섰다.

젊은 여인이 시녀들의 부축을 받으며 마차에서 내리고 있었다. 비단으로 지은 조선 옷을 단정하게 차려입은 여인은 복잡한 얼굴을 하고 있었다. 여인의 둥글넓적한 턱은 강인해 보였으나 소 눈에 버금가게 커다란 눈엔 슬픔이 아른거렸다. 양 끝이 아래로 축 처진 굳은 입매에선 굴욕감과 분노가 느껴졌다.

갑단과 기연에게 다가온 여인이 재차 물었다.

"조선 사람인가, 아니면 단순히 조선말을 할 줄 아는 청나라 사람인가?"

"……."

기연이 여태껏 살며 본 궁궐 사람들이라곤 강화도 앞에 잡혀 있을 당시에 본 두 대군들이 전부였다. 그럼에도 불구하고 마주한 여인이 뉘인지 알 것 같았다. 시녀들을 잔뜩 끌고 다니는 이 여인은 필시.

"그대들은 조선 세자빈마마를 뵙고 있소이다. 마마께서 두 번씩이나 하문하셨건만 아니 대답하는 이유가 뭐란 말이오?!"

"저희 아가씨께선 타타……."

"갑단 이모."

갑단을 제지한 기연은 다소곳이 머릴 조아렸다.

"예, 맞습니다. 저희는 조선인입니다, 세자빈마마."

세자빈 강 씨는 두 여인을 찬찬히 뜯어봤다.

중년 여인은 오래전 정묘년에 끌려 온 겐지, 태도며 외양이 완전히 청나라 사람이었다. 반면 나이가 많아봐야 스물 초반으로밖에 보이지 않는 젊은 여인은, 다시 관찰하건대 청나라 옷으로 몸을 감싸고 있다 하나 조선인으로서의 이질적인 분위기가 풍겼다.

강 씨는 기연에게 캐물었다.

"끌려온 지 얼마 안 되지 않았는가?"

"이번에 왔습니다."

"그런 것 같군. 이곳 조선관에 온 연유는 그대의 구원을 요청하기 위해서인가? 그대의 본관과 부친을 말하라. 작금 어디서, 어떻게 지내는지도."

"저는……."

룽거나 잉굴다이 장군을 거론하고 싶지 않은데 어찌해야 하나.

"어허, 어찌 뜸을 들이는가?"

성화하는 상궁을 흘긴 기연은 자못 싸늘히 답했다.

"저는 세자빈마마께 신분을 고할 만한 귀인이 아닙니다. 다만 세자관에는 소옥이라는 여인의 부탁을 받고 왔습니다."

"소옥이 누구인가? 뭐라 부탁했는가?"

"소옥은 양반가 출신으로, 성씨는 모르겠습니다. 저와 소옥은 청나라에 함께 끌려오면서 알게 됐는데, 소식이 끊겼다 며칠 전 묵던 서부시장에서 우연히 조우했습니다. 소옥이 말하기를 서부시장에 있는 청루에 팔려와 고생을 하고 있으니, 부디 세자관에 가 소옥을 비롯한 조선 여인들을 구해주십사 말을 전해달라, 제게 청하더군요. 세자빈마마께 드릴 말씀은 이뿐입니다."

"그 청루의 이름이 무엇이지?"

"이름은 듣지 못했으나 밤마다 백색 등불 세 개를 켠다 했습니다."

"심양 서부 시장에 있는, 백색 등불 세 개를 켜는 청루라."

잊지 않겠다는 듯 중얼거린 세자빈이 가까이에 선 상궁에게 명했다.

"우리 측 역관을 보내 정황을 살피게 하고 가능하다면 모든 조선 여인들을 사 오게 하라."

"예, 마마."

강 씨가 다시 기연에게 물었다.

"그대는 어떠한가? 비록 다른 여인의 부탁을 받고 조선관에 찾아오긴 했으나 그대 또한 내 도움이 필요하지 않은가? 청나라 귀부인 차림새를 한 것을 보아하니 그대는 필시 청나라 고관의 첩이 됐을 테지? 억지로 얽매여 있는 그대의 마음을 내 어찌 짐작하지 못할까. 나는 포로 구원에 관심이 많은즉, 가능하다면 그대를 도와주고자 하니 용기를 내 말해보라. 그대를 차지한 자가 누구인가? 그대 주인과 친해진 후에 그대를 놓아달라, 사정해 볼 수 있다."

나를 놔달라 청하겠다고? 하면 룽거와 헤어지는 건가? 놀란 기연은 반사적으로 뒷걸음질 쳤다.

"저는 마마의 도움이 필요치 않습니다. 이만 가보겠습니다. 이모, 빨리 가요."

갑단과 마차에 올라타 야르시를 재촉하자 그들이 탄 마차는 순식간에 세자관을 떠났다. 흙먼지를 일으키며 멀어지는 마차를 세자빈은 걱정스레 바라보았다.

"저 여인을 겁박하고 있는 오랑캐가 도대체 뭘 어찌했기에 급히 도망을 놓는지."

조선 여인들이 오랑캐들에게 당할 수치를 상상한 세자빈의 얼굴에 그늘이 졌다.

❈

잉굴다이를 뒤따라 대문 안에 들어온 룽거는 평정을 잃은 마음이 고조되는 것을 느꼈다. 사냥 훈련 기간 내내 보고 싶었던 여인이 눈앞에 선명해졌다.

지난 열흘간 뭘 했을까? 어찌 지냈을까? 끼니를 거르진 않았을까? 묻고 싶은 질문이 많았다. 그러나 제일 먼저 그는 그녀를 품 안에 껴안고 싶었다. 부드러운 비단실 머리칼의 향기를 맡고 싶었다.

어디선가 두런두런 말소리가 들려 룽거는 조급증까지 느꼈다.

"네 식사에 공들인 보람이 있구나. 살이 올라 훨씬 어여쁘니 룽거가 보면 좋아할…… 이런, 한인들 속담에 조조를 말하면 조조가 온다더니! 기옌, 보려무나. 대인과 룽거가 왔구나. 안 그래도 슬슬 올 때가 됐다 싶던 참이었지!"

중당 앞에 교의를 펼쳐 놓고 앉아 있던 소야와 기옌, 갑단이 일시에 잉굴다이와 룽거를 돌아봤다.

룽거와 눈이 마주친 기옌은 무릎에 찻잔을 올려둔 것을 잊고 벌떡 일어섰다. 바닥에 떨어진 찻잔이 파삭거리며 산산이 조각났다.

"하하, 애 봐라! 얼마나 반가웠으면!"

경쾌한 웃음을 터뜨린 소야와 반대로 기옌은 얼굴이 벌게졌다. 어른들 앞에서 이런 창피라니. 조선에 있었더라면 어디 여자가 부끄러운 줄 모르고 마음을 드러내느냐, 갖은 혼이 났을 터다.

다행히 잉굴다이와 소야는 기옌을 타박하지 않았다. 창피해 차마 고개를 들지 못하는 기옌을 흘끗 쳐다본 잉굴다이가 소야에게 빠르게 말했다.

"저 애와 있느라 크게 심심하진 않았겠군?"

"예. 딸 같아 함께 있으면 지루한 줄을 모르겠다니까요. 바이비야가 지방으로 발령이 난 사위를 따라 멀리 이사를 간 이후 내가 한참 우울했었는데, 기옌이 있어 얼마나 기쁘다고요. 참, 이러고 있을 게 아니라 내당으로 가세요. 쟤들끼리 시간 보내게 자릴 비켜줘야지요."

소야는 조카를 배려해 잉굴다이를 끌고 갔다. 깨진 찻잔을 치운 갑단은 주인 부부가 마실 차를 끓이러 물러갔다.

"기연."

룽거는 여전히 창피해하는 기연을 한 팔로 감싸 안고, 달래듯 그녀의 등을 토닥였다. 기어들어 가는 목소리로 기연이 웅얼거렸다.

"창피해요. 나를 조심성 없는 계집이라 여기실 거야."

"그렇지 않다. 활발하다, 귀엽게 여기실 거다."

"아니야, 그렇지 않다고요."

투덜거리는 기연의 치마를 살짝 들어 올린 룽거는 작은 두 발을 살폈다. 차례로 섬섬옥수를 살폈다. 찻잔 파편이 스친 곳이 없음을 확인한 그는 그녀를 안아 들고 곁채로 향했다.

"아!"

중심을 잡으려 반사적으로 룽거의 목을 끌어안은 기연이 물었다.

"곁채가 코앞에 있는데 왜 날 안고 가요?"

"네 발목이 걱정돼 그런다. 다섯 보만 걸어도 부러질 듯하다."

"놀리는 거 알아요. 게다가 나, 당신이 사냥 간 사이 많이 먹어서 살이 올랐다고요."

재잘거리는 목소리가, 가느다란 몸이 전하는 온기가 마냥 좋아 룽거는 여인을 안은 그대로 구들에 앉았다. 그의 허벅지 사이에 자릴 잡은 기연은 따뜻한 품속에 찰싹 달라붙었다. 룽거에게서 야생의 풋내가 났다.

룽거의 가슴에 뺨을 비빈 기연이 혼잣말했다.

"방금 당신한테 뭘 물어보려 했는데."

"무엇이냐?"

"기억이 안 나요."

반가워하느라 까먹었나 봐요. 뒷말을 삼킨 그녀가 조용해져 룽거가 대신 말했다.

"하면 내가 물으마. 네가 어찌 지냈는지 알고 싶다."

"……당신이 보고 싶었어요. 그거 빼곤 별 탈 없이 지냈어요."

하하 웃은 그가 뺨과 목에 연달아 입을 맞춰와, 간지러운 감촉을 참지 못한 기연은 목을 움츠린 채 까르륵 소리 내 웃었다.

"간지, 간지러워요."

"나도 그랬다. 아침에 일어날 때마다, 저녁에 잠들 때마다, 쉴 때마다 네가 보고 싶었다."

기연이 숨이 넘어갈 듯해 룽거는 희롱을 멈췄다. 덕분에 웃음을 그친 기연이었지만 막상 그가 입 맞춰주지 않자 아쉬웠다. 룽거와 붙어 앉아 있는데도 그가 그리우니 참으로 이상한 일이었다.

안아줬으면.

번뜩 떠오른 생각을 뒤이어 허벅지 사이에 열기가 피어났다. 커져가는 열기를 억눌러야 한다는 것을 알면서도 그러기 싫었다.

"갑자기 고민이 생긴 겐가? 표정이 안 좋은데."

"……."

걱정하는 사내를 올려다본 기연은 슬그머니 그의 갑주 사이에 손을 넣었다. 싫어하는 기색이 없었다. 과감해진 기연은 오래간만에 차지한 단단한 가슴을 마음껏 쓰다듬었다.

"고민이 생긴 게 아니라…… 말 탈 때는 나 안 보고 싶었어요? 밥 먹을 때는?"

"이젠 나를 놀리기도 하는군. 말 탈 때도, 밥 먹을 때도 네가 보고 싶었다. 네 생각을 하느라 다른 일에 집중이 안 돼 힘들었다."

"당신이 힘들었다는데도 내 기분은 좋네요."

룽거는 재차 웃었으나 기연은 답답했다. 내가 마지는 게 어설퍼 웃기만 하는 걸까?

"룽거."

제 딴에 은은하게 사내를 부른 기연은 그의 입술에 지그시 입을 맞췄다 뗐다.

"나…… 휴가가 너무 길었어요."

"……."

"그간에 당신이 그, 그리웠어요. 당신이 곁에 없어 외로웠어요."

"……."

"휴가 동안 푹 쉬어서 나, 더 이상 힘들지 않아요."

"……."

돌아오는 반응이 없으매 얼굴이 붉게 달아올랐다. 후회가 밀려들어 가슴에 놓아뒀던 손을 뗀 참, 룽거는 기연의 손을 감싸 쥐었다.

"같이 씻자 하면 놀랄 테지?"

"네? 같이 씻…… 그래도 되는 거예요?"

"안 될 건 무엇이냐."

"해 본 적이 없어 부끄러워요. 당신이 오기 얼마 전에 씻기도 했고."

"그럼 잠시만 기다려라. 잠들면 안 된다."

"……아직 자려면 멀었어요."

룽거는 기연을 안아 들어 침상에 데려다줬다.

소야의 권고로 기연이 미리 방 안에 마련해 둔 목욕통 속 물은 미지근하게 식어 있었다. 그러나 룽거는 상관치 않았다. 옷을 벗은 그의 군살 없는 탄탄한 뒷모습을 기연은 멍하니 바라보았다.

뒤늦게 벽으로 고개를 돌렸지만 눈길이 자꾸 룽거를 좇으려 했다. 룽거가 보고 싶다. 만지고 싶다. 계속 붙어 앉아 있고 싶다. 비녀를 뽑아낸 머리칼을 손가락으로 빗고, 괜스레 옷매무새를 가다듬어 봐도 정신이 다른 곳에 쏠린다.

"룽거……."

"기연."

심심한데 당신 씻는 걸 봐도 되느냐. 막 물으려던 참에 어깨에 젖은 손이 닿았다. 기연은 나신 상태로 당당히 선 룽거를 올려다봤다.

"다, 다 씻었나 보네요."

대답 않은 그는 그녀를 일으켜 세웠다. 그러자마자 남녀의 입술이 맞붙었다. 한 겹, 한 겹, 옷을 벗겨주는 룽거에게 몸을 내맡긴 기연은 그의 입술을 탐하며, 젖은 그의 가슴을 쓰다듬었다. 그와 입 맞추는 게 좋았다. 그가 입 맞춰주는 게 좋았다. 손잡는 것도, 합방하는 것도, 룽거를 느낄 수 있는 모든 행위가 좋았다.

"룽거……."

따스한 체온과 손길에 취해가며 둘은 너나 할 것 없이 자꾸만 서로에게 매달렸다.

❀

심양성을 덮은 까만 밤하늘은 무수한 별들을 품고 반짝거렸다. 통금 시간이 다 된지라 심양의 모든 거리는 잠잠했다. 가끔씩 쥐가 바스락거리며 왔다 갔다 하는 소리와, 불 켜진 민가의 창문 새로 흘러나오는 말소리만이 심양의 이 고요는 일시적 현상일 따름이다, 항변했다.

"마마, 밤이 늦었사옵니다. 오늘은 이만 침수에 드시고 내일을 기약하시지요."

"어찌 됐을지 결과가 궁금해 잠이 오지 않는구나. 기다릴 테니 재촉 말거라."

엄정한 음성에 상궁은 반박하지 못했다.

한참을 더 세자빈 강 씨, 문주는 애타게 창밖을 내다보았다. 어둠을 밝히는 초롱불 혹은 인기척은 나타나지 않았다.

"역관은 내 급한 마음을 아는지."

기약 없이 기다리기가 힘들어 문주는 탁자 뒤에 앉았다. 청나라에 온 이후로 그녀는 조선에 있을 때와 비교가 안 되게 활동적으로 변했다. 낮 시간에는 심양 곳곳을 관찰하며 청나라를 배우고 다녔다. 저녁 시간에는 어찌하면 세자관 살림을 매끄럽게 관리할 수 있을지, 어찌하면 조선과 청나라 사이에서 적절히 처신할 수 있을지를 고민했다. 그리 바쁘게 굴어야 조선을 향한 그리움을 잠시나마 잊을 수 있었다. 청나라를 향한 분노와 굴욕감을 삭일 수 있었다.

"조선에서 그토록 고초를 겪었건만, 예 와서까지 불쌍한 조선 백성들을 걱정하려니 진정 가슴이 찢어지려 하는구나. 이 슬픔을 어찌할꼬?"

"세자빈마마, 역관 최막동이 돌아왔습니다."

문주의 혼잣말과 맞물려 상궁이 아뢨다. 반색한 문주는 다급히 명했다.

"들여보내라."

열린 문으로 사내와 여인이 들어왔다. 여인으로부터 풍겨 나오는 사향 냄새가 어찌나 과한지, 그녀가 스쳐 지나온 상궁들의 미간이 구겨져 있었다. 그러나 세자빈은, 본의 아니게 경박하게 치장한 소옥을 그저 안타깝게 바라보았다.

소옥의 멍든 목과 손목을 훑은 세자빈의 눈길이 역관에게 옮겨갔다.

"다른 여인들은 어찌 됐는가?"

"송구합니다, 세자빈마마. 청루 주인은 이 여인은 흔쾌히 팔겠다고 했습니다. 장사에 도움이 되기는커녕 망하게 한다면서 오십 냥만 달라 했지요. 하지만 다른 조선 여인들은 값을 한 명당 이백 냥씩 불렀습니다."

"이백 냥? 그 정도면 팔 생각이 없다는 게 아닌가."

"예, 그런 듯했습니다. 이 여인과 같은 청루에 있던 조선 여인이 다섯이었는데 그들 모두를 사려니 천 냥이 필요해…… 차마 비싼 값을 치를 수 없어 포기했습니다. 망극합니다, 세자빈마마."

"……."

"혹여나 싶어 주위 다른 청루들을 살펴봤지만, 그곳 주인들도 조선 여인들을 팔고 싶어 하지 않더군요. 주인들이 하는 말이 조선 여인이 인기가 많답니다."

"묵던 서부시장 청루 거리에 조선 여인들이 많은가?"

"청루 한 곳당 조선 여인을 적게는 다섯, 많게는 열다섯을 데리고 있습니다. 청루는 족히 열 군데는 넘어 보였습니다."

"하!"

탄식한 세자빈은 이마를 감싸 쥐었다. 능욕당할 조선 여인들을 상상하니 피눈물이 나오려 했다. 그렇다고 당장 그네들 전부를 사 올 수는 없었다.

세자관에 딸린 식솔이 자그마치 이백 명이었다. 그들을 먹여 살릴 자금을 청국과 조선이 지원해 준다 하나, 청국이 언제 어떻게 태도를 바꿔 '네들이 알아서 먹고 살아라' 할지 알 수 없었다. 청국 측은 세자관에 이백이나 되는 식솔들이 머무는 것을 못마땅해하는 눈치였다. 아마도 식솔들 대부분이 잠깐 머물다 조선으로 되돌아갈 거라 예상했을 것이다.

조선에 마냥 기대기도 어려웠다. 전쟁으로 피폐해진 조선은 힘든 나날을 보내고 있었다. 이렇듯 충분히 난감한 세자관이지만, 청나라는 세자관을 더욱 힘들게 했다. 청나라는 세자관에 바라는 것이 많았다. 세자더러 황제가 주관하는 사냥과 조정 회의에 참석하라 하지 않나, 황궁에 선물을 진상하라지 않나, 황제와 청나라 관리들을 위해 연회를 열라 하지 않나, 황제의 말씀을 조선 조정에 전하라 하지 않나, 각양각색의 요구를 해왔다. 고로 재물 쓸 일이 많은 세자관 입장에서 청루에 있는 조선 여인들을 두당 이백 냥씩 주고 사들이기란 현실적으로 불가능했다.

시름을 삼킨 세자빈은 막동을 다독였다.

"수고했네. 아무도 구하지 못한 것과 한 명을 구한 것은 천지차이가 아니겠는가? 나머지 여인들은…… 구하는 데 시일이 걸리겠군."

"예. 안타깝지만 그럴 겁니다, 마마."

고개를 끄덕인 세자빈은 소옥에게 물었다.

"그대가 양반이라 들었느니라."

"세자빈마마."

뚝뚝 눈물을 흘린 소옥이 울먹거리며 답했다.

"현감을 지내신 고조부를 마지막으로 집안에 출사한 이가 없어지긴 했지만, 소인은 분명히 양반 출신입니다."

"정숙한 집안 출신인 그대가 청루에 갔으니 그 한이 오죽할까? 울어 가슴 속 응어리가 약간이나마 풀릴 수 있다면 밤새 울어도 좋다. 고생하였느니."

"으흐흑, 세자빈마마……."

"그러나 그대의 눈물을 안쓰럽게 바닥에 흩뿌리진 말아라. 자, 수건을 받으라. 부친은 유생이시었나?"

소옥은 받아 든 비단 수건으로 젖은 눈가를 찍었다.

"예, 그렇습니다."

"지아비가 있는가?"

"아니요, 소인은……."

"……."

양반가 시집 안 간 규수가 수치를 당했으니 이를 어찌하는가. 조선에 돌아간들 혼처를 찾지 못할 텐데.

쯧쯧, 혀를 찬 세자빈은 위로하듯 부드럽게 물었다.

"조선에 가족이 살아 있을 성싶은가?"

"으흐흑……."

그쳤나 싶던 소옥의 눈물바람이 도로 거세졌다. 아비는 나라와 가족을 지키겠다며 의병에 가담하러 갔으나 소식이 끊겼다. 어미는 딸을 뺏기지 않으려 저항하다 오랑캐들 창칼에 죽었다. 그나마 가까운 가족은 육 년 전, 한양으로 거주지를 옮겨 간 백부 댁이지만 죽었을지 살았을지 감이 잡히지 않았다.

"모르겠사옵니다. 오랑캐들의 손아귀를 피해간 제 혈육이 남아 있을는지, 감히 상상이 가지 않습니다. 하오나 마마, 부디 소인을 내치지 말아주세요. 요리건, 빨래건, 무슨 일이든 시키시는 대로 할 테니 세자관에 있게 해주시옵소서. 다시는 오랑캐들에게 모욕당하고 싶지 않습니다, 흐흑……."

"그대 가족과 연락이 닿을 때까지 당연히 세자관에 머무르게 할 것이다. 걱정 그치어라. 피곤할 테니 오늘은 이만 여자 하인들이 자는 행랑채에 가, 간단히 끼니를 때우고 쉬는 게 좋겠군. 강 상궁."

"세자빈마마, 물러가기 전에 소인이 한 가지 부탁을 드려도 될는지요?"

"말해보라."

세자빈이 허락하자 소옥은 간곡히 애걸했다.

"이백 냥이나 하는 청루 여인들을 구하기 힘들다는 것을 응당 이해합니다. 그렇지만 한 명만 더 구해주실 수 없는지요? 간청하건대 소인이 두 번이나 빚을 진 은인을 부디 구해주시옵소서."

"그대의 은인이란 혹여 내게 그대 사연을 전해준 여인인가?"

"예, 맞사옵니다. 포로 시절 소인은 은인의 신을 받아 신었고, 지금은 은인 덕에 세자빈마마께 올 수 있었지요. 두 번씩이나 소인을 살려준 이에게 아무것도 해주지 못해 이만저만 죄스러운 게 아닙니다. 세자빈마마, 소인을 구해주셨듯이 소인의 은인을 오랑캐에게서 벗어나게 해주시옵소서."

역관은 슬쩍 소옥을 흘겼다. 물에 빠진 이를 구해주면 보따리를 내놓으라 한다더니 소옥이 딱 그 짝이었다. 기실 대다수의 포로들은 소옥 같았다. 포로들은 해방시켜 주면 차례로 가족을 찾아달라, 밥을 넉넉히 달라, 옷을 새로 해달라, 줄줄이 새 요구를 해왔다. 세자빈은 가능한 많은 백성들을 구제하고 싶어 했으나, 세자빈의 염원대로라면 세자관은 조만간 살림이 거덜 나 길거리에 나앉을 판이었다.

"세자빈마마, 금일은 침수에 드시고 포로 구제에 관해서는 추후 찬찬히 돌보는 것이 어떠신지요? 마마께선 이미 많은 포로들을 구하셨습니다."

"나는 조선 세자빈으로서 아바마마의 백성이 하는 얘기에 귀를 기울일 의무가 있다. 더구나, 소옥까지 합해 내가 구한 포로라곤 도합 열 명밖에 되지 않는데 많이 구했다니? 청나라에 끌려온 조선 백성들 수가 바닷물고기 수에 버금가건만 고작 열을 구하고 자찬할 순 없다. 그러니 역관은 그런 말 말라."

막동을 꾸짖은 세자빈은 소옥에게 말했다.

"내 이미 그대 은인이란 여인에게 내 도움을 원치 않냐 물었으나 그 여인은 됐다 사양하고 도망치듯 떠나더군. 하여 그 여인이 누구인지, 어디 있는지, 무엇 하나 아는 게 없어 상황이 어렵구나."

"소인이 압니다! 그 여자는 포로들 사이에서 아주 유명했었지요. 오랑캐 장수의 총애를 받아 묵던에 오는 길 내내 말을 타고 왔고, 오랑캐와 한 방을 썼었으니까요."

"그 여인의 몸과 마음이 괴로웠겠군."

"예, 그럴 겁니다. 윤간을 당하느니 오랑캐 한 명을 택했으되 그 여인도 죽지 못해 살고 있을 테지요. 그러니까 세자빈마마, 소인의 은인을 구해주시옵소서. 은인의 이름은 기연이옵고, 은인을 겁간한 자는…… 타타라! 예, 타타라 룽거라 했습니다. 그자는 잉굴다이의 조카라 했어요. 조선 출신 청군이 분명 그리 떠들었습니다."

"잉굴다이?"

막동이 꺼들었다.

"잉굴다이는 용골대를 이릅니다."

"무어라? 하면 용골대의 조카가 차지한 여인을 구해달라는 겐가?"

기연을 걱정하던 세자빈의 안색이 창백해졌다.

호란 동안 황제를 대변해 조선을 핍박했던 용골대는 지금은 세자관을 관리 감독하고 있었다. 용골대가 대변하는 청나라 조정과 조선 사이에서 중재자 역할을 하느라 세자는 진땀을 뺐다. 혹여나 용골대에게 밉보여 양국 관계가 악화될까, 밤에는 잠을 못 이룰 정도로 걱정을 거듭했다.

그러한 용골대의 조카가 아끼는 여자를 어찌 섣불리 구해내겠다 나서겠는가?

"그것은 나도 들어주기 어려운 부탁이다. 자칫 잘못돼 용골대의 조카와 대립했다간……."

아니다. 어쩌면 호기가 될지 모른다.

용골대의 조카와 친해질 길이 열린다면 소옥의 은인을 풀어주면 안 되냐 은근히 청해볼 수 있고, 조카를 통해 한결 유연히 용골대에게 접근할 수 있을 것이다. 가령 용골대와의 사이에 문제가 생기면, 조카에게 용골대를 설득해 달라 청할 수 있지 않겠는가?

"역관 정명수가 제 세 치 혀와 용골대를 믿고 횡포를 부리는 것이 보기 싫었는데."

"예? 그게 무슨 말씀이신지……."

"용골대라는 이름 석 자를 듣자마자 조선 백성을 포기할 수 없지. 그 여인을 구해야겠다."

되물은 소옥을 무시한 세자빈이 선언했다. 소옥의 안색이 밝아졌다.

"감사하옵니다, 감사하옵니다, 세자빈마마!"

"우선은 여인과 다시 만나 보다 자세한 이야기를 나눠봐야겠느니."

결의에 찬 세자빈의 얼굴 표정이 군건해졌다.

❈

룽거는 흰 어깨를 드러낸 채 자는 기연을 지루한 줄 모르고 바라보았다. 밤새 제대로 자지 않았지만 피곤하지 않았다. 기연의 흔적이 가득한 전신이 가뿐해 삼 일 밤도 거뜬히 샐 수 있을 지경이었다. 기연만 괜찮다면, 먹지도 마시지도 잠들지도 않고 몇 번이고 그녀를 기쁘게 해줄 자신이 있었다. 안타까운 점은 조정에 나가봐야 했다.

다른 누구도 없는, 오로지 둘뿐인 무릉도원에 숨어 느긋이 함께 시간을 보낼 수 있으면 좋으련만. 아쉬움을 참은 그는 그녀의 이마 옆, 향기로운 머리칼에 입을 맞췄다.

"가지 마요……."

침상을 떠나려 하는 그를 애끓는 손길이 붙잡았다. 겨우 잠들었다 깨어난 기연의 얼굴이 시무룩했다.

"가지 마요. 보내기 싫어."

지난 밤 동안 축적된 피로가 묻은 옥음은 구슬펐다. 그로 보아 잠결에 괜스레 보채는 게 아니라, 진심으로 헤어지기 싫은 듯했다. 어정쩡히 상체를 일으키고 있던 룽거는 다시 베개에 머릴 붙였다.

"가지 마요, 룽거."

"아직 여유가 있다."

둥근 이마에 입을 맞춘 룽거는 그녀를 껴안았다. 가지 말라는 이를 두고 출타하려니 두 다리가 꿈쩍하지 않았다. 속에 돌덩이가 들어앉은 양 몸이 무거웠다. 이대로라면 영원히 방 밖으로 나가고 싶지 않을 판이라, 룽거는 기연을 재우려 그녀의 등허리를 쓰다듬었다. 하지만 그럴수록 바람과 반대로 기연의 눈빛은 또렷해졌다.

"기연, 졸릴 텐데 왜 이리 일찍 깼는가."

"잠은 당신 없는 낮에 몰아 자도 돼요."

기연은 놓치지 않겠다고 주장하듯 룽거의 허리에 단단히 팔을 둘렀다. 그가 바깥일을 하러 출타해야 하는 걸 알지만 보내기 싫었다.

"아까 하다 만 얘기를 마저 들려줘요."

"무엇이었지? 내가 마지막으로 기억하는 건 취한 네가 부른 곡조인데."

"네? ……아."

사내 아래에 깔려 신음을 흘리던 스스로의 모습을 떠올린 기연은 뺨을 홍조로 물들였다. 부끄러워 허둥대는 시선을 산등성이처럼 굴곡진 룽거의 팔에 고정한 그녀는 아양스레 말했다.

"룽거-어, 놀리지 말고요. 사냥터에서 불쌍한 어미 표범을 잡았다 했잖아요. 친왕이 표범을 잡은 대가로 소원을 빌 기회를 줬다고도 했고."

뒷얘기는 세 번째 합방을 치르느라 듣지 못했다.

"무슨 소원을 빌었어요?"

"음, 생각해 보지 않았다. 네게 줄까?"

"친왕은 한 나라의 왕이나 마찬가지라면서요. 그런 높은 사람이 내린 기회를 나한테 준다고요?"

기연은 휘둥그레져 룽거를 올려다봤다. 풍성한 까만 머리카락을 손가락 끝에 말았다가 풀길 반복하며 룽거가 웃었다.

"아껴뒀다 어찌하면 널 위해 쓸 수 있을지 고민해야겠다. ……혹여 원하는 소원이 있거든 말해봐라."

'조선에 보내달라' 하면 어쩌나 싶어 룽거는 은근히 긴장했지만 그의 속을 모르는 기연은 태연했다.

"난 친왕한테 빌고 싶은 소원은 없어요. 그런데 당신은 단 한 번 소원을 빌 기회를 내게 줄 만큼 내가…… 좋아요?"

"그래, 좋다."

"관심이 조금 있는 게 아니고요?"

"조선에서의 그 새벽을 떠올리고 있는 게로군."

머리카락을 놓은 룽거는 기연의 뺨을 어루만졌다. 그의 손길이 애틋했다.

'네게 관심이 있다.' 고백했을 때만 해도 그는 그녀를 일방적으로 바라보기만 하다가 놓게 되지 않을까, 평생 그녀의 눈길 한 자락 못 받지 않을까, 생각하곤 했었다. 그랬는데 품에 기연을 안고 있다.

"마음이 바뀌었다."

"바뀌었다고요? ……어떻게요?"

설마 볼 장 다 봤다, 관심이 사그라졌다는 건 아니겠지? 기연은 초조히 쿵쾅거리는 심장을 참으려 어깨를 움츠렸다.

"기연."

"뭐라 하려고 뜸을 들이나요……."

"너는 의도하지 않았겠지만 나는 너로 가득 차 있다. 네가 나를 독차지했다."

"……."

"내게는 너밖에 없다."

심장이 이번에는 기뻐 날뛰었다. 찻잔에서 새나온 김이 흩어지듯, 삽시간에 긴장이 사라져 기연은 방긋 웃었다. 하지만 기연은 당신이 내게 식었나 싶어 순간 무서웠다고 솔직히 말하지 않았다. 사내 심리를 잘은 모르지만, 애걸복걸하며 밑지고 들어가는 여인이 고와 보일 듯싶지 않았다. 장사꾼들이 흥정 시 아무리 마음이 조급해도 태연한 척 굴듯이 사내에게도 질척이는 모습을 보이면 안 될 듯했다.

"아무리 내가 좋아도 소원은 당신을 위해 써요. 나한테 썼다가 나중에 후회되면 어쩌려고요. 후회하다 보면 화가 날 거예요. 화나 나를 보면 내가 미워 보일 거예요. 난 당신 미움 사기 싫어요. 원망받기도 싫고요."

"이상한 걱정을 하는군. 네게 쓰는 건 뭐든 아깝지 않아."

단언한 룽거가 쇄골과 가슴에 장난스러운 입맞춤을 쏟아부어 기연은 웃음을 터뜨렸다.

"간지러워요. 아, 당신에게 묻고 싶던 질문이 생각났어요. 그러니까 그만 봐줘요."

눈물을 찔끔 흘린 기연을 놔준 룽거가 물었다.

"무엇이냐."

"예전부터 궁금했는데 숙모님과 숙부님도 당신 조선말 솜씨가 역관보다 낫다는 사실을 모르세요?"

"어린애 수준으로 알아듣고 말할 수 있다고 아시지."

"왜 잘한다 말씀드리지 않아요?"

"……."

룽거의 낯빛이 어두워졌다.

"살인, 약탈, 겁탈을 일삼는 짐승만도 못한 오랑캐! 괴물!"

여자의 절규가 귓가를 맴돌았다.

"룽거…… 내가 말실수한 거예요? 표정이 안 좋은데……."

굳은 얼굴을 푼 그는 옅은 미소를 지어 보였다.

"실수하지 않았다. 생각하느라 그랬다."

"무슨 생각을 했는지 물어도 돼요?"

"너는 내가 더 높은 자리로 올라가길 바라느냐?"

"더 높은 자리요? 숙부님처럼요?"

"그래."

"당신은 어떤데요?"

"조선어에 능통하다는 사실을 알리면 나는 어쩌면 지금보다 요긴하게 중용될 테지. 그러나 군인인 내가 요긴해진다는 것은 더 많은 전쟁에 참여해 대청국에 반하는 자들을 죽여야 한다는 의미다. 전쟁이 없는 평소에는 정적들을 짓밟을 중상모략을 일삼아야겠지."

"……."

"나는 그러고 싶지 않다. 전쟁터를 떠도는 것도, 조정에서 권세와 부귀를 쫓아다니느라 급급해하는 것도 싫다. 내가 바라는 건."

너와 아이 한둘을 낳고, 백년해로하는 것. 부담을 줄 수 없어 룽거는 입안을 맴도는 그 말을 삼켰다.

"확실히 숙부님처럼 되면 묵던 상점에 있는 비단 전부를 네게 안겨 줄 수 있을 테지. 지금부터라도 욕심을 내볼까?"

"……."

"만주어와 한어에 더해 조선어를 할 줄 안다 밝히고, 영시위내대신을 목표로 폐하의 총애를 받으려 노력해 볼까? 말해봐라, 기연. 네가 하라는 대로 하마."

"……."

룽거는 어째서 저번부터 어려운 결정을 대신 내려달라 청하는 걸까. 고민한 기연은 조심스럽게 운을 뗐다.

"전쟁하러 나가기 싫다면서요. 조정에서 싸우기 싫다면서요."

"네가 원하면 달라져 보마."

"당신 관직이 높아지면, 비단 외에 나한테 좋을 일이 뭐지요?"

"황족을 제외한 모든 이들이 네게 굽실거릴 거다."

"……당신은 일이 훨씬 바빠지지 않을까요?"

"그렇겠지."

"그럼 얼굴 볼 수 있는 시간이 줄어들 거 아녜요? 당신을 못 보면 주위에 굽실거리는 사람들이 넘쳐 난들, 그게 다 무슨 소용이에요? 그런 사람들과 어울리는 게 뭐 재미있다고요. 게다가 난 청나라 말도 못 하는데."

기연은 룽거의 목을 그러안고 매달렸다.

"난 비단도 탐나지 않아요. 조선에서 비단옷을 입고 살았었지만 행복하지 않았어요. 지옥에 있는 것처럼 힘들었어요. 나는 당신으로 족해요. 당신이 날 아껴주는 걸로 충분하다고요. 그러니까 하고 싶은 대로 살아요."

"정녕 그걸로 됐는가?"

"네. 다른 건 관심 없어요."

흐뭇한 미소를 지은 룽거는 마지막으로 기연의 뺨에 진하게 입술을 붙였다 뗐다. 이불 속에 숨은 기연의 납작한 배를 쓰다듬은 그가 나긋이 말했다.

"가지 말라 조르는 너를 뒤로할 엄두가 나지 않아 재우려 했는데 실패했군. 아쉽지만 이따 보자, 기연."

"……알았어요. 이따 봐요."

"일어나지 말고 편히 쉬어라. 그래야 돌아오는 밤에 내가 너를 또 오랫동안 기쁘게 해줄 수 있다."

쑥스러워 코까지 이불을 끌어당긴 기연은 침상을 빠져 나간 룽거가 출타할 채비를 하는 모습을 지켜보았다. 관복 차림이 완성될수록 서운함이 가슴을 콕콕 찔렀다.

"다녀오마."

"어디 가서 술 마시지 말고 빨리 와요."

웃은 그가 문밖으로 사라지자마자 기연의 얼굴 표정은 시무룩해졌다. 해질녘에나 돌아올 룽거가 벌써 그리웠다.

새삼 룽거 없이 살았던 지난날이 신기하게 느껴지면서 한편으론 걱정이 됐다. 매 순간마다 룽거가 좋은데, 점점 좋아져 잠깐이라도 떨어져 있을라치면 외로운데, 앞으로 혼자 있는 낮 시간을 잘 참고 살 수 있을까? 아이가 생기면 마음에 여유가 생기려나? 그렇담 어서 빨리 아이가 왔으면.

이불 아래로 파고들었으나 이불의 따스함은 룽거만 못했다. 부디 잠에서 깨어나면 그가 석양빛을 받으며 옆에 앉아 있기를. 부처에게 빈 기연은 억지로 잠을 청했다.

"아가씨, 주무세요?"

"……."

"아가씨, 일어나세요. 누가 찾아오셨어요."

돌아오는 대답이 없어 곁채에 들어온 갑단은 세숫대야를 구들에 놓고 침상에 다가섰다. 휘장 안쪽에 손을 넣은 그녀는 자는 이의 팔을 흔들었다.

"아가씨, 일어나 보세요."

"헉, 갑단 이모?"

"예, 저예요."

기연은 스스로의 몸을 살폈다. 목 아래가 이불에 얌전히 덮여 있었다. 알몸을 보이는 창피를 피한 것에 안도하며 이불로 몸을 둘둘 만 채 일어나 앉았다.

"이모, 숙모님이 절 찾으시나요? 제가 늦게까지 자서 화나셨나요?"

"아뇨. 주인마님께서는 낮잠을 주무세요. 아가씨께서 언제 일어나건 상관치 않으시고, 편히 쉬게 하라 항상 말씀하시기도 하고요."

휴, 기연은 안도했다. 그간에 숙모가 편히 대해줬는데, 이제부턴 슬슬 시집살이를 시키시려나 했다.

"그럼 무슨 일인가요?"

"대문 앞에 아가씨 손님이 와 계세요."

"제 손님이요?!"

설마 송국조인가?! 해쓱해진 기연에게 갑단이 이어 말했다.

"세자빈마마께서 오셨어요. 소옥도요."

"……어서 맞이할 준비를 할게요."

"저는 천천히 세자빈마마를 곁채로 모셔 올게요."

"네."

갑단이 나가자 속곳과 옷을 챙겨 입은 기연은 간단히 씻고 머리를 올렸다. 서두르려 노력했지만, 밖에 나오니 이미 세자빈이 서 있었다. 세자빈 뒤에 선 상궁은 부릅뜬 눈으로 기연을 노려봤으나 호통을 치진 않았다.

머리를 조아려 인사한 기연이 사과했다.

"세자빈마마, 기다리시게 해 죄송합니다."

"내가 임의로 찾아왔으니 기다리는 게 마땅하지. 신경 쓰지 말게."

"이해해 주셔 감사합니다. 안에 드시지요."

세자빈은 문가에서 잠시 방 안을 둘러봤다. 소담스러운 내부를 구경하는 시선이 구들에 놓인 세숫대야에 닿아, 민망해진 기연은 대야를 구들 안쪽 구석으로 밀었다.

"아가씨, 차를 가져왔습니다."

"네, 갑단 이모. 감사해요."

탁자에 차 석 잔을 내려놓은 갑단이 물러갔다. 기연과 세자빈, 소옥은 모락모락 김이 흘러나오는 찻잔 주위에 어색하게 모여 앉았다. 분위기를 살피느라 조용한 기연 대신 세자빈이 먼저 말을 꺼냈다.

"다시 생각해도 기별 없이 찾아와 미안하네."

"아닙니다. 마중을 늦게 나가 제가 외려 죄송하지요. 하온데, 어찌 오셨는지요? 혹여 제가 지난번에 세자관을 찾아간 것 때문에 무언가 문제가 생긴 겁니까? 제가 있는 곳은 또 어찌 아셨는지……."

"내가 세자빈마마께 간청했어요."

기연은 대화에 끼어든 소옥을 쳐다봤다. 더는 짙은 화장을 하지 않은 소옥은 지난번 마주쳤을 때보다 한결 안색이 밝았다. 그나마 다행이었다.

속마음과 달리 기연은 냉담히 물었다.

"무얼 간청했지요?"

"세자빈마마께 내 은인인 그쪽을 오랑캐로부터 구해달라고 빌었어요. 마마께선 그쪽에 대해 아시는 바가 없어 난감해하셨지만, 난 알고 있었지요. 청나라에 끌려오며 조선인 청군들에게 그쪽에 대해 숱하게 들었으니까요. 그쪽을 겁탈한 오랑캐는 용골대 놈의 조카인 타타라 룽거이지요?"

"……"

"마마께선 청나라 오랑캐 관리들을 많이 아세요. 그자들 중 하나에게 용골대 조카가 어디 사는지 묻자 바로 알려줬다 해요."

"……"

"먼저 타타라 룽거의 집에 찾아갔는데 오랑캐 하인 놈들이 그쪽과 그놈이 여기 있다 하기에 방향을 돌려 왔어요. 이만하면 궁금한 게 해결됐어요?"

기연은 대꾸하지 않았다. 소옥이 룽거를 오랑캐라 부르는 것, 겁탈을 일삼는 망나니 취급하는 것이 싫었다.

차게 가라앉은 기연을 알아채지 못한 소옥은 홀로 들떠 떠들었다.

"두 번씩이나 그쪽 도움을 받은 걸 드디어 되갚을 수 있을 듯해요. 마마께서 그쪽을 구해주신대요."

"……."

기연이 여전히 조용한 이유가 사태 파악을 못해서라 치부한 소옥이 강조했다.

"나와 같이 조선으로 돌아갈 수 있을 거예요. 기쁘지요?"

"마마께서 저를 어떻게 도와주실 수 있는지 여쭙고 싶습니다."

소옥을 무시한 기연은 단도직입적으로 세자빈에게 물었다. 세자빈은 온화하면서 단호한 미소를 지었다.

"용골대 장군의 조카에게 그대를 놔달라 부탁해 볼 수 있네. 그러려면 우선, 용골대 장군의 조카와 가까워져야 할 테지. 덤으로 용골대 장군과도 보다 가까워지면 좋을 테고."

"……."

"세자 저하와 나는 가능한 많은 청나라 중앙 관리들과 친해지려 노력 중이네. 관리들이 나와 저하와의 관계로 말미암아 조선에 우호적이게 된다면, 청나라 눈치를 보느라 괴로운 조선의 사정이 나아지지 않겠나? 그러나 용골대 장군은 성격이 강경하거니와, 정명수가 저 혼자 장군의 총애를 받으려 우리 세자관을 경계하는 터라, 장군과 가까워지기가 쉽지 않네. 만약 그대가 날 도와 나와 세자 저하가 장군과 장군의 조카와 담소를 나눌 수 있는 자리를 자주 마련해 준다면 적잖은 도움이 될 것이네. 일단 장군의 조카와 친해지고 나면, 그대를 놔 달라 반드시 부탁할 걸세."

"……."

"그러니 청나라에 머무느라 괴롭겠지만 당분간은 그대 자신과 조선을 위해 힘을 내주게."

"세자빈마마께서 제 상황을 헤아려 주시는 것은 감사합니다. 하지만 저는 이미 마마께 마마의 도움을 원치 않는다 말씀을 드렸습니다."

"그대를 옭아맨 자를 부디 두려워 말고 용기를 가지게."

"마마께서 말씀하시는 저를 옭아맨 자가 룽거를 이르시는 거라면, 오해십니다."

"……."

"그 사람은 제게 더할 나위 없이 잘해줍니다. 저를 억지로 옭아매지 않고, 저는 그 사람이 두렵지 않습니다."

"하면 그대는 조선에 돌아가고 싶지 않다는 겐가? 계속 청나라에, 용골대의 조카 옆에 머물고자 하는가?"

"조선은…… 제가 나고 자란 나라입니다. 그곳이 어찌 그립지 않을까요. 그래도 마마의 도움을 바라지 않습니다. 당장은 돌아갈 생각이 없습니다."

믿기지 않아 문주는 미간을 구겼다. 문주의 시아비는 삼전도에서 이마로 땅을 쳐 절을 올리는 굴욕을 당했다. 아들은 하마터면 강화도에서 살육당할 뻔했다. 자신을 포함한 지아비, 시동생 부부, 관리들 이백여 명은 현재 심양에 볼모로 와 있다. 무수한 조선 군사들이 청군들과 싸우다 죽었다. 노인과 여인, 어린이들은 짐승처럼 도륙 당했다. 그리 조선을 쑥대밭으로 만든 오랑캐들의 나라 청나라이거늘 '돌아갈 생각이 없다'니?

백 번을 이해하려 노력해도 백 번 이해가 안 됐지만 문주는 내색하지 않았다.

"그대 뜻을 알겠군. ……비록 내 도움을 바라진 않더라도, 나를 도 와주게. 용골대 장군의 집안 일원이 된 그대는 조선을 위해 어느 누구 보다 많은 공을 세울 수 있을 게야."

조선을 위해. 골똘히 생각하던 기연의 입술 새로 불쑥 한 마디가 튀 어나갔다.

"제가 왜 조선을 위해야 합니까?"

"무어라?"

개성에 쳐들어왔던 청군들이 주마등처럼 뇌리를 스쳤다. 청나라에 끌려오면서 모진 고초를 겪은 포로들, 개시가 스쳤다. 세자빈은 조선 을 위해달라 했지만 조선은 포로들에게, 개시에게, 죽은 백성들에게 아무것도 해주지 않았다.

기연은 가슴이 들끓는 걸 느꼈다. 부아가 치밀었다. 소옥이 룽거를 겁탈을 일삼는 흉악한 자로 치부하고, 오랑캐라 욕했기 때문만은 아 니었다.

어쩌면 투정을 부리고 싶은 걸지 모르겠다. 왕족인 세자빈에게, 왕 과 당신네들은 왜 우리 백성들을 제대로 지켜주지 못했느냐고, 왜 그 고생을 하게 만들었냐고, 그래놓고 왜 조선을 위해 힘써달라 부탁하 느냐고, 화풀이를 하고 싶은 걸 수도.

세자빈이 정말 원하는 바는 조선을 위하는 걸까, 조선 백성들을 위 하는 걸까.

"강화도 앞에 잡혀 있을 때, 두 대군 마마님들을 봤습니다. 저를 포함 한 모든 포로들은 대군 마마들께 살려달라, 데려가 달라 애원했지요."

"……."

"대군들은 저희를 버리시더군요. 끌려오던 중에는 나라님이 탈출 한 포로들을 청나라에 돌려보내겠다 약조했다는 얘기를 들었습니다."

"그는 아바마마께서 원하신 바가 아니었느니라! 어쩔 수 없는 선택이었다!"

세자빈이 격앙돼 갔지만 기연은 거침없었다.

"저는 잘 모르겠습니다. 정말로 어쩔 수 없는 선택이었는지, 아닌지."

"어찌, 어찌 그러한 말을 하는가? 청나라 옷을 입었다, 벌써 청나라 사람이 된 겐가?!"

"세자빈마마께서 오늘 저를 찾아오신 이유가 조선 백성인 제 걱정을 해서인지, 숙부님과 룽거와 친해지는 데 절 이용하기 위해서인지도 헷갈립니다."

"이자가 정명수를 닮지 않았는가?!"

결국 분노해 외친 세자빈이 자리를 박차고 일어났다. 호의를 베풀고자 찾아왔지만 되레 면박을 당했다. 물론 호의 이면에 또 다른 계산이 있긴 했다. 하지만 그렇다 해도 이러한 모욕은 과하잖은가? 결과적으로 모두 조선이, 기연이라는 저 여인이 잘 되자고 하는 일인데.

열이 찬 세자빈의 얼굴이 붉으락푸르락했다. 본디 성정이 불같은 그녀가 작금의 무례를 참을 리 없었다.

"조국을 등지고 청나라에 빌붙어 영화를 탐내는 반역자 정명수와 같은 유의 이런 자를 구하겠다 헛된 걸음을 했구나! 원통하다! 강 상궁, 돌아가자!"

"예, 세자빈마마."

기연을 쏘아본 상궁이 세자빈을 따라 나섰다. 당황해 세자빈의 뒷모습과 기연을 번갈아 살피던 소옥이 기연을 설득했다.

"왜 이래요? 그쪽을 도와주러 오신 세자빈마마를 박대하다니요? 앞으로 죽을 때까지 오랑캐에게 겁탈당하며 세월을 보낼 거예요? 천립 놈에게 들었어요. 그쪽 가족이라고는 하찮은 아비와 서방 둘이었다면서요? 그런 이들이 그쪽을 구하러 올 리 없잖아요, 죽었을 수도 있고요."

"······난 겁탈당하지 않았어! 그리고 그만 좀 오랑캐라 부르란 말이야!"

멋대로 판단하는 소옥을 더는 참지 못한 기연은 날카롭게 소리쳤다. 성난 눈초리가 소옥을 할퀴었다. 어안이 벙벙해 있던 소옥이 물었다.

"설마 그 오랑캐를 좋아하는 거예요?"

"······."

"하, 세상에나. 맞나 보네."

충격에 젖은 소옥은 얼굴 표정을 일그러뜨렸다. 서방이 있는 처지에 다른 사내를, 그것도 더러운 오랑캐를 좋아하는 기연이 역겨워 구역질이 났다. 잠시라도 기연과 한 공간에 있고 싶지 않았다.

두 번의 빚을 생각해 소옥은 가까스로 메스꺼운 속을 참았다. 이 여자는 일시적으로 미친 것일 뿐이다.

"정신 차려요! 그쪽은 고생을 너무 많이 해 이상해진 거예요. 정신이 온전치 못해, 오랑캐를 좋아한다 착각하는 거라고요. 오랑캐가 꽤 대접을 해줬나 본데 그게 얼마나 갈 거 같아요? 그거 알아요? 만주인은 만주인끼리 혼인해야 된대요. 조선 여인은 절대 만주인 정실이 될 수 없대요. 조선서 첩살이를 하는 여인들도 언제 내쫓길지 몰라 벌벌 떠는데 하물며 오랑캐 첩인 그쪽은 어떨까요? 지금이야 그쪽이 젊고, 조선 여인이라 새로워 곁에 두겠지만 일 년쯤 지나면 나처럼 청루에 팔릴지 몰라요! 그러니까 일어나요, 어서 세자빈마마께 사죄드리러 가자고요!"

"나가."

"뭐요?"

"나에 대해, 룽거에 대해 뭘 안다고······. 예전에 막말을 지껄일 때부터 싫었어!"

"이봐요, 난 그쪽을 걱정하는 거예요!"

"내가 언제 걱정해 달랬어? 당신 걱정 필요 없으니까 제대로 알지도 못하면서 떠들어대지 말고 나가란 말이야!"

기연은 버티고 선 소옥의 팔을 거칠게 끌어당겼다. 룽거를 욕하는, 그와 자신 사이를 겁탈로 단정하는 소옥이 싫었다. 겉과 속이 다른 세자빈이 싫었다.

"다시는 찾아오지 마!"

내던지듯 소옥을 대문 밖으로 쫓아낸 기연은 곁채에 돌아와 쾅, 문을 닫았다.

❀

바쁜 잉굴다이보다 먼저 퇴청하고 집에 돌아온 룽거는 내당에 가려다 걸음을 멈췄다. 곁채를 돌아본 그는 무섭게 미간을 구겼다. 문 틈새로 서러운 울음소리가 새나왔기 때문이다.

룽거는 곁채에 뛰어들어, 문가 바닥에 주저앉은 여인들을 내려다보았다.

"고, 공자님, 오셨습니까?"

"……."

양손에 수건을 부여잡은 갑단이 룽거를 올려다보며 눈치를 살폈다. 우는 기연을 품에 안고 토닥이던 소야가 말했다.

"룽거, 왔구나! 내가 낮잠을 자고 일어나 집 안을 한 바퀴 거니는데, 곁채에서 우는 소리가 나지 뭐냐? 하여 방에 들어와 보니 기옌이 울고 있더구나. 왜 우냐 물었지만 대답하지 않고 계속 우는구나. 울갼 말로는 내가 자는 사이에 기연이 아는 자가 잠깐 들렀다 한다. 하지만 무슨 일이 있었는지 자세한 내막은 모르겠다."

"……."

빨간 기연의 두 눈에 시선을 고정한 채 룽거가 말했다.

"제가 달래보겠습니다."

"그래, 그러려무나. 네가 안고 토닥여 준다면 나아질지 모르지. 나로는 안 되겠다. 울갼, 우리는 나가자."

"예, 주인마님."

조카 품으로 기연을 넘겨준 소야가 갑단과 밖으로 나갔다. 기연을 안아 든 룽거는 그녀를 구들에 앉히고 구겨진 치마 끝을 펴줬다. 기연 옆에 앉은 그가 물었다.

"어째서 우는 것이냐."

"……."

물은 그의 목소리가 어두웠다. 시끄러우니 닥치라 했던 송국조가 생각나 기연은 훌쩍이던 것을 뚝 그쳤다.

"시끄러웠지요, 미안해요."

우는 것이 뭐 미안한가?

"그런 게 아니다!"

화를 참지 못해 버럭 맞받아친 룽거는 움찔거린 기연을 있는 힘껏 끌어안았다.

"너를 울린 자는 절대 용서할 수 없어."

"……."

"왜 우는 거냐, 기연."

기연의 등을 어루만진 그는 젖은 눈을 들여다보았다.

"널 울린 이가 나냐?"

"……."

"아니면 조선에 돌아가고 싶어 우는 겐가?"

조선. 그리우면서 미운 그 이름에 기연은 다시 펑펑 울었다. 굵은 눈물이 방울방울이 흘러내렸다. 왜 세자빈은 숙부 댁에 찾아와 사람 속을 뒤숭숭하게 만들었는지. 왜 싫은 소옥을 데려왔는지.

소옥이 지껄인 막말을 또 한 번 곱씹은 기연은 짜증이 나 더더욱 거센, 마치 장맛비 같은 눈물 바람을 일으키며 룽거의 목에 매달렸다. 룽거가 왜 보기 싫게 우냐 구박하지 않으니 어리광을 부리고 싶었다.

"룽거, 흐흑……."

"대체 왜 우는 게냐."

걱정과 답답증에 억눌린 그의 목소리가 떨렸다. 그는 그녀의 가느다란 목에 고개를 묻었다. 대체 뭘 어쩌면 울지 않게 할 수 있는지 알고 싶었다.

"룽거, 나 버리지 마요."

"……."

"내가 이십 년, 삼십 년 뒤에 늙어 볼품없어져도 버리지 마요."

"나는 쉽게 마음을 바꾸지 않는다 했잖느냐. 널 놓을까 봐 걱정이 돼 울었더냐?"

"……아까 청나라에 같이 끌려왔던 포로 여자가 찾아왔어요. 그 여자 이름은 소옥이라 해요."

"……."

"얼마 전에 갑단 이모와 수와얀다를 따라 시장에 갔다가 소옥과 마주쳤어요. 청루에 팔려갔다면서, 나한테 세자관에 가 자기 대신 도움을 청해달라 했어요. 소옥과 친하지 않았지만 모르는 체하기 찝찝하고, 안쓰러워 세자관에 찾아갔어요."

"……."

"세자관 앞에서 세자빈마마를 우연히 마주쳐 소옥에 대해 알려주고 바로 돌아왔어요. 그러고는 다신 볼 일 없을 거라 생각했어요. 그런데 오늘 세자빈마마와 소옥이 찾아온 거예요."

"그들이 뭐라 했기에 네가 울었지?"

기연은 흘끔 룽거를 살폈다. 그는 화난 표정이었다.

세자빈 얘기를 자세히 했다가 세자관에 안 좋은 불똥이 튈까, 지레겁을 먹은 기연은 소옥 위주로 말했다.

"소옥이 자기가 세자빈마마께 날 구해달라 청했다 했어요. 지금은 내가 젊고, 조선인이라 신기해 당신이 잘해줄지 몰라도 늙으면 버림받을 거라고, 그러니까 세자빈마마의 도움을 받아 조선에 가야 한다고……."

"……."

"조선에서 첩은 절대 정실 대우를 못 받아요. 더구나 자식 없는 첩은 서방 마음이 식으면 언제고 남처럼 내쫓겨요."

"……."

"당신은 그러지 마요. 내가 늙어 미워져도 나 내쫓지 마요."

"……."

그간 둘이서 잘 지내왔건만, 허튼 소릴 지껄여 분란을 조장하고 간 계집들이 룽거는 눈엣가시처럼 여겨졌다. 기연의 속을 긁어 울게 만든 그네들이 미워 당장 세자관에 쫓아가고 싶었다. 다신 찾아오지 말라 엄포를 놓고 싶었다. 하지만 눈엣가시들을 향한 역정보다 퉁퉁 부은 눈을 한 기연을 향한 안쓰러움이 만 갑절 큰지라 그는 그녀를 달래는 데 집중했다.

"기연."

굵은 손가락으로 기연의 젖은 뺨을 닦은 룽거는 아직 축축한 그녀 뺨에 그 자신의 얼굴을 비볐다.

"너는 젊고, 내 눈에 세상에서 제일 곱다. 그러나 나는 네 젊음과 얼굴을 탐하느라 널 가슴에 담은 것이 아니다."

부드러운 사내 입술이 코와 입에 차례로 닿았다 떨어졌다. 기연은 훌쩍거리면서 룽거의 얼굴을 두 손으로 만지작거렸다.

"그럼 내가 왜 좋아졌어요?"

"너는 마치 강 같다. 너는 강하고 따뜻한 여자야."

"……."

"네가 사람을 어떻게 내다 버리느냐, 청나라 사람이건 조선 사람이
건 신분이 하찮은 사람이건 모두 사람이지 않으냐 말하는 게 좋았다.
오랑캐가 짐승이 아니라 부끄러운 줄 모르는 이가 짐승이다 쏘아붙일
때마저 귀엽더군."

"……."

"너도 힘들 텐데 죽은 포로 아이를 묻어줬을 때, 내색하지 않았지
만 마음이 아팠다. 진작 나서지 않은 나 자신이 원망스럽고, 후회스러
웠다."

"……."

"추운 겨울 내내 얼었다가도 봄이 오면 녹아 주변 흙을 적시고 새로
운 풀이 피게 하는 강, 너는 그런 강이다. 내게 넌 고요하면서도 강
한, 나만의 비라야."

"비라가 강이에요?"

"그래."

"난 당신만의 강, 비라예요?"

"그래. 내게 물줄기를 대주는 아주 중요한 강이다."

"……."

"물을 마시지 않고 살 수 있는 생명은 없다. 그러니 내가 널 내쫓을
수 있을 리 없지."

"……당신은 여자 마음이 세게 뛰게끔 말을 참 잘하는 거 같아요."

혼잣말처럼 중얼거린 기연은 기분이 풀려 슬그머니 미소를 지었다.
덕분에 시름을 놓은 룽거는 기세를 몰아 짓궂게 말했다.

"내가 먼저 너를 놓는 일은 없을 거다. 너야말로 삼십 년 후에 늙은 나더러 밤에 힘을 못 쓴다, 구박하면 안 된다."

"⋯⋯지금 실컷 힘써주니까 구박 안 할게요. 봐줄게요."

얼굴을 붉힌 채로 쑥스러워하며 웃는 기연을 따라 웃은 룽거는 그녀에게 입을 맞췄다. 가벼운 입맞춤을 끝낸 그는 고개를 들려 했지만 기연은 가지 말라, 그의 턱을 감싸 쥔 손에 지그시 힘을 실었다.

❀

그간에 조금씩 겨울 추위를 떨쳐 내 온 묵던 날씨가 제법 따스했다. 청명한 하늘에 뜬 해가 묵던에 핀 만물에 기분 좋은 열기를 건넸다.

이렇듯 날이 좋거니와, 간밤에 운 기연이 여전히 신경 쓰여 룽거는 퇴청하자마자 교의 하나를 곁채 밖에 꺼내놓았다. 처마 아래에 앉아 온풍을 즐기자는 그의 제안을 수락한 기연 역시 교의 하나를 가지고 나왔다. 그러고는 고저혜로 신을 갈아 신고 나와, 미리 가져다 둔 교의에 앉으려 했으나 룽거가 허락하지 않았다. 그는 굳이 그녀를 끌어당겨 그 자신의 한쪽 허벅지에 앉혔다.

룽거의 목에 한쪽 팔을 두르고 느긋이 앉아 하늘을 구경하던 기연은 그를 쳐다봤다. 룽거는 치마 밑으로 비죽 나온, 고저혜를 신은 기연의 작은 두 발을 흐뭇이 내려다보고 있었다.

"룽거, 나 이제 고저혜를 신고 제법 잘 걸어요. 봐요."

쪽, 룽거 뺨에 입을 맞추고 일어난 기연은 곁채 앞을 걸어 다녔다. 걸음걸이가 어설펐지만 확실히 처음에 비하면 일취월장해 있었다. 느릿느릿 살포시 걷는 모습이 꽃 주위를 맴도는 나비를 연상케 해 귀여웠다.

"귀엽긴 하나 불편해 보여 안쓰럽기도 하니 이리 와라, 기연."

호탕한 웃음을 터뜨린 룽거에게 돌아온 기연은 도로 딱딱한 허벅지에 앉았다. 기연을 감싸 안은 룽거는 고생했다 칭찬하듯 그녀의 엉덩이를 토닥였다.

"방금 당신 목소리가 좀 컸어요. 이러다간 조선말을 잘한다는 사실을 들키겠어요."

"그래. 들킬 것 같다. 그렇지만 아무 말을 안 하고 너를 보고 있기가 어렵다. 귀엽게 구는 너를 어찌 칭찬하지 않겠으며, 재잘거리는 네게 어찌 대꾸를 안 하겠는가?"

"아이, 안 돼요."

냉큼 룽거를 껴안은 기연이 칭얼거렸다.

"그러다 승진해서 번번이 전쟁에 끌려가면 난 어쩌라고요. 당신과 오래 헤어지기 싫어. 낮에 안 보는 것도 힘든데."

"하하!"

파안대소한 그를 따라 미소 지은 기연은 이어서 수줍게 속삭였다.

"룽거, 나 소원이 생겼어요. 궁금해요?"

웃음기를 사그라뜨린 룽거는 긴장해 허리를 곧추세웠다. 어제 기연이 한 말이 있으니, 조선에 가고 싶단 것은 아닐 터다.

"너에 관한 건 무엇이든 궁금하지. 무어냐."

"나, 아기가 갖고 싶어요. 당신과 나, 우리 아기."

"……."

"많이 갖고 싶어요."

"……자식이 생기면 평생 내 곁에서 같이 키워줄 테냐?"

"무슨 질문이 그래요? 당연하지요."

"……."

"내가 당신이랑 아이를 두고 어딜 갈까 봐요?"

"……."

부루퉁한 표정을 지은 기연을 빤히 보던 룽거는 뒤늦게 웃었다.

"안 된다."

"네? ……나한테서 아기 보기가 싫어요?"

"그럴 리 있겠느냐. 내 말은, 자식을 많이 가지는 건 곤란하다는 뜻이었다."

"이유가 뭔데요."

룽거는 서운해하는 기연을 달래려 그녀의 손을 붙잡아 손등에 입을 맞췄다. 다정하고도 나직한 음성이 울렸다.

"나는 열이고 열다섯이고 끄떡없이 너를 회임시켜 줄 자신이 있지만 네가 힘들어 안 된다. 하나나 둘만 낳자. 어떠냐, 기연."

"하나는 적잖아요."

"하면 둘을 낳아주겠느냐? 아들, 딸 하나씩?"

"……둘도 적은데."

"비단이나 패물 욕심은 없더니 자식 욕심이 있군. 둘만 낳아도 힘들 텐데 몇이나 낳고 싶은 겐가?"

"많이, 힘닿는 데까지요. 내 주위에 자식이 아예 없는 여자는 있었어도 둘뿐인 여자는 드물었어요. 다들 여섯, 일곱씩 낳던데요."

"안 된다. 네 허리가 끊길지 몰라. 하나나 둘만 낳아다오."

"치, 당신이 원하는 대로 될까 봐요? 당신이 나한테 하, 하는 거 보면 애가 백 명은 생길 거예요."

삐친 척을 하는 기연이 마냥 귀여웠다. 하여 기연에게서 잠시도 눈길을 떼지 않던 룽거는 그녀를 안아 들었다. 은밀한 말소리가 여인의 귀를 간질였다.

"기연, 너를 그리 고생시켜서야 되겠느냐? 제 여자도 편안하게 해 주지 못하는 자가 어찌 나랏일을 돕겠는가? 네가 아이를 백 명 낳게 하지 않을 거다. 나는 조절할 자신이 있다."

"합방을 덜 할 거라는 뜻이에요?"

"횟수를 줄이지 않고도 방법은 있지."

"뭔데요?"

"우선은 첫애부터 만들러 가자."

"……."

"그놈이 어디 있느냐?!"

별안간 노한 고성이 울려 퍼졌다. 빨개진 기연을 방으로 데려가던 룽거는 소란스러운 뒤편을 돌아봤다.

기연의 눈이 커다래졌다. 지팡이를 짚은 노인과 아바하이, 모초르가 가까이 다가오고 있었다.

기연을 내려놓은 룽거는 타이바이에게 다가갔다.

"부친."

"이 못난 놈!"

낯선 이방인 여자를 흘끔거린 타이바이는 아들의 뺨을 때렸다.

철썩거린 소리는 기연의 심장이 내려앉는 소리이기도 했다. 기연은 나이든 사내가 누구인지, 왜 아바하이를 뒤에 세우고 룽거를 때리는지 알 듯했다.

"룽거!"

"모초르, 저 계집을 잡아라!"

"예, 마님."

모초르의 거친 손아귀에 팔을 붙들린 기연은 버둥거렸고, 타이바이는 구타를 계속했다. 룽거의 정강이를 걷어찬 타이바이가 외쳤다.

"미쳤느냐? 어디 집안에 또 간악한 조선인 계집을 들여? 네놈이 진정 조선인 계집한테 죽으려 환장한 게지! 아니면 그년이 그랬듯이, 저 계집이 제 배 속에 생긴 네 자식을, 우리 타타라 가문 종손을 죽이는 꼴을 보고 싶으냐?!"

"부친, 그만 좀 하십시오! 옛 이야기를 왜 꺼내십니까!"

"닥쳐라, 닥쳐, 이놈! 새 계집이 필요하거든 만주인이나 몽골인, 하다못해 한인 중에 고를 것이지 어찌하여 자꾸 조선인을 마음에 담아!"

"아이고, 아주버님!"

소란을 전해 들고 온 소야가 놀라 타이바이의 팔을 붙들었다. 하지만 굴하지 않은 타이바이는 지팡이를 휘둘렀다.

"내 네놈의 정신을 머리통을 깨부수는 한이 있어도 고치고 말겠다! 묵던에 오며 악화된 허리를 가라앉히는 동안 네놈 고칠 생각만 했다!"

"이거 놔!"

모초르를 내동댕이친 기연은 룽거 앞을 막아섰다.

"기연!"

사납게 외친 룽거가 기연을 뒤로 피신시켰지만 기연은 룽거의 허리를 껴안고 떨어지지 않았다.

"맞고 있지 말란 말예요! 아, 아마(아버지)!"

물러나기는커녕 성난 속을 드러내며 꽥 소리친 기연은 서툰 만주어로 더듬거렸다.

"아마, 나캄비(아버지, 그만두세요)!"

아들 머리로 내리박히던 타이바이의 지팡이가 멈췄다.

"물러나라!"

다급해진 룽거가 조선어로 엄정히 말했으나 기연은 필사적으로 고개를 저었다.

"싫어! ……아마, 나캄비(아버지, 그만두세요). 비, 비 원해 와카(나는 원해가 아니에요)."

"……"

"비 룽거 치할람비(난 룽거를 좋아해요)."

"……"

"가맘비(용서해 줘요), 가맘비……."

기연은 용서해 달라 되풀이했으나 속으로는 타이바이가 원망스러웠다. 아무리 아비라도 그렇지 어쩜 이리 무지막지하게 자식을 때리는가?

자신을 쏘아보는 조선인 계집을 타이바이는 얼어붙은 상태로 물끄러미 응시했다. 늙은 아비의 얼굴에 당혹과 충격이 묻어나왔다.

한참 만에 천천히 지팡이를 내린 타이바이가 쏘아붙였다.

"못난 놈!"

그러나 그 한 마디를 끝으로 타이바이는 절뚝거리면서 대문으로 향했다. 소야와 아바하이가 그를 뒤따랐다. 못마땅히 아바하이를 흘긴 소야가 타이바이에게 권했다.

"아주버님, 오자마자 어딜 가시려고요? 안에 드셔 식사를 하시지 않고요."

"저놈 집이 있는데 잉굴다이 집에 머물 까닭이 뭐 있겠습니까? 가 보렵니다."

"아버님, 정말 이대로 가시겠다고요?!"

멈춰 선 타이바이는 아바하이를 돌아봤다.

"나 끌어들이지 말고 네들 일은 네들이 알아서 해라! 똑같은 말 세 번은 하게 하지 마라!"

"아버님!"

절규하는 아바하이를 무시한 타이바이는 기어코 대문 밖으로 나갔다.

운 좋은 계집 같으니! 욕지거리를 삼킨 아바하이는 여전히 낭군 허리에 매달린 기연을 노렸다. 이원해는 단 한 번을 만주어를 입에 담지 않았는데, 저 계집은 요망을 떨어 시아버지의 화를 피해갔다. 낭군도, 숙모도, 시아버지도, 다들 저 계집 편만 든다! 더는 계집을 쫓아낼 방도가 없다!

들끓는 가슴을 안간힘을 다해 참은 아바하이가 말했다.

"낭군, 시아버님께서 오셨으니 이만 자택으로 돌아가시지요. 저 계집도 함께요."

"울걍, 기연을 방 안에 데려가고 놀랐을 테니 차를 가져다줘라."

"예, 공자님."

겁먹은 표정을 한 채 멀찍이 서 있는 갑단에게 명한 룽거는 기연을 떼어냈다. 아바하이에게 간 그가 말했다.

"따라와라, 아바하이."

"아가씨는 방으로 들어가셔요."

갑단이 권유했으나 기연의 시선은 룽거의 뒷모습에서 떨어지지 않았다. 기분이 이상했다. 아주 나빴다. 항상 옆에 있어 주던 룽거가 아바하이와 나가는 모습을 보자니, 버림받는 기분이 들었다. 그가 아바하이를 선택하는 듯해 심장이 불안히 쿵쿵거렸다. 불쾌감을 참지 못한 기연은 룽거를 불렀다.

"룽거!"

뒤를 돌아본 그가 기다리라 말하는 것처럼 고개를 끄덕여, 남녀를 따라가고픈 충동을 억누른 기연은 방 안으로 향했다. 그러나 두 눈은 자꾸만 룽거의 뒷모습을 좇았다.

하찮은 우월감이 아바하이를 휘감았다. 낭군을 부르면서 겁에 질린 표정을 짓던 조선인 계집이라니.

웃은 아바하이는 대문 바깥에 멈춰 선 룽거에게 밝게 물었다.

"왜 벌써 멈추시지요?"

"……."

"기왕 절 택하신 김에 조선인 계집은 버려두고, 자택으로 돌아가시지요."

"닷새가 훨씬 지났지만 너는 여전히 내 집에 있겠지, 아바하이."

"당연하지요. 대인의 정실인 제가 다른 어디에 갈까 봐요."

"그럴 줄 알았다. 다시 본다면 내가 직접 끌어내겠다 말한 것을 기억하느냐?"

"……."

우월감은 금세 사라졌다. 차가운 현실로 돌아온 아바하이는 긴장해 뒷걸음질 쳤으나, 룽거는 미동하지 않았다.

"두 번째 선택지를 주겠다. 친정에 끌고 가주랴, 내 집을 주랴?"

"집을 주신다고요?"

"나는 숙부님 댁에 계속 얹혀살면 된다. 혹은 집 한 채를 더 사면 된다. 원한다면 지금 네가 들어앉아 버티고 있는 그 집은 이별 선물로 주마."

"……대인."

"무슨 일이 있어도 너와는 살지 않으니 선택해라. 어느 쪽이냐."

낭군의 침착한 어투가 아바하이의 속을 뒤집었다. 차라리 화를 낼 것이지…… 화낼 가치도 없다는 건가?

자신을 제외한 낭군과 포로 계집이 새로 마련한 신혼집에서 오순도순 사는 광경을 떠올린 아바하이는 분노를 주체하지 못해 피를 토하듯 외쳤다.

"기어이 날 내쫓겠다고요?! 저 계집도 함께 가자 했잖아요!"

"싫다."

"……."

매몰찬 단언에 그녀는 잠시 할 말을 잊어버렸다.

"생각해 보니 너를 친정에 끌고 가려면 네게 손을 대야 하는군. 그냥 집은 네가 가져라. 부친은 최대한 빨리 모시고 나오겠다."

"나, 나 번위예요!"

아바하이는 마지막 수단으로써 병을 실토했다. 원통한 눈물이 마른

빰을 적셨다. 그 계집, 이원해의 다리를 망가뜨리지만 않았어도 낭군과의 사이가 이토록 나빠지지 않았을 텐데.

"난 죽어가고 있어요. 물도 제대로 삼킬 수 없어요."

"……."

"죽을 날이 얼마 안 남았다고요! 그런 날, 당신 정실을 어떻게 쫓아낼 수 있어요? 흐흐흑…… 지난번 소돔비를 통해 내가 아프다 전했던 말, 꾀병인 줄 아셨나요? 미안해 어쩌지요? 사실이었는데."

"대인, 마님의 말씀은 참입니다. 믿어주셔요."

대문 안쪽에 숨어 있던 모초르가 뛰어나와 제 주인을 옹호했으나 룽거는 냉담한 표정을 거두지 않았다. 그는 아바하이가 조금쯤은 안쓰러웠지만 그렇다고 그녀를 받아들일 수는 없었다. 그랬다간 아바하이는 기연을 저승에 끌고 가려 할 거였다.

룽거의 무반응에 굴하지 않은 아바하이는 눈물을 닦고 표독스레 말했다.

"대인의 정실로, 대인 옆에서 죽고 싶어요."

"아바하이."

"말씀하시지요."

"내가 만약 기연을 데리고 너와 함께 자택으로 돌아간다 치면, 너는 내 시선이 닿지 않는 때에 기연에게 손대지 않을 자신이 있느냐?"

"네. 자신 있어요. 친자매처럼 살갑게 지낼 거예요."

"거짓말!"

무서운 호통에 놀란 여자의 몸이 떨렸다. 일말의 동정마저 잊은 룽거는 재차 노기를 표출했다.

"너는 내게 거짓말을 하고 있다!"

"……."

"과거에도 그랬지! 그 여자와 잘 지내는 척했었지, 구왈기야 아바하이!"

"……."

"너는 모르겠지만 그 여자는…… 원해는 내 아이가 든 만삭의 제 배를 은장도로 찌르기 직전에 내게 온갖 저주를 퍼부었다. 날 살인과 약탈, 겁탈을 일삼는 오랑캐라, 괴물이라 불렀다. 자신의 인생을, 다리를 내가 망쳤다고 했다."

"……."

"어쩌면 그 말은 맞을지 모른다. 그러나 나는 오래도록, 어쩔 수 없이 널 원망했다."

"……."

"너는 원해가 다리를 절게 만들었다."

"……."

"또한 너는 원해가 망가진 다리를 내 탓으로 돌리게 만들었다."

"으흐흑……."

아바하이는 다시 거세게 울었다. 일그러진 그녀의 얼굴을 눈물 콧물이 덮었다.

"나도, 나도 후회했어요. 그 정도가 될 줄 몰랐어요, 흐흑……. 내가 참았다면 대인과의 사이가 이렇게 되지 않았을 텐데, 으흐흑……."

"후회한다고 바뀌는 건 없다. 너와 나는 애초에 말했던 대로 갈라설 것이다. 나는 너를 타타라 집안 족보에서 제명시키고, 네게 이혼서를 보낼 것이다. 금일부로 우리는 완전한 남이니 네가 죽어도 내가 알게 하지 마라."

"룽거, 제발! 제발 절 용서해 줘요!"

아바하이는 바닥에 무릎을 꿇었다. 질척거리는 손길로 지아비의 다리를 허겁지겁 붙잡았다.

"룽거! ……나갈게요. 친정으로 갈게요. 대신 죽어서도 당신 정실로 남아 있게만 해줘요."

"……."

"제발, 제발! 내 잘못을 알지만…… 죽을 날을 받아둔 내 마지막 부탁이에요."

"……좋다."

"……오늘 내로 짐을 싸 친정으로 갈게요."

절박하게 붙들고 있던 다리가 손아귀에서 빠져나갔다. 뒤 한 번 쳐다보지 않는 차가운 낭군이 사라지자 아바하이는 비틀거리며 일어났다.

"마님."

"모초르, 낭군 댁으로 가자. 짐을 싸 나가야겠다."

"마님, 흑……."

"울지 마라. 너까지 날 비참하게 해선 안 돼."

모초르를 혼내놓고선, 아바하이는 마차에 틀어박혀 폭우 같은 눈물을 소리 없이 쏟아냈다. 연모하는 사내에게서, 그의 삶에서 사라지자니 너무나 고통스러웠다. 사지가 갈가리 찢기는 기분이었다. 그러나 이별보다 괴로운 건.

"나는 오래도록, 어쩔 수 없이 널 원망했다."

"너는 원해가 다리를 절게 만들었다. 너는 원해가 망가진 다리를 내 탓으로 돌리게 만들었다."

"흐흑……."

이원해가 나약한 제 나라와, 제 스스로의 불행을 낭군 탓으로 돌린 것만으로 낭군은 충분히 괴로웠을 거였다. 이원해가 제 만삭 배를 은장도로 찌르는 모습을 보고도 낭군이 미치지 않은 게 신기할 따름이었다. 그러한데 이미 깊은 상처를 입은 그가.

"그간 나를 원망하며 또 얼마나 괴로웠을는지……."

"저, 저 여자가 어떻게 살아 있지?! 분명 대인께서 죽었다고, 밤새 혼자 묻어주셨다고 했는데!"

마부석에서 날아든 놀란 하인들의 말소리를 들은 아바하이는 울음을 그쳤다. 번뜩 누군가가 눈앞에 떠올랐다가 사라졌다. 모초르가 저런 말을 할 사람은 하나뿐이었다.

"마차를 세워라!"

외친 찰나에 마차가 멈췄다. 재빨리 밖에 나와 선 아바하이의 눈매가 사나워졌다. 룽거의 저택 앞에 서 있던 여자가 경악한 아바하이와 모초르, 소돔비를 쳐다봤다. 마주친 아바하이와 여자의 시선 사이에 맹렬한 불꽃이 튀는 듯했다.

오랜 정적 끝에 여자가 먼저 입술을 움직였다.

"아바하이, 오래간만이로구나."

"어머나! 어머나 세상에! 귀신이 아닌가 보네, 말을 하잖아! 그건 그렇고 마, 만주어를 할 줄 알았던 건가?!"

"소란 피우지 마라, 모초르."

모초르를 조용히 시킨 아바하이는 여자를 관찰했다.

처음 만났을 때 미인이라 생각했던 여자인데 지금은 미색이 많이 퇴색했다. 바라던 대로 조선에 돌아갔으면서 게서 행복하지 못했던지, 얼굴에 그늘이 가득했다.

"이원해, 만주어를 할 줄 알았던 게냐?"

"개돼지인 너희 오랑캐들과 대화가 통할 리 없는 데다, 대화를 하고 싶은 마음이 없어 입 밖으로 소리 내지 않았을 뿐이다."

"감히 주인마님께 그 무슨 망발이야?!"

"모초르, 그냥 있어라. 저 계집은 본래부터 저랬다. 가진 것은 쥐뿔도 없으면서, 제 나라 조선이 이전에는 명국에 빌붙어 살았고 지금은 대청국에 빌붙어 살 듯, 낭군께 빌붙어 겨우 목숨을 연명했던 주제에 분수를 모르고 항상 오만하게 굴었지."

"잘 알지도 못하면서 내 조국을 입에 담지 마라. 욕하지 마라, 아바하이. ……룽거는 어디 있지?"

울화가 터진 아바하이가 고함쳤다.

"너야말로 낭군의 존함을 입에 담지 마라! 네가 왜 그분을 찾느냐!"

"네게 말할 이유는 없다."

원해는 딱 잘라 말했으나 아바하이는 코웃음을 쳤다.

"흥, 뻔하잖은가?"

"……"

"그분은 마푸타 장군께 버림받고 매음굴에 팔릴 상황에 있던 너를 구해주셨지. 뿐만 아니라 따뜻하게 감싸주셨어. 그러나 너는 그분 마음을 가지고 놀다가 그분을 찔러 죽이려 했다. 네 손으로 네 배를 찔러 타타라 가문의 씨를 해쳤다. 그런데도 그분은 노한 집안 어른들 몰래 네년을 기어코 살려내 조선으로 보내주시기까지 했다."

"……"

"한데 너는 대청국에 와 있으니…… 포로로 잡혀 온 게야. 아니 그런가?"

"……맞다. 너희 개돼지 오랑캐들이 쳐들어오려 한다는 소문을 듣긴 했지만 설마하니 정말로 다시 조선을 침략할 줄은 몰랐다."

"조선인들은 그게 문제다. 안일한 것."

"……"

"또 한 번 포로가 된 네년이 낭군을 찾을 이유는 단 하나뿐이지. 조선에 보내달라 찾아왔겠지? 은자도 내달라 할 테냐?"

"……"

"동냥질이나 하는 거지 계집 같으니라고."

"동냥질이라면 너도 실컷 해왔잖느냐?"

"뭐라?"

비식 조소한 원해와 반대로 아바하이는 미간을 구겼다.

"나는 최소한 타타라 룽거의 마음을 동냥한 적은 없다. 그자는 첫눈에 내게 반했으니까."

"……."

"너는 그자가 나를 마푸타로부터 구해줬다 하지만 그게 어디 구해준 거였겠느냐? 내가 좋아, 나를 잡고 싶어 내게 손을 내밀었던 것이니 오히려 그자가 나에게 구걸한 격이지."

"그분을 모욕하지 마라! 게다가 너도 그분을 받아들였잖느냐?"

"……그래. 마푸타 그놈에게 맞고 겁간당하는 것이 지겨워 그자를 대신 택했지. 그자는 최소한 강압적이진 않았으니까."

"그랬는데 너는 그분에게 씻을 수 없는 깊은 상처를 줬다. 그래놓고 다시 나타난 네 그 뻔뻔함은 너만의 특성이냐, 조선인들의 특성이냐?"

"아바하이, 내가 여전히 뻔뻔한 것만큼 너도 예전과 똑같은 듯싶군."

"무슨 뜻이냐?"

"너는 예전과 다름없이 타타라 룽거의 마음을 잡지 못한 듯하다. 네가 네 짐승 지아비의 총애를 받고 있다면 안색이 그리 나쁠 리가 없지. 내 말이 틀리느냐?"

"……."

원해는 절뚝거리며 걸었다. 아바하이를 가까이에서 자세히 뜯어본 그녀가 조롱했다.

"자세히 보니 안색이 좋지 않은 정도가 아니군? 눈물에 화장이 씻겨 나간 지금 네 얼굴은 병자가 아닌가? 내 다리를 망친 죗값으로 병이라도 얻은 게냐?"

"……."

"대답이 없는 걸 보아하니 진짜인 듯하구나. 잘됐다. 역시 하늘은 공평하군."

만족스러운 미소를 짓는 원해의 뺨을 아바하이는 전력으로 때렸다. 그러나 병자의 손길이 간지럽기만 해 원해는 웃음을 터뜨렸다.

"타타라 룽거는 안에 있겠지?"

"그분은 자택에 아니 계신다. 숙부……."

말끝을 흐린 아바하이는 곰곰이 생각하다가 모초르에게 명했다.

"모초르 너는 먼저 집 안에 들어가 내 짐을 챙겨라. 내 흔적들을 모두 지우고 싶지 않으니 가장 중요한 물건 몇 가지만 챙겨라. 그 계집을 위해 내당을 비워주듯이 하고 싶지 않다."

"예, 마님."

"이원해, 너는 나와 내 친정으로 간다."

"내가 왜 그래야 하지?"

"집 안에 들어가면 너는 죽는다. 시아버님께서 와 계신다."

아바하이를 무시하고 대문으로 가던 원해가 멈췄다.

"시아버님께선 회임한 너를 기특히 여겨 묵던까지 와 너를 칭찬해 주셨건만 너는 시아버님을 배신했지. 낭군과, 타타라 가문의 아이를 해치는 방식으로."

"……."

"그런 네가 살아 돌아왔다, 환영하실 리 없잖느냐? 필시 아문에 가 천한 조선인 주제에 만주인을 죽이려 한 너를 고발하시겠지. 하면 너는 흰 비단으로 목을 졸려 죽을 테고."

한 서린 혼잣말이 울렸다.

"난 죽을 수 없어. 조선에 돌아가야 해."

"그렇다면 낭군을 만나게 해줄 테니 얌전히 마차에 타라."

"언제 만나게 해주겠다는 게냐?"

"내가 죽은 직후에 만나게 될 것이다."

"……."

침묵하던 원해는 한참 만에 입꼬리를 추켜올렸다.

"타타라 룽거에게 쫓겨난 건가? ……내 다리를 망가뜨린 널 그가 아직도 용서하지 못한 건가? 그래서 네 임종 즈음에 내 이름을 내세워 타타라 룽거를 불러들인 다음, 마지막으로 그를 보고 떠나겠다는 거냐, 아바하이?"

얄미울 정도로 눈치 빠른 계집. 욕을 삼킨 아바하이가 인정했다.

"그렇다."

"그자는 날 아직도…… 좋다. 죽는 널 보는 건 즐거울 테니까 너와 함께 가겠다. 그까짓 네가 죽을 때까지의 시간, 설레며 기다리도록 하지."

원해가 마차에 올라탄 것을 확인한 아바하이는 소돔비를 타일렀다.

"저 계집을 봤다 떠들어선 안 된다. 집안 어른들이 노하시게 하고 싶지 않겠지? 더구나 시아버님은 건강이 편찮으시다."

"입조심하겠습니다, 마님."

"너를 믿으마. 안에 들어가 시아버님께 마지막 인사를 드리고 올 테니 마차를 지켜라."

"예."

거만하게 고개를 치켜들고선 마차에 앉아 있는 원해를 노려본 아바하이가 집 안으로 향했다.

❀

끝끝내 아바하이를 외면하고 돌아온 룽거는 곁채 앞에 나와 있는 기연을 발견했다. 그가 오랜 시간을 끌어온 아바하이와의 관계를 마침내 끝맺게 한 여자는 뭐가 불안한 겐지, 바닥을 보며 초조히 서성거렸다.

"기연."

기연은 애틋한 목소리를 쫓아 고개를 들었다. 룽거를 찾아냈지만, 아무런 대답을 하지 않았다. 겁먹은 눈동자로 그를 쳐다볼 뿐이었다. 그런 기연에게 다가온 룽거는 저녁 바람을 맞아 서늘해진 섬섬옥수를 그 자신의 커다란 손 안에 부여잡았다. 냉기가 가시라, 잡은 손 안팎을 쓱쓱 문질렀다.

"밤바람이 서늘한데 왜 나와 있느냐."

"……."

"들어가자."

침상에 앉아서도 기연은 그저 룽거를 빤히 바라보았다. 내심으론 나를 빼놓고 아바하이와 무슨 얘기를 했냐, 아바하이와 어찌 된 거냐, 꼬치꼬치 캐묻고 싶었다. 하지만 걱정이 됐다. 룽거가 귀찮아 할까 봐. 무얼 징그럽게 캐묻느냐 할까 봐.

그렇기에 달싹거리려 하는 입을 애써 다물고 있는 참, 기연의 속내를 알아챈 룽거가 먼저 얘기를 꺼냈다.

"지난번 말했던 대로 아바하이와는 갈라서기로 했다."

"아바하이가 그러겠대요?"

"그래. 이번에는 분명 친정으로 갈 거다."

"아바하이와 화해할 수는 없던 거예요?"

룽거는 신기하다는 듯 기연을 쳐다봤다.

"너를 때린 아바하이를 감싸는 게냐."

"그게 아니라…… 궁금해서요."

"나는 아바하이를 받아들이지 못한다. 아바하이는 어떻게든 널 망가뜨리려 할 테니까."

"……."

"본래는 아바하이에게 이혼서를 보내고 내 집안 족보에서 제명하려 했지만, 아바하이는 친정으로 갈 테니 제명만은 말아달라고 했다. 곧 죽을 제 마지막 소원이라면서."

"아바하이가 곧 죽나요?"

"병에 걸렸다 한다."

"……그래서 당신은 아바하이의 마지막 소원을 들어주겠다고 했어요?"

"그래. 그것만으로 내 입장에선 많이 양보한 거였다. 네가 말하는 화해가 아바하이와 한 집에서 평생 함께 사는 거라면, 불가능하다."

"……."

아바하이가 룽거와 둘이 밖으로 나가는 모습을 보면서 샘이 났었는데, 이제는 기분이 이상했다. 병에 걸린 아바하이가 불쌍했다. 쫓겨난 아바하이에게 같은 여자로서 미안했다. 게다가 룽거가 맞는 모습을 봤을 때 워낙 심하게 놀라서인지 가슴이 꼭 체한 것처럼 갑갑했다.

조용히 명치를 주먹으로 문지르는 기연을 룽거가 불렀다.

"기연."

"네?"

"숙부님 댁이 싫지는 않지?"

"전혀요. 갑자기 그건 왜 묻나요? 아바하이가 나갔으니 당신 집에 돌아가려고요?"

"돌아가긴 해야 하니까. 하지만 낮에 숙모님과 있는 것이 불편하지 않거든 너와 내 집으로는 며칠 뒤에 가자."

"나는 숙모님이 좋아요. 엄마 같아요. 그런데 왜 며칠 뒤에 가자는 거예요?"

"오늘 부친께서 쉽게 물러나셨다 하나 널 반기시진 않을 거다. 네가 부친 때문에 불편하게 만들기 싫다. 부친께서는 조상들 묘가 가까운 허투알라를 떠나길 꺼려 하셔서 묵던에 오래 머무르시지 않을 테니, 허투알라에 돌아가시면 그 이후에 움직이자.”

“하지만 그러면 집안 어른들이 나를 나쁜 계집이라, 나쁜…… 며느리라 생각하시지 않겠어요? 난 미움받기 싫어요. 숙모님에게도……시아버님에게도요.”

타이바이를 시아버지라 칭해놓고 어색해하는 기연이 귀여워 룽거는 작게 미소 지었다.

“그러지 않으실 거다. 정 신경 쓰인다면 내가 집안 어른들께 잘 설명 드리마. 네게 집안 걱정 말고 편히 쉬라 했다고 말이다.”

“청나라 사람들도 조선 사람들처럼 효도를 중히 여길 거 아녜요?”

“물론이다. 그러나 나는 어른들께 효도하는 것만큼이나 네게도 잘하고 싶다. 너는 지금껏 고생을 많이 겪었기 때문에 쉬어야 한다.”

“……”

“부친은 신경 쓰지 않아도 된다. 정말이다.”

“……알았어요.”

대답은 알았다 했으나 기연의 표정이 여전히 좋지 못했다. 기분이 나쁜 것도 같고 고민이 있는 것도 같았다.

“안색이 안 좋다, 기연. 아직 부친이 신경 쓰이는가? 가슴 사이는 어찌 만지는 게냐?”

“부친 때문이 아니라…….”

말끝을 흐린 기연은 룽거 품에 안겨들어 그의 어깨에 머릴 기댔다. 허리를 감싼 사내의 팔이 든든한 울타리로 느껴졌다.

“어디가 아픈 게냐?”

“속이 좀 답답해요. 오늘 여러 가지로 많이 놀라서 그런가 봐요.”

“약을 먹어야 할 성싶으냐? 의원을 불러올까?”

금세 걱정을 드러낸 룽거에게 기연은 고개를 저어 보였다.

“심하진 않아요. 잘 때처럼 등허리를 만져 줘요. 그럼 괜찮아질 것 같아요."

"정녕 그걸로 되겠는가?"

"네. 그러고 보니 정신이 없어 못 물었어요. 당신 맞은 곳은 어때요? 다리에는 분명 멍이 들었을 텐데……."

"나는 괜찮다. 더는 아무 생각 말고 네 몸만 보살펴라, 기연. 답답한 것이 심해진다면 반드시 말해야 한다."

"그럴게요."

아닌 게 아니라 룽거가 등을 만져 주는데도 속이 풀리지 않았다. 다사다난했던 하루가 진정 충격적이었는지 머리에 두통까지 일어, 기연은 룽거의 당부대로 아무 생각 않으려 애썼다.

6

역관

세자관에는 전운이 감돌았다. 세자관 전각들의 지붕 위를 떠도는 어둠을 머금은 먹구름들이 비 대신 불행을 흩뿌리는 듯했다.

세자의 깊은 한숨이 그의 침실을 채웠다. 있는 듯 없는 듯 침묵한 채 앉아 있던 문주가 어렵사리 입을 열었다.

"몇 시진 전에 결국 정뇌경과 강효원이 죽었다 들었습니다."

"그들은 나를 따라와 이 수치스러운 볼모 생활을 함께해 준 조선의 충신들이거늘, 나는 그들을 지키지 못했소."

"……."

"아무것도 할 수 없었소. 혹여나 아바마마께서 다시 곤욕을 치르실까, 조선 조정이 혼란스러워질까, 그들이 죽는 것을 방치했소. 아! 내가 정녕 세자가 맞는가?"

"왜 그런 말씀을 하십니까? 저하께서는 뛰어난 자질을 갖추신 세자십니다. 게다가 정뇌경과 강효원을 구해내려 저하께서 하실 수 있는 최대한으로 노력하셨습니다."

"내가 말이오? 나는 직접 아문에 나아가 두 충신의 사정을 봐달라 부탁하려 했으나 그리할 수 없었소. 정명수와 김돌시가 형부로 들어가는 대문 앞을 막아서더니 안에 들어가려거든 저들 머리를 먼저 부수라 협박하더군."

"……"

"그 지저분한 도둑들을 조선이었다면 응당 죽여 없앴을 것이나 이곳은 청나라가 아니오? 청나라에서 나는 역적들조차 벌할 수 없소."

한탄한 세자는 참담한 현실을 차라리 외면하겠다는 양, 손으로 눈가를 감싸 쥐었다. 문주 역시 괴롭기는 매한가지였으나 세자와 세자빈 모두가 좌절해선 안 됐기에 의연히 말했다.

"죽은 이들을 되살릴 순 없으나 장례를 정성으로 치러주면 정뇌경과 강효원의 원한이 약간이나마 씻길 겁니다."

"시신이 없는데 무슨 수로 제대로 된 장례를 치러줄 수 있겠소."

"청나라 형부에서 거둬오면 되잖습니까."

"……불가하오."

"그것이 무슨 말씀이십니까?"

"용골대 장군이 죄인의 장례를 치르게 할 수 없다며 시신을 내주지 않고 있소."

"하, 어찌……."

차분함을 잃은 세자빈의 언성이 높아졌다.

"이래선 안 됩니다. 그들은 역적 정명수, 김돌시의 횡포를 보다 못해 그놈들의 죄를 고발하였다가 되레 모함을 받고 죽었습니다. 그만으로 충분히 억울하거늘, 장례를 치러줄 수 없다니요? 일개 상민, 천민도 아닌, 양반에 충신인 이들을 아무렇게 내버려져 썩게 하라는……."

문주는 돌연 입을 다물었다. 주마등처럼 누군가가 눈앞을 스쳤다.

"세자빈마마께서 오늘 저를 찾아오신 이유가 조선 백성인 제 걱정을 해서인지, 숙부님과 룽거와 친해지는 데 절 이용하기 위해서인지도 헷갈립니다."

"……하물며 일개 상민, 천민도 그런 대접을 받아선 아니 되겠지요. ……저하, 제게 말미를 주십시오. 강효원과 정뇌경의 시신을 되찾아 올 수 있는 방법을 강구해 보겠습니다."

"어쩌려는 게요?"

"강효원과 정뇌경도 조선 백성이니 그 여인이 이해해 줄 겁니다. 그러니 자존심을 굽히고 한 번 더 부탁해 보려 합니다."

문주는 스스로를 타이르듯 혼잣말로 중얼거렸다.

❉

날씨는 이제 밤에도 화로를 켤 필요가 없을 정도로 따스했다. 덕분에 모시는 주인들이 햇볕을 쐬러 번번이 바깥에 나오는즉, 수와얀다를 비롯한 하인들은 창고 한 구석에 박아뒀던 걸상들을 집안 곳곳에 꺼내놨다.

기연이 머무는 곁채 앞에도 가져다 놓은 터라, 족히 세 사람은 앉을 법한 기다란 걸상에 홀로 앉아 기연은 수를 놓았다. 하지만 얼마 안 가 포도송이가 그득한 비단과 바늘이 고저혜를 신은 여자의 발치에 스르륵 떨어졌다. 오늘, 하늘은 비가 올 듯이 흐렸으나 살랑거리는 바람 자체는 포근했다. 그 포근한 바람이 춘곤증을 몰고 와 기연은 고개를 끄덕거리면서 졸았다. 룽거가 사준 연노란색 비단으로 지은 옷을 입고 조는 그녀의 모습이 꼭 병아리 같았다.

"아가씨, 안에 들어가 주무시지 않고요."

가까워지는 인기척을 알아채지 못하던 기연은 팔을 붙잡는 손길에 잠을 깼다.

"들어가 주무세요, 아가씨."

다시금 말한 갑단은 바닥에 떨어진 비단을 주워 걸상에 올려놓았다. 졸린 눈을 비빈 기연이 웅얼거렸다.

"깜빡 졸았어요. 낮에 많이 자면 밤에 잠이 안 오니까 그만 자야지요."

"그럼 아가씨, 저와 주인마님과 함께 공자님 부친을 뵈러 가실래요?"

"공자님 부친이요? 시아버님이요?"

"네. 주인마님께서 공자님 부친께 가져다드리려 직접 물만두를 만드셨어요. 그분이 주인마님이 만드신 걸 좋아하신다나 봐요. 여기, 아가씨도 맛보세요."

갑단이 내민 그릇을 받아든 기연은 안에 든 작은 만두를 집어 입에 넣었다. 만두소에 섞인 고기 냄새가 오늘따라 유독 거슬렸다. 소야가 직접 만들었다니 그릇을 비우고 싶었지만 도무지 다 먹을 자신이 없어 그릇을 걸상에 내려놨다.

울렁거리는 속을 참으며 아직 입안에 남은 만두를 삼키려 애쓰는 기연에게 갑단이 설명했다.

"아가씨는 뭐든 적극적이시잖아요. 만주어를 열심히 배우시고, 숙모님께 싹싹하게 구시고. 그래서 여쭙는 겁니다. 공자님 부친과도 친해지고 싶어 하지 않을까 해서요."

"좋아요, 갈래요. 괜찮겠지요?"

"주인마님이 기특하게 여기실 거예요."

갑단의 예상대로 소야는 그들을 따라나선 기연을 매우 기특하게 여겨, 마차를 타고 가는 내내 칭찬을 쏟아냈다. 비록 뭐라 하는지 구체적으로 알아듣진 못했으나 기연은 '예쁘다', '착하다', '귀엽다'는 알아들었다.

야르시가 마차를 세웠다. 마부석에서 내린 갑단이 아뢰었다.

"도착했습니다, 주인마님."

"기엔, 내리자꾸나."

앞서 내린 소야는 찬합을 기연에게 줬다.

"룽거 집에는 꽤 오래간만이지? 찬합은 네가 들려무나. 아주버님께 건네 드리렴. 나는 아주버님께 네가 날 도와 만두를 빚었다 말씀드리마."

"네, 숙모님."

기연은 소야를 쫓았다. 대문 밖에 마중 나온 하르갈과 부우자, 다른 하인들이 인사를 올렸다. 코앞에 지나가는 기연을 아래위로 훑어본 하르갈이 킥킥거리며 부우자에게 속닥였다.

"마님을 기어코 내쫓더니 신수가 훤해졌네."

"하르갈, 그런 소리 하지 마."

"뭐 어때. 못 알아듣는데."

"하르갈, 나 만주어 공부 중이야."

차갑게 쏘아붙인 기연은 다시 소야를 쫓았다. 하르갈은 대문을 넘는 기연을 휘둥그레져 쳐다보았다.

타이바이가 머무는 중당 곁채의 문은 활짝 열려 있었다. '아주버님, 접니다.' 인기척을 낸 소야가 안에 들어간 반면 기연은 갑단과 문가에 멈춰 섰다. 눈치를 살피는 기연에게 타이바이 맞은편 구들에 앉은 소야가 권했다.

"기엔, 아주버님께 찬합을 드리렴."

"아가씨, 공자님 부친께 음식을 올리라 하시네요."

"네, 숙모님."

기연은 소반에 찬합을 펼쳤다.

물만두, 오리고기, 과일이 오른 상차림을 대충 살핀 타이바이는 못마땅히 외아들이 아껴 마지않는 조선인 계집을 노렸다. 난감해하던 소야가 분위기를 풀려 말했다.

"아주버님께서 제가 만든 만두를 좋아하시기에 만들어왔어요. 기옌이 거들었답니다."

대꾸 않은 타이바이는 한결같이 매서운 눈초리를 던졌다. 뭐라도 해야 할 듯싶어 기연은 서툰 만주어를 더듬거렸다.

"아버님, 맛있게 드세요."

"내가 왜 네 아버님이냐?!"

고함에 놀라 기연은 뒷걸음질 쳤다. 물만두는 한참 전에 먹었거늘, 뒤늦게 딸꾹질이 났다.

"왜 저번부터 나를 그리 불러! 아바하이가 나갔다 하여 네가 정실이 될 수 있을 성싶으냐?! 하찮은 조선인 포로가 타타라 가문의 종부 자리를 탐내?!"

"아주버님!"

"꿈도 꾸지 마라! 입맛 떨어지니 나가라! 꼴보기 싫다!"

"이런…… 울갼, 기옌과 나가 있어라."

"예, 마님. 아가씨, 나가셔요."

"……."

처마 아래로 나온 기연이 물었다.

"이모, 시아버님이 뭐라 하셨어요?"

"아가씨……."

"하나도 빼놓지 말고 말해주세요."

주저하는 갑단을 재촉한 기연은 통역이 끝나자 고개를 떨궜다.

사실 이만하면 크게 혼난 건 아니었다. 타이바이는 몇 번 소리를 질렀을 뿐이지만 조선에 살 때는 허구한 날 시모와 순명에게 모욕적인 구박을 들었다. 시모는 가끔씩 '왜 네 자식을 제대로 못 챙겨 죽게 만들었냐.'며 주먹으로 머리를 쥐어박기도 했다. 그러니 고함 소리를 들은 정도는 아무것도 아닌 데다, 주눅 드는 성격이 아니니 훌훌 잊으면 그만이었다.

그러나 날씨가 우울해서일까? 아니면 그간 공주 대접을 받아 버릇이 나빠진 걸까? 서운함이 가슴을 채웠다. 낮잠을 자다 깨 짜증이 났었거늘, 참고 찾아왔는데 문전박대를 당했다.

"울걍, 돌아갈 것이다. 기옌에게 아주버님께 인사를 올리라 전해라."

소야의 목소리가 흘러나왔다. 갑단의 통역을 들은 기연은 혹여나 타이바이가 다시 구박할까, 멀찍이 떨어진 문가에서 인사했다.

"저 갈게요."

만주어로 말했지만 타이바이는 반응이 없었다. 밖에 나온 소야가 기연의 손을 부여잡고 걸으며 위로했다.

"기옌, 놀랐지? 너는 효심으로 아주버님을 찾아뵙거늘, 환대를 아니 해주셔 서운하기도 할 게야. 그렇지만 너무 상심하지 마렴. 아주버님께서 실은 집안에 네가 들어온 것이 반가우시면서도 원체 성정이 무뚝뚝하시기에 표현을 못 하시는 거란다. 너를 내보내시고 나에게 너에 관해 자세히 물으셨단다."

"뭐라 하셨지요, 숙모님?"

"내가 너를 어찌 생각하는지 궁금해하시더구나. 나는 네가 성격이 착하고, 영리하고, 야무져 손재주가 좋고, 말을 어여쁘게 해 아주 좋다 했다. 글쎄 내가 아주버님께 만주어를 열심히 배우는 기옌이 기특하지 않냐, 물으니 아무 대답을 아니 하시지 뭐니? 그건 내심 내 말에 동의하셨다는 의미야."

혹은 반대로 동의하지 않아 대답을 안 한 걸지 모르잖은가. 기연은 서운함을 털어내지 못한 채로 소야와 마차에 올랐다.

엊저녁부터 먹구름이 떠다닌 하늘은 결국 마차가 출발한 지 얼마 안 돼 비를 쏟아내기 시작했다. 마차 밖으로 보이는 빗줄기가 자꾸 굵어져 소야는 진저리를 쳤다.

"이래선 아무리 주의해도 옷자락이 젖고 말겠구나. 축축한 건 질색이야."

룽거의 집과 잉굴다이의 집이 멀지 않아 마차가 곧 멈췄지만, 짧은 새에 비바람은 갑절로 거세져 있었다. 울상을 한 소야가 재촉했다.

"울갼, 집에 들어가 우산을 가져와라."

"마님, 공자님께서 우산을 들고 나와 계십니다."

"룽거가? 비가 오는데 젖게 왜…… 하여간에 지극정성이로구나. 묵던에 저런 애처가가 없을 거다. 일곱 살 때는 저는 재물과 여자에게 휘둘리지 않는 사내대장부가 될 거라 으름장을 놓더니, 어쩌다 저리 변했을까?"

혼잣말을 늘어놓은 소야는 기연을 쳐다보곤 헛웃음을 쳤다.

야르시와 갑단은 룽거가 건네준 우산을 각자 받아들었다. 갑단이 펼친 우산 아래로 나와선 소야가 말했다.

"룽거, 네 새색시는 네가 어련히 잘 챙길 테지? 나는 들어가마."

"먼저 가십시오, 숙모님. 기연."

룽거는 팔에 걸치고 있던 일구종을 마차 안에 넣어주었다.

비가 오니까 덜 젖게 일구종을 입으라는 거구나! 눈치 좋게 알아차린 기연은 일구종을 입고 모자를 단단히 뒤집어썼다. 밖에 나와 룽거를 올려다본 기연의 얼굴색이 환해졌다.

"룽거."

그를 부르는 목소리에서는 애정이 뚝뚝 떨어졌다. 반사적으로 양쪽 입꼬리를 올린 룽거는 기연 위로 우산을 드리웠다. 그럼에도 혹여 작은 어깨가 젖을까, 기연을 한 팔로 감싸 안아 그 자신의 품 안으로 끌어당겼다. 가파르게 기운 우산 끝이 기연의 어깨를 빗물로부터 보호했다.

방에 들어와서야 기연은 룽거가 한껏 젖었다는 사실을 깨달았다. 그의 옷자락이 축축했다. 오른쪽 어깨는 물벼락을 맞은 수준이었다.

나는 멀쩡한데……. 스스로의 어깨를 매만지던 기연은 퍼뜩, 그를 닦아줘야겠단 생각이 들어 수건을 챙겼다.

"당신이 나와 있을 줄 몰랐어요. 오래 기다렸어요? 온 옷이 젖다시피 했어요."

기연이 준 수건을 받아든 룽거는 빗물이 튄 머리와 귓가를 닦았다.

"상관없다. 갈아입으면 그만이다."

"침의를 꺼내올게요."

옷장에서 침의를 꺼내온 기연은 젖은 옷을 벗는 룽거를 멀거니 쳐다봤다. 룽거는 아무렇지 않아 했지만 울끈불끈한 사내 몸을 눈에 담은 기연은 뺨을 붉혔다.

"기연."

"네? 아, 여기요."

나쁜 짓을 하다 들킨 것처럼 화들짝 놀란 기연은 침의를 내밀었다. 산뜻한 마른 옷으로 갈아입은 룽거는 벗은 옷들을 대충 의자 등받이에 걸치고, 아직까지 일구종 모자를 뒤집어쓰고 있는 기연의 허리를 포식자가 먹잇감을 낚아채듯 콱 끌어안았다. 예쁜 얼굴을 가린 모자를 젖혀낸 그는 기연의 뺨에, 목에 차례로 끈적하게 입을 맞췄다.

배꼽 부근이 저릿해지는 걸 느낀 기연은 이상한 소리가 올라오려 해 입을 앙다물었다.

"숙모님과 부친께 다녀왔다 들었다. 데리러 가려다 시간상 네가 돌아올 듯해, 괜히 길만 어긋날까 봐 관뒀다."

"당신 피곤할 텐데 뭘 데리러 와요. 나는 숙모님이랑 마차를 타고 편히 온걸요."

룽거는 기연과 구들에 앉았다. 일구종과 신을 벗은 기연은 자연스레 그에게 안긴 자세로, 그의 허벅지 사이에 엉덩이를 들이밀었다.

"아까 보니까 당신 머리카락이 많이 젖었던데요. 풀어서 말리는 게 좋겠어요. 마르면 내가 다시 땋아줄게요."

팔을 뒤로 뻗은 기연은 숱 적은 룽거의 땋은 머리를 그러쥐었다. 기연이 풀기 편하라 고개를 푹 숙인 룽거가 물었다.

"부친이 네게 뭐라 하시진 않았겠지?"

"……"

손가락으로 룽거의 머리카락을 빗던 것을 멈춘 기연은 서운한 속내를 숨기지 않았다. 시무룩해진 기연이 신경 쓰여 룽거는 인상을 찌푸렸다.

"기연."

"……"

"기연, 무엇이냐."

"룽거."

우는 목소리를 낸 기연은 룽거의 가슴에 파고들었다.

"아버님이 나한테 당신이 왜 내 아버님이냐고 고함치셨어요. 내가 있으니까 입맛이 떨어진다고, 보기 싫으니 나가라고 쫓아내셨어요. 난 그럴 생각 없었는데, 나한테 정실이 될 수 있을 것 같냐고도 하셨어요."

"……"

어리광을 부리자 서운함이 조금 가라앉았다. 그러나 마음이 가벼워진 기연과 다르게 룽거는 낯빛이 냉담했다. 열이 쏠린 그의 귀는 새빨갰다.

"룽거……"

무서워하는 기연을 알아챈 그는 애써 부드럽게 말했다.

"네가 많이 서운했겠다. 내일 아침 부친께 문안 인사를 올리며 너를 모질게 대하지 말아주십사 말씀드리겠다."

"네?"

"아니면 달리 내가 해주길 바라는 것이 있느냐? 있거든 말해봐라."

"……."

여자 하나 때문에 아들이 불효하는 일은 조선에선 있어날 수 없었다. 그것을 알기에 애초에 뭘 어떻게 해주길 바라 하소연을 한 것이 아니라, 지나가는 수다거리로 한번 떠들었을 뿐이었다. 그러한데 룽거가 심각하니 기연은 되레 당황했다.

하지만 한편으로는 그가 정녕 시아버지에게 따질 수 있을지 궁금했다.

"내일 말고 지금 바로 말해줄 수 있어요? 나 데려가서, 아버님한테 나 예뻐해 주시라고."

"그게 네가 원하는 건가."

"네."

"일어나라."

룽거가 신을 신고 나서려 해 기연은 그의 허리를 부둥켜안았다.

"아, 아니에요! 내가 성급했어요. 천천히 따져 보니까 이건 아닌 거같아요. 나는 조선 사람이라서 부모께 효도하지 않으면 천벌받는다 배웠어요. 당신이 그랬잖아요, 청나라 사람들도 효도를 중히 여긴다고."

"……."

"룽거 나, 다른 방법으로 기분 풀어줘요. 나…… 아기 가지게 해줘요."

굳은 얼굴을 풀지 않는 룽거의 눈치를 잔뜩 보던 기연이 마지막 수단으로 덧붙였다. 싸늘한 침묵이 감돌았다.

하, 돌연 실소를 터뜨린 룽거는 이마를 감싸 쥐었다. 뿐만 아니라 그가 쓰러지듯 구들에 힘없이 드러누워 놀란 기연은 그의 가슴께 옷깃을 흔들었다.

"갑자기 왜 이래요? 어디가 아파요?"

룽거는 물끄러미 기연을 봤다. 그의 눈빛이 평소와 달리 멍했다. 어둡게 가라앉은 눈동자에 허탈감과 자괴감이 아른거렸다.

날 볼 때마다 반짝이던 눈이 어찌 이러나. 왜 빛이 없나. 기연은 초조해져 캐물었다.

"혹여 내가 시아버님께 대들라 부채질을 해서, 불효하려니 괴로워서 그래요? 노인들 중에 간혹 화병으로 앓아눕다 못해 뒷목을 잡고 죽는 이들이 있다던데 당신도 그러면 어떡해……."

기실 그는 중년이 아니요, 노년은 더더욱 아닌 이십대 젊은 장부였으나 기연은 걱정이 그치지 않았다.

"의원을 불러와야 할 거 같아요?"

"……."

"왜 말을 안 해요? 의원을 불러올까요? 불러올게요."

나가려는 기연을 붙든 룽거는 언제 늘어져 있었냐는 양 날렵하게 몸을 일으켰다. 구들에 눕혀진 기연은 위에 올라온 룽거의 뺨과 뒷목을 만지며 꼼꼼히 그를 살폈다.

"룽거, 기운이 돌아왔어요?"

"그래, 돌아왔다."

"당신 몸이 뜨거워요. 방금 전에 대체 왜 그런 거예요. 정말 나 때문에 화가 나 그랬던 거예요?"

"그게 아니라 내 자신이 답답해 그랬다."

"네?"

"자식 만들어달라는 네 말을 듣자마자 부친께 화났던 것을 잊은 내가 진정 짐승이 된 기분이라 허탈해 드러누웠던 것이다."

"……."

그거라면 걱정할 필요가 없었다. 의원을 부르지 않아도 됐다. 화나 죽은 노인 이야기는 들어봤으나 합방하고 싶은 욕정 탓에 죽은 사내 이야기는 들어본 적이 없었다.

기연은 슬쩍 룽거와 맞닿은 하체를 꿈틀거렸다. 그리하자 비로소 사내 허벅지 사이의 변화가 생생히 느껴졌다.

기댈 사람 없는 낯선 나라에서 과부가 되는 건가 싶어 놀랐는데.

뒤늦게 약이 올랐다. 서방 다리 사이를 차버리려다 참은 기연은 투정을 부렸다.

"호랑이도 때려잡을 것 같은 몸을 하고선 힘없이 드러누우면, 병에 걸린 줄 알잖아요. 얼마나 놀랐는지 알아요? 미……."

룽거가 입술을 맞붙여 '워' 자를 삼킨 기연은 그를 그러안았다. 말려 올라온 치마 속으로 파고든 손이 가슴을 매만졌다. 손가락 끝이 가슴 가운데를 자극했다.

"으응……."

룽거의 목에 얼굴을 묻은 기연은 거친 숨을 몰아쉬었다.

어제 룽거가 그랬듯이 기연은 대문 바깥에 서 있었다.

지난 밤 침상에 나란히 누운 채로 룽거가 말했었다. 근래에 묵던성 밖에 있는 유채꽃 밭이 유명하다고, 내일 평소보다 일찍 올 수 있을 듯하니 함께 구경을 가자고.

그는 평소보다 일찍 오겠다는 게 정확히 언제인지 언급하지 않았다. 더구나 사내들은 저들이 여자한테 말한 내용을 쉽게 잊는 고로, 기연은 그의 말에 큰 의미를 두지 않으려 애썼다. 애썼으나, 소용없게 자꾸 기대가 돼 가만있기 어려웠다.

"작은 마님, 왜 거기 서 계십니까?"

대문가를 빗자루로 쓸어 나온 야르시가 물었다. 그가 뭐라 했는지 눈치로 파악한 기연은 만주어로 짧게 답했다.

"룽거 기다려요."

"벌써요? 안에 들어가 기다리시지 않고요. 두 분, 어디 가기로 하신 겁니까?"

금번에는 전혀 알아듣지 못한 기연은 똑같은 말을 되풀이했다.

"룽거…… 기다려요."

"아, 네, 알겠습니다."

지저분한 머리통을 벅벅 긁은 야르시는 빗자루질을 시작했다.

기연은 목을 최대한으로 빼고 황궁으로 가는 길 쪽을 쳐다봤지만 야르시가 비질을 끝낼 때까지 룽거는 보이지 않았다.

정원이나 세네 바퀴 돌고 올까? 고민하는 기연의 귓가에 급한 말발굽 소리가 스쳤다.

"기연!"

순식간에 고동빛 말이 기연 앞에 멈춰 섰다. 기연은 환해져 웃었다.

"룽거."

"왜 나와 있는 거지?"

"당신 보고 싶어서요."

"……어서 타라."

웃음을 참지 못한 룽거는 기연이 말을 타는 것을 도와줬다. 뒷자리에 단단히 자리 잡은 그녀를 확인한 그는 말을 몰았다.

기연은 룽거의 허리를 껴안고 그의 등에 뺨을 붙인 채 빠르게 지나가는 풍경을 구경했다. 익숙한 풍경이었지만 즐거웠다. 오래간만에 룽거와 둘이 집 밖에 놀러 나왔잖은가.

묵던성을 빠져나와 좀 더 달린 룽거는 이윽고 말을 멈췄다.

"기연, 여기서 내려야겠다. 언덕 너머에는 말을 맬 나무가 없다."

말에서 내린 기연을 뒤따른 그는 가까운 나무에 말을 맸다. 둘은 손을 마주 잡고 야트막한 언덕을 올랐다.

"아!"

언덕 정상에 멈춰 선 기연은 탄성을 내뱉었다. 드넓은, 끝이 보이지 않게 펼쳐져 하늘과 맞닿은 듯하다 착각이 이는 들판은 온통 샛노랬다. 이리 커다란 꽃밭을 처음 보는 터였다.

"여기만 보면 세상의 반은 파란 하늘이고 반은 노란 꽃밭인 거 같아요. 아니, 꽃밭을 넘어 꽃바다인 거 같아요."

신난 기연은 유채밭을 이리저리 헤맸다. 허리를 스치는 꽃들에서 퍼져 나온 향기가 정신을 아득하게 했다. 그러나 꽃에 탐닉하는 기연과 달리 룽거는 꽃밭에 파묻히다시피 한 기연을 바라보기 바빴다.

예쁘다. 속으로 생각한 그는 그녀를 뒤쫓았다. 걸리적거리는 관모부터 벗어들고 여인을 불렀다.

"기연."

대답할 틈 없이 룽거는 상체를 숙여 기연에게 입을 맞췄다. 맞붙은 두 입술이 유려히 움직였다. 얽힌 두 혀가 얄궂게 서로를 희롱했다.

입맞춤이 끝나자 기연은 가장 먼저 주변을 살폈다. 다행히 아무도 없었다.

룽거와 다시 손을 잡고 걸으며 기연은 수줍게 물었다.

"갑자기 뭐예요?"

"그냥 그러고 싶었다."

"⋯⋯당신 눈엔 꽃이 더 고운가요, 내, 내가 더 고운가요?"

스스로 내뱉은 질문이 어이가 없어 멋쩍은 미소가 지어졌다. 하지만 룽거는 비웃지 않았다. 마냥 귀엽다는 듯 기연을 내려다볼 뿐이었다.

"당연히 너다. 한데 꽃밭에 파묻히기까지 하니 더 예뻐 가만둘 수 없었다."

기연은 비명을 삼켰다. 선녀가 된 기분이었다.

"그래서 입 맞췄던 거예요?"

"그래."

"……."

한동안 자유로운 왼손으로 유채꽃을 쓸던 기연은 또 물었다.

"당신은 내가 좋아요, 꽃이 좋아요?"

사내의 표정이 뭘 그런 엉망인 질문을 하냐 되묻는 듯했다. 심지어는 말하는 태도가 심드렁했다.

"기연, 방금 네 질문은 어불성설이었다. 이까짓 꽃이 뭐라고 네게 비하겠는가?"

기연은 대꾸 없이 헤실거렸다. 퍽 만족스러운 대답이었다.

온 지 오래되지 않았건만, 밤새 룽거와 꽃밭을 걸어 다니기만 해도 행복할 것이건만, 해가 금방 져 버려 주변이 어둑해졌다. 돌아갈 시간이 됐음을 직감한 기연은 아쉬워 입술을 비죽 내밀었다.

"곧 있으면 새카매질 테니까 돌아가야겠네요."

"그래야겠다. 다음에 다시 오자."

언덕을 넘으며 기연은 불평했다.

"당신이 지체 높은 관리 나으리라 아쉬운 점도 있네요. 항상 바쁘잖아요. 물론 농부도, 노비도, 상인도 모두 바쁘지만. 저번처럼 황제님이 휴가 안 주신대요?"

"겨울이 오면 주실 거다."

"……."

겨울이 오려면 멀었는데.

"가기 싫은 게로군."

"가, 가기 싫어요. 당신하고 밤새 여길 걸어 다녀도 힘들지 않을 거 같아요. 난 솔직히 당신하고 같이 보내는 시간이 늘어났으면 하는 욕심이 있어요."

룽거는 기쁘게 웃었다.

"기연, 너는 갈수록 귀여워진다."

"진심이에요, 애도 아니면서 철없게 굴지 말라는 거예요?"

"어찌 내 말을 비꼬아 들을 수 있단 말이냐?"

자못 놀란 체를 하며 되물은 그가 진지해져 덧붙였다.

"진심이다. 네가 나를 원하는 것이 얼마나 기쁜지 넌 모를 테지."

"아녜요. 나도 알아요. 나도 당신 연모하니까."

"……."

걸음을 멈춘 룽거는 빤히 기연을 내려다봤다. 조용해진 그의 집요한 시선을 확인한 기연이 버벅거렸다.

"왜, 왜요?"

"다시 말해다오."

"뭘요?"

"연모한다 말해준 적이 처음이다."

"그랬나요? 난 기억이 안 나요."

"좋아한다 해준 적은 있다. 그렇지만 기연 너는 꽃도 좋아하지 않느냐? 숙모님도 좋아하지?"

"……."

기대에 차 눈을 반짝이는 룽거가 어서 '연모한다.' 말해달라, 무언의 압박을 보내 기연은 또박또박 발음했다.

"룽거, 연모해요. 나는 다른 좋아하는 사람들이 있지만 그중에 당신이 제일 좋아요. 연모하는 사람은, 사내는 당신 하나밖에 없고요."

"……."

사방이 새카매 한 치 앞을 내다볼 수 없게 되도록 룽거는 말이 없었다.

"이러다간 말을 못 찾겠어요. 빨리 가요."

불안해진 기연이 재촉하며 그의 손을 잡아끌었으나 그는 되레 그녀를 끌어당겼다.

"내가 있는데 무슨 걱정이냐. 무슨 일이 있어도 널 지켜준다 했잖으냐. 그러니 불안해 말고……."

"불안해 말고, 뭐요?"

마른침을 삼킨 룽거는 힘겹게 말했다.

"도착할 때까지 참을 자신이 없다. 입이라도 한 번 더 맞추고 가자, 기연."

"아……. 알았어요."

룽거가 마치 홀린 듯 굴어 있었으므로 까치발을 든 기연은 그에게 입을 맞췄다. 그제야 팔이 허리에 들러붙었다. 맞닿은 그의 몸이 불덩이처럼 뜨거운 이유를, 그가 조금 거칠게 입을 맞추는 이유를 알기에 기연은 찰나에 입술을 맞붙인 그대로 웃고 말았다. 오늘 밤도 조용히 자기엔 그른 듯했다.

옆자리가 부스럭거려 기연은 잠을 깼다. 침상을 빠져나가려던 룽거는 비몽사몽간에 일어나 앉은 기연을 돌아보았다.

"룽거."

"기연, 너무 일찍 깼다."

그는 그녀의 허리를 쓰다듬어 더 자라 다독였다.

기연은 눕지 않았다. 사지가 욱신거려 거듭 깨게 된다고, 사실을 말하지도 않았다. 그랬다간 룽거가 걱정할 테니까. 혹은 그가 다음부터 합방을 꺼릴지 모르잖은가?

"당신을 배웅해 줄래요."

"됐으니 자라."

"해주고 싶어요."

애교스러운 어투로 반항한 기연은 룽거를 뒤에서 껴안았다. 등에 닿은 보드라운 맨 살결이 간지럼을 일으키거니와 여자의 애교가 깜찍해 룽거는 나지막이 웃었다.

"당신 머리가 헝클어졌어요. 다시 따줄게요."

자다 깨 아무것도 입지 않은 몸에 이불만 두른 상태 그대로 기연은 룽거의 머리를 땋았다.

"다 됐어요."

고마움의 표시로 기연의 손을 잡아당겨 손바닥에 가볍게 입을 맞춘 룽거가 일어났다. 나갈 준비를 하는 그를 우두커니 보던 기연은 그를 따라 씻고 치장을 했다.

그녀는 화장대 앞에 앉아 머리를 빗으며 물었다.

"룽거, 조반을 들어야지요?"

"아니, 괜찮다. 생각 없다. 기연 너는 지금 들 텐가? 혼자 먹기 싫다면 네 옆에서 기다리마."

"나중에 먹을게요. 아직 잠이 덜 깨서요."

관복을 차려입고 마지막으로 관모를 쓴 룽거가 문을 열었다. 그와 그녀는 보조를 맞춰 집 밖으로 걸었다. 대문을 넘으니 미리 말을 대령해 놓은 야르시가 기다리고 있었다.

"룽거, 이따 봐요."

"들어가 쉬어라, 비라."

보는 눈을 의식해 남녀는 만주어로 인사했다. 둘뿐이었다면 뺨에 입을 맞췄을 테지만, 별수 없이 참은 룽거는 아쉬움을 삼키고 말에 올랐다.

그가 아예 보이지 않게 돼서야 집 안으로 돌아온 기연은 행랑채 부엌으로 향했다. 그까짓 곁채와 대문 사이를 걸은 것도 운동은 운동이라는 겐지, 배가 꼬르륵거렸다.

여느 날과 마찬가지로 갑단은 아침 식사용 죽을 끓이느라 분주했다. 그릇 하나에 죽을 막 떠 넣은 그녀가 주린 배를 부여잡고 온 기연을 쳐다봤다.

"배가 고파 일찍 깨셨어요?"

"그건 아닌데 룽거를 배웅해 주느라 몇 걸음 걸었더니 허기가 심하게 져요."

"방에 들어가 계시면 바로 조반상을 가져다드릴게요."

"이모 귀찮게 하기 싫으니까 그냥 여기서 먹을게요."

기연은 부뚜막 반대편에 놓인 의자에 앉았다. 갑단이 건네준 숟가락과 죽 그릇을 받아들고 훈훈한 부엌 한구석에서 죽을 먹자니 옛날이 떠올랐다. 어릴 때는 엄마와 언니와 아궁이 앞에 모여 얼마 안 되는 양의 음식을 나눠먹곤 했다. 갓 태어난 아정이를 키우느라 바빴을 적에는 등에 아이를 업은 채 대충 끼니를 때웠다. 때로는 송국조를 피해 도망갔다가 부엌에 몰래 들어와, 허겁지겁 끼니를 때웠다.

그랬던 적이 있거늘 지금은 부엌에 올 일이 없다시피 하다. 갑단과 수와얀다 등, 하인들이 화려한 그릇에 담아 가져다준 비싼 음식들을 편안히 방에서 받아먹는다.

나는 정말 선녀가 된 걸까? 지금 이 삶이 현실이 맞는 걸까? 꿈이 아니라?

"아가씨."

"네, 이모."

상념에서 빠져나와 주걱으로 죽을 젓는 갑단을 바라봤다.

"어제 세자관에서 사람이 왔어요. 아가씨가 공자님과 나가 계신 틈에요."

"세자관…… 이요?"

"네. 상궁님과 역관이라는 사내가 아가씨를 찾기에 나가셨다 했더니 오늘 일찍 다시 오겠다하더군요. 지난번 일도 있겠다, 행여나 공자님이 아셨다간 큰 난리가 날까 봐 제가 다른 하인들을 일단 입조심시켜 놨어요.”

“저를 왜 찾는다던가요? 이유를 말하던가요?”

“아니요. 역관이라는 사내가 엊그제에는 비가 와 안 왔고 어제는 길이 어긋났으나 꼭 아가씨를 만나야 한다면서 오늘은 무슨 일이 있어도 봬야 한다고만 말하더군요. 제가 왜 그러느냐 물었지만 대답해 주지 않았어요.”

“……”

“울갼, 세자관 조선인들이 또 찾아왔는데 공자님의 첩실이 곁채에 없…… 엇! ……여기 있었네요.”

부엌으로 뛰어든 수와얀다가 기연을 발견해 아는 체를 했다.

“수와얀다, 아가씨께 내가 설명 드릴 테니까 나 대신 마님께 조반으로 드실 죽을 갖다 드려줘.”

“알았어. 조선인들은 집 안에 안 들어오고 대문 밖에 버티고 있어.”

수와얀다에게 주걱을 내준 갑단이 설명했다.

“아가씨, 세자관측 사람이 와 대문 밖에서 기다린답니다.”

“……”

호랑이가 제 말을 하면 오듯 딱 맞춰 온 세자관 사람들이 기연은 전혀 반갑지 않았다. 지난번에 세자빈이 그토록 화를 내고 갔는데 무슨 할 얘기가 있다고 다시 찾아온 걸까. 짐작이 가지 않았다.

“나가볼게요.”

“저도 아가씨를 따라가겠습니다.”

무겁게 늘어지는 걸음을 옮겨 대문을 넘자 호통을 쳤던 상궁과 처음 보는 사내가 마차 앞에 서 있었다.

역관 최막동이 공손히 아뢰었다.

"부인, 세자빈마마께서 부인을 뵙길 원하십니다."

"마마님은 보이시지 않네요."

"세자관으로 모셔오라 하셨습니다."

"……갑단 이모도 가도 되겠지요?"

"부인 뜻대로 하십시오. 마차에 오르시지요."

기연은 갑단과 마차에 올라탔다. 덜커덕거린 마차가 세자관으로 달렸다.

멈춘 마차에서 내린 기연은 상궁과 역관을 따라 세자관으로 들어갔다. 세자관은 처음 봤을 때와 달라진 점이 없었다. 다만 정원에 심어진 나무들의 잎사귀가 보다 풍성하고, 푸르러져 있었다.

"왔는가?"

"……그간에 안녕하셨습니까, 세자빈마마."

기연은 모란 나무 옆에 나와 있는 세자빈에게 인사했다. 마지막 만남의 끝이 좋지 못했기에 두 여자는 서로가 편치 않았다. 특히나 문주는 당시에 상한 자존심이 여태 회복되지 않은 상태였다.

문주는 내심으로 기연이 먼저 지난 일을 사죄하길 바랐다. 그러나 기연은 뻣뻣이 서 있을 뿐이었다.

불만을 삼킨 문주는 애써 미소 지었다.

"나를 따라오게."

"예."

문주는 세자관 구석진 곳, 행랑채로 갔다. 행랑채의 작은 앞마당에는 여러 조선인 사내, 여인들이 모여 있었다. 여인 네 명은 마루에 앉아 옷감에 다림질과 바느질을 했다. 사내 둘은 바짓단을 무릎 위로 걷어붙이고 빨래통 속 빨랫감을 밟아댔다. 중년 남녀 셋은 마당에 쪼그려 앉아 채소를 다듬었다. 부지런히 일하는 그네들은 메말랐지만, 활기를 내뿜었다.

문주가 설명했다.

"이들은 모두 포로 출신이네. 내가 사 왔지."

"……."

"며칠 전 청나라 조정이 세자관에 더는 생활비를 지원해 줄 수 없다며, 알아서 먹고살라 심양성 밖에 있는 땅을 내줬네. 나는 저이들을 그 땅에서 농사짓게 할 생각이네. 그리고 농사지어 수확한 수확물을 팔아 더 많은 포로들을 사들일 걸세."

"……."

"사들인 포로들은 먼저 세자관에 온 순서대로 속환사가 방문할 때마다 조선으로 딸려 보낼 거네. 자네, 저번에 물었지? 자네를 찾아간 이유가 조선 백성인 자네 걱정을 해서냐, 용골대 장군과 장군의 조카와 친해지는 데 자네를 이용하기 위해서냐고."

"송구합니다, 세자빈마마."

"둘 다였네. 그러나 애초에 내가 장군과 친밀해지길 원하는 까닭 역시 조선 조정과…… 조선 백성들을 돕기 위해서네."

"……."

"자네는 어쩌면 그날의 내 의도를 곡해했을지 모르나 나는 분명 조선 백성들을 생각하고 있네. 자, 이제 내 서재로 가세. 아직 할 말이 남았네. 정확히는 부탁이 있네."

책으로 꽉 찬 소박한 서재에서 문주와 기연은 탁자 앞에 마주 보고 앉았다. 차 두 잔을 가져다준 상궁이 물러가자 문주는 본격적으로 말했다.

"며칠 전 세자관에 원통한 사건이 있었네. 자초지종을 설명하자면 사건은 심천로라는 자로부터 기원했네. 포로로 잡혀 온 심천로라는 노비가 정명수와 김돌시가 조선 조정으로부터 뇌물을 받았다, 조선이 황제께 진상한 감과 배를 각 일천 개씩 훔쳐 냈다는 소문을 듣고 청나라 형부에 고발을 했다 하네. 정명수와 김돌시를 좋아하는 조선인은 세 상천지 어디에도 없으니 심천로가 그리 한 게 이상한 일은 아니었지."

문주는 찰나에 미안한 표정을 지어 보였다.

"지난번 자네를 정명수에게 빗댔던 것은 미안하네. 그때는 나도 감 정이 격해져 있었네."

"저는 정명수와 김돌시를 몰라 별다른 생각을 하지 않았습니다."

"그러한가? 그 두 역관들은 재신들에게 뿐 아니라 백성들에게도 악 명이 자자하거늘 신기하군. 청나라에 끌려오면서 다른 포로들에게 최 소한 한 번쯤은 들어보았을 법한데."

"……."

기연은 굳이 '룽거와 가까워진 후로 포로들에게 배척을 받았다. 하 여 역관들에 대해 듣지 못한 듯하다.'고 밝히지 않았다.

"아무튼 간에 진상 조사를 위해 형부 관리들이 세자관으로 혹여 참 고인 삼을 만한 조선인 관리가 있나 탐방을 나왔는데, 강효원과 정뇌 경이라는 두 조선 관리가 흉악한 역관들을 벌하고 싶은 마음에 뇌물 사건을 알고 있다 나섰네. 하지만 실상 잘 알지 못하면서 성급히 나섰 기에 물증이 있을 리 없었지. 한편 정명수와 김돌시는 노발대발해 뇌 물 의혹이 모함이다 잡아뗐네. 수하로 둔 역관들이 불미스러운 일에 휘말린즉, 용골대 장군의 심기도 언짢아졌네. 혹여 이 일에 관해 들 은 바가 있는가?"

"전혀 없습니다."

"용골대 장군은 불쾌해하며 형부 관리들과 함께 정명수와 김돌시, 강효원, 정뇌경을 대질 심문 시켰네. 증거를 요구하는 장군의 물음에 정뇌경과 강효원이 응하지 못했거니와, 두 관리의 증언이 조금씩 다르 니 장군과 형부 관리들은 의심을 하더군. 두 조선 관리의 증언이 다른 까닭이 역관들을 거짓으로 모함하려 했기 때문이 아니냐고 말일세."

"……."

"여러모로 상황이 우리 쪽에 불리했네. 세자 저하께서는 정뇌경과 강효원 두 충신을 돕고 싶어 하셨지만, 일전에 황제께서 조선 조정에 내리신 칙서를 통해 '뇌물을 받은 자와 준 자, 모두가 죄인이다'라고 말씀하셨네. 또한 청나라에서는 죄를 지은 자를 감싸면, 감싼 자를 같은 편이라 분류하네. 이렇다 보니 저하께서 정뇌경과 강효원을 감싸 셨다간 저하뿐 아니라 조선 조정에 불똥이 떨어질 판이었지."

"조선이 역관들에게 정녕 뇌물을 주었는지요?"

기연은 조심스럽게 물었다. 주저하던 문주는 작은 음성으로 실토했다.

"몇 번, 역관들이 횡포를 부리며 요구하기에 준 걸로 아네."

"……."

"부디 용골대 장군과 조카에게는 말하지 말게."

"예, 알겠습니다."

"약속하겠는가?"

"약속드리겠습니다."

고개를 끄덕인 문주가 이어 말했다.

"세자께서는 결국 두 관리들을 비호하지 못하셨고, 심천로까지 합해 세 사람은 흰 끈으로 목이 졸리는 교살을 당했네."

"……."

적막이 감돌았다. 문주는 기연이 뭘 어찌해 드리랴 물어주길 바랐지만 기연은 또 문주의 뜻대로 움직이지 않았다.

이 여인은 조선보다 오랑캐 낭군을 훨씬 아끼는 겐가? 하여 조선을 위하는 마음이 없어, '어떻게 하면 세자관을 도울 수 있느냐. 부탁할 내용이 무엇이냐.' 묻지 않는 겐가?

불현듯 문주는 불신을 느꼈다. 조선 조정이 정명수와 김돌시에게 뇌물을 줬다는 사실을 괜히 실토한 것이 아닐까? 용골대와 그의 조카에게 말하지 않겠다는 약속을 믿어도 될까?

불안했지만 기연을 믿는 수밖에 없었다. 불안했지만, 기연 외에 달리 부탁할 사람이 떠오르지 않았다.

"자네에게 부탁함세. 큰 것을 바라는 것이 아니네. 그저 용골대 장군에게 정뇌경과 강효원의 장례를 치러줄 수 있게끔 그들의 시신을 내달라 청해주게. 역관들을 고발한 정뇌경과 강효원에게 분노한 장군이 그들의 시신을 내주지 않고 있네. 하지만, 불쌍히 죽은 것도 억울한 그네들을 어찌 장례도 치러주지 않겠는가?"

"……."

"장례를 거창하게 치르겠다는 것이 아니네. 시신을 염해주고 싶을 뿐이야."

"제가 숙부님께 두 나리의 시신을 내어달라 여쭈지 않는다면, 그분들은 어찌 되는지요?"

비탄에 잠긴 문주는 잠시 침묵했다.

"아무렇게나 어딘가에 내버려지지 않겠는가."

낯선 땅에서 죽은 것도 섭섭할 텐데 아무렇게 내버려진다…….

무릎 위에 다소곳이 올려놓았던 두 손을 들어 찻잔을 집어 든 기연은 다 식어 미지근한 차를 한 모금 삼켰다.

"숙부님께서 제 말을 들어주실지 모르겠지만 한번 여쭤는 보겠습니다."

"고맙네."

문주는 반색했지만 고민에 빠진 기연은 얼굴에 그늘이 졌다. 괜히 나섰다가 잉굴다이의 미움을 살까 봐 걱정이 됐다.

"오늘이나 늦어도 내일, 기회를 봐 여쭈겠습니다. ……하면 저는 이만 돌아갈까 합니다."

"아! 워낙 긴 자초지종이라 마무리하기까지 시간이 오래 걸린 탓에 그대가 피곤하겠군. 마중해 주겠네. 일어나게."

"아니요, 괜찮습니다. 갑단 이모와 가면 되니 마마님께서는 일어나지 않으셔도 됩니다."

"내 감사의 표시일세."

"……."

더더욱 부담감을 느끼며 기연은 세자빈을 따라 나섰다. 서재 문밖에 서 있던 갑단이 기연을 좇았다.

그들은 마당을 가로질러 세자관 정문으로 향했다. 마당에는 앉은 뱅이 한 명이 철퍼덕 주저앉아 비질을 하고 있었다.

앞서가던 문주가 앉은뱅이를 말렸다.

"가만히 쉬라 했거늘 몸 불편한 이가 어찌 자꾸 일을 하는가?"

흘끗 세자빈을 올려다본 앉은뱅이는 다시 땅에 고개를 처박은 채 무뚝뚝이 대꾸했다.

"병신이 된 소인 놈을 구해주셨는데 비질이라도 해야지요."

"조선 백성인 그대를 구하는 것은 내 마땅한 소임이었느니라."

"밥값을 해야 이놈 마음이 편합니다."

"고집스럽기는."

못 말린다는 표정을 지은 문주는 앉은뱅이를 지나쳤다.

세자빈을 뒤따르며 안쓰러운 이를 내려다보던 기연은 걸음을 멈췄다.

헉, 커다란 숨을 들이쉰 기연의 입이 벌어졌다. 갑자기 호흡이 멎었다. 팔다리가 덜덜 떨리고 시야가 어지러이 흔들렸다.

"아가씨, 왜 그러세요? ……아가씨?"

"아…… 아버……."

목이 졸린 양 안색이 파리해진 기연의 머리가 땅바닥으로 처박혔다.

"아이고! 아가씨!"

쓰러지는 기연을 쫓아 주저앉은 갑단이 안간힘을 다해 기연을 감싸 안았다. 천운으로 기연은 땅에 뒤통수를 부딪치지 않고 갑단의 품 안에서 기절했다. 문주가 외쳤다.

"어의! 서둘러 어의를 불러오라! 내관은 이 여인을 업어 내 침실로 옮기어라!"

"예, 마마!"

기연을 업어든 내관이 왔던 길을 되짚어갔다. 갑단과 문주를 비롯한 상궁들이 내관을 쫓았다.

급작스럽게 소란스러워졌던 마당은 다시 급작스럽게 고요해졌다. 남은 이는 앉은뱅이 하나뿐이었다.

"저 오랑캐 첩년이 내 둘째 딸년을 닮았네. 내 딸년과 비교가 안 되게 반반하지만."

중얼거린 앉은뱅이는 다시 비질에 몰두했다.

세자빈의 침실에는 침실 주인만이 아니라 상궁과 내관, 어의, 갑단이 모여들었다.

진맥을 끝낸 어의가 물러났다. 문주는 조급히 물었다.

"어떤가? 어찌 갑자기 쓰러진 겐가?"

"염려 마소서, 마마. 이 여인은 놀라 쓰러진 겁니다. 정신에 충격을 받아 잠깐 기절한 거지요. 곧 깨어날 겁니다."

"놀라 쓰러져? ……건강에 문제가 생기거나 하진 않았겠지?"

"건강은 매우 양호합니다. 배 속 아이도 무탈하고요. 들어선 지 한 달이 채 안 된 아이라, 아이라 부르기도 애매하긴 합니다만."

"아이? 이이가 회임을 하였나?"

"예, 마마."

뒤편에 물러나 있던 갑단이 놀란 신음을 내뱉었다. 어의가 이어 말했다.

"아뢨다시피 회임한 지 한 달도 안 됐고, 아직 회임 증상이 뚜렷이 나타날 때가 아니라 아마 이 여인도 자신이 임부라는 사실을 모를 거라 사료됩니다."

"알았네. 물러가 보게."

"예."

문주는 갑단에게 물었다.

"들었듯이 놀라 쓰러졌다는데, 무엇인지 짐작 가는 바가 있는가?"

"모, 모르겠습니다."

"……."

기절한 기연을 내려다보며 문주는 상념에 잠겼다. 멀쩡히 걷다가 왜 쓰러졌을까. 마당에서 본 거라곤 발뒤꿈치를 잘린 포로 출신 사내 하나였건만. ……그이를 보고 놀란 겐가? 몸이 성하지 않은 자라서?

"산책을 다녀올 것이다. 아무도 따르지 말라."

홀로 나온 문주는 후원 대신 사내종과 사내 포로들이 머무는 행랑채로 갔다. 앉은뱅이는 바깥에 나와 있었다. 마루 기둥에 기대 우두커니 앉아 있는 그의 탁한 두 눈이 세자빈을 응시했다. 기둥을 붙잡고 일어나 인사를 올리려는 그를 문주는 만류했다.

"앉아 있으라. 일어날 필요 없으니. 자네 딸이 있다 했었지."

앉은뱅이는 궁금한 기색을 내비쳤다.

"네. 인삼 장수한테 시집보낸 딸년이 하나 있었습지요. 지금은 죽었는지 살았는지 도통 모르겠습니다. 죽었다면 오래 괴롭지 않고 얼른 죽었어야 할 텐데 말입니다. 어딘가에서 살아 고생하고 있다면, 하루 빨리 죽어야 할 텐데 말입니다."

앉은뱅이는 마지막으로 딸년을 본 날을 회상했다.

딸년의 제 어미를 빼닮은 얼굴은 사위 놈에게 맞아 멍투성이였다.

그런 딸년을 앞에 두고 '왜 처신을 똑바로 안 해 외간 놈과 추문을 만들었느냐.', 사위 놈 편을 들었다. 서운해하며 욕을 쏟아붓는 딸년을 때리려 술병을 들고 쫓아갔었다.

앉은뱅이는 벌게진 눈시울을 훔쳤다. 손가락으로 코끝을 부여잡고 팽 코를 풀었다.

"그런데 제 딸년 이야기는 왜 물으시는지요. 이놈의 딸년이 궁금해 찾아오셨습니까?"

"……."

가족 일에 섣불리 껴들어선 안 될 것이다.

하지만 참으로 가련하잖은가? 아비는 발뒤꿈치를 잘려 제대로 걷지 못하게 됐고 딸은 오랑캐의 첩이 된 저 부녀가 서로를 완전히 알아보게 되는 날엔, 얼마나 거센 눈물파도가 휘몰아칠는지.

연민을 숨긴 문주는 대답을 얼버무렸다.

"조선이 그리워 정처 없이 걷다가 예 닿았는데, 마침 자네를 보게 돼 수다거리로 물었느니라. 들어가 쉬라."

침실로 돌아온 문주는 정신을 차리지 못한 기연을 내려다봤다. 잠든 듯 평온해 보였지만, 둥근 이마와 가는 목에 식은땀이 약간 맺혔다.

"곧 있으면 청나라 조정 관리들이 퇴청할 거네. 그대가 깨어날 때까지 기다리고 싶네. 내 방을 보름이고 한 달이고 내줄 수 있어. 하지만 이미 충분히 용골대 장군이 세자관을 밉보는 마당에 조카며느리인 그대가 못 깨어나고 계속 여기 있다간, 장군과 장군의 조카가 세자관에 누워 있는 그대를 봤다간 우리 입장이 한결 난처해지지 않겠나? 그러니 지금 돌려보낼 수밖에. 배 속 아기는 무사하다니 걱정 말고 심신을 보전하게. 다음에 또 보세."

문주는 내관과 상궁에게 당부했다.

"장 내관은 이 여인을 마차로 옮겨라. 여인 몸에 사내들 손이 닿게 할 수 없다. 그러니 내관은 용골대 장군 댁까지 따라가 이 여인을 책임지고 처소로 데려가라. 강 상궁은 내관과 함께 여인을 엄호해라."

"예, 마마."

세자빈은 연달아 갑단에게 당부했다.

"성실히 간호해 주게."

"예예, 그럼요."

조심스럽게 기연을 업어든 내관이 바깥으로 나섰다. 실려 나가는 기연을 보는 문주의 얼굴 표정이 침통했다.

❊

기다란 속눈썹이 파르르 떨렸다. 말려 올라간 눈꺼풀 아래로 깨끗한 검은 눈동자가 드러났다.

눈을 뜨자마자 시야를 가득 채운 룽거를 기연은 멍하니 올려다봤다. 손이 룽거의 손에 붙잡힌 게 느껴졌다. 그의 강한 악력이 생생했다. 룽거 뒤에 선 소야와 잉굴다이, 갑단을 차례로 살핀 기연은 다시 룽거를 봤다.

소야가 소란을 피웠다.

"우리 기옌이 깨어났구나! 룽거, 왜 다독여 주지 않니? 회임한 새아기를 왜 그리 무서운 표정으로 대하는 게야. 기옌이 세자관인지 뭔지 하는 곳에서 쓰러져 실려 온 바람에 네가 화난 건 알지만 다정히 대해주려무나. 석 달은 지나야 아기가 배 속에 안전하게 자리 잡는데 네가 그런 얼굴을 하고 있으면 기옌과 아기 모두가 놀라겠다. 놀래키지 마렴."

"숙부님, 숙모님, 송구하나 자릴 비켜주십시오."

"그래, 알겠다. 너도 경황이 없겠지. 대인과 나는 물러가마. 무슨 일이 있거든 꼭 말해야 한다."

"잔소리는 그쯤하고 어서 가세."

다른 날과 반대로 잉굴다이가 소야를 닦달해 내당으로 데려갔다. 갑단이 주인 부부를 뒤따랐다.

둘만 남았지만 룽거와 기연 모두 말이 없어 방에는 정적이 감돌았다. 먼저 열린 사내의 입술 사이로 서릿발처럼 싸늘한 목소리가 흘러나왔다.

"세자관에 가려다 네가 깨는 모습을 확인하려 기다렸다. 울간은 어찌 된 건지 자세히 모른다더군."

"……."

"네가 세자관과 얽히는 것이 진작부터 싫었으나 조선인들과 알고 지내고 싶은 마음이 없지 않을까 봐 아무 말을 하지 않았다. 하지만 더는 가만있지 않겠다. 너를 세자관에 가게 할 수 없다."

"……."

"무슨 일이 있었는지 말해라. 말하지 않으면 지금 바로 세자관에 갈 것이다."

기연은 대답하지 않았다. '기연.' 그녀를 부른 룽거의 목소리가 화를 억누르느라 부들부들 떨렸다.

"기연!"

결국 참지 못한 룽거는 버럭 외쳤다. 기연의 두 눈에서 소리 없이 눈물이 쏟아졌다.

"무서…… 워요."

"……."

"화내면 무서워요."

"……."

섬섬옥수를 놓은 룽거는 그 자신의 두 손을 무릎 위에서 꽉 주먹 쥐었다. 한참 숨을 고른 끝에 기연을 일으켜 앉혔다. 부드럽게 기연을 감싸 안은 그는 창백한 뺨에 남은 눈물 자국을 닦아줬다.

"내가 잘못했다."

"……."

"답답해 그랬다. 다신 그러지 않으마."

룽거는 여전히 답답했지만 엄청난 인내심을 발휘해 참고 물었다.

"기연, 대체 왜 이러는 거냐."

"……."

"말하기 싫은 겐가? 좋다. 그럼 다른 것을 물으마. 어디가 아프진 않은가?"

이번에는 반응이 있었다. 기연은 고개를 저었다.

"배가 고프지는 않은가?"

기연은 재차 고개를 저었다.

"기연……."

주저하던 룽거는 솔직히 실토했다.

"네가 회임을 했다 한다. 그러한데 홑몸도 아닌 네 심신이 불안정하니 나는 마치 지옥 불구덩이 속을 헤매는 듯하다."

"회임요?"

기연은 휘둥그레져, 괴로워하는 룽거를 쳐다봤다. 마침내 산사람의 생기가, 설렘이 어둡게 가라앉아 있던 그녀 얼굴에 번졌다.

"그래. 한 달이 안 됐다 한다."

"정말이에요?"

룽거는 씁쓸한 웃음을 지었다. 방금 전까지 산송장 행세를 하던 기연이 약간이나마 활기를 띠니 안도가 되면서도, 기존의 걱정이 완벽하게 가시지 않았다.

"믿지 못하는 게냐? 의원을 불러 확인시켜 줄까?"

"아, 아니에요. 됐어요."

중얼거린 기연은 평평한 스스로의 배를 만지작거렸다. 바라 마지않던 아기가 왔다. 다른 이 아닌 룽거의 아기다. 하지만 웃음이 나오지 않았다.

주저앉아서 마당을 쓸던 앉은뱅이, 병신 앉은뱅이 흉내를 내던 아비⋯⋯. 부호 생각을 떨친 기연은 홧홧한 눈시울을 참고 침착히 말했다.

"숙부님께 드릴 말씀이 있어요. 숙부님과 갑단 이모를 불러줘요. 당신은 자리를 비켜줘요."

"⋯⋯."

"내 말대로 해줘요."

"알았다."

바깥으로 나간 룽거는 잉굴다이와 갑단을 들여보냈다. 갑단은 기연을 걱정하느라 안절부절못했다. 잉굴다이는 안색이 모호했다.

잉굴다이는 타타라 가문에 오래간만에 생긴 경사가 반가웠지만 한편으론 쓰러진 조카며느리가 염려됐다. 또한 어째서 조카며느리가 자신을 찾는지 의문스러웠다.

일어선 기연에게 잉굴다이는 앉으라 손짓했다.

"울갼, 앉으라 해라."

"아가씨, 대인께서 앉으라 하십니다."

통역한 갑단은 둥근 간이의자를 잉굴다이에게 가져다줬다. 잉굴다이가 의자에 앉자 기연도 침상 끝에 걸터앉았다.

응당 회임 축하 인사와 건강 안부 인사를 표해야 했으나 조선인 조카며느리와 데면데면하게 지내온즉, 잉굴다이는 적절한 말이 떠오르지 않았다. 그는 결국 본론으로 넘어갔다.

"내게 용건이 있다지?"

"예, 숙부님."

"말해라."

"……숙부님, 회임한 저를 장하게 여기셔 부탁 한 가지를 들어주실 수 있는지 여쭙고 싶습니다."

갑단의 통역을 들은 잉굴다이는 물끄러미 기연을 주시했다. 날카로운 시선이 상대의 속을 꿰뚫는 듯했다.

"네 부탁은 혹여 세자관과 관련된 것이냐?"

"……."

"지금껏 표현하지는 않았으나 네가 욕심 많은 계집은 아니라 생각했다. 잔꾀 부릴 성격으로 보지도 않았다. 그렇거늘 회임한 대가로 부탁을 들어달라? 그것도 세자관에 다녀온 오늘, 쓰러졌다 깨어나자마자 이리 급하게?"

"……."

"운을 뗀 쪽은 너면서 어찌 조용하느냐? 네 부탁이 세자관과 관련됐는지 물었다."

"예. 맞습니다. 숙부님, 정뇌경과 강효원의 시신을 세자관으로 보내주실 수 없는지요."

"소현세자가 널 통해 꾀를 쓰려 한 게로군. 이 건방진 계집!"

잉굴다이는 주먹으로 자신의 허벅지를 내려쳤다. 노발대발한 그가 외쳤다.

"정뇌경과 강효원은 내가 부리는 역관들을 모함해 죽이려 했다! 그따위 불온한 자들도 같은 조선인이라고, 네가 감히 감싸는 게냐?! 게다가 회임한 너를 장하게 여겨 그들 시신을 내보내 달라는 것은, 네 요구를 들어주지 않는다면 네 배 속 타타라 가문의 씨앗을 해치겠다는 협박이 아닌가?!"

"숙부님, 협박이 아니에요! 이 아기는 제 자식이기도 합니다!"

"시끄럽다! 괘씸한 것, 조선인 포로임에도 내 집에 들여줬건만 은혜를 이런 식으로 갚아?!"

"숙부님!"

이번에 숙부를 부른 이는 기연이 아니었다. 문을 박차고 들어온 룽거는 보호하듯 기연을 끌어안았다.

"숙부님, 기연은 아픕니다!"

웃어른을 앞에 두고 여자 편을 드는 걸로 모자라 자신에게 반발하는 룽거를 잉굴다이는 호되게 나무랐다.

"너는 하찮은 계집에게 빠져 사리 분별을 못하게 된 게냐? 어딜 끼어드느냐! 누구에게 소리치느냐!"

"아픈 데다 회임까지 한 기연입니다! 이러실 순 없습니다!"

"룽거!"

룽거의 소맷자락을 움켜쥔 기연은 세차게 고개를 흔들었다.

"룽거, 그러지 마요!"

"……"

룽거가 닦아준 뺨이 다시 젖었다. 새로이 흘러나온 눈물이 사방에 튀었다. 룽거의 옷에도.

"내가 실수한 거니까 제발 나서지 마요! 제발!"

"……"

"숙부님."

눈물을 닦은 기연은 잉굴다이를 불렀다.

"숙부님, 저는 정뇌경과 강효원을 감싸려는 게 아닙니다. 숙부님 말씀대로 그들은 역관들을 모함했건만 어찌 감싸겠습니까."

"하면 무엇이냐!"

"저는 숙부님의 넓은 아량에, 저를 장하게 여기실 숙부님 마음에 기대 부탁을 드리고 싶었습니다. 제가…… 제가 배 속 아기를 들먹여 화가 나셨다면 죄송해요. 배운 것이 없어 처신을 똑바로 하지 못했어요."

"……."

잉굴다이가 조용해진 틈에 기연은 재빨리 어떻게 하면 그의 기분이 더는 상하지 않게 하면서, 정뇌경과 강효원을 옹호할 수 있을지 고민했다.

"정뇌경과 강효원은 숙부님과 황제님…… 그리고 대, 대청국에 죄인입니다."

"그걸 알면서 감싸느냐?"

"그들은 조선 왕이 황제님께 삼궤구고두를 올리기 전까진 조선 왕만을 섬겼습니다, 숙부님."

"……."

"그들이 금번에 실수를 저질러 대청국의 죄인이 된 이유는 대청국과 황제님을 진심으로 섬긴 지 얼마 되지 않았기 때문이 아니겠는지요. 저들 딴에는 황제님께 충성하고 싶은 의욕이 앞서 역관들이 뇌물을 받았다는 소문을 섣불리 믿었던 것이 틀림없습니다. 소문이 사실일 거라 확신해 황제님과 대청국에 죄를 지은 역관들을 참을 수 없던 것입니다."

"……."

"숙부님, 그들이 어리석었지만 의도만은 나름대로 순수했으니 그 점을 고려하셔서 하잘것없는 뒷자리에라도 묻히게만 해주세요. 숙부님께서 부탁을 들어주시면 저는 다시는 세자관이나 조선 관리들 편을 들지 않겠습니다. 룽거를 내조하고, 룽거의 아이를 잘 키우는 일만 생각하겠습니다."

"……."

아무런 반응을 하지 않던 잉굴다이는 한참 만에 한쪽 입꼬리를 올려 비소했다.

"감언이설을 잘도 내뱉는군. 듣기 좋은 말을 아주 잘해."

"......."

"정뇌경과 강효원이 대청국과 대청국 황제 폐하께 충성하고자 저들 딴엔 애쓴 거라는 네 해명은 그럴듯하게 포장된 변명에 불과하다. 나는 지난 십년간 조선인들을 봐왔다. 그들은 쉽게 굽히는 자들이 아니다. 외려 짓밟으면 짓밟을수록 강하게 일어나는 자들이지. ......그러나 사람은 본래 타고나기를 몸에 좋은 쓴 약은 기피하고 몸에 나쁜 단 과자를 선호하기 마련이지."

"......."

"좋다. 그 죄인들은 어차피 죽었으니 단 한 번만 네게 속아주겠다. 더구나 네 부탁을 무시했다간 저 녀석이 난리가 날 테지."

잉굴다이는 도끼눈을 뜬 룽거를 흘끗 쳐다봤다.

"정뇌경과 강효원의 시신을 내일 세자관으로 보내겠다."

"감사합니다, 숙부님."

"오늘 이후 네가 같은 조선인을 감싼다느니, 네 출신과 관련된 이야기를 일절 하지 않겠다. 대신 너는 다시는 세자관이나 조선 관리들 편을 들지 않을 것이며, 앞으로는 룽거를 내조하고, 네 배 속 타타라 가문의 아이를 잘 키우는 것에 집중하겠다는 말을 반드시 지켜야 한다. 회임까지 한 이상 너는 빼도 박도 못하게 룽거의 계집이다. 타타라 가문의 일원이다. 명심해라."

"명심하겠습니다."

"울걍, 임신한 환자를 쉬게 해야 하니 나가라."

명령한 잉굴다이가 앞서 나갔다. 기연은 다시 벙어리가 돼 룽거에게 얌전히 안겨 있었다.

"기연."

"......."

"정뇌경과 강효원 사건은 워낙 유명해 나 역시 알고 있다. 네 성격상 그자들을 모르는 체하기 힘들었을 테지."

"……."

"정신을 놓을 만큼 그자들이 불쌍했던 거냐."

"정뇌경과 강효원이 조금 안쓰럽다 느끼긴 했지만, 그게 그 양반 나리들을 감싼 이유 전부는 아니에요. 그 사람들 때문에 쓰러진 것도 아니고요."

"하면 대체 무엇이냐. 집에 돌아와 쓰러진 너를 봤을 때, 머리가 터지는 줄 알았다."

"……."

"기연."

절망이 깃든 룽거의 목소리는 이제 떨리는 걸 넘어 축축했다. 하지만.

세자빈이 병신 된 아비를 구해줘 그녀 부탁을 들어줬다. 입천장을 찌르는 한 마디를 삼킨 기연은 룽거의 품 안으로 파고들었다. 지친 고개가 힘없이 흔들렸다.

깊은 한숨을 내쉰 룽거는 두 번 묻지 않았다. 그저 가만히 기연을 껴안고 있었다.

❀

정뇌경, 강효원의 시신이 세자관으로 돌려보내졌다는 소식을 역관 정명수가 들었을 때는 이미 잉굴다이가 퇴청한 후였다.

정명수는 감히 잉굴다이의 자택으로 찾아왔다. 자택 외실, 잉굴다이의 서재에 든 역관은 교의에 앉은 상전을 향해 무릎을 꿇어 보였다.

"장군, 소인은 다이칭 구룬(대청국)에 귀화하고부터 여태껏 다이칭 구룬과 황제 폐하, 그리고 장군께 충성해 왔습니다. 아시잖습니까."

"그래, 안다. 너는 조선국의 정보를 속속들이 대청국에 알렸다. 너는 대청국 역관으로서 대청국의 입장을 성실히 조선국에 표방했다. 조선국에 갈 때마다 네 덕에 길을 찾기 쉬웠다."

"장군, 소인의 충심을 아시면서 어찌 소인을 모함하려 한 정뇌경과 강효원을 세자관으로 보내셨는지요."

"정명수, 서운하다는 겐가?"

"……."

정명수는 대답하지 않았다. 서운하다는 의미였다. 정명수의 마음을 짐작한 잉굴다이가 말했다.

"내 조카며느리가 특별히 부탁해 거절할 수 없었다. 어찌 됐건 널 모함한 조선인 관리들은 죽었으니 너도 지난 일을 털어내라."

"……."

"대답이 없는 까닭은 내 말을 받아들이지 않겠다는 게냐?"

역관은 얼른 응답했다.

"그럴 리 있겠습니까? 장군의 말씀을 따르겠습니다. 다시 생각하건대 소인이 옹졸했습니다. 정뇌경과 강효원은 죽었거늘 그깟 시신을 세자관에 못 내주겠습니까?"

"알았으면 그만 가봐라."

"예, 장군. 편안히 쉬십시오."

미소 띤 정명수의 얼굴은 서재 문이 닫히자마자 냉담히 식어 내렸다. 탐욕스러운 두 눈이 번뜩거렸다.

잉굴다이의 조카 타타라 룽거가 조선인 계집을 첩실로 들인 사실은 꽤나 유명했다. 유명했지만, 특별하지는 않았다. 조선인 계집 한둘을 첩실로 두지 않은 문무관들을 찾기가 어려웠으니까. 문제는.

조카며느리…….

고작 첩실을 조카며느리라 부르다니. 조선인 첩실 따위가 잉굴다이 장군의 의사를 바꾸다니. 이러다간 그 계집이 역관 행세를 하고 드는 것이 아닐까? 그 계집이 자꾸 세자관을 비호하고, 장군과 세자관을 친밀하게 엮으려 하지 않을까?

주위를 두리번거린 정명수는 발소리를 죽인 채 집 안을 배회했다. 그는 불현듯 나무 몸통 뒤에 몸을 숨겼다.

슬쩍 고개를 뺀 정명수는 곁채 처마 아래에 놓인 걸상에 앉은 여자를 염탐했다. 한눈에 봐도 조선인임을 알 수 있는 살결이 흰 여자는 옆에 앉은 사내의 떡 벌어진 너른 어깨에 기대 자고 있었다. 시선을 옮긴 명수는 타타라 룽거를 살폈다.

행여나 여자가 깰까, 그가 꼼짝 않으려 조심하는 것이 멀리서도 느껴졌다. 타타라 룽거는 이상하리만치 제 자랑을 하지 않았기에 황제나 친왕들의 총애를 받지는 못했으나, 그의 조정 일을 처리하는 솜씨가 뛰어나다는 것을 주변 사람들은 알음알음 알고 있었다. 젊은 사내는 또한 전쟁터에서의 실력도 뛰어나다 했다. 병자호란을 치르다가 조선에서 전사한 대청국의 위대한 전사 양굴리가 그의 무예를 칭찬한 적이 있다는 소문을 들어본 적이 있었다.

그러한 타타라 룽거가 조선인 계집 옆에서는 마냥 다정한 공처가로만 보였다. 계집에게 붙박인 시선에 끔찍하리만치 깊은 애정이 얽혀 있었다. 만주인 아닌 천한 조선인 계집을 저리 아끼는 것이 가능한가?

얄팍한 입술을 비죽거리던 정명수는 홱 돌아섰다.

❀

기연은 깨어나 옆을 봤다. 졸기 전에는 분명 혼자 곁채 앞에 앉아 있었다. 그랬는데 어느샌가 룽거가 옆에 와 있다. 무릎에는 담요가 덮여 있고, 열심히 만들던 아기 배냇저고리는 룽거의 무릎으로 옮겨갔다.

기연이 어깨에 기대고 있던 머리를 들어, 그녀 높이에 맞추느라 자세를 구부정하게 하고 있던 룽거는 허리를 꼿꼿이 폈다.

"곤히 자기에 깨우지 않았다. 불편하게 자 목이 아프지는 않느냐."

"난 괜찮아요."

다른 날 같았으면 당신이야말로 허리가 아프지 않냐 되물었을 것을, 짧은 한 마디를 끝으로 기연은 침묵했다. 애정이 깃든 목소리로 언제 왔냐 묻지도, 떨어져 있는 동안 당신이 보고 싶었다고 속삭이지도 않았다.

아쉬움을 내색하지 않은 룽거는 기연의 무릎에 배냇저고리를 올렸다.

"안에 들어가자."

그녀를 안아 든 그는 침상으로 향했다.

조는 기연 옆에 앉기 전에 룽거는 미리 행랑채 부엌에 찾아가 수와 얀다와 갑단에게 물었다. 기연이 낮에 무탈하게 지내는지를. 식사를 챙기는지를. 여종들은 사내가, 그것도 지체 높은 공자가 행랑채 부엌에 온 것을 놀라워하긴 했지만 '그렇다'고 했다.

"기연, 밥은 제대로 먹고 있는 게냐. 아침과 점심을 거르진 않았겠지?"

하지만 멀뚱히 앉아 있는 기연을 껴안은 룽거는 뻔히 답을 아는 질문을 반복했다. 실어증에 걸리기 직전인 양 웬만해선 혀를 사용하지 않는 기연을 방치할 수 없었다. 억지로라도 말을 시켜야 할 듯했다.

"둘 다 먹었어요."

"대충 몇 입만 먹은 건 아니냐."

"아니에요. 갑단 이모가 주는 대로 그릇을 깨끗이 비웠어요. 홑몸이 아니니 열심히 먹어야 되니까요."

기대 이상의 세세한 대답에 그는 기쁨을 숨기지 않았다. 그리고 보니 배 속 아이가 복덩이였다. 아이가 아니었다면 기연이 끼니를 걸렀을지 모른다. 혹은 묻는 말에 일절 응답을 안 해줬을지도.

"기연."

"……"

기연의 기분을 풀어주고 싶어 그는 자꾸 대화를 이어나갔다.

"아침에 부친이 허투알라로 돌아가셨다."

"이렇게 갑자기요?"

"원래 그러신다."

"인사를 드렸어야 했는데요."

"아니다. 내가 배웅해 드린 걸로 됐다. 그보다 부친께 네 회임 소식을 전해 드렸다. 너와 아기가 건강한지 물으시더군. 네 서운함을 풀기엔 부족하겠지만 부친이 너와 아이 안부를 물으셨다는 것은 네 칭찬을 하신 것과 다름없다."

기연은 젖 먹던 힘을 짜내 억지웃음을 지었다.

"다행이에요."

"숙부님도 많이 기쁘신 듯하다. 이곳저곳에 자랑을 하셨는지 몇 관리들이 내게 와 축하주를 사겠다 자처했다. 네가 회임 초기라 몸 상태가 예민해 일찍 들어가야 하니 다음에 사달라고 거절했지만."

"……그럼 어찌 됐건 나중에 사주겠네요?"

기연이 관심을 보여 룽거는 더욱 열심히 말했다.

"네 배가 불러올 즘에 다시 얘기를 꺼내겠지."

"……"

기연의 뇌리에 주마등처럼 청루 거리가 스쳤다. 찰나에 부호를 잊은 그녀가 당부했다.

"청루에는 가지 마요."

"……"

"술을 얻어 마셔도 여자 있는 곳에서 마시지는 마요. 그리고 당신이 기녀나…… 다른 낯선 여자들하고 안 잤으면 좋겠어요."

"······유념하마."

흠칫한 룽거가 뒤늦게 다짐했다.

더는 잔소리를 하지 않는 기연이었지만 룽거는 혼자 찝찝했다. 불편한 마음을 참지 못한 그는 기어이 덧붙였다.

"기연, 오해하지 마라. 나는 여자를 사는 것을 싫어해 덩달아 청루도 싫어한다. 친구들의 성화에 밀려 두어 번 가보긴 했으나 네 원성을 들을 만한 짓은 하지 않았다."

"······."

"너도 알겠지만 널 만난 뒤로 다른 여자와 한 이불을 덮은 적도 없다. 다른 여자에게 아예 시선도 주지 않았다."

기연은 새초롬히 그를 흘겼다.

"오해 안 했어요. 미리 단속한 거뿐이에요. 나 만나기 전 일 갖고 바가지 긁을 생각 없으니 변명 그만해요."

룽거의 눈썹이 치켜 올라갔다.

"변명이 아니라 사실이다. 나는 값을 치르고 여자를 품은 적이 없단 말이다. ······또한 네가 내 첫 여자는 못 됐으나, 네게 정절을 지키고 있다. 앞으로도 그럴 것이고."

"알았어요. 여자랑 술 이야기는 이쯤 하고, 정뇌경과 강효원은 어찌 됐어요?"

"낮에 세자관으로 돌려보내졌다."

"······."

기연은 기뻐하지 않았다. 외려 정뇌경과 강효원을 입에 담자 앉은뱅이 아비가 다시 떠올라 기분이 나빠져, 침상에 드러누웠다. 뿐인가? 이불을 턱밑 아래로 끌어당기고 등을 돌렸다.

갑작스러운 여자의 행동에 당황한 룽거는 연약한 뒷모습을 허망한 눈길로 좇았다. 요즘 왜 그러냐고, 오늘도 기절한 이유를 설명해 주지 않을 거냐고 묻고 싶었지만 참은 그는 대신 다정하게 권유했다.

"기연, 저녁을 먹고 자라."

"임신을 해 그런지 또 졸려요. 한숨 자고 일어나 먹을래요. 수와얀다가 저녁상을 내오거든 당신 먼저 먹어요."

"알았다. ……만약 네가 혼자 있고 싶다면 나는 다른 방에 가 잘 수 있다."

움찔한 기연은 재빨리 돌아누웠다. 말을 하기 싫었지만, 룽거가 말을 걸어주는 건 나쁘지 않았다. 혼자 있고 싶었지만 동시에 룽거가 곁에 있길 원했다. 그리 미친 것처럼 마음이 오락가락하는 참에 막상 룽거가 각방을 쓰겠느냐 묻자 짜증이 팍 솟았다.

이불을 더 끌어올려 근심이 들어앉은 몸뚱이 전체를 숨긴 기연은 신경질적으로 보챘다.

"싫어요. 옆에 누워 안아줘요."

"……."

대관절 여인이 예민하게 구는 까닭은 세자관 때문인가, 회임을 해서인가? 무슨 생각을 하고 있는 겐가. 무엇 하나 말을 해주지 않으니 내일 직접 세자관에 찾아가 알아내는 수밖에 없는가?

혼란스러워하며 룽거는 베개에 머리를 붙였다. 혹여나 기연의 심기를 거스를까, 살며시 그녈 끌어안았지만 의외로 기연은 거칠게 그의 가슴에 붙어왔다.

등을 돌려 누울 땐 언제고 안아달라 하지 않나, 바싹 안겨든다……. 여자는 어쩜 이다지 어려운지.

"속이 메슥거려요. 등 두들겨 줘요."

시름을 삼킨 그는 얼른 정성스레 기연의 등을 토닥였다. 천운으로, 더는 돌아오는 짜증이 없었다.

"네가 세자관과 얽히는 것이 진작부터 싫었으나 조선인들과 알고 지내고 싶은 마음이 없지 않을까 봐 아무 말을 하지 않았다. 하지만 더는 가만있지 않겠다. 너를 세자관에 가게 할 수 없다."

룽거가 그리 말했지만 세자관에 안 갈 수 없었다. 세자관이 좋아서가 아니었다. 조선인들이 그리워서가 아니었다. 그곳에 아비가 있으니까. 미운 아비라 하나, 아비니까.

"아가씨, 도착했습니다."

기연은 마차에서 내렸다. 오늘은 갑단을 대동하지 않았다. 아무리 의지하는 그녀라지만 서먹한 가족 사이를 보여주고 싶지 않았기 때문이다. 도망가다 붙잡혀 다리가 상한 아비를 내보이기도 싫었다. 불구라 하여 창피하진 않았으나 있는 거라곤 자존심이 전부인 아비 스스로가 굴욕스러워할 게 뻔했다.

세자관 앞을 지키는 호위들은 기연을 알아보고 성큼 길을 내줬다. 제집을 드나들 듯 정문을 통과한 기연은 얼마 안 가 걸음을 멈췄다. 앉은뱅이는, 부호는 그날처럼 주저앉아 마당을 쓸고 있었다.

기껏 찾아와 놓고, 아는 체를 하려니 망설여져 고목나무처럼 붙박여 있던 기연은 부호가 엉덩이를 질질 끌며 움직여서야 다리에 힘을 실었다.

"아버지."

작은 목소리를 듣지 못한 부호는 뒤를 쫓아오는 딸에게 흙먼지만 풍겨댔다.

"아버지!"

"뉘요?"

뒤돌아본 부호는 번드르르한 외양의 오랑캐 귀부인을 훑어봤다. 그가 미심쩍게 되물었다.

"뉘인데 날 아비라⋯⋯."

말끝을 흐린 그의 눈이 휘둥그레졌다. 수염이 듬성한 아래턱에 경련이 일었다. 초췌한 얼굴은 사색이 됐다.

"너⋯⋯ 너⋯⋯."

"⋯⋯."

"네가 왜 여기에⋯⋯."

그는 다시 한 번 딸을 살폈다. 자세히 뜯어본 이목구비는 딸이 확실했지만 그 외에는 다른 사람 같았다. 마지막으로 봤던 딸의 얼굴에는 맞은 흔적이 가득했다. 비단 마지막 만남 때만이 아니라 시집보내고부터 딸에게선 손찌검 자국이 사라지지 않았다. 손녀가 죽은 뒤로는 딸의 낯빛은 당장 죽을 것처럼 거무칙칙해졌다. 사위 놈이 끼니를 굶기지 않았던 것 같은데도, 마음이 편치 않아서였는지 딸은 또한 비쩍 말라 있었다.

그러나 지금은 아니었다. 보기 좋게 살이 오르고, 훤해진 신수는 예전과 다르게 비단옷이 무척 잘 어울렸다. 근심걱정이 사라진 하얀 살결과 보석으로 치장된 머리카락에 윤기가 흘렀다.

부호는 얼이 빠져 중얼거렸다.

"네가 왜 여기에 있냐. 그 오랑캐 차림새는 뭐고."

"아버지 다리는 어떻게 된 거야. 도망가려고 했어? 도망가다, 잡혔어?"

매몰차게 제 할 말이나 하는 딸에게 정신을 차린 아비는 욕설을 내뱉었다.

"염병, 육시랄! 당연하지! 고분고분히 개돼지들을 따라왔을까 봐?! 재수 없게 잡히지만 않았어도⋯⋯. 그러는 너는 이년아!"

"듣기 싫어. 욕하지 마. 소리 지르지도 말고 이년이라 부르지도 마."

부전여전이라 부호 역시 제 할 말만 쏴붙였다.

"네년이 여기 있는 이유야 뻔하지만, 왜 오랑캐들 비단옷을 입고 있냐? 너 어느 짐승 놈한테 첩실 노릇을 해주고 있는 거냐?"

"……."

부호는 듣기 싫다는 듯 두 손을 흔들었다.

"됐다, 됐어. 오랑캐 땅에 끌려온 조선 계집치고 그렇고 살지 않는 계집이 어디 있냐. 내가 세자빈마마님께 부탁해 보련다. 나처럼 너를 사달라고 말이다. 사주시면 몇 달 후에 속환사인지 뭔지가 온다니 그때 아비 따라 조선에 가면 된다."

"나 못 가. 안 가."

딸년이 지금 아비가 병신이 됐다 무시하는가? 그게 아니라면 어찌 토를 다는가? 하찮은 꼴을 보인 탓에 자존심이 상하고, 오랑캐 계집 차림새인 딸을 자꾸 눈에 담자니 가슴이 아렸다. 하지만 슬픔을 곱게 표현하는 방법 따윈 배우지 못한 부호는 반복적으로 버럭거렸다.

"무슨 헛소리야! 못 가긴 왜 못 가! 왜 안 가!"

"난 안 가. ……아버지가 굳이 조선에 돌아가지 않아도 된다 하면 염치 불구하고 내 서방한테 아버지가 정착할 수 있게끔 살림 밑천을 조금 보태달라 부탁해 볼 수 있어."

"네 서방이 누구인데? 송국조를 만난 거냐?"

이번에는 기연이 역정을 냈다.

"그 버러지만 못한 놈은 내 서방 아냐! 난 그놈 잊었어. 정확히는 잊을 것도 없었어. 애초에 마음에 담지 않았으니까. 그 사람 꼴 못 갖춘 놈 내 인생에서 버린 지 오래니 다신 흉한 이름 꺼내지 마."

"그럼 네 서방이 누구인데?"

"……."

"네 서방이 누구냐고? 설마, 너한테 오랑캐 옷 입힌 개돼지를 서방이라 부르는 거냐?"

"내 서방 개돼지 아니야! 오랑캐라 무시받을 사람도 아니고!"

"그러니까 대체 네 서방이 누구냔 말이야!"

"내 서방은…… 청나라 사람이야. 그리고 귀한 공자 나리야. 송국조 따위는 비할 바가 안 돼."

"뭐, 뭐? 청나라 사람? 공자 나리? 너는 오랑캐 땅을 청나라라 부르냐? 너 겁탈한 짐승을 공자 나리, 서방이라 불러? 이 미친년 같으니!"

부호는 빗자루로 땅을 짚고 일어나려 버둥거렸지만 오른쪽 다리가 말썽이었다. 두 발 모두 뒤꿈치를 잘렸다 하나 왼쪽에는 그런 대로 힘이 들어갔다. 반면 오른쪽 종아리는 오랑캐들이 무얼 어찌 발뒤꿈치를 잘못 잘랐는지, 당최 힘이 들어가지 않았다.

스스로의 둔한 움직임에 짜증이 난 부호는 빗자루를 내던졌다. 기연의 치마를 움켜쥐고 안간힘을 다해 잡아당긴 부호는 쓰러져 주저앉은 기연을 마구 패기 시작했다.

기연은 배를 감싸 안았다. 등을 돌렸다. 매서운 손길이 등과 팔, 머리를 때려댔다.

"너 이년! 아비 앞에서 못하는 소리가 없어! 공자 나리라니, 서방이라니! 서방에게 내가 여기서 살 수 있게 부탁해? 이 정신 나간 지저분한 계집! 네가 그러니 남필형과 추문이 났지! 그러니 매를 벌어 맞고 살았지!"

"아이고, 이보오! 그만 때리오!"

"그래요, 멈춰요! 딸 죽겠네!"

멀찍이 떨어져 부녀를 구경하던 세자관 식솔들이 너나 할 거 없이 몰려들어 부호를 말렸다. 그네들을 뿌리친 부호는 악착 같이 기연을 때렸다.

이러다 배 속 아기가, 룽거와의 자식이 잘못되면 어쩌라고! 아비를 피해 식솔들의 다리 틈새로 숨은 기연은 날카롭게 외쳤다.

"나 때리지 마! 애 뱄어!"

"뭐?!"

부호는 주먹질을 그쳤다. 주변에 사람이 여럿 있지만 그는 오직 딸밖에 보이지 않았다.

그의 잇새로 떨리는 음성이 새나왔다.

"네년이…… 짐승한테 더럽혀진 몸뚱이에 호래자식을 뱄어?"

"아기랑 서방 욕하지 마! 누구보고 호래자식이래! 내 서방 짐승 아니라 했지!"

"아비 얼굴에 먹칠을 해도 유분수지! 차라리 죽지 왜 여태껏 살아 있어! 혀 깨물고 뒈질 것이지 왜 나를 찾아와!"

"……흐흑."

차라리 죽으라니. 혀 깨물고 뒈지지 왜 찾아왔냐니. 저게 아비라는 작자가 할 말인가? 뿜어져 나오려는 눈물을 삼킨 기연은 눈에 불을 켜고 대들었다.

"아버지가 먹칠할 얼굴이 어디 있어! 나도 아버지 좋아서 온 거 아냐! 그래도 아버지라 무시할 수 없어 온 거지 피 한 방울 안 섞인 남이 었으면 거들떠도 안 봤어! 내가, 내가 아버지한테 상소리나 듣고 맞을 계집으로 보여? 나 이런 대접 받을 년 아니야! 아무런 힘도 없으면서, 나 없으면 앞으로 입에 풀칠도 못할 주제면서 나 막 대하지 마! 나한테 이랬다간 내 서방이 가만두지 않을 거야!"

"이년이! 창피해 쥐구멍에 숨을 판에 짐승 놈을 믿고 객기를 부려?!"

빗자루로 기연을 때리려던 부호는 마음을 바꿨다. 엉금엉금 움직인 그는 아무 데도 도망갈 수 없게 기연의 발목을 붙들었다.

"네년 하는 모양새를 보니까 정신이 회까닥 돈 것이 제 발로 조선에 가기엔 그른 성싶다. 그래도 어림없다! 네년은 나와 조선에 간다! 송국조가 살아 있어 재회한들 널 받아줄 리 없을 듯하고, 개성에서는 손가락질을 피할 수 없을 테니, 다시 전주로 내려갈 거다! 거기 가서 내가 구해주는 새 혼처에 시집가라! 배 속 호래자식은 동산에 올라가 구르든가 약 구해 마셔라!"

미운 아비일지언정 불쌍하게 여겼던 마음이 싹 가셨다. 귀를 틀어막은 기연은 악을 썼다.

"나를 또 송국조 같은 놈한테 헐값에 팔기라도 하겠다는 거야? 난 안 가! 내 서방과 아이와 평생 살 거야!"

"정신 안 차리냐?!"

부호는 딸의 뺨을 후려쳤다. 철썩하는 마찰음이 식솔들의 탄식과 뒤섞였다.

"기연!"

그러나 그 모든 소음들은 하늘을 가르며 내려치는 천둥인 듯싶은 거센 고함에 깡그리 묻혔다. 대번에 부호를 밀쳐 낸 누군가가 기연을 감쌌다.

천천히 귀에서 두 손을 뗀 기연은 서방을 불렀다.

"룽거……."

"약시타이 왐비(반드시 죽이겠다)!"

찢어발길 듯 부호를 노려보던 룽거는 격분해 입에서 나오는 대로 외쳤다. 그는 곧장 부호가 기연에게 그랬듯이 그의 뺨을 후려갈겼다. 커다란 손에 실린 힘이 얼마나 셌던지, 부호의 코에서 피가 터졌다. 퉤, 빠진 이를 뱉은 부호가 두려움에 떨었다.

"뭐, 뭐야, 이 오랑캐 놈은……."

우악스러운 손길이 부호의 멱살을 틀어쥐었다. 그를 일으켜 세운 룽거는 그의 목을 졸랐다. 허공에 떠오르다시피 한 부호가 파랗게 질려 발버둥 쳤다.

"룽거!"

일어난 기연은 룽거의 팔에 매달렸다.

"룽거, 안 돼! 그러지 마요! ……내, 내 아비예요!"

기연의 목소리조차 제대로 듣지 못하던 룽거는 '내 아비'라는 한 마디는 알아들었다. 놀라 기연을 내려다본 그가 손을 풀자 부호가 털썩 땅바닥에 나동그라졌다.

기연은 주위를 둘러봤다. 겁에 질린 세자관 식솔들은 룽거를 흘끔거리며 저들끼리 귓속말을 속닥거렸다. 부호는 가쁜 숨을 컥컥거렸다.

부녀간의 이런 꼴불견을 보이다니. 룽거가 세자관 식솔들의 구경거리가 되게 하다니.

"우리 가요."

룽거의 팔을 붙잡아 당겼지만 꿈쩍하지 않았다. 기연은 혼자 세자관 바깥으로 뛰쳐나갔다.

"아가씨! 아가씨 어디 가세요, 마차가 여기 있는데요!"

야르시가 뭐라 하건 말건 발길 닿는 대로 내달렸다. 그러나 얼마 가지 않았거늘 뉘의 손길이 팔을 옥죄었다. 멈춰 세워진 기연은 룽거를 올려다봤다.

그가 따라 나올 줄 알았다. 갑자기 뛰쳐나왔던 이유는 여러 사람에게 형편없는 가족 사이를 내보인 것이 창피해서 뿐만이 아니라, 그렇게 하면 굳어 있던 룽거가 쫓아 나올 줄 알았기 때문이었다.

"룽거, 흐흑……."

"……."

기연은 마침내 울음을 터뜨렸으나 그에게 안겨들진 않았다. 그는 이제 가장 소중한 가족이었다. 배 속 아기의 아비였다. 하지만 처음으로, 서방이 청나라 사람인 게 조금 원통했다.

"내가 당신 말을 타고 편히 끌려오는 동안, 당신에게 선물을 받고 당신 집에서 값비싼 음식으로 배를 채우는 동안 우리 아버지는 발뒤 꿈치나 잘리고."

"……."

"매번 싸움을 일으키고 도망 다니던 우리 아버지, 나 때리겠다 쫓아오던 우리 아버지…… 이제 한 발자국도 걷지 못하는데 어떡해. 죽으라고는 빌어봤지만 발뒤꿈치 잘리라 빌지는 않았는데, 우리 아버지 어떡해! 나 어떡해! 으흐흑……."

어린아이처럼 엉엉 우는 기연에게 룽거는 위로를 건넬 수 없었다. 기연이 혼절할까 봐, 배 속 자식이 잘못될까 봐 걱정이 되는데도 입이 떨어지지 않았다.

"으흐흑……."

굵다란 눈물을 쏟는 기연을 절망에 찬 그는 간신히 붙들고 있었다.

✿

남의 침실 문을 제멋대로 열어젖힌 김돌시는 침실 주인을 찾아 헤맸다. 구들에 엉켜 붙어 앉아 있는 남녀를 찾아낸 그가 호들갑을 떨었다.

"정 역관, 계집이나 끼고 있을 때가 아니네."

"이만 나가라."

품에 껴안은 한족 계집을 정명수는 밀어냈다. 엉덩이를 씰룩거리며 나가는 계집의 뒷모습에 음험한 눈길을 던지던 명수는 쩝, 아쉬운 입 맛을 다셨다. 방금까지 풍만한 젖가슴을 주물럭거리다가 텅 비어버린 손 안이 허전했다.

실은 명수는 가끔씩 조선 계집들이 그리웠다. 청나라로 귀화했음에도 질기기 짝이 없는 조선인으로서의 기질은 그의 피 속에 남아 있었다. 그 기질이 조선 여인들을 그렇게 만들었다. 그러나 본능적인 욕망에 이끌려 묵던에 잡혀온 포로 계집들을 사들였다간, 제대로 재미 한 번을 보기 전에 귀 한 짝이 물어뜯기거나, 창자에 칼이 꽂힐지 몰랐다. 조선인들은, 특히나 청나라에 포로로 잡혀온 조선인들은 조선 출신 청나라 역관들을 혐오했다. 거기엔 물론 명수 자신과 김돌시가 포함된 고로, 한족 계집들로 만족하는 것이 안전했다.

물론 근래에 예뻐하는 저 한족 계집애도 시시때때로 재물을 안겨주지 않는다면 언제고 다른 놈을 찾아가려 할 거였다. 그러니 앞으로도 기회가 생길 때마다 조선을 쥐어짜 재물을 착복해야 했다. 가늘고 길게, 잉굴다이 장군의 신망을 받는 역관이라는 입지를 유지해야 했다.

"세자관 소식을 들었는가, 정 역관?"

구겨진 하의 자락을 툭툭 펴면서 정명수는 동문서답을 늘어놨다.

"침실에 다짜고짜 들이닥치는 것은 예의에 어긋나지 않은가. 만약 내가 한족 계집과 벌거벗고 있었다면 어쩔 뻔했나?"

"예의를 따질 때가 아니네. 오늘 세자관에 난리가 났었네. 들었는 가?"

"듣지 못했으니 자네가 말해주게."

의자를 가져다 앉은 김돌시가 이야기보따리를 풀었다.

"타타라 공자의 조선인 첩실 계집에 관한 걸세."

"김 역관, 그 얘기는 끝나지 않았나. 나도 자네와 마찬가지로 계집 이 거슬리지만 어찌할 도리가 없네. 공자가 그 계집을 여간 아끼는 게 아닌데 뭘 어쩔 텐가?"

"우선 내 말을 들어보게. 그 계집의 아비가 세자관에 있네."

"……부녀가 둘 다 포로로 잡혀 왔는데 상봉한 건가?"

"그렇고말고. 아비가 잡혀 오던 길에 도망을 시도한 죄로 발뒤꿈치가 잘렸다더군. 목발을 짚으면 어찌어찌 걸을 수 있지만 거의 앉은뱅이나 마찬가지라 하네. 세자관 문지기에게 술을 사주며 자세히 캐물었지."

"그런 조선인이 한둘인가? 하여간에 조선 연놈들은 겁이 없어. 적당히 포기할 줄을 알아야지, 쯧. 아무튼 간에 계집의 아비가 앉은뱅이건 말건 그딴 건 관심 없네. 그보다."

정명수는 기대에 차 물었다.

"계집이 제 아비를 따라 조선으로 돌아갈 테지?"

김돌시는 질린다는 표정으로 머리를 흔들었다.

"말도 말게. 부녀가 세자관 마당 가운데서 개싸움을 벌였다더군. 당연지사 아비는 조선에 가자 했지만 딸이 절대 싫다 악다구니를 썼다하네. 겁 없이 타타라 공자를 오랑캐라느니, 짐승이라 칭하는 아비를 상대로 서방 욕을 하지 말라 소리소리를 질러댔다더군. 세상에 뭐 그딴 계집이 다 있는지. 조선 년이 청나라 장수를 옹호하다니. 제 아비 따라 조선으로 돌아가면 저한테도 좋고 나한테도 좋은, 도랑치고 가재 잡는 격이거늘 왜 안 가겠다는 겐지, 에잇."

"어떤 면에서는 계집이 사내보다 맹렬한 법이지."

"무슨 뜻인가?"

"그 계집이 혹여나 아비 따라 조선에 돌아가지 않을까 하는 희망은 더는 품지 말게. 이 시간부로는 나도 포기하는 바일세."

"어째서인가?"

"말했지 않나. 어떤 면에서는 계집이 사내보다 맹렬하다고. 온 마음을 내준 계집을 무슨 수로 말리겠는가?"

"타타라 공자의 첩실이 공자를 그리는 마음이 커 조국도 내버릴 정도라는 겐가? 정 역관, 어느 조선 계집도 청나라 사내를 그렇게까지 좋아할 순 없네. 그런 계집은 천 명 중 하나 있을까 말까 할 게야."

"……"

타타라 룽거가 잠든 첩실을 어떤 눈으로 바라봤는지, 조선인 첩실이 그의 어깨에 기대 얼마나 편히 잤는지 김돌시가 직접 목격했더라면 저런 우둔한 소리를 하지 않았을 것을.

답답했지만 정명수는 입 아프게 반박하려 들지 않았다.

"자네가 무슨 재미난 얘기를 해주려는 건가 싶어 기대했으나 별거 없군. 끝났으면 돌아가 보게."

"본론은 지금부터네. 정 역관, 기연이라는 공자의 첩실을 정말 가만둘 겐가?"

"……."

"깐깐하신 잉굴다이 장군께서 첩실 말을 듣고 강효원과 정뇌경의 시신을 세자관에 내주셨네. 지금은 그저 시신을 내준 정도지만 나중에 어찌 될지 알 게 뭔가? 첩실이 세자관 편을 드는 족족 귀를 기울이시면? 만약 첩실이 세자관과 조선인들의 사주를 받고 나와 자네를 내치라 이간질하면?"

"이 사람 싱겁기는! 하찮은 조선인 첩실 계집애가 무슨 힘이 있다고!"

성을 냈으나 정명수 역시 김돌시처럼 마음 어딘가가 찜찜했다. 그렇다 한들 참아야지 어쩌겠는가? 감히 잉굴다이 장군의 조카며느리를, 타타라 공자의 첩실을 거슬린다 하여 독살할 순 없잖나.

"정 역관, 세자관 난리를 몰랐다면 필시 이 소식도 못 들었을 테지? 첩실이 회임을 했다 하네."

"회임? 타타라 공자의 자식을?!"

"하면 누구의 자식이겠나?"

"……."

"이대로 떡두꺼비 같은 아들이라도 낳았다간 잉굴다이 장군과 니루장긴은 더더욱 그년을 총애할 걸세. 그년이 무슨 말만 하면 못 들어줘 안달을 하실 거란 말일세. 기억하게, 첩실은 벌써 정실을 내쫓았네. 심지어 니루장긴의 정실은 구왈기야 오보이의 누이가 아니었나?"

"……자네가 아무리 겁을 줘도 소용없어. 우리가 할 수 있는 건 아무것도 없다고."

"정 역관답지 않기는! 갈수록 간이 작아지는 게요? 조선 관리들더러 '당신네들이 주절거리는 말은 내 뒷구멍에서 나온 방귀만 못하다' 쏘아붙일 때의 배포는 어디에 팔아먹었나? 뇌물을 챙겨달라, 친척들에게 벼슬자리를 내주라 조선 조정을 협박할 때의 뻔뻔함은 어디 숨겨놨고?"

"내 인생을 고달프게 한 조선으로부터는 백 번 천 번이고 원하는 것을 뜯어낼 수 있네. 그러나 잉굴다이 장군과 니루장긴을 건드릴 순 없네. 주인 문 개의 끝은 피가 터지도록 몽둥이질을 당하고 잡아먹히는 것뿐이야."

"깜빡 잊었나 본데, 청나라인들은 개고기를 먹지 않네. 대청국을 건국하신 태조께서 개의 도움으로 목숨을 건지셨잖은가? 게다가 나는 주인을 물자 하지 않았네만?"

"……."

"나는 여우를 물어볼 작정이네."

"자네가 물려는 여우가 우리 주인댁이 키우는 여우인 게 문제지! 더군다나 타타라 가문의 새끼를 뱄어!"

"직접 물지 않고 몰래 사냥꾼을 고용한다면 잘못될 일이 뭐 있을까."

"……."

일어난 김돌시는 초조히 서성거렸다.

"문지기가 떠들기를 첩실 계집이 이미 한 번 시집을 갔다 왔다더군. 조선인 남편의 이름은 송국조요, 잡히기 전에 개성서 살았던 듯하다 했어."

"자네가 이르는 사냥꾼이 첩실의 전남편인 게야?"

김돌시는 손가락을 튕기며 웃었다.

"그렇지. 혹여 계집의 조선인 남편이 살아 있어, 빼앗긴 처를 되찾아 오고자 한다면 상황이 달라지지 않겠는가? 여자들은 제 아비 말은 귓등으로 들을지언정 서방 말은 허투루 듣지 못하는 법이지. 나는 찝찝한 건 안 참는 성격이라 최소한 그 계집을 치우려는 노력은 해봐야겠네."

"……."

"문지기가 또한 떠들기를 세자관에서 일어난 소란을 전해들은 세자빈이 홀몸 아닌 공자의 첩실이 놀랐겠다며, 몸보신용으로 먹을 조선산 건전복을 가져다줘야겠다고 말했다더군. 정 역관, 세자빈이 일개 포로 출신 첩을 챙기는 속셈을 알겠지?"

"성품이 교활하고 자네와 나를 못마땅하게 여기는 세자빈이니 이럴 때일수록 첩실을 챙기는 척하며 잉굴다이 장군 그리고 니루장긴과 친해지려는 것일 테지."

"잘 아는구먼."

"……그럼 일단은 송국조라는 놈을 찾아만 보게."

"안 그래도 형부에 소속된 안면이 있는 관리께 포로 명단을 확인해주십사 부탁드려 놨네. 송국조가 포로로 끌려오지 않고 조선에 있을 걸 대비해 조선에 있는 내 친척 아우에게 보낼 서신도 써놓았고 말이네."

두 역관은 은밀한 눈빛을 주고받았다.

❀

간밤에 세자관에서 돌아오자마자 룽거는 의원을 불러 기연을 진맥케 했다. 의원은 다행히 임부와 아기가 매우 건강하다 아뢰었다.

의원을 돌려보낸 그는 기운이 빠져 늘어져 있는 기연에게 손수 밥을 먹이고 물수건으로 얼굴과 손발을 닦아줬다. 그러나 그리 정성을 들이는 동안, 아무 말을 하지 않았다는 점이 기연을 서운케 만들었다. 그는 심지어 옆자리에 누워서도 안아주지 않았다. 좋은 꿈을 꾸라 빌어주지 않았다.

나도 마찬가지로 말을 걸지 않았고, 안겨들지 않았지만 난 아비 때문에 힘들어서 무뚝뚝하게 굴었던 건데…….

아니다, 이러지 말자. 기연은 스스로를 다독였다. 하지만 삐친 속이 영 풀리지 않았다. 룽거도 많이 당황스러웠을 걸 이해하면서도.

"기엔!"

잡생각에 빠져 있다가, 불에 덴 듯 화들짝 놀라며 구들에서 엉덩이를 뗐다. 갑단을 대동한 소야가 들이닥쳤다. 쟁반을 든 갑단을 흘끔 본 기연은 하늘이 꺼진 양 안절부절못하는 숙모에게 물었다.

"숙모님, 왜 그러세요?"

"기엔."

기연을 앉힌 소야는 임부와 타타라 가문 후사를 향한 걱정에 깔려 허우적거렸다.

"아침 식사를 걸렀다지? 지난밤에 올린 저녁상도 별로 먹은 흔적이 없었다고 울간이 그러던데, 무슨 일이니?"

그게 문제였구나.

안도한 기연은 쓴웃음을 지었다.

"숙모님, 진정하세요. 입덧을 하려는지 음식 냄새가 거슬려 그랬어요."

"아휴, 그럴 거라 예상은 했단다. 하지만 아무리 임부의 상태가 하루아침에 몇 번씩이나 변한다 해도 끼니는 항상 든든히 챙겨야 하거늘. 기엔, 어떻게든 먹고 싶은 음식을 떠올려 보렴. 일단은 흰죽을 끓여왔다. 울간, 흰죽을 줘라."

"예, 주인마님. 아가씨, 혹시 몰라 소고기 구이도 가져왔어요."

기연은 날름 죽 그릇만 빼 들었다. 그냥 말한 게 아니라, 아비와의 재회와 맞물려 속이 툭하면 울렁거렸다.

"죽으로 충분해요. 숙모님을 불안하게 만들기 싫으니 지금 바로 먹을게요."

숟가락을 쥔 기연은 소금으로밖에 간하지 않은 죽을 떠먹었다. 곡식 냄새가 거북했지만 고기나 향신료, 채소 냄새보단 훨씬 나았다.

"주인마님, 세자관 조선인들이 왔어요. 공자님 처를 보고 싶답니다. 곁채에 들일까요?"

바깥에서 수와얀다가 물으매 열심히 죽을 먹는 기연을 지켜보던 소야는 인상을 찌푸렸다.

"세자관? 거기서 기옌이 쓰러져 실려 왔지 않느냐? 그 불길한 곳에서 왜 또……."

못마땅히 중얼거린 소야가 물었다.

"기옌, 룽거와 울갼에게 진작 물었지만 대답을 듣지 못했기에 다시 묻는다. 저번에 쓰러진 이유가 무엇이니? 저들이 네게 해코지를 한 게야?"

갑단의 통역이 끝나기도 전에 기연은 부정했다.

"절대 아니에요, 숙모님. 갑자기 현기증이 나 쓰러졌던 것이지 세자관은 전혀 상관없어요. ……세자관 사람들은 오히려 저를 안전하게 돌려보내 준 걸요."

"……저들을 만날 거니?"

"마음을 곱게 써야 예쁜 아기가 나온다 들었어요. 저를 보러 온 이들을 박대하면 아기 태교에 나쁠 테니 만날래요."

"네가 원한다면 어쩔 수 없구나."

소야는 마지못해 명했다.

"수와얀다, 방문객들을 안으로 모셔라. 기옌, 나는 내당에 가마. 울갼을 곁에 두렴. 이따 저녁 식사를 할 즘에 다시 들르마."

세자관 사람들을 보겠다는 조카며느리의 의지가 확고해 순순히 물

러났을지언정 그들과 마주하고 싶지 않아 서둘러 빠져 나가던 소야
는, 문지방 앞에서 문주와 딱 마주치고 말았다. 소야는 낯선 이방인
여자를 떨떠름히 쳐다봤다.

반면 용골대의 부인인 그녀와 안면을 틀 기회를 놓치지 않은 문주
는 당당하면서 환한 미소를 지었다.

"용골대 장군의 내자신가 보오. 나는 청나라와 조선의 강화를 증명
하는 의미로 세자관에 머물고 있는 조선 세자빈, 강 씨라 하오. 부인
을 약속 없이 우연찮게 마주쳤으되 그렇다고 어찌 아니 반가울까? 강
상궁, 가져온 선물을 달라."

뜻밖의 상황에서도 문주는 능청스러웠다. 상궁이 내민 비단보로
감싼 넓적한 함을 받아든 문주는 그것을 소야에게 안겼다. 임부의 기
력 보충용으로 가져온 최상급 건전복이었다.

"지난번에 이 댁 조카며느리가 기절했던 것이 내리 신경 쓰였소. 금
일 여유가 생겨 임부가 몸보신을 하라, 조선 왕실에 진상되곤 한 조선
산 건전복을 가져온 터이니 부인과 용골대 장군, 병부원외랑도 맛보
오. 온 식구가 먹을 수 있게 양을 넉넉히 챙겼소. 아, 한데, 이리 길게
인사를 했어도 역관을 대동하지 않은지라 내 마음을 전할 길이 없군."

멋쩍다는 듯 덧붙인 세자빈은 재빨리 방 안을 훑었다. 날카로운 시
선이 갑단에 닿았다. 그 시선이 무얼 의미하는지 눈치챈 갑단이 얼른
통역했다.

"주인마님, 이분은 조선국 세자빈마마십니다. 주인마님을 우연찮게
나마 뵙게 돼 매우 기쁘시다네요. 마님께 드린 상자는 조선 왕족들이
먹는 말린 전복으로, 전번에 기절하셨던 아가씨를 위해 가져오셨답니
다. 주인마님과 대인, 공자님께서도 드실 수 있게끔 많이 가져오셨으
니 같이 드시랍니다."

"조선국 왕족들이 먹는 전복을 기옌을 위해 가져왔다고?"

살짝 감복한 소야가 문주에게 인사치레를 건넸다.

"조카며느리에게 익히 듣긴 했으나 실제로 뵈니 갑절로 반갑습니다. 게다가 빈손으로 편안히 방문하셨어도 되는데 귀한 선물을 주시다니요. 새아기가 조선인이라 가까이에 친정이 없고, 제 딴에 어미 노릇을 해주려 애를 써도 기본적인 대화조차 원활히 오가지 않아 고민이 많았습니다. 그랬는데 세자빈께서 새아기를 아껴주시니 비로소 안심이 되는군요. 금번에는 병문안 차 오셨으나, 다음번에는 부디 가볍고 즐거운 마음으로 식사를 함께하길 고대합니다."

"그리 말씀하시니 벌써 가슴속에 흥분이 차오르오. 부인과 용골대 장군, 기연과 병부원외랑과 식탁 하나에 둘러앉기를 나도 학수고대하는 바요."

기연이 처음 보는 만족스러운 함박미소를 머금은 채 문주는 소야를 배웅했다.

강 상궁과 갑단, 기연만 남게 되자 문주는 기연을 걱정스레 뜯어봤다. 꽤 자연스럽게 구들에 앉은 그녀가 물었다.

"불편한 곳은 없는가? 태아는 건강하게 크고 있겠지?"

"예. 신경 써주서 감사합니다."

"내가 용골대 장군의 내자를 우연히 만난 김에 친하게 굴었기로서니 자네가 또 오해할까 봐 말하네. 오늘 찾아온 까닭은 회임과 출산을 겪어본 같은 여자로서, 자식 둔 어미로서, 기댈 친정 없이 홀로 회임한 자네 걱정이 돼 온 게야. 내가 가져온 전복은 조선산인데, 나는 그것을 입안에 머금을 때면 조선 생각이 나더군. 조선의 물 냄새가 나는 듯하다 착각이 들곤 했지. 자네 감상은 어떨지 모르겠으나 내 성의와 배 속 아기를 봐 맛나게 먹게. 기력을 보충하는 데 도움이 될 게야."

"예, 그러겠습니다. 저와 제 아기를 챙겨주서 감사합니다. 마마님의 아기님들은 잘 지내시지요?"

"……일곱 살, 한 살 딸 둘과 두 살 아들이 있네만 씩씩하게 크고 있을지 모르겠군."

"세자관에 계시지 않은 겁니까?"

"……."

문주는 쓰린 속을 숨기지 않았다.

"조선에 있네. 아이는 응당 부모와 커야겠으나 그대도 알다시피 저하와 내 처지가 원체 특별하지 않은가. 차마 아이들마저 볼모로 억류되게 할 수 없더군. 더구나 아들은 원손이기도 하고."

"……."

제 주제에 기연은 감히 세자빈이 가여웠다. 어린 자식들을 조선에 남겨두고 기약 없는 볼모생활을 감내하는 세자빈이 지금 당장 피눈물을 쏟아낸들 놀랍지 않을 거였다. 마냥 호의호식하고 있는 줄 알았건만.

기연은 납작한 스스로의 배를 내려다봤다. 만약 세자빈처럼, 배 속 아기와 떨어진다면 반드시 미쳐 버리고 마리라.

아정이를 떠나보내고 지옥 같기만 하던 삶이 룽거와 아기 덕에 행복해졌다. 엄마, 언니와 셋이 가난하지만 오붓하게 살던 시절 이후로 지금처럼 행복한 적이 없었다. 아니, 엄마와 언니와 살던 때보다 지금이 더 행복한 듯했다. 아정이를 얻었을 때는 기쁘면서도 송국조 때문에 불행했었다.

그러한데 과거로 돌아갔다간, 죽은 딸아이를 그리느라 눈물로 밤을 지새우던 과거와 비슷하게 룽거와 아기와 헤어졌다간, 그때는 정녕 버틸 수 없을 것이다.

이 아기만은 연모하는 서방과 함께 잘 키워야지.

다짐한 기연은 새삼스럽게 문주를 향한 존경을 느끼며 그녀를 위로했다.

"왕자님과 공주님이 마마님을 닮으셨다면 씩씩하게 계실 테지요."

"내리 무뚝뚝했던 자네가 날 위로도 해주는군?"

눈앞에 아른거리는 아이들을 잊으려 문주는 화두를 바꿨다.

"나와 저하가 청나라 조정이 내준 땅을 보러 간 틈에, 세자관에서 아비를 만났다 전해 들었네. 사실은 자네가 기절했던 날, 부녀 사이임을 대강 짐작했네. 하지만 가족사에 섣불리 끼어들어선 안 된다 판단해 내색하지 않았어."

"말씀대로 가족사라 아비와 둘이 얘기를 나눴습니다. 의도치 않게 세자관 식솔들이 다 듣긴 했지만요."

"달리 내가 참견할 사항은 없지만 이 말만은 해야겠네. 자네 아비는 조선에 돌아가겠다는 의지가 확고하더군. 아비를 홀로 조선에 돌려보낼 생각에 마음이 불편하다면, 그러지 말게. 정뇌경과 강효원 사건을 도와준 보답으로 자네 아비가 조선에 편히 갈 수 있게 보살필 거고, 조선에 당도하면 생계유지를 할 수 있도록 관아의 잡일꾼으로 고용할 거야."

부담을 느낀 기연의 뺨이 벌게졌다.

"아닙니다. 마마님께서는 제 아비의 몸값을 내주셨습니다. 더는 폐를 끼치고 싶지 않습니다."

"자네 아비를 사들인 것은 조선 세자빈으로서 당연히 해야 할 업이었네. 그건 그거고 보답은 따로 해야지."

"……정녕 감사합니다."

"그다지 어려운 일이 아니네."

"그래도 감사합니다."

"하면 가끔씩 내가 여기에 놀러올 수 있게 허락해 줄 텐가?"

"……예, 그럼요."

장난스럽게 물은 세자빈이 익숙지 않아 기연은 수줍어하며 대답했다. 세자빈이 자꾸 찾아오는 것을 설사 룽거가 탐탁지 않아 할지라도 서방을 설득할 자신쯤이야 충분히 있었다.

해질녘에 소야와 갑단은 또 흰죽을 끓여 곁채에 왔다. 덩그러니 죽만 주기 민망해 갑단은 친히 만든 조선식 간장을 꺼내다 놨지만 안타깝게도 기연은 받아들이지 못했다.

소야는 죽을 먹는 기연의 왼팔을 살살 쓰다듬었다. 살이 찔끔 올랐던 팔이 다시 가느다래졌다.

"집안 형편이 어려운 것도 아닌데 네게 죽만 먹이려니 애가 타는구나. 모쪼록 입덧이 빨리 끝나야 할 텐데. 울갼, 내가 하늘에 기도를 드리면 기옌의 속이 가라앉을까?"

"하늘님보다는 배 속 아기씨의 효심에 달린 것 같습니다, 주인마님."

"아가, 네 어미를 고생시키지 마렴."

팔을 이어 기연의 배를 쓰다듬던 소야와 그녀를 보며 웃던 갑단은 덜커덕거린 문을 돌아봤다. 소야는 퇴청한 조카를 환대했다.

"왔구나. 대인께서도 함께 오셨니?"

"늦으신다 하셨습니다, 숙모님."

"한동안은 여유로우시더니 요새 다시 바빠지시는 듯하구나. 그런데……."

소야는 조카와 조카며느리를 둘러봤다. 무릎에 올려둔 찻잔을 깨뜨려 가며 조카를 반가워했었던 기연이 우두커니 앉아 있다. 백옥 같은 얼굴에는 미소 한 점 그려 있지 않았다. 조카의 경우에는, 숙모와 숙부가 곁에 있거나 말거나 새색시를 보면서 웃음을 숨기지 못하더니 웬일로 표정이 무뚝뚝했다.

말싸움도 길게 안 될 애들이 도대체 왜 부부싸움을 벌인 걸까?

궁금증을 내색하지 않은 소야는 기연 손에 들린 숟가락을 빼앗아 룽거에게 내밀었다.

"룽거, 기옌이 슬슬 입덧을 해 음식을 삼키지 못한다. 흰죽은 제법 먹지만, 살이 도로 빠져 비실비실하니 네가 먹여주렴."

"……."

"어서 받지 않고 뭐 하는 게냐? 하나 더, 여자는 회임을 하면 사소한 것으로도 예민해진다. 그러니 무조건 네가 맞춰줘야 한다."

"새겨듣겠습니다, 숙모님."

"울걍, 나가자. 피곤할 텐데 룽거도 쉬어야지. 저녁상도 받아야 하고."

룽거가 숟가락을 받자 소야는 재게 물러갔다. 서먹한 조카 내외가 화해하기를 바라면서.

소야의 바람과는 달리 기옌 옆에 앉은 룽거는 통 입을 열지 않았다. 방금 전까지만 해도 그가 삐친 자신을 달래주기를 기대하던 기옌은 그의 눈치를 살폈다. 룽거는 말할 기미가 없었고 분위기는 점차 썰렁해졌다.

용기를 낸 기옌은 먼저 운을 뗐다.

"숙모님이 숟가락을 주시면서 뭐라 하신 거예요?"

"네게 죽을 먹이라 하셨다."

무겁게 가라앉은 음성이 금세 끊겼다.

세자빈이 아비를 보살펴 준다 하긴 했지만, 그렇다 하여 아비를 향한 걱정이 말끔히 해소되진 않았다. 아주 약간 시름의 무게가 줄었을 뿐이었다. 한데 룽거가 냉담하기까지 하니 기옌은 안 그래도 없는 기운이 쭉 빠지는 느낌이었다.

발가락 끝에서부터 기운을 쥐어짠 기옌은 한 번 더 대화를 시도했다.

"당신이 오기 직전에 숙모님이 물으셨어요. 내 친정 엄마 역할을 해주고 싶으니 해산달까지 숙부님 댁에 머무는 게 어떠냐고요. 난 좋다 했는데 당신은요?"

"너만 괜찮다면 난 상관없다."

"……."

적막이 계속됐다.

"그냥 내가 먹을게요."

어색함과 섭섭함을 억누른 기연은 서방이 쥔 숟가락을 빼 들었다. 그러나 서방은 그것을 다시 가져가 소반 한쪽에 내려두었다.

달래주지도 않고 말 걸어주지도 않더니, 밥숟가락까지 뺏어?!

"네게 묻고 싶은 것이 있다. 죽을 다 먹은 후에 물었다간 체할까 겁이 나니 차라리 지금 묻는 편이 나을 듯하다."

울음이라도 터뜨려야 하나 고민하던 기연은 룽거를 올려다봤다. 그는 지쳐 보였다. 얼이 빠진 것도 같았다. 대체 어찌 저러는 걸까. 무슨 질문을 하고 싶기에 체할까 봐 겁이 난다는 걸까.

슬슬 불안을 느낀 기연은 배가 땅겨 허리를 곧추세웠다.

"무언데요?"

"먼저 부친의 이가 상하게 해 미안하다."

"하고 싶었던 말이 그거예요?"

"……."

"아버지 이는 너무 신경 쓰지 마요. 의도한 것도 아니고, 날 감싸다가 그랬는데 이제 와서 뭘 어쩌겠어요."

"……내가 어떻게 해주길 원하느냐."

"그게 무슨 뜻이에요?"

"노름값을 얻으려 널 판 부친이라 하나 어찌 마음이 쓰이지 않겠는가. ……부친과 조선에 가고 싶으냐."

기연의 두 눈이 둥그레졌다.

불구된 몸으로 혼자 살아갈 아비의 앞날을 상상하면 암담했지만, 고향 땅을 밟으면 반갑긴 하겠지만 그렇다고 연모하는 서방과 헤어질 순 없지 않나. 아기를 아비 없는 아이로 키울 순 없지 않나.

그러고 보니 서방은 지난번에도 '조선에 가고 싶어 우는 거냐.' 물었다. 그보다 이전에는 '포로 명부에 네 이름을 적었다.' 말했다.

기연은 아이까지 밴 마당에 서방이자 아이 아비인 당신을 어떻게 떠나겠느냐, 쏘아붙이고픈 충동을 참았다.

"가고 싶다 하면 보내줄 거예요?"

"……."

"내, 내가 물었잖아요."

포로 명부에 왜 내 이름을 적었냐고, 청나라 사람은 샘이 없냐고 물었을 때 끝끝내 잡지 않더니, 설마.

"나, 아버지 따라 조선에 돌아가도 돼요?"

"……."

"그럼 조선에 가고 싶어요."

룽거는 웃음을 터뜨렸다. 하지만 그의 웃음은 결코 기쁨에 젖은 밝은 그것이 아니었다. 무언가를 포기했을 때 낼 법한 허무하고도 허탈한 맥없는 웃음이었다.

그의 미간이 무너져 내리듯 구겨졌다. 눈은 질끈 감겼고 악문 잇새로는 좌절이 깃든 거친 숨이 새나왔다.

눈을 뜬 룽거는 기연의 시선을 외면한 채로 힘겹게 말했다.

"자식이 생기면 평생 같이 키울 거냐 물은 내게 그럴 거라 했었지. ……네 그 말을 듣고도 나는 불안했다."

"……."

"너를 마음에 넘치도록 가득 담은 죄로 나는 항상 언젠가는 네가 나를 떠나 조선에 가려 하지 않을까 두려웠다."

"나랑 살면서 계속 그렇게 확신이 없던 거예요?"

"……."

"룽거."

"이리될 수 있음을 예감해 압록강을 건너기 전에, 무리를 해서라도 널 풀어줄까 고민하기도 했지."

"안 풀어줬잖아요. 포로를 풀어준 걸 들키면 당신 목숨이 위태로워질 거라면서."

룽거는 기연을 똑바로 바라봤다. 투명한 눈동자에 왜 진작 풀어주지 않았느냐는 원망이 비치는 듯싶었다. 화끈거리는 눈시울을 숨기려 그는 재차 눈을 감았다.

"그는 비겁한 변명에 지나지 않았다."

"하면 진짜 이유는 뭐였는데요?"

"……네가 욕심 났다. 어느 순간부터 포로들 틈에 섞인 네가 잘 보였다. 다른 자들은 물속에 있는 것처럼 흐릿하게 보였지만 너는 너무나 또렷했다."

"……."

"나를 오랑캐라 욕하지 않는 네가 내 욕심에 응해줄 것 같다는 기대가, 어쩌면 나를 진심으로 좋아해 주지 않을까 하는 착각이 들었다. 그래서 졸렬하게 목숨을 들먹이며 너를 옭아맸다."

"나는 언제나 당신에게 진심이었어요. 유채꽃밭에서 당신을 연모한다 했잖아요."

"그러나 혈육과 함께 고향으로 돌아가고자 하는 본능을 이길 만큼은 아니었던 게지."

"……."

"오랑캐인 나와 일생을 보낼 만큼은 아니었던 거야."

"……."

"이해한다. ……처음 겪는 일은 아니니."

"나는 당신 아기를 가졌는데 한 번도 안 잡는 거예요? 내가 아기를 조선에 데려간다 하면 어쩌려고요?"

아주 오랜 시간이 지나도록 룽거는 묵묵부답이었다. '룽거.' 기연이 재촉하매 그는 겨우 말했다.

"나는 네가 요구하는 것을 들어줄 수밖에 없다. 청국과 조선국의 관계와는 반대로 네게 나는 약자니까."

"나 힘들게 삯바느질하면서 아기 키우기 싫어요. 그러니까 나랑 아기랑 부자 양반네들 못지않게 거들먹거리며 살게 재물 많이 챙겨줘요."

"내가 가진 전부를 가져가도 좋다."

"……흐흑."

원하는 대로 다 해준다 했음에도 기연은 대뜸 우는 소릴 흘렸다. 하나로 합쳐져 폭발한 근래의 갖은 설움이 룽거에게 내리꽂혔다.

"나빠. 당신은 나쁜 놈팡이야! 나는 사내 복도 지지리도 없지, 흐흐흑!"

온 얼굴을 일그러뜨리고 울며 기연은 룽거를 때렸다. 원망이 담긴 작은 두 주먹이 사내의 어깨와 가슴에 부딪쳤다.

"왜 안 잡아! 나한테 관심이 있다 했잖아! 나는 가만히 있었는데 당신이 먼저 당신 손을 잡을 거냐 물었잖아! 내가 당신을 독차지했다 했잖아! 난 당신의 강이라고, 비라라고, 없으면 죽을 테니 절대 쫓아내지 않을 거라 했잖아! 그래놓고 어떻게 한 번을 안 잡아!"

"……기연."

"순진한 날 꾀어놓고, 나한테 잘해주면서 당신을 좋아하게 만들어놓고 왜 날 안 잡느냐고! 어쩜 그리 쉽게 포기해!"

"네가 날 원망하고, 조선을 그리며 살게 할 수 없단 말이다! 내가 먼저 너를 놓을 수는 없으나 네가 날 놓길 원하면 내가 어찌…… 막겠느냐!"

원해처럼 망가지게 할 수 없거늘.

여자의 우는 소리가 더는 들리지 않았다. 뇌리를 들쑤시는 원해를 떨친 룽거는 그 자신의 소맷자락으로, 놀라 딸꾹질을 하는 기연의 눈물과 콧물을 닦아줬다.

다정한 손길에 안도한 기연은 다시 눈물을 쏟았다.

"화내지 않겠다고 했잖아."

"내가 잘못했다."

"흐흑······."

그는 그녀를 진정시키려 애썼다.

"기연, 울면 기력이 쇠한다. 울지 마라."

"날 잡지 않더니, 소리를 지르고."

"내가 다 잘못했다. 제발 울지 마라."

"······."

룽거가 크게 속상해하는 게 느껴져 기연은 손등으로 거칠게 뺨을 훔쳤다. 목청을 가다듬었다.

"룽거, 나 쉽게 포기하지 마요. 설사 내가 놔달라 한들 그러지 마요."

"······."

"내가 만약 나중에 당신과 부부싸움을 하다, 홧김에 조선에 가겠다 하면 지금처럼 보내려 할 거예요? 잘 가라 할 거예요? 그럼 안 돼요. 청나라나 조선에서나, 여자 혼자 애 키우면서 살기가 얼마나 힘든데."

"······."

"무슨 일이 있어도 나 보내려 하면 안 돼요. 그리고 처음부터 나는 아버지와 조선에 가겠다는 생각을 하지 않았단 말이야. 고향이 아무리 그리워도 서방인 당신이 더 좋아."

"기연."

혼란에 빠진 룽거는 기연을 뒤따라 울 기세로 답답해하며 물었다.

"아비와 조선에 가겠다고 하지 않았느냐."

"당신이 이상한 질문을 하기에…… 당신 진심이 궁금해 허투루 떠들었어요."

"……."

어이가 없다는 듯 기연을 보던 룽거는 돌연 그녀를 전력을 다해 껴안았다. 일다경 전에 화내 잘못했다 사과했던 것을 잊은 그는 격렬히 외쳤다.

"너는 내 여자다! 내 자식의 어미야! 널 보낼 수 없다!"

숨길이 막힌 기연이 컥컥거렸지만 여체를 옥죈 팔에선 조금도 힘이 빠지지 않았다. 기연은 가쁜 숨을 들이쉬며 재확인했다.

"십 년 뒤에 내가 변덕이 나 조선에 가겠다 하면 보내줄 거예요?"

"절대 불가능하다! 네가 정 고집을 꺾지 않거든 나도 따라갈 거다."

"당신이 청나라 사람이란 걸 알면 조선 사람들은 당신한테 돌을 던질 거예요."

"돌 따위 맞을 수 있다."

"내가 싫어요. 당신이 돌을 맞으면 내 마음이 찢어질 거야."

"네 마음이 찢어지지 않게 머리를 길러 상투를 틀어서라도 널 따라갈 거다."

마침내 만족한 기연은 서방을 마주 껴안았다.

"됐어요. 나는 당신과, 태어날 아기와 숙모님, 갑단 이모와 여기서 살 거예요. 그러니 나 보낸다고 하지나 마요. 당신이 미워 소리를 질렀더니 배고파요. 좀 이따가 눈물이 마르면 밥 떠먹여 줘요."

"네가 해달라는 건 뭐든 해줄 거라 하지 않았느냐."

아직 훌쩍거리는 기연의 머리칼에 룽거는 고개를 묻었다.

7

방문객

　구왈기야 댁의 분위기는 초상집이었다. 침상을 휘감은 금빛 휘장 새로 헐떡거리는 숨소리가 흘러나왔다. 그러나 침상에 누운 이가 이미 죽은 양, 식구들은 벌써부터 눈물을 떨궜다.

　친정 부모님, 할머니, 할아버지, 푸라와 푸아, 숙부들, 숙모들……. 가족들을 둘러본 아바하이는 동생을 불렀다.

　"오보이."

　"누이."

　침상에 걸터앉은 오보이는 누이의 마른 팔을 연신 쓰다듬었다. 남동생의 손길은 애절했고 그의 두 눈에서는 산사나무 열매 같은 굵은 눈물방울이 쏟아졌다. 열린 창으로 들어오는 이슬비와 남동생의 눈물이 메마른 아바하이를 적셨다.

　"오보이, 나는 알 수 있어. 오늘이 내 마지막 날이라는 것을. 그래서 가족 전부를 불러 모았어. 가족들도 곧 나와 헤어질 거라는 사실을 알고 있어. 너도 그럴 테지."

"누이, 으흑……."

"떠나기 전에 네게 당부할 말이 있어. 오보이 너는 원한을 가지면 반드시 복수하고 마는 성격이지? 그렇지만 약속해, 낭군과 낭군의 식구들을 해코지하려 하지 않겠다고."

"누이가 쫓겨나게 한 그 조선인 계집도 말이오?"

"오보이, 귀를 가까이……."

축축한 얼굴을 대충 훔친 오보이는 허옇게 튼 누이의 입술에 귀를 갖다 댔다.

"오보이, 나는 그 계집이 너무나 미워. 마음 같아선 계집과 배 속 아이가 일시에 죽으라 저주를 퍼붓고 싶어. 하지만…… 계집과 아이가 죽으면 낭군께서 슬퍼하실 거야."

"누이, 타타라는 누이를 쫓아냈소. 왜 그런 자를 감싸는 게요?"

"연모하니까."

"……."

"다른 이유는 없어."

"……."

"나는 그 사람이 내 질투에 먼 행동으로 인해 힘들어했던 게 슬퍼. 그 사람이 이제는 행복하기를 원해. 그러니 오보이, 약속해 다오. 낭군과 낭군 가족을 상대로 원한을 간직하지 않겠다고."

"……약속하리다."

망설이던 오보이가 약속하자 아바하이의 얼굴 표정이 한결 편안해졌다.

"한 가지 더, 마지막 소원이 있어. 날 미리 애도해 주는 가족들에게 둘러싸여 저승으로 떠나는 것이 기뻐. 하물며 하늘도 내 죄를 용서하듯 울어주잖아? 다만 낭군이 곁에 없어 애통해."

"타타라를 불러오길 바라오, 누이?"

"그래. 부디 낭군을 불러줘. 안 오겠다 하시거든 그 계집을 언급하면 오실 거야. 날 보기는 싫어도 그토록 아꼈던 이원해는 보러 오시겠지."

"타타라에게 누이는 매번 뒷전이었건만 누이는 마지막까지 그만 생각하는구려."

"내게 남은 시간이 얼마 없어, 오보이. 어서 서둘러 줘."

"……."

입술 안쪽을 짓이기던 오보이는 빗속으로 뛰어나갔다. 동생의 뒷모습을 응시하던 아바하이의 눈길이 열린 문 밖, 처마 아래에 선 원해에게 붙박였다. 고소해하며 웃을 줄 알았던 원수 계집은 웬일인지 무표정했다.

더운데 비까지 내리니 식은땀이 맺힌 목덜미가 끈적거렸다. 하여 씻고 싶으면서도, 고작 두 달을 좀 넘긴 몸이 축축 늘어져 꼼짝하기 싫었다.

베개에 붙인 머리를 옆으로 돌린 기연은 목욕통에 들어앉은 서방의 뒷모습을 쳐다봤다.

씻겨달라 할까? 그렇지만 사내와 그래본 적 없는데. ……서방인데 뭐 어때.

"나는 사내 복도 지지리도 없지!"

그리 외치며 처음으로 부부싸움 비슷한 것을 한 이후로 다시 서방을 데면데면하게 대했었다. 그러나 씻겨달라 하면 몸이 편한 것은 물론이고 부부사이가 풀어질 거였다.

결심한 기연은 목욕통 근처를 어슬렁거렸지만 물소리가 그녀의 기척을 가렸다. 서방은 씻느라 바빠 돌아볼 기미가 없었다.

목욕통 옆에 쪼그려 앉은 기연은 룽거의 목을 뒤에서 살짝 끌어안았다. 옷 앞섬에 물 얼룩이 졌다.

"룽거."

"물소리 때문에 곁에 온 줄 몰랐다."

기연은 웬일로 갑자기 이러냐, 서방이 정색을 하면 어쩌나 싶어 두려웠으나 룽거는 그러지 않았다. 부루퉁한 얼굴 표정을 한 채 자신의 어깨에 턱을 괸 기연을 확인한 그가 걱정했다.

"네 옷이 젖는다."

"말리면 돼요."

그제야 완전히 상체를 기연을 향해 돌린 룽거는 기연의 뺨이며 귓불을 어루만졌다.

"뭐 도와줄 게 있는 거냐. 표정이 안 좋다."

"……같이 씻어도 되요? ……씻겨줄 수 있어요?"

"부끄럽다더니 생각이 바뀐 건가?"

별거 아닌 부탁에 긴장을 푼 그는 그녀의 목깃 단추를 하나둘 풀었다. 기연 역시 버선과 신을 벗었다.

"그때는 정말 부끄러웠어요. 그런데 지금은 괜찮을 거 같아요. 하, 합방 많이 해서 당신 벗은 몸에 적응했어요."

바지와 속곳을 벗은 기연은 웃는 그의 허벅지 사이에 앉았다. 부드러운 수건이 몸 구석구석을 오갔다. 룽거가 등을 닦아주는 동안 그녀는 스스로의 몸을 내려다봤다.

아랫배가 달거리를 할 때처럼 부었다. 가슴이 커졌고 유두 색이 진해졌다. 입덧이 끝나면 살이 찔 거였다.

아정이 때는 회임으로 인한 신체 변화가 신경 쓰이지 않았다. 하지만 지금은 아니었다. 홑몸일 때와 다른 몸을 룽거가 보는 게 신경 쓰였다. 아기를 낳은 후에 가슴이 원래대로 돌아와야 할 텐데. 살이 많이 찌지 말아야 할 텐데.

오래간만에 먼저 말을 붙일 겸, 기연은 애교스러운 어투로 투정했다.

"나 슬슬 몸이 변해요. 가슴이 커졌어요."

흘끗 기연의 가슴을 본 룽거가 달랬다.

"그는 나쁜 게 아니잖은가."

"당신은 큰 가슴이 좋지요?"

"……크건 작건 너는 다 좋다."

"……"

얼버무린 룽거를 새침하게 올려다본 기연이 말했다.

"가슴이 커진 건 좋다 쳐도 색깔이 진해진 건 싫어요. 입덧 끝나면 살도 많이 찔 거예요."

"어찌 됐건 너는 언제나 예쁠 거다."

"치, 아냐, 그럴 리 없어. 첫애 땐 별 생각 없었는데 출산 후에도 몸이 변한 그대로일까 봐 걱정돼요."

"변하면 다시 돌아오지 않는 건가?"

기연은 아정이 때를 되새겼다.

"한참 지나 돌아왔던 거 같아요. 사람에 따라서 안 돌아오는 경우도 있대요. 돌아와도 회임 전과 완전히 같게는 안 돌아올 수 있고, 첫애 때는 돌아왔어도 그 다음 출산 후에는 안 돌아올 수 있대요."

"……"

뭐라 위로해야 하나. 고심한 룽거는 조심스럽게 말했다.

"내가 괜찮으면 된 거 아니냐."

"당신이 지금은 괜찮다 하지만 막상 아이 낳은 내가 예전만 못하다 싶으면 마음이 바뀔지 어찌 알아요? 왜 이리 살쪘냐, 벗은 몸이 변했다, 날 조선에 보내려 하면?"

"……기연, 너는 첫 아기를 낳고도 살이 안 찌지 않았느냐."

그것은 듣고 싶은 대답이 아니었기에 기연은 고집을 부렸다.

"이번엔 다를지 어찌 알아요?"

"……."

"빨리 말해봐요. 만약 내가 출산 후에 지금 모습으로 안 돌아오면 나 조선으로 보낼 거예요, 말 거예요?"

"안 보낸다, 절대. 내가 어떡하면 네가 안심할지 모르겠다. 설마 네 발목에 족쇄를 채우길 바라진 않겠지?"

"채워야겠어요. 족쇄 양 끝을 각각 당신이랑 내 발목에 걸어야 마음이 놓일 거 같아요."

"……."

넋이 나가 말문이 막힌 룽거를 보며 기연은 깔깔 웃었다. 그제야 룽거는 기연이 농을 쳤음을 깨달았다.

"조선으로 농을 치는 걸 보건대…… 그간에 울적했던 마음이 조금은 가라앉은 게냐. 부친 걱정이 적어진 겐가."

"아버지 걱정은 여전하지만 그것 때문에 더는 당신한테 미지근하게 굴고 싶지 않아요."

"부친이 이곳에 살 가능성은 없겠지? 청에 있는 조선인들의 소원은 조선에 가는 거니까."

"아버지는 내가 아무리 설득해도 안 들을 거예요. 본래 타고나기를 황소고집으로 타고났어요. 누구 말을 들을 수 있는 성격이었으면 노름 그만하고 정신 차리라는 엄마랑 나랑, 언니 말을 진작 들었을 테지요."

"내가 대신 부친에게 부탁드려 볼 수 있다."

"싫어요!"

룽거에게 매달린 기연은 거세게 도리질했다.

"싫어요, 정말 싫어. 당신 말을 듣기는커녕 욕하고 때리려 할 거야.

난 당신이 아버지 그런 모습 보는 거 싫어요. 내가 또 기절하길 원치 않거든 제발 아버지 찾아가지 마요, 제발!"

이러다간 기연이 발작이라도 일으킬 듯싶어 룽거는 기연의 등을 쓰다듬었다.

"알겠다. 진정해라, 네 허락 없이 부친을 만나지 않을 테니."

"약속해요?"

"약속하마. 그리고 끝끝내 부친이 조선에 돌아가신다 하면 살림이 곤궁치 않도록 재물을 넉넉히 챙겨드릴 테니 너무 걱정 말거라. 걱정을 많이 하면 네 건강이 상한다."

"그것도 하지 마요. 아버지 손에 재물을 쥐어준다는 건 밑 빠진 독에 물 붓기예요. 많이 줘봤자 당신이 힘들게 번 돈, 노름으로 날릴 거야."

"나를 네 서방이라 부르면서 아무것도 하지 말라는 거냐. 그럴 수 없다."

"……정 그러면 나중에 떠날 때 조금만 줘요. 어차피 세자빈마마가 아버지 일자리를 마련해 주신다 했기 때문에 많이 필요 없어요."

"세자빈이?"

룽거는 언짢아하며 되물었다. 그의 눈치를 본 기연은 세자빈을 은근히 감쌌다.

"룽거, 세자빈마마는 아버지를 구해주고 일자리를 약속해 주셨어요."

룽거는 바늘로 찔러도 피 한 방울 나오지 않을 것 같은 표정을 고수했다.

"지난날 세자빈과 세자빈이 데려온 소옥인가 뭔가 하는 계집 탓에 네 속이 뒤집어졌던 일을 잊지 않았다. 나는 세자빈을 포함한 세자관이 못마땅하다."

"아버지뿐 아니라 나와 아기를 걱정해 주세요. 몸보신하라 조선 왕족들이 먹는 건전복을 선물로 주셨어요. 그러니까 너무 미워하지 마요. 좋아해 달라고는 안 할 거지만, 싫어하지는 말아줘요. 내가 부탁할게요."

"……네 말대로 싫어하진 않으마. 좋아는 못 한다."

"그거면 충분해요. 미움만 안 사면 됐지, 세자빈마마와 세자관이 당신한테 어여쁨받아 뭘 하겠어요. 당신이 어여뻐 해야 되는 건 나밖에 없지요."

피식 웃은 룽거는 기연의 머리카락을 감겨줬다. 다 감은 머리카락을 꼭꼭 짜 마무리까지 해주는 다정한 손길이 기분 좋아 기연은 다시금 웃었다. 이리 자주 웃는 것이 오래간만이었다.

"당신이 씻겨주니까 기분 좋아요. 이럴 줄 알았으면 진작 같이 씻는 거였는데."

"네 기분을 좋게 만들기 위해서라면 매번 씻겨주겠다."

"……기분이 좋아지게 하는 다른 방법도 있어요."

"그런 방법이라면 반드시 알아야지. 무어냐."

기연은 마치 어린아이가 어미 가슴을 주무르듯 서방 가슴을 만지작거렸다.

"룽거…… 우리 합방한 지 오래됐어요."

"합방?"

"안 한 지 오래됐잖아요. 매, 매일 하다시피 했었는데."

어쩌면 요즘 합방을 안 해서 더 울적했던 걸지 몰랐다.

"기연, 나도 널 안고 싶으나 회임 중이지 않느냐."

자자 했는데 거절을 당했으니 민망해할 만했지만 기연은 떳떳했다. 회임한 여자도 아니면서 서방 몸이 금세 변했기 때문이다. 서방 역시 합방이 하고 싶지만 아기가 염려돼 애써 참고 있는 것이다. 하기야 회임 전에 그는 낮에 조정 일을 하고도 집에 오면 두 번, 세 번씩 덤벼들곤 했었거늘, 자식이 생겼다 해서 그 넘치던 힘이 갑자기 없어졌을 리 만무했다.

일단 한 번 자고 싶다 생각하자 허벅지 사이가 점점 간지러워 기연은 룽거를 설득했다.

"그럼 앞으로 여덟, 일곱 달간 안 할 거예요?"

"방법이 없잖느냐."

"막달에만 조심하면 된다던 걸요."

기연은 은밀한 욕구를 담은 검지 끝으로 룽거의 아랫배를 건드렸다. 놀라 움찔한 룽거는 목욕통과 하나가 되려는 것처럼 뒤로 바싹 물러났다. 그래봤자 기연과 맞닿은 다리가 여전했다.

끄응, 괴로운 신음을 흘린 그는 기연을 안아 들고 목욕통에서 나왔다. 빨리 기연에게 옷을 입히고, 떨어뜨려 놓지 않았다간 일이 터질지 몰랐다.

아니다, 옷 입힐 시간도 없다! 그딴 한가한 짓을 어느 세월에 하고 있는가!

침상에 처를 내려놓은 룽거는 이불로 여체를 둘둘 말며 물었다.

"누가 그러더냐?"

"냇가에서 같이 빨래하던 아낙들이요."

"의원 아닌 자들 속설을 어찌 함부로 믿겠느냐."

평온한 상태일 때와 확연히 다른 서방 하체를 흘끔거린 기연은 도망가려는 그의 팔을 붙들었다.

"그 아낙들은 아이를 대여섯 번씩 낳은 터라 회임에 관해선 의원보다 더 잘 알아요. 아기 가져도 해, 해도 된댔어요."

"안 된다."

"나는 당신하고…… 자고 싶어요."

혁! 룽거는 하마터면 기연을 밀어 눕힐 뻔했다. 거의 제정신이 아니게 된 그는 기연의 손을 떼어내고 허둥지둥 옷을 입었다. 바지 안팎이 뒤집어졌지만 눈치채지 못했다.

"잠시 바람을 쐬고 오겠다."

"가지 마요."

"기연, 정 그러면 의원에게 합방을 해도 되는지 물어볼 테니 며칠만 기다려라. 그전까지는 절대 불가하다."

"……."

벌컥 열렸던 문이 닫혔다.

혼자된 기연은 신경질적으로 베개를 침상 반대편으로 던졌다. 아기를 가져 마냥 좋아했었는데, 이런 문제가 생길 줄을 어찌 알았으랴?

"어미인 내가 서방 덕에 기분이 좋으면 아기한테 나쁠 리가 없잖아?"

하지만 룽거가 대충 넘어갈 것 같지 않으니, 의원이 합방하라 말하기를 바랄 수밖에.

두 팔을 기운 없이 흐느적거리며 속곳과 옷을 차려입은 기연은 돌아오지 않는 룽거를 찾아 바깥에 쫓아 나왔다. 룽거는 걸상에 앉지 않고 처마 아래에 서 있었다.

"아직 몸이 덜 식었어요?"

어렵사리 진정한 것이 헛수고가 될까, 그는 기연의 시선을 피한 채로 말했다.

"거의 다 됐다."

"그럼 이만 들어가요. 재워줘요."

"……기연, 오늘은 따로 자는 편이 나을 듯하다."

"각방은 안 돼요! 한 번, 두 번 각방을 쓰다 보면 횟수가 늘어난댔어요."

단호히 반대한 기연은 울상을 지었다. 멀쩡한 낭군을 두고 외롭게 혼자 잘 상상을 하자 싫기 짝이 없었다.

"그도 같이 빨래하던 아낙들이 말한 거냐."

"맞아요."

"그 여자들은 별걸 다 안다."

"서방하고 수십 년 살아봤으니까요. 아무튼 간에 각방 쓰지 마요. 소박맞는 거 같아 싫어요. 외롭고요."

"소박맞히는 것이 아니라……."

못 참을까 봐 그런다. 그가 삼킨 뒷말을 충분히 이해한 기연이 졸랐다.

"당신 힘들게 안 할게요. 껴안아주지 않아도 돼요. 그냥 옆자리를 비우지만 말아요, 룽거어……."

"……알았다, 들어가자."

"타타라! 형님!"

한참 만에 수락한 룽거가 임신한 처를 안에 데려가려는 찰나, 누군가가 빗속을 뚫고 왔다. 오보이의 눈물이 빗물과 섞여 흘러내렸다.

"누이가 죽으려 하오!"

"……."

"먼 길을 떠나기에 앞서 당신이 보고 싶다 하오! 어서 가주오!"

"네 누이와는 진작 얘기를 끝냈다. 나는 가문 족보에서 제명하지 말라는 네 누이의 마지막 부탁을 들어줬고, 네 누이에게 죽더라도 내가 알게 하지 말라 했다. 돌아가라."

순식간에 싸늘해진 룽거가 거절했지만 오보이는 굴하지 않았다. 그는 무릎을 꿇었다. 감히 만주제일의 용사가 자존심을 굽히는 모습을 조선인 포로 계집이 지켜보고 있다 한들 괘념치 않았다. 자존심보다 누이가 중했다.

"내 집에 가 누이를 만나준다면 형님에게, 저 계집에게 가진 원한을 깨끗이 털어내리다! 약속하오! 맹세하오!"

"……."

"내일부터는 정녕 하늘 아래 그 어디에서도 누이를 볼 일이 없을 거외다! 누이는 임종을 지척에 두고도 형님만 생각하고 있소!"

"……"

"가, 가요."

만주어로 속삭인 기연은 룽거를 넌지시 밀었다. 사내가 말한 내용 전체를 이해하진 않았으나 '누이가 죽는다.'는 말은 알아들었다. 집안 사람이면 망설이지 않고 룽거가 길을 나설 것을, 꿈쩍하지 않은 모양새를 보건대 사내가 이르는 누이란 아바하이인 듯했다.

기연은 재차 만주어로 권했다.

"다녀와요. 마지막이잖아요."

"……"

오보이와 기연을 번갈아 살피던 룽거는 겉옷을 대충 걸치고 나와 빗속으로 들어갔다. 그의 뜻을 안 오보이가 벌떡 일어났다.

"마차는 느리오! 말로 가오!"

두 사내는 길을 서둘렀다. 곧 룽거가 사라졌지만 기연의 눈앞에는 우산을 쓰지 않고 가던 그의 뒷모습이 아른거렸다. 룽거의 등을 직접 떠밀어놓고, 막상 그가 아바하이를 걱정하는 양 비를 맞으며 뛰어가니 기분이 어수선했다. 예전에는 질투라는 감정을 몰랐거늘 청나라에 와 배웠다.

텅 빈 방에 들어온 기연은 곧바로 다시 바깥에 나왔다. 습기가 차 축축한 걸상에 앉은 그녀는 룽거를 기다렸다. 그러나 빗줄기가 굵어지고 밤의 어둠이 한층 깊어지도록 그는 오지 않았다.

장례까지 다 치러주고 오려는 걸까?

그렇다 한들 뭐라 하겠느냐만, 다만 확실히 알고 싶었다. 언제 올 건지, 오늘 올 건지 아니면 며칠 집을 비울 건지를. 그것을 모르면 계속 기약 없이 기다리게 되지 않겠는가. ……좀 더 솔직히는 룽거가 어서 돌아왔으면 좋겠다.

일어난 기연은 불을 붙인 초롱불과 우산 두 개를 챙겨 사내종들이 머무는 행랑채로 갔다.

"야르시, 자요?"

"아가씨십니까?"

아무렇게 풀어헤치고 있던 웃옷을 추스르며 나온 야르시가 고개를 갸웃거렸다.

"이 밤에 저를 어찌 찾으십니까?"

"룽거가 아바하이 집에 갔어요. 나도 갈래요."

"대인께서 왜 구왈기야 대인 댁에 가신 겁니까? 설마 쫓아낸 마님을 다시 모셔 오려는 겁니까?"

"……."

알아듣지 못한 기연은 그저 우산을 내밀었다. 잔말 말고 가자는 뜻으로 이해한 야르시는 더는 캐묻지 않고 우산을 받아들었다.

"아가씨, 가시죠. 이까짓 비 따위가 뭔 대수겠습니까. 우산은 안 써도 되지만 주시니 감사히 받겠습니다. 저는 먼저 가 마차를 준비하겠습니다."

야르시는 부지런을 떨며 앞장섰다.

그들이 아바하이의 처소에 도착했을 때, 그녀의 숨소리는 훨씬 거칠어져 있었다. 죽음의 그림자가 문턱까지 추격해 온 듯 방 안 공기가 차가웠다.

당장 삶의 끈을 놓을 것처럼 씨근거리던 아바하이는 낭군을 찾아냈다. 그러자 신기하게도 그녀의 두 눈에 생기가 띠었다. 거죽만 남은 마른 손이 낭군을 잡으려 꿈틀거렸다.

"왔군요. 가까이, 가까이 와줘요."

침상에 다가온 룽거는 핼쑥한 여인을 내려다보았다. 그는 슬픔 혹은 동정을 내비추지 않았다. 후련해하거나, 왜 나를 불렀냐며 노하지 않았다. 늘 그랬듯이 담담했다. 과거에는 서운하기만 했던 그 무감정한 낯빛이 드디어 편안히 느껴져 아바하이는 웃었다.

"막 시집왔을 때, 대인이 내 낭군이라 좋았어요. 나와 혼인한 낭군이라는 그 보잘것없는 평범한 이유 하나만으로 대인은 내게 특별한 존재였어요. 하나뿐인 사내였어요. 하지만 대인에게는 다른 여자가 있었지요. 어쩔 수 없이 중매혼으로 맺어진 나와 대비되는, 진심으로 아끼는 여자가."

"……"

"대인이 이원해를 보듯 날 봐주길 바랐어요. 이원해를 보며 웃듯 내게 웃어주길 바랐어요. 때때로 내가 이원해가 된 상상을 하기도 했어요. 나를 따스하게 대해주는 대인을 상상하는 것만으로 좋더군요. 좋다가도, 현실로 되돌아오면 질투가 치솟곤 했어요. 왜 대인은 나에게는 이원해 앞에서 보이던 미소를 지어주지 않을까, 억울하기도 했어요. ……지금은 아니에요. 가기 전에 대인을 볼 수 있는 것만으로 마냥 기뻐요. 진작 이랬어야 했겠지요. 대인과 한 지붕 아래에 있는 것만으로 만족해야 했어요."

"……"

"저를 보러 온 건가요? 아니면, 그 여자?"

"무슨 소리냐, 아바하이."

아바하이는 뒤쪽에 선 오보이를 쳐다봤다. 오보이는 고개를 저었다.

이원해를 언급하지 않았는데도 낭군이 와주다니. 진정 여한이 없었다.

"아니에요. 나는 죽기 직전까지 이기적으로 굴려 했거늘 대인은 내게 군자의 도리를 보여주는군요. 이러니 내가 아무리 죽음을 코밑에 두었다 한들 어찌 대인을 포기할까요."

"······."

"타타라 가문 족보에서 제명치 말아달라고, 마지막 부탁이다 말했던 내가 약속을 뒤집고 대인을 불러들여 화났나요?"

"화나지 않았다."

"다행이에요. 더는 내게 화나지 않아서."

주저하던 아바하이는 룽거의 손을 잡았다. 그가 뿌리치지 않자 감격한 아바하이는 그의 이름을 불렀다.

"룽거."

"······."

"당신을 열렬히 연모했어요. 썩어가는 내 몸뚱이에서 유일하게 생생한 건 당신을 연모하는 마음일 테지요. 내 마음에 어찌나 활력이 넘치는지 질투가 들끓고 있어요. 당신 애정을 받는 그 계집이 미워서 죽으면 귀신이 돼 그 계집을 쫓아다니며 저주를 퍼붓고 싶은 심정이에요. 하지만 그러지 않을게요."

"그래. 그러지 마라."

"저주를 하더라도 당신에게 하라는 건가요?"

"아니."

"······."

"내게도 하지 마라. 기연을 지켜야 하니까."

아바하이는 실소를 터뜨렸다.

"정말 부럽네요."

"구왈기야 아바하이."

"······."

"다음 생에는 다른 여인을 부러워하지 마라. 너만을 아끼는 사내를 만나 행복한 여인으로 살아라."

"당신이 그 사내가 되면 안 되는 건가요."

"……아바하이, 나는 다음 생에도 그 여자를 만나고 싶다."

"……"

아바하이는 문득 이원해의 이름을 미끼로 룽거를 부르고자 했던 제 스스로의 꾀가 헛수였음을 깨달았다. 낭군에게 '그 여자'는 오로지 한 명뿐이다. 이원해는 완벽히 자리를 빼앗겼다.

"그러면 나는 당신 축복대로 나만 아껴주는 다른 사내를 만날게요."

"그래."

"앞으로는 당신이…… 그 여자와 행복하기만을 기원할게요."

희미하게 미소 지은 아바하이는 잠에 빠지듯 스르륵 눈을 감았다. 꼭 다물린 입술은 더는 말이 없었다. 룽거를 붙들고 있던 손은 바닥을 향해 떨어졌다.

침상 바깥으로 튀어나와 대롱거리는 손을 이불 안에 넣어준 룽거는 한참 만에, 잠든 아바하이를 등졌다.

"누이가…… 누이가 떠났소?"

"그렇다."

"……나는 곡을 해야 하오. 부친과 모친께서 형님이 장례에 참석하길 원치 않으시니 이만 가주오. 약속은 틀림없이 지키겠소."

"……"

룽거는 처소를 빠져나왔다. 아바하이의 육친과 시종들이 오보이의 격한 울음소리를 쫓아 그녀의 처소로 몰려갔다. 그러나 두 남녀만은 아바하이를 뒤로했다.

대문으로 가는 룽거를 여자가 절뚝거리며 쫓았다.

"타타라 룽거!"

"짐승만도 못한 오랑캐야! 괴물이야!"

미처 잊지 못한 목소리가 그의 가슴을 후벼 팠다. 한겨울 칼바람처럼 날카로운 전율이 등허리를 따라 퍼지는 것을 느끼며 룽거는 뒤를 돌아봤다.

여자를 확인한 그는 두통을 참으려 이를 악물었다.

"타타라 룽거."

"……."

빗줄기가 남녀의 어깨를 때렸다.

머리카락이 흠뻑 젖다 못해 무겁게 느껴질 때까지 상대가 아무런 말을 하지 않아, 원해는 먼저 입술을 떼었다. 사나운 음성이 피어올랐다.

"나는 이 지긋지긋한 곳에 또 끌려왔다."

"……."

"날 탐낸 오랑캐 기병 놈을 받아들여 끌려오는 내내 말을 얻어 탔다. 어차피 더럽혀진 몸뚱이, 한 번 더 버리는 셈으로 쳤지. 그러나 어찌 영원토록 오랑캐에게 붙들려 있겠는가? 기병 놈에게 실은 난 네 첩이다 말했더니 그놈은 두려워하며 쉽게 날 포기하더군."

치욕스러운 설명을 끝으로 원해는 침묵했다. 기실 이제 내가 다시 끌려온 걸 알았으니 네가 도와줘라, 부탁해야 했지만 그러기 싫었다. 매몰차게 버렸던 사내에게 도움을 청하기 싫은 여자로서의 자존심이, 오랑캐에게 구걸하기 싫은 조선인으로서의 자존심이, 적을 경멸하는 포로로서의 자존심이 혀를 옭아맸다.

"나는 조선으로……."

힘겹게 말문을 튼 원해를 룽거는 모르는 사람이라는 듯 외면했다.

돌아서 멀어지는 그의 뒷모습을 놀라 주시하던 원해의 얼굴이 험악하게 일그러졌다. 그가 먼저 돌아서선 안 됐다. 그럴 순 없었다.

"타타라 룽거, 거기 서!"

한쪽 다리가 성치 않다고 믿을 수 없을 정도로 빠르게 걸은 원해는 악착 같이 룽거를 뒤쫓았다. 그녀는 그의 팔을 붙들었다.

"넌 날 무시할 수 없어!"

"나를 잡지 마라! 내 몸에 손대지 마라!"

여자 못지않게 거세게 내지른 룽거는 원해의 손길을 단박에 뿌리쳤다.

감히 나를 무시하고, 뿌리쳐? 내팽개쳐진 스스로의 손을 내려다보던 원해는 굴욕감을 참으려 부러 비소를 지었다.

"널 버린 내가 원망스럽다 어리광 부리는 겐가? 너를 내 젖가슴에 끌어안고 보듬어주면 되는가?"

"네게 그딴 것 바라지 않는다. 아는 체하지 마라."

원해는 비웃음마저 짓지 못하게 됐다. 무시받고, 내팽개쳐지더니, 거부당했다. 오기에 휩싸인 그녀는 원망을 퍼부었다.

"너는 양심이 없는 거냐? 날 이리 망가뜨려 놓고선 아는 체를 말라?"

"……"

룽거는 질끈 눈을 감았다.

"나는 오랑캐 새끼를 키우면서 오랑캐 땅에 머물러선 안 돼. 꿈에서 깨 조선으로 가야 해."

불룩한 배를 피로 물들인 채 덜덜 떨며 중얼거리던 원해의 환영을 떨친 그가 맞받아쳤다.

"너 역시 날 망가뜨렸다."

"……"

"너는 내가 보는 앞에서 내 자식을 죽였다."

"……"

"그랬던 널 살려 조선으로 보냈다. 이만하면 네게 진 빚을 갚은 것이 아닌가."

"갚지 않았어! 네들 오랑캐들은 내 조국을 한 번도 아니고 자그마치 두 번을 유린했어! 정묘년에는 친어머님을 잃었거늘 금번 병자년에는 아버님을 잃었다! 헤어진 새어머님이 살아 계신지, 생사조차 모른다!"

"……."

"네들 오랑캐는 구더기 같은 존재다! 조선의 뼈와 살을 갉아먹는!"

"……더 이상 내가 해줄 수 있는 것은 없다. 계속 그렇게 나를 증오해라. 네 나라와 너 개인의 온 불행을 내 탓이라 여기고 살아라. 그러나 나는 네게 상처 입은 과거의 나인 채로 살지 않는다."

대문을 넘은 룽거를 원해는 놓치지 않고 재차 붙들었고, 룽거는 재차 원해를 뿌리쳤다. 그녀는 반쯤 미쳐 룽거의 옷깃을 움켜쥐었다.

"나는 지옥구덩이에 있건만 너 혼자 행복하겠다는 건가? 어림없다!"

"룽거!"

파뜩 정신을 차린 원해는 여자의 목소리가 날아든 대문 맞은편을 쳐다보았다. 우산을 쓴 마부가 마차 옆에 서 있었다. 막 마차를 빠져나온 여자가 품에 끌어안은 우산을 펼 새 없이 급하게 다가왔다.

쏜살같이 기연에게 온 룽거는 그녀가 든 우산을 빼앗아 펼쳤다.

"비가 오는데 여긴 왜 왔으며, 우산은 왜 아니 쓰는가."

두 남녀를 지켜보던 원해는 직감했다. 그녀 자신의 것이었던 자리를 지금은, 우산 아래에 선 저 새로운 여자가 차지했음을.

기연 또한 이상한 기류를 생생히 감지하고 있었다. 여자의 본능적인 촉이라는 것이 태어나 처음으로 마구 발동했다. 빗방울 때문에 얼굴이 흐릿하게 보이는 여자는 분명 예사 사람이 아니었다. 기연은 룽거를 올려다봤다. 그는 몹시 신경이 곤두선 듯했다.

"조선말이 들렸어요. 당신과 저 여인이 조선말로 싸우는 소리가요."

"별거 아니다."

"……."

"가자."

별거 아닌 게 아닌 듯했다. 하지만 룽거를 괴롭히고 싶지 않았다. 여자를 머리부터 발끝까지 뜯어보고 싶은 충동을 억누른 기연은 마차로 향했다.

"기다려라! 내 말이 끝나지 않았어, 타타라 룽거!"

몇 발자국을 가지 않아 기연은 멈췄다. 모질게 서방을 불러대는 조선인 여자를 그냥 둘 수 없었다. 아바하이를 만나러 가는 룽거를 지켜봤을 때와 비교가 안 되게 가슴이 쿵쿵거렸다.

여자와 룽거 사이를 허용하지 않겠다는 듯 룽거 앞을 막아선 기연은 끈질기게 따라온 여자를 노려봤다.

강샘이 깃든 기연의 눈과 독기 서린 원해의 눈이 마주쳤다. 돌연 두 여자의 눈이 휘둥그레졌다. 당황한 그네들의 입이 벌어졌다.

"박 씨 부인……."

"……."

"왜, 왜 여기에……."

함께 개성에 살던 이웃을 만났음에도 마냥 당황스러울 뿐이었다. 반사적으로 두 보 뒷걸음친 박 씨 부인을 멍하니 보던 기연이 정신을 차리고 물었다.

"박 씨 댁 부인이라 했잖아요."

"……내가 언제 내 입으로 나에 대해 직접 말한 적이 있던가요?"

"……."

"확실히 아버님께서 박 씨 집안으로 시집보내려 애쓰신 적이 있긴 했었지요. 내 신랑이…… 될 뻔한 사내는 가난해 장가를 들지 못한 선비였어요. 그렇기에 다리가 불편한 나를 신부로 맞이하기로 했던 거였지요. ……저자 때문에 파혼당했지만요."

기연의 눈썹이 치켜 올라갔다.

"그게 무슨 소리예요? 내 서방은 청나라에 있었는데 어떻게 당신을 파혼시켜요?"

"나는 저자에게 더럽혀졌으니까."

"……."

"그 댁에서 내가 환향녀라는 소문을 듣고 파혼을 청했고……."

"……."

"낙담하신 내 부모님께선 주변 시선을 의식해 내가 파혼당하지 않았다고, 박 씨 부인이 맞다고 때때로 둘러대셨지요."

"……."

그것이 어찌 룽거 탓인가? 서방은 싫다는 여자를 겁탈할 사람이 아니었다. 절대.

"타타라 룽거와 할 말이 있으니 자리를 비켜줘요."

"기연, 가자."

"나는 할 말이 있다 했다, 타타라 룽거!"

룽거에게 덤벼들려 하는 원해에게 기연은 한쪽 팔을 펼쳐 보였다. 이 이상 가까이 오지 말라, 말을 걸지 말라는 경고였다.

"박 씨 부인, 내 서방한테 할 말이 있거든 나를 통해 해요."

"개인적인 일이에요."

"부부간은 무촌이니 내 서방한테 할 얘기를 나한테 못 할 이유가 없지 않겠어요? 더구나 내 서방은 부인과 마주하고 싶지 않아 하는데요."

"……."

"말하지 않을 거면 이만 내 서방을 데려갈래요. 내 서방을 잡지 않았으면 좋겠어요."

원해가 이렇다 저렇다 할 반응이 없자 기연은 룽거를 재촉했다.

"당신부터 말에 타요. 아니면 비가 오니까 말을 두고 나와 마차를 타겠어요?"

"뒤따라 갈 테니 마차에 타라."

"당신부터요."

"……."

룽거는 말에 올라탔다. 그가 출발하는 것을 확인한 기연은 마차에 들어갔다.

굳은 윈해는 멀어지는 마차와 말을 쏘아봤다.

집에 돌아온 룽거는 혹여나 비 오는 밤을 헤맨 기연이 여름 감모에 걸릴까, 그녀의 머리를 풀어내려 수건으로 닦아줬다. 옷을 갈아입는 것을 돕고 두꺼운 담요를 덮어줬다. 더워 이마에 식은땀이 삐질삐질 났지만 기연은 불평하지 않았다.

처는 극진히 챙기고선, 정작 스스로의 몸에는 대충 침의 바지 하나만 걸치고 룽거는 아무렇게 침상에 드러누웠다.

그런 서방을 기연은 들끓는 부아를 느끼며 바라봤다. 제대로 된 설명을 듣지 않았지만 알 수 있었다. 개성서 이웃이던 박 씨 부인이 서방의 옛 여자 이윈해라는 사실을.

몰랐더라면, 마주치지 않았더라면 이리 화가 나지 않았을 텐데. '서방이 또 때렸냐.', '동네 사람 누가 또 당신과 관련한 안 좋은 소문을 떠들었냐.', 서로 위로를 주고받던 그 박 씨 부인이 이윈해였다니! 서방을 저렇게 무너지게 한 여자라니!

어미를 따라 아기가 화를 낼까, 기연은 배를 살살 문지르며 고민했다. 이게 다 무슨 상황인지 설명하라고 룽거를 닦달하고 싶었다. 그러나 사내가 기분이 나빠 있는 마당에 비난조로 바가지를 긁어봤자 좋을 일이 없었다. 부부싸움의 빌미가 될 뿐이었다.

갑자기 등장한 옛 여자에 관해 알아내는 가장 영리한 방법은 사내에게 머리를 식힐 시간을 주고, 자진해서 해명할 때까지 기다리는 것일 터였다. 문제는 여자 쪽은 기다리기 힘들다는 거다.

정면 돌파하기로 결정한 기연은 룽거와 등을 맞대고 누웠다. 그녀는 비난조로 말하지 않으려 애썼다.

"나에 관한 건 모두 알고 싶다고 당신이 말했던 거 기억해요? 나도 그래요. ……그런데, 알 만큼 안다 생각했는데 아니었어요."

"……."

"조선말을 가르쳐 준 사람은 박 씨 부인, 이원해가 맞지요?"

"……맞다."

"죽었다고 했잖아요."

"……."

"당신이 아버지 때문에 상심해 있던 나를 재촉 않고 기다려 줬으니까 나도 당신이 거짓 아닌 진짜를 말해줄 때까지 기다릴게요. ……혼자 있고 싶은 것 같으니 다른 방에 갈게요."

일어나는 시늉을 하는 기연을 룽거는 감싸 안았다. 안도한 기연은 룽거를 마주 보려 했지만 그는 만류했다.

"돌아눕지 마라. 네 눈을 보며 다른 여자 얘기를 하고 싶지 않다."

"……."

"네게 거짓말하지 않았다. 그 여자는 내 안에서 죽었다. 아무것도 아닌 망자와 마찬가지인 자야."

"당신에게 그 여인이 아무것도 아니라는 걸, 망자나 마찬가지인 걸 알겠어요. 하지만 그래도 당신과 그 여인 사이에 무슨 일이 있었는지 알고 싶어요. 보다 자세하게 얘기해 줬으면 좋겠어요. 그 여인이 아는 당신의 과거를 내가 모르는 게 싫어요."

룽거는 기연의 섬섬옥수를 꽉 붙잡았다.

"네가 들을 만한 중요한 얘기가 아니다."

"당신이 정 말하기 싫으면 묻지 않겠지만…… 솔직히 서운해요."

"……"

고집을 부리는 기연의 긴 머리카락에 룽거는 한참 고개를 묻고 있었다. 이윽고 그가 말했다.

"정묘년에 조선에서 그 여자를 처음 봤다. 어린 사내들은 여자의 겉모습만 보고도 쉽게 마음에 동요가 이는 법이고, 당시에 치기에 찬 십대이던 나도 여타 소년들과 다를 바 없었기에 번듯한 그 여자를 본 순간, 첫눈에 반했다."

"……"

기연은 룽거 몰래 이불을 세게 틀어쥐었다.

"그 여자는 본래 마푸타 장군이 취한 포로였으나 장군에게 반발하다 장군의 귀를 거의 물어뜯을 뻔했다. 화난 마푸타 장군이 여자를 매음굴에 팔려 한다는 소식을 숙부님을 통해 전해 들은 나는 내가 여자를 가질 수 있게 도와주십사 숙부님께 간청했다."

"……"

"여자를 데려온 나는 여자의 마음을 얻으려 노력하며 남들 모르게 조선 출신 군인에게 조선말을 배웠다. 실력이 조금 늘자 날 받아달라고 마음을 고백했지. 여자는 조선으로 보내달라고 했지만 나는 조선이 그립지 않게, 행복하게 해줄 테니 떠나지 말라 고집을 부렸고 내구애가 이 년쯤 지속된 어느 날, 여자는 날 받아들이더군."

"……"

"여자는 내게 조선말을 가르쳐 줬다. 가끔씩 내게 미소를 지어줬고, 함께 차를 마셨고, 시장에 구경을 갔다. 그리 함께하는 시간이 늘어갈수록 여자와 마음이 통했다는 나의 믿음은 확고해졌다. 하지만 그건 내 착각이었을 뿐 여자의…… 이원해의 마음은 조국을 그리는 향수병으로 인해 실상 병들어가고 있었던 거야."

"……."

"아바하이가 원해의 다리를 망가뜨린 후로 병은 급격히 악화되었다. 어느 날 밤, 원해는 자는 내 목을 은장도로 찌르려 했다. 실패하자 내게 저주를 퍼붓더니 만삭의 제 배를 찌르더군."

"……"

"여자를 기어이 살려내 조선으로 보냈는데 재회했으니, 참으로 질긴 악연이 아니냐."

한탄하듯 말끝을 맺은 룽거는 씁쓸하게 웃었다.

"당신 상처를 보여줘 고마워요."

굳은 얼굴 반절을 베개에 푹 묻은 채 기연은 겨우 중얼거렸다.

고맙다는 인사는 실은 겉치레였다. 박박 우겨 듣고 싶던 이야기를 들었으나 어쩔 도리 없이 후회가 됐다. 과거를 되짚어주던 룽거의 괴로운 목소리에서 그가 얼마나 박 씨 부인을 좋아했는지가 느껴졌기에.

룽거를 향한 안쓰러움과 그의 첫 여자를 향한 강샘이 뒤엉켜 섞인 혼란스러운 마음을 억누른 기연이 물었다.

"이원해는 당신한테 볼일이 남은 듯했어요. 만약 찾아온다면 당신뿐 아니라 숙모님과 숙부님이 언짢아하실 텐데 큰일이네요."

"귀신이라 여겨 혼비백산하실 테지."

"설마 죽은 줄 아셔요?"

"그래. 집안 어른들이 날 해치려 한 원해를 관아에 고발하고자 하셨기에 죽었다 할 수밖에 없었다. 원해가 살아 있는 것을 숙부님께서 보셨다간 예전에 못다 한 고발을 반드시 이뤄내려 하실 테니 아마 함부로 숙부님 댁에 찾아오지 않을 거다."

"……"

너무 아껴서, 차마 죽게 놔두지 못해 필사적으로 살려낸 걸로 모자

라, 가족들을 속였다······. 이번에는 주먹을 힘껏 쥔 기연은 싫은 티를
내며 말했다.

"룽거, 그런데······ 친한 것처럼 이름만 부르지 마요."

"······"

"아예 그냥 이름을 부르지 마요. 아까처럼 그 여자라 해요."

"······"

"그 여자가 찾아오면 만날 거예요?"

"마주치기 싫다."

"나도 싫어요, 당신이 그 여자 만나는 거."

상체를 일으킨 기연은 룽거의 위에 올라앉았다. 신경이 곤두서 그
런지, 샘을 많이 내 그런지, 머리가 아팠다. 위로가 필요했다.

"그러니 혹여 찾아오거나 만나자 해도 얼굴 보여주지 마요. 내가 대
신 상대할 테니까."

룽거가 안 된다 할까 봐 기연은 얼른 그에게 입을 맞췄다. 성마르게
구는 기연을 말리는 대신 룽거는 그녀의 두 뺨을 감싸 쥐었다. 달콤한
혀가 위로가 돼 얽혀들었다.

기연의 이마에 입술을 붙였다 뗀 룽거는 일어나 앉아 살짝 이불을
들췄다. 처의 허벅지 사이에 핏자국 같은 것은 없었다.

그는 밤 내내 반 시진 간격으로 깨어나 기연이 탈이 나지 않았는지
를 확인했다. 그녀의 고집을 이기지 못해 합궁을 하는 동안에는 처자
식을 아프게 하지 않기 위해 조심하느라 진땀을 빼야 했었다.

그랬는데 룽거의 초조한 속내를 아는지 모르는지, 기연은 세상모르
는 만족스러운 얼굴로 자고 있다.

"네가 불안해하는 것보단 내가 그러는 게 낫지."

혼잣말로 중얼거린 룽거는 씻고 관복을 차려입었다.

밖에 나와 거닐면서도, 말에 올라타 고삐를 단단히 움켜쥐면서도 머릿속에는 기연뿐이었다.

뭘 사다주면 냄새를 거슬려 하지 않고 잘 먹을까. 고민하던 룽거는 얼마 가지 않아 말을 멈춰 세웠다. 그는 잉굴다이의 저택을 흘끗 돌아봤다. 대문가에 아무도 없는 것을 확인하고 길을 막아선 여자를 응시했다.

한참 전에 지나간 겨울을 다시 불러올 듯싶은, 냉기 서린 저음이 새벽의 고요함을 들이쳤다.

"숙부께서 널 보셨다간 조선에 살아 돌아가지 못할 게다."

"내 나라에 유치한 심술이나 부려대는 용골대 따위 때문에 죽을 성싶은가? 가소로우니 날 걱정하는 척 마라!"

"……."

원해는 눈 한 번 깜빡이지 않고 룽거를 노렸다. 반면 룽거는 동이 트지 않은 이른 시각부터 시비를 걸 듯 하는 그녀가 거북해 먼 황궁을 응시했다.

"간밤에 하려던 말이 뭐냐."

"……."

"왜 나타난 거냐."

"……."

"빨리 끝내라."

그녀가 그의 앞에 나타난 이유는 두 개였다.

첫째로 조선에 돌아갈 여비를, 양어머니를 찾아 배를 굶지 않게 살 수 있을 정도의 은자를 내달라 하려 했다. 지난날 간신히 되살아나 조선으로 돌아왔을 때 그가 재물을 넉넉히 챙겨줬던즉, 원해와 그녀의 식구들은 밥을 굶을 걱정을 할 필요가 없었다. 그러나 십 년 새에 두 번째로 전쟁을 겪은 지금은 다시 빈털터리 신세였다.

둘째로…… 원해는 스스로의 존재감을 과시하고 싶었다. 은자를 내

달라는 핑계로 말미암아 실연의 상처로 힘들어하는 타타라 룽거를 두 눈으로 직접 보고 싶었다. 아직 자신 때문에 고통스러워하는 그를 확인하고 싶었다. 그리고 만약 타타라 룽거가 매달린다면…… 은자를, 조선을, 양어머니를, 모든 것을 잊고 그의 마음을 도로 받아줄까 때때로 고민했다.

그러나 모든 것이 수포가 됐다.

아이가 든 배를 찔러 죽을 고비에 다다랐었을 때, 정신이 혼미한 채로 올려다봤던 타타라 룽거의 얼굴은 눈물로 흠뻑 젖어 있었다. 하지만 지금은 아니었다. 오랜만에 재회했음에도 불구하고 그는 눈물을 흘리지 않았다. 조금의 반가워하는 기색조차 없이 어서 치워 버려야 할 찌꺼기를 대하는 양 성가셔 했다.

그런 그에게, 자신을 털어낸 옛 연인에게 원해는 저도 모르게 자꾸 독설을 하게 됐다.

정말 나는 이제 아무것도 아닌 겐가? 그 같은 자문이 떠오를 때마다 더, 더, 더 심하게 그를 자극하게 됐다. 평정을 잃은 그가 애써 마음 한구석에 숨겨둔 감정을 끌어내지 않을까 싶어서.

그러나 아닐 거라고, 설마 그 지고지순한 타타라 룽거가 나를 지웠을 리 없다고, 그러니까 어서 그가 진심을 토해내게 해야 한다고 외치는 가슴과 달리 머리는 이미 슬슬 인정을 하고 있었다.

내가 처참하게 버렸던 타타라 룽거는, 바다만큼 깊었던 나를 향한 연정을 완벽하게 저버렸다.

룽거는 굳어 있는 원해를 몰아붙였다.

"시간을 끌며 질척거리려거든 아예 나타나질 마라."

"질…… 척…… 질척거려? 내가? 그랬던 건 너였다!"

분노한 원해는 바락 소리를 내질렀다. 근처 민가 지붕에 줄 서 있던 새들이 놀라 날개를 퍼덕거렸다.

"너는 매번 집요한 시선으로 나를 좇았다! 고된 포로 생활 중에도 나는 그걸 느낄 수 있었어! 넌 내 거머리였어!"

가시 돋친 혀로 원해는 매번 새로운 독설을 뽑아냈다. 오랑캐 사내가 미웠다. 처음 마주한 어제는 그나마 심적 동요를 보이더니, 고작 반나절 만에 담담해진 그가 괘씸해 괴롭히고 싶었다. 그는 오랑캐라 미안하다고, 네 나라를 짓이겨 미안하다고, 네 다리를 망가뜨려 미안하다고 사죄해야 했다. 또한 나는 비록 네게 죄인이나 용서해 달라, 곁에 있어달라고 울며불며 매달려야 했다!

"옛날이야기, 재미없다."

"……."

그러나 오랑캐가 하는 말이란 기껏해야 저딴 거다. 빨리 끝내라, 질척거리지 마라, 나타나지 마라, 옛날이야기가 재미없다.

"내가 조선에서 어찌 살았는데. 날 환영해 주지 않는 내 조국에서 얼마나 힘들었는데. 무슨 생각까지 했는데……."

환향녀라 손가락질하는 동포들, 정조 잃은 딸을 실망스럽게 바라보는 부모님, 청나라에 끌려갔다 온 사실을 알자 질겁하던 약혼자……. 그들 탓에 지치고, 또 지치다 못해 조선에 괜히 돌아왔다는, 오랑캐 사내가 보고 싶다는 후회 서린 생각까지 했었거늘!

"네게는 옛날일지 모르지만 나는 아니다! 네가 과거로 치부하는 그 옛날 때문에…… 내, 내 다리는 여전히 이 모양 이 꼴이란 말이다! 너는 내 인생을 망쳤다! 나를 정절 잃은 계집이라 욕먹게 했다! 날 병신으로 만들었다!"

"……그러니 뭘 어떻게 해주길 바라는지 말해라."

"……."

"도통 너를 어찌해야 할지 모르겠으니 말하란 말이다. 아니면, 독심술을 써 직접 네 마음을 알아내길 바라는가?"

"……."

"그럴 리 없겠지. 오랑캐 개돼지인 내가 어찌 감히 고고한 조선 양반인 네 속을 꿰뚫겠는가?"

"……."

"용건을 말하지 않을 거면 피차간에 괴롭게 대체 어째서 자꾸 찾아오는 거냐."

"……."

대답을 듣고자 물은 게 아니었기에 룽거는 원해를 지나쳐 속력을 높였다.

혼자가 되서야 서러운 눈물방울을 쏟은 원해는 마른 지푸라기처럼 힘없이 땅에 주저앉았다. 흙먼지를 움켜쥔 그녀의 손톱 밑이 구질구질한 찌꺼기로 까매졌다.

"네가 나한테 이럴 순 없어……. 나보다 먼저 날 지워낼 순 없어…… 너 혼자 행복할 순 없어……."

"그가 불행하길 바라시오?"

고개를 처박고 울던 원해는 앞에 나타난 이를 올려다보았다. 망토를 뒤집어쓴 남자는 얼굴이 보이지 않았다.

"누구입니까? 조선인인 겁니까, 조선말을 할 줄 아는 오랑캐인 겁니까?"

"같은 조선인으로서 그쪽의 한을 덜어줄 수 있을 듯하오."

"……."

"모시는 주인께서 간단한 계획 하나를 준비 중이신데 그쪽이 도와줬으면 하오만."

"……그를 죽이려는 건가요?"

"아니오. 그는 죽지 않을 거요. 아주 약간 불행하게 만들려는 것뿐이오."

"……."

"그의 조선인 첩 역시 죽지 않을 거요."

"……첩은 상관없어요."

비틀거리며 일어난 원해와 높이를 맞추려 남자는 상체를 숙였다. 귀를 잔뜩 곤두세운 원해는 남자의 말에 집중했다.

❀

옛 고려 왕궁 터인 만월대에서 출발해 송악산 남쪽으로 이각쯤 올라가면, 수풀 깊은 곳에 개성 사람들만 아는 작은 동굴이 있다. 병자호란 와중에 발 빠르게 도망쳐 이 이름 없는 동굴에 숨어들었던 개성 사람들은 천운으로 목숨을 부지했다. 굼뜬 이웃들이 학살당하거나 포로로 끌려가는 동안 동굴 속 사람들은 동굴 입구를 넝쿨로 단단히 가림으로써 오랑캐들을 피했다.

전쟁이 끝나고 대부분의 사람들은 산 아래 폐허가 된 마을로 내려갔으나 그렇다고 동굴이 텅 빈 건 아니었다. 그곳에는 여전히 인기척이 남아 있었다.

술병을 거꾸로 치켜든 국조는 독한 술을 벌컥벌컥 들이켰다. 힘들게 일군 삶의 터전을 호란으로 잃은 조선인들은 그럼에도 불구하고 다시 살아보려 바동거렸다. 몽골군에게 짓밟혔고, 왜군에게 짓밟혔고, 만주족에게 짓밟혔음에도 꿋꿋이 일어나는 조선인들은 질긴 잡초의 생명력을 지녔다.

하지만 개중에는 마냥 좌절하는 이들이 있었고 국조가 그중 하나였다. 국조는 여태 박쥐처럼 동굴에 들어앉아 있었다. 그의 눈에는 밤낮할 거 없이 항상 좌절과 술기운이 가득했다. 송악산에 넘치는 것이 물이건만 목욕은 고사하고 세수조차 하지 않은 얼굴과 목을 타고 땟물이 흘러내렸다. 기름이 낀 머리카락에는 죽은 날벌레와 이가 꼈다.

동이 난 술병을 괜히 동굴 벽에 집어던져 깨뜨린 국조는 다른 병을 집어 들었다. 단숨에 네 병을 들이켠 그는 술 냄새를 풍기며 중얼거렸다.

"어머님, 순명아."

아무리 술을 마셔도 오랑캐에게 쫓기던 지난날의 장면이 잊히지 않았다.

그날, 오랑캐들은 꼭 요술을 부린 듯 눈 깜빡할 새에 개성에 들이닥쳤다.

"애 국조야! 나를 잡아다오!"

뒤처진 노모가 손을 내밀었지만 외면했다.

"서방님, 같이 가요!"

헉헉거리며 쫓아오는 순명을 무시했다. 무시하다 뿐인가?

비상금 보따리를 품에 안고 앞서가던 국조는 돌연 정부인에게 돌아갔다. 손을 잡아주려는 줄 알고 순명이 감격했지만 그는 그녀의 옷고름만 우악스럽게 뜯어냈다. 그러고는 그녀를 밀쳐 쓰러뜨렸다. '이 수캐만도 못한 놈!' 울분에 차 외친 순명과 노모를 오랑캐들이 에워쌌다. 놈들은 합심하여 순명의 치맛자락을 들춰냈다. 노모의 처지 또한 며느리와 다를 바 없었다.

강인한 정신력으로 죄책감을 극복한 국조는 두 여인네가 시간을 끌어주는 사이에 무사히 도망을 났다. 더불어 비상금과 패물을 보존할 수 있었다.

전쟁이 끝나고 마을에 내려온 국조는 노모와 순명의 시체를 찾아냈

다. 노모는 충격으로 사망했는지 몸에 창칼에 찔린 상흔 따위가 없었
다. 그러나 순명의 목에는 억센 손자국이 시퍼렇게 새겨 있었다. 경악
한 두 눈은 눈동자가 위로 치켜 올라간 채 부릅떠 있었고, 축 늘어진
혀는 바깥에 삐져나와 있었다. 끌려가지 않으려 혹은 겁간을 피하려
반항하다 살해당한 듯했다.

족히 수백 번은 되새긴 기억에서 빠져나온 국조가 울먹였다.

"으으윽…… 내가 죽일 놈이지……."

눈물이 지나간 국조의 뺨에 얼룩이 졌다. 인중을 타고 내려와 입속
에 들어온 콧물을 그냥 삼켜 버린 그가 한탄했다.

"낳아주신 어머님을 버렸으니 이게 어디 사람이 할 짓인가? 조강지
처를 오랑캐 소굴에 내던질 거였으면 애초에 뭣 하러 혼인했던가?
……그래도 어머님, 덕분에 아들이 살았습니다. 돌아가시는 날까지
어머님 노릇을 잘해내셨어요. 순명아, 네가 정절을 못 지켰다 하나 서
방님을 위해 헌신한 널 누가 열녀가 아니라 따지겠냐? 너는 열녀가 맞
다, 맞아. 그리고 오랑캐 땅에 끌려가느니 일찍 죽는 편이 나아."

나뭇가지를 밟는 바스락 거리는 소리에 국조는 나불대던 주둥이를
닫았다. 허벅지 옆에 내려둔 단도를 움켜쥔 그는 거슴츠레한 눈을 가
늘게 떴다.

전쟁을 피해 동굴에 다른 피난민들과 숨어 있으면서도 비상금 보따
리를 기어코 지켜냈다. 만약 도둑놈 심보를 지닌 누군가가 보따리를
훔치려 한다면, 그이를 죽여서라도 지켜낼 것이다.

어둠을 가르고 다가오는 사람의 인영을 발견한 국조는 휘청거리며
일어났다. 단도 손잡이를 양손으로 붙들고 두 다리를 어깨 넓이만큼
벌린 그의 품새가 여차하면 칼을 휘두를 성싶었다.

"뉘냐?!"

"이보게, 나는 자네를 해치려는 것이 아닌데 어찌 칼을 빼 든단 말

인가?"

"그건 내가 판단할 테니 대답이나 해라!"

"거참, 안심하라도. 나는 누군가를 해치려 이 구석진 동굴에 고생
하며 찾아온 게 아니야."

소맷자락으로 체통 없게 대충 이마의 땀을 훔쳐 낸 남자가 물었다.

"자네가 송국조인가?"

분명 처음 보는 자인데 내 이름을 안다?

국조는 재빨리 사내를 위아래로 관찰했다. 그는 질이 좋은 편인 비
단옷을 차려입었다. 나라가 쑥대밭이 됐는데도 저만한 비단옷을 입을
정도라면 꽤나 부자인 고관대작인 모양이었다.

한양부터 시작해 그 윗동네는 죄다 오랑캐들이 헤집어놨으니 저 양
반은 한양 아래쪽에서 온 것이 아닐까? 한데, 양반들은 어지간해선
혼자 다니는 일이 없거늘 왜 몸종이 없을까? 진짜 양반이 아니라 공
명첩을 산 졸부인가?

의문을 접은 국조는 여전히 칼을 내민 채 따져 물었다.

"남의 이름을 묻기 전에 그쪽부터 털어놔야 하는 거 아니겠소?"

"……."

김산해는 한숨을 내쉬었다. 개성 시장을 돌아다니며 송국조를 수
소문하니 사람들은 그가 인삼 장사꾼이라 했다. 하여간에 장사꾼들
과 장사꾼들 가족 연놈들은 의심이 많다.

"내 이름은 알 거 없네."

"그럼 나도 내 이름을 못 밝히니 돌아가시오! 이 동굴은 내 거요!"

"……."

쯧, 혀를 찬 김산해는 고민에 빠졌다. 저리 경계가 심해선 제대로
된 대화를 나누지 못할 거였다. 그러나 친척 형 김돌시가 편지로 당부
하기를, '절대 네 정체를 알리지 마라. 무언가가 잘못돼도 송국조 혼

자 뒤집어써야 한다.' 했다.

"그러지 말고 내 말을 들어보게. 나는 자네가 자네 첩실을 되찾게 도와주려 이러는 거네."

국조의 꽉 막힌 귓구멍이 번쩍 트였다. 오장육부에 쌓여 있던 술기운이 한 순간에 몸 바깥으로 빠져나간 것처럼 정신이 맑아졌다.

"내, 내 첩실?!"

그 계집애가 살아 있단 말인가? 어떻게? 어디에? 그걸 저 작자는 어찌 알고? 국조는 떨어뜨릴 뻔한 단도를 세게 움켜쥐었다.

"그년이 살아 있소?"

"자네, 첩실이 살아 있는 줄 몰랐던 게로군?! 난 자네가 첩실을 찾기를 포기했나 했네."

"……."

"기연이가 보고 싶을 테지?"

"그, 그년이 어디 있소? 한양 밑에 있소?"

"에이, 한양 밑은 무슨. 자네 정말 아무것도 모르는군."

그 무슨 어리석은 어불성설이냐는 듯 김산해는 머리를 가로저었다.

"자네 첩은 청나라에 있네."

"청나라? 포로로 끌려갔단 말이오?"

"그렇다니까."

"한데 그걸 댁이 어찌 아오?"

"이 사람아, 나는 외려 자네가 기연이가 어디 있는지 아직까지 모르고 있었다는 사실이 신기하구먼. 각 지방 관아들이 속환사를 따라갈 포로 가족을 모으느라 난리거늘."

"그게 다 뭔 소리요?"

"답답한 사람 같으니라고. 관아에는 청나라에 잡혀간 조선인들 명단이 있네. 자네가 관아에 찾아가 내 첩실 기연이가 청나라에 끌려갔는지 알고 싶다, 물으면 관리가 명부를 확인하고 청나라에 있는지 없는지를 확인시켜 준다는 말일세."

"그러면 그쪽이 그년 이름을 대고 물어본 게요? ……그쪽이 누군데 그년을 찾고 다녔소?"

"그건 몰라도 된다 하지 않았나. 아무튼 간에 지금이라도 기연이가 살아 있다는 사실을 알았으니 청나라에 찾으러 가야 하지 않겠나?"

"아니오. 그쪽 정체를 말하지 않는다면 난 꼼짝하지 않을 거요."

"……."

"통성명을 안 하려거든 더는 잔말 말고 가보오."

"자네 참 개성상인 답구만."

한참을 짜증스레 이를 간 김산해가 운을 뗐다.

"내가 솔직히 토설하면 비밀을 지키겠나? 내가 해준 얘기를 다른 어느 누구에게도 전하지 않겠다 약속하겠나?"

"그쪽이 언급한 대로 나는 상인이요. 신뢰를 지킬 줄 몰랐다면 내 어찌 장사로 먹고살았겠소?"

"그래도 자세히는 말할 수 없네. 다만…… 내가 모시는 분이 기연이가 조선으로 돌아가길 바라시네."

"그리 설명이 모호해서야 그쪽이 모시는 분이 뉘인지, 믿을 만한 분인지 알 게 뭐요?"

"그분은 기연이처럼 심양에 계시네. 조선 세자가 붙들려 있는 청나라의 수도, 심양을 당연히 들어봤겠지?"

"심양인지 뭔지가 중요한 게 아니잖소? 그럼 그분은 그 계집과 같이 있는 거요? 왜 그 계집이 조선으로 돌아가길 바라시는 거요?"

"그게 그러니까…… 그분 말씀이 기연이가 그분 일에 조금 방해가 된다더군."

"그분은 조선인이오?"

"그렇지."

"……."

"의심은 그쯤하고 어서 결정하게. 기연이를 데리러 갈 건가, 말 건가?"

"……."

국조는 반사적으로 발로 짐 보따리를 끌어와 두 다리 사이에 두었다. 닭이 알을 품는 이치와 국조가 비상금에 집착하는 이치가 똑같았다.

"가까운 한양에 가는 것만도 여비가 물씬 드는데 하물며 청나라는 어떻겠소? 그리고…… 계집애를 찾으러 청나라에 가면, 공짜로 내주는 거요? 여기 같이 있던 피난민들에게 들었기로 오랑캐들이 포로를 사고판다던데?"

"아아, 기연이 몸값은 염려 말게."

국조는 흥, 코웃음을 쳤다.

"그럼 그렇지. 세상에 공짜가 어디 있나? 보통 포로 계집 몸값이 얼마요? 난 오십 냥 이상으론 지불할 뜻이 없소."

"최소 이백 냥, 많게는 천 냥이지만……."

눈알을 튕겨낼 것처럼 휘둥그레진 국조는 김산해의 말이 끝나기 전에 꽥꽥거렸다.

"최소 이백 냥? 천 냥?! 내가 미치었소, 바다의 반은 물고기고 세상의 반은 계집인데 그깟 년을 위해 천 냥씩이나 치르게?"

"내 말 아직 안 끝났네!"

장사꾼 놈들은 저들 얘기만 중히 여긴다니까. 혼잣말로 투덜거린 김산해가 설명했다.

"어차피 기연이가 순순히 자넬 따라올 것 같지 않으니 보쌈해 와야 할 듯싶네. 청나라에서 타고 다닐 마차와 마부, 압록강을 왕복할 배와 사공은 내 윗분이 마련해 주실 거네. 자네는 기연이 몸값을 내지 않아도 되고, 단지 의주 가는 거마비만 약간 쓰면 돼."

"……."

김산해는 이제 국조가 선뜻 첩을 찾으러 가겠다 나설 거라 예상했다. 하지만 한층 안색이 사나워진 국조는 김산해의 턱밑에 칼을 들이댔다. 질겁한 김산해가 식은땀을 쏟았다.

"자, 자네 이게 무슨 짓인가?! 도와주겠다는 날 죽일 셈이야?!"

"아무래도 영 의심스럽소! 대가 없는 호의를 베풀 까닭이 뭐란 말이오? ……알겠다, 너 이놈! 그년을 찾게 해준다는 핑계로 날 꾀어내, 내 짐 보따리를 훔치려는 거지?!"

"이 미친놈이! 이놈아, 용골대를 받드는 친척 형을 둔 내가 비렁뱅이인 네놈을 뭐가 아쉬워 등쳐 먹을까 봐? 이 얍삽한 개성상인 놈이 의심을 해도 적당히 해야지 내가 누구인 줄 알고, 헉! 이런 젠장맞을!"

"용골대를 받든다고……?"

참을성 없는 스스로의 입을 꼬집던 김산해는 노비 출신인 제 천성을 이기지 못하고, 이왕 실수한 김에 욕이나 실컷 해 답답한 속을 풀자는 마음으로 고함을 질러댔다.

"야 이놈아, 네가 그렇게 재물에만 집착하니까 네놈 계집이 오랑캐랑 배꼽이 맞아, 조선에 안 가겠다 버티지! 으휴, 한심한 병신 새끼! 내가 너였으면 전 재산을 털어서, 땡전 한 푼 없으면 조선 땅과 청나라 땅을 걸고 압록강을 헤엄쳐서 내 계집을 되찾아왔을 거다! 네놈, 그 배짱으로 다리 사이 물건이 성하긴 하냐?"

땅에 떨어진 단도가 잘그락거렸다. 얼이 빠진 국조에게 김산해의 신랄한 욕설은 거의 들리지 않았다. 오직 하나가 머릿속을 들이쳤다.

오랑캐랑 배꼽이 맞아……. 오랑캐랑 배꼽이 맞아……. 오랑캐랑 배꼽이 맞아…….

"오랑캐랑…… 배꼽이 맞아?"

"그렇다, 이 새끼야! 네 첩과 네 첩 새 오랑캐 서방, 둘이 아주 좋아 죽는다더라! 내가 기연이었어도 그랬을 게다!"

"좋아 죽어……?"

"그렇다니까 이놈아!"

"……."

빠져나갔던 술기운이 도로 되돌아온 양, 국조의 눈매가 흐리멍덩했다. 그의 앞에서 알몸의 여자가 변발한 오랑캐 아래에 깔려 허리를 흔들어 젖혔다. 오랑캐의 목을 그러안은 여자는 신음을 흘리다가 문득 씩 오랑캐의 귓가에 뻣뻣이 서고 큼지막한 남근이 좋다, 송국조와 비교가 안 된다, 속삭였다.

"으아아아아악!"

"뭐, 뭐야!"

머리를 쥐어뜯던 국조는 비상금보따리를 냅다 내던졌다. 묵직한 패물함에 가슴을 맞은 김산해가 땅에 주저앉았다. 욱신거리는 가슴을 부여쥔 그가 더듬거렸다.

"미, 미쳤나 왜, 왜 갑자기 발광이야? ……진짜 미친놈인가? 전쟁 기간에 충격을 받아 정신이 어떻게 됐나?"

"순명이는 제 몸을 바쳐 서방을 살리고 죽었는데 이 더러운 년은 오랑캐와 바람이 나?!"

으아악, 재차 포효한 국조는 쑥과 마늘만 먹다가 지쳐 뛰쳐나간 호랑이처럼 동굴 바깥으로 달렸다.

"이놈아, 같이 가야지! ……말실수를 좀 했지만 저놈이 내 형이 김돌시인 건 모르겠지? 용골대 받드는 역관은 정명수도 있으니까."

중얼거리던 김산해는 뒤늦게 송국조를 쫓아가려다가 국조가 내팽개친 보따리를 챙겨들었다. 동굴 바깥에 나와 주변을 휘둘러본 그는 껑충 높은 소나무 옆에 땅을 파 보따리를 숨기곤, 산 아래로 내달렸다.

"마님…… 마님! ……마님, 조선인 마님, 저 소돔비예요!"

시원한 구들에 누워 한가로이 부채질을 하던 기연은 일어나 앉아 신을 신었다. 누가 저리 숙모를 불러대나 했더니, 숙모를 찾는 것이 아니었나 보다.

조선인 마님이라니. 우스꽝스러운 표현을 되새기며 밖에 나오자 퍼렇게 질린 소돔비가 보였다. 기연은 만주어로 걱정스레 물었다.

"소돔비, 왜 그래요?"

"마님, 이원해가 들이닥쳤습니다요! 귀신이 왔다 저쪽 집 하인들이 난리가 났어요! 어떡할까요?"

"……."

소돔비가 말한 내용 중 기연은 이원해라는 이름만 알아들었다. 그러나 이름만으로도 좋지 못한 일이 생겼음을 직감할 수 있기에 그녀는 표정을 굳혔다.

"소돔비, 이리 와요."

"어디로요?"

"부엌요."

기연은 앞장서 행랑채 부엌으로 갔다. 부엌 문간 밖, 처마 아래 그늘에 앉아 졸던 갑단이 발소리를 듣고 깨어났다. 일어선 갑단은 소돔비와 기연을 두루 살폈다.

"아가씨, 소돔비가 어찌 왔지요?"

"모르겠어요, 이모. 소돔비가 뭐라 하는지 이모가 대신 들어주세요."

"예. 소돔비, 무슨 일이야?"

소돔비가 흥분해 떠들었다.

"이원해가 왔어! 자기는 대인의 처이니 대인 댁에 머무르는 게 맞지 않느냐며, 만주어로 아주 거만하게 모두가 들으란 듯이 엄포를 놓더라니까! 그러더니 제멋대로 돌아가신 첫째 마님의 내당을 차지하지 뭐야? 사실 나는 첫째 마님이 돌아가시기 전에 이원해를 봤기 때문에 이번에는 별로 식겁하지 않았지만, 다른 하인들은 사내고 계집이고 할 거 없이 다들 이원해가 귀신이 돼 돌아왔다며 벌벌 떨고 있어!"

갑단의 안색이 소돔비처럼 허예졌다. 그녀가 그럴 만했다. 죽은 줄 알았던 여자가 버젓이 살아 있다는데 놀라지 않는 것이 되레 이상했다.

"저, 그런데……."

기연을 곁눈질한 소돔비가 주저하다 덧붙였다.

"울갼, 이원해가 나한테 뭘 시키더라고."

"뭘?"

소돔비는 또 기연을 흘끔거렸다.

"이원해가 나보고 새 마님께 여쭈고 대답을 가져오라 했어."

"대체 뭘 여쭈라 했길래 뜸을 들여?"

"그게…… 타타라 집안 어르신들이 새 마님이 타타라 가문에 처녀로서 처음 시집온 게 아니라 재가한 거라는 사실을 아시느냐고 여쭈라더라. 궁금하면 자기가 직접 물어보든가, 듣는 사람 따라 자칫 기분 나쁠 수 있는 그런 말을 왜 나한테 하라 시키는지 이해가 안 가. 진짜 물어봐야 되는지도 모르겠고."

"……."

원해의 속내를 꿰뚫은 갑단은 불만스럽게 입술을 씰룩거렸다. 공자가 이원해를 데려왔을 당시에 이원해도 처녀가 아니었다. 마푸타의 첩실로 갔다가 쫓겨난 상태였다. 그랬으면서 왜 저런 쓸데없는 질문을 물으라 시켰겠는가? 답은 시비를 거는 거였다.

갑단은 기연의 눈치를 살폈다. 묘한 낌새를 알아챈 기연이 물었다.

"이모, 왜 그래요? 소돔비가 말한 내용이 룽거의 첫 조선 여자에 관해서인 거 알아요. 괜찮으니 말해주세요. 소돔비가 뭐라 했지요?"

"……아가씨는 원해가 살아 있다는 것을 아셨나요?"

"안 지 얼마 안 됐어요."

"저는 너무 놀랐네요."

"그러실 거예요. 그런데 이모, 소돔비가 뭐라 했나요?"

"이원해가 내당에 들어앉았다네요."

"……."

"더불어 소돔비에게, 아가씨에게 물으라 했다네요. 타타라 집안 어른들이 아가씨가…… 타타라 가문에 두 번째로 시집온 사실을 아냐고요."

"……."

기연은 서방을 따라해 눈썹을 추켜올렸다.

룽거를 철천지원수 대하듯이 하면서, 못 잡아먹어 안달이면서 왜 집에 쳐들어왔을까? 두 번째 시집이라 들먹거리는 이유는? 이원해의 꿍꿍이가 뭘까?

한참 걸려 생각한 기연은 태연히 말했다.

"이모, 원해에게 전해달라고 해주세요. 집안 어르신들이 아직 모르시지만 아셔도 상관없으니까 원한다면 직접 숙부님 댁에 찾아와, 숙부님과 숙모님께 말씀드리라고요. 말씀드리고, 숙부님께 붙들려 관아에 끌려가 내 서방을 죽이려 하고 서방 아이를 죽인 대가로 벌을 받으라고도 전해달라 해주세요. 마지막으로 저쪽 집 하인들이 원해에 관해 떠들고 다니지 않게끔, 입단속을 당부해 주세요."

갑단의 통역을 들은 소돔비는 난처해하며 되물었다.

"울걍, 정말 그렇게 말해? 내 귀에는 어째 싸움 거는 것처럼 들리는데. 조선인들 화법일 뿐인 건가?"

"응, 단순히 화법일 뿐이야. 그러니까 가서 토씨 하나 틀리지 않게 전해, 소돔비.”

“어어…… 그래, 알았어.”

조선인들 말투는 참 이상하다는 듯 눈알을 굴리던 소돔비가 돌아갔다.

당당히 맞받아쳤지만 조금 신경이 쓰여 기연은 부엌 문가에 쪼그려 앉았다.

“이모…….”

“아가씨, 의자를 드릴게요. 그렇게 앉지 마셔요. 아랫배에 안 좋아요.”

기연은 갑단이 꺼내다 준 간이 의자에 앉았다. 의자 하나를 더 꺼낸 갑단은 기연과 나란히 앉았다.

시무룩한 표정으로 기연이 물었다.

“제가 본의 아니게 숙부님, 숙모님께 룽거가 제 첫 사내가 아니라는 사실을 말씀드리지 않았어요. 그래야 한다는 생각 자체를 못 했거든요. 지금 와서 따져 보건대 잘못한 듯해 후회가 되요.”

“아가씨는 청나라에 온 지 얼마 안 돼 적응하기 바빴고, 만주어를 전혀 몰랐건만 어느 새에 말씀드릴 수 있었겠어요?”

“그래도요. 두 분께 이제라도 알려야겠지요? ……화내실까요?”

“저는 굳이 아가씨가 알릴 필요 없다고 봐요. 그래야 했다면 공자님이 어련히 진작 알리셨겠지요. 하지만 안 그러셨잖아요? 부군인 공자님이 가만히 계시는 마당에 무얼 아가씨가 나서겠어요.”

“그런가요?”

“네. 게다가 여인네한테 가혹한 건 하늘 아래 어느 땅에 가도 마찬가지이긴 하지만, 여기 청나라에선 여인네의 재가가 조선에서 만큼 큰 허물은 아니에요.”

“조선에서도 양반 아닌 남녀들은 쉽게 새 사람을 만나잖아요. 청나라도 그런 거 아닌가요? 신분이 낮은 사람이 재가하면 그러려니 하지만 신분 높은 사람, 특히 여인이 재가하면 절개 없다 비난하는. 저와 룽거 모두가 보잘것없었다면 세간이 신경 쓰지 않았겠지요. 하지만 귀한 관리 나리인 룽거에게 미천하고…… 처음이 아니었던 제가 달라붙었으니 숙부님 숙모님은 물론이고 바깥사람들도 욕할 거예요."

"단정하지 마세요, 아가씨. 미리부터 낙담하지도 마시고요. 공자님은 말할 것 없고, 대인과 마님께서 아가씨를 얼마나 아끼시는데요."

"사람 마음은 상황 따라 바뀌잖아요."

"이 얘기를 들려 드리면 좀 안심하시려나요? 청나라에서는 심지어 황제님도 과부를 후궁으로 들여요."

황제가 과부를 맞는다? 깜짝 놀란 기연이 되물었다.

"그, 그게 정말이에요? 가능한 거예요?"

"네, 정말이에요. 지금 황제님의 후궁 중에 실제로 과부였던 이가 있다니까요? 더구나 그 과부 출신 후궁은 황제님께 으뜸가게 총애를 받는다더군요. 총애가 어찌나 극진한지 먼저 들어온 서열 높은 후궁보다도 귀한 이름을 선물받고, 더 화려한 처소에 산대요. 황후와 후궁들이 얼마나 질투할지 상상이 가세요?"

헤 입술을 벌리고 있던 기연이 감탄했다.

"신기하네요."

"또 하나 말해 드릴까요? 청나라에는 형사취수라는 게 있어요."

"형사취수요?"

"네. 형이 죽으면 아우가 형수를 처로 맞아들이는 거예요. 왜 청나라에 이런 망측한 것이 있는지는 저도 잘 모르지만요."

"헉!"

아까보다 더 놀란 기연은 반사적으로 벌떡 일어섰다. 뒷걸음질을 치다가 의자를 넘어뜨린 기연이 휘청거려 갑단은 재빨리 그녀의 팔을 붙잡았다.

"아가씨 조심하세요! 제가 괜히 떠들었네요. 하긴 저도 처음 형사취수를 들었을 때는 몸서리를 쳤었지요."

기연은 어깨를 부르르 떨었다. 룽거와 사별해 그의 아우에게 시집가는 상상을 하자 뒷머리털이 뻣뻣하게 곤두섰다.

"룽거한테 아우가 없어 다행이에요."

"아무튼 간에 청나라에는 별별 일이 다 있으니 이원해 헛소리에 귀 기울이지 마세요."

"……."

금세 또 풀이 죽은 기연에게 갑단이 권했다.

"정 신경 쓰이시면 공자님께 어찌할지 의견을 여쭤보시든가요. 제가 통역을 해드려야겠지요?"

"아니요, 괜찮아요. 제가 알아서 할게요."

"예. 이원해 그것이 어설프게 심술을 부려 아가씨 마음만 불편해졌네요. 제 배 속 애도 찔러 죽이더니, 나쁜 년. 그것을 어쩌실 건가요?"

"글쎄요."

모호하게 답한 기연이 당부했다.

"이모, 숙부님과 숙모님이 놀라시게 하기 싫으니 원해에 대해서는 이모만 알고 계세요."

"네, 그럴게요."

넘어진 의자를 일으켜 세워 앉은 기연은 왼발 뒤꿈치를 의자에 걸쳤다. 무릎을 끌어안고 턱을 괸 그녀는 햇볕에 말리느라 갑단이 바닥에 내려놓은 나물 바구니를 의미 없이 바라보며 원해를 어떡할지 고민했다.

낮에 원해의 도발 탓에 뒤숭숭해졌던 기연의 기분은 밤이 되자 우울해지기까지 했다. 그러나 원해가 우울증의 원인 전부는 아니었다.

침상에 앉아 조는 기연의 상체가 기울더니, 몸이 픽 쓰러졌다. 기왕 머리가 베개에 닿은 김에 자면 될 것을 기연은 졸린 눈을 억지로 치켜 떴다. 일어나 앉아 빈 옆자리를 아쉽게 매만진 그녀는 혹시나 싶어 방 안 곳곳을 휘둘러 봤지만 서방은 없었다.

여느 때라면 퇴청하고 남았을 서방이 없다!

왜 안 올까? 어디 있을까? 일이 바쁜가? 저번에 주변 관리들이 회임 축하주를 사주겠다 했다더니 오늘 드디어 마시러 갔나? 미리 언질을 주지 않고? ……박 씨 부인을 만나고 있진 않겠지, 마주치기 싫다 했으니까.

무거운 몸을 일으킨 기연은 대문가로 갔다. 굳게 닫힌 대문은 열릴 낌새가 없었다. 대문 바깥은 쥐가 찍찍거리는 소리조차 없이 고요했다.

굴하지 않은 기연은 룽거의 발소리가 번지지 않나, 오감을 곤두세우며 기다렸다.

"거기서 뭐 하세요? 저처럼 더워 잠이 오지 않아 나와 계세요?"

"앗!"

놀라 짧은 비명을 내지른 기연이 뒤돌아섰다. 부채질을 하는 수와 얀다가 보였다.

애 떨어지면 어쩌려고 저렇게 툭 묻는 거야. 내심으로 불평한 기연은 두근거리는 가슴을 쓸어내리며 말했다.

"룽거요."

"네?"

"룽거가 안 왔어요."

"참! 내 정신 좀 봐!"

땀에 젖어 번들거리는 수와얀다의 얼굴에 당혹이 서렸다. 웃전의 명령을 까맣게 잊어버린 제 스스로를 탓한 여종은 꾸물거리다가, 별 수 없이 토설했다.

"공자님은 일찍부터 전당 곁채에서 주무세요. 감모 기운이 있으신 듯하다고, 임부에게 옮기면 안 되니 따로 주무실 거라 했어요. 오늘 울간이 오래간만에 서방을 보러 간지라, 제게 대신 자초지종을 전해 주라 명하셨는데…… 깜빡했네요."

"……."

기연이 이해하지 못한 것을 안 수와얀다는 간단하게 풀어 말했다.

"공자님은 주무세요."

"주무세요?"

"네."

미간을 구긴 기연이 캐물었다.

"어디서요?"

"저기요."

검지로 전당 곁채를 가리킨 수와얀다는 기연의 소매를 살살 잡아당기며 아부하는 미소를 지었다.

"공자님께 내가 말 전하는 걸 깜빡했다 이르지 마세요? 알았죠?"

수와얀다가 뭐라 하거나 말거나 기연은 걸음을 서둘렀다. 여종이 가자 전당 곁채 문을 조용히 열어젖힌 기연은 방 한가운데에 멈춰 섰다. 방 안쪽 깊숙이 놓인 침대에 뉘가 누워 있다. 사내의 옆모습을 쏘아보고 있으니 자는 와중에도 얼굴이 따가웠던지, 그가 깨어나 고개를 돌렸다.

일어나 앉은 룽거는 갈라진 저음으로 처를 불렀다.

"기연."

"……내내 기다렸어요."

원망을 드러낸 기연은 문을 닫으려 했지만 룽거는 급히 제지했다.

"안 된다, 나가라."

"……."

쫓아내?! 룽거가, 나를?! 처음 맞는 소박에 기연은 충격으로 얼어
붙었다. 당황해 목 위가 새빨개진 그녀가 더듬거렸다.

"왜, 왜요? 혼자 자고 싶어요?"

"아니. 감기 기운이 있는 듯하다. 네게 옮기면 큰일이니 어서 문을
닫고 나가라."

"어디가 아파요?"

"조금 미열과 두통이 있다. 기연, 어서 나가라."

밖에 나온 기연은 문을 닫았다. 어제 비를 맞아 감기에 걸렸구나.
마침내 따로 자고 있던 서방이 이해됐다.

저벅저벅 걷는 발소리가 커져 기연은 문을 쳐다봤지만 룽거는 나오
지 않았다. 그러나 그가 가까이에 있음을 알 수 있었다.

"수와얀다를 시켜 네가 간단한 만주어는 알아들으니 내가 집에 왔
다 아뢰라 했는데 듣지 못한 게냐."

"룽거, 문 열고 얘기하면 안 돼요? 역병 걸린 것도 아니잖아요."

"안 된다."

"……수와얀다가 방금 말해줬어요."

"그전까지 내리 기다린 건가?"

"네."

"화 풀어라, 기연. 차라리 직접 말하는 거였는데 내가 판단을 잘못
했다. 미안하다. 수와얀다에게도 주의를 주마."

"됐으니까 수와얀다 꾸짖지 마요. 우리 내일은 같이 자요?"

"내일이 돼봐야 알 듯하다."

"……."

"가서 자라, 기연. 시간이 늦었다."

꼼짝 않은 기연은 오히려 바닥에 쪼그려 앉았다. 물러가기 싫다는
거부의 표시요, 반항의 일환이었다. 기껏해야 밤에나 잠깐 신랑을 볼

수 있거늘 소중한 이 시간을 허투루 날리고 싶을 리 없었다. 더불어 고민 상담을 하고 싶었다.

"룽거."

"왜 안 가냐, 기연."

"서운하니까 자꾸 가라고 하지 말아요. 룽거, 내가 당신한테 오기 전에 한 번 시집갔던 사실을…… 숙모님과 숙부님께 밝혀야 하지 않을까요?"

"갑자기 무슨 소리냐?"

기연이 돌아가는 발소리가 나는지 집중하고 있던 룽거는 서슬 퍼렇게 물었다. 그는 문을 열고 싶은 충동을 참았다.

"낮에 무슨 일이 있던 거냐?"

박 씨 부인을 만나는 것, 신경 쓰며 괴로워하는 것, 떠올리는 것. 어떤 식으로든 서방이 옛 여자와 관계되는 게 싫어 기연은 재게 부정했다.

"아니, 아니에요! 그게 아니라 당신은 귀한 관리 나리인데, 망나니 노름꾼 따위가 아닌데…… 당신에게 시집와 아이를 밴 나는 신분이 낮고, 처녀가 아니었잖아요. 그 사실을 숙부님과 숙모님께 말씀드려야 되지 않나 싶어서, 문득 두 분을 속인 듯하단 생각이 들어서 찝찝해졌어요."

"……."

기연의 목소리가 밑에서부터 들려와, 그녀가 앉아 있음을 눈치챈 룽거는 방바닥에 가부좌를 틀었다. 무슨 일이 있던 게 아니라니 안심이 되면서도 공연한 걱정을 사서 하는 처가 안타까워 그는 복잡한 한숨을 내쉬었다.

"두 분은 내가 나이가 스물이 훨씬 넘도록 처복에 자식복까지 없다, 걱정하시곤 했다. 입버릇처럼 누구든 좋으니 정 붙일 여자를 데려오라고만 하셨지."

"……."

"내가 널 좋아하는 것만으로 만족하실 거란 말이다. 네 출신이나 배경, 과거사를 따질 거였으면 진작 물으셨을 거다. 하지만 아니 그러셨지 않느냐. 혹여 내가 없을 때 언제, 네 배경을 물어보셨느냐?"

기연은 묵던에 막 왔던 시절을 회상했다.

"아니요. 당신도 알다시피 숙부님과 시아버님이 내가 조선인이라 초반에 불만스러워하셨지만 그거 말곤 아무런 문제가 없었지요. 두 분이 따로 나한테 말 거신 적도 없고요. 숙모님도 내가 조선에서 뭘 어떻게 살았는지는 전혀 묻지 않으셨어요."

"거봐라, 기연."

"아까 낮에 갑단 이모한테 상담했는데 이모도 당신처럼 대수롭지 않아 하긴 했어요. 청나라에는 별별 일이 다 있다면서요."

딴 주제로 빠진 기연은 눈을 빛내며 물었다.

"룽거, 이모가 그러는데 청나라 황제님이 과부를 후궁으로 들이셨다면서요? 그 후궁을 너무 많이 총애하셔서 서열 높은 다른 후궁보다 좋은 궁을 주고 귀한 이름을 지어주셨다던데요?"

"관수궁 신비 보르지긴 하르조를 이르는 게로군."

"뜬소문이 아니라 진짜 실화인 거예요? 그 후궁 이름이 하르조예요?"

"그래."

룽거는 귀찮은 내색 없이 세세히 설명해 줬다.

"신비는 몽골 출신으로 스물여섯 나이에 폐하께 재가했다. 하지만 폐하께서는 신비가 초혼이건 재혼이건 괘념치 않으시고 극진히 총애하셔서 황제만이 쓸 수 있는 신(宸) 자를 봉호로 하사하셨지. 신비도 너처럼 작금 회임 중이다."

"신비 마마님은 몇 달차예요?"

"내달이 해산달이라던데."

"배가 엄청 크겠네요."

"직접 보진 못했지만 그럴 거다."

룽거가 사소한 한 마디에도 일일이 대답해 주니, 대화를 나누는 재미에 빠진 기연은 지치지 않고 재잘거렸다.

"갑단 이모가 또, 형사취수를 알려줬어요. 당신이 풍채 좋고 건강해 다행이에요. 내 입장에선 당신한테 남동생이 없어 두 번 다행이고요."

"……."

룽거는 웬일로 대꾸하지 않았다. 짜증이 나 잔뜩 인상을 찡그린 그는 제법 날카롭게 단언했다.

"설령 내가 일찍 죽었고 밑에 아우가 있었던들 네가 취수혼을 하게 하진 않았을 거다."

곰곰이 생각한 그가 덧붙였다.

"아예 애초부터 널 두고 죽지를 않았을 거다. 너는 내 여자가 아닌가? 평생 내 뒤에 내 걸로 숨겨놓을 거다."

"……."

"신비를 향한 폐하의 총애가 아무리 깊다 한들 널 아끼는 내 마음만 하겠느냐."

쑥스럽게. 고개를 숙인 채 입꼬리를 실룩거리던 기연은 기어이 나직한 웃음을 흘렸다. 등줄기에 한결 열이 돌아 더웠지만, 홧홧한 그 열기가 성가시지 않았다. 서방은 어찌 저리 갑자기 사람 기분을 좋게 만드는 말을 한담.

서방 품에 뛰어들고 싶은 욕구를 참는 데 도움이 될까, 기연은 괜스레 상체를 앞뒤로 흔들거렸다.

"기연, 발소리가 들리지 않았으니 아직 밖에 있는 거겠지."

"있어요."

"언제 재잘거렸냐는 듯이 조용해졌다."

"……"

기연은 당신이 낯간지러운 소릴 해 몸이 더워졌다고, 그래서 식히고 있었다고 해명하지 않았다. 대신 생뚱맞게 대뜸 고백했다.

"룽거, 내 서방, 연모해요."

"……"

"당신하고 살고부터 내가 다시 어린아이로 돌아간 기분이에요. 자꾸 당신에게 귀염받고 싶어요. 조선에 살 때는 누굴 샘내본 적이 없는데 지금은 뭐만 하면 쉽게 샘이 나요. 혼자 자기 싫고 쓸데없는 걱정이 늘었어요."

"나는 너밖에 모르는데 샘낼 일이 뭐 있는가?"

"……"

박 씨 부인이 나타났잖은가.

"샘내지 마라. 쓸데없는 걱정을 하지 마라. 혼자 자기 싫은 건…… 오늘 내일만 참아줘, 기연."

"……"

"귀염은 이미 충분하겠지? 이 이상 뭘 더 어떻게 내가 너를 귀여워하겠느냐."

"충분해요. 대신 앞으로도 쭉 귀여워해 줬으면 좋겠어요. 질려 하지 말고."

"질려 하다니? 나는 네가 도통 질리지가 않아서 매번 신기해하며 너와 산다."

"……"

터져 나오려는 시끄러운 웃음을 막으려 기연은 두 손으로 입을 가렸다. 하지만 소용없이 헤벌쭉 찢어진 입술 새로 흐흐흐 하는 멍청한 소리가 새나왔다.

기연의 기쁜 웃음을 놓치지 않은 룽거는 피식 실소하곤 농을 걸었다.

"귀염이 부족하다 하거든 감모 기운이 가시는 즉시 가만두지 않으려 했다. 운 좋은 줄 알아라."

"……룽거, 사실은 부족해요. 그러니까 내일 바로 의원에 가 약 지어 마셔요. 제일 비싼 걸로."

제 꾀에 제가 넘어간 격으로, 기연을 놀리려던 룽거는 되레 그 자신이 파안대소를 터뜨렸다. 처가 깜찍하기 짝이 없어 실컷 웃은 그는 이윽고 말했다.

"그렇잖아도 아까 의원을 보고 왔다."

"약 지으려고요?"

"딱히 그것 때문은 아니었지만 증상을 말하니 약을 지어주더군."

"마셨어요?"

"수와얀다가 끓여줘 마셨다."

"다행이에요. 당신이 어제 비를 맞아 체력이 떨어졌나 봐요. 심해지지 말고 초장에 나아야 할 텐데요."

겨우 이슬비 때문에 처의 걱정을 산 것이 자존심 상해 룽거는 허세를 부렸다.

"평소였으면 그까짓 비를 맞은 것으론 눈 하나 깜빡하지 않았을 테지만 어제는 신경이 예민해져 있었기에 부작용이 난 듯하다. 그래도 심하지 않으니 걱정 마라. 그보다 합궁해도 되는지 물어봤다."

"의원이 뭐래요?"

"내 부인께서 오죽 영민하시냐? 부인 말씀이 맞더군."

기연은 기세등등해져 거드름을 피웠다.

"거봐요, 내가 괜찮다 했잖아요."

"괜찮긴 하나 확실히 주의할 필요가 있다 했다. ……네 기분을 과히 들뜨게 하지 말라 했다."

"간밤처럼 하면 된다는 거네요. 룽거, 그럼 우리 종종……."

기대에 차 '합궁하자'고 조르려던 기연은 돌연 침묵했다. 어차피 서방은 오늘 내일은 절대 같이 눕지 않을 터였다. 한데 지금 합궁하자 하면 서방은 설레어 하느라 앞으로 이틀간 밤마다 뒤척일지 몰랐다. 관리 나리인 서방을 밤에 제대로 못 자게 해선 안 됐다.

또한 그녀 자신 역시 계속 합궁 얘기를 하다 보니 자연스럽게 서방과의 침대 일이 머릿속에 둥둥 떠다녀 괴로웠다. 회임을 했음에도 어찌 이리 서방과 정을 나누고 싶은지.

아랫배 아래가 찌릿해 손등을 꼬집던 기연은 이대로는 정녕 문을 열고 안 된다 하는 서방에게 막무가내로 안겨들 듯해, 일어났다.

"룽거, 빨리 평소로 돌아와요. 나 이만 갈게요, 잘 자요."

"……가는 거냐."

"……가는 거예요."

시무룩해진 기연을, 그녀가 왜 시무룩해졌는지를 짐작했으나 룽거는 잡지 않았다.

"좋은 꿈 꿔라, 기연."

"당신도요."

몸 상태가 다시 좋아지면 그땐 꼭 입 맞춰달라 해야지. 포옹도 해달라 할 거야.

다짐한 기연은 쓸쓸히 중당 곁채로 향했다.

서방 품을 그리다 밤늦게 잠든 기연은 다음 날 느지막이 일어나, 대충 흰 죽을 먹고 갑단과 야르시와 룽거 집으로 갔다.

마중을 나온 하인들은 귀신을 본 충격을 아직 완전하게 떨치지 못해 어안이 벙벙했다. 그네들을 달래려 기연은 갑단을 통해 야르시와 소돔비에게 부탁했다. 이원해는 귀신이 아니라 산사람이라 널리 말해 달라고.

"마님, 오셨어요?"

내당에 가던 기연은 꾸벅 머리를 조아려 인사하는 익숙한 여자 하인을 바라봤다. 눈치를 살피는 하르갈의 두 뺨이 분홍빛으로 물들어 있었다. 지난날 대놓고 험담을 했던 것이 꺼림칙해서가 분명했다.

기연은 하르갈에게 눈총을 쏘지 않았다. 구박하지도 않았다. 우리 사이에 무슨 나쁜 일이 있긴 했었냐는 양 밝게 인사했다.

"하르갈, 잘 지냈지?"

"예예, 그럼요. 마님도 잘 지내시지요?"

"응."

공손하기 이를 데 없는 하르갈에게 빙긋 미소를 지어 보인 기연은 다시 걸음을 옮겼다.

갑단이 내당 안쪽에 기연이 왔다 알리려 했지만 기연은 만류했다.

"제가 직접 말할게요, 이모. 그리고 둘이 얘기할까 해요."

평소 온화한 갑단은 웬일로 딱 잘라 반대했다.

"아가씨만 들여보낼 수 없어요. 무슨 짓을 할 줄 알고요. 제 만삭 배를 찌른 계집이 하물며 다른 사람은 해코지하지 못하겠어요?"

"저희는 조선에서 이웃이었어요. 인연이 이상하게 꼬인 바람에 서로 좀 껄끄러워졌지만 그렇다 해서 심하게 나쁜 짓을 하진 않을 거예요."

"이, 이웃이었다고요? 하늘 아래는 넓고도 좁다더니 어떻게 이럴 수가……."

당황하여 뇌까린 갑단은 정신을 차리고 다시 반대했다.

"그래도 안 돼요. 이번 한 번만이라도 저와 함께 들어가요, 아가씨. 원해가 어떻게 나오는지 제 육안으로 확인을 해야 마음이 놓이겠어요."

"……알겠어요. 박 씨 부인, 저 기연이에요. 들어갈게요."

돌아오는 대답이 없었지만 기연은 내당 안으로 들어갔다. 타타라 룽거 댁에 머무는 손님은 이원해였지, 자신이 아니었다.

원해는 저가 집 안주인인 듯 매우 편안한 자세로 침상에 등을 기대 앉아 있었다. 원수인 아바하이가 사용하던 처소인 내당이 거북하지 않은지 표정이 담담했다.

기연은 침상 옆에 의자를 끌고 와 앉았다. 뒤편에 선 갑단은 매서운 눈초리로 원해의 일거수일투족을 감시했다.

마지막으로 조선에서 마주쳤을 당시에 비해 살이 부쩍 빠지고, 살결이 푸석해진 원해를 물끄러미 응시하던 기연이 물었다.

"식사는 잘 하고 있어요? 잠은요? 다른 많은 곁채를 놔두고 하필이면 아바하이의 처소였던 내당에 머물다니, 신기하네요. ……둘이 정겹게 지내진 않았잖아요."

"……."

"그렇지만 지내는 데 불편해 보이진 않네요."

"아바하이와, 정겹게?"

이질적인 두 단어를 곱씹은 원해는 비소를 흘렸다.

"아바하이와 정겹게 지내진 않았다라……. 맞아요, 단 한 번도 그런 적이 없었죠. 아바하이는 버릇 나쁜 계집아이처럼 유치하게 내게 심술을 부리곤 했었으니까요. 내 다리를 망가뜨린 건 전혀 유치하지 않았지만."

다리가 망가졌던 날이 떠올라 정색하던 원해는 기억에서 빠져나왔다. 기연을 뜯어본 그녀는 느닷없이 칭찬했다.

"예뻐졌군요."

"네?"

"예뻐졌어요. 많이."

"……."

청나라에 잡혀온 모든 조선인들이 말라 비틀어져 흉측한데 반해 타타라 룽거의 새 여자에게선 빛이 났다. 포로의 고난 같은 것은 일절 배어 있지 않은 여자의 흰 얼굴은 흡사 광채를 뿜는 만월 같았다. 맞고 살 당시에 여자의 눈동자에는 행복이 없었건만, 지금은 그득했다. 행복으로 찬 두 눈동자가 어찌나 초롱초롱 빛나는지 별이라 착각이 들 정도였다.

그래서 그 별을 부숴 없애고 싶었다.

예전에는 내가 저랬으리라. 이불 아래에 둔 두 손으로 상대 몰래 치마를 틀어쥔 원해는 차갑게 말했다.

"맞아요. 불편하지 않아요. 아바하이가 썼던 이 방에 누워 쫓겨나 비참하게 죽은 아바하이의 끝을 축하하노라면 기쁘다 못해 마음이 너무나 편안해 평소에는 잘 오지 않던 잠이 솔솔 오더군요."

"……내가 개성에서 알고 지내던 박 씨 부인은 이렇게 뾰족하지 않았어요."

"그렇게 따지면 송 씨와 살던 그쪽도 지금과 판이하게 달랐었지요."

"……"

"개성에서 그쪽이 봤던 나도 나이고, 오랑캐 땅에서 한껏 곤두선 채 방황하는 나도 나예요. 다 내 파편이자 일부이지요."

"……그렇군요."

얼음이 서린 듯싶은 박 씨 부인의 눈동자를 피해 고개를 숙인 기연은 상념에 잠겼다. 이윽고 다시 원해의 시선을 받아내며 기연은 당당히 물었다.

"그럼 나는 개성에서의 박 씨 부인으로 대해야 하나요, 아니면 비뚤어진 청나라에서의 이원해로 대해야 하나요?"

"……이원해인 듯해요."

"그런가요?"

"네. 이곳은 조선이 아니라 오랑캐 땅이니까요."

"하면 안 물을 수 없네요. 어제 왜 소돔비에게 그런 질문을 하라 시킨 거지요?"

"……."

"내가 재가했다는 사실을 알리러 숙부님 댁에 언제 갈 예정이에요?"

꿀 먹은 벙어리가 된 원해는 반응이 없었다. 하지만 기연은 어서 대답하라 재촉하지 않았다. 실은 이미 답을 알고 있었다.

"박 씨 부인, 내 서방과 당신은 헤어졌잖아요."

"……."

"당신이 이별을 고했잖아요. 절대 당신 선택을 돌이킬 수 없는 잔인한 방법으로."

이번에는 원해가 기연을 피해 눈길을 떨궜다. 그녀의 앞에 은장도가 꽂힌 스스로의 피투성이 만삭 배가 어른어른 떠다녔다.

"세자관으로 가요. 세자빈마마께선 흔쾌히 당신을 받아주실 테니 그곳에 머물다 속환사를 따라 다른 포로들과 귀향해요. 만약 세자빈마마께서 당신을 먹이고 입힐 생활비가 부담된다 하시면 내가 내줄게요. 개성에서의 박 씨 부인과 나였다면 좀 더 오래 마주 앉아 서로의 안부를 물었겠지만 당신 말대로 여긴 청나라니 이만 가볼게요."

돌아서는 기연의 뒤에 대고 원해는 표독스럽게 쏘아붙였다.

"그쪽이 내주는 게 아니라 타타라 룽거가 내주는 거잖아요."

"타타라 룽거는 내 서방이에요. 나는 그의 하나뿐인, 앞으로도 쭉 하나뿐일 처고요."

"첩실 주제에 정실인 것처럼 혹은 이 집안에 가장 먼저 들어온 첫 여자인 것처럼 말하는군요?"

"……."

원해는 기가 막혔다. 타타라 룽거가 저 조선 여자를 좋아한 계기가 뭔가? 관심 가진 계기가 뭔가? 누구 때문인가?

바로 자신이었다. 타타라 룽거는 첫 조선 여자를 잊지 못한 슬픔을 어떻게든 상쇄하려 애쓰다가 새로운 조선 여자를 만난 것뿐이었다. 그러한데 굴러 들어온 돌이 박힌 돌을 빼내려 하다니? 그것도 저리 당당하게?

배배 꼬인 마음에서부터 뻗어 나온 심술이 가시넝쿨이 돼 혀와 다친 다리를 포함한, 전신을 옥죄었다. 가시 그 자체가 된 원해는 기연을 헐뜯고 싶어 안달이 났다.

"그 오랑캐는 날 진심으로 좋아했어요. 알아요? 날 연모하는 마음이 바다보다 깊어 그자를 집어삼킬 정도였다고요. 난 그자에게 아쉬운 소리 한 번을 할 필요가 없었어요. 내가 손가락만 까딱하면 원하는 대로 해줬으니까요. 그자는, 그 오랑캐는 내 개였어요."

"……."

"당신이 오늘날에 누리는 모든 복은 본래 내 소유였어요. 당신한테 지극정성으로 잘하는 그 오랑캐는, 내가 만들었어요."

"……."

"그런데 고작 내 대용으로서 내가 쌓아둔 편의를 누리는 그쪽이 내 앞에서 이리 당당해도 되는 건가요?"

"당신이 버렸잖아요?"

"……."

"당신 소유를 포기한 건 다름 아닌 당신 자신이었잖아요?"

"……."

슬그머니 벌어진 원해의 입에선 더는 아무 소리가 나오지 않았다.

"당신은 룽거를 버렸어요. 그의 마음을 난도질했어요. 그리고 당신이 버린 모든 것을 내가 가졌어요. 잘못한 건가요?"

"……."

"설령 당신 주장처럼 내가 당신 대용이었어도 상관없어요. 시작이 그랬을지언정 서방에겐 이젠 나뿐이니까요. 내가 서방을 좋아하니까요."

"⋯⋯."

"당신에게 타타라 룽거는 개였을지 몰라도 내게는 서방이에요. 어느 사내도 따라잡을 수 없는⋯⋯ 황제님보다도 멋진 서방."

"⋯⋯."

원해의 가시는 타타라 룽거를 상처 입히지 못한다. 기연도 마찬가지다. 그것이 서럽고, 아픈 이가 저 혼자인 것 같아 분해 원해는 사지를 떨었다.

반면 기연은 평온했다. 성격이 약해 맞고 산 게 아니었다. 망나니 남편이 아닌 아내 편을, 사내 아닌 여인 편을 들어줄 만한 깜냥이 나라에 있었더라면 진즉 송 씨 놈을 관아에 신고했을 것이다.

여하간에 약한 성격으로는 딸아이의 죽음을, 송국조를 버티지 못했을 터였다. 하지만 밤마다 딸을 그리며 악몽을 꾸긴 했으나 정신 자체가 이상해지진 않았었다. 묵묵히 맞으면 맞았지, 송국조 놈이 무서워 벌벌 떨며 오줌을 지린 적은 없었다. 그랬거늘 고작 이까짓 기 싸움에 밀리랴?

기연은 최후의 쐐기를 박았다.

"부인이 왜 이러는지 알아요. 왜 내 서방을 싫어하면서도 서방과 내 집에 들어앉았는지를, 왜 우리 부부 주위를 맴돌며 모진 막말을 쏟아내는지를 안다고요."

"⋯⋯."

"부인은 룽거를 가지긴 싫은데 남 주긴 아까운 거예요. 부인은 룽거를, 그의 곁의 나를 헐뜯고 상처 입히고 싶은 거예요. ⋯⋯유치한 심술이지요."

"⋯⋯."

"한편으론 어리광을 부리고 싶은데 곱게 표현하는 방법을 모를 거예요. 그러니 말 못하는 아기처럼 악을 쓸 수밖에요. 그렇지만 위로를 받고 싶었다면 최소한 자식이 든 배를 찌르진 말았어야지요."

"흐윽……."

이를 악다물어 울음을 참는 원해를 기연은 쉬지 않고 등 떠밀었다.

"나는 부인이 내 서방을 상처 입히게 방치하지 않아요. 세자관으로 가요."

"내가 조선에서 어찌 살았는지 알잖아요? 환향녀라 욕먹으며 사는 꼴을 봤잖아요! 한데 돌아가라니, 난 혼자 외롭게 지옥을 헤매고 그쪽과 타타라 룽거는 둘이서 행복하겠다는 거예요?!"

"그럼 조선을 포기하겠어요?"

"……."

"청나라에서 셋이 살겠어요? 그러겠다면 룽거는 싫다 하겠지만 최소한 나는 거부하지 않을게요."

"……."

"청나라에서 남은 생을 살겠어요?"

"십 년 전이나 지금이나 난 금은은 갖고 있지 않지만, 자존심까지 없진 않아요. 난 조선 양반이에요."

"난 아니에요, 양반."

"……."

불가능하면서. 조선, 오랑캐를 멸시하는 마음, 양반으로서의 자존심, 어느 것 하나 포기하지 못할 거면서 대체 뭘 어째 달라는 건지.

휴, 피곤한 한숨을 내쉰 기연은 냉담히 말했다.

"이것도 싫다, 저것도 싫다 할 거면 대체 뭘 어쩌라는 건가요? 나와 룽거는 당신 부모가 아니에요."

"……."

원해는 움찔 다리를 떨었다. 불과 며칠 전에 비슷한 말을 들었던 것이 기억났기 때문이다.

"용건을 말하지 않을 거면 피차간에 괴롭게 대체 어째서 자꾸 찾아오는 거냐."

어쩜 저리 닮았는가? 칠 년을 타타라 룽거와 살았음에도 나는 그와 다른데, 저 여자는 왜 벌써 그를 빼닮았는가?

들끓는 질투에 굴복한 원해는 또다시 기연을 공격했다.

"창피를 몰라요? 어찌 오랑캐를 서방이라 부르며 그토록 떳떳해요?"

"네. 몰라요."

"……."

"난 내 서방 좋은 것만 알아요. 욕하려거든 계속해요."

천연덕스럽게 대꾸한 기연은 눈시울을 붉힌 원해를 무시하고 내당을 떠났다.

깊은 밤, 원해는 몰래 대문을 빠져나왔다. 야경꾼들을 피해 좁은 골목 사이를 걸은 그녀는 잉굴다이 댁 앞, 길 가운데에 멈췄다. 길의 양끝 어디에도 야경꾼들이 든 초롱불 빛은 보이지 않았다.

원해는 낮게 속삭였다.

"나입니다. 제안을 수락하고자 하거든 매일 기다리고 있을 테니 언제든지 이 시간에 용골대의 집 앞에 찾아오라 했잖아요."

"안 오는 줄 알고 내일부터는 기다리지 않으려 했소."

전신을 모자 달린 검은 일구종으로 휘감은 사내가 골목 어딘가에서 튀어나왔다. 원해는 단도직입적으로 캐물었다.

"지난번에는 다시 만날 방법만 알려줬지 계획이라는 게 정확히 뭔지는 알려주지 않았죠. 오늘 제대로 묻겠어요. 어쩌려는 거지요? 타타라 룽거를…… 조선인 첩실을 뭘 어쩌려는 거예요?"

"청나라에 포로로 잡혀온 조선인들의 소원이 뭐요."

"······."

"조선으로 돌아가는 것 아니겠소."

"그 여인은 예외예요. 조선으로 돌아가지 않아요."

"돌아갈 거요. 진짜 서방과."

진짜 서방? 송 씨?! 창백해진 원해는 걱정을 드러냈다.

"그 여인 전남편 송 씨는 하루가 멀다 하고 그 여인을 때렸어요. 자식도 때렸다는 소문이 있어요."

"해서?"

사내는 심드렁히 되물었다. 조선 여자들이 맞고 사는 일은 매우 흔했다. 맞다가 죽는 경우도 심심찮게 발생했으니, 구타로 끝나면 그나마 다행인 셈이었다.

"첩이 걱정되면 오늘 밤 날 찾지 말았어야지. 아니 그렇소?"

"······."

"발을 빼려거든 그리 하시오. 첩을 계속 청나라에 살게 두오. 타타라 공자와."

"불가해요!"

날카로이 맞받아친 원해의 얼굴이 추하게 일그러졌다. 기연이 타타라 룽거와 함께하게 둘 수 없었다. 둘을 떼어놓고 타타라 룽거를 도로 지옥으로 끌고 가야 했다.

"타타라는 오랑캐예요. 오랑캐는 죽는 마지막 순간까지 나와 내 조국에 속죄해야 해."

또한 기연은, 환향한 조선 여인들이 어떠한 고통을 겪는지 몸소 체감해야 했다. 다른 환향녀들이 괴로워하는 동안 기연만 하하 호호 행복해하는 것은 배신이었다.

"언제 어떻게 돌려보낼지를, 그쪽 역할을 알려주겠소."

사내는 은밀히 귓속말했다. 고개를 끄덕인 원해는 절뚝거리며 왔던 길을 되짚었다.

원해의 뒷모습을 지켜보던 사내가 뇌까렸다.

"자진해 우물 속에 갇힌 멍청한 계집 같으니. 과거에 얽매여 있은들 말라 비틀어 죽을 뿐인데. 어딜 가나 저런 자들이 있긴 하지."

휙 돌아선 그는 어둠으로 숨어들었다.

❀

전당 곁채 앞에 뻔히 걸상이 놓여 있건만 기연은 어제 그랬듯이 문가에 쪼그려 앉았다. 서방과의 거리를 최대한 좁히고 싶었다. 서방 얼굴이 보고 싶은데 보여주지 않으니 오기가 생겨 그런가. 그가 더, 더, 더 보고 싶었다.

"룽거, 자요?"

"안 잔다."

익숙한 굵은 목소리를 들은 기연은 신나하기는커녕 부루퉁해졌다. 감모를 옮길까 봐 걱정이 되어도 그렇지, 퇴청했으면 했다고 짧은 인사말은 건네줄 수 있는 거 아닌가? 아니면 어제처럼 하인을 통해 언질을 주든지!

각방 생활 한 번 만에 지쳐 탈진한 기연은 서운함을 마구 분출했다.

"정말 너무해요. 왔으면 왔다고 알려줘야 되잖아요? 안 그러면 내가 당신이 아문에서 일을 하는지, 청루에 술을 마시러 갔는지, 퇴청해 돌아왔는지, 무슨 수로 알겠어요?"

"어제 이미 말해 그러려니 할 줄 알았다."

뭐라는 거야?!

인내심이 바닥난 기연은 벌떡 일어나 개선장군처럼 문을 열어젖혔다.

막 침상을 빠져나온 룽거는 엉거주춤히 서, 쳐들어온 처를 바라봤다.

"어제는 어제고, 오늘은 오늘이잖아요!"

서럽게 외친 기연은 룽거에게 매달렸다.

"기연!"

기연을 떼어내려 룽거는 가느다란 허리를 양손으로 붙들었다. 기연은 그의 상체를 껴안고 안간 힘을 다해 버텼지만, 장사인 그에게 그녀는 한 줄기 볏짚과 다르지 않았다. 결국 그녀는 채 일다경을 버티지 못하고 서방에게서 밀려났다. 힘없이 밀려난 모양새가 꼭, 누군가가 장난삼아 뿌리 뽑아 내던진 강아지풀 같았다.

"쪼, 쫓아내면 울 거야! 같이 안 자면 가출할 거야!"

바락 엄포를 높은 기연은 놀라 움찔한 룽거를 다시 껴안았다.

"……기연."

고단한 한숨이 정수리를 스쳤다.

"기연, 감모 걸린다니까."

난색을 표한 룽거는 그러나 기연을 밀어내지 않았다. 정확히는 밀어내지 못했다. 가출하겠다는 협박이 진심이 아님을 알지만, 오죽 혼자 자기 싫으면 마음에 없는 소릴 하고, 뛰어들었을까 싶어 기연이 가여웠다.

숙모는 여자가 회임을 하면 사소한 것으로도 예민해진다 했다.

망설이던 룽거는 기연의 허리를 어루만져 달랬다.

"룽거, 오늘도 열이랑 두통이 있어요?"

"없다. 하지만 만일이라는 게 있잖느냐."

기연은 금방이라도 룽거가 나가라 할 것만 같아 그에게서 절대 떨어지지 않으며 고개를 저었다.

"만일은 없어요!"

"……."

"열이랑 두통이 없으니까 쫓아내지 마요. 기어코 쫓아내면 내일 세자관에 가 안 돌아올 거야."

"내일 세자관에 갈 건가? 어째서?"

"당신이 날 독수공방시켜 외로워서요."

"……."

"룽거어, 나 혼자 자기 싫어."

"……."

룽거가 조용한 이유가 각방 생활을 그만둘까 말까 갈등해서라는 것을 알아챈 기연은 그의 가슴에 애교스럽게 뺨을 문질렀다. 그러고는 거짓을 조금 보태 칭얼거렸다.

"빈 옆자리가 어색해 간밤에 잠을 설쳤어요. 이러다간 내가 감모에 걸려서가 아니라 잠이 부족해 앓을 판이에요."

"……."

"같이 자요, 같이 자, 제발."

"알았으니 진정해라. 계속 조르다간 네 기운이 죄다 빠지겠다."

"같이 자는 거예요?"

"그래."

"나중에 말 바꾸기 없어요?"

"안 바꾼다."

웃은 룽거는 기연의 머리에 가볍게 입을 맞추고 그녀를 침상에 데려와 앉혔다.

그제야 안심해 환해진 기연은 얼른 신을 벗었다. 서방 품에 달라붙어 달콤한 체취를 맡자 비로소 박 씨 부인의 독설이 잊혀져 갔다. 박 씨 부인이 화를 돋우려 부러 얄미운 막말을 쏟아냈다는 것을 알기에 신경 쓰지 않으려 했다. 하지만 하나, '너는 내 대용'이라 말한 것만큼은 거슬렸던 참이었다.

"룽거, 나 마주 안아줘요. 허리 만져 줘요."

요구하자마자 든든한 팔이 허리에 달라붙었다. 서방이 거부할 새 없게 다짜고짜 서방 입술과 뺨, 목에 연달아 입을 맞춘 기연은 그의 어깨를 베개 삼아 머릴 기댄 채 물었다.

"룽거, 나 좋지요? 나밖에 없지요?"

"응?"

룽거는 바로 대답하지 않았다. 무슨 속셈인지 꿰뚫겠다는 듯 그녀를 물끄러미 내려다보다가 '너 또 뻔한 걸 묻지?' 하는 듯한 표정으로 웃었다. 초승달 모양이 된 그의 두 눈에 애정이 비쳤다.

"당연한 것을 묻는 까닭은 오늘도 각방을 쓰려 한 내게 내리는 벌 같은 건가?"

"아, 아녜요."

기연은 십 년 차 장사꾼처럼 능청을 떨었다.

"정말 몰라 묻는 거예요. 그러니까 빨리 말해줘요."

피식 웃은 룽거는 머리를 괴고 옆으로 누운 채 여자의 섬섬옥수를 만지작거렸다. 뾰로통해진 기연이 물었다.

"왜 딴청 부려요? ……그새 마음이 바뀌었어요?"

부인님이 재촉하시매 입을 연 룽거는 짓궂은 것도 같고 끈적한 것도 같은, 묘한 음성으로 속삭였다.

"나 타타라 룽거의 인생에 여자는 기연밖에 없지."

"……."

"장담하건대 기연이가 없으면 나는 열흘 안에 병을 얻어 시름시름 앓게 될 거다."

"당신은 무당이 아니잖아요. 그걸 어찌 알아요?"

"무당이 아니라도 알 수 있다. 나 자신에 관해 제일 잘 아는 건 나 아닌가."

"그럼 나는 당신 무병장수를 기원하기 위해 당신 곁에 꼭 붙어 있어야 되겠네요?"

"그렇고말고."

"……."

"사람 하나 살리는 셈치고 평생 나와 살아줘야 한다."

넋이 나가 룽거를 내려다보던 기연은 뒤늦게 터져 나오려 하는 웃음을 삼켰다.

"믿을 수 없어요. 그리 내가 좋으면서 오늘도 각방을 쓰려 했단 말예요?"

부러 정색을 하고 트집 잡은 그녀는 룽거를 완전히 눕게 만들고 냉큼 그의 허벅지에 올라탔다. 조선에서나 청나라에서나 말은 잘 못 탔지만, 서방 위에는 이제 곧잘 탔다. 어찌 타는지 서방이 세세히 가르쳐 줬다.

"진심인지 의심스러우니까 보, 보여줘요. 날 얼마나 좋아하는지 보여줘……."

벌겋게 뺨을 붉힌 기연은 룽거의 웃옷 안으로 손을 밀어 넣어 빨래판 같은 굴곡진 배를 쓰다듬었다. 더 위쪽으로 파고들어 옆구리를 쓰다듬자 큰 숨을 들이쉰 그의 가슴이 일렁였다. 그 반응에 탄력받은 그녀는 한 술 더 떠, 서방 하체와 맞닿은 엉덩이를 꿈틀거렸다.

갑자기 기연은 움찔 엉덩이를 들썩였다. 살에 닿은, 평상시에도 큰 서방의 몸 일부가 부푸는 게 느껴졌기 때문이다. 성난 남성이 일어서겠다, 아래를 쿡쿡 찔러댔다.

"서, 서방이랑 합궁…… 앗!"

하고 싶다고 말끝을 미처 맺기 전에 기연은 끌려 내려왔다. 배를 누르지 않으려 조심하며 기연을 품 안에 가둔 룽거는 그녀에게 입을 맞췄다. 단 입술을 빨아 젖히고 미끈한 혀를 희롱했다.

속수무책으로 입안이 샅샅이 훑어지던 기연은 잠옷 안에 들어온 손이 가슴을 자극하자 앓는 소릴 흘렸다.

"으응……."

가슴 끄트머리를 괴롭히던 서방의 굵다란 손가락이 아래로 내려가, 바지 안쪽 허벅지 사이에 닿았다.

"아, 으……."

달아오른 기연의 미간이 찌푸려졌다. 본래 사람은 좋으면 웃음을 짓는 법인데, 이상하게 침상에서는 좋을수록 얼굴이 구겨지고 비명이 나왔다.

부드러운 배와 가슴에 입을 맞춘 룽거는 일어나 앉아 능숙한 손길로 기다란 머리칼에 꽂힌 비녀들을 금세 뽑아냈다. 그가 여인의 옷과 속곳, 버선을 벗겨내는 데도 시간은 별로 걸리지 않았다. 눈을 감은들 기연의 어디에 뭐가 있는지 알 수 있었다.

스스로의 옷까지 다 벗은 그는 기연의 왼다리를 치켜들어 그의 어깨에 걸쳤다.

"지난번에 이어 연속으로 두 번을 네게 끌려다니면 내 체면이 상한다."

가는 종아리에 입술을 붙였다 뗀 그는 벌써부터 늘어진 기연을 야심만만히 내려다봤다.

푸른 비단 관복을 차려입고, 붉은 실로 장식된 관모를 써 출근 준비를 마친 룽거는 그러나 바깥에 가지 않고 침상으로 되돌아왔다. 곤이 자는 처 옆에 앉아 그녀를 내려다보던 그는 생기 도는 발그레한 뺨을 조심스럽게 어루만졌다.

"기연."

"……."

"기연, 잠깐 일어나 봐라."

깨어난 기연은 졸린 눈을 손등으로 문질렀다. 잘 자다 일어났으니 짜증을 낼 법했으나 기분이 좋았다. 팔다리가 간만에 매우 개운했다. 그러한 상쾌한 기분과 몸 상태가 누구 덕인지 아는 즉, 능력 좋은 서방한테 성을 낼 리 없었다.

"룽거…… 뭐 필요한 거 있어요? 조반을 차릴까요?"

"아니다."

기연을 일으켜 앉힌 룽거는 헐벗어 훤히 드러난 그녀 상체에 붉은 속곳을 입혔다.

"네가 여기서 잔 것을 여종들이 모를 테니 내가 나가고 얼마 안 가 청소를 하러 들어올 거다. 벗고 자는 모습을 보였다 놀라 민망해하지 말고, 침의를 입고 자거나 원래 방에 가서 자라."

"옷 입고 원래 방에 갈래요."

비몽사몽간에 속곳과 침의를 차려입는 기연을 도운 후, 룽거는 구들로 갔다. 소반에 올려뒀던 갈색 빛깔 술병을 가져온 그는 그것을 기연의 가슴에 안겨주고 그녀를 안아 들었다. 잠이 덜 깬 와중에도 기연은 서방이 준 술병을 보물인 양 꼭 껴안았다.

"일어난 김에 배웅해 줄게요."

룽거는 단호히 불허했다.

"안 된다."

"왜요?"

"대문가에 갔다 남자 하인들이나 숙부님과 마주칠지 모른다. 머리를 풀어 내리고 침의만 입은 지금 네 모습은 나만 봐야 한다. 내 거다."

"……"

"게다가 자다 깨지 않았느냐. 홑몸이 아니니 더더욱 잘 자야지."

중당 곁채에 들어온 룽거는 기연을 침상에 눕히고 이불을 덮어줬다. 헤어지기 싫은 마음을 표하듯 그는 처와 바싹 붙어 앉았다.

"기연, 오늘 세자관에 갈 거냐."

"갈 거예요."

"이유가 뭐지? 부친을 뵈러?"

"간 김에 아버지를 볼까 하지만 그거 때문은 아녜요. 세자빈마마께 부탁드리고 싶은 게 있어요."

"내게 말해라. 들어줄 테니."

"당신은 들어주기 어려워요."

당신은 못한다 말하면 행여나 룽거가 자존심을 상해할까, 기연은 돌려 말했지만 룽거는 처의 속내를 꿰뚫었다. 그는 약간 불퉁하게 되물었다.

"나는 안 되는데 세자빈은 되는 부탁이 뭐지?"

"……비밀이에요."

"……"

그는 이번에는 대놓고 불만을 드러냈다.

"내게 비밀을 만들겠단 말이지."

"그런 거 아니에요."

"방금 네 입으로 비밀이라 하지 않았던가?"

"……"

못마땅한 기색이 완연한 서방 눈빛이 부담스러워 기연은 정정했다.

"잘못 말했어요. 나중에 자세히 알려줄 테니 조금만 참아요. 네?"

"……알았다."

한참 만에 수긍한 그가 덧붙였다.

"세자관에 내 퇴청 시간에 맞춰 가라. 퇴청하면서 데리러 갈 테니 같이 오자."

"알았어요."

"반드시 울간을 데려가고…… 맞지 마라. 아무리 네 부친이라도 널 때리면…… 나는 또 흥분한다."

"나도 두 번은 안 맞아요. 난 당신 소중한 여자인데 어디 가서 맞고 다니면 되겠어요? 저번엔 경황이 없어 그랬던 거예요."

기연이 다짐하듯 말했으나 룽거의 걱정이 깃든 표정은 풀리지 않았다. 그는 외려 한층 심각해져 물었다.

"내가 세자관 안에 들어가 조선인들 앞에 모습을 드러내면, 그들 보기에 네가 민망할 테지? ……나는 되놈이니까."

"네?"

"널 데리러 가도 세자관 밖에서 남모르게 기다리는 편이 네 체면에 좋겠지. 아니 그런가?"

"아녜요!"

거세게 부정한 기연은 상체를 일으켜 룽거의 목을 끌어안았다. 스스로를 되놈이라 칭한 걸로 모자라, 청나라 사내를 서방으로 둔 처가 동포들에게 욕먹을까 봐 걱정하는 서방이 불쌍해 가슴이 아렸다. 간밤처럼 서방 허벅지에 서방을 마주 보고 앉은 기연은 다시 그의 목을 끌어안았다.

"난 그딴 거 신경 안 써요. 신경 썼으면 처음부터 당신을 받아들이지 않았을 거야. ……그렇지만 사람들이 날 손가락질하는 건 상관없어도, 당신을 수다거리 삼는 건 싫긴 해요."

"나도 네가 걱정이지 내게 뭐라 하는 것은 상관없다. ……일단은 세자관 밖에서 기다리고 있으마. 대신 약속해라, 절대 맞지 않겠다고."

얼마나 걱정되면 두 번씩이나 강조할까?

"약속해요. 절대로, 절대로 안 맞을 거야."

힘줘 선언한 기연은 룽거의 걱정을 사그라뜨리려 주제를 바꿨다.

"룽거, 그런데 저 술병은 뭐예요? 진짜 술은 아닐 테고, 안에 뭐가 든 거예요?"

웃은 그는 가는 허리를 어루만지며 말했다.

"기연, 이만 가야 한다. 돌아와 설명해 줄 테니 술병을 아무에게도 보여주지 말고, 나눠주지도 말고 너만 마셔라."

"이게 대체 무언데요?"

어안이 벙벙한 기연의 뺨에 마지막으로 입술 도장을 찍은 룽거는 그녀를 내려놓았다. 서둘러 나가는 서방의 뒷모습이 사라지자 기연은 침상 머리맡에 내려둔 술병을 집어 들었다. 궁금증이 돌아 병마개를 열려 했지만 워낙 단단히 봉한 터라 열리지 않았다.

이따 서방더러 열어달라 하는 수밖에.

협탁 서랍에 병을 숨긴 기연은 다시 침상에 누워 잠을 청했다.

룽거의 당부대로 그의 퇴청 시간에 맞추기 위해 기연은 그가 오기 한시진 전에 길을 나섰다. 기연과 갑단은 마차를 타고 가며, 미리 약속을 잡지 않았으니 어쩌면 바쁘신 세자빈을 보지 못하겠다 얘기했지만 운도 좋지. 세자관 정문을 통과하자 정원을 거니는 세자빈이 보였다.

세자빈께 먼저 다가가 말을 걸어도 되나 기연이 고민하고 있는데, 기연을 발견한 문주가 고맙게도 인사를 건넸다.

"자네 왔는가? 가까이 오라."

"세자빈마마께 인사드립니다."

예의 바르게 머리를 조아린 기연은 부탁을 하러 온 처지에 인사만 달랑 건네기가 어색해, 처음으로 문주와의 대화를 앞장서 이끌었다.

"지난번에 마마님을 세자관에서 뵈었을 때도 정원에 계셨는데, 오늘도 그러신 걸 보니 꽃과 나무를 좋아하시나 봅니다."

문주는 모호한 미소를 지었다.

"푸르고 화려한 초목들처럼 조선도 전쟁의 상흔을 딛고 화려히 부활하길 바라긴 하지만, 초목을 좋아하진 않는다네. 엄밀히는 한가로

이 초목을 들여다보는 행위 자체를 좋아하지 않는다 해야겠군. 그럴 바엔 노예 시장을 한 번 더 둘러보는 편이 나으니까. 다만 지난번에는 자네를 기다리느라 정문이 정면으로 보이는 예 서 있던 게고 오늘은, 용골대 장군이 오나 지켜보고 있었네."

"숙부님을요?"

"오늘 세자관을 감사하러 온다 했네. 일국의 세자이신 저하께서 관리인 장군을 맞으러 나올 수는 없는 법이거늘, 그렇다 하여 청나라 중요 인사가 오는 것을 뻔히 알면서도 방 안에 들어앉아 있으려니 신경이 쓰여 내조를 할 겸, 내가 대신 나와 있던 게지. 한데, 자네는 어쩐 일로 왔는가? 아비를 보러 온 거라면 자네 아비는 뒤쪽, 사내들 전용 행랑채에 있을 것이니라. 행랑채가 모여 있는 곳엔 이미 가보았으니 어찌 가는지 알 테지?"

"온 김에 아버지를 볼 것이긴 하나 그 때문에 오진 않았습니다."

"하면? 자네, 날 보러 온 겐가?"

"……."

감히 부탁하기가 어려워 기연은 뺨을 붉혔다.

"염치 불구하고 마마님께 부탁을 드리고 싶어 왔습니다."

"무엇이지?"

"찾고 싶은 사람이 있습니다. 마마님께 도움을 여쭐 수 있을는지요."

"아하."

어찌 된 영문인지 짐작한 문주는 사무적으로 머리를 주억였다. 그녀 주위에는 지금 기연이 그러하듯 사람을 찾아달라 청원하는 조선인들이 넘쳐흘렀다.

"포로 명단을 확인하고 싶은가 보군. 혹은 조선에 살아남아 있는지 확인하고픈 가족이 있는 게야. 그렇지? 어미의 생사를 알고 싶은 겐가?"

"제 어미는 아니고 이원해라는 여인의 양어미의 생사를 알고 싶습니다."

"세세히 말해보라."

"이원해의 양어미에 관해선 아는 바가 없으나, 이원해는 저와 함께 개성 송악산 남쪽 기슭, 만월대 아랫마을에 살았었습니다. 본명보다는 박 씨 부인으로 유명했지요."

"박 씨 부인의 양어미가 포로로 끌려왔는지, 조선에 살아 있는지 알아주면 되는가?"

"그래주시면 감사하겠지만, 번거로우시다면 안 된다 하셔도 됩니다."

"이원해의 양어미는 개성에 살았나?"

"예. 이원해는 혼인을 하지 않고 양어미와 살았었습니다."

"그렇다면 번거롭지 않네. 개성은 한양을 가려면 반드시 거치는 곳이니 세자관과 조선 조정을 오가는 파발꾼을 시켜 알아보라 하면 그만이야. 파발꾼이 자주 오가니 오래 걸리지 않을 거네. 원해의 양어미 소식을 듣는 대로 강 상궁을 자네 댁에 보내 소식을 전하겠네."

"감사합니다. 정말 감사합니다, 세자빈마마."

"안사람이 세자빈께서 널 위해 조선국 왕족들이 먹는 건전복을 선물로 주셨다 하기에 의아했거늘, 이리 보니 네가 정녕 세자빈과 돈독해졌음을 알겠다."

열심히 감사를 표하던 기연은 등 뒤에서 울린 굵은 저음에 놀라 소스라쳤다. 문주와 얘기하느라 몰랐건만, 어느샌가 잉굴다이가 곁에 와 있었다.

"숙부님, 오셨는지요."

"장군의 조카며느리와 담소를 나누느라 온 줄 몰랐소, 용 장군."

활기를 내뿜으며 인사한 문주에게 가벼운 목례를 해 보인 잉굴다이는 조카며느리를 직시했다.

세자빈과 숙부, 숙부 좌우의 역관 나리들까지. 높으신 분들 사이에 있자니 적응이 되지 않아 기연은 슬쩍 뒷걸음질 쳤지만 잉굴다이는 기연을 옮아맸다.

"세자관에는 웬일이냐?"

간단한 질문을 알아들은 기연은 곧바로 만주어로 대답했다.

"세자빈마마를 뵙고 싶어 왔습니다."

"너는 세자빈이 좋으냐?"

"……."

잉굴다이를 한 번, 문주를 한 번 쳐다본 기연은 솔직히 고백했다.

"처음에는 좋지 않았으나 저와 아기를 많이 챙겨주셔 좋아졌습니다."

"네게 잘 대해줘 좋아졌단 게냐? 솔직하구나."

그 말을 끝으로 조용해진 잉굴다이였으나 문주는 붙임성 좋게 대화를 이었다.

"용 장군, 저하께서는 응접실에 계시오. 한데, 내가 함께 저녁을 들자 문는다면 오늘도 거절할 테요?"

"장군, 세자빈이 저녁을 함께하십사 청했습니다. 물론 장군께서 원치 않으시거든 늘 그러셨듯이, 부담 갖지 않으셔도 됩니다."

역관 김돌시가 잉굴다이만 들을 수 있게 속닥거렸다. 하지만 웬일로 곧장 거절하지 않은 잉굴다이는 세자빈을 흘끗 보고는, 또 기연에게 물었다.

"방금 세자빈께서 하신 말씀을 들었을 터다. 너는 내가 어찌해야 한다 보느냐?"

"……."

이번에는 갑단의 통역을 들은 기연은 토끼눈이 됐다. 그것을 왜 내게 물으시지? 세자관 편을 들지 않겠다 약속했던 것을 제대로 지키는지 확인하시려는 건가?

"숙부님, 제 의견은 중요하지 않은 걸로 압니다. 세자빈마마께선 숙부님께 물으셨어요."

"울갼, 통역해라."

"아가씨 의견은 중요치 않고, 대인께서 결정하시기 나름이라 했습니다."

"금번에도 세자빈의 청을 거절하면 네 번째로 거절하는 것이다. 이는 도리가 아니지 않느냐?"

집요하게 물고 늘어지는 잉굴다이를 보는 기연의 표정이 점점 난처해졌다.

"저는 숙부님께 세자관과 관련해 치우치는 모습을 보이지 않겠다 약속드렸습니다."

"누가 네게 세자관 편을 들라더냐? 단지 네 생각을 물었을 뿐이잖으냐?"

"……솔직히 말씀드리면, 세 번을 거절하셨으면 이제는 세자빈마마의 초대를 받아주셔야 할 듯합니다."

"예의를 고려하면 네 말이 지당하다. 그러나 나는 관리가 아닌가? 사사로이 세자관 측과 시간을 보냈다간 세자관을 대하는 데 있어 나의 공정성이 떨어지지 않겠느냐?"

"제가 지금껏 뵈어온 숙부님은 대나무처럼 올곧은 분이니 한 번 세자관에서 식사를 같이하신다 하여 관리의 마음가짐을 잊으실 것 같지 않습니다. 게다가 숙부님께서도 네 번이나 세자빈마마를 거절하시면 마음이 편치 않으실 듯한데 그럴 바에는 초대에 응하셔서 숙부님의 마음을 편안케 하시고, 덩달아 예의와 관리로서의 공정함까지, 모든 것을 챙기시는 편이 낫지 않을는지요."

"……너는 정녕 말을 잘하고, 처신을 꽤 현명하게 할 줄 아는군. 기억력이 좋아 약속도 잘 지킨다."

지그시 기연을 보던 잉굴다이가 피식 웃었다. 그가 웃는 모습을 처음 본 세자빈과 역관들이 그를 신기하게 쳐다봤다.

그네들의 시선을 의식해 금세 무뚝뚝한 얼굴로 돌아온 잉굴다이는 세자빈에게 공손히 말했다.

"세자빈께서 제 집안 며느리와 손주를 아껴주시건만 어찌 초대를 네 번씩이나 거절하겠습니까."

통역을 한 김돌시의 안색이 언뜻 굳은 반면 문주는 함박웃음을 지었다.

"용 장군, 앞서 응접실로 가오. 나는 기연과 하던 얘기를 마저 끝내고 뒤따르리다."

"예."

응접실로 가려던 잉굴다이가 역관들을 돌아봤다.

"오늘은 편히 시간을 보내고자 한다. 한데 사람이 많으면 자리가 번잡해 편할래야 편할 수 없으니 역관들은 가보라."

"하오나 장군, 통역이 필요치 않으십니까?"

"세자께서도 역관을 대동하시지 않느냐. 하나면 충분하다. 너는 네 용무를 마치고 먼저 가라."

김돌시를 이어 기연에게 마지막으로 말한 잉굴다이는 익숙하게 세자의 관저로 갔다. 그가 보이지 않게 되자 세자빈은 김돌시, 정명수를 차게 내쫓았다.

"두 역관들은 세자관을 떠나라."

입술을 삐죽거린 정명수와 김돌시가 홱 돌아섰다. 그러나 대문으로 가면서도 그네들의 귀는 세자빈과 기연을 향해 쫑긋 서 있었다.

"자네 때문에 장군의 기분이 좋아졌군. 덕분에 나도 네 번 거절당하는 경우를 면했네. 다음에 다시 연통하겠네."

세자빈과 상궁나인들의 것이 분명한 발소리가 완전히 사라지자 역관들은 걸음을 멈췄다. 대문가에 선 그들은 너나 할 거 없이 정원을

돌아봤다. 그들의 뾰족한 눈빛이 갑단을 정원에 남겨두고 홀로 행랑
채로 가는 기연을 좇았다.

"역관들은 왜 내 처를 노려보는 거지?"

기연을 아니꼽게 노리는 역관들의 뒤통수를 날카로운 저음이 후려
쳤다. 도둑이 제 발 저린다고, 어찌나 놀라 뜨끔했던지 김돌시와 정명
수는 만주어 질문에 조선어로 되묻고 말았다.

"네?!"

타타라 룽거를 올려다본 둘은 매섭게 자신들을 내려다보는 그의 위
압적인 풍채에 눌려 변명을 늘어놓았다.

"오해입니다, 대인."

김돌시가 재빨리 정명수를 거들었다.

"예, 오해이고말고요, 대인. 저희는 그저 잉굴다이 장군께서 저희
와 같은 조선인 조카며느님을 맞으신 것이 하도 신기해 보고 있던 겁
니다. 잉굴다이 장군께서는 역시 조선국과 인연이 깊으신가 봅니다.
저희를 곁에 두신 것으로 모자라 조카며느님까지 조선인이라니요."

"그대들 역관들은 평소 그대들은 조선인이 아니다 떠들고 다니지
않았던가?"

"……."

꿀 먹은 벙어리가 된 정명수와 김돌시는 서로를 쳐다보았다. 공자가
꼬투리를 잡는 것을 보건대 처를 노려봤다 하여 기분이 상한 게 분명
했다.

허리를 낮춘 정명수가 간드러지게 말했다.

"소인들이 실언을 했습니다, 대인."

"평소 대청국 사람이라 주장하고 다니던 역관들이 오늘은 웬일로
스스로를 조선인이라 칭하는 것이 신기해 말이 바뀐 까닭을 물었을
뿐이다. 한데 뭐가 실언이라는 거지?"

"대인, 소인의 말뜻은 그러니까…… 소인들은 대청국인이건만, 대인의 부인분과 소인들을 같은 조선인이라 엮은 것이 실수였다는 뜻이었습니다."

"그것이 실수였다면, 내 처가 역관들과 같은 조선인인 게 신기해 지켜보고 있었다던 역관들의 방금 전 핑계는 거짓이 되는 것이 아닌가?"

"……"

"정명수, 김돌시, 정확히 왜 내 처를 노려봤던 거지?"

말꼬리를 잡고 늘어지는 공자가 성가셔 정명수는 남모르게 어금니를 꽉 물었다. 굳은 입꼬리를 겨우 움직인 그는 아부하는 미소를 지었다.

"대인, 소인들이 부인을 탁한 눈빛으로 봐 기분이 상하셨나 봅니다. 하지만 다른 나쁜 뜻이 있어 그랬던 것이 아닙니다. 김 역관과 제 생김새가 본디 타고나기를 상냥하지 못해 노려보는 것처럼 보였던 겁니다."

"……"

"부디 오해를 풀어주십시오. 눈알이 파내지고 싶지 않고서야 소인들이 어찌 감히 모시는 상관의 조카며느님이요, 대인의 처인 부인을 노려봤겠습니까?"

"……"

팔을 뒤로 뻗은 정명수는 김돌시를 툭 쳤다. 김돌시 역시 사죄했다.

"아량을 베푸셔 용서해 주십시오, 타타라 대인."

"……가봐라."

"예."

합심해 인사한 역관들이 내달렸다. 한참 달리다가 뒤를 돌아본 그들은 룽거가 아직 자신들을 주시하고 있음을 확인하곤, 세자관 앞에 매어둔 말을 찾으러 갈 생각도 못한 채 도망치는 발걸음을 서둘렀다.

행랑채들 사이를 거닐던 기연은 금세 아비를 찾아냈다.

열심히 일하는 포로들을 세자빈이 구경시켜 줬던 과거 어느 날과 다르게 오늘 행랑채는 고요하다 못해 썰렁했다. 오직 아비만이 대청 마루에 멀뚱히 앉아 있었다. 유추하건대 몸이 성한 식솔 대부분은, 청나라가 세자관에 내줬다는 땅에 농사를 지으러 가 아직 안 돌아온 듯했다.

"나 왔어."

부호 앞에 모습을 드러낸 기연은 불퉁히 말했다. 서방을 대할 때와 달리 아비에겐 절대 미소가 지어지지 않았다. 말투는 사내들만큼이나 무뚝뚝해졌다.

부호의 반응도 기연과 다르지 않아, 대번에 얼굴이 험상궂어진 그는 욕지거리를 내뱉었다.

"너 이년! 접때 다짜고짜 꽁무니를 내빼더니, 여전히 오랑캐 첩실 노릇 중이야?! 당장 그 옷 안 벗어?!"

치솟은 화를 삼킨 기연이 물었다.

"아버지, 청나라에서 살 생각 없지?"

노한 부호의 언성이 행랑채 처마를 들썩였다.

"미친년! 이 미친년! 어디 그딴 소릴 지껄여?! 내가 너처럼 미쳤냐, 개돼지 땅에 살게?! 네년은 품행이 방정맞아 돼지들과 뒤섞여 살 수 있을지 몰라도, 돼지들 음식을 처먹을 수 있을지 몰라도 나는 절대 못 그런다!"

"여기가 개돼지 땅이면 서점 하나 없는 조선은 무슨 땅인데?"

"네년이 어느 안전이라고 오랑캐 편을 들어?!"

"어쭙잖게 양반 흉내 내 말하지 마! ……내 서방이 아버지 조선 갈 때 생활비를 떼준대. 내 서방이 힘들게 번 돈, 노름으로 날리지 말고 조금씩 아껴 써. 세자빈마마께서 일자리를 구해주시거든 농땡이 부리 지 말고 성실히 일하고."

"내가 짐승이 준 돈을 왜 받아! 더럽게, 퉤!"

부호가 내뱉은 침이 방울져 흙바닥에 떨어졌다. 제 욕은 참아도 서방 욕은 못 참는 기연은 이마에 핏대를 세워가며 고함쳤다.

"서방 욕하지 말랬잖아! 엄마 약값으로 노름하고, 큰딸 작은딸 혈값에 팔고, 평생을 막 산 아버지는 내 서방 낮잡아 볼 자격 없어! 아버지한테 짐승 취급 받을 사람 아니야, 그 사람! 아버지는 학식으로나, 신분으로나, 사람 됨됨이로나, 내 서방보다 잘난 게 없다고!"

"뭐야?! 네년 따위한텐 욕도 아까워! 네년은 북어 대가리나 탕국용 개처럼 흠씬 두들겨 맞아……."

디딤돌 위 짚신을 움켜쥐어 집어던지려던 부호는 팔을 치켜든 채로 얼어붙었다. 벽 너머에서 나온 사내를 보는 부호의 눈동자에 공포가 서렸다.

뺨을 맞고 이가 빠졌던 기억을, 목을 졸렸던 고통을 되새긴 부호는 차마 오랑캐 사위 앞에서 딸을 막 대하지 못했다. 노름값에 취해 딸을 때리던 송국조를 방치했던 과거와 대조적이었다.

"룽거!"

불현듯 얌전해진 아비의 눈길을 좇은 기연은 룽거를 발견했다.

룽거는 부호가 보란 듯이 기연의 손을 꽉 붙들었다. 부호를 노리는 그의 눈초리에 존경 혹은 인정 같은 것은 없었다. 처의 부친이니만큼 참고 있으나, 실상 그의 속은 끓는 쇳물이었다.

서방 눈치를 살핀 기연은 대충 인사했다.

"아버지, 나 갈게. 떠날 때쯤에 보러 올게. 룽거, 가요."

금방이라도 덤벼들 듯한 표정을 한 서방의 손을 기연은 잡아끌었다. 다행히 룽거는 순순히 따라왔다.

정문을 빠져나오자 마차 옆에 있는 야르시와 갑단이 보였다. 야르시는 룽거의 말고삐를 쥐고 있었다.

"갑단 이모, 저는 룽거와 말을 타고 갈래요."

"예, 그러셔요."

기연은 룽거의 말에 붙어 서 안장을 움켜쥔 채, 올라가는 것을 도와달라 말하듯이 룽거를 올려다봤다. 그 모습이 귀여워 평소였다면 웃음을 터뜨렸겠으나 룽거는 무표정했다.

기연을 앞자리에 태운 그는 뒷자리에 올라 천천히 말을 몰았다. 말의 속력에 맞춰 느릿하게 따라오는 야르시와, 그의 옆에 앉은 갑단을 돌아본 기연이 권했다.

"이모, 저희는 천천히 갈 테니까 앞서가세요."

"네, 아가씨. 야르시, 우리는 빨리 가라 하셔."

마차는 찰나에 부부가 탄 말을 추월했다. 그제야 기연은 룽거의 가슴에 편히 등을 기대고, 그의 무릎을 살살 어루만지며 물었다.

"룽거, 세자관 밖에서 기다린다더니 안에 들어왔네요. ……아버지 얘기, 어디까지 들었어요?"

"거의 다 들었다."

"밖에서 기다렸으면 좋았을 텐데요. ……당신 욕하는 소릴 듣게 해 미안해요."

잔뜩 주눅이 든 기연이 사과했지만 룽거는 상관치 않았다. 그의 머릿속에는 그 자신을 욕하던 소리는 없었다. 처를 욕하던 소리만이 가득했다.

장인만 아니었어도 가만두지 않는 건데.

"네 부친이 네게 욕을 했다."

"……"

"말끝마다 너를 년이라 부르더군."

"……"

"네게 신을 던지려 했어."

"아버진 원래 그래요."

"당연한 것처럼 말하지 마라!"

찢어발길 것처럼 고삐를 틀어쥐고 있던 왼손을 풀어 아기가 든 기연의 배를 감싸 안은 룽거는 이를 으드득대며 내뱉었다.

"다시 강조하건대, 아무리 네 부친이라 해도 내 처와 자식을 막 대하면 난 참을 수 없다."

"그래봤자 아버지 볼 날……."

아버지 볼 날이 얼마 안 남았다, 조선에 가면 평생 못 만날 테니 조금만 참아라, 말하려다가 기연은 입을 다물었다. 아비를 감싸봤자 좋을 일이 없다. 서방 화만 더 돋울 것이다.

"룽거, 너무 화내지 말아요……."

기연은 배에 붙은 룽거의 손을 살며시 쓰다듬었다.

집에 돌아온 지 한참이 되도록 룽거의 기분은 나아지지 않았다. 기연은 구들에 앉아 침상에 드러누운 서방 눈치를 살폈지만, 여느 때였으면 절대 그녀를 혼자 두지 않았을 그는 말로나마 '가까이 오라' 하지 않았다.

너른 서방 등짝을 보며 기연은 입을 비죽였다. 서방이 놀아주지 않으니 심심했다. 그렇다고 숙모나 갑단에게 가고 싶진 않았다. 함께 알콩달콩 시간을 보내고 싶은 이는 서방이지, 다른 누군가가 아니었다.

아버지 때문에 기분이 나빠졌어도 그렇지, 나한테까지 무뚝뚝하게 굴 건 없잖아. 내가 아버지 딸이라 덩달아 싫어진 게 아니라면.

속으로 불만을 꿍얼거리던 기연은 침상에 다가갔다. 누운 그녀는 룽거를 뒤에서 끌어안았다.

"룽거, 나 좀 봐요."

"……."

돌아누운 룽거는 기연에게 팔베개를 해줬다. 기연의 체온이 덧대어진 상체가 더웠으나 그는 그녀를 절대 밀어내지 않았다. 꼭 껴안았다.

그를 마주 껴안은 기연이 졸랐다.

"룽거, 기분 풀고 목소리 들려줘요."

"……너는 항상 부친에게 그런 대우를 받은 건가?"

"……"

기연의 뺨이 불타올랐다. 서방은 그냥 물었을 뿐인데, '내가 못난 바람에 귀한 자식 대우를 받지 못했나' 하는 생각이 번개처럼 뇌리를 스쳤다.

난 귀염을 받을 만한 여자다, 아비 푸대접이 내 잘못은 아니다 강조하고 싶은 마음이 앞서, 기연은 횡설수설거리며 바삐 떠들었다.

"우, 우리 엄마는 날 소중히 키웠어요. 엄마랑 언니, 나는 비록 가난했지만 날 아끼는 엄마 마음만은 양반 댁 부모들 못지않게 풍족했어요. 엄마가 어찌나 날 아꼈는지, 삯바느질해 주던 사대부 댁 아가씨 이름을 따라 내 이름을 지었어요. 좋은 곳에 시집가 양반처럼 편히 살라고요."

어쩌면 엄마의 애틋했던 마음 덕분에 지금 서방을 만난 건지 몰랐다.

"언니도 잘해줬고요."

"하지만 부친은 너를 막 대하지 않느냐."

"……"

"지난번에 뺨을 때린 것으로 부족해 오늘은 욕을 하고 신을 집어 던지려 하다니."

화가 치밀어 룽거는 미간을 구겼다. 기연을 감싼 그의 팔에 한층 힘이 실렸다.

"네 부친은 물론 되놈인 내가 널 데리고 사는 것이 끔찍하겠지. 그렇지만 네게 욕을 하고, 때리는 것은 과하잖은가."

"당신 되놈 아니에요. 오랑캐도 아니니 스스로를 그렇게 부르지 좀 마요."

기연이 작게 중얼거렸지만 그녀의 말은 안중에 없이 룽거는 계속해서 분통을 터뜨렸다.

"내가 아끼는 네가 다른 이에게 하찮은 대접을 받는 모습을 목격할 때마다 피가 거꾸로 치솟는다."

"……내가 하찮은 대접을 받을 만하니까 받겠거니, 생각되지는 않고요? 갑자기 내가 덜 예뻐 보인다거나, 덜 귀해 보이진 않고요?"

"그게 무슨 말도 안 되는 소리냐? 함부로 대하는 놈이 문제인데 왜 네가 덜 귀해 보이겠느냐?"

"……"

서방이 아비를 비난하는데도 기연은 전혀 불쾌하지 않았다. 제 아비조차 구박하는 년을 내가 곱게 모실 필요가 뭐 있겠냐고, 나도 똑같이 막 대해도 되지 않겠느냐고, 서방이 그리 생각하면 어쩌나 걱정됐던 것이 그쳤다.

항상 든든한 아군이 돼주는 룽거가 평소의 갑절로 좋아 기연은 흐뭇한 미소를 지었다.

"아버지는 날 막 대하지만 당신이 아버지 몫까지 나한테 잘해주잖아요. 당신 만나서 나, 더는 고생 안 하고 귀염 듬뿍 받으며 살잖아요."

"……"

"그리고 아버지는 당신을 받아들이지 못할지언정, 우리 엄마는 하늘에서 당신을 내려다보며 그럴 거예요. 내 딸 양반처럼 편히 살게 해줘 고맙다고. 우리 언니도 내 동생을 아껴줘 고맙다고, 좋은 서방이 돼줘 두 번 고맙다고 할 거예요."

"……"

"엄마랑 언니뿐 아니라 나도 당신에게 매일매일 고마워요. 가끔씩은 당신 덕에 행복해진 내 삶이 신기한 걸 넘어 믿기지가 않아, 내가 선녀가 된 건가 헷갈리기까지 해요. 난 그 정도로 행복해요. 그래서 아버지한테 뺨 한 대 맞고, 욕 몇 번 들은 건 아무렇지도 않아요. 그러니까 룽거, 그만 화 풀어요."

애교스럽게 속삭이는 기연에게 룽거는 더는 화난 얼굴을 해 보이지 못했다. 피식 웃은 그를 따라 기연도 웃었다.

"룽거 우리, 아버지 말고 다른 얘기…… 아침에 나한테 준 술병 얘기해요. 그게 뭔지 언제 알려줄 거예요?"

"마실 만하던가?"

"아직 안 마셨어요. 병 입구가 너무 단단히 봉해져 있어서 열 수가 없었어요. 낑낑대다 손가락만 얼얼해졌어요."

아팠다 어리광을 부리듯 기연은 오른손을 펼쳐 보였다. 기연의 손을 잡아 당겨 다섯 손가락에 입을 맞춘 룽거가 물었다.

"어디 갖다났지?"

날름 일어난 기연은 협탁 서랍에 넣어둔 병을 꺼내들었다. 협탁 위에 놓인 찻잔도 하나 챙겼다. 기연을 따라 일어난 룽거는 침상 머리맡에 비스듬히 기대앉아 술병을 받아 들었다.

"여자들 힘이 내 생각보다 훨씬 약하다는 사실을 깜빡했다. 열어주고 갔어야 하는데."

병마개를 제거한 그는 찻잔에 내용물을 따라 기연에게 줬다. 투명한 노란빛 물을 내려다보던 기연은 향기를 맡았다. 꽃향기가 났다.

기대에 찬 그녀를 보던 룽거가 말했다.

"향이 싫진 않나 보군."

"좋아요. 속이 메슥거리지도 않고요."

"마셔봐라, 기연."

"당신 입맛에는 맞아요? 맛있어요?"

"무슨 맛인지 나도 모른다."

"안 먹어봤어요?"

"그래."

"……."

파는 사람이 맛있다 했으니까 사 왔겠지.

용기를 낸 기연은 찻잔을 입술에 붙였다. 꽃향기를 풍기는 달콤한 물이 목을 통과하매 혀 아래에 절로 침이 고였다. 어미젖만 먹다 처음으로 맛난 요리를 먹은 양, 기연의 눈동자가 반짝였다.

"맛있어요!"

들뜬 반응에 만족한 룽거는 미소를 지었다.

"근래에 흰죽밖에 못 삼키는 네가 맛있다 하다니, 양귀비가 괜히 좋아한 게 아니었다."

"양귀비가 이 단물을 좋아했대요?"

"그 여자는 여지를 즙을 내 마시기보다는 과일 상태 그대로 먹었겠지."

"이게 여지라는 과일이에요?"

"그래. 여지로 즙을 낸 여지즙이다."

"청나라 사람들은 여지로 보통 즙을 내 먹어요?"

"……."

룽거는 돌연 침묵했다. 기연의 눈치를 살핀 그는 고민하다가, 솔직히 고백했다.

"여지는 대청국에선 생산되지 않는다. 네게 준 여지즙은 명국에서 밀수된 거다. 아주 가끔씩 시장 깊숙한 곳에 그런 물건들이 나돌 때가 있지."

"……밀수요?"

당황한 기연과 대조적으로 룽거는 태평하기 이를 데 없었다. 그는 일상적인 대화를 하듯 덤덤한 어조로 강조했다.

"그래. 관리인 내가 밀수된 물건을 산 것이 발각됐다간 볼기를 맞는 정도로는 해결되지 않을 거다. 그러니 반드시 너만 마셔라."

그래서 아무에게도 술병을 보여주지 말고, 나눠주지 말라 한 거구나! 마침내 서방 말뜻을 이해한 기연의 잇새로 '아!', 두려운 감탄사가 새나왔다.

창백해진 기연은 술병과 룽거를 번갈아 쳐다봤다. 그의 엉덩이 살점이 너덜너덜해지고, 피로 물든 상상을 하자 등허리에 소름이 돋았다.

서방은 다른 놈팡이들과 다른 줄 알았는데, 다르기는 개뿔! 겁 없고 무모한 것이 천생 사내놈이 맞다!

"맛있긴 하지만 이런 위험한 물건을 사 오면 어떡해요? 들켜 곤장 맞으면, 당신이 장독에 걸려 잘못되면 나랑 아기는 어쩌라고요."

"네 입이 무거운데 뭐 들키겠는가."

"……."

저걸 말이라고 하나?

마음 같아선 버럭 화를 내고 싶었으나 그랬다간 기껏 생각해 사 왔더니 화를 낸다, 룽거가 삐칠 듯했다. 결국 기연은 좋게, 나긋이 타일렀다.

"당신 엉덩이 상할까 봐 걱정되니 앞으로는 여지즙 사 오지 마요. 밀수한 거면 가격이 비싸지요?"

"저렴하진 않다."

"내 입맛이 계속 까다로울 것도 아니고, 곧 있으면 뭐든 잘 먹게 될 거예요. 그러니 여지즙 사 오지 마요. 청나라에 매실이 있어요?"

"있다."

"그럼 매실로 오매차나 제호탕을 끓여 마실 테니 여지즙은 제발 사지 마요. 제발. 알았지요? 네?"

"……."

여지즙을 맛있게 마시던 처의 모습이 예뻤다. 그런 고로 병이 비면 또 사 오겠지만, 알았다 대답하지 않았다간 울상인 기연이 눈물을 쏟을 듯했다.

"알았다."

기연을 울릴 수 없어 순종한 룽거는 이리 오라는 뜻으로 두 팔을 벌려 보였다. 막 움직이다가 서방이 비싼 값을 주고 힘들게 사 온 여지즙 병을 발로 찰까, 기연은 병을 끌어안고선 룽거의 품에 파고들었다.

"안 살 테니 걱정 말고 표정 풀어라."

"알겠어요. ……기왕 사 온 김에 당신도 여지즙 마셔봐요."

룽거는 두 번째로 거짓말을 늘어놨다.

"나는 단 과일을 싫어한다."

"그럼 귀한 걸 쏟을지 모르니 일단 치울게요."

마개를 봉한 여지즙 병과 잔을 조상님 신줏단지를 모시는 양, 혼신의 힘을 다해 협탁에 고이 올려놓은 기연은 다시 룽거 품에 안겨들었다. 서방 엉덩이 걱정을 하느라 여태 안색이 창백한 그녀를 감싸 안은 룽거는 짓궂게 물었다.

"기연, 맛있긴 하지? 아니 그런가?"

"맛있긴 맛있어요. 그래도 사 오면 안 돼요."

"알았다."

실소를 터뜨린 룽거는 기연의 입술에 도장을 찍었다. 비로소 여지즙 맛이 어떠한지 알 수 있었다.

봉성

"기옌, 네 배를 보여다오. 종손이 잘 자라고 있는지 보고 싶구나."

"아가씨, 마님께서 조카 손주분이 잘 자라고 있는지 궁금하시다며, 배를 보고 싶으시다네요."

숙모 옆에 앉아 포도를 까먹던 기연은 과일 그릇을 내려놓고 일어섰다. 이제는 정녕 친숙하기만 한 숙모 앞에서 스스럼없이 겉치마를 벗었다.

품이 넉넉한 기다란 겉치마를 입은 상태로는 여전히 임산부 티가 나지 않았다. 하지만 겉치마를 벗으면 사정이 달랐다.

"제법 배가 볼록하구나!"

기연의 배를 부드럽게 어루만진 소야가 기쁜 미소를 지었다.

"기포(旗袍)까지 갖춰 입은 너는 시집 안 간 처녀와 다르지 않아 보이거늘, 벗으니 확실히 임부 같다. 그렇지만 배만 좀 나왔다 뿐이지, 네 팔다리는 과히 가는 듯하다."

통이 넓은 바지 속에 감춰진 다리 굵기를 정확하게 가늠하기 위해 소야는 슬쩍 기연의 허벅지와 종아리를 만졌다.

"이거 보렴, 네 다리는 룽거의 팔뚝보다 얇은 듯해. 나는 힘들게 생긴 손주가 비실비실하길 원치 않으니 제발 많이 먹으려 노력하렴, 기옌!"

"아가씨, 마님께서 밥을 많이 드시래요. 아가씨 다리가 공자님 팔뚝보다 얇대요."

치마를 입으며 기연은 발랄하게 대꾸했다.

"음식 먹기가 아직도 힘든 것이 아기가 배가 덜 고픈가 봐요, 숙모님. 배가 고파지면 어련히 절 그만 괴롭히고 음식을 많이 넣어달라고 하겠지요. 지금은 살 만해 고집을 부리는 거니까 걱정하지 마세요."

더구나 살이 안 쪄 좋은 점도 있었다. 외적으로 변화가 없으니 서방 애정이 식으면 어쩌나 하는 초조함이 일지 않았다.

기연은 다시 의자에 앉아 달콤한 포도를 까먹었다. 간만에 야무지게 먹는 그녀를 보며 소야는 못 말리겠다는 듯 웃었다.

"네 말이 어찌 들으면 참 박정한데, 한편으론 일리가 있어 반박하지 못하겠다. 하기야 배가 고프면 나무껍질로 죽을 쒀줘도 잔칫상인 양 맛나게 먹기 마련이지. 한데 우리 타타라 가문 종손은 어미를 괴롭히며 음식을 거부하니, 정녕 아직 덜 굶은 게야."

"주인마님, 세자관 상궁이 공자님 처를 찾습니다."

수와얀다의 목소리가 소야의 목소리와 뒤섞여 내당을 파고들었다. 세자관이 싫어 진저리를 치던 과거와 달리 소야는 담담히 명했다.

"울걍, 기옌과 함께 나가보렴. 가서 손님께 맛난 차를 끓여 드려라."

"예, 주인마님. 아가씨, 세자관 상궁이 왔답니다."

"……."

이원해의 양어머니 소식을 가져왔으려나?

"숙모님, 하면 나가보겠습니다."

"그러려무나."

갑단과 기연은 곁채로 향했다. 인상이 무서운 낯익은 상궁이 곁채 앞에 서있다.

"상궁님, 안에서 차 한 잔 드시지요."

"아니오."

상궁은 참으로 딱딱한 어조로 거절했다. 평생을 오랑캐를 괄시하며 살아온 육십 나이의 그녀이거늘, 조국의 원수 용골대의 집에 들어앉 아 한가로이 차를 마시고 싶은 마음은 추호도 없었다.

"어서 세자빈마마께 돌아가고자 하니 용건만 말하리다. 마마께서 이르시길, 이원해의 양어미가 개성에 살아 있다 하셨소이다. 처음에 관아에 구휼미를 받으러 왔을 때는 뼈만 앙상했으나, 이제는 꽤 안색 이 폈다 하오."

일방적으로 통보하자마자 상궁은 홱 하니 떠나갔다.

갑단이 물었다.

"아가씨, 전부터 궁금했는데 원해 양어미는 왜 찾으신 거지요?"

"아, 미련을 없애주려고요."

"네?"

"양어머니가 살아 있다는 사실을 알면 박 씨 부인이 좀 더 쉽게 미 련을 털어낼 거 같아서요."

기연이 모호하게 읊조린 말을 갑단은 용케 이해했다. 동의한 그녀 는 머리를 끄덕였다.

"이원해 그 심보 못된 것이 제 계모가 살아 있다는 걸 알면 당장에 라도 자리를 홀홀 털고 세자관으로, 조선으로 갈 테지요."

"이모, 혹시 룽거 집에 가 박 씨 부인에게 양어머니 소식을 전해주 실 수 있을까요? 박 씨 부인과 제 사이가 완전히 나빠져 버린지라 최 대한 안 마주치는 편이 서로를 위해 좋을 듯해요."

갑단은 흔쾌히 수락했다.

"그럴게요. 그년이 아주 얄밉게 굴었지요? 저가 공자님 곁을 떠나 놓고선 뒤늦게 안방마님인 척을 하며 텃세 부리던 꼴이 제가 봐도 같잖더군요. 말은 또 어찌나 재수 없게 하는지. 그년에겐 말 한 마디로 천 냥 빚을 갚는다는 속담이 결코 해당되지 않을 거예요. 아무튼 간에 그년 헛소리를 자꾸 들어봐야 태교에 방해만 될 테니 저 혼자 다녀올게요."

"감사해요. 혹여 이모한테 기분 나쁜 소릴 하려 한다면 절대 듣고 있지 마세요. 저는 여기 곁채 앞에서 이모를 기다릴게요."

"걱정 말고 안에 들어가 계세요. 금방 다녀와 원해가 뭐라 했는지 알려줄게요."

씩씩하게 나서는 갑단을 기연은 걱정스레 지켜봤다.

갑단은 들어가 있으라 했지만 기연은 곁채 앞 걸상에 앉아 하염없이 그녀를 기다렸다. 그러나 오래 기다리진 않았다. 다짐했듯이 갑단은 고작 이각 만에 금방 돌아왔다.

묘한 표정을 한 갑단을 살핀 기연은 초조히 물었다.

"이모, 박 씨 부인이 막말을 하거나 하진 않았지요?"

"전혀요."

휴. 안도하던 기연은 의문을 느꼈다. 이모 안색이 왜 저럴까? 착잡해 보이는데.

"박 씨 부인이 뭐라던가요? ……떠나겠다지요?"

갑단은 처음으로 원해를 향한 일말의 안쓰러움을 내비쳤다.

"처음에는 그저 닭똥 같은 눈물을 줄줄 흘리더군요."

"……"

"한동안 울더니 묻대요? 양어머니가 죽었으면 이번에는 조선을 포기할 수 있었을까요, 라고."

"……."

"저는 대답하지 않았어요. 도리어 언제 세자관에 갈 거냐 다그쳤지요."

"그러니까 뭐래요?"

"마음을 정리할 시간을 며칠만 달라더군요."

"……."

원하던 대로 됐거늘 기연은 어쩐지 마음이 좋지 않았다. 싫다는 이를 등 떠민 것처럼 기분이 찝찝했다.

"제가 만약 양어머니의 생존 사실을 알리지 않았더라면 박 씨 부인은 청나라에 머물렀을까요?"

지난날 '룽거와 나와 당신, 셋이서 살겠냐.' 물었을 때, 내심으로 이미 원해가 절대 그러지 못하리란 것을 알았었다. 하여 당당히 배짱을 부릴 수 있었다. 하지만 뒤늦은 이제 와서 슬슬 헷갈렸다.

"나쁜 짓을 한 기분이에요. 싫다는 저와 언니를 억지로 시집보낸 아버지를 죽을 만큼 원망했었는데, 지금은 제가 아버지가 된 것 같아요. 여기에, 룽거 곁에 머물고 싶어 하는 박 씨 부인을 제가 억지로 등을 밀고, 또 떠밀어 내쫓는 느낌이에요."

"그렇지 않아요."

갑단은 엄히 단언했다.

"저도 물론 우는 이원해가 안쓰럽다 생각했지만, 속아선 안 돼요. 이원해는 샘이 나고 속이 비비 꼬여 심술을 부리는 거예요. 아가씨가 가지 말라 붙잡았으면 그건 그거대로 불평했을 거예요. 저는 조선인인데 왜 오랑캐 땅에 살라 하는 거냐면서요."

"그럴까요?"

"네. 청나라에 남아 있는 한, 이원해는 또 주변 사람들을 고통스럽게 만들 거예요. 아가씨나 저처럼 이곳에서 어떻게든 살 수 있는 이들이 있는 반면, 원해처럼 절대 살 수 없는 이들이 있지요. 어느 쪽이 좋다 나쁘다 따질 순 없지만요."

"……."

갑단의 위로에도 기연의 찝찝한 기분은 나아지지 않았다.

기연은 침상 머리맡에 기대앉아 습관적으로 배를 쓰다듬으며, 문가를 흘끔거렸다. 밤늦은 시각, 서방은 아직 오지 않았다.

어쩌면 가을로 넘어가는 환절기라, 서방은 또 하루아침에 고뿔에 걸린 걸지 모르겠다. 하여 멋대로 다른 방에 가 있을지도. 거기까지 생각이 미치자 몸이 근질거려 기연은 신을 신었다.

문을 연 그녀의 눈이 휘둥그레졌다. 걸상에 앉은 서방 뒤통수가 보였다. 발소리를 죽이고 살금살금 걸은 기연은 룽거의 목을 껴안았다.

"왜 이렇게 늦게 왔어요? 일이 바빠요? 왔으면서 안에는 왜 안 들어오고 밖에……."

재잘거리던 소리가 뚝 끊겼다.

"조금 있다 들어가려 했다."

"……."

뒤돌아본 룽거가 말했으나 기연은 대꾸하지 않았다. 손안에 쥔 그의 땋은 머리카락만 만지작댔다.

뺨에 닿았던 서방 머리카락이 축축하더라니, 착각이 아니었다. 분명하게, 젖어 있다. ……목욕을 한 것처럼. 그러고 보니 옷차림새가 관복이 아니라 평복이다. 갈아입은 거다.

"룽거, 언제 왔어요?"

착 가라앉은 기연이 물었다. 묘하게 차가운 여자의 분위기를 눈치채지 못한 룽거는 태연히 말했다.

"얼마 안 됐다."

"다른 곳에서 씻었나 보네요? ……왜요?"

"오늘…….."

"관복은 왜 다른 방에서 갈아입었고요?!"

룽거가 대답할 새를 주지 않은 기연은 도끼눈이 돼 추궁했다.

"당신이 평소와 다르게 굴면 내가 오해하기 쉽잖아요!"

"……."

"다른 여자 흔적과 향내를 숨기려 그랬나 의심하게 되잖아요! 저번에 갑자기 각방 썼을 때도 방 안에 다른 여자를 숨겨놓은 줄로 오해할 뻔했다고요!"

가뜩이나 지금껏 살아오는 동안 임신한 처를 두고 첩을 만들었다는 남자들 얘기를 지겨우리만치 듣곤 했었는데!

"먹고살 만한 양반들은 처가 임신하면 그 기간 내에 못 참고 딴 여자를 만들기 일쑤랬어요!"

"그런 거 아니다!"

점점 높아지는 기연의 언성에 묻히지 않기 위해 룽거는 어쩔 수 없이 힘줘 외쳤다.

"그런 거 아니다, 기연!"

"……그럼요?"

오해 말라, 진정하라 달래듯이 룽거는 걸상 등받이를 앙팡지게 움켜쥔 기연의 손을 감싸 쥐었다. 평소처럼 부드러워진 그가 자초지종을 설명했다.

"네게 술 냄새를 풍겼다간 입덧을 할까 봐 미리 다른 곳에서 씻었다. 그런데도 술 냄새가 완전히 가시지 않은 듯해 바깥바람을 쐬고 있던 거야."

"술 마셨어요?"

"그래. 오늘은 반드시 축하주를 먹일 거라 주변에서 요란을 떨어대기에 차라리 빨리 끝내자는 심정으로 마셨다. 네가 배가 더 불러와 고생하는 중에, 혹은 아이를 낳는 중에 나는 술을 퍼마시고 있어선 안 되잖느냐?"

덧붙인 룽거가 설핏 웃었다. 하지만 기연은 더없이 심각했다. 의심이 풀리기는커녕 도리어 짙어졌다.

"어디서 마셨어요? 청루에서 마셨어요?"

"……."

벌겋게 상기된 여자 얼굴을 빤히 보던 룽거는 웃음을 삼켰다. 별의별 상상을 다 하는 기연이 어이가 없으면서, 샘내며 분노하는 모습이 귀여웠다. 죄인인 양 추궁받는 것조차 귀찮지 않고 우스웠다.

마치 너무 작아 신기한 아기의 손을 관찰하듯, 기연의 손을 조몰락거리던 룽거는 기어이 실소를 흘렸다. 그가 자조적으로 읊조렸다.

"네가 나를 죄인 대하듯 하는데도 귀엽게 느껴지니, 대체 내가 얼마나 네게 미친 겐가."

"……그런 말을 해도 소용없어요."

깜빡 화를 풀 뻔했던 기연은 마음을 다잡았다.

"청루에서 마셨는지 물었잖아요!"

"당연히 아니다. 술을 마셔도 청루에서 마시진 않겠다 했었잖느냐. 더구나 청루에 갔었다면, 같이 간 이들이 이리 일찍 나를 보내주지 않았을 거다. 거기서 새벽까지 지새려 했을 테지."

"새벽까지?"

아! 정말 싫어!

룽거가 기녀들과 어울려 동틀 녘까지 술을 진탕 퍼붓는 광경을 떠올린 기연은 화가 나 몸을 부르르 떨었다.

"정말 안 간 거지요?"

"아니다. 정말 아니야."

끈질기게 확인하는 기연에게 룽거는 왜 사람을 못 믿냐, 짜증 따위 일절 내지 않았다. 짜증내는 기색조차 없었다.

마침내 의심을 거둔 기연은 누그러진 태도로 물었다.

"술 많이 마셨어요?"

"몇 잔 마시지 않았으나……."

룽거는 스스로의 양팔을 들어 냄새를 맡았다. 술 냄새가 나지 않았다. 하지만 예민한 임부는 어떻게 느낄지 알 수 없었다.

"내가 맡아볼게요."

"헛구역질이 날지 모르니 그냥 먼저 들어가라, 기연. 각방은 허락하지 않을 테지?"

"각방은 안 돼요! 각방 싫어요. 외롭단 말이야."

꿍얼거린 기연은 날름 룽거에게 붙어 앉았다. 룽거는 걸상 끄트머리로 물러났지만 기연은 놓치지 않고 다시 달라붙었다. 그로 모자라 그의 팔을 움켜쥐었다.

"술 냄새 맡아보겠다는 건 사실 핑계예요. 당신하고 붙어 앉고 싶어 이러는 거잖아요. 그러니까 피하지 마요. 그리고……."

서방 가슴에 코를 묻고 킁킁 냄새를 맡았다. 술 냄새는 나지 않았다. 서방의 살 내음만 났다.

"술 냄새 안 나요. 내가 좋아하는 당신 향기만 나. 실컷 맡고 싶으니까 나 밀어내지 말고 안아줘요."

룽거의 허리를 껴안은 그녀가 어리광처럼 속삭였다. 그리 앙큼하게 구는 여자가 예뻐도 너무 예뻐서, 귀여워도 너무 귀여워서 룽거는 너털웃음을 터뜨렸다. 덥석 기연을 안은 그는 그녀를 추켜세웠다.

"기연, 하늘 아래 모든 여자 중에 네가 최고다. 네가 꽃 중의 꽃이다."

"술 취해 착각하는 거 아녜요? 술 냄새는 안 나는데 그래도 취하긴 취했나 봐요, 당신."

"전혀 취하지 않았다. 제정신이야."

"……."

"너는 어쩜 이리 예쁜 거지? 겉모습뿐 아니라 하는 짓도."

"……몰라요. 부끄러우니까 그만해요."

고개 숙인 기연은 서방 가슴을 밀치는 척했지만, 치켜 올라가는 입꼬리는 막을 수 없었다. 소리 나지 않게 배시시 웃은 기연은 한참 만에 웃음기가 가셔서야 룽거를 올려다봤다.

"룽거."

"응?"

"……아니에요."

내가 이원해를 세자관으로 내쫓아내다시피 했는데 잘한 거냐고. 이원해가 당신을 마냥 싫어하지 않는 듯한데, 지난 일을 잊고 다시 시작하자 졸랐으면 당신은 받아들였을 거냐고, 서방을 기다리는 내내 묻고 싶었는데.

그런데 혀가 안 움직였다. 지금의 좋은 분위기를 다른 이 아닌 서방의 첫 여자 때문에 깨뜨리기 싫었다.

원해 이야기는 다음에 털어놓자. 다음에, 원해가 세자관에 간 뒤에 혹은 조선에 간 뒤에 얘기해도 늦지 않을 것이다.

"아니에요. ……나한테도 당신이 최고라고요."

스스로를 설득한 기연은 웃는 서방을 따라 환한 미소를 지었다.

❀

아주 오래간만에 원해는 문을 열고 바깥에 나왔다. 으슥한 야밤에 남들 눈을 피해 용골대의 집 앞에 다녀온 이후, 내리 방 안에 스스로를 가둬놓았던 터다.

원해는 티끌 하나 없는 맑은 하늘에 뜬 해를 올려다봤다. 어쩐지 강렬하게 타는 해가 자신에게 밝은 앞날을 기원해 주는 듯했다. 더는 몸 고생, 마음고생을 하지 마라. 내가 네게 빛을 쐬어줄 테니 너 홀로 슬퍼하는 것을 멈추라, 응원해 주는 듯했다. 그러나 저 태양은, 오랑캐 타타라 룽거와 조국의 배신자 기연에게는 혀끝이 탈 것만 같은 거센 목마름을 내리겠지.

원해는 생각했다.

또한 하늘은, 단둘이서만 행복하려 한 두 남녀에게 익사하고도 남을 폭풍우를 퍼붓겠지. 왜냐면 그래야 공평하니까!

"내일부터는 새로운 삶이 시작될 것만 같아. 기분이 상쾌해."

옅게 웃은 원해는 대문으로 향했다. 대문은 열려 있었고 소돔비가 문 바로 바깥을 쓸고 있었다. 원해를 본 소돔비는 몹쓸 무언가를 봤다는 양 서둘러 눈을 다시 땅으로 내리깔았다.

신경 쓰지 않은 원해는 대문 바깥을 훑었다. 그녀의 눈동자가 바삐 집 주변을 살폈다. 대문으로부터 서북쪽 방향에 덩그러니 서 있는 마차 한 대가 어렴풋이 보였다.

그녀는 소돔비를 닦달했다.

"잉굴다이 집에 가 그 여자를 데려와라."

소돔비는 비질을 멈췄다. 엎혀사는 주제에 저가 뭐라고 명령질이람. 새 조선인 마님은 대체 언제 저 여자를 내치시려는 거야? 속으로 불평하며 그가 물었다.

"그 여자라니, 조선인 마님을 말하는 거요?"

"그렇다. 가서 데려와라. 오지 않겠다 하거든 내 말을 전해라."

거만히 떠드는 원해를 소돔비는 부루퉁히 주시했다.

갑단은 기연과 룽거의 침실 안, 서쪽 구들에 위패를 세웠다. 만주족 전통에 따르면, 방 안 삼면에 설치된 구들 중 서쪽 구들은 특히 중요했다. 서쪽 구들은 조상 혹은 신의 신주를 모시는 곳이었다.

기연은 갑단이 세운 위패 안에 들어 있는 여자 그림을 관찰했다. 양쪽 귀에 귀걸이를 각각 세 개씩 하고, 얼굴에 흰색과 노랑색 파란색 분칠을 한 지엄한 표정의 여자를 빤히 들여다본 그녀가 물었다.

"누구예요, 이모?"

"포퉈마마(佛托媽媽)에요."

"포퉈마마요?"

"네. 조선식으로 치면, 삼신할머니랄까요? 만주족은 포퉈마마에게 태아와 산모가 건강케 해달라 빌지요."

"아…… . 포퉈마마는 삼신할머니군요."

"주인마님께서 큰 아드님마저 잃으신 후, 포퉈마마를 모신들 다 무슨 소용이냐며 위패를 모조리 치우셨는데 이제 다시 설치하라 하시네요. 아가씨 배가 슬슬 불러오겠다, 아가씨와 종손님 걱정이 느신 까닭이겠지요."

갑단은 구들 한 쪽에 내려두었던 여러 개의 포퉈마마 위패들을 안아 들었다.

"본채와 곁채, 집 안 모든 집채에 빠짐없이 위패를 갖다놓으라 하셨어요. 주인마님은 이미 한 달 전부터 마님 방에 세워둔 포퉈마마의 신주에 아침저녁으로 기도를 올리고 계세요. 아가씨 산달이 가까워지면 무당을 불러 포퉈마마께 제를 올리실 거예요."

"청나라 사람이나 조선 사람이나 신령님께 기도하는 건 똑같네요. 이모, 도와드릴게요. 반은 저 주세요."

위패 다섯 개를 받아 든 기연은 갑단을 따라 걸으며 고심했다. 숙모가 아기 건강을 기원해 주시는 것은 감사했지만, 그만큼 부담스러웠다.

"이모, 숙모님은 아들을 바라시겠지요? 저 딸 낳으면 어떡해요?"

"마님이 열성적이신 바람에 아가씨가 되레 부담을 느끼나 보네요. 확실히 집안 어르신들은 아들을 바라시겠지요. 타타라 가문에 장성해 지금껏 살아남은 아드님이라곤 공자님밖에 없으니까요. 나머지 아드님 들은 어릴 때 일찍 병으로 잘못되시거나, 전쟁 통에 돌아가셔서……. 공자님은 뭐래셔요? 아들을 바라는 눈치세요?"

"별로 그런 내색은 없었어요. 저는 아기를 많이 낳고 싶은데 룽거는 그러고 싶지도 않대요. 제가 힘들 거라면서요."

외당 곁채의 서쪽 구들에 위패를 내려놓으며 갑단이 웃었다.

"애처가이신 공자님다우시네요. 어느 놈…… 아니, 그러니까 제 말 은, 어느 사내가 부인 걱정을 하느라 아기를 조금 낳자 하겠어요? 저 는 애를 열셋 낳은 만주인 여자도 봤어요. 어휴."

"열셋까진 아니라도 저는 많이 낳고 싶어요."

갑단은 이번에는 놀리는 웃음을 지었다.

"아가씨 의지가 어떠하건 공자님이 안 도와주겠다 하시면 별수 없지 요."

"……."

"아무튼 공자님이 아들, 아들 거리시지 않는 이상 배 속 아기씨가 딸이면 어쩌나 하는 걱정은 안 하셔도 될 듯한데요? 설사 어르신들이 아들 타령을 대놓고 하신다 해도, 공자님이 중간에서 그 타령을 적당 히 막아주실 테지요."

"그럴까요?"

"예. 그리고 아가씨가 젊으니 아무럼 공자님이 아이를 많이 원치 않 으셔도 최소한 둘은 더 생기지 않겠어요? 그렇다치면 셋 중 하나쯤은 아들로 나오겠지요."

"이모 말대로 됐으면 좋겠네요."

그들은 집채마다, 심지어 하인들이 생활하는 행랑채에도 위패를 두었다. 그 일을 끝내자 갑단은 기연에게 간식으로 먹일 과일을 종류별로 두 그릇씩이나 행랑채 부엌에서 챙겨 나와선, 다시 중당 곁채로 향했다. 기연은 큼지막한 과일 그릇 하나를 나눠 들고 걸었다. 어차피 다 못 먹는다 해 봤자 갑단은 들은 체를 하지 않을 것이다.

"조선인 마님!"

곁채 멀찍이 있던 소돔비가 달려왔다.

"소돔비?"

기연의 안색이 어두워졌다. 무언가 이원해와 관련된 일 때문에 온 건가?

"룽거 집에 무슨 일이 있어요? 원해가 뭐라 해요?"

반색한 소돔비가 들떠 말했다.

"이원해가 나가겠답니다, 조선인 마님! 세자관으로, 지금 당장이요!"

"이렇게 빨리요?"

마음을 정리할 시간을 며칠만 달라 한 게 바로 어제였는데?!

"네!"

"……."

"한데 조선인 마님, 이원해가 마님께 대인 댁에 와달랍니다. 나가기 전에 할 말이 있대요."

"나는 원해를 만나고 싶지 않아요. 소돔비를 통해 얘기하거나 아니면 며칠 생각해 보고, 세자관으로 보러 가겠다 해줘요. 생활비를 지원해 줘야 한다면 해주겠다고도 전해주고요."

"어…… 그게……."

냅다 안주인께 알았다고 복종해야 할지, 말꼬리를 잡고 늘어져야 할지 헷갈려 소돔비는 우물쭈물했다.

난처해하는 그를 눈치챈 기연이 먼저 물었다.

"문제가 있나요?"

"이원해가 자기는 대인 댁을 일단 한 번 떠나면 절대 대인과 조선인 마님께 아는 체를 하지 않을 거라 했습니다."

"……."

"자기는 조선인 마님께서 주는 생활비가 필요 없고, 대인 댁 마차를 얻어 타 세자관에 가기 싫다면서, 과거건 마음이건 뭐건, 깨끗이 털어내고 빈손으로 떠날 거랍니다. 하지만 가기 전에 얼굴을 보면서 고백하고 싶은 말이 있으니까 꼭 와달라더군요."

"……."

"안 되니 그냥 가라 할까요?"

"……."

기연은 갑단을 쳐다봤다. 기연처럼 갑단 역시 표정이 복잡했다. 둘모두 원해가 거북하면서도 딱하다는 듯한 얼굴을 하고 있었다.

한참 생각한 기연은 고개를 끄덕였다.

"알았어요. 가요."

기연과 갑단, 소돔비가 룽거의 집에 도착하니 원해는 곳간 앞에 서있었다. 달랑 맨몸으로 쳐들어왔을 때의 모습 그대로, 낡아 빠진 조선 옷을 입은 채 원해는 미소를 지었다.

"왔군요. 와줄 거라 생각했어요. 그쪽은 성격이 강단 있는 데다 바르니까요."

갑단과 소돔비를 둘러본 원해는 꼴깍 마른침을 삼켰다. 무난히 성공하려면 주변에 사람이 많아선 안 됐다.

절뚝거리며 기연에게 온 그녀가 나직이 말했다.

"그쪽 배웅을 받고 싶어요. 걸으면서 말하고 싶은 것도 있고요."

"……."

"오늘 이후로 절대, 다시는, 우리가 서로를 마주치는 일이 없을 거예요. 그쪽이 세자관에 온다 해도요."

"……."

"그쪽이 세자관에 오면 나는 어딘가 방에 틀어박혀서 문을 걸어 잠 글 거예요. 내 머리칼 한 올 내보이지 않을 거예요. 그쪽 머리칼 한 올 쳐다보지 않을 거예요. 당연지사 타타라 룽거도 마찬가지예요. 여길 떠나는 순간 나는 다시 태어날 거예요."

"왜 갑자기 마음에 변화가 일어난 거예요?"

"서툴게 어리광을 부려봤자 달라지는 건 없다는 사실을 깨달았거든 요. 그쪽 덕분이에요."

"……."

"하지만 모든 걸 털어내기 전에 한 번이라도…… 처음이자 마지막으 로 나에 관한 고백을 하고 싶어요. 고백 상대가 그쪽이면 좋겠고요. 왜냐면 그쪽은 입이 무겁잖아요. 그쪽 아기가 죽었을 때, 동네 사람 누구에게도 왜 죽었는지 이유를 말하지 않았었지요."

"첫아이 얘기는 하고 싶지 않아요. ……알았어요. 부인의 고백을 들어줄게요."

기연은 앞장서 나갔다. 그러나 원해는 꼼짝 않고 기연을 따라나서 려는 갑단을 응시했다. 갑단을 좇는 집요한 눈길이 의미하는 바를 알 아챈 기연은 갑단에게 말했다.

"둘이 다녀올게요."

"예."

그제야 원해는 기연과 나란히 걸었다. 흘끗 뒤를 돌아본 원해는 갑 단이 안전할 만큼 멀어졌음을 확인하고 입을 열었다.

"타타라 룽거를 마냥 싫어했던 건 아녜요."

흠칫한 기연의 미간이 구겨졌다. 눈가가 빨개진 원해를 보며 기연은 두 손을 꽉 맞잡았다. 원해의 고백 상대가 서방이 아닌 자신이라 다행 인 걸까, 아닐까? 괜히 선심을 써 들어준다 한 걸까?

원해가 '양어머니가 죽었으면 이번에는 조선을 포기할 수 있었을까요?'라고 물었다 전해 들었을 때부터 어렴풋이 예상하긴 했었다. 원해가 룽거를 오롯이 증오만 하는 게 아닌, 일면에 애정 또한 가지고 있음을. 그렇지만 이미 예상했었는데도 불구하고 직접 확인을 받자 기분이 몹시 나빴다. 끓는 솥을 삼킨 양 속이 더웠다.

"싫어하기만 했다면…… 왜 그자와 같이 누웠을까요."

"……."

"싫어하기만 했다면, 조선어를 가르쳐 주지 않았을 테지요. 만주어를 배우지 않았을 테지요."

"……."

입술 안쪽을 찌르는 한숨을 기연은 가까스로 삼켰다. 물밀듯이 후회가 몰려들었다. 듣기 싫다 할걸. 배웅은 무슨 배웅이냐, 그냥 너 혼자 가버려라 할걸.

"애정과 충성을 바치는 남자에게 흔들리지 않을 수 있는 여자가 몇이나 될까요. 그런 면에선 나도 평범한 계집이었어요. 하여 조국을 배신해선 안 된다, 가족을 찾으러 가야 한다는 마음속 외침을 애써 무시하며 그자와 살았어요. ……심지어 때로는 그자 곁에서 행복을 느꼈어요."

더는 강샘을 참지 못한 기연은 불쑥 내뱉었다.

"오늘이 당신을 보는 마지막 날이 아니었더라면 당신 고백 따위 결코 들어주지 않았을 거예요."

"알아요. 그런데, 오늘이 마지막이잖아요?"

기연은 이를 악물었다.

"계속해요."

"우리는 그럭저럭 잘 살았어요. 가끔씩 아바하이가 남들 몰래 날 괴롭혔지만, 내게는 애들 장난 수준과 다르지 않게 느껴져 이를 생각조차 하지 않았어요. 청나라에 끌려오는 동안 그 혹독한 추위를, 배

고픔을, 겁간을 겪었는데 그까짓 약해 빠진 계집이 손찌검을 했다 아
팠을 리가 없잖아요?"

"……."

"하지만 아바하이가 내 다리를 망가뜨렸을 때는 꽤 많이 고통스러
웠어요. 병신이 된 뒤로 어느 날부터 머릿속 누군가가 소리치더군요.
네가 불구가 된 건 조국을 배신해서다, 감히 오랑캐 따위를 마음에 담
고…… 평생을 같이 살려 했기 때문에 하늘이 벌을 내렸다, 라고요."

"……."

"머릿속 외침은 점점 커져 갔어요. 잦아졌어요. 어느 날 밤에는 산
정상에서부터 메아리치는 것처럼 크게 외치더군요. 타타라 룽거는 너
를 놓아주지 않을 테니 그자를 죽여! 네 배 속 짐승 새끼를 죽여!"

날카로운 목소리를 흉내 낸 원해는 잠시 숨을 골랐다. 이윽고 다시
이어 말했다.

"그래서 목소리가 시키는 대로 했어요. 조국을 배신했다는 죄책감,
병신이 됐다는 좌절감으로 말미암아 그때의 나는 제정신이 아니었지
요. 겉으로는 티내지 않았던들 속은 썩어 문드러져 있었어요. ……나
는 자는 그 남자의 목을 찌르려 했어요. 실패하자 내 손으로 내 아이
를 직접 죽였어요."

"……."

"조선에 돌아와 가족과 재회해 살다 보니 머릿속 목소리가 차차 사
그라지더군요. 다행이었지만 대신 새로운 문제가 생겼어요. 그쪽도 알
듯이 나는 손가락질을 받으며 살았었지요."

"……."

원해는 뒤쪽을 흘끔거렸다. 멈춰 있던 마차가 서서히 달리기 시작
했다. 타타라 룽거의 집은 꽤 멀어졌다.

심장이 거세게 뛰어 원해는 가슴께 옷깃을 틀어쥐었다.

"고향 땅과 사람들이 나를 반겨줄 줄 알았지 내게 환향녀라는, 눈에 보이지 않는 죄인의 표식을 달 줄을 내가 어찌 상상했을까요? 힘들게 고향 땅으로 돌아왔건만 조선인도, 만주인도 아닌 채로 배척받는 고통이란……. 당신도 곧 생생하게 깨달을 거예요. 포로로 잡혔던 조선인 여인이 걸을 수 있는 길은 수의를 입고 조선으로 돌아가느냐, 수의를 입고 청나라에 머무느냐, 단둘뿐이라는 사실을요."

"난 산 동안엔 망자들의 옷을 입지 않을 거예요. 내게 비단옷을 입혀주고 따뜻하게 마음을 덥혀줄 사람이 있으니까요. 나는 당신과 달리 그 사람을 저버리지 않아요."

"아니요. 저버리게 될 거예요."

원해는 다시 뒤를 흘끔거렸다. 그녀 눈길을 따라간 기연은 달려오는 마차를 발견해 길 안쪽으로 붙어 서려 했다. 그러나 원해는 기연을 마차를 향해 확 밀었다.

"앗!"

"너도 겪어야 돼! 데려가! 빨리, 빨리 이 여자를 데려가!"

순식간에 끼익 멈춰 선 마차에서 눈 아래를 두건으로 가린 마부와 사내 하나가 뛰어내렸다. 기연의 입을 틀어막은 사내는 그녀를 우악스레 마차 안으로 끌고 들어갔다. 마부가 사내를 도왔다.

신 한 짝이 벗겨진 작은 두 발이 마차 속으로 빨려 들어갔다. 신을 주워 마차 안으로 던진 원해의 시선이 마부석에 앉은 마부와 마주쳤다.

얼굴 다른 모든 곳을 가리고 있다 하나 원해는 마부가 누군지 알아봤다. 기다랗고 날카로운 눈을 이미 두 번 보았다.

마부는 원해가 눈빛으로, '어서 가라. 저 여자가 어떻게 된 건지 절대 말하지 않겠다.' 맹세하는 것을 알아들었다.

고개를 끄덕인 마부는 말고삐를 세차게 흔들었다. 다시 달리기 시작한 말이 원해를 완전히 지나치기 전에, 마부는 쏜살같이 허리춤에 매단 단도를 빼 들어 그녀의 목을 죽 그었다.

원해의 두 눈이 접시만 해졌다. 갈라진 목 틈새로 피가 분수처럼 새 나왔다.

땅바닥에 쓰러진 원해는 떠나가는 마차를 보며 경련했다. 목구멍과 입구멍에서 폭포 같은 피가 쉴 새 없이 흘러나와 흙을 적셨다.

"타…… 타타…… 라……."

벙긋거리던 입술이 차갑게 얼어붙었다. 지나가던 행인이 비명을 내질렀다.

✾

룽거는 허겁지겁 자택 대문 안으로 뛰어들었다. 한바탕 전쟁을 치른 후에나 맡을 수 있을 법한 피 냄새가 진동하는 듯싶었다.

"아이고, 룽거!"

하인들과 함께 앞마당에 망연자실이 서 있던 소야가 조카를 발견하고 곡소리를 냈다.

"이게 대체 무슨 일이냐!"

눈물에 젖어 번들거리는 소야의 얼굴은, 순식간에 십 년 세월을 흘려보낸 듯 아침과 비할 수 없을 정도로 연로해 있었다. 눈 밑은 걱정으로 인해 까맣게 타다 못해 바싹 쪼그라든 마음을 대변하듯, 그늘이 져 거무튀튀했다.

"룽거, 대체 저 계집이 왜 살아 있던 거니? 너는 저 악독한 것이 네 집에 있던 사실을 알고 있었니? 아니지? 설마, 알고도 방치한 게야?"

"……."

룽거는 대답하지 않았다. 무슨 뜻이냐. 저 계집이 누구를 의미하느냐 되묻지 않았다. 그러나 저 계집의 정체가 예상이 돼 벌써부터 뒷머리털이 곤두섰다.

소야를 지나치고, 죄인인 양 다소곳이 서 눈치를 살피는 하인들을 지나친 그는 새하얀 천에 뒤덮인 채 앞마당에 덩그러니 놓여 있는 무언가에 다가섰다. 한 발 두 발 걸음을 옮길수록 피 냄새가 진해졌다.

거칠게 무명을 들추자 시체가 나동그라졌다. 온 몸을 피로 물들인 이원해는 더는 독설을 내뱉지 않았다. 누구는 애가 타 죽겠건만, 이원해는 홀로 너무나 평온해 보였다.

찢어발길 것처럼 무명을 움켜쥔 룽거의 손에 경련이 일었다. 굵은 핏줄이 손등에 돋았다.

털썩 무릎을 꿇은 룽거는 원해의 양팔을 붙들었다. 증오밖에는 느껴지지 않는 상대를 반드시 깨워내고 말겠다는 것처럼 그는 그녀를 뒤흔들며 고함쳤다.

"무슨 짓을 한 거냐! 무슨 짓을 한 건지 말해!"

"……."

"말해! 네 죽은 몸뚱이를 갈가리 조각내기 전에 기연에게, 내 자식에게 또 무슨 짓을 저질렀는지 말하란 말이다!"

짐승이 내지르는 포효 같은 고성이 저택을 메웠으나 당연지사 망자는 답이 없었다. 피로 뒤덮인 언 입술 새로는 아무 소리가 나오지 않았다.

"망할 계집! 네년 따위 내 손으로 직접 죽여 없애는 거였다! 울갼!"

시신을 내팽개치고 일어난 룽거는 눈에 불을 켜고 갑단을 찾았다.

"울갼!"

덜덜 떨리는 두 다리를 겨우 움직인 갑단이 하인들 속에서 나왔다.

"예, 예, 공자님."

"어떻게 된 거냐!"

"그것이 저……."

"어물거리지 마라! 시간 없다!"

"흐익!"

놀란 소리를 흘린 갑단은 다리뿐 아니라 전신을 떨어댔다.

"아, 아가씨가 이원해 얘기를 집안 어른들께 말씀드리지 말라 하셨습니다. 심려 끼치기 싫다고요. 그러고는 남모르게 세자관을 통해 원해의 양어미가 조선에 살아 있다는 사실을 알아내셨고, 원해에게 전하셨어요. 양어미 소식을 들은 원해는 공자님 댁을 떠나 세자관으로, 조선으로 갈 테니 대신 마지막으로 단둘이 할 말이 있다, 아가씨께 배웅을 해달라 했습니다. 저는 대문가에 남아 둘을 지켜봤습니다. 그런데 눈 깜빡할 새에 아가씨가…… 사라졌습니다. 잠깐 아가씨와 원해의 모습이 달리는 마차 한 대에 가려지는가 싶더니, 마차가 떠난 자리에 아, 아무도 없지 뭡니까? 아무래도 그 마차에 타고 있던 자들이……."

"얘야! 룽거!"

설명이 미처 끝나기 전에 룽거는 바깥으로 달렸다. 막 도착한 잉굴다이를 무시한 그는 말에 올라타자마자 내달렸다.

따라 나온 소야가 젖 먹던 힘을 짜내 외쳤다.

"룽거, 어디로 가는 게냐! 무언가를 아는 게야?!"

아는 것은 전혀 없었다. 하지만 그렇다 해서 넋 놓고 가만히 있어선 안 됐다. 기연을, 자식을…… 기연이라도 기필코 되찾아야 했다! 자식은 또 가질 수 있을지언정 기연은 하늘 아래에 단 한 명뿐이었다! 하나뿐인 생명수, 강줄기인 비라였다!

룽거는 폭풍 같은 거센 바람을 일으키며 앞만 보고 질주했다.

❀

"정 역관! 정 역관!"

정명수는 재빨리 여자의 치마에 쑤셔 넣고 있던 왼손을 뺐다. 한족 계집과 그는 방 안에 들이닥친 이를 불만스레 쏘아봤다. 정사를 벌이려다 관둔 남녀는 둘 모두 뺨이 불그스름했다.

제멋대로 들어오지 좀 말라니까.

오른손에 들고 있던 기다란 담뱃대의 물부리를 정명수는 짜증스레 빨았다. 담배를 다 피면 계집의 치마를 벗겨내 본격적으로 재미를 보려 했거늘 불청객이 들이닥친 바, 기분이 잡쳤다. 지독한 담배 연기가 실내를 가득 채웠다.

한족 여자를 뜯어본 김돌시는 여자와 정명수 사이 구들에 철퍼덕 주저앉았다.

"정 역관, 저번에 본 계집이 아니구먼? 그새 계집을 바꿨어."

"질려서 은자 몇 냥 떼주고 내보냈네."

"정 역관은 한족 계집들을 쉽게 질려 하곤 했지. 그러지 말고 조선인 계집을 사들이게. 조선산 계집을 내심 그리워하고 있잖은가?"

"흥."

정명수는 콧방귀를 뀌었다.

"자다가 창자에 칼 맞을 일 있나? 그건 그렇고, 왜 온 게지?"

정명수는 쉴 틈 없이 달달달 떨리는 김돌시의 다리를 곁눈질했다. 김돌시는 초조하거나 불안하면 다리를 떠는 버릇이 있다.

"자네, 뭔 찜찜한 짓을 저지른 건가? 뭘 한 거지?"

"정 역관."

의미심장하게 명수를 부른 김돌시는 한층 격렬히 다리를 떨었다. 동시에 부자연스러운 미소를 지었다. 그는 초조하면서도 속이 후련했다.

"정 역관 이 사람아, 찜찜한 짓을 저지르다니? 난 그냥 정 역관과 날 위해 마땅히 해야 할 일을 했을 뿐이네. ……내가 그 귀찮은 것을 마침내 치웠네."

"귀찮은 것? 설마!"

공포가 서린 정명수의 두 눈이 갑절로 커졌다.

"지난번에 봤잖은가? 잉굴다이 장군이 나와 정 역관을 빼고 세자와 세자빈과 어울리시는 것을? 세자빈이 그 첩년한테 꼬리치면서 알랑방귀를 뀌지 않았더라면, 장군께서 언감생심 세자빈의 사적인 초대에 응하셨겠는가? 아니지, 아니고말고."

정명수의 아래턱이 가늘게 경련했다. 아랫니 윗니가 맞부딪쳐 딱딱 소리가 났다.

"자네…… 너 이 새끼……."

"그 첩년이 푼수데기라서 까딱 세자빈이나 세자를 옹호하는 말을 한 마디만 떠들었어도 장군께선 외려 경계를 늦추지 않으셨을 텐데, 그년은 혀를 아주 번드르르하게 놀리더군. 안 감싸는 척, 저는 공정한 척을 하면서 은근히 조선 편을 들던 꼬락서니란. 장사꾼 놈 첩실이었어서 그런지 역시 얍삽하더란 말이지. 하여간 그 귀찮은 년, 내가 오늘 없애 버렸으니 이제부터는 두 발 쭉 펴고 잘 수 있게 됐네. 세자빈은 더는 그년을 통해 잉굴다이 장군께 친한 척을 하지 못할걸세."

벌떡 일어난 정명수는 화풀이로, 영문을 모르는 한족 여자의 뺨을 내려쳤다. 그가 만주어로 험악하게 외쳤다.

"나가라!"

눈물을 글썽이며 명수를 쏘아본 여자가 바깥으로 사라졌다. 여자가 앉아 있던 자리에 찬바람이 감돌았다.

"애꿎은 계집애는 왜 때리는가?"

김돌시가 여자를 감싸거나 말거나, 명수는 마구잡이로 화를 냈다.

"대체 무슨 짓을 한 거냐! 남편을 찾아보라고만 했는데 왜 상황을 비비 꽈! 멋대로 일을 꾸몄으면 혼자만 알고 있을 것이지, 나한테는 왜 말하고! 이러면 내가 공조한 거 같잖아! 우라질!"

"하!"

김돌시는 어이가 없어 한탄을 내뱉었다.

"정 역관, 그게 무슨 섭섭한 소린가? 내가 나 혼자 좋자 그랬는가? 정 역관도 첩년을 못마땅해하지 않았나? 또한 애초에 남편 놈을 찾아보라 한 것 자체가 나와 한배를 타겠단 의미였지 않나? 그런데 어찌 지금 와서 발을 빼려 하는가?"

"글쎄, 남편을 일단 찾아보라고만 했잖아! 왜 말귀를 못 알아 처먹어! 귀머거리야?!"

"……"

돌시의 두 눈이 가느다래졌다. 얼굴 표정이 딱딱하게 굳었다.

"말조심하게, 정 역관."

"……"

"자네가 부정해도 우린 한배를 탔어. 함께 침몰하고 싶지 않거든 나를 조선 관리들 대하듯 하면 안 되지?"

"……"

화나 씨근거리면서도 명수가 욕을 하지 않으매 만족한 김돌시는 차분히 설명했다.

"정 역관과 내가 설사 가만히 있었던들 첩년 남편이 그러지 않았을 거네. 남편 놈이 집착과 의처증이 보통이 아니라, 첩년 이야기를 들려줬더니 조선에 끌고 오겠다 길길이 날뛰었다더군. 그런 놈은 언제고, 어떻게든 사고를 치는 법이지. 사고를 치게 놔둘 바엔 조용히 같이 수습하는 편이 낫지 않겠는가?"

이런 육시랄!

속으로 욕을 씨불인 정명수는 화를 억누르고 자리에 앉았다. 그는 평소처럼 점잔을 빼며 말하려 노력했다.

"김 역관, 내가 잠시 흥분했네. ……들킬 일 없게 잘 처리한 겐가?"

"그렇다마다!"

"자세히 설명해 보게."

"지금쯤이면 이미 남편 놈과 내 충복 마걸이가 첩년을 보쌈해 묵던 성 멀리 바깥으로 나갔을 거네."

"보쌈을 어찌 했단 말인가?"

"아아, 그거는 설명하자면 길지."

명수를 향해 상체를 수그린 김돌시는 목소리를 낮춰 속닥였다.

"내가 말이네, 첩년의 일거수일투족을 꿰뚫기 위해 마걸이더러 한동안 잉굴다이 장군 댁 앞을 밤낮으로 살피라 했네. 한데 첩년이 집 밖에 나오는 일이 거의 없더군. 나와도 혼자 나올 리 없었지."

"해서?"

"어찌할 도리가 없구나, 좌절하려던 참에 유용한 동업자를 구했네. 타타라 공자에게 원한이 있는 계집 하나를 알게 돼, 그년 도움을 받아 첩실을 혼자 집 밖에 나오게끔 유인했더랬지. 그 다음은 정 역관이 알다시피……."

김돌시는 무언가를 어깨에 들쳐 메는 시늉을 해 보였다.

"공자에게 원한이 있는 계집은 믿을 만한 겐가? 그년이 누구지?"

"정 역관도 아는 년이네. 왜 그, 죽었다 소문났던 공자의 옛 조선인 첩 있잖은가? 그년이 살아 있었더군."

"그년이 살아 있었다고?! ……남녀 사이는 좋다가도 원한이 생기는 법이니 그 계집이 타타라 공자의 원수가 됐다 치세. 하지만, 아무리 적의 원수는 내 동지라 해도 그리 쉽게 믿어도 되는 건가?"

"정 역관."

김돌시는 딱하다는 듯 혀를 찼다.

"지난 오랜 세월을 우린 서로를 봐왔거늘, 정 역관이 그리 불안에 떨 줄을 설마하니 내가 몰랐겠나? 그 계집, 죽여 없앴네."

"죽여 없애?"

"그렇다니까."

"잘했군."

하지만 정명수는 완전히 안심되지 않았다. 다시 일어난 그는 같은 자리를 서성이며 혼잣말로 중얼거렸다.

"타타라 공자가 뭔가를 알아낸다면……."

"첩실과 첩실 남편은 보쌈을 사주한 게 우리인 줄 모르네. 내 단단히 산해를 입조심시켜 놨네. 마걸이는 말할 것도 없고."

"타타라 공자가 첩실을 찾아내 마걸이와 첩실, 전 남편을 깡그리 포획할 수 있네. 그리되면 우린 끝이야."

"만약 그런 상황이 온다면 마걸이에게 첩실과 전 남편을 죽이고 자결하라 해놨네. 나는 마걸이 그놈과 그놈 여동생이 포로로 잡혀 왔을 때 구해줬고, 지금도 그놈 여동생을 내 밑에 두고 있으니 날 배신하지 못해. 여담으로, 첩실과 전 남편은 애초에 압록강을 도강하지 못할 거네."

"무슨 뜻인가? ……처음부터 둘을 죽일 생각이었던 게야?"

"나는 정말이지 첩실과 남편을 무사히 조선에 돌려보내 주려 했네. 그러나 돌려보내자니 정 역관이 화근을 남겨두었다, 찜찜해할 것 같더란 말이지. 두 발 쭉 뻗고 자도 모자랄 판에 정 역관을 밤마다 뒤척이게 해서야 되겠는가? 그래선 안 되지. 암, 안 되고말고."

"시체는 말끔히 처리하라 했겠지?"

"압록강 제일 깊은 바닥에 수장시킬 거네."

"자네 머리 꽤 썼군."

"안 그랬다간 정 역관이 오죽 날 들볶았겠나? 바가지 긁히기 싫었네."

"……."

명수가 반박하지 않자 김돌시는 다른 주제로 빠졌다.

"조만간 세자관 조선 관리들을 통해 조선 중앙 조정을 압박해 내 친척 아우들에게 추가로 관직을 내리게 할까 하는데, 정 역관도 참여하겠나? 누군가 관직을 내리고 싶은 이가 있는가?"

"그 얘기는 나중에 함세. 신경을 많이 써 피곤하니 가보게."

"볼일 다 봤으니 내쫓으시겠다? 아이고, 예예, 그럽지요, 나리."

종놈 흉내를 낸 고개를 연달아 수그려 보인 김돌시가 일어나 바깥으로 나갔다.

그가 가고 얼마 뒤 명수는 어두운 갈색 일구종을 뒤집어썼다. 김돌시가 열심히 머릴 굴린 것은 인정하나 그럼에도 영 불안했다. 다른 이 아닌 타타라 공자를 건들이다니!

명수는 우선 잉굴다이 댁으로 향했다. 집 근처 좁은 골목에 몸을 숨긴 채 닫힌 대문을 주시했지만 누군가 바삐 들락거리거나, 곡소리가 나거나 하지 않았다. 평소와 다를 바 없게 쥐죽은 듯 조용했다.

정확히 어디서 보쌈했냐 물어보는 거였는데. ⋯⋯타타라 공자 집에 가볼까?

룽거의 집으로 가던 명수는, 불현듯 오줌 자국이 만연한 지저분하고 좁은 담벼락들 사이에 꼼짝 않고 얼어붙었다. 그는 빼꼼 고개만 빼들어 대로를 쳐다보았다.

귀신인 양, 엄청난 속력으로 말 한 필이 눈앞을 스쳤다. 찰나였지만 말을 모는 사내를 명수는 분명히 알아보았다. 없어진 조선인 첩을 찾기 위해 몸부림치는 공자였다.

"정말 탈 없이 넘어갈는지⋯⋯ 쳇."

안 되겠다. 만일에 대비해 짐을 싸놔야겠다.

결심한 정명수는 언제든 튈 준비를 해놓을 요량으로 급히 제집으로 되돌아갔다.

쉴 틈 없이 말을 재촉하며 마차를 몰던 마부는 슬쩍 뒤를 돌아봤다. 덮개에 입구가 가려진 마차 내부로부터 또 철썩이는 손찌검 소리가 새나오는 듯싶었다.

마부가 헛것을 들은 게 아니었다.

곱씹으면 곱씹을수록 첩실이 괘씸하고 미워 국조는 여자의 머리를 후려갈겼다. 얼굴뼈를 함몰시키려는 양, 여자의 뺨에 억센 주먹을 내리꽂았다. 묵던성을 빠져나온 직후부터 그가 반복적으로 구타를 자행한즉, 기연의 두 눈두덩은 퉁퉁 부어 눈 흰자가 보이지 않았다. 네 손가락 자국이 선명한 뺨은 동상에 걸린 것처럼 새빨갰다.

왼손에 쥐고 있던 단도를 오른손에 바꿔 든 국조는 공평하게, 기연의 반대편 뺨을 한참 때렸다. 혀 표면에 번진 비릿한 피를 삼킨 기연은 국조가 든 날카로운 단도를 쳐다봤다. 단도만 없었다면 어떻게든 반항해 볼 만했겠지만, 배를 찔릴까 봐 무서웠다.

저 칼을 어떻게 치우지. 조용히 생각하며 머리통에 내리박히는 주먹질을 받아내던 기연은 손으로는 분이 풀리지 않는지, 국조가 발길질을 하려 하매 처음으로 자세를 바꿔 등을 돌렸다.

"으윽!"

힘찬 발길질에 들이 받친 등허리가 욱신거렸다. 기연은 본능적으로 배를 감싸 안고 몸을 잔뜩 웅크렸다. 아이가 잘못 되면 어떡한담!

공포감에 사로잡혀 떠는 그녀의 머리칼을 국조가 낚아챘다. 잔뜩 헝클어진 머리카락을 아래를 향해 홱 잡아당긴 그는 칼끝을 훤히 드러난 기연의 목에 들이밀었다. 기연은 불안히 칼날을 곁눈질했다. 등허리 통증이 앞쪽으로 번져 와 배가 아렸다.

찰나에 '애를 가졌으니 다른 데는 몰라도 배는 때리지 말라.' 부탁할까, 고민이 들었다. 그러나 마음 깊은 곳에선 이미 임신 사실을 알리는 것이 현명한 처사가 아님을 알고 있었다. 다른 남자의 애를 가졌다 말했다간 송국조는 더더욱 지랄 발광을 떨어댈 거였다.

"이 쌍년아! 고분고분히 처맞으며 죄송하다 석고대죄를 올려도 모자랄 판에 감히 서방님께 등을 돌려?!"

"윽!"

국조가 움켜쥔 머리채를 뒤흔드는 통에 기연의 목은 칼에 긁혀 피가 맺혔다. 뽑힌 기다란 머리카락 가닥이 먼지 낀 마차 바닥에 떨어졌다.

"말해! 말해, 쌍년아, 잘못했다고, 죄송하다고! 서방 두고 딴 놈한 테 몸 팔아 빌어먹고 산 더러운 년! 아무 씨나 아랫도리에 받아먹는 값싼 년! 동물하고 교미하는 음란하고 문란한 암캐 년! 너 이년, 빨리 잘못했다고 빌어! 그리고 너, 그 새끼랑 몇 번 했어? 다리 벌려주며 얼마나 요란스럽게 꺅꺅댔어? 대답해 여사당 같은 년아, 확 창자를 끄집어내기 전에!"

"……."

기연은 깜빡, 애를 생각해 구출될 때까지 최대한 얌전히 맞아주자 던 다짐을 잊었다. 이딴 모욕을 당할 순 없었다. 이래선 안 됐다. 겨우 이놈한테…… 못난 놈팡이한테……. 그간 얼마나 애지중지 대접받으 며 살았는데.

기연은 부르튼 입술을 천천히 움직였다. 국조가 귀를 쫑긋 세웠다.

"병, 병신 새끼. 남필형과 내 사이를 의심하기 시작한 이후로 사내 구실을 못하게 된 네 자신이 쪽팔려 죽겠지?"

국조의 얼굴이 붉으락푸르락 달아올랐다.

"이…… 이 불결한 년이…… 오랑캐 좆이나 빨던 입도 뚫린 입이라 고……."

욕설을 중얼거리는 그의 아래턱을 타고 침이 질질 흘렀다. 기다란 머리칼과 단도를 각각 쥔 두 손이 떨렸다.

"너, 너 그 오랑캐 놈이랑 뭘 어찌했어? 무슨 자세로 했어? 정숙하 게 누워만 있을 것이지, 설마…… 너 진짜로 그놈 걸 빨아줬어?!"

"병신에다, 힘 약한 나 같은 여자한테나 큰소리치는 허접한 등신 놈."

"씨발년! 죽여 버릴 거야!"

"아윽!"

칼을 내던진 국조는 기연의 목을 졸랐다. 마차 바닥에 나동그라진 기연은 송국조의 손아귀에서 벗어나려 몸부림쳤다. 우악스럽게 목을 조르는 손을 할퀴고, 사지를 퍼덕였다. 하지만 막힌 숨길은 트이지 않았다.

"내가 네년한테 어떻게 했는데! 비단옷 입혀주고 비싼 음식 처먹여가며 돈 써줬더니 그런 나한테, 이 씨발년이!"

"아! 아윽!"

룽거!

시커먼 마차 천장에 서방이, 진짜 서방이 아른거렸다. 새파랗게 질린 기연의 얼굴을 타고 눈물 한 방울이 흘러내렸다. 기연은 마지막 힘을 짜내 더듬었다.

"아, 아기…… 내 아기……."

몸부림치던 가는 팔다리가 축 늘어졌다. 당장 끊길 것같이 꼴깍이던 숨결이 잔잔해졌다. 게슴츠레한 눈동자에서 마지막 생기가 꺼지려는 찰나에 송국조는 기연을 놔줬다.

기연은 헉 하고 커다란 숨을 들이마셨다. 목구멍을 통과하는 바람에서 퀴퀴한 송국조 냄새가 났으나 입을 다물 수 없었다.

방금 정말, 죽을 뻔했다. 자식을 죽일 뻔했다. 그리 생각하자 눈물이 터져 나오려 했다.

"네년을 지금 죽여선 안 되지. 북어처럼 말라비틀어질 때까지 피를 말리다가 굶겨 죽여야지."

퉤. 기연에게 침을 뱉은 국조는 분이 안 풀려 임부의 아랫배를 향해 주먹을 휘둘렀다.

안 돼! 머릿속 누군가가 외쳐 기연은 벌떡 일어나 마차 뒤쪽으로 물러났다.

"자, 잘못했어!"

잘못한 게 없었지만 결국 사죄했다. 양 손바닥을 맞대고 아래위로 싹싹 문질렀다. 덜 맞으려고. 아기를 지키려고.

"내가…… 내가 잘못했어. 당신 말대로 나는…… 불결해. 더러워."

"……."

"하지만 나도 좋아서 그랬던 게 아니야. 좋아서 몸 내줬던 게 아니라고. 난 거, 겁간당한 거야. 당신이 목 조르는데도 꼼짝 못했는데 하물며 날 짓누르던 커다란 짐승에게서 어떻게 정절을 지킬 수 있었겠어?"

국조는 이미 충분히 벌건 뺨을 냅다 때렸다.

"어디서 거짓말이야, 쌍년아! 그 작자가 너랑 오랑캐 놈이 서로 좋아 죽는다 했어!"

그 작자?

궁금증을 떨친 기연은 표독스레 부정했다.

"아니야! 좋은 척한 거야! 죽기 싫어서!"

"……."

"오랑캐 땅을 벗어나려고…… 내 딸, 엄마와 언니가 묻혀 있는, 당신이 있는 조선에 돌아가려고 좋은 척했어! 겁간당할 때마다 속으로는 몇 번이고 혀를 깨물어 자결하고 싶었지만 참았어!"

"……."

송국조는 아무런 말이 없었다. 손찌검을 하지도 않았다. 마차 벽에 기대앉아 기연을 보던 그는 이윽고 꽤 만족스러운 얼굴 표정을 지었다.

"그러면서 하늘같은 서방님께 욕을 해? 버릇없는 년이, 네가 그러니까 내가 널 가르치느라 걸핏하면 때리는 거야. 알아?"

"……."

하늘같기는 개뿔! 서방'님'은 개뿔! 네가 내 진짜 남편을 앞에 두고도 그 따위로 나불댈 수 있는지 보자. 하긴, 보나 마나지. 저보다 세 보이는 그를 마주하자마자 호랑이 앞 개새끼처럼 꼬리를 말고 깨갱대 겠지. 지질한 놈.

속마음과 달리 기연은 순순히 인정했다.

"알아. 날 가르치느라 때린 거. 난 맞을 만해. 당신한테 욕한 건 당신이 내 진심을 몰라주니 서러워서 나도 모르게 튀어나왔던 거였어. 그것도 잘못했어."

멍청이! 천치! 머저리! 룽거가 오기만 하라지. 다시는 헛소리 지껄이지 못하게 혀를 두 갈래로 잘라 버릴 거야. 내 자식 죽이려 한 저 두 손모가지를 댕강 칼로 잘라낼 거야.

"네년이 오랑캐 땅에서 고생 좀 하더니 드디어 말귀를 알아먹는구나. 네 잘못을 알았으면 앞으로는 어련히 잘해라. 대가리 빈 티 내지 말고. 그리고 왜 갑자기 반말이야? 들짐승 속에 섞여 사는 동안 그새 남자는 하늘인 걸 잊었냐?"

"……안 잊었어."

"안 잊었으면 이년아, 냉큼 존대해야 할 거 아니야!"

"……알았어요. 내가 많이 부족하고, 더러우니까 앞으로 당신 마음에 들 수 있게 노력할게요."

기어이 눈물이 쏟아졌다. 다름이 아니라 굴욕스러웠다. 저 멍청한 놈보다 힘 하나가 약하다는 이유로, 힘이 약한데 지켜야 할 자식이 배속에 있다는 이유로 말미암아 지은 죄 없이 억지로 사과를 했다. 폭력과 욕설, 윽박을 내지르지 않고는 여자를 이기지 못하는 가축 분변 같은 놈에게 잠시나마 머리를 조아리고 있다.

너무나 화가 나 눈물이 그치지 않았다.

기연은 송국조가 어설프게 묵던에 쳐들어온 게 아님을, 공들여 납치 계획을 세웠음을 깨달았다. 일단, 얼굴을 본 적 없는 마부는 청나라 지리를 매우 잘 아는 듯했다. 하루에 한 번 볼일을 보게 해줄 때를 제외하곤 마부는 빠른 속도로 내내 말을 몰았다. 말도 산 생명인 고로 먹고 잘 시간을 줘야 한다. 지친 말은 달리지 못한다. 그러한데 어찌 쉬지 않고 달리느냐? 말이 지칠 때쯤이면 어김없이 나타난 여관에서 마부는 말을 교체했다. 미리부터 여관에 교체할 새 말을 맡겨둔 모양이었다.

덕분에 마차는 시원스럽게 달렸지만 기연의 마음은 불안해졌다. 처음 납치당했을 때는 당연히 룽거가 구하러 올 거다, 이 끔찍한 마차를 금방 벗어날 거다 믿어 의심치 않았다. 하지만 점점 무서웠다.

이대로 룽거와 헤어지면 어떡하지. 다시는 룽거를 보지 못하면 어떡해. 배 속 아기를 아비 없는 자식으로 만들면? 남은 평생을 송국조에게 붙잡혀 살면?

상상만으로도 끔찍해 토를 할 것 같았다. 조선으로 돌아가기가 끔찍한 게 아니다. 조선에 가면 사람들이 환향녀, 호래자식을 배 왔다 욕할 걸 안다. 마치 박 씨 부인을 욕했듯이. 그러나 그것은 무섭지 않다. 무섭고 끔찍한 것은 룽거를 잃는 거다.

이원해 그 망할 계집은 대체 어쩌다 송국조와 연이 닿아 함께 허튼 짓거리를 꾸민 겐가. 아무튼 간에 다시 만나면 조선으로, 양어미 곁으로 돌아갈 수 없게끔 청나라 형부 아문에 신고하고 말리라.

눈을 감고 두 손을 꽉 주먹 쥔 채 이를 갈던 기연은 꼬르륵거리는 주린 배를 내려다보았다. 아무리 입덧 탓에 입맛이 없다 해도, 보릿고개를 지내는 양 매 끼니를 제대로 먹지 못하면 배가 안 고플 리가 없었다. 홀쭉해진 아랫배를 어루만진 기연은 저 혼자 삶은 닭다리를 뜯는 송국조를 쳐다봤다.

송국조를 눈에 담을 때마다 복장이 터지려 했다. 생김새, 말투, 하는 짓, 숨소리, 처먹는 꼴……. 하나부터 열까지 저놈은 어쩜 저리 밉상인지 모르겠다. 똑같은 사람으로 태어났는데 어쩜 저리 룽거와 다른지 모르겠다. 지금만 해도, 룽거였다면 닭의 가장 맛있는 부위를 처에게 제일 먼저 줬을 것이다. 그런데 저놈은 음식을 샀다 싶으면 제 입에 욱여넣기 바쁘다. 먹는 모양새도 천박하기 그지없는 것이, 뭘 먹었다 하면 먹은 티를 내지 못해 안달이 난 듯 죄다 입가에 묻힌다. 쩝쩝 소리는 또 얼마나 큰지.

한순간이나마 저런 놈과 살았던 게 원통해 아비에게까지 덩달아 화가 치밀었다. 하지만 굶다시피 하고 있는 배 속 자식을 생각해 기연은 성질을 죽이고 온순히 말했다.

"나도 배고파요."

입안 가득 고기를 우물거리던 송국조는 기연을 흘겼다. 예쁜 구석이 없고, 그렇다 해서 예쁜 짓을 할 줄 아는 것도 아닌 년이 밥 타령을 하니 못마땅했다.

"정조 못 지킨 년이 때 되면 꼬박꼬박 밥은 먹고 싶지? 산 입에 거미줄 못 친다더니."

고기 조각을 튀기며 퉁명스레 쏘아붙인 국조는 먹던 닭다리를 기연의 치마폭을 향해 던졌다. 건네주는 것이 아니라, 던졌다. 조준이 잘못 된 닭다리가 기연의 무릎에 맞고 마차 바닥에 떨어졌다.

더러운 침이 묻은 먹다 만 찌꺼기 따위 입에 대고 싶지 않았으나 애가 걱정돼 기연은 닭다리를 주워 대충 치마에 닦았다. 살이 얼마 남지 않은 고기를 뼈까지 씹어 먹었다. 그런 기연을 보며 국조는 혀를 끌끌 찼다.

"밉상인 년이 참 잘 처먹는다. 식충이 계집 같으니라고. 다른 집 계집들은 정조를 지키겠다, 절벽에서 뛰어내리거나 압록강에 빠져 죽었다는데 네년은 부끄러운 줄을 모르고 여태 먹고 싸고 있다, 그렇지?

네 그 뻔뻔함은 네 아비를 닮은 거야, 틀림없어. ……더 처먹어라."

오죽 배가 고팠으면 개새끼처럼 뼈까지 씹어 먹을까 싶어 국조는 인심을 써 닭이 든 바구니를 내밀었다. 실컷 구박을 해서 그런지 기분이 통쾌했다.

사양 않은 기연은 바구니를 받아 들었다. 맛도 모르는 채 무작정 배를 채웠다. 동시에 머리로는 나중에 어떻게 이 모욕과 홀대를 되갚아줄까 고민했다.

이윽고 공복감이 완전히 가시자 머리가 더 팽팽 돌았다.

이원해와 송국조가 다른 이 도움 없이 저들끼리 내통했을 것 같지 않았다. 재물이, 뒷배가 없는 그것들이 무슨 수로 여관마다 말을 사두었으랴. 무슨 수로 마차를 마련했으랴.

저 마부가 이원해와 송국조를 도운 걸까? 저 마부는 누구이며 마부 뒤에 누가 있는 걸까?

기연은 아무 거라도 알아낼 요량으로 물었다.

"저 마부는 누구예요? 믿을 만한 거예요? 압록강에 가까워지면 국경을 지키는 청나라 군사와 맞닥뜨릴지 모르는데 이렇게 무작정 가도 되는 거예요?"

"어쭈, 이제 배가 부르겠다, 조동아리를 나불대겠다는 게지? 시끄러우니까 입 다물어! 계집년들이 떠들면 접시가 깨지는 양 귀때기가 아파!"

"……."

룽거는 묻는 말에는 무엇이든 대답해 줬었다. 귀찮은 내색 따윈 일절 보이지 않았다.

주눅 들지 않은 기연은 재차 말했다.

"조선에 무사히 못 돌아갈까 봐, 묵던에 끌려갈까 봐 겁나서 그래요. 제멋대로 도망치다 잡혔다간 발뒤꿈치가 잘린단 말예요. ……나는 당신이 날 찾으러 오지 않으면 어쩌나 걱정했어요. 어떻게 묵던에 올 수 있던 거예요? 저 마부가 도와준 거예요?"

"……."

국조는 더는 면박을 주지 않았다. 대신 되물었다.

"너 정말 날 기다렸냐?"

내가 왜 널 기다려, 역겨운 놈아! 욕설을 삼킨 기연이 긍정했다.

"매일 밤 당신하고 어머님, 아정이 꿈을 꿨어요."

"……걱정 마라. 나도 저 마부 놈이 누군지는 정확히 모르지만, 마부 놈 뒤에서 우릴 돕는 작자가 누군지는 조금 안다. 용골대 부하라니까 어떻게든 청나라를 빠져나가게 해줄 테지."

"요, 용골대 부하라고요? 그 부하 이름이 뭔데요?"

"용골대의 조선인 부하라는 것 외엔 아는 바 없으니 그만 귀찮게 물어! 그보다…… 야, 매일 내 꿈을 꿀 정도로 날 기다렸으면…… 한번 시도해 볼 테냐?"

뭘 시도하자는 거지? 어리둥절하던 기연은 국조가 아쉬운 표정으로 제 샅을 만지자 그제야 그의 말뜻을 이해했다.

"아정이 죽은 지가 꽤 됐는데 너와 나 사이엔 여태껏 자식이 없고, 순명이는 죽었고…… 염병할! 그런데 왜 아직도 안 서! 이게 다 네년 때문 아니야!"

다리 사이를 주무르던 국조가 자존심이 상해 버럭 소리쳤다. 기연은 순식간에 안색이 파리해졌다. 속이 울렁거렸다.

미친 새끼! 네가 감히 아정이를 언급해?! 걔 죽인 놈이 누군데! 바로 네놈인데! 게다가 내가 미쳤다고 내 서방 놔두고, 내 자식 죽인 살인자인 네놈과 몸을 섞을까 봐!

구역질을 참지 못한 기연은 마차 창문 바깥으로 머리를 빼고 웩, 먹은 것을 몽땅 게워냈다. 붉은 석양빛으로 물든 바깥은 온통 벌판이었다.

"뭐야, 네년, 왜 갑자기 구역질이야? 네년이 지금 날 무시하는 거야? 아니면 너 설마, 애 뺐냐?"

손등으로 시큼한 입가와 아래턱을 닦는 기연을 국조는 날카로이 흘겼다. 속으로 뜨끔했지만 기연은 태연히 고개를 저었다.

"그런 거 아녜요. 배가 고파 급히 먹었더니 체했나 봐요. ……나, 나도 당신 품이 그리웠어요. 그렇지만 마차에서 밖에 사람이 있는 채로는 싫어요. 당신도 힘들 거예요. ……난 조선에 돌아가서 제대로 씻고…… 당신을 맞이하고 싶어요."

"어차피 나도 지금은 안 될 거 같다."

변화가 일지 않는 다리 사이를 반복적으로 매만지며 국조는 시무룩하게 중얼거렸다.

기연은 떨리는 다리를 들키지 않으려 몸을 웅크리고 양 무릎을 힘껏 끌어안았다. 송국조에게 겁간당하는 상상을 하자 병에 걸린 것처럼 전신에 오한이 일었다. 제발, 제발 룽거가 빨리 왔으면 좋겠다. 아니면, 마냥 그를 기다릴 것이 아니라 무언가 조치를 취해야 하나?

초조함을 참기 위해 기연은 입 안쪽을 잘근잘근 씹어댔다.

❀

"걱정 마요, 엄마. 룽거 오라버니가 새색시 언니를 꼭 데려올 거예요. 새색시 언니와 배 속 아기 모두 무사할 거라고요."

피부색이 까무잡잡하고 눈꼬리가 쭉 찢어진 젊은 여자, 소야와 잉굴다이의 딸 바이비야가 병상에 누운 어미의 뺨을 애틋하게 쓰다듬었다.

나이가 마흔 줄에 들면 사소한 일로도 건강이 위태로워질 수 있는 법이었다. 그렇거늘 어미가 식음을 전폐하고 드러누웠다.

윤기 없는 창백한 어미를 볼 때마다 바이비야는 속이 쓰렸다. 그녀는 침상 옆 협탁에 내려둔 죽 그릇과 숟가락을 집어 들었다. 숟가락 가득 죽을 퍼 어미의 입가에 갖다 댔지만 소야는 또 반대편으로 고개를 돌렸다.

"엄마아, 뭐라도 먹어야 돼요."

"······."

"엄마!"

숟가락을 흔들며 재촉하는 딸의 손을 소야는 고집스레 밀어냈다. 세 번째로 포기한 바이비야는 그릇을 도로 내려놓았다.

"네가 네 서방을 따라 멀리 이사 간 뒤로 그 아이를 딸처럼 여기며 보살폈다. 나는 그 애가 조선인이라 하여 불만스러워하거나 무시하지 않았어. 그 애는 착하고 하는 짓이 깜찍했지. 게다가 임신을 한 상태였어. 우리 타타라 가문의 종손을."

"알아요, 엄마. 나도 안다고요. 이미 말했잖아요."

딸이 뭐라 하건 소야는 신경 쓰지 않았다. 계속해서 넋두리를 늘어놓았다.

"그런데 없어졌구나. 이원해 그 백 번 찢어 죽여도 모자랄 것이 죽은 줄 알았거늘 살아 돌아와 기옌과 종손을 해쳤어."

"룽거 오라버니도 참, 어쩌다 이원해 같은 여자에게 반했었는지 이해가 안 간다니까. 오라버니 여자 보는 눈은 옛날에 발바닥에 달려 있던 것이 확실해. 오늘날 이 풍파도, 엄마 마음고생도 사실은 오라버니의 형편없는 안목 때문이라니까?"

투덜거린 바이비야는 다시 소야를 달랬다.

"여하간 엄마, 오라버니가 새색시 언니와 아기를 반드시 찾아올 거예요. 부친도 아랫것들을 풀어 수색하고 있잖아요. 그러니까 벌써부터 새색시 언니가 잘못됐다는 듯이 말하지 말아요. 부정 타 잘될

일도 되레 안 풀리겠어요."

"그렇지만 자꾸 안 좋은 생각이 든단 말이다. 뭔가가 잘못될 것만 같아. 바이비야 너도 이원해가 얼마나 악독한지 잘 알잖느냐?"

"모를 수가 없죠."

"이원해 때문에 이미 한 번 종손을 잃었는데 금번에도 과거가 되풀이된다면……. 기옌이 잘못된다면……."

희미하게 빛나는 눈물이 소야의 마른 뺨을 타고 흘렀다. 명주 수건으로 우는 엄마를 닦아준 바이비야가 권했다.

"엄마, 억지로라도 자려 노력해 봐요. 매일 밤을 뜬눈으로 지새우다시피 하고 있잖아요. 이러다간 새색시 언니가 돌아오기 전에 엄마 초상부터 치르겠어요! 기옌 언니만 걱정하지 말고 엄마 때문에 슬픈 이 딸 걱정도 좀 해, 잠시라도 눈을 붙여요. 네?"

간곡한 부탁에 소야는 스르륵 눈을 감았다. 바이비야는 소야의 가슴 아래를 아기를 다루듯이 부드럽게 토닥였다.

소야의 숨소리가 깊어지자 바이비야는 일어났다. 오래간만에 엄마 방 곳곳을 들여다보던 그녀는 서쪽 구들 앞에 멈췄다. 구들에는 포퇴마마가 모셔져 있다.

"새색시 언니와 아기를 위해 기도하고 있던 거겠지?"

마마 앞에 무릎을 꿇고 앉은 바이비야는 향불을 피우고 눈을 감았다.

"포퇴마마님, 부디 룽거 오라버니의 새색시가 아기와 함께 무탈하게 돌아오게 해주세요. 그게 세 사람, 아니지, 룽거 오라버니까지 네 사람을 살리는 길이라고요."

바이비야는 한참을 기도를 올렸다.

기연은 엄지와 검지로 손등을 꼬집었다. 한참 그러다가 불현듯 통증이 느껴져 고개를 내리니 시커멓고 빨간 피멍으로 가득 찬 손등이 보였다. 그 피멍은 그녀의 불안의 증표였다.

지금 있는 곳이 어디인지 정확히 알 수 없었다. 하지만 포로로서 처음 묵던에 끌려왔을 때를 회상하건대, 하루 이틀 뒤면 압록강이 나올 듯했다.

구련성과 압록강 사이에는 인적이 드물었다. 그것은 곧, 구련성쯤 도착하면 그때는 정말로 빼도 박도 못하고 조선에 끌려갈지 모른다는 의미였다.

어떡해! 이대로 끌려가면, 송국조 앞에서 배가 불러오면 어떡하냐고! 설사 송국조가 애를 없애라 동산에 데려가 밀거나 낙태약을 먹이지 않는다 해도, 태어난 애한테도 손찌검을 할 텐데! 다른 남자의, 오랑캐의 자식이다 갖은 구박을 할 텐데! 어쩌면 언젠가는 아정이처럼 홧김에 죽일지도!

지끈거리는 머리가 터질 것 같았다. 기연은 다시 손등을 꼬집었다. 통증은 느껴지지 않았다. 그저 앞날이 걱정돼 숨이 턱턱 막힐 뿐이었다.

더는 얌전히 끌려갈 수 없었다. 아직까지 룽거가 오지 않았으니 직접 그에게 가야 했다. 아기를 아비인 룽거에게 데려다줘야 했다.

결심한 기연은 자해를 멈추고 송국조를 살폈다. 그간에 눈에 불을 켜고 도망가지 못하게끔 감시를 해온 송국조는, 덕분에 피로가 뭉텅 쌓였는지 고개를 비스듬하게 꺾은 채 졸고 있다. 놈이 매번 보물처럼 챙기는 단도는 놈의 오른쪽 허벅지 옆에 놓여 있다.

행여 발소리가 날까, 기연은 신을 벗었다. 그리고는 마차 벽 삼면에 휘둘러진 의자를 따라 조금씩 천천히 엉덩이를 움직였다. 이럴 줄 알았으면 제일 구석진 자리 말고, 애초에 입구 가까이에 앉아 있을 걸 그랬다.

송국조 바로 맞은편까지 온 기연은 떨리는 손을 조심스레 뻗었다. 손가락 끝이 단도에 닿았다. 재빨리 송국조를 곁눈질했으나 놈은 여전히 졸고 있다.

소리 나지 않게 단도를 집어 든 기연은 고민했다.

송국조를 먼저 찌를까, 마부를 먼저 찌를까.

송국조를, 놈의 샅을 찌르면 나중에 혹여 강간당할 위험을 방지할 수 있을 것이다. 하지만 아파 소리 지르며 저항하는 송국조 놈을 도우러 마부가 들어올 테고, 그리되면 사내 둘을 상대하는 형세가 된다.

마부를 먼저 찌르는 편이 낫겠다. 다친 마부가 주춤대는 틈에 마차를 빠져나가 전력으로 달리면 탈출에 성공할 가능성이 있다.

결심한 기연은 자유로운 왼손으로 슬쩍 마차 입구를 가린 덮개를 들췄다. 집중해 말을 모는 마부의 뒷모습이 얼핏 보였다.

"너 뭐 하냐?"

화들짝 놀란 기연의 어깨가 떨렸다. 잠을 깬 국조가 실핏줄이 선 눈알을 번뜩였다. 아직 단도를 보지 못한 그는 분노해 욕을 내뱉었다.

"쌍년! 밖은 왜 쳐다봐? 마부 놈 꼬시……."

국조를 뒤로한 기연은 잽싸게 바깥에 튀어나와 마부의 뒷목과 어깨 사이를 찔렀다.

"아아악!"

"악!"

남자와 여자의 비명이 일시에 울렸다. 남자의 어깨에 피가 번졌다. 단도 손잡이를 움켜쥔 기연의 손 역시 칼날 쪽으로 찍 미끄러져 내려와, 손바닥이 찢어졌다.

"으흑……."

울음을 삼킨 기연은 마부의 살에 박힌 단도를 빼냈다. 갑작스러운 공격에 놀란 마부가 중심을 잃고 땅에 굴러 떨어지매 맹렬히 뛰던 말들이 속력을 줄였다.

"씨발년이!"

국조는 기연의 목덜미와 머리채를 움켜쥐고 마차 안으로 끌어당겼지만 기연은 마구잡이로 단도를 국조를 향해 휘둘렀다.

"놔! 이거 놔!"

"으악!"

칼에 찔린 왼 눈알을 감싸 쥔 국조가 비명을 내질렀다. 기연은 땅에 뛰어내려 안간힘을 다해 달렸다.

하지만 아뿔싸! 주변에는 어느 마을의 초입을 알리는 오래된 패방 하나가 서 있을 뿐, 사람은 없었다. 하필이면 그들은 한적한 길 가운데에 덩그러니 서 있었다.

그러나 포기할 수 없었다.

마차 뒤편 패방 쪽으로 달리던 기연은, 굴러 떨어졌던 마부가 피를 흘리며 달려오는 것을 목격하곤 방향을 바꿔 패방 반대쪽으로 달렸다.

"살려줘요! 살려줘요!"

목이 터져라 소리치며 도망쳤지만 희망은 전혀 느껴지지 않았다. 뿌연 안개가 펼쳐진 길 앞에 인기척은 없었다. 민가는 물론 개미 새끼 한 마리조차 보이지 않았다.

"으흐흑, 룽거!"

눈물을 흘린 기연은 뒤를 돌아봤다. 악착같이 쫓아오는 마부와 송국조를 발견한 그녀는 기겁해 만주어로 외쳤다.

"살려줘! 살려줘!"

망했다! 탈출은 실패했다! 이대로는 곧 잡히고 말 것이다! 맞고, 배속 아이를 잃고, 평생을 온몸에 멍이 든 채로 살다 죽을 거다!

"룽거! 룽거어, 으흐흑! 나, 나 죽게 생겼단 말이야! 어디에…… 어디에 있어!"

기연의 두 다리는 눈에 띄게 느려졌다. 마부가 손을 뻗었다.

"룽거! 타타라 룽거어! 살려줘!"

"무엇이냐!"

마부의 손이 흩날리는 여자의 기다란 머리카락 끄트머리에 닿으려는 찰나, 안개 속에서 덜그럭거리는 말발굽 소리를 내며 말 여섯 필이 튀어나왔다. 추레한 몰골로 애걸하는 여자를 확인한 갑군들이 불호령을 내렸다.

"우리는 봉성장군을 모시는 갑군이다! 무엇이냐, 네놈들! 인신매매를 하는 놈들이냐?!"

"살려주세요! 살려주세요! 제발 살려주세요! 저놈은 내 남편이 아니에요! 내 아기와 날 살려주세요! 제발!"

기연은 거세게 달리는 말들 틈바구니로 겁 없이 쳐들어갔다. 계획이 틀어졌음을 직감한 마부가 몸을 틀어 송국조에게로 뛰었다.

"멈춰라! 동작을 멈춰라!"

갑군 둘이 끈질기게 마부를 쫓으며 명령했지만 마부는 멈추지 않았다. 송국조를 덮친 마부는 허리춤에 매단 칼을 빼 들어 국조의 배를 한 번, 두 번, 세 번, 네 번을 쑤셨다.

"네 이놈! 당장 멈추라 하였다!"

갑군들의 창칼이 마부를 겨냥했다. 그들 중 하나가 붉게 칠한 기다란 몽둥이로 마부의 손목을 내려치자 국조를 죽인 칼이 땅바닥에 떨어졌다.

"감히 우리를 앞에 두고 살인을 저지르다니, 방자한 놈! 봉성 아문으로 끌고 가 네 죄를 샅샅이 만 천하에 밝힐……."

입을 벌린 마부는 자신에게 들이밀어진 창을 향해 돌진했다. 마부가 삼킨 창이 그의 뒤통수를 뚫고 바깥으로 튀어나왔다. 갈기갈기 쪼개진 뇌수가 피와 뒤섞여 휘날렸다.

"이런 고약한 놈을 보았나! 한 놈은 살해당했고, 한 놈은 자결했습니다!"

우렁찬 외침이 안개를 꿰뚫었다. 나머지 갑군들 틈에 섞여 벌벌 떨던 기연은 송국조와 마부가 죽었다는 소식을 듣자마자 정신을 놓고 기절했다.

말에서 내린 사내가 쓰러진 기연을 흔들었다.

"이보오! 이보오! ……바싹 마른 데다 상처투성이로구나! 한데 이 여인, 어째 낯이 익은데? ……아!"

의식 없는 여자를 뜯어보던 사내가 눈을 커다랗게 떴다. 갑군들이 기연을 에둘러 쌌다.

❀

엄청난 속도로 말 한 필이 봉성 패방을 지나쳤다. 패방 앞에 서 있던 남자는 방금 무슨 일이 일어난 건지 모르겠다는 듯, 어벙하게 눈을 끔벅였다. 짧은 찰나에 작은 점이 된 말을 확인한 남자는 허둥거리며 그 자신의 말에 올라탔다. 그가 말을 몰면서 소리쳤다.

"기다리십시오! 멈추십시오, 타타라 대인!"

남자 또한 충분히 빠르게 달리거늘, 앞서가는 이와의 거리가 좁혀지지 않았다. 좁혀지기는커녕 외려 자꾸만 격차가 벌어졌다.

남자는 '이러다간 말 발목이 부러지지 않을까.', '말에서 떨어져 허리를 삐지 않을까.', 걱정이 됐지만 별수 없이 무리해 속력을 높였다. 스쳐가는 바람의 강도가 태풍 같아 말 위에서 중심을 유지하기가 벅찼다. 한데 타타라 대인이 분명한 앞에 가는 사내는 어쩜 저렇게 한 치의 흐트러짐도, 망설임도 없이 질주하는지 놀라울 따름이었다.

생명줄이라는 양 말고삐를 옴팡지게 움켜쥔 남자가 목이 찢어져라 내질렀다.

"타타라 대인! 니루장긴! 병부원외랑! 제발 멈춰보십시오! ······대인의 부인께서는 이곳 봉성에 계십니다!"

'부인'에 반응한 룽거는 급히 말을 세웠다. 그러나 원체 빨리 달리던 터라 말은 일 리(里)를 더 미끄러지듯 달려서야 멈췄다.

묵던을 떠난 후로 처음으로 룽거는 뒤를 돌아봤다. 밤낮을 쉬지 않고 말을 몬 그도, 주인을 잘못 만난 말도 안색이 초췌했다. 초원의 매서운 광풍을 고스란히 맞은 그의 피부는 거칠었다. 턱에는 아무렇게 수염이 자랐다. 음식을 먹지 않은 탓에 살이 빠져 홀쭉해진 그의 얼굴선에선 이전보다 한결 날카로운 분위기가 풍겼고, 두 눈은 수면 부족으로 인해 붉게 충혈됐다. 하지만 새카만 눈동자만큼은 별처럼 빛났다.

"너무 빨리 달리셔서 옥안을 제대로 확인하지 못했는데, 가까이서 뵈니 정녕 타타라 대인이 맞으시군요! 소인을 기억하시겠는지요? 소인 봉성장군을 모시는 보얀입니다! 조선국 침공을 끝내시고 묵던으로 회군하시는 길에 봉성장군이신 동 대인 댁에 묵으셨지요, 타타라 대인!"

겨우 룽거를 따라잡은 남자, 보얀이 숨을 헐떡이며 커다랗게 말했다.

"내 처가 봉성에 있다 했느냐?!"

보얀은 반가운 기색을 내비쳤으나 룽거에게 한가로이 보얀과 아는 체를 할 여유가 있을 리가 만무했다. 룽거의 머릿속에는 기연, 기연, 그리고 또 기연뿐이었다. 기연과 관련된 말이 아니라면 다른 말은 아무것도 들리지 않았다. 보얀을 마주한 지금도 룽거의 시야에는 기연만이 아른거렸다. 물속에 있는 양 뿌연 보얀의 얼굴 위로 기연이 또렷이 보였다.

"내 처가 봉성에 있느냐 물었다!"

불안, 초조, 분노, 걱정, 미안함, 안도까지…… 북받치는 여러 감정을 차마 숨기지 못한 룽거의 음성이 떨렸다. 창피하기 짝이 없게도 눈시울이 뜨거웠다.

"예예, 그렇습니다. 부인께서는 동 대인 댁에 계십니다. 아직 깨어나시지는 못했지만 부인분과 태아 모두 생명에는 지장이 없……."

룽거는 용케 동 대인의 사저가 어디에 있는지를 기억해 냈다. 왜냐면 그곳에 기연이 있으니까.

보양을 지나친 그는 이번에는 동 대인의 사저로 번개처럼 말을 몰았다.

"타타라 대인! 타타라 대인!"

뒤쳐진 보양이 희미해지다가 사라졌다.

예의며 격식을 완벽하게 무시한 룽거는 앞뒤 재지 않고 봉성장군 댁에 들이닥쳤다. 장을 봐온 생필품들을 마차에서 내려 대문 안쪽 곳간으로 나르던 남종들과 여종들이 넋이 나가 멍하니 침입자를 올려다보았다.

"내 처는 어디에 있느냐! 기연이 어디 있느냐!"

사내종 하나가 떨리는 손가락으로 곁채 지붕을 가리켰다.

"대인께서는 혹여 저, 저기, 제일 지붕이 높은 곁채에 계시는 부인분을 찾으시는지요?"

룽거는 사내종이 말한 곁채 안으로 뛰어들었다. 침상에 누운 비쩍 마른 여자의 옆모습이 보였다. 대강 몸의 윤곽만 봐도 확신할 수 있었다. 기연이다. 기연이 맞다.

침상에 다가선 그는 정신없이 처를 살폈다.

그가 짓궂게 만지작거리곤 하던 섬섬옥수는 양쪽 다 엉망이었다. 오른손에 감긴 붕대에 피가 배어 있다. 왼 손등 전체에 검은 피멍이 새겨졌다.

광채가 새나오는 듯싶어 시선을 떼기 어렵던 얼굴은…… 얼핏 봐선 기연이 아닌 듯했다. 맞은 손자국이 가득한, 푸르고 노랗고 빨간 뺨이 참담했다. 얼마나 운 겐지 눈두덩이 벌에 쏘인 것처럼 퉁퉁 부었다. 목에는 제기랄, 칼에 베인 상처가 있다.

"대체 누구냐."

무너지듯 침상에 앉은 룽거는 기연을 부둥켜안았다.

이리될 때까지 얼마나 두려움에 떨었을 텐가.

"널 이렇게 만든 자가 누구란 말이냐. ……맹세컨대 그놈이 누구건 숨통을 끊어놓고 말 것이다."

잔뜩 엉킨 머리카락에 뺨을 비비며 서럽게 읊조린 룽거는 다시 상처투성이 얼굴을 바라보았다. 고생한 기연이 불쌍해 눈물이 펑펑 쏟아졌다.

다시 힘껏 그녀를 끌어안은 그는 볼썽사납게 우는 짓을 그쳐 보려 눈을 감았다. 그럼에도 비집고 나온 눈물이 그의 우뚝한 코끝에 맺혔다.

오른 손바닥이 욱신거렸다. 이미 다친 곳을 또 칼로 베이는 것처럼 아팠다. 그래서 계속 자고 싶은데도 잘 수가 없었다.

"으으, 아파……. 손 아파……."

육안으로 확인하지 않아도 왜 아픈지 이유를 알 수 있다. 찢어진 살이 붙으려 하는 거다. 어찌 됐건 나으려 하는 거니 다행이지만, 정말이지 너무 아프다.

"아파."

누군가가 다친 손을 어루만져 기연은 얼른 신음을 그쳤다. 천 조각 같은 것이 풀어지는 느낌이 나더니 찐득한 무언가가 손바닥에 닿았다.

누구지? 그러고 보니 어떻게 된 거지? 송국조와 마부는 정말 죽었나? ……배 속 애는 괜찮나?!

번뜩 눈을 치켜뜬 기연은 어두운 방 안, 옆자리에 앉은 남자의 인영을 발견하고 부리나케 몸을 뒤로 뺐다.

"기연…… 나다."

"……."

익숙한 목소리를 어찌 모르랴? 저 목소리를 다시는 못 들을까 봐, 목소리의 주인과 영영 헤어질까 봐 얼마나 두려웠던가?

오른쪽과 마찬가지로 붕대가 감긴 왼 손등으로 뿌연 눈가를 세차게 문지른 기연은 또렷해진 서방을 멀거니 올려다봤다. 서방이 맞다. 웬일인지 눈두덩이 퉁퉁 부었지만 저 코, 입, 턱, 목은 분명 서방 것이다!

"기연, 괜찮으니 더 자라."

"……."

어떻게 자. 서방을 만났는데.

"흐흑…… 으허어엉!"

기연은 엉엉엉 아이처럼 울었다. 일어나 앉아, 감다 만 오른손의 붕대를 펄럭이며 룽거에게 안겨들었다. 그의 목에 양팔을 꽉 둘렀다.

"왜! 왜 늦게 왔어! 얼마나 무서웠는데! 아팠는데!"

"기연……."

"다시는 당신을 못 보는 줄 알았어! 환향녀라 욕먹으면서, 우리 애 호래자식이라 무시받는 꼴을 보면서, 매일 맞으면서 살다 죽는 줄 알았어! 으헝! 룽거어!"

"기연!"

젖은 목소리로 기연을 부른 룽거는 온 힘을 짜내 그녀를 마주 껴안았다. 서러운 대성통곡이 콧등을 시큰하게 만들었다.

"널 잃는 줄 알았다. 널 잃고 갈증에 허덕이다 죽게 되는 건가 했다."

"으흐흑, 룽거…… 룽거어……."

둘은 부둥켜안고, 시선을 마주치고, 서로를 매만지고, 다시 부둥켜안기를 반복했다. 이윽고 기연의 눈물 콧물을 닦아준 룽거는 그녀를 빤히 내려다보았다. 그 예쁘던 얼굴이 엉망이 됐다. 멍과 피딱지와 눈물로 뒤덮였다.

나는 너를 너무나 아껴 겨울의 찬바람이, 여름의 뜨거운 바람이 너를 스쳐 지나가는 것조차 싫었는데. 널 춥게 할까 봐. 덥게 할까 봐.

뜨거워지는 눈시울을 숨기기 위해 룽거는 다시 기연을 껴안았다. 고생한 이를 탓해선 안 된다는 것을 알았다. 그러나 알면서도, 엉망인 처를 눈에 담았다 하면 울컥 화가 치밀었다. 결국 끓는 속을 참지 못한 그가 따져 물었다.

"왜 그 계집 얘기를 하지 않은 거냐. 무슨 생각으로 혼자 이원해를 따라나선 거냐. 왜 그랬어."

"다, 당신이 옛 여자를 만나게 하기 싫었단 말이야."

"기연."

울먹이는 기연의 표정을 룽거는 저도 모르게 따라했다.

"나는 너뿐이라 했잖느냐. 한데 뭐가 못 미더워서."

"아는데도 싫었단 말이야. 나한테 뭐라 하지 마, 나 지금 서러우니까! 흐흑……."

"알았다. 내가 잘못했다. 나도 속상해 그랬다."

순순히 사과한 룽거는 기연을 토닥였다. 기연은 서방 어깨에 머릴 기댄 채, 오래간만인 따스한 손길을 느끼며 훌쩍였다. 그러다 불현듯 깜빡 잊었던 아기 걱정이 떠올랐다.

"내, 내 아기……!"

"우리 아이는 괜찮다. 괜찮아, 기연."

배를 다급히 더듬는 처를 룽거는 안심시켰다.

"걱정 마라. 나도 따로 의원을 불러 널 진맥케 했다. 어미인 너는 약한 반면 자식은 튼튼하다더군."

"다행이에요……. 우리 아기가 무사해서 다행이야……."

아정이를 이어 이번 아이마저 잃었다면, 그것도 송국조 때문에 그 랬다면 평생을 걸려도 한을 풀지 못했을 터다.

"정말 다행이야, 으흑……."

"이제 그만 울어라. 응?"

다시금 폭포수 같은 눈물을 쏟는 기연이 탈진할까 봐 걱정돼 룽거 가 만류했다. 하지만 기연은 밑 깨진 독인 양 울음을 그치지 못했다. 초조해진 그가 말했다.

"많이 울면 기운이 쇠한다."

"눈물이 안 멈춰."

"너무 놀라 그런 듯하다. 기연, 너는 차라리 더 자고 일어나는 편이 낫겠다. 누워라. 우리 따로 해야 할 말이 남았지만 일단은 쉬고 일어 나 나중에 다시 얘기하자."

"그럼 같이 누워서 재워줘요."

"나는 붕대를 마저 감고 누우마. 그리고 제발 그만 울어라."

눈가를 닦아준 서방이 재촉하매 기연은 눈물을 그치려 눈에 힘을 잔뜩 줬다.

"알았어요."

"장하다. 우리 자식은 널 닮아 굳센 게 틀림없다."

애써 웃어 보인 룽거는 기연을 눕히고, 하도 뒤흔든 통에 붕대가 다 풀려 버린 섬섬옥수를 제 허벅지 위로 끌어당겼다. 처음부터 다시 꼼 꼼히 붕대를 감는 서방을 기연은 물끄러미 쳐다봤다. 암만 봐도 서방 눈두덩이 부었다. 불그스름한 빛도 돈다.

"룽거."

"듣고 있다."

"당신 눈이 충혈됐어요. 제대로 못 잤지요?"

"난 괜찮으니 신경 쓰지 말고 네 몸만 생각해라."

붕대를 다 감은 룽거는 바닥에 놓인 대야 속 물수건을 꺼냈다. 물기를 짜낸 그는 기연 옆에 누워 차가운 수건으로 눈물로 얼룩진 처의 얼굴을 닦아줬다. 푸르뎅뎅한 멍을 식혀줬다.

기연은 가까이 다가온 서방 얼굴을 재차 관찰했다.

"그리고 당신 눈꺼풀 말인데요, 퉁퉁 부었어요."

"……."

"혹여 울었어요?"

"이상한 질문이다."

룽거는 겨우 되받아쳤다.

질문을 한 이가 다른 이였다면 무슨 어불성설이냐. 어찌 장부가 울겠냐. 극구 부정했겠지만 기연에게는 거짓으로 반박하기가 어려웠다.

"운 거 아녜요?"

그렇다고 지켜야 하는 여자 앞에서 나약함을 인정하고 싶지도 않았으므로 룽거는 추궁을 피하고자 화두를 돌렸다.

"자라, 기연. 네가 편히 자는 모습을 확인하고 나도 눈을 붙이련다."

그는 이 이상 묻지 말라는 듯 기연을 끌어안고 긴 머리칼에 고개를 묻었다.

서방을 거스르고 싶지 않아 기연은 더는 캐묻지 않았으나 대신 다른 걱정을 표했다.

"룽거, 나 계속 안아줄 거예요?"

"그래."

"나…… 못 씻어서 머리랑 몸에서 나쁜 냄새가 날 거예요."

"안 난다."

"……."

"나는 네 향기만 맡을 수 있어. 그러니 걱정 마라."

"......"

대체 서방은 내가 얼마나 좋길래 울고, 머리 냄새를 참는 걸까? 그 간에 잊고 있던 웃는 법을 기억해 낸 기연은 피식 실소를 흘리고 말았다. 서방 때문에 마음이 진정돼 그런가, 잠이 몰려들었다······.

잠든 기연의 숨소리가 충분히 깊어지자 룽거는 그녀와 눈높이를 맞췄다. 네가 자야 나도 잔다면서 구태여 처를 재워놓고선, 그는 눈을 감지 않았다. 잠 타령을 해댄 까닭은 기연을 쉬게 하고, 운 것을 들키지 않기 위해서였을 뿐이었다.

그는 자는 기연을 지루할 새 없이 바라보았다. 동시에 솜털이 가시지 않은 멍든 뺨을, 붕대가 감긴 두 섬섬옥수와 목을 조심스럽게 손끝으로 매만졌다. 이미 실컷 들여다봤지만, 다친 모습에 도무지 적응이 되지 않았다. 심장이 아렸다. 화가 치밀었다.

처가 다 나을 때까지 족히 수백 수천 번은 가슴이 찢어질 터다. 감히 이리 만들어놓다니.

룽거는 복수심과 분노를 불태웠다.

기연이 다시 일어났을 때, 식탁에는 진수성찬이 차려져 있었다. 목욕통에서는 뜨거운 김이 피어올랐다.

졸린 눈을 깜빡이는 기연의 얼굴을 물수건으로 닦아준 룽거는 그녀를 식탁 의자에 앉혔다.

"기연, 밥부터 먹어라."

소, 돼지, 양, 닭, 오리, 사슴······. 고기란 고기는 모조리 펼쳐 있다. 떡, 과일, 내장탕, 향신료와 옥수수를 넣고 볶은 쌀밥, 배춧국, 물만두, 두부튀김, 통째로 튀긴 민물고기, 각종 삶은 채소 등등, 갖가지 요리가 식탁을 채우다 못해 가장자리에 아슬아슬하게 걸쳐져 있다.

꼬르륵 소리를 내는 기연 옆에 딱 달라붙어 앉은 룽거는 고기 요리

위주로 손수 그녀에게 음식을 떠먹이기 시작했다. 번듯한 식사가 오래 간만이거니와, 걱정하는 서방 마음을 알기에 기연은 룽거가 주는 대로 모두 받아먹었다. 하지만 스무 입쯤 먹자 슬슬 배가 터지려 했다.

기연은 입안에 남은 돼지고기를 부러 느릿느릿 씹으며 룽거를 살폈다. 그는 젓가락 사이에 오리고기를 끼운 채 기다리고 있었다. 그만 먹는다 하면 싫어하려나? 잔소리하려나?

돼지고기를 삼키자마자 오리고기가 코앞에 다가왔다. 그녀는 고개를 뒤로 뺐다.

"룽거, 내가 먹을 테니 그만 먹여주고 당신 먹어요."

"왜? 내가 네 입맛을 못 맞추고 있는가?"

"아니요, 그게 아니라…… 배불러요."

"……."

룽거의 눈썹이 치켜 올라갔다.

"벌써?"

"네. 배가 터지려 해요."

"별로 안 먹었잖느냐."

"아녜요. 스무 입은 먹은걸요."

"그게 뭐가 많은가?"

"한 입 가득씩 스무 번을 먹었어요. 많아요."

기연은 불만을 내비치는 룽거를 설득했다.

"배부른데 억지로 먹으면 체해요. 내가 배앓이를 하면 우리 아기도 덩달아 아플 거라고요. 룽거, 이번에는 내가 당신을 먹여줄게요. 당신 뺨이 홀쭉해졌어요."

왼손에는 숟가락을, 오른손에는 젓가락 한 짝을 어설프게 움켜쥔 기연은 젓가락으로 간장에 저민 사슴 고기를 숟가락에 밀어 올렸다.

"룽거, 아!"

"······."

뚱하니 기연을 보던 룽거는 의외로 순순히 사슴 고기를 받아먹었다.

"맛있어요?"

가슴 속에 화가 들어찬 상태로 음식 맛이 구분이 갈 리 없었다. 목구멍을 통과하는 고기가 입으로 들어왔는지 코로 들어왔는지, 귀로 들어왔는지 헷갈렸다. 그러나 미각이 마비됐다 뿐이지, 부인이 떠준 음식이 맛없다 할 만큼 정신이 마비되진 않았다.

"네가 먹여줘 맛있다. 그래도 내가 직접 먹을 테니 손 쓰지 마라."

"알았어요. 룽거, 당신 살이 빠졌으니까 많이 먹어요."

"네 말대로 할게."

기연은 밥 먹는 서방을 흐뭇하게 바라보았다.

식사가 끝나자 둘은 차를 마시며 잠시 소화를 시키곤, 목욕통에 들어갔다. 기연을 자신의 허벅지 사이에 앉힌 룽거가 당부했다.

"기연, 상처에 물이 닿으면 안 된다."

기연은 오른팔을 목욕통 가장자리에 걸쳤다. 목욕통 바깥으로 삐죽 튀어나간 붕대 감긴 손에 물을 튀기지 않으려 조심하면서 룽거는 기연의 머리를 감겼다. 동시에 그는 재빨리 여체 이곳저곳을 샅샅이 살폈다.

얼굴과 팔다리, 등허리에는 멍이 많으나······ 가슴과 배에 입으로 만든 듯한 멍은 없었다. 그렇다고 안심할 순 없지만.

차갑게 굳은 그는 묵묵히 그녀를 씻겼다. 반면 뒤에 앉은 서방의 표정을 알 리 없는 기연은 마냥 목욕을 만끽했다. 벼룩이 깨무는 양 찝찝했던 몸이 개운해졌다. 이가 기어 다니는 양 근지럽던 머릿속이 시원해졌다.

"룽거, 이제 당신 씻어요."

"기연."

뭐지? 목소리가 어두운데?

이상한 낌새를 알아챈 기연은 룽거를 돌아보려 했지만 룽거는 얼른 기연을 감싸 안았다. 굳은 얼굴을 보이고 싶지 않았다.

"기연…… 내리 네 곁을 지키느라 동 대인을 만나 감사 인사를 전하지도 않았고…… 봉성 아문에 나가보지도 않았다."

"……"

그 말을 들어서야 기연은 지금 있는 이 고을이 어딘지, 이 집이 누구네 댁인지조차 모르고 있었다는 사실을 인지했다. 무탈한 재회를 감격스러워하느라 다른 걸 신경 쓸 겨를이 없었다. 이 댁 주인이 식탁 다리가 휘청거릴 정도로 진수성찬을 내줬음에도 감사한 줄을 몰랐다.

부끄러워진 기연은 뺨을 벌겋게 붉혔다.

"이곳은 봉성, 동 대인 댁인가 보네요. 동 대인께 감사 인사를 올렸어야 했는데 결례를 범했네요. 그런데 동 대인이 누구세요?"

"그는 봉황성성수위다. 네가 처음 묵던에 가던 길에 동 대인 댁에서 하루 머물렀었다."

"아……. 기억해요. 포로로 잡힌 이후 내리 목욕을 못 하다가 이 댁에서 했었어요."

"그래."

"당신은 동 대인께 감사 인사를 하러 봉성 아문에 나갔어야 했던 거예요?"

"아니다. 이곳이 동 대인의 사저인데 굳이 아문에 가 인사할 필요가 없지. ……다만 아문에는 널 납치한 놈들이 있다."

기연은 갑자기 조용해졌다. 죽은 송국조와 마부가 눈앞에 그려졌다. 세찬 콧김을 뿜어대던 말들과 그 위에 탄 갑군들에게 둘러싸여 떨던 것이 떠올랐다.

가라앉은 기연의 기분을 파악한 룽거는 한결 세게 그녀를 안았다.

"네가 쓰러져 있는 동안 대충 들었다. 그놈들이 죽었다더군."

"나도 죽은 모습을 직접 보진 않았어요. 죽었다는 얘기를 듣자마자 마음이 놓여서인지, 정신을 잃고 기절했거든요."

룽거는 안쓰러운 마음을 담아 기연의 어깻죽지에 입을 맞췄다.

"그놈들 신원이 확인되지 않은 상태라 한다. 보얀은 내게 아문에 가 아는 자들인지 봐달라 했지만 볼 엄두가 나지 않았다."

왜냐하면 그 더러운 쥐새끼 놈들을 보는 순간, 동 대인을 비롯한 아문 측이 난처해하건 말건 상관 않고 놈들을 조각낼 것 같았다. 죽은 시체의 목을 베고 배 속을 들춰낼 것 같았다.

"죽은 사람을 봐봤자 기분만 찝찝해질 테니 볼 엄두가 안 날 만하지요."

"그게 이유는 아니었지만 어쨌든, 결과적으로 나는 아직 그놈들을 보지 않았다. ……하지만 너는 봤지."

"……."

"네가 아는 놈이던가? 그놈이 네게……."

구타 외에 무슨 짓을 했느냐고 차마 끝까지 묻지 못한 룽거는 기연을 안은 두 손만 떨어냈다.

"룽거."

그런 그를 기연은 몸을 틀어 올려다봤다. '날 납치한 작자는 내 전 남편이었다.' 말하기 싫었다. 송국조 얘기를 꺼내는 것 자체가 싫었다. 룽거가 마지막이자, 첫 번째 남편이었다면 얼마나 좋았을 텐가. 송국 조 놈과 얽히는 일 없이 처음부터 룽거와 만났다면 얼마나 행복했을 텐가.

"날 납치한 놈…… 송국조예요."

"뭐……?"

"내…… 내 전남편이요."

"……."

"마차를 몰았던 마부는 누군지 모르겠어요. 얼굴을 본 적이 없어요."

넋이 나가 있던 사내의 낯빛이 사색이 됐다.

"그놈이 널 때린 거냐. 그놈이 널 억지로……."

물속에 몸을 담그고 있는데도 불구하고 전신이 바짝 메마르는 듯해 룽거는 자꾸만 마른침을 삼켰다. 심란한 마음을 곧이곧대로 내보이며 안절부절못하던 그는 와락 기연을 다시 안았다.

"내가 너를 얼마나 아끼는데."

"……."

"널 막 대한 놈들, 샨치를 없애고 네 아비마저 때렸는데…… 내가 그리 떠받드는 네게 주먹을 휘두른 걸로 모자라…… 그놈이 널……."

"아!"

마침내 서방이 펄펄 뛰는 이유를 깨달은 기연의 잇새로 놀란 소리가 튀어나왔다. 서방은 송국조 등신이 발기가 불가능하다는 사실을 몰랐다. 하여 겁탈 걱정을 하고 있는 거였다!

낑낑대며 고개를 빼 든 기연은 불안한 룽거의 눈과 시선을 마주쳤다.

"룽거, 내가 겁탈당했을까 봐 걱정하는 거라면 오해예요. 나 겁탈 안 당했어요. 송국조는 사내구실 못 한 지 오래됐어요."

"……."

"나, 당신과의 의리 저버리지 않았어요."

"……겁탈과 의리가 무슨 상관이 있겠느냐. 그리고 나는 의리니 정조, 그딴 것을 걱정한 게 아니다."

멍하던 룽거는 겨우 말문을 텄다.

"겁탈당한 여자들이 괴로워하는 모습을 수없이 봤다. ……네가 손찌검으로 모자라, 그보다 더한 몹쓸 짓까지 당하지는 않아서 그나마 다행이다."

"……."

"말을 모는 동안 고생할 네가 상상돼 너무나 괴로웠었다."

"……."

물기를 머금은 그의 까만 눈동자가 반짝였다.

서방이 또 울려 한다! 아기가 된 것처럼 자꾸 눈시울을 붉힌다! 놀란 기연은 황급히 위로를 건넸다.

"룽거, 난 괜찮으니까 울지 말아요."

"무슨 소리냐! 나는 울지 않는다!"

눈가를 훔치며 반박한 룽거는 연달아 세수를 했다. 턱 끝에 맺힌 물기를 괜스레 더 거친 모양새로 닦아낸 그는 화제를 돌렸다.

"그놈이 이원해와 어찌 알게 된 거지? 더불어 아직 조선국 속환사가 오지 않았음에도 묵던에 찾아온 것을 보건대, 마부가 대청국 지리를 잘 아는 놈이었나 보군."

"그런 것 같았어요. 마부는 하루에 한 번 볼일을 보게 해줄 때를 제외하곤 내리 말을 몰았고, 길이 헷갈려 망설이는 기색은 전혀 없었어요. 말이 지칠 때쯤엔 어김없이 나타난 여관에 들러 헌 말을 새 말로 바꿨고요."

"치밀하고 교활한 것들이다. 그러니 어찌 악독한 그 계집이라 한들, 당하지 않을 수 있었겠는가."

"당하다니요? 악독한 계집은 이원해를 말하는 거지요? 그러고 보니 이원해는 어떻게 됐어요? 형부 아문에 보냈나요?"

"……."

잠시 침묵이 감돌았다.

"기연, 이원해는 죽었다."

"네? 죽어요?"

"네가 이미 아는 줄 알았다."

"……아니요."

놀란 기연이 혼잣말로 중얼거렸다.

"몰랐어요. ……마부가 그랬나 봐요. 송국조는 날 마차 안으로 잡아끄느라 바빴거든요. ……조선에 가겠다 했는데……."

"널 해치려 한 죗값을 죽음으로 치른 거다. 그토록 증오한 대청국을 떠돌며 슬퍼하라, 하늘이 벌을 내리신 거야."

"……."

한때 연인이었던 여자의 죽음을 언급하면서도 남자의 태도는 싸늘하기 그지없었다.

그러나 기연은 모순적이게도 연적이자 적인 이원해에게 동정을 느꼈다. 불과 며칠 전에 이원해를 형부 아문에 끌고 가 죗값을 치르게 할 거라 다짐했거늘, 막상 죽었다는 소식을 들으니 불쌍했다.

이원해는 포로로 잡혔던 여자가 걸을 수 있는 길은 둘뿐이랬다. 수의를 입고 조선에 가느냐, 수의를 입고 청나라에 남느냐. 그럼에도 그녀의 선택은 언제나 조선이었건만, 이제는 영영 돌아가지 못하게 됐다.

"안됐네요……."

"안됐다니? 하늘이 벌을 내리시지 않았다면 내가 직접 그 계집을 죽였을 거다. 원통한 점은 이원해를 포함한 관련자들이 모두 죽은 바람에 자초지종을 파악하기가 어렵게 됐다. 만약 죽은 셋 외에 관련된 자가 더 있는데도 진상을 샅샅이 밝혀내지 못한다면 나는."

흉계를 같이 꾸민 또 다른 누군가가 천수를 누리는 상상을 하는 것만으로도 노여워 룽거는 뿌드득 이를 갈았다.

"마부의 머리를 묵던에서 가장 높은 건물인 황궁 봉황루 지붕에 효시해서라도 놈의 신원을 반드시 밝혀내겠다."

"……."

룽거의 안중에 정말이지 이원해는 조금도 없구나. 과거에는 기어코 되살려 조선으로 돌려보낼 정도로 좋아하더니. 새삼스레 그의 냉정함에 놀라워하며, 화난 그의 눈치를 살피던 기연은 조심스럽게 운을 뗐다.

"마차 안에 감금당한 동안 송국조를 떠봤어요. 송국조가 숙부님의 조선인 부하가 자길 도와줬다 했어요."

"······."

기연은 룽거가 괜히 잉굴다이까지 싸잡아 의심하진 않을까. 숙부를 향한 감정을 상해하진 않을까 싶어 염려스러웠지만 의외로 그는 차분했다. 심지어는 내리 노기를 띠던 얼굴 표정이 담담해지기까지 했다.

"이름을 들었느냐, 기연."

"물어봤지만 모른댔어요. 송국조가 아는 거라곤 도와준 이가 숙부님의 조선인 부하라는 사실이 전부랬어요."

"······그것만으로 충분하다. ······식은 물 안에 오래 있다간 감모에 걸릴지 모르니 너는 이만 나가는 게 좋겠다."

기연을 안아 들어 밖으로 나온 룽거는 그녀를 닦아주고 옷을 입혔다. 그러고는 홀로 목욕통으로 되돌아갔다.

"룽거, 더 씻으려고요? 따뜻한 새 물로 갈아줄게요."

"아니. 됐다."

"나한테는 식은 물속에 있으면 감모에 걸릴 수 잇댔잖아요."

"나는 열이 많아 괜찮다."

실은 뜨거운 물로는 머리를 식힐 수 없다.

"걱정 말고 편히 쉬어라."

그가 마지막 한 마디를 유독 힘줘 말했다.

단호한 어조에서 '더는 말을 걸지 마라.' 강조하는 압박감이 느껴져 기연은 침상에 앉은 채로 조용히 서방을 지켜봤다. 깊이 생각에 잠긴 룽거는 처의 눈길을 알아채지 못했다.

❈

출타하는 동 대인을 우연찮게라도 만날 수 있을까 싶어, 룽거는 이른 아침부터 사저 앞마당에 나와 있었다. 직접 동 대인의 처소로 찾아가기에는, 나갈 준비를 하느라 바쁜 그를 방해하게 될까 봐 꺼려졌다.

만약 동 대인의 출근길이 여유로워 보인다면 느긋이 감사 인사를 전하고, 함께 아문에 가도 되는지 물으려 했다. 그러나 동 대인은 보이지 않았다. 바삐 오가는 하인 한 명 없는 저택의 분위기는 조용하다 못해 썰렁했다. 그로 보아 동 대인이 이미 아문에 나간 듯했지만 낙담할 건 없었다. 직접 찾아가면 그만이었다.

룽거가 대문 근처에 오자 사내종 하나가 인기척을 눈치채고 행랑채에서 튀어나왔다. 사내종이 내온 말을 룽거는 다정히 쓰다듬었다. 먼 길을 주인을 싣고 달리느라 앙상해졌던 말의 옆구리에 다시 살이 차올랐다. 푸석했던 갈기에 윤기가 돌았다.

"편히 쉬었느냐."

주인의 손길에 기분이 좋아진 말이 머리를 갸웃거렸다. 어서 달리고 싶다는 듯 앞발을 구르는 말에 올라탄 룽거는 봉성 아문으로 방향을 잡았다.

아문 정문 앞에 말을 매고 안으로 들어가자 창을 휘두르며 몸을 푸는 사내가 보였다.

"니루장긴!"

옆에 선 보얀에게 창을 맡긴 사내가 다가왔다. 달걀 모양 광대가 도드라진 사내의 붉은 얼굴에 반가운 미소가 떠올랐다.

"니루장긴, 부인과 복중 아이가 무사해 이 얼마나 다행이오? 내가 보얀을 비롯한 갑군들에게 애라하에 상시 구비해 놓는 사신용 배가 제대로 관리되고 있는지 순찰하고 오라 명령하길 참으로 잘하였소.

덕택에 둘을 구했잖소."

동 대인의 자화자찬이 거드름을 피우기 위해서가 아님을 룽거는 알고 있었다. 본래 타고나기를 동 대인은 솔직하고 화술이 좋으며, 호탕했다.

하기야 설사 거드름을 피운들 뭐 어떠한가? 기연과 자식을 구해준 동 대인의 비위쯤이야 몇 번이고 맞춰줄 수 있다.

두 손을 겹친 룽거는 매우 공손하게 읍해 보였다.

"동 대인께서는 제 평생의 은인이십니다. 아무리 노력한들 처자식을 살려주신 대인의 은혜를 어찌 다 갚을 수 있겠습니까? 한데 처를 간호한다는 핑계로 뒤늦은 지금에서야 감사를 표하니, 면구스럽기 짝이 없습니다."

동 대인은 룽거의 허리를 껴안았다. 허리 껴안기는 만주족들 특유의 친근한 인사법이었다.

"니루장긴, 왜 이러오, 그만하오. 생색내려던 게 아니라 나 역시 니루장긴의 부인과 아이가 무사한 것이 기뻐 떠들었던 거외다."

"저는 제 처자식을 가족처럼 걱정해 주시는 대인의 마음 씀씀이에 또 한 번 감격할 따름입니다. 심지어는 대인께서 허락하신다면 은인으로만이 아니라 형님으로 모시고 싶은 심정입니다."

"오······?"

동 대인은 놀란 표정을 숨기지 않았다.

"나를 형으로?"

"오래전에 친형님을 잃고 집안의 장자나 마찬가지이게 된 저입니다만, 차남이었을 때의 성품이 어디 쉬이 바뀌겠습니까? 깊이 의지했던 형님을 늘 그리워한즉, 대인과 형제의 정을 나눌 수 있다면 마음이 크게 놓이겠습니다."

"하지만 니루장긴, 그대도 알다시피 나는 남조(명나라) 출신이오."

"형과 아우 사이에 출신이 무슨 대수겠습니까."

"그렇게까지 말한다면야……."

구레나룻부터 시작해 턱 전체를 휘감은 숱 많은 긴 수염을 어루만지며 동 대인은 룽거를 곁눈질했다.

동 대인의 본명은 채문이요, 만주식 이름은 궈웨이로, 언급했다시피 명나라 출신이었다. 그는 할아비와 아비를 따라 청나라에 충성을 맹세했다. 그 결과로 번듯한 성수위 자리를 얻긴 했으나, 한인에다 지방 고을인 봉성에 터를 잡고 있다 보니 중앙 조정에 딱히 인맥을 두지 못했다. 그랬거늘 하루아침에 묵던에 사는 관리인, 그것도 타타라 가문 출신인 아우를 얻게 되었다!

감격한 궈웨이는 호탕한 웃음을 터뜨렸다. 곧바로 진지해진 그가 사과했다.

"미안하오, 미안하오. 니루장긴이 아직 부인을 걱정하고 있는 마당에 내가 과히 웃었소. 아우를 얻어 기쁜 마음에 실수를 범했으니 관용을 베풀어 용서해 주오."

"형님께서는 부디 신경 쓰지 마십시오. 더불어 말씀을 편히 하십시오."

"우리가 아직 도원결의의 주인공들처럼 술잔을 나누지 않았거늘 내 어찌 더럭 말부터 놓겠소? 근무 중이니 술을 마시진 못해도 차라도 대신 마시면 좋겠지만…… 하지만 유추하건대 아우께서는 먼저 제수를 해치려 한 작자들이 보고 싶을 듯하오만? 맞소?"

"그간에 볼 엄두가 나지 않았으나 금일에는 꼭 그자들을 제 눈으로 확인하고 싶습니다."

"이쪽이오."

둘은 아문 감옥으로 들어갔다. 입구로부터 가장 가까운 옥방에 두 구의 시신이 놓여 있었다. 하나는 머리 뒤가 꿰뚫린 듯했다. 나머지는 배에 여러 방 칼을 맞았다.

머리가 꿰뚫린 자는 영락없이 만주족으로 보였다. 그러나 배에 칼을 맞은 자는 만주족 복식을 하고 있으되 변발을 하지 않은 것이, 조선인임을 짐작할 수 있었다.

죽은 조선인에게서 룽거는 한시도 시선을 떼지 않았다.

그러니까, 저놈이 기연을 때린 놈이다.

기연의 딸을 죽인 놈이다.

기연의…… 전남편이다. 내 처의 전남편.

순간 룽거의 눈동자에 불꽃이 튀겼다. 갑자기 송국조를 치워 버리고 싶은 충동이 솟구쳤다. 시간을 되돌려 송국조가 아예 세상에 태어나지 않게 만들고 싶었다.

그러면 내가 처음부터 끝까지, 기연의 옆을 지킬 수 있었을 것이다. 나는 기연의 일생에 단 하나뿐인 사내였을 것이다. 기연의 첫째 딸은 내 딸이었을 테고, 여전히 살아 있었을 것이다. ……나는 이토록 속이 좁은 사내였던가?

내심으로 흠칫 놀라워하던 룽거는 다시 송국조에게 집중했다.

송국조에 관해 들은 바라곤 여자를 때리는 지질한 놈이었다는 것, 아정이를 죽였다는 것, 인삼 장사꾼이었다는 것이 전부였다. 그러한 얘기를 듣는 동안 자연스럽게 머릿속에 그렸던 송국조는 야차의 모습이었건만 실제는 달랐다.

놈은 나이가 어려 보였다. 기연 또래 혹은, 많아봐야 한두 살 위일 성싶었다. 얼굴선이 매끄러웠으며 곧게 뻗은 콧날은 날카로웠다. 피부는 흰 편에 키는 작지도 크지도 않은 것이, 전체적으로 싸움 능력과 신체능력이 출중할 듯하진 않아 보였으나, 어찌 됐건 뭇 여자들이 호감을 느낄 만한 외양이었다.

그래봤자 계집 같은 저 비리비리한 놈을 어디에 써먹을 수 있었겠는가? 분칠을 한 듯 흰 피부로 감히 초원의 햇볕을 버틸 수 있겠는가? 사내라면 자고로 말 타기에 능숙하면서, 조국과 처자식을 지켜낼 용맹함과 전투 능력을 지녀야 하거늘 저놈의 두 다리는 바람조차 버틸 수 없을 것 같이 말랐잖은가?

"아우께서 아는 자들이요?"

저도 모르게 송국조를 폄하하던 룽거는 한발 늦게 대답했다.

"처음 보는 얼굴들입니다. 하지만 저 조선인이 처의 전남편임을 압니다."

"전남편?!"

황당해하던 궈웨이가 주검에 삿대질을 하며 언성을 높였다.

"저놈이 감히 겁 없이 무모한 짓을 저질렀군! 끝난 사이를 순순히 인정하고 물러날 것이지, 객기를 부려 제수와 복중 아이를 다치게 할 뻔했어!"

혀를 찬 궈웨이가 룽거를 위로했다.

"마땅한 벌을 내릴 수 없게 돼 아우께서 아쉽겠소. 그래도 놈들이 저리 죽었으니 뭘 어쩌겠소?"

"형님께 부탁이 있습니다."

"뭔가?"

"저는 대외적으로 제 처도 저들과 함께 죽은 걸로 하고 홀로 묵던에 돌아가려 합니다. 그러니 당분간 처를 형님 댁에 머물게 해주실 수 있는지요."

"그쯤이야 전혀 어렵지 않다만 어째서……."

의문스러워하던 궈웨이의 눈이 커다래졌다.

"저놈들 외에 관련자들이 더 있다 생각하는 겐가?"

"확실하지 않습니다. 그저 노파심이 일어, 금번 일이 반복되지 않을 만큼 묵던이 안전한 장소인지, 시일을 두고 동향을 지켜보고 싶을 뿐입니다."

룽거는 '용골대의 조선인 부하'라는 실마리를 숨겼다. 굳이 궈웨이를 끌어들여 상황을 복잡하게 할 까닭이 없었다.

"아우의 뜻을 알겠소. 내 약속하지. 제수가 내 집에 머무는 동안 결코 부족함을 느끼지 못하게 하겠소. 또한 제수가 잘못됐다 은밀히 주변에 소문을 내리다. 만에 하나 이번 사건의 정황을 정확하게 알고자 하는 외지인이 봉성에 나타난다면, 그자는 필시 공범일 테지."

"그럴 겁니다."

"내 집안 아랫것들 입단속은 단단히 시킬 테니 염려 마오. 이쯤이면 이야기가 마무리된 듯한데 집무실에 가 차 한잔 드는 게 어떻겠는가?"

대답을 듣지 않고 앞장서던 궈웨이는 아차 싶어 물었다.

"아무렴 전남편인들, 장례를 치러주고 싶진 않겠지?"

"가능하다면 저들을 봉황산에 내버려 들짐승들의 먹이로 삼았으면 합니다."

"그리 처리하겠네."

둘은 나란히 집무실로 향했다.

룽거가 애처가라는 사실을 진작 간파했기 때문에 궈웨이는 그를 오래 붙잡지 않았다. 정말로 차 한 잔만 딱 마시고 놔줬다.

아문을 떠난 룽거는 부리나케 사저로 되돌아왔다. 경보를 하다시피해 처소에 들이닥친 그는 방 안 광경을 빤히 바라보았다. 기연은 몸에 잔뜩 힘이 들어간 채 침상에 앉아 있다. 젊은 여자 하인은 고기 고명이 올라간 죽 그릇이 담긴 쟁반을 들고 식탁 옆에 서 있었다.

"부인께서 조반을 내오라 하시지 않았다는 사실을 전해 들으신 주인마님께서 부인과 아기님이 걱정돼, 죽을 보내셨습니다, 대인. 그런데 소인을 보시더니 경계하시며 저리 침상에 물러나 앉으시지 뭐예요."

"내려놓고 나가라."

"공복으로 출타하셨으니, 대인께서 드실 식사도 곧 대령하겠습니다."

하인이 나가자 기연은 쪼르르 룽거에게 다가왔다.

"룽거."

"기연, 이리 와라."

식탁 앞 의자에 앉은 룽거는 기연을 그의 허벅지에 앉혔다. 긴장을 풀라, 그는 그녀의 허리를 토닥였다.

"기연, 이 집에는 널 억지로 끌고 가려는 자가 없다."

"알지만 낯선 사람과 있으면 놀라게 돼요."

"……."

얼마나 무서웠으면.

포로생활을 하던 중에도 어지간해선 주눅 들지 않던 기연의 과거 모습을 룽거는 또렷이 기억하고 있었다. 그런 고로 그녀의 과거와 겁먹은 사슴같이 구는 현재가 대비되어 속이 쓰렸다.

"룽거, 우리 집에 언제 가요?"

"동 대인 댁이 많이 불편한가?"

"딱히 그런 건 아니지만 묵던에 돌아가고 싶어요. 숙모님 댁이랑 우리 집이 음식이 더 맛있고, 숙모님이 걱정하실 테고 그리고 여긴 우리 집이 아니니까요."

"……."

"언제 가요?"

룽거는 기연의 시선을 피해 눈을 내리깔았다. 멍든 얼굴을 시무룩하게 가라앉힌 채 돌아가자 조르는 기연을 차마 마주 볼 수 없었다. 기연이 내비칠 실망이 두려웠다.

"하루 빨리 가야겠지."

"언제요?"

"……내일 갈까 한다."

"아! 아침 일찍 나설 거예요?"

룽거는 흘끔 기연을 봤다. 반색한 처를 확인한 그는 재차 그녀를 외면했다. 입이 건조해졌다. 목구멍이 막힌 것처럼 소리를 뽑아내기 힘들었다.

아직 사내의 속내를 모르는 기연은 무반응을 긍정이라 치부하고 말했다.

"오늘 밤엔 좀 더 일찍 자야겠네요."

"기연, 나만 간다."

"……."

멍에 둘러싸인 기연의 두 눈이 느릿하게 끔뻑였다.

"그게 무슨 소리예요?"

"……."

"룽거."

대답 없는 서방의 얼굴을 부여잡은 그녀는 그가 고개를 들게 만들었다. 기어이 그와 눈을 마주쳤다. 새카만 눈동자에 아른거리는 죄책감과 미안함을 읽을 수 있었다.

원망을 숨기지 못한 기연이 닦달했다.

"날, 날 두고 간다고?"

"잠시만이다. 다시 데리러 올 거다."

"……."

의도치 않게 기연은 또르르 눈물방울을 흘렸다. 청나라에, 하늘 아래에 믿고 의지하는 사람이라곤 서방 하나인데 헤어지자니? 재회한 지 며칠 되지 않았는데 또 떨어지자니? 이게 말이 되는가?

"나한테 왜 이래?"

"기연."

룽거는 기연의 허리를 감싸 안은 팔에 더욱 힘을 실었지만, 손등으로 뺨을 훔친 기연은 그의 어깨를 밀었다. 당연지사 룽거는 밀려주지 않았다.

"나한테 왜 이래."

아기가 태어나기만 해보라지. 타타라 룽거가 서운하게 한 점을 모조리 일러바칠 테니까.

"왜 날 떼어놓으려 해?"

서방 목을 부둥켜안은 기연은 소리 없이 연달아 눈물을 떨궜다.

"기연, 해야 할 일이 있다. 일이 끝나면 반드시 널 다시 데려올 거다."

"그 일이 나랑 무슨 상관이 있다고!"

"너를 숨겨야 저들이 금방 안심할 테고, 그래야 더 빨리, 쉽게 마무리 지을 수 있을 듯해 그런다."

"그게 뭔데. 저들이 누군데."

"나중에 말해주마. 나중에, 재회했을 때."

"……."

터져 나오려는 울음소리를 삼킨 기연은 참을성 좋게도, 더 이상 묻지 않았다. 안 된다, 나를 데려가라 떼쓰지도 않았다. 물론 마음 같아선 쉼 없이 타박하고 싶었다. 그러나 '떨어져 있자.' 결정을 내릴 때까지 서방 역시 고민이 많았으리란 것을 짐작할 수 있기에 제멋대로 보채기가 어려웠다. 그렇다 해서 서운함이 가시진 않았지만.

"대인, 식사를 가져왔습니다."

신경질적으로 눈물을 훔친 기연은 룽거의 허벅지에서 내려와 다른 의자에 앉았다. 식탁에 음식을 차리던 시녀가 부부 사이의 이상한 낌새를 감지해 그들을 흘끔거렸다.

젖은 얼굴을 숨기려 시녀로부터 등을 돌리고 앉은 기연은 숟가락을 집어 들었다. 하지만 식욕이 돋지 않았다. 서방을 이해하자, 지지하자 싶으면서도 아픈 마음을 참을 길이 없었다.

"어서 나가봐라."

"아, 예예, 대인. 송구하옵니다. 식사를 끝내셨을 즘에 치우러 오겠습니다."

후다닥 물러난 시녀가 문을 닫았다. 룽거는 서글피 기연을 불렀다.

"기연."

"……."

"나는 묵던에 돌아가 네가 잘못됐다 할 거다."

"그러니까 함부로 바깥에 나돌아 다니지 말란 거지요? 알았어요. 내 자식이랑 이 낯선 방에 꼼짝 않고 틀어박혀 있을 거예요."

"기연, 날 봐라. 내 눈을 봐라."

"……."

기연은 푹 숙인 고개를 절대 들지 않았다. 서방 표정이 어떨지 뻔했다. 괴롭고 슬픈 표정을 하고 있을 것이다. 그러한 얼굴을 보여주며 나도 힘드니 이해해 달라 할 터다.

"기연."

"싫어요."

"……."

"당신 보기 싫어."

"……화난 거 안다. 뜻을 이룬 후에 네게 자초자종을 설명해 주마. 지금 말하지 않는 까닭은 불확실한 일로 네 마음을 어지럽히기 싫어서다. 너는 아무 생각 없이 쉬어야 하지 않느냐."

대체 뭘 하려는 건지. 아니다, 됐다. 궁금해하지 말자.

기연은 뾰족이 내뱉었다.

"남의 집에서 쉬어봤자 얼마나 편히 쉴 수 있겠어요."

"기연."

"자초지종을 설명해 주지 않아도 돼요. 난 안 궁금해요."

"……."

난 배 속 아이와 둘이서만 오순도순 지낼 테니까.

이번에는 룽거에게 등을 돌려 앉은 그녀는 식은 죽을 억지로 입에 욱여넣었다.

❀

한바탕 쏘아붙인 이후로 계속 기연은 룽거를 외면했다. 밤에는 비록 옆에 누워 달라붙은 그를 뿌리치기까지 하진 않았지만, 철저히 등을 돌리고 잤다.

그러나 겉으로는 관심 없는 척을 해도 기실 마음속에는 온통 서방뿐인지라, 새벽 일찍 일어난 그를 따라 기연은 귀신 같이 잠을 깼다. 벽을 보고 누운 그대로 그녀는 뒤편을 향해 귀를 세웠다. 서방이 세수를 하는 소리, 옷을 갈아입는 소리가 곧이곧대로 귀에 박혔다.

부스럭거리던 옷자락 소리가 그치고 갑자기 정적이 감돌았다. 그것이 뭘 뜻하는지 알기에 기연의 심장은 덜그럭 내려앉았다.

서방이 떠날 준비를 끝마쳤다.

"기연."

"……."

긴장으로 뻣뻣해진 등허리를 타고 열이 치솟았다. 말하지 마, 간다 말하지 마.

"깬 거 안다, 기연."

"……."

"하루 빨리 널 데려올 수 있도록 노력하겠다."

"……."

"언제 볼지 모르는데 돌아보지 않을 거냐."

하루빨리 데리러 오겠다면서, 언제 볼지 모른다는 건 뭔가? 저게 무슨 말인가?

룽거의 한 마디 한 마디가, 생이별을 해야 한다는 현실이 믿기지 않아 기연은 차라리 눈을 질끈 감았다. 룽거가 옆에 눕는 게 느껴졌다.

달콤한 숨결이 뒷머리를 간질였다. 솜을 가득 넣은 이불보다 따뜻한 온기가 등허리에 퍼졌다. 새털처럼 부드러운 손길이 팔 위에 닿았다.

앞으로는 이 모든 걸 기약 없이 그리워해야 한다.

"룽거…… 서방…… 가지 마! 가지 마!"

참지 못한 기연은 몸을 돌려 룽거의 품 안으로 파고들었다. 서방은 안식처였다. 언니가 죽은 뒤로 잊고 살았던 외로움이라는 감정을 다시 기억해 내게 만든 가족이자 친구이자 정인이었다. 그러한 서방 없이 어찌 살 수 있으랴? 어떻게든 살 수는 있을지 모르지만, 행복하게 살 순 없다.

"가지 마. 아니면 나도 데려가."

"기연."

둘은 하나가 되려는 것처럼 서로를 세게 부둥켜안았다. 촘촘히 꼰 새끼줄인 양 두 쌍의 다리가 뒤엉켰다.

"룽거, 나도 데려가. 나는 서방 없이 안 된단 말이야."

"……."

룽거는 오색빛깔 멍으로 뒤덮인 기연의 얼굴을 어루만졌다. 멍이 다 빠질 때까지 지켜봐 주지 못해 너무나 미안했다.

"기연, 나도 마찬가지인 거 알지?"

"그런데 왜 날 안 데려가."

"기연…… 나는 죽은 그놈들을 도왔다는 숙부님의 조선인 부하를 용서하지 못한다."

"……."

기연은 잠깐 얼이 빠졌다.

"뭘, 대체 뭘 하려는 거예요?"

"너는 굳세니까 씩씩하게 지낼 수 있을 거다. 그렇지, 기연?"

"……."

"나는 동 대인과 형제의 연을 맺었다. 또한 동 대인에게 추후 사례를 할 터이니 이곳에서 눈치 보지 마라. 먹고 싶은 만큼 먹고, 필요한 것이 있으면 말하고, 편히 지내라. 약속해다오."

"룽거, 뭘 하려는 건데?"

대답 않은 룽거는 억지로 희미한 미소를 지어 보였다.

말하지 않겠다는 거구나. 기연은 룽거의 뜻을 알아차렸다.

서방과 헤어지는 걸로 모자라 그와의 사이에 비밀이 생기다니. 마음이 갑절로 서운했다. 얼굴이 울상이 되려 했다. 하지만 기연은 애써 담담히 말했다.

"알았어요. 당신 말대로 할게요. 눈치 보지 않고, 밥 많이 먹고, 필요한 걸 꼭 말하고, 편히 지낼게요. 그리고 내가 이렇게까지 졸랐는데도 당신이 안 데려갈 정도면…… 나 없이 해야 하는 그 일이 당신한테 정말 중요한 일이라는 의미니까, 그러니까 더는 보채지 않을게요."

기어코 헤어져야 한다면 울 것 같은 모습으로 기억돼선 안 될 터다. 씩씩한 모습을 보여줘야 묵던에 가는 동안 서방이 말을 모는 데만 집중할 수 있을 터다. 묵던까지 갈 길이 멀거늘, 까딱 룽거가 잡념에 빠져 말에서 굴러 떨어지게 할 수 없다.

"나는 씩씩하게 지낼 테니 내 걱정 말고…… 조심히 올라가요. 가다가 졸리면 쉬었다 가요. 집중력이 흐트러진다 싶으면 그때도 쉬었다가요. 무리해서 말을 몰다가 떨어지면 안 되니까요."

"새겨들으마."

"……."

멀뚱히 있다간 눈물을 흘릴 듯해 기연은 부러 일어나 움직였다. 룽거의 손을 잡은 그녀는 그를 이끌었다.

"배웅해 줄게요. ……가요."

"나오지 마라. 슬슬 아침 바람이 차다."

"처소 앞까지만 나갈 테니 말리지 마요."

기연은 서방 손을 잡고 한 발 한 발 내디디며 걸음 수를 셌다. 처소 앞까지는 고작 열다섯 걸음밖에 걸리지 않았다. 예상보다 훨씬 빨리 생이별이 코앞에 다가왔다.

조금이나마 시간을 끌고 싶어 기연은 룽거의 옷매무새를 가다듬었다. 목깃부터 시작해 허리춤, 소맷자락을 매만진 기연의 손가락은 더는 정리할 곳이 없으매 소맷자락을 끈질기게 붙들고 늘어졌다.

"룽거, 내 해산 날 전에는 데리러 와야 해요. 아기 낳을 때 내 가까이에 있어야 해요."

떨리는 목소리로 당부한 기연을 룽거는 더럭 끌어안았다. 기연 역시 그를 마주 안았다.

"약속하마. 네가 혼자 자식을 낳게 하지 않는다."

"다른 여자 들이지 말고요. 원래 첩이 첩 꼴 못 본댔어요. 예전엔 그 말이 이해가 안 됐었지만 지금은 되니까 다른 여자에게 아예 눈길조차 주지 마요."

"알았다."

"그것도 약속해요?"

"그래, 약속한다."

"……."

"못 미더운 눈치군. 내가 어떡하면 네 마음이 놓일까?"

"……."

룽거는 뭐라 답해야 할지 몰라 우물쭈물하는 기연에게 입을 맞췄다. 주변에 누가 있건 말건 상관없었다. 체통 그까짓 게 뭔가? 기연 앞에서 그딴 게 뭐가 중한가?

그는 한 손으로는 기연의 뒷머리를 감싸 잡아, 그녀의 고개가 앞뒤로 까딱이지 못하게끔 고정시켰다. 나머지 손으로는 잘록한 허리를 바싹 잡아당겼다.

기연을 옴짝하지 못하게 만든 그는 그녀의 보드라운 입술을 실컷 물고 빨았다. 맞닿은 두 혀가 적나라하게 서로를 간질였다.

"아……."

"아우께서 오늘 일찍 떠난다 했……."

새벽의 옅은 어둠 속에서부터 날아든 말소리가 댕강 끊겼다. 다급한 발소리가 연이어 울려, 정신없이 입을 맞추던 남녀는 재빨리 떨어졌다.

새빨개진 기연은 룽거 뒤에 숨어 주변을 살폈다. 아무도 보이지 않았다.

"동 대인과 지 부인이 나를 배웅하러 왔던 듯하다. 아마 다른 길을 통해 대문으로 가셨을 거다."

"……."

"기연."

불러놓고, 룽거는 침묵했다. 새 여자를 들일까 봐 염려하는 기연을 안심시키고자 입을 맞췄건만 효과가 있는지 없는지는 모르겠고, 여러모로 난처해지기만 했다. 기연은 쑥스러워하고 그 자신은.

"이러다간 정말 말에서 굴러 떨어질지 모르겠다."

혼잣말을 끝으로 재차 조용해진 룽거는 불길이 이는 듯싶은 몸을 식히는 데 몰두했다. 마찬가지로 기연도 더운 뺨을 식히느라 말이 없었다.

아무런 생각을 하지 않으려 애쓰며 세월아 네월아 우두커니 서 있던 룽거는 동이 틀 무렵이 돼서야 겨우 다시 입을 열었다.

"기연, 나는 너뿐이다. 내 충심이…… 하."

돌연 탄식을 내뱉은 서방을 기연은 걱정스레 살폈다.

"왜 그래요? 어디 불편해요?"

"아니다. 기연, 너밖에 모르는 내 충심이 제대로 전해졌는지 모르겠다."

"전해졌어요."

"……."

쑥스러워하는 기연을 홀린 듯이 보던 그가 두 보 뒷걸음질 쳤다. 식었나 싶던 몸이 도로 뜨거워지기 시작했다.

"곧 다시 보자, 기연."

이대로는 진정 몸 약한 처를 괴롭히게 될 듯해 룽거는 황급히 돌아섰다.

"룽거!"

서방 속을 알 리 없는 기연은 그를 붙잡았다. 번뜩 어떠한 생각이 뇌리를 스쳤기 때문이다.

"룽거, 부탁이 있어요. 만약 가능하다면 이원해를 세자관에 보내줘요."

"뭐?"

"화장을 해서라도 조선에 보내주고 싶어요."

"……."

마침내 사내의 허리 아래가 차게 식어 내렸다. 기분이 상한 룽거는 눈꼬리를 뾰족이 세웠다.

"네가 나를 좋아하는 줄 알았다. 나를 과히 좋아해 있지도 않은 다른 계집을 미리부터 들먹이며 질투를 하는구나 싶었다. 한데 착각이었나 보군. 네 가슴에 내가 들어 있다면 그 계집을 챙길 수 있을 리가 없지."

"비꼬지 마요. 당신 좋아하는 내 마음 알잖아요."

코웃음을 친 룽거는 시치미를 뗐다.

"모른다."

"알잖아요."

"아니, 몰라."

"룽거, 그러지 마요."

"……너는 속이 없느냐? 우리 자식과 널 해치려 한 데다…… 나와 그렇고 그런 사이였던 이원해를 어찌 챙기는가?"

"개성에 살 때 이웃이었어요. 그리고 나도 한때 이원해를 미워했지만 어쨌든 지금은 죽었잖아요."

"그래서 어떻다는 거냐?"

"조선에 가지 못하고 죽었어요. 불쌍하잖아요."

"불쌍하지 않다. 죗값을 치렀을 뿐이야."

"……."

"내가 청순가련한 미인을 데리고 사는 줄 알았더니 실은 보살님과 살고 있었군?"

"……."

연이은 타박에 주눅 든 기연이 시무룩해졌다. 그 모습을 보자 금세 미안함이 밀려들어, 입을 다문 룽거는 천천히 숨을 들이 내쉬며 속을 삭혔다.

이윽고 기연을 한 팔로 감싸 안은 그가 달래듯이 말했다.

"네 뜻은 알겠으나 내가 그 계집을 화장시켜 세자관에 보내준다면,

그는 과한 친절을 베푸는 것이 된다. 나는 그럴 수 없다, 기연. 왜냐면 첫째로 그 계집은 널 해치려 했고 둘째로 당분간 나는 조선인들을 경멸하는 척을 할 거다. 그렇지만 화난 척을 하며 그 계집을 세자관에 갖다 버리라고는 할 수 있을 듯하다. 세자관이 후처리를 어찌할지는 모르겠지만."

"그거면 충분해요. 세자빈마마님은 인정이 있으신 분이니 이원해를 화장해 조선에 보내주실 거예요."

"그럼 그리 처리하는 것으로 하고, 이 얘기는 그만하자."

이원해를 떨친 룽거는 기연의 입술에 제 입술을 붙였다. 그 가벼운, 마지막 입맞춤으로 기연을 안고 싶고 만지고 싶고 떠나기 싫은 욕구를 대신했다.

"정말 가야겠다, 기연."

"조심히 가요. 갔다가 다시 와요, 꼭."

"물론이다."

룽거는 천천히 뒤돌아 걸었다. 걷다가 임신한 처를 돌아보고, 다시 돌아보고, 또다시 돌아보고 그리고 또다시 돌아보다가…… 사라졌다.

텅 빈 처소 앞에 홀로 남은 기연은 룽거가 사라진 지점을 절망적으로 바라보았다.

9

탈취

묵던 청루 거리에 위치한 황청루에 별안간 소란이 일었다.

발을 쿵쿵 구르며 여자가 일 층으로 내려왔다. 바지춤을 엉성하게 붙든 남자가 여자를 뒤따랐다. 남자가 외쳤다.

"건방진 년! 몸 파는 년 주제에 날 뿌리치고 멋대로 뛰쳐나가? 나는 네년 몸값을 치른 손님이다! 너 이년, 내가 바깥에서 얼마나 잘나가는지 알긴 해?!"

일 층을 채운 원형 탁자들에 둘러앉은 사람들, 술과 여자를 사는 사내들과 노래와 몸을 파는 여자들의 이목이 소란을 피우는 남녀에게 쏠렸다.

어디선가 나타난 포주가 막 계단을 뛰어 내려온 여자의 뺨을 퍽 소리가 나게 때렸다.

"너! 손님께 무슨 짓을 했어?!"

여자는 포주의 말을 알아들었지만 만주어로 반박할 여유가 없었다. 하여 뺨을 부여잡은 채 조선말로 소리쳤다.

"이놈이 제 물건을 내 입에 넣고 싸려 했어! 나는 그 짓까지는 못 한다고!"

"시끄러워! 입 닥쳐!"

"너나 닥쳐!"

포주와 여자는 우습게도 서로 다른 언어로 다툼을 벌였다.

"이, 이…… 얼굴이 조금만 덜 생겼어도 되팔아 버리는 건데!"

청루 입구를 돌아본 포주가 고개를 까딱였다. 그러자 입구를 지키던 건장한 남자 둘이 조선 여자의 두 팔을 각각 움켜쥐었다.

"놔! 놔, 이 개새끼들아!"

"닥치랬잖아!"

재차 여자의 뺨을 후려친 포주가 남자 손님에게 굽실거렸다.

"죄송합니다, 손님. 저 계집이 하도 예쁘다 예쁘다 칭찬해 줬더니 기고만장을 한 겐지 주기적으로 저렇게 주제를 모르고 까분다니까요."

"도대체 교육을 어떻게 시킨 거야! 내가 여기 다닌 지 얼마나 오래됐는데, 내가 누군데, 이런 꼴을 당하게 해?!"

"죄송합니다, 정말 죄송합니다, 손님. 사과드리는 의미로다가 저 미친 개 같은 계집 말고 더 예쁘고 더 어린 미녀를 손님방에 넣어드리겠습니다."

방금 전까지 발광을 하던 남자는 아쉽게 조선인 계집을 바라봤다. 건방진 태도가 불만스럽다 뿐이지, 여자는 얼굴과 몸태가 더할 나위 없이 예뻤다.

"나는 저 계집이 좋단 말이다!"

"암요, 암요, 이해합니다. 저것이 얼굴만큼은 참 쓸 만하지요? 하지만 손님, 소인이 아무리 계집장사나 하는 미천하고 별 볼 일 없는 놈이라지만, 장사치로서의 자존심은 있지 않겠습니까? 소인 밑에 두는 계집애가 감히 손님께 폐를 끼쳤는데도 손 놓고 있으면, 그것은 날로 장사를 하겠다는 의미가 아닐는지요?"

포주는 뒤쪽을 향해 다급히 외쳤다.

"셴로! 셴로! 어서 와봐라!"

영롱한 노란빛 호박옥을 꿰어 만든 주렴을 매단 대기실의 입구에서 여자 하나가 쪼르르 나왔다. 솜털이 가시지 않은 앳된 여자는 붉게 칠한 입술 양 끝을 올려 미소를 지어 보였다. 남자 손님은 그녀를 우두커니 바라보았다.

포주가 물었다.

"어떠십니까, 손님? 애도 아주 예쁘죠, 그렇죠? 얘는 새로 들어온 아이랍니다. 들어온 지 고작 삼 일밖에 안 됐어요. 아시겠지만 이런 새 아이들은 취향대로 길들이는 맛이 있지요."

"……."

대꾸 않은 남자는 혀로 입술만 축여댔다.

나쁘지 않은 반응에 탄력받은 포주가 대기실 입구를 향해 재차 외쳤다.

"아이, 이리 와서 손님을 맞아라!"

두 번째로 대기실에서 나온 여자가 남자 손님과 셴로 사이에 껴들었다.

"손님, 아이 또한 손님방에 무료로 넣어드립지요."

"……."

남자는 아이를 관찰했다. 아이는 셴로보다 못났지만 무료임을 생각하면 데리고 놀기 나쁘지 않았다.

"추가로 계주주 이량 어치도 내드리겠습니다. 어떠신지요?"

"쳇. 자네 성의를 봐 조용히 물러나는 거야."

말은 화난 듯이 했으나 남자의 얼굴은 싱글벙글했다. 양쪽 옆구리에 센로와 아이를 낀 남자가 이 층으로 올라갔다.

조선인 여자를 돌아본 포주는 순식간에 낯빛이 싸늘히 식어 내렸다.

"이년을 대기실로 끌고 와라. 조선 놈들이 그렇게 조선 계집들을 팬다던데 왜인지를 이년 덕분에 알겠다. 주기적으로 패줘야 말귀를 알아듣는다니까."

"기다려라. 내가 그 계집을 빌리겠다."

앞서가던 포주는 뒤를 돌아보았다. 탁자 앞에 앉아 있던 사내가 목발을 짚고 절뚝거리며 다가왔다. 사내가 쓴 모자 달린 일구종은 어찌나 낡았는지, 흡사 거적때기처럼 보였다.

무시가 깃든 마음을 숨기지 않은 포주가 불퉁하게 받아쳤다.

"손님, 이 계집은 손님 대하는 법을 다시 가르쳐야 합니다. 다른 애를 선택하세요."

"방금과 같은 소란은 일어나지 않을 것이다."

"글쎄, 안 된다지 않소?"

목발을 짚은 사내는 돌연 무언가를 던졌다. 허공을 가르고 날아온 주머니를 낚아챈 포주는 주머니 안을 들여다봤다. 은자 덩어리가 불빛을 받아 번뜩였다.

포주의 두 눈이 접시 만해졌다.

"아이고, 손님!"

태도를 바꾼 포주가 애걸했다.

"송구합니다, 송구합니다! 이놈이 귀한 분을 못 알아봤으니 당장 맞아 죽어도 쌉니다. 오늘 액땜을 하는 날인가, 이놈의 운수가 사납군요. 하마터면 귀빈을 홀대할 뻔했어요."

"됐으니 저 여자나 올려 보내라."

"예, 예, 그럼요. 따라와라!"

절뚝이며 사내가 이 층 자신의 방으로 향했다. 포주와 조선인 여자, 여자의 양팔을 붙든 호위가 사내를 따랐다.

"흥, 병신이 뭔 오입질을 하겠다고? 저놈도 입에 넣으려 하기만 하라지. 콱 물어뜯을 거야."

욕을 읊조린 여자의 머리통을 쥐어박은 포주가 낮게 속삭였다.

"너 또 조선말로 욕했지? 기분 나쁜 어투였어. 만약 저 손님의 요구를 들어주지 않는다면 네 아랫도리가 헐어 무너지건 말건, 일주일간 재우지도 먹이지도 않고 손님만 받게 할 게야. 그러니 어찌 처신할지 잘 생각해라."

"……."

어렴풋이 협박을 알아들은 여자가 살쾡이처럼 포주를 흘겼다. 그러나 포주는 독기 서린 눈초리를 신경 쓰지 않고 여자를 사내의 방에 밀어 넣었다.

"즐거운 시간 보내십시오, 손님."

간드러지게 속삭인 포주가 문을 닫고 물러갔다.

사내는 몹시 조심스럽고 불편한 동작으로 침대에 앉았다. 달팽이인 양 느릿하게 침대에 엉덩이를 붙이는 그의 모습은 여자로 하여금 '저놈 엉덩이에 커다란 종기라도 난 건가?' 하는 의문을 자아내게 했다.

여하간에 저런 몸으로 왜 청루에 왔단 말인가?

다시금 콧방귀를 뀐 여자가 혼잣말했다.

"저래서 대체 오입질을 어떻게 하겠다고. 누굴 개고생 시키려고."

"조선어 말고 만주어를 할 줄 아느냐?"

"……."

포주가 뇌까렸던 협박을 되새긴 여자가 서툰 만주어로 말했다.

"조금요."

"……."

한 번 고개를 끄덕여 보인 남자는 더는 말이 없었다.

만주어를 할 줄 안다 했는데도 몇 살이냐, 언제 묵던에 왔냐, 이어 묻지 않다니 저놈은 시끄러운 놈은 아니군. 여자가 생각했다.

쓸데없는 헛소리를 주절대는 오랑캐 놈은 질색이야. 속으로 계속해서 불평하며 여자는 옷을 벗었다. 몸 파는 일이 지긋지긋했으나 일주일간 밥을 굶고, 잠을 못 자봐야 손해 보는 건 저 자신이었다.

새빨간 위아래 속곳만 남긴 여자는 침대에 다가갔다. 머릴 괴고 옆으로 누운 그녀는 일구종에 휘감겨 얼굴이 보이지 않는 남자를 응시하면서, 자유로운 왼손을 움직였다. 가슴 가리개와 아래 속곳이 이불 위에 널브러지자 큼직한 가슴과 둥그런 볼기짝이 훤히 드러났다.

"대인, 저는 천천히 하는 게 좋아요."

왜냐면 싫은 놈 여럿을 상대하느니 싫은 놈 한 명을 상대하는 편이 편했다. 옷을 입고 벗기를 반복하는 것부터 애무하는 것, 여러 놈의 각기 다른 요구를 맞춰주는 것까지, 전부 다 귀찮았다.

여자는 벌러덩 드러누웠다. 하지만 이각이 지나도록 사내는 미동이 없었다.

"상을 차려줘도 먹질 못하네. 몸이 정말 병신인가 보군."

조선어로 욕한 여자는 휴 한숨을 내쉬었다. 곧바로 일어나 앉아 사내의 굵은 손을 붙잡았다. 그 손을 가슴께로 잡아당겼다.

여자의 가슴에 손가락이 닿기 직전에 사내는 홱 하니 여자를 뿌리쳤다.

"아이 참, 어쩌라는 거야. 설마, 나한테 손가락 하나 안 갖다 대고 날 편히 쉬게 해주려는 건가?"

"만약 날 돕는다면, 맞다. 널 편히 쉬게 해줄까 한다."

"흐익!"

조선어로 중얼거린 불평에 조선어로 대답이 돌아온즉, 경악한 여자가 놀란 소릴 내뱉었다. 그간 몸을 팔며, 사람이 아니라 말 안 통하는 짐승들에게 핥아지는 거라 스스로에게 최면을 걸어왔다. 한데 조선말을 들으니 어째서인지 잊고 지냈던 여자로서의 수치심이 확 되살아났다.

여자는 무릎을 굽혀 아래를 가렸다. 두 팔로 제 가슴을 감싸 안았다.

"조, 조선 사람이에요?"

"아니다."

"한데 어쩜 그리 조선말이 유창하지요?"

"옷부터 입어라."

"······."

멍하니 사내를 보던 여자는 속곳을 차려입었다. 남자가 재차 종용했다.

"나머지 옷도 입어라."

여자는 순순히 문가에 벗어둔 옷마저 차려입었다.

사내가 물었다.

"조선에 돌아가고 싶지 않은가?"

"······."

"꽤 과년해 보이는데 고국에 자식은 없는가? 다른 가족이 살아남았을 성싶지 않은가?"

"······."

살았을지 죽었을지는 모르지만, 청나라에 끌려오기 전에 여자는 분명 조선에 가족이 있었다. 서방 놈이, 시가와 친정 식구가 그리고 어린 아들 하나가 있었다. 아들······.

왈칵 눈시울이 뜨거워진 여자가 벌이 쏘듯 쏘아붙였다.

"제대로 앉지도 못하는 몸으로 무슨 오입질을 하겠다는 건지 의문스러웠는데 여기 왜 왔는지 이제야 알겠네요. 나와 시답잖은 수다를 떨고 싶었나 보죠?"

"확실한 건 너와 자고 싶은 생각은 없다. 나는 처가 있다."

여자는 피식 실소했다.

"청루에 총각들만 오는 줄 알아요? 오히려 처첩 있는 기혼자 놈들이 더 많이 와요."

"안다. 그러나 가끔 예외가 있기에 세상이 신기한 것 아니겠는가?"

"그 예외가 당신이란 건가요?"

"최소한 바깥 여자를 산 적은 없다."

"좋아요. 그럼 대체 왜 왔냐고요?"

"말했잖느냐. 네가 날 도우면 널 편히 쉬게 해주겠다고."

"나를 어떻게 쉬게 해줄 건데요? 바깥 여자를 사는 분이 아니시니 나를 첩으로 삼고 그 후에 품으실 텐가요? 그게 대인이 말하는 날 쉬게 해주는 방법인가요?"

"널 살 테지만 첩으로 삼지는 않을 것이다. 조선으로 돌려보내 주겠다."

"……"

"조선에 가족이 있느냐는 내 질문을 듣고 너는 눈물을 글썽였다."

"……"

"네 가족에게, 자식에게 보내주겠다."

"……"

"어쩌면 너는 추가로 조선에서 네 가족과 평생 풍족하게 먹고 살 수 있을 정도의 재물을 얻을 수 있을지 모르겠군. 그자는 뇌물을 많이 받아놨으니까."

"……"

여자는 아득하게만 느껴지는 조선에서의 지난 삶을 되새겼다. 어린 아들과 손을 맞잡고 철쭉이 만발한 고향 뒷동산을 거닐던 나날이 눈앞에 펼쳐졌다.

아들이 여섯 살 되던 해에 여자는 가난이 지겨워 아들과 나무꾼 서방을 버리고 어느 양반 댁 첩실로 들어갔다. 그렇다 하여 아들과 서방을 사랑하지 않은 건 절대 아니었다. 그저 가난과 배고픔이라는 끔찍한 귀신들이 그녀 자신과 서방뿐 아니라 어린 아들까지 집어삼킬까 봐, 눈물을 머금고 둘을 잠시 외면했던 거였다. 첩살이를 하는 동안 최대한 비상금을 모아뒀다가, 늙은 양반 놈이 죽으면 둘한테 돌아가려 했다. 그랬거늘 재수 없게 호란이 터져 이 빌어먹을 청루까지 오게 됐다.

어쩌면 아들과 서방 둘 중 하나가, 어쩌면 둘 모두가 죽었을지 모르지만…… 반대로 둘 모두가 살아남았을지 몰랐다. 그러니 직접 고향 땅에 돌아가 확인을 해야 했다.

성큼성큼 침대로 걸어간 여자는 사내의 모자를 젖혔다.

사내의 턱은 갸름한 편이었지만 나약해 보이진 않았다. 입술은 윗입술보다 아랫입술이 두꺼웠는데, 무표정인데도 입꼬리가 아래로 축 처지지 않은 것이, 웃으면 자못 예쁜 미소가 만들어질 듯싶었다. 콧대가 또렷한 코는 크지도 작지도 않고 적당했다. 코 모양은 아래로 휜 매부리코도, 코끝이 들려 콧구멍이 훤히 보이는 들창코도, 콧볼 좌우가 퍼진 복코도 아니라서, 딱히 흠 잡을 데가 없었다. 눈썹은 마치 그린 것처럼 짙었다. 그리고 눈, 가장 중요한 눈은.

진지하기 그지없는 두 눈을 여자는 사납게 노려보았다. 마주친 까만 눈동자는 단 한 번을 흔들리지 않았다. 새벽하늘에 뜬 별인 양 강렬하게 반짝이는 눈동자가 '나는 섣불리 허튼소리를 지껄이는 것이 아니다.' 항변하는 것처럼 느껴졌다.

"대인의 눈은 너무 커서 가벼워 보이지도, 너무 가늘어 간사해 보이지도 않네요."

"……"

"눈빛은 진실한 것 같아요. 어쩌면 내가 잘못 본 것일 수도 있겠지요. 어쩌면 지금 이 눈빛은 가짜 연기일 수도 있겠지요. 그걸 아는데도…… 믿고 싶어요, 날 조선에 보내주겠다는 말."

"너를 속이지 않는다. 내 처와 처의 배 속 내 자식을 두고 맹세할 수 있다."

"그 둘이 대인에게 그토록 중요한 존재인가요?"

"전부이다."

"……"

"그들은 내 전부이며 나 자신보다 중요하다."

"……그렇겠죠."

나도 마찬가지다. 아들이 보고 싶다. 평생 풍족하게 먹고 살 수 있을 정도의 재물을 챙겨가 나무꾼 서방과 아들과 함께 살고 싶다. 제발.

여자는 달달 떨리는 입술을 열었다.

"내가 뭘 도와주면 되는 거지요?"

"포주에게서 널 사 풀어주겠다. 대신 내가 지명하는 사내 하나를 사로잡아라."

"포주는 내 몸값을 족히 천 냥은 부를 거예요. 내 얼굴이 반반하다고 좋아하니까요."

"만 냥을 부른들 값을 치를 거다."

"……내가 누굴 사로잡길 바라는 거지요?"

사내는 잠시 뜸을 들였다. 둘 중 누구를 제시하는 게 좋을지 확신이 서지 않았다.

그가 솔직히 털어놓았다.

"둘 중 어느 쪽이 네게 수월할지 모르겠다. 여자에 관한 한 사내들은 언제나 예상 밖이지 않은가."

"둘 중 의심이 더 많은 놈이 누군지는 감이 잡혀요?"

이번에 사내는 망설임 없이 선택했다.

"정명수."

"그놈으로 할게요. 의심 많은 놈은 외로운 법이에요."

확신에 차 단언한 여자는 자신감을 내비쳤다.

❁

말에 오른 명수는 사내종이 건넨 고삐를 받아들었다.

"조심히 다녀오십시오, 대인."

고개를 끄덕인 명수가 말을 몰자 달그락거리는 말발굽 소리가 느린 박자로 울렸다.

가슴 깊이 자리 잡은 고독감과 외로움에 시달리느라 그는 밤새 몸을 뒤척였다. 겨우 잠들었는가 싶다가도 눈이 다시 떠졌다. 그러는 새에 아문에 나갈 때가 가까워져 그냥 일찍 출발한즉슨, 남아도는 게 시간이니 아침 산보를 하듯 천천히 말을 몰아도 됐다. 더구나 찬바람이 감도는 어둑한 새벽 거리에는 사람도 마차도 없었다. 휑한 주변에 있는 사람이라고는 명수 자신과, 며칠 전부터 그의 사저 담벼락 끄트머리에 웅크려 앉아 있는 거지 하나가 전부였다.

집 둘레에 더러운 것들이 어슬렁거리게 하지 말라 수십 번 당부했건만 저것을 여태 안 치웠단 말인가. 쯧.

불만스레 거지를 흘기며 명수가 생각한 참, 거지가 어깨를 움찔 떨었다.

"살려주세요. 살려주세요."

메마르고 거친 음성으로 되뇐 거지가 고개를 들었다. 넝마 수준인 모자 달린 일구종을 뒤집어쓴 거지와 명수의 시선이 마주쳤다. 명수는 순간, 유일하게 보이는 거지의 커다란 두 눈이 매우 아름답다는 사실을 깨달았다.

"사, 살려주세요, 대인!"

별안간 거지가 명수 앞으로 뛰어들었다. 말고삐를 붙든 손에 저도 모르게 힘을 준 명수가 날카롭게 일갈했다.

"감히 뉘 앞을 가로막느냐?! 물러나지 못해?!"

"대인, 살려주세요! 저를 거둬주세요! 시키는 건 뭐든 할 테니 재워주고 밥만 먹여주세요!"

"당장 꺼져! 더러운 게!"

"대인!"

끄떡하지 않은 거지는 명수의 무르팍을 붙잡고 매달렸다.

고약한 체취를 풍기는 거지를 피해 명수는 상체를 뒤로 젖혔다. 매섭게 거지의 손을 쳐 냈다. 하지만 굴하지 않은 거지는 다시, 더더욱 세게 명수의 옷깃을 움켜쥐었다. 밀어내려는 자와 버티는 자, 둘이 새벽 일찍부터 승강이를 벌여댔다.

"에잇, 아침부터 재수 없게!"

화난 명수는 양손으로 힘껏 거지를 밀쳤다. 휘청거리며 밀려난 거지의 기름진 머리에서 모자가 미끄러져 내렸다.

"대인, 살려주세요! 배가 고파 참을 수가 없습니다!"

"냄새나는 더러운 게 누구를 귀찮게……."

돌연 명수는 입을 꾹 다물었다. 그는 홀린 듯이 멍하니 거지를 쳐다봤다.

거지는 홀쭉한 뺨을 하고 있었다. 기름진 머리카락 사이사이에는 하얀 비듬이 꼈다. 씻지 않은 얼굴은 재를 묻힌 것처럼 꾀죄죄했다. 하지만 그럼에도 여자 거지가 아름답다는 걸 알 수 있었다.

벌어진 일구종 가슴께 틈새로 보이는 가슴에 눈길을 고정한 채 명수는 침을 삼켰다. 뺨은 홀쭉한데 가슴은 어찌 저리 큰가? 하여간에 여자건 남자건 옷자락을 까봐야 진가를 알 수 있다.

전신에 뜨거운 열이 물씬 돌았다. 달아오른 아래가 난리를 부렸다.

"대인, 밥 좀 주세요! 이년을 평생 노예로 삼으셔도 좋으니 굶어 죽게 하지만 마세요!"

"……."

"이대로는 이년은 추위와 배고픔에 지쳐 죽거나, 전 주인에게 도로 붙잡혀 끌려갈 겁니다!"

풍만한 젖을 가까스로 외면한 명수는 궁금증을 참지 못하고 물었다.

"네 전 주인이 누구냐?"

거지가 세차게 도리질했다.

"모르겠습니다. 이년은 어두운 방에 혼자 내내 갇혀 있었습니다. 밥을 주러 온 시녀를 온 힘을 다해 때려 기절시키고 겨우 탈출했어요."

"……."

"이년이 전 주인에 관해 아는 거라곤……."

잠시 망설인 거지는 일구종을 끌어내렸다. 펄럭이며 흘러내린 일구종에서 튕겨 나온 벼룩 네다섯 마리가 땅바닥에 처박혔다.

혁, 명수는 커다란 숨을 들이쉬었다. 가슴, 허리, 엉덩이, 세 부분이 또렷이 굴곡진 나체가 거리를 꽉꽉 메웠다.

바빠진 명수의 눈알이 위아래로 정신 사납게 굴렀다. 이제는 정녕 바지춤이 터지려 했다.

"전 주인의 이름도 직업도 모르지만 전 주인이 이년을 때리며 즐거워한 것은 압니다."

거지가 천천히 돌아서자 마른 어깻죽지부터 탐스러운 엉덩이까지를 채운 채찍자국이며 멍자국, 상처가 드러났다. 다시 명수를 마주한 거지가 하소연했다.

"전 주인이 매일 밤 이년을 품는 것은 그러려니 했습니다. 그렇지만…… 배에 똥을 누려 하고 오줌을 먹이려 하질 않나, 채찍을 휘두르는 것은……."

"……."

"그것은 못 참겠습니다. 살려주세요, 대인!"

"……."

"이년을 노비로 거둬주세요! 전 주인처럼 똥오줌을 먹이려 하지만 않는다면, 때리지만 않는다면 그 외엔 뭐든 하겠습니다!"

"……."

"밥이…… 밥이 너무 먹고 싶습니다. 배가 고파 눈앞이 빙빙 돕니다, 대인."

"……."

명수는 불현듯 눈앞에 떠오른, 주린 배에 시달리던 제 자신의 어린 시절을 지워냈다. 땅에 내려선 그는 일구종을 주워 그것을 거지 여자 몸에 대충 둘러주는 척을 하다가, 자연스럽게 탱탱한 젖꼭지를 만지작거렸다. 낯선 남자가 몸을 만지는데도 거지는 온순했다. 심지어 마음껏 만지라는 것처럼 허리를 곧추세워 가슴을 내밀었다.

커다란 손이 가슴을 감싸 쥐었다. 손안 가득 차다 못해 바깥으로 살이 삐져나온 가슴을 한참 주무른 명수는 입가에 새나온 침을 꿀꺽 삼켰다. 여자를 처음 겪는 숫총각인 양 그가 떨며 물었다.

"만주어를 말하는 네 억양이 이상하다. 조선인이냐?"

"예, 맞습니다."

"……너는 나를 모르느냐?"

코앞에 선 남자를 지친 눈으로 뜯어본 거지는 이윽고 고개를 저었다.

"방 안에 갇혀 전 주인만 상대했던 이년이 대인을 어찌 알겠는지요."

"……나는 정명수다. 내 이름을 들어봤느냐?"

"아니요. 하물며 이년은 전 주인의 이름조차 들어본 적이 없습니다. 게다가 솔직히 말하면 전 주인이 누구였는지, 대인이 누군지, 어떤 분인지, 그밖에 어떤 것도 관심 없습니다. 이년 머릿속에는 오로지 똥오줌을 누지 않고 때리지 않는 주인을 얻어 밥걱정을 그치고 싶은 생각뿐입니다."

"……."

"에구머니! 저 여자가 왜 길 한복판에 벌거벗고 서 있어?!"

갑자기 울린 놀란 비명소리에 비로소 명수는 행인들이 하나둘 그들 주위에 몰려들고 있음을 알았다. 늙수그레한 남자들이 음흉하게 눈을 빛냈다. 그런 그들을 명수는 날카로이 노려보았다. 참으로 오래간만에 강렬한 질투가 들끓었다.

"일구종을 입어라, 어서!"

닦달한 명수는 거지가 일구종을 입자 다시 말에 올랐다. 서두르면 여자를 씻기고 품을 시간이 될지 몰랐다.

"나를 따라와라!"

"예, 예, 따라가겠습니다!"

부리나케 제집 대문으로 말을 모는 명수를 쫓아 거지가 내달렸다.

묵던에 비하면 봉성은 시골구석이 아니겠는가. 봉성에 오는 내내 속으로 그리 무시했으나 현실은 달랐다.

웅장한 저택의 높은 대문을 갑단은 소심히 올려다봤다. 고개를 반대편으로 돌린 그녀는 저택 앞을 가로지르는, 사람과 마차가 가득한 넓고도 낯선 거리를 우두커니 구경하다가 다시 저택에 눈길을 붙박았다.

정묘년에 처음 묵던에 끌려왔을 때 봉성을 지나쳤던가? 마차에 들어앉아 내다봤던 봉성 시내의 번화한 거리를 십 년 전에도 봤던가? 봤다면 기억이 날 법하거늘 나지 않았다.

"촌구석인 줄 알고 속으로 갖은 무시를 했는데 사람 기를 죽이네."

혼잣말한 갑단은 대문을 쾅, 쾅, 쾅 두드렸다. 사내종 하나가 금방 문을 열고 나왔다.

"뉘쇼?"

"나는 묵던에 계신 타타라 대인의 명으로 왔어요. 본래는 타타라 가문을 모셨지만 대인께서 나더러 봉성장군 댁에 가라 하셨어요."

"묵던에 계신 타타라 대인?"

반색한 사내종이 거들먹거렸다.

"아아, 그분이라면 나도 꽤 알지. 우리 주인어른의 의형제분이시잖소."

"의형제요? 나는 그런 얘기는 처음 듣는데요."

"그다지 그쪽 주인어른께 신뢰받는 처지는 아니었나 보군?"

"……"

"주인마님께 아뢰고 올 테니 여기서 조금만 기다리쇼."

"알았어요."

다시 대문이 닫혔다. 일각쯤 시간이 흘렀을까? 사내종은 여자종 하나와 함께 되돌아왔다. 위아래로 갑단을 훑어본 여자종이 물었다.

"정말 타타라 대인 댁에서 왔어요?"

"예, 맞아요. 나는 타타라 잉굴다이 장군님 댁에 주기적으로 머무르면서 그 댁 살림을 도왔고, 때로는 잉굴다이 장군님의 조카이신 타타라 룽거 공자님의 댁에 드나들기도 했어요. 나를 봉성 동 대인 댁에 가라 하신 분은 타타라 룽거 공자님으로, 나는 그분께 신뢰를 받았었고 그분의⋯⋯ 돌아가신 조선인 부인과도 각별한 사이었어요."

제 소개를 마친 갑단은 기연이 눈앞에 아른거리매 코끝을 붉혔다. 울상이 된 갑단을 빤히 쳐다보던 여자종이 말했다.

"따라와요. 주인마님께서 중당 곁채로 데려오라 하셨어요."

갑단은 의문을 느꼈다. 주인마님을 만나러 내당이 아닌 곁채에 간다니? 이 댁 주인마님은 남편 구박을 받는 처지인가? 내당을 첩실에게 빼앗기기라도 하셨나?

"여기예요. 주인마님, 데려왔습니다."

"들여라."

새가 지저귀는 듯싶은 고음의 여자 목소리가 문밖으로 흘러나왔다. 여종을 따라 후덥지근한 방 안에 들어온 갑단은 주인마님을 찾아 주위를 두리번거렸다. 침상 옆에 앉은 웃는 낯을 한 중년 여성을 발견한 그녀는 꾸벅 인사를 하려다가, 침상 머리맡에 기대앉은 임산부에게 시선을 빼앗겼다.

"어머나 세상에!"

귀부인을 앞에 두었다는 사실을 깜빡 잊은 갑단은 놀란 소리를 내뱉었다. 그로 모자라 조선말로 외쳤다.

"아가씨!"

예고 없이 갑자기 나타난 갑단을 한 박자 늦게 알아본 기연이 중얼거렸다.

"갑단 이모······? ······이모!"

기연은 하반신을 덮은 이불을 거둬냈다. 불룩한 배가 훤히 드러났다.

"아이고, 아가씨!"

임부를 움직이게 하고 싶지 않아 갑단은 재빨리 두 발을 놀렸다. 가까워진 둘은 누가 먼저랄 것 없이 서로를 얼싸안았다.

"아가씨이!"

"이모!"

눈물을 반짝이는 그네들을 지켜보던 궤웨이의 처, 지숙용이 슬쩍 일어났다.

"내심 예상했지만 역시나, 타타라 대인이 낯선 곳에 떨어져 있는 아내가 걱정돼 대인의 아랫사람을 보낸 거였군요. 오랜만에 재회한 둘이 할 말이 많을 테니 나는 물러가야겠네요."

기연과 갑단은 껴안은 채로 끙끙 앓느라 지 부인과 여종이 나간 줄을 몰랐다. 한참 만에 포옹을 푼 갑단은 다급히 기연을 살폈다.

기연은 귀신인 양 창백하지 않았다. 망자의 싸늘함이 아닌 온기가 그녀로부터 흘러 나왔다.

"정말로······정말로 아가씨가 맞네요. 귀신이 아니라 산 아가씨가 맞아요."

"저 안 죽었어요, 갑단 이모. 룽거가 죽은 척을 하며 잠시 동 대인 댁에 머물라 한 것뿐이에요."

여전히 믿기지 않아 갑단은 기연의 뺨을, 배를 차례로 어루만졌다. 기연은 안색이 좋았다. 살이 많이 붙었고 개월 수에 비해 작던 배가 충분히 커져 있었다.

갑단은 감격스럽기도 하고, 멀쩡하게 살아 있는 이를 죽었다 여기며 슬퍼한 지난날이 억울하기도 해 뾰로통한 어투로 말했다.

"공자님께서 아가씨가 조선인 전남편에게 납치돼 끝내 잘못됐다고 하셨어요."

"납치됐던 건 맞아요. 하지만 도망쳐 천운으로 봉성 갑군들을 만나 구출됐어요. 안 그랬으면 죽거나 조선에 끌려가 아이와 함께 맞고 살았을 거예요."

"대체 공자님은 무슨 생각으로 아가씨와 아기씨가 잘못됐다 하신 거예요?"

"그건…… 저도 룽거가 무슨 생각인지 모르겠어요. 몇 번을 물었지만 대답해 주지 않았어요."

"아휴……. 아무튼 간에 다행이에요. 이렇게 무사히 살아 계셔서 백 번 천 번 다행이에요. 저는 정말이지 아가씨와 아기씨가 잘못된 줄 알고……."

"이모, 전 괜찮아요. 그러니까 울지 마세요, 네?"

기연은 훌쩍이는 갑단의 팔을 쓰다듬었다. 내팽개쳤던 짐 보따리에서 광목수건을 꺼내 든 갑단은 눈가를 찍고 팽, 요란히 코를 풀었다. 이윽고 그녀가 진정하자 기연이 물었다.

"이모, 저 때문에 놀란 것 빼고는 그간에 별 탈 없이 지내신 거지요? 그런데 여기까진 어떻게 오신 거예요? 방에 들어온 이모를 보고 얼마나 놀랐는지 몰라요."

실은 기연은 룽거가 잘 있는지, 그가 언제쯤 봉성으로 처자식을 데리러 올 것 같은지를 묻고 싶었다. 물론 갑단이 그의 속내를 알 리 없었으나 수다 삼아서라도 묻고 싶었다. 더는 혼자 고뇌하기 싫으니까. 그러나 사람 된 도리로써 차마 먼 길을 온 갑단에게 다짜고짜 남편 안부를 물을 수 없었다.

"별 탈 없이 지내지 못했어요. 암요, 그렇고말고요. 아가씨와 아기씨가 하루아침에 납치돼 살해당했다는데 어찌 그럴 수 있었겠어요?

저는 족히 삼 일을 울었어요. 마님께선 졸도하셨어요. 깨어나신 후로 마님은 아가씨가 죽었을 리 없다며 현실을 부정하시더군요. 제가 마지막으로 뵈었을 때도 아가씨와 아기씨는 꼭 살아서 돌아올 테니, 울갼 너도 돌아와야 한다 수차례 당부하셨어요. 저와 주인마님, 집안 식구들, 하인들뿐 아니라 심지어 그 강건하시던 대인께서도 충격으로 기운이 많이 쇠하셨어요. 대인께선 본래 일을 잘하신다, 황제님께 총애를 받으셨기 때문에 과로가 일상이었지요. 그럼에도 끄떡하지 않으셨는데 최근엔 부쩍 피곤해하세요."

"숙모님이……."

기연의 가슴속에 뜨거운 애정이 차올랐다. 하루빨리 숙모 댁에 가 내가 여기 살아 있다, 엄마 같은 숙모가 그간에 너무나 보고 싶었다, 외치고 싶었다.

"어서 숙모님께 가야 하는데 룽거가 절 데리러 올 기미가 없어요. 룽거가 바빠, 대신 절 데려오라 이모를 보낸 것도 아니잖아요, 그렇지요?"

"참, 정신이 없어 제가 왜 왔는지를 아직 말하지 않았네요. 거기엔 긴 사연이 있어요."

울음기가 덜 가신 목청을 흠, 흠, 헛기침을 해 가다듬은 갑단이 설명했다.

"어느 날 공자님께서 제게 차를 끓여오라 하시기에 시키는 대로 했지요. 그랬더니 글쎄 공자님께서 제가 끓인 차가 맛이 없다면서, 차하나 제대로 못 끓이는 멍청한 조선인은 보고 싶지 않으니 당장 타타라 가문에서 나가라 길길이 화를 내시지 뭐예요? 주인마님께서 공자님을 말리셨지만 소용이 없었어요. 결국 저는 떨리는 다리를 겨우 움직여 대인 댁을 떠났지요. 절 배웅해 준 하인들은 공자님이 아가씨를 잃은 충격으로 조선인들을 싫어하게 된 것 같다고 수군거렸어요."

"……."

"저는 다시는 주인마님을 뵈지 못하지 않을까 싶었어요. 그런데 쫓겨난 바로 그날 늦은 밤에 공자님께서 불편한 몸을 이끌고 직접 저와 제 남편 집에 찾아오셨지 뭐예요? 처음에 저는 공자님이 화가 덜 풀려 또 따지러 왔나 싶어 지레 겁을 집어 먹었지만 공자님께선 화를 내시지 않았어요. 대신 저더러 묵던에 있지 말고 봉성 장군 동 대인 댁으로 가라 하시더군요. 감히 공자님 명을 거역할 엄두가 나지 않아 저는 알겠다 했어요. 하지만 속으로는 가기 싫었기 때문에 떠나는 날까지 남편을 붙잡고 엉엉 울었어요."

"……."

"오늘 아가씨를 보니 드디어 공자님이 왜 그러셨는지 이해가 가네요. 아가씨를 걱정하는 마음에 부러 화를 내 절 쫓아내셨던 거예요."

"그런가 봐요. 죄송해요, 이모. 저 때문에……."

미안함을 느낀 기연의 얼굴이 빨갛게 달아올랐다. 갑단은 손 사레를 쳤다.

"아녜요. 솔직히 어제까지만 해도 공자님이 조금 원망스러웠어요. 하지만 지금은 아가씨가 살아 계신다는 사실을 알게 돼 마냥 기뻐요. 만약 한참 나중에 아가씨 생존 소식을 들었다면, 그때까지 계속 제 마음이 아팠을 거잖아요?"

"이모가 그리 말해주시니 감사하네요. ……이모, 방금 전에 룽거가 불편한 몸을 이끌고 이모 집에 왔다 했잖아요, 그건 무슨 뜻이에요? 룽거가 어디가 아파요?"

아차 싶어 갑단은 순간 눈동자를 떨었다.

"아니요, 공자님이 저희 집에 오셨던 그즈음에 고뿔에 걸려 고생하시는 중이었거든요. 다름이 아니라 고뿔을 말한 거였어요."

"……."

갑단이 곧바로 부정했지만 남편에 관한 한 이상한 낌새를 놓칠 기연이 아니었다.

기연은 정색하고 물었다.

"솔직히 말해주세요. 단순한 고뿔이 아닌 거지요?"

"……."

갑단은 기연 눈치를 살폈다. 기연이 물러날 기미가 없어 그녀는 이실직고했다.

"공자님께선 묵던에 돌아오신 다음 날 곤장 팔십 대를 맞고 앓아누우셨어요."

"……."

목에서부터 이마 끝까지의 피가 몽땅 새나간 듯 기연은 온통 창백해졌다.

내 서방이 곤장을 맞아? 그것도 한 대도 아니고, 두 대도 아니고, 세 대도 아닌, 자그마치 팔십 대를? 곤장은 튼튼한 남자가 열 대만 맞아도 장독으로 죽거나 하체 어딘가가 부러져 불구가 될 만큼 무서운 벌이 아닌가? 그런 벌을 내 서방이 받고 앓아누웠어? 왜? 대체 왜?! 내 남편이 뭘 잘못했다고?!

"하."

서러운 한숨을 토해낸 기연은 벽 쪽으로 얼굴을 돌리고선, 주르륵 흘러내린 눈물을 훔쳤다.

"룽거가 볼기를 맞다니요? 왜요?!"

"아가씨를 찾으러 가느라 무단으로 아문에 나가지 않았으니까요."

아! 나 때문에!

나 때문에 룽거가 맞았다. 내가, 태어나지도 않은 배 속 내 자식에게서 아비를 빼앗을 뻔했다. 불룩한 배를 감싸 안은 기연은 애처럼 울고 싶은 충동을 참고 물었다.

"볼기 맞는 것을 피할 방법은 없었나요? 사정이 있었다, 설명했는데도 감형해 주지 않고 팔십 대를 때린 건가요?"

갑단은 서글픈 표정으로 고개를 저었다.

"대인과 주인마님께서는 아문에 나아가 공자님 편을 들려 하셨어요. 하지만 공자님께서 죽은 조선인 계집 따위 때문에 동네방네에 공처가라 소문나고 싶지 않다면서, 아무 변명 않고 그냥 벌을 받겠다고 집부리셨어요. 그럼에도 주인마님께선 아문에 항변하러 가려 하셨지만 대인께서 막으셨어요."

"숙부님께서요? 어째서요?"

기연은 잉굴다이를 향한 원망을 숨기지 않았다

"어째서 숙부님께선 룽거가 벌을 받게끔 방치하신 거예요?!"

"대인께서는 공자님이 아가씨를 '죽은 조선인 계집 따위'라고 표현한 것에 크게 노하셨거든요. 그토록 아끼더니 삽시간에 마음에 변덕이 일어 세간의 시선이나 신경 쓰냐고, 저런 놈은 맞아도 싸다고 공자님한테 저주를 퍼부으셨어요."

"……."

"결국 공자님께선 직무 태만으로 태형 팔십 대를 고스란히 맞으셨지요."

"아무리 화가 나셨어도 그렇지 숙부님은 어찜 룽거를 맞게 하실 수 있단 말인가요."

잉굴다이가 제 편을 들어줬다는데도 원망은 식지 않았다. 두꺼운 매로 두들겨 맞아 피가 터진 서방 엉덩이를 상상하자 원망은 오히려 물씬 커졌다.

"저는 이모가 룽거가 잘 지낸다 말해주길 기대했어요. 매를 맞고 앓아누웠다는 소식을 들을 줄은 몰랐다고요. 룽거……."

서방이 다쳤는데 간호는 못 해줄망정 다친 사실조차 몰랐다니. 기어이 기연은 눈시울을 축축하게 적셨다.

"룽거가 설마 불구가 되거나 하진 않겠지요? 깨끗이 낫겠지요?"

"그럼요! 의원이 공자님은 건강을 타고났으니 염려 말라 했어요!"

갑단은 혹여나 임부가 충격을 받아 잘못될까, 재빨리 의원의 말을 언급하며 안심시켰다. 그러나 시름을 놓기는커녕 기연은 신경질적으로 인상을 찌푸렸다.

'나무 몸통만 한 매로 엉덩이를 팔십 대를 맞았거늘 염려 말라니? 환자를 상대하는 의원이 뭐 그리 낙관적인가?'

"그 의원이 돌팔이가 아니어야 할 텐데요. 만약 룽거가 완쾌하지 못하면 제가 직접 그 의원에게 쫓아가 따질 거예요."

"주인마님과 대인께서 묵던에서 으뜸가는 의원을 부르셨어요. 절대 돌팔이가 아녜요."

"……."

"아가씨와 공자님이 다시 만났을 때, 공자님께선 아가씨가 기억하는 모습 그대로이실 거예요."

"그래도 낫는 동안 얼마나 아프겠어요. 내 서방 불쌍해서 어떡해요, 이모."

쓰린 속을 참지 못한 기연은 어리광을 부리듯 갑단의 품에 안겨들었다.

갑단은 임부의 등을 토닥이며 불안한 표정을 지었다. 볼기를 맞았다는 말만 듣고도 이리 슬퍼하는데 어찌, '공자가 상한 몸이 잘 낫지 않고 너무 아프니 회복하는 데 전념하겠다며 관직에서 물러났다.'고까지 털어놓을 수 있으랴?

"아가씨, 공자님께서는 정말로 멀쩡해지실 거예요."

중얼거린 갑단은 기연 몰래 한숨을 삼켰다.

명수의 집에선 술판이 한창 벌어지고 있었다. 술과 안주 냄새, 담배 냄새, 여자의 분 냄새 그리고 왁자지껄한 말소리가 내당 거실을 꽉 메웠다.

"내가 '조선이 흥하려거든 다이칭 구룬(대청국)의 총애를 받는 나와, 조선에 사는 내 일가친척이 먼저 흥해야 하지 않겠소?'라고 물으니 박노 그놈이 하얗게 질려선 제 빈약한 턱수염을 파르르 떨며, '역관은 뭔가 또 바라는 것이 생겼습니까?'라고 되묻더군. 그래서 내가 그랬지. '내 친척 아우 산해가 조선 조정을 위해 일하고픈 결심이 섰다 하오.'"

술판을 벌인 이는 모순적이게도 집주인인 명수 자신이 아니었다. 기녀들과 술독을 사들고 들이닥친 김돌시였다.

김돌시는 조선인들이 술을 마시는 방식을 철저히 지켜 커다란 국그릇에 술을 따랐다. 그러고는 단박에 그릇을 비웠다. 옆에 끼고 앉은 한족 기녀의 엉덩이를 매만지며 그는 기녀가 들고 있는 담뱃대의 물부리를 깊이 빨았다. 명수를 따라 그도 어느덧 담배에 맛을 들인 터였다.

담배 연기를 뿜어낸 돌시가 이어 떠들었다.

"박노 그놈은 반항할 엄두를 내지 못하고 '역관이 원하는 바를 들어줄 수 있도록 노력하리다.', 순순히 답하더군. 아무튼 간에 그놈은 천하에 둘 없는 좀팽이라니까! 그리 소심해서 다리 사이 알 두 짝은 어찌 달고 다니는지! 쪽팔리지도 않은가?! 푸하하!"

술 취한 이의 요란한 웃음소리가 사그라졌다.

"그런데 정 역관은 어떤가? 관직을 내리고 싶은 누군가가 없는가? 있으면 이번 기회에 나와 같이 요구하면 될 터인데."

"……."

"정 역관은 관직을 내리고 싶은 이가 없느냐 물었네만?"

정신없이 영이를 쳐다보던 명수가 뒤늦게 더듬거렸다.

"아, 아니. 나는 없……."

말꼬리를 흐린 명수는 다시 옆에 잠자코 앉아 있는 영이의 고운 옆
모습을 쳐다봤다.

계집은 정면으로 볼 때도 예뻤지만 옆에서 볼 때는 더더욱 예뻤다.
이마, 코, 아래턱으로 떨어지는 얼굴선이 완만한 산등성이처럼 매끄
러웠기 때문이다.

"당장은 떠오르는 이가 없으니 시일을 두고 고민해 보겠네."

"내가 정 역관 속을 모를까 봐? 섣불리 세자관을 겁박했다가 혹여
일이 틀어질까 봐 두려운 게지?"

귀찮은 파리를 쫓듯 손을 휘두른 김돌시는 조소를 흘렸다.

"우리가 세자관을 좀 들볶은들 그깟 세자관 것들이 뭘 어찌 반항할
수 있다고 매번 그렇게 재고 따지는 겐가? 정뇌경과 강효원 꼴이 될까
봐 졸아 있는 그것들이 형부 아문에 찾아가 우릴 고발을 할 수 있겠는
가, 아니면 황제 폐하께 탄원서를 쓸 수 있겠는가? 정 역관의 걱정은
다 부질 없네. 정 역관은 박노만큼이나 좀팽이일세."

"좀팽이라니?! 나는 세상에 두려운 것이 없는 놈이야!"

노한 명수가 외쳤다. 조선말을 못 알아듣는 한족 계집 앞에서야 김
돌시가 뭐라 떠들건 상관없었다. 김돌시가 자신을 머저리 취급을 한
들 신경 쓰이지 않았다. 하지만 영이는 조선인이었다.

"자네 많이 취했군! 주량 이상으로 마셨어! 작작 마시고 돌아가게!"

"난 안 취했네! 안 취했다니까? 거참, 같이 마시다 먼저 일어나는
법이 어디 있는가?! 정 역관, 누누이 말하지만 그 계집은 죽었네! 세
자빈은 더는 그 계집을 통해 세자관 사정을 봐달라 하소연할 수 없어!

그러니 걱정 말고 일가친척 중에 관직을 주고 싶은 이가 생각나면 말해야 해! 내가 아랫것을 봉성에 보내 알아봤더니 봉성 시내에 소문이 파다했다니까! 조선인 계집 하나와 사내 둘이 죽었다고! 정 역관, 정 역관이 걱정할 건 정말로 아무것도 없어! 우린 지금껏 그랬듯이 조선을 피 빨며 부귀를 누리면 돼!"

명수가 화난 사실을 인지하지 못한 돌시는, 영이를 붙잡고 나가는 명수의 뒤에 대고 이미 수십 번은 떠든 말을 되풀이하며 술주정을 부려댔다.

김돌시를 돌아보지도, 대꾸하지도 않은 명수는 빈 곁채를 향해 걸음을 서둘렀다. 명수가 유독 심하게 화를 낸 이유 중 하나는 실은, 그만 술자리를 파하고 영이를 안고 싶기 때문이었다. 아랫도리가 근지러운 지가 족히 반 시진은 된 참이었다.

가장 가까운 곁채에 들어와 문을 닫자마자 명수는 영이를 벗기기 시작했다. 그러나 심신이 원체 급한지라 옷가지 전부를 벗길 여유가 없었다.

"아, 아흣!"

가슴 가리개는 그냥 두고 붉은 속곳부터 내린 명수는 탐스러운 엉덩이 사이를 허겁지겁 파고들었다.

"아, 아흐응……!"

"어윽, 억!"

한동안 게걸스럽게 움직이던 명수는 영이를 침상 쪽으로 밀어붙였다. 침대 기둥을 붙든 영이가 상체를 푹 숙이자 명수는 그녀의 허리를 꽉 붙들었다.

"아…… 대인……."

남자는 여자를 침대에 눕혔다. 그러고는 여자 위에 엎어져 꿈틀거리다가, 힘없이 늘어졌다.

거친 숨을 몰아쉬는 명수를 침대에 끌어내려 눕힌 영이는 명수의 팔을 베고 누웠다. 그녀를 감싸 안은 명수는 눈이 감긴 얼굴을 따스하게 바라보았다. 담벼락 아래에서 주워온 여자, 봉영이와의 정사는 만족스럽다는 표현으로 부족할 만큼 만족스러웠다. 언제나. 똥오줌만 누지 않으면 영이는 무엇이든 해줬다. 뭘 하든 받아들였다. 오로지 아쉬운 점은 명수가 젊지 않은지라 더 오래 정사를 벌일 힘이 없다는 거였다.

이 어리고 예쁜 계집애가 나보다 젊고 돈 많고 잘생긴 놈을 찾아 떠나면 어쩌지?

시답잖은 걱정을 하는 스스로가 웃기면서도 명수는 진지하게 겁이 났다. 그리고 이러한 걱정의 결론은 매번 같았다. 영이를 계속 잡아두려면 잘 대해줘야 한다.

"정 역관은 어떤가? 관직을 내리고 싶은 누군가가 없는가?"

돌시의 말을 되새긴 명수는 짐짓 태연하게 물었다.

"조선에 가고 싶지 않느냐?"

졸린 눈을 억지로 비벼 뜬 영이가 말했다.

"가고 싶죠."

"네 가족들은 모두 너처럼 대청국에 끌려왔느냐? 아니면 죽었느냐, 조선에 남아 있는 가족이 있느냐?"

"모르겠어요. 늙은 부모님은 속절없이 돌아가셨을 듯하고, 서방과 아들은 전쟁이 일어나기 전에 염병에 걸려 죽었고…… 아, 오라버니는 몸이 날랬으니까 운 좋게 살아남았을 수도 있겠네요."

"부모와 오라비가 살아 있는지 확인하러 가고 싶으냐?"

"흠."

잠시 고민한 영이가 단언했다.

"아뇨. 오라버니나 부모님을 만나게 되면 당연히 반갑겠지요. 하지만 그렇다 해서 조선에 가고 싶진 않아요."

"이유가 뭐냐?"

"상봉의 반가움은 찰나지만 배고픔은 죽지 않는 한 영원하니까요. 배고프게 사는 건 너무 힘들어요. 지겹고요."

"만약 네 가족이 먹고살 만해진다면 그때는 조선에 가고 싶겠군?"

"무슨 뜻이에요? 왜 그런 걸 물으세요?"

"묻는 말에 대답이나 해라."

"그것도 모르겠네요. 우리 가족은 평생을 먹고살 만하게 생활한 적이 없어요. 항상 가난했어요. 그래서 형편이 편 가족 모습이 상상이 안 돼요."

"부자가 된 가족 모습을 마음껏 상상도 못 하겠다니, 너는 융통성 없고 아둔한 년이다."

"타고나기를 이리 생겨 먹은 걸 어쩐대요?"

영이는 새침하게 맞받아쳤다. 그 모습이 귀여워 명수는 영이의 뺨을 꼬집었다. 그러나 입으로는 마음에 없는 타박을 늘어놓았다.

"그래도 본래 타고난 네 성격을 극복하려 노력해 봐라. ……질문을 바꿔 물으마. 내가 혹여 살아남았을지 모르는 네 가족을 찾아서 관직이나 땅을 내주면, 넌 좋겠느냐?"

"공짜 선물 준다는데 싫다는 사람이 어디 있겠어요?"

"그럼 그리해 주겠다. 대신 조건이 있다. 내 은혜를 기억해 날 떠날 꿈일랑 자는 동안에라도 꾸지 마라. 내가 너한테 질릴 때까지 내 여편네 노릇을 충실히 해라."

"……."

영이는 새삼 낯설게 명수를 쳐다봤다.

"대인, 대인이 저를 내쫓으면 내쫓았지 일개 종년인 제가 어찌 제 의지로 주인인 대인을 떠나려 하겠어요? 오늘따라 참 이상하시네요."

"전 주인에게서 도망친 네년이 두 번은 못 그럴까?"

주인을 배신한 제 과거가 창피하다는 듯 영이는 뺨을 붉혔다.

"그 얘기는 왜 꺼내신대요? 전 주인의 경우는 특수했잖아요. 제가 허구한 날 제게 매질을 하고 똥오줌을 먹이려 한 전 주인 밑에 계속 있었어야 한다 생각하시는 거예요?"

"그건 아니다. ……나한테선 도망가지 마라."

"도망갈까 봐 어지간히 염려스러우신가 보네."

"……."

"아들이라도 낳아드려 빼도 박도 못하게 되면 저를 좀 믿어주시려나요?"

아양스레 속삭인 영이가 일어나 앉았다.

"전 대인 집에 얹혀사는 게 좋아요. 대인은 제가 처음에 기대했던 것 이상으로 절 편히 살게 해주시니까요. 하지만 자꾸 불안해하시니…… 아들 낳아드릴게요. 씨 내놔요."

"하하하하! 이런 요망한 년을 봤……."

싱긋 웃는 영이를 따라 웃던 명수는 불현듯 조용해졌다. 부드러운 손길이 하체를 마구 자극했다.

"어으……."

명수는 연방 신음을 내뱉었다.

꽃

바이비야는 부러 팔다리를 크게 휘저어 걸어 옷자락 소리를 냈다. 그리 제 존재감을 과시하며 중당 곁채에 들이닥쳤으나 침상에 등을 돌리고 드러누워 있는 이는 그녀를 돌아보지 않았다.

가늘게 뜬 눈으로 바이비야는 방 안을 휘둘러보았다. 언제는 신혼부부 사이의 알콩달콩한 분위기가 가득했을 곁채 내부는 더는 그렇지 않았다. 삭막할 따름이었다. 이곳이 아직 누군가가 머무는 처소임을 알리는 증표라곤 독한 술 냄새와, 술 냄새가 섞인 숨결을 뿜어내는 침상 위의 저 원수 같은 오라비뿐이었다.

어둑한 바닥에 떨어져 있는 포퉈마마의 초상화를 구들에 세워놓고, 쓰러진 술병들을 주워 가지런히 탁자에 올려둔 바이비야가 날카롭게 외쳤다.

"오라버니, 일어나 봐!"

"……."

룽거는 여전히 꼼짝하지 않았다. 바이비야는 그가 의도적으로 자신을 무시하는 게 아니라 술에 취해 정신이 없다는 사실을 알고 있었다. 왜냐면 오라비는 묵던에 돌아온 이후 쭉 대부분의 시간을 술에 취해 보냈기 때문이다.

이제 더 이상 못 참아!

옴팡진 두 손이 룽거의 어깨를 붙잡고 흔들었다.

"일어나! 일어나!"

"귀찮게 하지 마라!"

"……."

깨어난 룽거는 매몰차게 여동생을 밀쳐 냈다. 바이비야는 뿌리쳐진 두 손을 꼭 마주잡은 채 룽거를 노렸다. 나를, 내 부모를 귀찮게 하는 게 누군데. 내가 왜 시댁에 돌아갔다가 얼마 안 가 다시 친정에 왔는데.

속이 부글거렸다.

집안 분위기는 변함없이 최악이었다. 엄마도, 아빠도, 하인들도 여전히 초상집에 사는 중이었다. 그리고 왜 모두가 기운을 차릴 기미가 없는지 바이비야는 알고 있었다. 오라비가 저리 사니 주변 사람들도 덩달아 슬픔을 극복하기 힘든 것이다.

"룽거 오라버니, 일어나란 말이야! 일어나 좀 씻고 의원한테 진료를 받든가, 바깥에 나가 맑은 바람을 쐬든가, 시장 사람들이 어찌 사는지 세상이 어찌 돌아가는지 봐! 오라버니는 혼자 뒤처졌어!"

"……."

"아니면, 계속 퍼질러 있을 거면 오라버니 집에 가 그래! 여긴 내 엄마 아빠 집이야! 오라버니가 그렇게 좌절하니까 오라버니를 보는 내 엄마 아빠까지 몸 고생, 마음고생을 같이하잖아? 오라버니가 괴로운 건 이해해. 하지만 언제까지나 그늘 아래 버섯인 양 방구석에 박혀 살 순 없잖아?!"

"……."

"그리고 상처 회복이 더디니 요양에 전념하겠다며 관직서 물러나 놓고 술은 왜 자꾸 마셔? 정말로 인생 포기했어? 포기했으면 내 엄마 아빠 신경 쓰이게 하지 말고 몰래 어디 넓은 강에 가 빠져 죽든지!"

"……."

돌아오는 반응이 없었다. 화난 바이비야가 악을 썼다.

"오라버니! 야, 타타라 룽거!"

"타타라 바이비야."

마침내 울린 목소리는 무섭도록 차분했다. 냉담했다. 독설을 멈춘 바이비야는 입을 앙다물었다.

"남들이 매해 한 살씩 나이를 먹을 때 너는 여덟을 먹는 겐가?"

"흥!"

그녀는 코웃음을 쳤다. 턱하니 팔짱을 끼고선 이죽거렸다.

"내 지론을 짚고 넘어가자면 나는 나보다 나이가 많다 해서 무조건

어른 대접을 해주지 않아. 하는 짓이 어른다워야 마땅한 대접을 해주지."

"네 눈에는 내가 갓 태어난 사내아이로 보이나 보군."

"남들은 조정에 진출하고 싶어 난리인 마당에 오라버니는 관직을 때려치웠어. 그래서 내 아빠를 실망시켰어. 아빠가 기운이 없어지게 만들었어."

"……."

"백수라 넘쳐 나는 게 시간이면 치료라도 성실히 받을 것이지, 의원이 가까이 오지 못하게 해. 그로 모자라 병자 주제에 술을 마셔. 그런 오라버니를 걱정하느라 안 그래도 힘든 내 엄마는 하루하루 피가 말라가는 중이야."

"……."

"오라버니는 여기서 십 년을 일한, 엄마가 아끼는 울갼을 제멋대로 쫓아냈어."

"……."

"마지막으로, 새언니 때문에 힘들어할 거면 왜 새언니를 조선인 계집 따위라고 부른 거야? 그것 땜에 아빠가 여태 오라버니한테 화가 풀리지 않아 그렇잖아도 나쁜 집안 분위기가 더더욱 나쁘잖아!"

"그 계집 얘기는 입에 담지 마라!"

바이비야는 흠칫 놀라 팔짱을 풀었다.

"네 잔소리 따위 듣고 싶지 않다. 꺼져라."

꺼지라니. 과거의 오라비는 사이 나쁜 원수를 대하는 게 아니고서야 절대 저런 단어를 쓰지 않았는데. 하인들이 수군대는 말처럼 진짜로 정신이 살짝 미친 걸까?

"나가라 했다, 바이비야."

오라비가 무서워 나가야 할 것 같으면서도, 오기가 일어 순순히 명령을 따르기 싫었다. 그렇다고 또 한 번 쏘아붙였다간 룽거의 분노가 폭발할 듯해, 전략을 바꾼 바이비야는 애써 나긋이 말했다.

"난 오라버니와 엄마 아빠를 걱정해 잔소리하는 거야. 내 마음 알잖아?"

"모르니까 꺼져라."

바이비야는 잠시 할 말을 잃었다.

"난 오라버니를 돕고 싶어. 어떻게 하면 오라버니가 힘이 나게 할 수 있는 거야? 내가 어떻게 하면 예전으로 돌아갈래? 응?"

"네가 이 방에서, 내 인생에서 사라지면."

"……."

그 조선인 새언니는 왜 저런 괴팍한 놈과 살아줬지? 비위가 좋았나? 악의가 들어 찬 눈빛을 숨긴 바이비야가 재차 설득했다.

"오라버니를 아끼는 엄마 아빠를 봐서라도 오라버니가 지금처럼 망나니같이 살면 안 되는 거 아냐? 정 막 살고 싶으면 아까 말했듯이 오라버니 집에 가든가."

"나더러 예서 머물라 한 건 숙모님이다. 나는 분명 곤장을 맞은 날, 내 집에 가겠다 했다."

"엄마는 오라버니가 여기서 진료받으며 쉬길 원했어! 술 퍼마시는 게 아니라!"

"너는 최근에 숙부님의 체력이 예전만 못한 이유도 나 때문이라 우기지만 바이비야, 기실 그는 폐하 탓이다. 폐하께서 숙부님이 능력이 출중하다, 숨 돌릴 틈 없이 궂은일을 시키신 바람에 지난 세월 동안 누적됐던 피로가 드디어 터진 거다."

바이비야의 표정이 뜨악해졌다.

"매를 덜 맞아 황제 폐하를 들먹이는 거야?"

"아, 네 약점을 찾았군. 앞으로 한 번만 더 성가시게 굴면, 폐하를 찾아가 원망할 것이다. 숙부님 건강이 예전만 못한 건 폐하께서 혹사 시켜서라고."

"내 아빠 죽게 할 일 있어? 이 천하에 둘 없을 불효한 작자!"

부모 걱정에 휩싸인 바이비야는 눈물을 글썽였다. 노해 외친 목소리가 떨렸다. 그러한 친척 여동생이 안쓰럽기는커녕 재밌다는 양, 바이비야를 돌아본 룽거는 피식 웃었다. 갑자기 장난기가 솟아 룽거는 짓궂게 덧붙였다.

"불효한 나와 반대로 너는 참 효녀군. 네가 기특하니 날 구제할 방법을 하나 까주겠다, 바이비야. 네가 관관저구, 재하지주, 요조숙녀, 군자호구를 포함한 관저 전체 내용을 조선어로 번역해 써온다면 네 바람대로 나는 망나니 삶을 그만두고 예전처럼 성실히 살겠다."

"뭐?"

덜 마른 바이비야의 두 눈이 멍하니 끔뻑였다.

관관저구, 재하지주, 요조숙녀, 군자호구(關關雎鳩, 在河之洲, 窈窕 淑女, 君子好逑)……

룽거가 읊은 시구는 시경이라는 시집에 수록된 한시 중 하나인 '관저(關雎)'의 일부였지만, 묵던에 사는 만주인치고 이 시구를 모르는 자는 없었다. 글 좀 쓴다 하는 관리나 사내뿐 아니라 여염집 까막눈 여인, 심지어 동네를 뛰노는 어린애들마저 알았다. 대청국 황제 홍타이지가 시구를 참고해 그가 가장 총애하는 후궁인 신비, 보르지긴 하르조의 처소 이름을 관저궁으로 명명하곤 친필로 현판을 써 하사했기 때문이다. 한동안 스스로를 애처가라 자칭하는 만주족 사내들 사이에선, 황제를 모방해 제 부인의 귓가에 '관관저구, 재하지주, 요조숙녀, 군자호구'라 속삭여 대는 것이 유행했다.

그러나 아무리 유명한 시라 하나, 한자조차 쓸 줄 모르는 여동생에게 그보다 한층 생소한 조선어를 써오라니? 이는 필시 놀리는 거였다.

농락이었다.

화난 바이비야의 얼굴이 벌게졌다. 다시금 눈물이 반짝였다.

"날, 날 놀리는 거지, 타타라 룽거? 가족을 염려하는 날 무참히 짓 밟았어. ……너 같은 못난이를 받아들여 줬다니, 새언니는 보살이었 던 게 틀림없어! 그래서 성불해 부처님께 가버린 거라고!"

"바이비야!"

의도적으로 여동생을 자극했으되 바이비야의 마지막 한 마디가 속 상해 룽거는 버럭 고함을 내질렀다.

"뭘! 어쩌라고! 타타라 룽거 이 바보 천치야! 인간오물아! 내 이름 부르지 마!"

끄떡 않고 맞받아친 바이비야는 곧장 곁채 바깥으로 뛰쳐나갔다.

"흑…… 역관 아저씨?"

"이런! 익숙한 목소리가 들려 저도 모르게 발걸음이 멈추더니, 바이비야 아가씨가 맞았군요!"

열린 문으로 흘러나오는 대화 소리를 엿듣던 명수가 당황해 허둥대 며 떠들었다. 혹여 룽거가 쫓아 나올까, 명수는 얼른 곁채로부터 뒷걸 음질 쳤다.

반색한 바이비야가 떠들었다.

"오래간만이네요, 역관 아저씨! 내가 시집간 후로 처음 보는 거지 요?"

"그렇다마다요. 바이비야 아가씨는 어쩜 나날이 고와지시군요."

"아이, 아저씨도. 부끄럽게."

샐쭉이 말한 것과 달리 입꼬리가 절로 치켜 올라갔다. 꿀을 바른 칭찬 한 마디가 오라비로 인한 화기를 식혔다.

"아저씨, 잘 지냈지요? 장가는 갔어요?"

"……."

명수의 입 꼬리 역시 바이비야처럼 슬그머니 치켜 올라갔다. 벌거벗은 영이가 눈앞에 떠올라 갑자기 기분이 좋아졌다.

그냥 실컷 영이 자랑을 할까? 아니다, 어린 계집애와 여자를 주제로 뭐 얼마나 심도 깊은 대화를 나누랴. 명수는 대충 에둘렀다.

"이 나이에 무슨 장가입니까. 여태껏 그랬듯이 호감 가는 여자가 있으면 같이 살고, 없으면 없는 대로 사는 거지요."

"아저씨, 아직도 그러는 거예요? 하여간에 바람둥이라니까. 그런데 내 집에는 어쩐 일로 왔어요?"

명수는 바이비야와 나란히 잉굴다이의 처소를 향해 걸으며 양손에 든 약재 꾸러미를 들어 보였다.

"요즘에 잉굴다이 장군께서 쉽게 지쳐 하시는 데다, 타타라 공자께서도 목발을 놓지 못하셨다니 걱정이 돼 최상급 약재를 지어왔지요."

"역시, 아빠 생각해 주는 사람은 역관 아저씨들밖에 없다니까요."

"제가 모시는 장군을 저 아니면 뉘가 챙기겠습니까? ……한데 아가씨, 아문에서 타타라 공자를 뵐 일이 없는지라 어찌 지내시는지 정확히 알 길이 없군요. 공자께선 아직 오른 다리를 아파하십니까? ……돌아가신 조선인 첩 이야기는 간혹 하십니까?"

시름이 깃든 한숨이 울렸다.

"의원은 오라버니 몸이 거의 회복됐다는데 오라버니는 아프대요. 오른 다리를 계속 절뚝거려요. 답답한 건 진료를 거부한다는 거예요."

"……공자께서 왜 그러실까요?"

"왜긴요, 성격이 괴팍하기 때문이지요."

"……"

"새언니와 조카 아기를 잃은 충격으로 오라버니는 제정신이 아니게 된 것 같아요. 새언니를 그리워하는 듯도 하고 싫어하는 듯도 하고, 기분이 자주 바뀌고, 혼자 있고 싶어 해 곁에 아무도 못 오게 하고……

아휴, 나는 이제 룽거 오라버니가 무슨 생각으로 사는지 짐작조차 안 돼요. 내가 알던 오라버니가 아닌 것 같아요."

"공자께서 많이 슬프신가 봅니다. ……바이비야 아가씨, 공자께서 조선인 첩의 죽음에 관해 별다른 말씀을 하시진 않았습니까?"

"별다른 말씀이요? 예를 들어 어떤 거요?"

"아니, 아닙니다."

명수는 재빨리 화두를 돌렸다.

"묵던에는 언제까지 머무실 요량인지요? 아가씨를 만났다 얘기하면 김 역관도 아가씨를 뵙고 싶어 할 겁니다."

"넉넉히 있을 거예요. 그러니까 김 역관 아저씨더러 여유가 나면 날 보러 오라 전해요. 아참!"

돌연 바이비야는 얼어붙었다. 좋은 생각이 떠올랐다.

"정 역관 아저씨는 조선어를 할 줄 알지요? 까먹지 않았지요?"

"그렇습니다만 그건 왜 물으시는지요?"

타타라 룽거, 시답잖은 장난을 쳐 날 놀리려 했지? 기만하려 했지? 그렇지만 조선어 번역 그까짓 거 내가 못 해낼 줄 알아?

"난 타타라 잉굴다이의 유일한 딸, 타타라 바이비야야! 역관 아저씨, 오라버니 콧대를 찌부러뜨릴 수 있게 도와줘요."

명수를 올려다보는 바이비야의 얼굴 가득 등등한 미소가 차올랐다.

❀

드르렁, 낮은 코골이 소리가 규칙적으로 울렸다. 편안히 잠든 갑단 옆에 누워 그녀를 보며 기연은 눈을 말똥말똥 빛냈다.

혼자는 쓸쓸하니 함께 자달라 졸라, 끝끝내 갑단을 붙잡았으나 여전히 쓸쓸했다. 이모로는 밤의 고독이 완벽하게 메워지지 않았다. 잠이 오지 않는다. 기분이 뒤숭숭하다. 서방이 보고 싶다.

기연은 무거운 몸을 일으켜 세워 조심스럽게 침대를 빠져나왔다. 계절은 겨울이요, 시간은 밤이라 바깥이 최고조로 추울 걸 알았다. 그럼에도 일구종을 뒤집어쓰고 나오니 머릿속마저 얼릴 듯한 추위가 금세 뺨을 난도질했다.

"차라리 내 마음도 꽁꽁 얼었으면 좋겠다."

서방이 안 보고 싶게. 그래서 실컷 잘 수 있게.

달과 별이 들어찬 밤하늘에 시선을 붙박은 기연은 처마 아래를 어슬렁어슬렁 걸었다. 조선에 억지로 끌려가지 않아, 서방과 헤어지지 않게 돼 다행이라 여겼었다. 그랬는데 작금, 조선 대신 봉성에 묶인 채로 서방 때문에 애를 태운다. 서방 얼굴이 보고 싶은데, 너른 가슴에 고개를 기대고 싶고 커다란 손을 맞잡고 싶은데. 예뻐 죽겠다는 듯 따스한 눈길로 바라봐 주며 미소를 짓던 표정이, 호탕한 웃음소리가, 몰래 사다줬던 여지 즙의 맛까지, 그와 관련한 모든 것이 그립거늘 그리워하는 일밖엔 할 수 있는 게 없으니 어찌 이보다 더 억울할까?

"몸이 아파서 데리러 오기 힘든 거면, 묵던에 와도 된다 편지 한 통만 보내주지. 그럼 마차를 빌려 타든, 조금씩 천천히 걸어가든, 무슨 수를 써서든 내가 알아서 묵던에 갈 텐데. 당신하고 얘기하고 싶어. 나한테 웃어줬으면 좋겠어. 겨울이니까 따뜻하게 꺼안아 줬으면 좋겠어. ……다른 여자가 생겨 날 모르는 체하는 거 아니지요?"

두 손을 모아 합장한 기연은 달과 하늘에 빌었다.

동 대인 댁에 머무는 것에 적응이 되긴 했지만, 다들 융숭히 대접해 주지만 나한텐 서방이 제일이니까 하루 빨리 그이가 나와 아기를 데리러 오게 해줘요. 아니, 안 데리러 와도 돼요. 비록 묵던까지 가는 길에 강을 몇십 번을 건너야 하고, 요양 벌판이 하늘까지 집어삼킬 듯

넓다지만 내 발로 찾아갈 수 있어요. 그러니 서방이 '묵던에 와라.' 짧은 연통 한 줄만 보내게 해줘요. 곁에 서방이 없는 상태로 아이 낳게 하지 말아요……

아닌 게 아니라 기연은 점점, 룽거가 해산 날 전에 못 오는 것이 아닐까 싶어 무서웠다. 그러나 결단코 멀쩡한 서방을 놔두고 홀로 출산하기 싫었다.

여자가 애를 낳는 건 몹시 힘겹고, 지치고, 아프고, 위험한 일이었다. 낳다가 아이와 함께 혹은 낳고 얼마 뒤에 무언가가 잘못돼 죽는 여자들이 부지기수였다.

물론 이미 한 번 겪어봤지만 출산의 고통은 경험 횟수와 비례해 적응이 되는 유가 아니었다.

더구나 아정이 때는 뭣도 모르는 채 눈만 끔뻑이고 있다가 해산 날이 돼서, 배가 아파와서 낳았지만 이제는 뭘 좀 알았다. 출산 시의, 온 뼈마디 마디가 뒤틀리는 것 같은 아픔을 생생히 기억했다. 그러니 그 괴로운 순간에 서방이 가까이 있어야 했다.

또 한 가지, 아이가 태어나자마자 룽거에게 안겨주고 싶었다. 하늘 아래에 나와 처음으로 토해내는 우렁찬 울음소리를 들려주고 싶었다. 그럼 룽거는 아기를 품에 안고선 너무 예쁘다, 감격스러워 할 거다. 고생해 낳아줘 고맙다, 꼭 안아주며 격려해 줄 거다.

이 뿌듯한 상상이 상상으로 끝나 버리면 어쩌지?

"아가씨? 어디 가셨어요?"

"저 여기 있어요, 이모. 들어갈게요, 아!"

급히 돌아서던 기연은 갑자기 피어오른 다리 사이 통증에 놀라 배를 감싸 안았다. 꼼짝 않고 다시 아픈지 기다렸으나 아무 증상이 없었다. 추운 데 오래 있어 무리가 갔나?

기연은 서둘러 화로를 쫓아 문턱을 넘었다.

정오가 지나도록 늦잠을 자던 룽거는 돌연 깨어났다. 사내의 반듯한 이마에 식은땀이 맺혀 있다.

한동안 밭은 숨을 몰아쉰 그는 호흡이 가라앉자 방금 전까지 꾼 꿈을 되새겼다.

꿈에서 기연은 고통에 몸부림쳤다. 팔다리를, 허리를, 머리를, 전신을 아파했다.

'룽거, 뼈가 쑤신단 말이야. 배 속이 뒤집히는 거 같아.'

신음하는 그녀의 퉁퉁 부은 팔다리를 주물러 주고 약을 먹였지만 소용이 없었다. 심지어 기연은 약을 토해내더니 눈물을 흘렸다.

허튼 꿈이었으리라. 나쁜 일이 있었다면 의형이 득달같이 소식을 전했을 거다. ……한데, 만에 하나 나쁜 일이 지금 막 일어난 거라면?

아니다. 기연이 보고 싶어 울적했던 터라 그 여파로 꿈자리가 사나웠던 것뿐이다.

자위해도 찝찝함은 가시지 않았다. 미간이 절로 구겨졌다.

일을 그르칠 위험을 감수해서라도 봉성에 다녀와야 할까? 고민에 빠진 룽거는 홀린 듯이 하나둘, 기연의 물건을 찾아 꺼냈다. 아껴 마시느라 반절 넘게 남은 여지즙 병, 고운 빛깔 비단옷, 고저혜……

룽거는 불안한 손길로 고저혜 한 짝을 만지작거렸다. 이다지 작은 발을 한 기연인데, 심신이 속절없이 그녀에게 휘둘린다. 현실 아닌 그깟 꿈속에서 기연이 울었다 하여 심장이 조급히 뛴다.

안 되겠다. 복수건 뭐건 일단 기연을 봐야겠다.

두 발을 신에 욱여넣은 순간 누군가가 야단스레 뛰어들었다.

"해가 중천에 떴어, 일어나! ……엇! 일어났네? 오라버니, 조선어 번역쯤은 나한테 뜨거운 죽 마시기보다 쉬워! 알아?!"

잔뜩 들뜬 바이비야는 까만 먹물이 빼곡한 종이를 룽거의 코앞에 들이밀었다. 종이에는 한자와 언문이 나란히 쓰여 있다.

關關雎鳩(관관저구), 구구 우는 암수 물수리
在河之州(재하지주), 마을 강가를 오가네
窈窕淑女(요조숙녀), 마음씨 고요하고 자태 어여쁜 여인은
君子好逑(군자호구), 군자의 좋은 짝이어라

參差荇菜(참치행채), 줄지어 핀 마름 풀 사이를
左右流之(좌우류지), 좌우로 헤매고
窈窕淑女(요조숙녀), 어여쁜 여인을
寤寐求之(오매구지), 자나 깨나 탐낸다네

求之不得(구지부득), 탐내도 얻지 못하니
寤寐思服(오매사복), 자나 깨나 그리워할 따름
悠哉悠哉(유재유재), 자꾸 애가 타
輾轉反側(전전반측), 잠에 들지 못하네

參差荇菜(참치행채), 줄지어 핀 마름 풀을
左右採之(좌우채지), 여기저기서 캐내고
窈窕淑女(요조숙녀), 어여쁜 여인을
琴瑟友之(금슬우지), 금슬 좋게 사귀네

參差荇菜(참치행채), 줄지어 핀 마름 풀을
左右芼之(좌우모지), 골라내고

窈窕淑女(요조숙녀), 어여쁜 여인과
鐘鼓樂之(종고락지), 종과 북을 연주하며 즐긴다네

"이 글자를 알긴 해? 이건 조선인들이 쓰는 언문이라는 거야. 옛날 옛적에 살았던 조선 왕이 제 조선인 백성을 너무나 사랑해, 백성들을 위해 친히 만든 글자야. 몰랐지?"

"바이비야, 네게 관저를 조선말로 번역해 준 이가 누구냐?"

"누구긴 누구야? 내가 배워 썼지!"

"……."

흘끗 여동생을 본 룽거는 종이를 받아들었다. 필체를 뜯어본 그가 말했다.

"인정한다, 바이비야. 내가 졌다. 나는 도통 너를 이길 수 없군."

"뭐? ……아하하하! 역시 그렇지? 사내로 태어났으면 나는 진작 영 시위내대신이 됐을 거야. 혹은 정백기군 선두에 서 대청국이 산해관 을 넘어 중원을 차지하는 걸 도왔을 거라고."

룽거는 성의 없게 들리지 않으려 노력하며 바이비야의 비위를 맞췄 다.

"네가 이토록 총명하니 그러고도 남았을 테지. 한 수 가르쳐 다오, 바이비야. 번역한 자가 누구냐?"

"에헴, 제자께서 깨달음을 달라 공손히 물으시는데 선생 된 이로서 어찌 외면하겠습니까?"

있지도 않은 수염을 쓰다듬는 흉내를 낸 바이비야가 뒷짐을 진 채 거들먹거렸다.

"주변 인재를 적재적소에 배치하는 사람은 현자로 칭송받으나 그러 지 못하는 자는 어리석다 비판받는 법이거늘, 제자께서는 정녕 지척 에 있는 정 역관을 떠올리지 못한 게요? 이래서야 사는 동안 단 한 번이라도 현자 취급을 받겠소?"

"정 역관. ……적격이다."

"그럼 그럼, 적격이고말고. 제자를 위해 충고하건대 제자께서는 머리 쓰는 수준이 다섯 살 아이와 다르지 않으니 앞으로 최소 십 년은 더 나를 선생으로 모셔야 할 게요. 아셨소? ……알았냐 물었잖소? ……왜 빨리 대답 안 해?"

재촉하는 바이비야를 무시한 룽거는 책상에 가 편지만 써댔다. 이윽고 그는 편지를 내밀었다.

"오래간만에 네 말 타는 솜씨를 발휘해야겠다. 세자관에…… 아니다."

생각을 바꾼 그가 정정했다.

"남문 근처 노예 시장에 다녀와라."

세자관에 사는 식솔이 자그마치 이백여 명이건만 그곳에 바이비야를, 만주인인 데다 여자인 동생을 보냈다간 아무리 바이비야의 몸놀림이 재빠른들 이목으로부터 완전히 자유로울 수 없을 거였다.

그러나 운이 따라준다면 노예 시장에서 그 여자를 마주칠지 몰랐다. 세자와 가장 가까우나 세자보다 대청국의 감시로부터 자유로운 세자빈. 조금이라도 더 비밀스럽게 움직이기엔 그녀를 통하는 것이 세자에게 직접 편지를 전하는 것보다 나았다.

"노예 시장에 세자빈이 있거든 내 편지를 전해줘라, 바이비야. 우연에 의지하고 싶진 않지만, 처를 위하는 내 정성에 감동받아 하늘이 내 편을 들어준다면 그것도 나쁘지 않지."

"……."

바이비야는 넋이 나가 오라비를 쳐다봤다. 이게 대체 무슨 상황이냐 따지고 싶었다. 그러나 머릿속이 과히 복잡해 어디서부터 시작해야 할지 헷갈렸다.

가까스로 질문 순서를 정한 그녀가 물었다.

"노예 시장에서 만나기로 약속하지 않았는데 왜 세자빈이 거기 있을 거라 생각해?"

"그 여자는 어지간해선 매일, 정오 전후에 포로 시장에 들린다."

"난 세자빈을 본 적 없어. 설사 마주친대도 못 알아볼 거야."

"포로 시장을 시찰하는 조선인 여자라곤 세자빈뿐인 데다 그녀는 비단으로 지은 조선 옷을 입고 다니니 한눈에 구분할 수 있을 거다. 걱정 마라."

"조선말을 모르는 내가 세자빈한테 뭐라 하면서 편지를 줘?"

"네가 숙부님 성함만 대충 이야기해도 세자빈 옆에 있는 역관 최 막동이 곧바로 통역을 시작할 거다."

"……."

"그리 굳어 있는 대신 서두른다면 앞으로 십 년간 널 선생이라 불러 주마. 싫으냐?"

헉!

"다녀올게!"

재빨리 일구종을 차려입고 나가던 바이비야는 불현듯 문가에 멈춰 섰다. 도무지 궁금증을 참기 어려워, 마지막 질문만큼은 꼭 묻고 가야 했다.

그녀는 룽거를 돌아봤다.

"오라버니…… 다리, 다 나았어? 아까부터 계속 목발을 짚지 않잖아."

"……."

룽거는 침묵했다. 그러나 예전으로 돌아온 오라비의 또렷한 눈빛만으로도 바이비야는 대답을 충분히 짐작할 수 있었다.

오라비는 대체 다리를 절고 술에 빠져 사는 척을 하며, 벼슬을 때려치워 가며 무슨 계략을 꾸미는 걸까? 비밀스러운 일인 건 확실한데.

말에 탄 지 얼마 안 돼 바이비야는 머릿속 의문을 깨끗이 잊었다. 그녀의 서방은 꽉 막힌 구석이 없지 않은 남자로, 부인이 말을 타느라 치마 속 바지를 드러내는 것을 고까워했다. 그러한 서방의 편협한 취향쯤, 황제의 총애를 받는 타타라 잉굴다이의 딸인 타타라 바이비야는 능히 무시할 수 있었다. 문제는 서방을 좋아한다는 점이었다. 신혼인지라 아직은 좋기만 한 서방을 위해 바이비야는 기꺼이 지난 이 년간 마차만 탔다.

그랬거늘 오늘 드디어 친척 오라비 핑계로 간만에 말을 탄즉슨, 신난 그녀는 강풍처럼 빠르게 남문 방향으로 돌진했다. 행인들과 말, 마차가 즐비한 길이 복잡했으나 그녀가 모는 말은 솜씨 좋게 요리조리 달렸다.

"워! 워!"

멈춘 바이비야는 말 위에 앉은 그대로 노예들이 들끓는 남문 거리를 내려다보았다. 실컷 달린 덕분에 들떴던 기분이 급격히 가라앉았다.

조선인뿐 아니라 몽골인, 한인, 기타 소수민족이 뒤섞인 노예시장은 더러웠다. 새카만 때로 뒤덮인 노예들은 마치 음식물이 썩는 듯한 냄새를 풍겼다. 몸에 벼룩이 기어 다니는지 노예들은 헤진 옷 사이로 드러난 살을, 팔다리를 연방 긁적였다.

박박 머리와 몸을 긁은 남자 노예가 기다란 손톱 밑에 낀 땟덩이를 다른 손톱으로 열심히 파내더니 파낸 그것을 탁, 튕겼다.

헛구역질을 한 바이비야는 소맷자락으로 코와 입을 가린 채 노예들 사이로 말을 몰았다. 노예들은 대부분 젊은 남자와 여자로, 노인과 어린아이는 드물었다.

왜 그런지 이유를 알 것 같았다. 하나같이 삐쩍 마른 데다 상처투성이인 노예들은 밥이 아닌, 매질만 줄기차게 얻어먹은 게 분명했다. 그리 가혹하게 대하는데 상대적으로 약한 노인과 아이들이 어찌 시장에 무사히 끌려올 수 있었겠는가? 끌려오는 길에 굶주림 혹은 맷독으로 인해 죽었을 것이다.

갑자기 바이비야는 내가 사내였다면 정백기군 선두에 서 산해관을 넘어 중원을 쳤을 거라 장담했던 것을 취소하고 싶어졌다. 사내가 돼 전쟁에 한 번 나설 때마다, 족히 수천의 무고한 백성들이 저 불쌍한 노예들 꼴이 나리라. 넝마 조각이나 다름없는 옷으로 어떻게든 가슴과 종아리, 샅을 가리려 애쓰는 저 노예 여자들처럼, 또 다른 새로운 여자들이 강간당하고 학대당하다 죽으리라.

이래서 룽거 오라버니가 전쟁 나가는 걸 싫어하는 거겠지.

언제 신났었냐는 듯 시무룩해진 바이비야는 억지로 시장을 헤맸다. 산발한 노예들을 살피는 한 무리의 이상한 사람들이 나타났다.

이상한 사람들은 옷차림새와 머리 묶은 모양새가 만주인, 한인들과 달랐다. 여자들은 따로 분리된 웃옷과 치마를 입었다. 머리는 하나로 길게 땋거나, 머리통을 따라 올려 묶었다. 남자들은 중들이 입는 것 같은, 소매와 밑단이 넓게 퍼진 옷을 입었고 여자인 양 머리를 올려 묶었다.

바이비야는 이 낯선 자들이 조선인 상류층임을 눈치챘다. 저리 멀끔하게 차려입고 묵던성을 돌아다닐 조선인들은 세자관 식솔들뿐이라는 사실도.

무리 가장 가운데에 있는 여자를, 여자 옆의 남자를 빤히 쳐다보던 바이비야는 그녀들에게 최대한 가까이 다가갔다. 세자빈을 휘둘러 싼 호위병들이 바이비야를 잔뜩 경계했다.

"역관이 누구냐? 나는 다이칭 구룬 고관의 딸로 세자빈께 긴히 할 말이 있다!"

땅에 뛰어내린 바이비야가 또렷이 말하자 조선인 노예들을 고르던 세자빈을 포함한, 식솔들 전부가 일시에 그녀를 돌아봤다. 세자빈 옆에 있던 남자, 역관 최막동이 되물었다.

"고관은 뉘를 의미하는 거요?"

"……타타라 잉굴다이!"

최막동의 눈이 휘둥그레졌다. 용골대의 딸! 긴장해 얼굴 표정이 경직된 그는 종종걸음을 쳐 바이비야에게 다가왔다.

"너는 세자관 역관이냐?"

"그렇소. ……그렇습니다."

"너희들이 호위하는 저 지체 높아 보이는 분이 세자빈이 맞느냐?"

"맞습니다만."

바이비야는 편지를 건넸다.

"역관 너는 내 말을 세자빈께만 통역해라. 너와 세자빈 외에 어느 조선인도 내가 누군지를, 내가 하는 말을 알게 하지 마라. 알겠느냐?"

용골대의 젊은 딸이 퍽 거만하다 생각했으나 최막동은 부득불 얌전히 대답했다.

"굳이 강조하지 않아도 그럴 겁니다."

"세자빈께 그 편지를 세자께 전해달라 해라. 내가 할 말은 그뿐이야."

"편지는 용골대 장군께서 보내신 겁니까?"

바이비야의 눈초리가 사나워졌다.

"나는 더는 할 말이 없다 했다. 두 번 묻지 마라!"

세자빈을 마지막으로 한 번 쳐다본 바이비야는 훌쩍 말에 올라 싫기만 한 노예시장을 빠져나갔다.

"들어가도 되지요?"

다정한 음성을 이어 발소리가 퍼졌다. 구들에 앉아 더덕 껍질을 까다가, 어느샌가 꾸벅꾸벅 졸던 갑단이 재빨리 일어났다. 마찬가지로 일어나려 하는 기연을 숙용은 간곡히 만류했다.

"앉아 있어요. 배가 무거울 텐데."

숙용은 뒤에 데려온 시녀를 향해 고개를 돌렸다. 상전의 눈짓을 받은 시녀는 품에 안은 물건을 모두가 보란 듯이 내밀었다. 시녀가 든 물건은 커다란 나무통 따위로, 꽤나 무거워 보였다.

더덕 껍질을 까느라 까매진 두 손을 치마에 세차게 문질러 닦은 갑단은 시녀를 도와 나무통을 함께 들었다. 튼튼한 밧줄 두 쌍이 달린 나무통이 무엇인지 뒤늦게 알아본 그녀가 '아!', 탄성을 흘렸다.

숙용은 뿌듯이 미소 지었다.

"너는 십 년 넘게 대청국에 살았으니 이것이 무엇인지 잘 알 테지, 그렇지?"

"예, 부인. 어린아이용 또리네요."

"맞다, 맞아. 물푸레나무로 만든 최상급 또리야. 오래간만에 시장 구경을 나갔다가 네 주인분 생각이 나 선물할 요량으로 가져왔단다."

그녀는 이번에는 기연에게 설명했다.

"저는 한인인 데다 처음 대청국에 왔을 당시에 자식들이 이미 훌쩍 커 있던지라 또리를 쓸 일이 없었지요. 하지만 듣기론 만주인들은 어린 아기를 꼭 또리에 눕혀 키운다더군요? 어째서인고 하니 낮에 사내들은 사냥을 가고 여인네들은 나물과 버섯을 따러 가 집이 빈틈에 들짐승이 혼자 있는 아이를 해치는 경우가 잦았대요. 그래서 이 또리를 천장에 높게 매달아 아기들을 넣고 키우기 시작했다더라고요. 묵던은 평야 지대 한가운데에 떡하니 있거니와 높은 성에 휘둘러 싸여 있어 안전하지만, 아이를 또리에 키우는 건 여전히 전통 중의 전통이라지요. 나중에 부군과 돌아갈 때 가져가요. 미리 드리는 저의 작은 성의랍니다."

갑단이 통역하는 동안 숙용은 내리 입가에 곰살가운 미소를 유지했다. 반면 갑단이 통역을 끝내고, 숙용의 시녀가 또리를 침상에 내려놓았는데도 기연은 무반응이었다. 고맙다는 인사도, 선물을 쓰다듬으며 웃는 성의도 없었다. 그저 굳은 얼굴로 또리를 흘끗, 한 번 곁눈질하고 말 뿐이었다.

"아…… 음……."

기대치 않은 무뚝뚝한 반응에 민망해진 숙용의 뺨이 붉어졌다. 그런 데도 기연이 조용하니, 하인들 또한 덩달아 당황해 서로의 눈치를 살폈다.

왜 저러지? 또리는 충분히 기뻐할 만한 선물이고, 설사 마음에 들지 않는다 해도 저리 뚱하게 있을 아가씨가 아닌데? 이해가 가지 않아 갑단은 머리를 갸웃거렸다.

"마음에 들지 않나요? 아니면 내가 시간을 잘못 택해 찾아왔나요? 기분이 안 좋아 보이네요. 하긴, 임신했을 때는 어쩔 수 없이 기분과 몸 상태가 수시로 바뀌지요."

갑단은 서둘러 숙용의 말을 통역했다.

"아가씨, 지 부인께서 선물이 마음에 안 드는지, 기분이 나쁜지 물으셔요. 아가씨답지 않게 왜 가만히 있으세요?"

"그게 아니라……."

기연이 마침내 입을 열자 쇳소리를 닮은 거친 목소리가 울렸다. 갑단과 숙용의 하녀를, 숙용을 차례로 올려다본 기연은 조선어와 만주어를 뒤섞어가며 횡설수설했다.

"이모, 저 배가 아파요. 지 부인, 죄송해요. 그런데 제가 배가 아파요. 많이."

한 음절 한 음절 뽑아낼 때마다 기연의 이마와 목에 식은땀이 배어나왔다. 옴팡지게 주먹 쥔 두 손이 경련했다.

"처음에는 마통이 필요해서 아픈 건가 싶었는데 아닌 듯해요. 밑이 축 처지다 못해…… 빠질 듯해요. 저, 애 낳으려나 봐요."

"벌써요?! 아직 여유가 있다기에 산방을 차리지 않았거늘 이를 어쩐담?!"

그제야 상황 파악을 한 숙용은 넋이 나가 스스로의 얼굴을 감싸 쥐었다. 설마 선물을 이르게 준 까닭에 부정을 타 조산하는 건 아니겠지?!

"아가씨, 임부들은 막달이 가까워지면 설사병이 나기 쉬워요. 아가씨도 그런 걸지 모르니까 마통에 앉아보세요. 부축해 드릴게요."

"……."

그게 아닌 듯한데. 속으로 생각했지만 기연은 갑단의 부축을 받아 일어났다. 하지만 곧바로 바닥에 쭈그려 앉았다. 다리 사이로 애가 쏟아질 성싶었다.

아예 바닥에 엉덩이를 붙여 앉은 기연은 신경질적으로 내뱉었다.

"이모, 저 정말 그게 아니에요."

임부 옆에 따라 앉은 숙용이 걱정스레 물었다.

"왜 그래요, 만주어로 말해봐요."

"지 부인, 저는 뭘 누고 싶어 아픈 게 아니에요. 마통이 아니라고요."

"네? ……아!"

숙용은 헐떡거리는 임부를 감싸 안았다. 그러고는 평소와 완전히 다른 엄한 어투로 갑단을 꾸중했다.

"계속 마통 타령을 한 게냐? 이러다간 아기를 그 지저분한 곳에 낳겠구나! 헛다리 그만 짚고 어서 가 의원을 불러오너라, 어서! 산파를 빠뜨려선 안 된다! 내가 도와줄게요, 침대에 누워요, 네?"

갑단과 시녀가 바깥으로 부지런히 뛰어나가는 것을 확인한 숙용은 기연을 다독였다. 그러나 기연은 꼼짝할 엄두를 내지 못했다. 조금이라도 움직였다간 자식이 투두둑, 바닥에 떨어질 것 같았다. 하여 머리나 팔다리 어느 한 곳을 다치고야 말 것 같아 무서웠다.

❀

세자관 소유 사하보 땅에 이르러 소현은 말을 세웠다. 말에 앉은 그의 기세가 당당했다.

지난 날 청나라 황실이 주관한 사냥터에 갔을 때 아지거, 도르곤, 도도 삼형제를 비롯한 청나라 관리들과, 아랫것들이 말 타기에 서툰 자신을 비웃은 것을 소현은 알고 있었다.

언제 조선에 돌아갈지 모른다. 기약 없는 심양 생활 동안 앞으로 열 번, 스무 번이고 사냥 훈련에 소환될 수 있다. 그렇거늘 사냥 훈련에 갈 때마다 모욕을 받을 순 없는 터, 그날 이후 그는 일부러 말만 타고 다녔다. 처음에는 어깨와 팔, 등허리가 쑤셨다. 엉덩이와 허벅지에 시퍼런 멍이 들었다. 그럼에도 말이라는 짐승과 친해지려 끈질기게 노력한 결과로 이제는 제법 안정적으로 말을 타게 됐다.

천천히 말을 몰며 소현은 봄 농사철을 기다리는 언 땅을 둘러보았다. 벌써부터 세자관에 있는 조선 백성들은 몸이 근지럽다, 하루 빨리 농사짓고 싶다 아우성이었다. 그들이 그토록 열의가 넘치니 무당이 아니더라도 가까운 미래를 예측할 수 있었다.

올해 세자관은 풍년을 맞볼 것이다. 더 많은 작물을 거둬들이고 그것을 청나라에 되팔아 더 많은 수익을 남겨, 그 수익으로 더 많은 조선 백성들을 순차적으로 조선에 돌려보낼 것이다.

희망에 차 사하보 땅에서 땀 흘려 일하는 조선 백성들을 눈앞에 그리던 소현은 말을 멈췄다. 빠르게 다가오는 짐승의 기척, 달그락거리는 말발굽과 휘휘 몰아치는 바람의 소리가 귓속을 파고들었다. 커다란 말 한 마리가 소현과 부딪치려는 양 거칠게 돌진해 왔다. 소현은 말고삐를 한층 꽉 그러쥐었다. 여차하면 말머리를 돌려 피해야 했다.

걱정과 달리 상대편 말은 몹시 매끄럽게 정지했다. 그제야 안심한 세자는 궁금증을 느끼며 마주한, 말 위 사내를 주시했다. 청나라식 망토를 전신에 뒤집어쓴 사내는 코와 입술, 아래턱 정도만 겨우 보였다. 누굴까?

–세자관 소유 사하보 농장에서 해질녘, 경시(庚時)에 단둘이 보고 싶다.

세자빈이 전해준 서찰에 적힌 내용은 그게 다였다. 서찰을 보낸 이는 언급이 없었다.

사내가 모자를 벗었다. 소현의 두 눈이 조금 커졌다. 용골대의 조카! 곤장을 잘못 맞아 불구가 됐다 들었건만 멀쩡히 말을 몰다니? 그건 그렇고, 역관 없이 저 청나라인과 무슨 수로 대화를 나누는가?

"멀리 오게 해 송구합니다."

소현은 재차 놀랐다.

"조선말을 할 줄 아는가?"

"압니다."

"……."

언젠가 세자빈이 용골대의 조카에게 조선인 첩이 있다 했지만, 조카가 조선말을 할 줄 안다 하진 않았다. 소현 또한 청나라 사내가 언감생심 조선인 첩 때문에 조선말을 배우려 할 거라 생각지 않았다. 그랬거늘 지금 저자는 자연스럽게 조선말을 한다.

"누구는 역관보다 제가 낫다더군요."

"······."

그것도 너무나 잘한다. 발음, 어조, 어법이 천생 조선 사람 같은 것이 진정 어지간한 역관보다 낫다. 저자의 조선인 첩은 몇 달 전에 죽었고, 첩과 저자가 함께 산 기간은 일 년 남짓이라 들었는데, 그 짧은 기간 동안 외국어에 저리 능통해지는 게 가능한가?

"다리를 전다 들었다. 멀쩡해 보이는군."

"절기를 바라셨습니까?"

소현의 미간이 삽시간에 구겨졌다.

"무례하다! 비록 얼마 전에 청나라와 우리 조선 사이에 전쟁이 있었고, 당시의 상처와 앙금이 많은 조선인들과 청나라인들 마음에 여태껏 남아 있다지만 설마 내가 무턱대고 그대가 불행하길 빌었겠는가?"

"······."

하여간에 조선 양반들은 필요 이상으로······ 섬세하다. 피로감을 참은 룽거는 순순히 사과했다.

"별 뜻 없이 물었으나 되새기건대 저의 불찰이 맞는 듯합니다. 근래에 제 정신이 산만한지라 본의 아니게 날카롭게 받아쳤습니다. 용서하십시오."

그냥 핑계가 아니라 룽거는 정녕 근래 들어 머릿속이 어지럽고 신경이 곤두선 상태였다. 그가 그런 이유는 물론 기연 때문이었다.

기연이 보고 싶은 것은 둘째 치더라도 한 달만 있으면 아이가 나올 거였다. 한데 여전히 그녀를 데리러 가지 못한 고로 그가 제정신일 리가 없었다. 헤어지던 날 해산 날 전에 오라, 애를 낳을 때 가까이 있어야 한다 당부하는 기연에게 그러겠다 약속했건만, 이대로라면 평생 원망을 받을 판이었다.

이 같은 룽거의 애타는 상황을 소현은 당연히 몰랐으나, 그럼에도 그는 아량을 베풀어 노기를 풀었다. 비 온 뒤에 땅이 굳는다고, 심지어 세자는 자신과 비슷한 또래인 젊은 청나라 사내를 긍정적으로 보았다. 용골대가 다른 청나라 관리들에 비해 그나마 겸손하고, 제 잘못을 시인할 줄 알며, 사과 또한 할 줄 알더라니, 그의 성격적 장점을 조카가 빼닮았나 싶었다.

소현은 누그러진 목소리로 말했다.

"서찰을 건넨 여인이 스스로를 용 장군의 여식이라 칭했다기에 서찰을 쓴 이가 용 장군인가 했다. 그래, 날 부른 연유가 뭔가?"

"저를 도와줘야겠습니다."

"……."

이자는 내 기분을 수시로 변하게 하는군. '도와주십시오.'라고 간곡히 청해도 부족할 판에 '도와줘야겠다.'가 뭔지. 부탁을 하자는 겐지, 명령을 내리는 겐지.

"잘못을 곧바로 인정하고 사과한 그대를 잠시나마 좋게 봤다. 그대가 그대 숙부인 용장군의 장점을 닮았나 했느니라. 한데 착각이었군. 내 도움을 바라는 처지에 명령하듯 구는 그대는 참으로 교만한 성품을 지녔잖은가? 혹여 용장군의 권세를 믿고 나를 무시하는 건가?"

날 선 비판이 룽거를 찔렀다. 하지만 룽거는 상관치 않았다. 하루라도 빨리 눈엣가시들을 해치우고 기연을 데리러 가야 하는 마당에 세자가 내지른 비판을 곱씹을 여유가 없었다.

룽거는 단도직입적으로 소현을 협박했다.

"조선이 병자년 전쟁 때부터 지금까지 정명수에게는 은자 삼천육백 냥, 김돌시에게는 이천육백 냥을 준 사실을 압니다. 더불어 조선에 있는 두 역관들의 친인척들에겐 공연히 벼슬을 내렸고, 대청국에 사는 정명수에게마저 동지중추부사라는 감투를 내렸지요."

"……."

찰나에 소현은 흠칫하지 않기 위해 전신에 바짝 힘을 줬다.

"보다 자세히 조사하면 제가 모르는 더 많은 뇌물 이력이 나올 테지요."

"……."

나는 모른다, 헛소문이다, 반박해야 한다는 것을 머리로는 이해했다. 하지만 허를 찔린 혀가 움직이지 않았다.

"여담이나, 정명수가 전쟁 직후 잠시 조선에 머무는 동안 병조판서 이성구에게 '네 입에서 나온 말은 내 아래에서 나온 배설물보다 못하다' 하고 저가 아끼는 기생을 꾸짖었다, 병조좌랑 변호길을 매질했다 들었습니다. 이가 사실입니까? 내리 궁금했습니다."

"……."

정확히는 '네 입에서 나온 말은 내 똥구멍에서 나온 방귀보다 못하다'였으나 저자는 기실 진실이 궁금한 게 아닐 터였다. 저자는 단지 강조하는 거다. 조선어에 능통한 나는 조선에 관해 어느 누구보다 속속들이 꿰고 있다…… 라고.

아뿔싸! 청나라의 젊은 귀족 사내가 조선말에 유창한 것을 마냥 신기하게 여겼거늘, 그 얼마나 태평한 짓이었나?

"세자께 도와달라 부탁을 드리는 게 아닙니다. 선택권은 없습니다. 그럼에도 거절이라면, 곧장 형부에 가 조선이 뇌물을 준 사실을 고발하겠습니다."

"……."

무도하다! 분하다! ……그러나 내 화 때문에 세자관을, 조선을 곤혹케 해선 안 되잖은가?

소현이 쥔 가죽 고삐에서 뿌드득, 거슬리는 소리가 났다. 약소국 세자로서의 분노, 굴욕감을 재차 참아낸 그는 침착하게 물었다.

"원하는 바가 뭐냐? 내게 왜 이러는 거냐?"

"잘못된 질문입니다."

"뭐라?"

"세자께 왜 이러냐가 아니라 정명수와 김돌시에게 왜 이러냐 물으셔야 합당하겠습니다."

"……."

목표는 역관들이란 뜻인가? 어째서?

"좋다. 정명수와 김돌시에게 이러는 이유가 뭐냐?"

룽거는 가볍게 질문을 무시했다.

"두 역관들이 죽으면 세자관으로서도 나쁜 일이 아닐 겁니다. 저와 손을 잡으시겠습니까?"

"잡으면, 뇌물 때문에 또 세자관이 뒤집히는 상황은 아니 오는 건가?"

"그건 아닙니다. 세자께선 친히 뇌물에 관해 증언하셔야 합니다."

"장난하자는 게냐!"

폭발한 소현이 버럭 외쳤다. 그의 관자놀이에 푸른 핏줄이 돋았다.

이자는 미쳤다. 그러지 않고서 어찌 일국의 세자를 제 2의 정뇌경, 강효원으로 만들려 하는가?

소현은 더는 분노를 숨기지 않았다. 숨기기는커녕 그간에 홀로 삭였던 설움과 울분을 마구 분출했다.

"용골대가 역관들의 횡포를 진정 모를 것 같으냐?! 아니다! 어렴풋이 아는데도 모르는 체하는 거다! 내 밑에 두고 부리는 부하가 일단 내게 충성하기만 한다면, 약소국에 그깟 횡포를 좀 부린들 눈감아줄 만도 하잖느냐?"

"……."

"게다가 사람은 본래가 모두에게 잘하는 이보다, 남에겐 못되게 굴되 나에게만 잘하는 이를 더 어여뻐 하는 법이다! 그러한 자는 나 자신이 특별하다 느끼게 해주니까!"

"……."

"그래서 정뇌경과 강효원이 죽었다! '나와 청국에 충성스러운 역관들이 부정을 저질렀을 리 없다'며, 용골대와 청나라 조정이 은근히 놈들 편으로 치우친 탓에 작은 나라의 사신들이었던 정뇌경과 강효원은, 저들의 늙은 어미와 어린 자식, 처를 뒤로하고 황천길을 건넌 거란 말이다! 한데 나더러 형부에 가 뇌물을 줬다 자백하라니…… 비로소 알겠다. 너는 나를 죽이고, 이번에는 정녕 조선을 지옥불 구덩이에 빠뜨려 멸하려 하는구나!"

"비약입니다. 고향 땅이 불타 망가지면 크게 슬퍼할 제 사람 때문이라도 조선은 멸해선 안 됩니다."

"시끄럽다! 네 하찮은 말장난 따위 듣기 싫……."

"세자가 아니라 역관들을 죽이려는 거라 이미 말했습니다!"

룽거는 언성을 높여 소현의 말꼬리를 댕강 잘랐다.

"과거의 뇌물 이력을 증언하라는 것이 아닙니다. 최근 정명수와 김돌시가 세자관에 부당한 요구를 하고 있을 테지요. 정명수는 제 처족인 봉영운에게, 김돌시는 사촌아우 김산해에게 벼슬을 내리라 압박할 겁니다. 그것을 증언하십시오."

"대체 그것은 또 어떻게……."

소현은 파리하게 질려 버렸다. 세자관 내에서도 극소수만 아는 사항을 훤히 꿰는 룽거가 귀신처럼 느껴졌다. 우습게도, 이자가 모르는 게 있긴 할까 하는 의문이 들었다.

"세자관 관리 중 누군가와 내통하는 것이냐?"

"제가 아는 한 최소한 세자관에는 세자께 불충한 조선인이 없습니다. 빈객 박로가 겁이 많아 회유와 협박에 쉽게 떤다는 평이 있으나 세자께 위해를 끼칠 인물은 못 됩니다."

"……."

"다시 본론으로 돌아와서, 증언하시겠습니까?"

"고발이 그리 쉬웠다면 왜 여태껏 그 매국노 놈들의 극악한 작태를 참았을까? 설사 내가 역관들의 죄를 밝힌들 놈들은 언제 그랬냐는 듯이 잡아뗄 거다."

"증거를 제시하면 되잖습니까."

소현은 기가 차 피식 코웃음을 쳤다.

"아무렴 내가 그걸 모르겠는가? 정명수와 김돌시는 하늘 아래에 으뜸가는 미꾸라지라, 절대 책잡힐 증거를 남기지 않는다. 그대는 치밀하고 영리한 편이나 사고의 깊이는 얕군?"

룽거는 반박하지 않았다. 그저 조용히 서찰을 내밀었다.

"뭔가?"

돌아오는 대답이 없어 소현은 불가불 서찰을 받아들었다.

관관저구 재하지주 요조숙녀 군자호구……. 민망한 애정시, 관저가 언문으로 번역돼 있다.

"이걸 왜 주는가?"

"그 정도 분량이면 필체를 위조하기 충분할 겁니다."

"아!"

혹여 이 글씨체가!

"제가 이쯤 떠먹여 드렸는데도 여전히 제 숙부님이 역관들을 감싸면 어쩌나 염려하실까 봐 마지막으로 강조하건대, 숙부님께선 금번에는 더할 나위 없이 냉정히 역관들을 버리실 겁니다."

"……근거가 뭔가."

"가문에 하나 남은 장부이자 조카와, 피 한 방울 안 섞인 부하, 둘 중 선택하라면 당연히 전자일 테지요. 숙부님께선 제가 곤장을 맞는 것은 방치하실 수 있어도 거짓으로 형부에 고발했다, 정뇌경과 강효원처럼 죽게 하시진 못합니다."

"그대 설마……."

"이제는 잘못 이해했던 점을 확실히 깨달으셨겠지만, 저는 애초에 세자께 고발을 하라 한 적이 없습니다. 그것은 제가 합니다. 세자께서는 제 고발이 맞다, 아니다 증언만 하십시오."

"……그대는 아직 내 질문에 답하지 않았다. 정명수와 김돌시에게 왜 이러는 건가?"

"저 역시 한 번 원한을 가지면 반드시 복수하고 마는 성격을 타고났던 듯합니다."

"……."

소현은 오랫동안 굳어 있었다.

❀

"역관 굴마훈을 형부 아문으로 압송하라는 왕명이다!"

천둥 같은 고함을 뒤이어 붉은 몽둥이를 든 갑군들이 우르르 방 안으로 쏟아졌다. 그들은 여자와 나란히 누워 자는 정명수를 우악스레 끌어내렸다. 영이는 재빨리 이불로 몸을 감쌌다.

"뭐야! 뭐야, 네놈들…… 개돼지 야만인 새끼들이 이게 무슨 무례야!"

곤히 자다 깨워진 명수는 붙들린 두 팔을 버둥거리며 조선말로 욕했다. 무표정한 얼굴을 한 어린 관원이 딱딱하게 경고했다.

"굴마훈, 만주어를 써라. ……형부 왕께서 너를 압송해 오라 명하셨다. 얌전히 따라가는 게 좋다는 걸 잘 알겠지?"

명수는 만주어로 따졌다.

"이유가 뭐냐?!"

"가보면 안다. 끌어내라."

"너 이 수염 자국조차 없는 핏덩이야, 나는 역관 정명수다! 다이칭 구룬 폐하께 조선 내부사정과 지리를 아뢰어 올렸으며, 조선을 침공 하러 가는 길에 길잡이 노릇을 했으며, 마푸타 장군과 잉굴다이 장군 의 통역을 전담한 정명수란 말이다!"

어린 관원은 흐암, 늘어져라 하품했다.

"그래봤자 고작 역관인 주제에 하늘 천장을 찌를 듯이 뻐기는구나. ……네 공을 알긴 안다, 굴마훈. 하지만 그렇다 해서 혐의를 눈감아줄 순 없잖느냐? 하나 더, 나는 정친왕부 사등시위다. 적당히 까불어 라."

"……."

정친왕부 시위라고?

"드디어 조용해졌군. 끌고 가라."

갑군들은 명수를 끌어당겼다. 문 앞에 모여 있다가, 실오라기 하나 걸치지 않은 명수의 하찮은 알몸을 보게 된 집안 하인들이 너나 할 거 없이 눈을 가렸다.

"놔라! 놔! 죄가 입증되지 않았는데 이 수치를 줘도 되는 겁니까? 황궁에 가는 동안 내리 알몸을 보이란 겁니까? 형부 왕을 알몸으로 뵙니까?!"

"멈춰라."

갑군들을 제지한 사등시위가 말했다.

"굴마훈의 말이 일리 있다. 옷을 차려입어라, 굴마훈."

명수는 시위에게 성을 내고 싶었지만 차마 그럴 수 없어 대신 갑군들에게 외쳤다.

"갑군들 네 것들, 당장 나가라! 네놈들을 앞에 두고 바지춤 가다듬을 생각 없다!"

"어째 갑군들을 타박하는 척, 나를 원망하는 것처럼 느껴지는구나? 뭐, 좋다. 건방떠는 것도 오늘이 마지막일 테지."

어깨를 으쓱한 시위가 바깥으로 나갔다. 갑군들마저 나가고 문이 닫히자 명수는 두 팔을 쫙 뻗은 채 영이를 향해 돌아섰다.

"영이야."

영이는 명수에게 옷을 입혔다. 그녀가 불안한 눈빛으로 물었다.

"무슨 일이에요? 왜 이러는 거예요, 사람 무섭게."

"별거 아니다. 듣지 않아도 뻔해. 세자관 버러지들이 또 허튼 수작을 부린 게야. 흥, 지난번엔 목숨 두 개로 끝났지만 이번에도 그럴까 봐? 건방진 연놈들, 못해도 열 명은 죽일 테다."

"대인은 괜찮은 거죠?"

명수는 영이의 엉덩짝을 힘껏 움켜쥐었다.

"당연하지! 나 정명수가 겨우 조선인들한테 당할쏘냐?"

호언장담한 그는 영이의 뺨에 입을 맞추고 밖으로 나갔다. 갑군들이 다시 명수의 두 팔을 결박했다. 끌려가며 뒤를 돌아본 명수는 문틈 새로 보이는 여자에게 괜찮다 말하듯이 미소를 지었다.

구슬피 그의 뒷모습을 지켜보던 영이는 명수가 사라지자 미세하게 입꼬리를 올렸다. 살다 보니 무식한 내가 조선 만백성들의 분한 가슴을 식혀주는 날이 다 오네. 나한테 열녀문이라도 세워줘야 하는 거 아냐?

침이 묻은 뺨을 손등으로 대충 훔친 영이는 밖에 얼어붙어 있는 시녀를 불렀다.

"얘, 배고프다. 밥 줘."

"네? ……밥이 넘어가실까요?"

"목구멍이 멀쩡히 뚫려 있는데 안 넘어갈 이유는 뭐니? 많이 먹고 싶으니까 상이 넘치게끔 맛있는 요리를 차려봐."

"아…… 어…… 네네."

영이는 부엌에 가는 시녀의 등에 대고 덧붙였다.

"고기 위주로 가져와야 해?"

"네!"

얼마 되지 않아 돼지고기 간장 조림, 제비집 국, 양고기 탕, 전병……. 갖가지 요리가 식탁에 놓였다. 영이는 알몸 그대로 턱하니 식탁 앞에 앉아 입이 터져라 음식을 욱여넣었다.

경악해 그녀를 지켜보던 시녀가 조심스럽게 물었다.

"마님, 옷을 입고 드셔야 하지 않을까요?"

"응?"

씨익 웃은 영이는 시녀의 엉덩이를 찰싹 소리가 나게 때렸다.

"알몸이 뭐 큰 대수라고?"

"……."

"불편하면 나가봐. 나도 나 먹는데 누가 옆에 서 있으면 불편해."

"네……. 필요하신 거 있으면 부르셔요."

"응."

시녀는 종종걸음을 놓았다. 어서 부엌에 가 벌거벗고 밥 먹는 망측한 마님 이야기를 떠들고 싶었다.

"많이 먹어둬야지. 곧 있으면 오랑캐들 요리, 먹고 싶어도 못 먹어."

혼잣말한 영이는 배를 채우는 데 열중했다. 잡혀간 놈 걱정은 안중에 없었다.

명수가 형부 아문 정문에 도착하고 보니 때마침 김돌시 또한 안쪽으로 끌려가는 중이었다. 인기척을 감지해 뒤를 돌아본 돌시가 소란을 피웠다.

"정 역관! 염병! 아침부터 이게 웬 난리인가?!"

조급한 김돌시와 반대로 명수는 의연했다. 조소를 흘린 그가 차갑게 받아쳤다.

"난들 아나? 대충 예상은 가네. 밟힌 지렁이가 제 주제를 잊고 꿈틀한 게지."

"정 역관, 아무리 그래도 그렇지 형부에 끌려왔는데 자네 너무 태연한 거 아닌가?!"

"상대는 겨우 세자관 개똥같은……."

"역관들은 떠들지 마라. 형부 왕을 알현하러 가는 길이거늘 감히 수다를 떠느냐?"

시위의 예의 그 딱딱한 음성이 명수와 돌시를 채찍질했다.

어린놈이 형부 왕을 믿고 거들먹거리기는. 나중에 보자. 불만스레 시위를 째린 명수는 이를 갈았다.

넓은 마당 가운데에 멈춰 선 갑군들은 두 역관을 꿇어앉혔다. 명수는 주위를 휘둘러봤다. 정면 앞에 있는 단 중앙에 검붉은색, 윤기 흐르는 의자가 놓여 있다. 의자 위로는 그늘막이 드리웠고 의자 오른쪽엔 잉굴다이가 서 있다. 역관들 바로 옆엔 목발을 짚은 타타라 공자가 서 있다.

문득 불길한 예감이 명수를 휘감았다. 타타라 공자? 공자가 어찌 형부 아문에 있지? ……제기랄! 설마?!

왼편 관청에서 시위 하나가 후다닥 뛰어나왔다. 단 아래에 선 시위가 공표했다.

"위대한 아이신기오로 혈통이자 형부의 왕, 양람기의 기주, 다이칭 구룬의 용맹한 전사, 정친왕 전하께서 납신다! 다들 예를 갖춰라!"

명수와 돌시는 이마가 바닥에 닿도록 절을 올렸다. 룽거, 잉굴다이,

시위, 갑군들은 깊숙이 허리를 숙여 읍했다. 사부작거리는 옷자락 소리가 일동의 잔뜩 곤두선 귀를 자극했다.

탁한 저음이 명령했다.

"고개 들고 허리 펴라."

명수는 차마 허리를 펼 수 없었다. 무거운 위압감이 상체를 짓눌렀다. 그는 고개만 슬쩍 들어 태산과 같은 존재를 흘끔거렸다.

형부 왕은 비뚜름한 자세로 편하게 앉아 있었으나, 좌중을 내려다보는 눈빛은 칼날처럼 날카로웠다. 단 아래, 왕의 왼쪽에 명수를 잡으러 왔던 사등시위가 있었는데, 그의 지금 모습은 명수 앞에서 하품을 해댈 때와 판이했다. 동일 인물이 아닌 듯했다. 머리통부터 발가락 끝까지 군기가 바싹 든 사등시위는 두 손바닥 위에 황금으로 장식된 화려한 검을 올리고선, 조금도 미동하지 않았다.

명수는 다시 친왕을 살폈다. 머리에는 공작 깃털이 달린 붉은 관모를, 옥체에는 검푸른 곤룡포를 두른 친왕은 목에 건 기다란 홍옥 목걸이를 만지작거렸다. 생각에 잠긴 것 같았다.

이윽고 정친왕, 지르갈랑이 말했다.

"정명수, 김돌시, 네들이 왜 내 아래에 끌려왔는지 이유를 들었느냐?"

역관들은 목청이 터져라 합창했다.

"친왕 전하께 아룁니다! 송구하게도 이놈들의 잘못을 아직 듣지 못하였나이다!"

"으음…… 읊어라, 허션."

친왕이 오신다 알렸던, 왕부일등시위 허션이 엄히 말했다.

"역관 정명수, 김돌시, 너희들은 너희 친지 조선인 봉영운, 조선인 김산해에게 벼슬을 내리라 세자관을 협박한 혐의로 이곳 다이칭 구룬 형부 아문에 끌려왔다. 고발자는 전 이등니루장긴, 전 병부원외랑,

타타라 룽거다. 너희들 혐의에 대해 변론할 말이 있느냐?"

명수와 돌시의 머리가 획 하니 룽거 쪽으로 돌아갔다. 타타라 룽거가 어째서 자신들을 고발했을까? 답은 뻔했다.

짧은 찰나에 은밀한 눈빛을 주고받은 둘은 짠 듯이 항변하기 시작했다.

"오해십니다! 오해십니다, 정친왕 전하! 다이칭 구룬의 은혜를 입으며 하잘 것 없는 목숨을 연명하는 것만으로 매순간 감읍하는 쇤네들 이건만 어떻게 감히 다른 욕심을 내겠습니까?!"

"전하, 쇤네들의 친지가 조선국에 사는 조선인이라 하나 그들과 별개로 쇤네들은 다이칭 구룬 백성입니다! 쇤네들은 조선과 관련이 없습니다! 그러한데 어찌 세자관을 통해 사사로운 이득을 취하려 획책했겠나이까? 타타라 공자의…… 고발자의 주장은 사실이 아닙니다! 쇤네들은 무고합니다! 통촉하여 주시옵소서!"

"예, 맞습니다! 타타라 공자가 이러는 까닭이 짚이지 않지만 조심스럽게 유추하건대 오해했거나……."

정명수는 흘끗 잉굴다이 눈치를 살폈다.

"……예, 공자가 오해한 게 틀림없습니다!"

"네들이 무고하단 말이냐?"

"백 번 천 번이고 그러하옵니다!"

"예, 예, 그러하옵니다! 통촉하여 주시옵소서, 형부의 왕이시여!"

지르갈랑은 한 손을 들어 보였다. 역관들은 입을 꾹 닫았다.

"타타라 룽거, 네게 묻겠다. 너도 들었다시피 저들은 결백하단다. 너는 어떠냐? 아직도 네가 고발한 내용이 진실이라 주장할 테냐?"

읍한 룽거가 답했다.

"어느 안전이라고 위대하신 친왕께 거짓을 고하겠습니까. 저들은 간악하게도 저들이 황제 폐하의 총애를 받는다 거들먹거리며 세자관을 협박했습니다. 관직에서 물러났으되, 저는 여전히 다이칭 구룬과 황제 폐하의 충성스러운 종입니다. 폐하와 다이칭 구룬을 향한 충성으로 말미암아 비리를 저지른 두 역관들을 차마 묵과할 수 없었습니다. 부디 친왕께서는 제 진심을 갸륵하게 여기시어, 폐하와 다이칭 구룬의 영광과 명예를 욕보인 저들의 죄를 낱낱이 밝혀주십시오."

"흠."

다시 홍옥 목걸이를 만지작거리며 지르갈랑은 고민에 빠졌다. 정명수와 김돌시가 너도나도 떠들었다.

"거짓입니다! 타타라 공자가 오해를…… 쇤네를 모함하는 겁니다, 친왕 전하!"

"맞습니다! 죄는 오히려 타타라 룽거가 짓고 있습니다!"

"네들이 한 번만 더 본왕 허락 없이 멋대로 혀를 놀리면, 자르겠다."

"전하, 통촉……."

지르갈랑은 또 룽거에게 물었다.

"뇌물을 요구한 것만으로 중죄이거늘 저것들이 황상을 들먹였단 게냐? 네 주장의 근거가 무엇이냐? 출처가 어디냐?"

"……."

룽거는 주저했다. 만약 기연이 알았다간 분노할 터였다. 그러나 다른 적절한 핑계가 떠오르지 않았다.

"타타라 룽거, 전하께서 하문하셨다."

친왕을 대신해 잉굴다이가 엄히 재촉했다. 제발 기연이 우연찮게라도 아는 상황이 없기를 기도하며 룽거는 운을 뗐다.

"친왕과 의정대신께 아룁니다. ……청루에 갔다가 만주어를 배운 조선 출신 계집에게 들었습니다. 계집은 이가 묵던에 있는 조선인들 사이에서 유명한 이야기라 했습니다."

"응?"

친왕의 눈이 조금 커졌다. 잉굴다이의 애간장은 시커멓게 타들어갔다. 그는 속으로 욕을 내뱉었다. 저놈이 미쳤는가. 하잘 것 없는 창기가 떠든 수다를 믿고 형부 왕께 고발을 해? 죽고 싶은데 자결할 용기가 없어 저러는가?

잉굴다이는 친왕이 노할세라, 선수를 쳐 매섭게 일갈했다.

"유녀 따위한테 들은 얘기를 믿고 형부에 고발을 하다니 네놈이 제정신이냐?!"

"곤란하구나, 곤란해."

정말 그렇다는 양 지르갈랑이 혀를 끌끌 찼다.

"출처가 고작 청루에 떠도는 소문이라니."

"친왕께 한 말씀 올려도 되겠는지요."

"그래라."

"친왕께 믿음을 드리지 못한 못난 제 자신이 부끄럽습니다. 다만 뇌물 요구를 받은 세자관 측으로부터 증인을 불러들이신다면 안개에 둘러싸인 듯싶은 지금 상황에 진전이 생기지 않겠습니까."

"자신 있다는 게냐? 세자관 측은 역관들을 모함하려 한 전적이 있거늘…… 하긴, 어찌 됐건 그쪽 말도 듣긴 해야 한다. 의정대신은 세자관에 다녀오라. 허션, 의정대신을 따라가 대신을 도와 증인을 색출해라."

"예."

잉굴다이를 선두로 허션과 몇 형부 관원들이 세자관으로 향했다.

"너는 검을 내려놓고 내 어깨를 주물러라."

"예, 전하."

피곤해 눈을 감은 친왕이 명령하자, 내리 검을 손바닥에 올리고 있던 사등시위가 마침내 움직였다. 조심스럽게 거치대에 검을 걸친 시위는 친왕의 어깨를 주물렀다. 비단 곤룡포의 어깨 부분이 바스락거리는 소리를 제외하곤 형부 안뜰에 적막이 감돌았다.

"늦는구나, 늦어."

지루해진 친왕이 혼잣말한 참, 잉굴다이 무리가 돌아왔다. 역관들은 얼른 증인을 찾아 눈알을 굴렸다.

저자가 직접 오다니? 일이 어떻게 돌아가는 건가? 잉굴다이 뒤에 있는 소현을 발견한 김돌시가 속삭였다.

"이보게 명수, 세자가 왔어. 이번에는 왜 아랫것들을 안 보냈지?"

"입 좀 다물어!"

"전하, 조선국 세자가 증인을 자처해 대동했습니다."

명수의 핀잔이 잉굴다이의 목소리에 묻혔다.

'세자가?' 눈을 뜬 지르갈랑은 의외라는 듯이 소현을 쳐다봤다. 흥미를 느낀 그는 자세를 바로 고쳤다.

"아아, 조선국 세자가 친히 납셨구먼?"

소현은 공손하지만 비굴하진 않게, 절도 있되 뻣뻣하진 않게 인사했다.

"예. 세자관에는 형부에서 지금 논의되는 사항을 아는 자가 많지 않습니다. 더구나 지난번, 아랫사람들로 하여금 올곧게 행동하도록 제가 미연에 단속하지 못한 바람에 세자관 식솔 일부가 청나라 조정과 세자관 사이에 오해를 불러일으켰습니다. 다시금 그 같은 폐를 청나라에 끼치고 싶지 않아 제가 직접 왔습니다. 따지고 보면 세자관 어느 누가 저보다 확실한 증인이 될 수 있겠나이까."

통역을 들은 친왕이 수긍했다.

"하면 조선국 세자는 증언해라. 역관 정명수, 김돌시가 조선에 있는 저들 친지에게 벼슬을 내리라, 세자관과 너를 압박했느냐?"

"……전하께 진작 말씀드리지 못해 민망할 따름입니다."

"민망하면, 애초에 어째서 민망한 짓을 했느냐?"

"감히 황제 폐하를 들먹여, '폐하의 총애를 받는 우리를 무시하느냐.' 따져 묻는 역관들을 도무지 어떻게 대해야 할지 헷갈렸습니다. 제 딴에는 신중히 처신한다 하여 시간을 끌었는데 지금 생각해 보니 신중이 아니라 어리석었습니다."

"거짓말! 어디서 거짓말이야! 개새끼만도 못한 놈이 무슨 조선 왕의 장자라고, 눈도 깜빡 않고 전하께 허튼소리를 지껄여?!"

"저것의 혀를 자르든지 지지든지, 편한 대로 해라."

허락 없이 말하지 말라는 왕명을 어긴 김돌시에게 친왕은 무자비했다. 일상적인 이야기를 하는 듯한 덤덤한 어투로 혹독한 벌을 내렸다.

갑군들은 김돌시의 사지를 붙들었다. 아래턱을 움켜쥐어 입을 벌리게 만들었다. 돌시가 웅얼거렸다.

"죄송합니다! 죄송합니다! 죄송합니다, 전하! 억울해 그랬나이다!"

갑군 한 명이 창고에서 불에 달군 작고 예리한 단도를 꺼내오더니 김돌시의 입안에 손을 욱여넣었다.

"살려주십시오, 살려…… 으, 으으…… 으아아아아악! 아으으…… 으아아악! 으, 으, 으……."

들짐승의 울음 같은 날카로운 굉음이 돌연 끊겼다.

"벙어리가 뭔 변론을 하겠는가? 저것을 옥에 치워라."

기절한 김돌시의 양쪽 겨드랑이를 그러쥔 갑군들이 그를 옥으로 끌고 갔다. 김돌시가 사라진 자리에는 불과 피로 덮인 시뻘건 단도, 잘린 혀 덩어리, 핏자국이 남았다.

명수는 엎드린 그대로 부들부들 떨었다. 날이 추운데도 불구하고 이마에서 땅으로 땀이 쉴 새 없이 떨어졌다. 친왕이 다시 운을 떼자 어깨가 펄쩍 떨렸다.

"세자, 일국 왕의 장자인 네가 허황된 증언을 할 리 없음을 안다. 그럼에도 했다면, 그에 합당한 벌을 받아야겠지만."

"하늘에 맹세코 진실만을 아뢰어 올리고 있습니다."

"안다, 알아. 그러나 법도 상 사건은 가능한 세세하게 조사해야 하는 터, 세자는 대답해라. 세자의 증언을 뒷받침할 증거가 있느냐?"

"전하께 아룁니다. 저들이 부담스러워 뇌물 요구를 무시하고, 마주치지 않으려 노력했습니다. 그랬더니 답답했던지 은밀히 서찰을 보내왔습니다."

"내놔라."

소현은 서찰을 건넸다. 서찰을 펼친 지르갈랑은 황당한 표정을 지었다.

"뭐냐 이건? 뭐라 쓴 거냐? 한인 것들 한자도 아닌 게…… 대체 뭐냐?"

"조선 백성들이 쓰는 언문이란 글자입니다."

"언문? 허, 참…… 이래서야 내용은 역관을 시켜 번역한다 쳐도 서찰의 위조 여부는 검토하기가 만만치 않겠구나."

"아뢰옵기 송구하나 전하, 세자관 누구도 정명수와 김돌시의 언문 필체를 본 적이 없습니다. 혹여 청나라 조정 측에 보관되어 있을지 모르는 역관들이 쓴 문서를 세자관 측이 열람했을 리도 없거니와, 저들이 청나라 조정을 위해 언문을 쓸 일은 더더욱 없었을 것인데 무슨 수로 이 서찰이 위조한 물건이겠는지요."

"의정대신의 생각은 어떤가?"

"……."

잉굴다이는 눈동자만 움직여 조카를, 명수를 차례로 쳐다봤다. 가문의 후계자와, 부하다.

"역관들의 언문 필체를 얻어 대조하고, 자백을 구술하게 한 뒤에 참하시지요."

잉굴다이 장군! 명수의 심장이 내려앉았다. 하지만 혀를 잘릴까 봐 두려워 마음대로 말할 수 없었다.

지르갈랑이 명했다.

"허션, 서찰을 정명수에게 보여줘라."

"예, 전하."

일등시위는 서찰을 명수의 코앞에 들이밀었다. 기대감에 찬 명수의 숨소리가 흥분으로 거칠어졌다. 드디어 반박할 기회가 왔다.

"정명수, 네 필체가 맞느냐? 아니면 김돌시냐?"

"일단 저는 아닙⋯⋯."

아니라 부정부터 하던 명수는 불현듯 돌덩이가 됐다. 그는 서찰을 뚫어져라 쳐다봤다. 그의 낯빛이 사색이 됐다.

황제의 총애가 누구에게 가 있는지 만민이 알거늘 어리석은 세자관 조선인들만 맹인처럼 굴어, 작은 반도 나라에 남아 있는 그들의 친지를 외면하는구나.

믿기 어렵지만, 서찰에 적힌 언문은 분명 명수 자신의 필체였다. 붓을 떼지 않고 한 번에 히읗(ㅎ)을 휘갈겨 쓰는 것, 비읍(ㅂ)의 가운데 일자 획(一)이 유독 기다란 것, 니은(ㄴ)의 가로 획이 조금 아래쪽으로 처진 것 등등, 자신의 필체가 분명했다. 언문을 쓴 적이 없건만 이 뭔 하늘이 꺼지고 땅이 뒤집히는 일인가? 요술이라도 부렸나? ⋯⋯아!

관저!

"이⋯⋯ 이⋯⋯."

"정명수, 네 필체가 맞느냐 물었다."

맞다. 하지만 위조다! 명수는 턱이 빠져라 이를 갈았다. 마음 같아선 고래고래 고함치고 싶었다. '타타라 룽거가 제 죽은 조선인 첩년 때문에 앙심을 품은 거다! 세자와 짜고 복수하는 거다!' 그러나 그리 토설했다간 정말 빼도 박도 못하고 죽는다!

"정명수, 네 필체가 맞느냐?"

"맞…… 합니다만……."

"뭐라는 거냐? 목소리가 작아 들리지 않는다."

"계집 하나 때문에……."

"정명수, 크게 말해라."

"그만! 됐다!"

허선은 얼른 친왕을 돌아보았다. 기다리다 성난 친왕이 붉으락푸르락했다.

"저것이 아니라 자신 있게 부정하지 못하는군. 내용이 뭔지 당장 들어봐야겠다. 여령, 서찰을 읽어라."

허선은 청나라 역관 여령에게 서찰을 줬다.

서찰을 읽은 역관은 난감함에 울상이 됐다. 기실 여령은 김돌시와 정명수처럼 조선 출신인 데다 그들과 나쁘게 지내지 않았다. 하지만 그렇다고 명수를 편들 순 없었다. 절대.

역관은 곧이곧대로 서찰을 읽었다.

"황제의 총애가…… 어느 누구에게 있는지 천하 만민이 안다. 오로지 어리석은 세자관 조선인들만 맹인이라, 작은 반도 나라에 있는 그들의 친지를 등한시한다. 이상입니다……."

"방자하다! 설마 했건만!"

대노한 친왕이 벌떡 일어났다. 검을 빼 든 지르갈랑은 서슬 퍼런 칼끝을 정명수를 향해 겨눴다. 우렁찬 포효가 뜰을 채웠다.

"내 백부 태조께서는 부친을 잃은 나를 안쓰럽게 여겨 나를 친히 백부님 사저에 데려다가 기르셨다! 백부님의 아들이자 내 사촌형님인 황상께서는 내 능력을 알아봐 나로 하여금 양람기 기주로 삼으시고 전장에서 활약할 기회를 주셨으며, 칭제건원한 그 해에 곧바로 나를 친왕으로 봉하셨다! 나는 나를 지지해 주신 그분들을 위해 내 일생을 바쳐 왔는데, 네놈들은 감히 요망한 혓바닥을 함부로 놀려 그분들을, 그분들이 주춧돌을 쌓고 기둥을 세운 다이칭 구룬의 영광을 더럽히려 해?! 쇠몽둥이로 뼈를 빻아 가루 내도 모자랄 놈들! 여봐라, 저놈을 하옥해라! 그리고 무슨 수를 써서든 두 놈들의 언문 필체와 자백을 받아내라!"

친왕이 씩씩대며 퇴장했다. 갑군들에게 붙들려 끌려가는 명수와 룽거의 시선이 마주쳤다. 명수는 속절없이 얼굴을 일그러뜨렸다.

다음 날 아침 일찍부터 대질심문이 이어졌다. 밤새 가해진 고문에 굴복해 김돌시는 죄를 자백했다. 정명수의 언문 필체를 얻어 증거와 대조한 형부는 증거가 정명수의 필체가 맞다 결론 내렸다. 그럼에도 다시 심문이 열린 건 순전히 정명수 때문이었다.

여태 화가 풀리지 않은 지르갈랑이 아문 뜰에 나타나지 않았으므로, 친왕이 앉았던 의자에는 오늘 잉굴다이가 앉았다. 지르갈랑이 자신의 대변인으로서 내보낸 정친왕부 일등시위 허선은 잉굴다이 옆에 섰다.

실컷 주리를 틀린 탓에 종아리가 피에 전 정명수부터 청역(淸譯) 여량, 소현, 룽거를 둘러본 허선은 잉굴다이에게 양해를 구했다.

"혈육을 문초하는 것이 쉬운 일은 아닐 테지요. 장군을 대신해 제가 심문을 주도하겠습니다."

형부에 틀어박혀 밤을 지새운 잉굴다이는 졸리지는 않았지만 매우 예민한 상태였다. 고문관들이 전해왔던 정명수의 피맺힌 주장을 되새길 때면 등줄기에 식은땀이 맺혔다. 눈앞에 하나 남은 친자식이 아른거렸다. 바이비야.

지금은 원수 같기만 한 조카를 노린 잉굴다이가 허락했다.

"그리하라."

허선은 우선 정명수를 문초했다.

"정명수, 타타라 룽거와 조선국 소현 세자가 짜고 널 모함했다는 네 주장을 전해 들었다."

잔혹한 친왕이 없겠다, 명수는 필사적으로 항변했다.

"그렇습니다! 지금 이 모든 상황은 세자와 타타라 룽거의 협작입니다!"

"네가 세자관에 뇌물 요구를 하지 않았다는 거냐?"

"……"

원래는 같이 죽으려 했으나, 혼자 구사일생으로 살아남는 쪽으로 시도해 볼 텐가?

"전 그런 적 없습니다! 죄는 오히려 저 둘이 지었습니다! 타타라 룽거는 증거를 위조했습니다! 세자는 위증을 했습니다!"

"조선국 세자와 만주인 타타라 룽거가 함께 널 모함할 이유가 뭘까?"

명수는 룽거를 노렸다. 다시 허션을 본 그가 토설했다.

"제 조선인 첩을 죽였다 착각해서겠지요."

"무어라?"

이건 무슨 생뚱맞은 소리인가? 허션은 곧이곧대로 궁금증을 드러냈다.

"김돌시가 저가 밑에 두고 부리던 조선인 부하 마걸이를 시켜 타타라 룽거의 조선인 첩을 납치, 살해하라 지시했습니다. 그 첩년의 조선인 전남편도 가담했습니다. 그러나 일이 조금 틀어져, 첩년과 전남편을 압록강에 수장시키려 한 본래 계획과 달리 셋은 봉성에서 죽었습니다. 마걸이가 첩년과 전남편을 죽이고, 자결했습지요. 김돌시는 납치 살해 사건 정황을 타타라 룽거가 모른다 했으나 뭔가를 알아냈던 게 틀림없습니다. 하여 복수를 하는 게 틀림없습니다!"

"……"

갑작스러운 끔찍한 고백이 안뜰에 정적을 불러일으켰다. 허션은 당황해 잉굴다이와 룽거의 눈치를 살폈다. 숙부와 조카 모두 냉기를 뿜었다.

"네 말대로라면 사주는 김돌시가 했거늘 타타라 룽거가 왜 네게 복수하느냐?"

"저와 김돌시가 친하니 서로 도왔을 거라 곡해한 게지요."

"김돌시가 왜 납치 살해를 사주했는지 아느냐?"

"김돌시는 세자빈이 타타라 룽거의 조선인 첩년에게 친한 체를 하면서, 덩달아 잉굴다이 장군께 들러붙는 걸 싫어했습니다."

"……타타라 룽거가 증거를 위조했다는 주장은 무엇이냐?"

"저는 협박 편지를 쓰지 않았습니다. 천치가 아니고서야 증거를 남길 리 없잖습니까? 세자가 제출한 편지는 제 필체를 모방해 위조한 겁니다. 세자는 제 필체를 타타라 룽거에게 받았을 겁니다."

"타타라 룽거가 네 언문 필체를 어찌 아느냐?"

"며칠 전에 타타라 룽거의 사촌 여동생 타타라 바이비야에게 관저 편을 언문으로 번역해 써줬습니다. 당시에는 이상하게 여기지 않았으나 어제 비로소 타타라 바이비야와 타타라 룽거가 제가 써준 번역본을 주고받았음을 깨달았습니다."

잉굴다이는 의자 손잡이를 부서뜨릴 것처럼 꽉 움켜쥐었다. 허선은 슬쩍 잉굴다이를 곁눈질했다.

"너는 타타라 룽거가 네 번역본을 참고해 만든 위조 편지를 조선국 세자에게 건넸다 말하고자 하느냐?"

"혹은 번역본을 세자에게 주고, 세자가 위조했을 수 있지요."

"세자는 정명수가 쓴 번역본을 타타라 룽거로부터 받았습니까?"

허선은 소현 세자를 향해 몸을 틀었다. 소현은 담담한 어조로 진술했다.

"타타라 가문 공자는 지난날 사냥 훈련에 참석했다가 본 적이 있다. 그러나 사적으론 연락을 취하지도, 만나지도 않았느니라."

"그가 타인을 통해 만나자는 뜻을 밝히거나 무언가를 건네진 않았습니까?"

"전혀."

"거짓말 마라! 김돌시 말마따나 네놈은 왕의 아들이 아니라 개새끼로구나!"

"정명수의 다리를 매우 쳐라!"

허선이 미처 경고하기 전에 커다란 고함이 울렸다. 잉굴다이의 명을 받든 갑군들은 붉은 몽둥이로 정명수의 종아리를 두들겨 팼다. 고통스러운 비명이 좌중의 고막을 찔렀다.

"으아아아악!"

이윽고 몽둥이질이 그치자 명수는 입을 앙다물었다. 으으, 으으……. 목구멍 깊숙이 맴도는 신음을 내뱉을 수 없었다. 그랬다간 소란 피우지 말라 또 몽둥이질이 시작될 것 같았다.

"정친왕부 일등시위는 전하를 대신해 이 자리에 있는 것이다. 그를 방해 마라, 정명수. 만약 네가 일등시위나 나를 만만하게 여겨 재차 시끄럽게 군다면, 네가 두려워 마지않는 전하를 내가 직접 모셔 오겠다."

명수가 조용한 것을 확인한 잉굴다이는 허선에게 권했다.

"이어 질문하라. 나는 신경 쓰지 말고 한 치의 의문이 남지 않게끔 그대 재량을 발휘해라."

"……예, 감읍합니다. 이번에는 타타라 공자에게 묻겠습니다. 유감스러우나 공자, 공자의 조선인 첩이 정말 납치돼 살해당했습니까?"

"그럴 뻔했습니다. 하지만 천운으로 구출됐습니다."

잉굴다이와 정명수는 놀라 휘둥그레져 룽거를 봤다. 허선 또한 놀라 되물었다.

"살아 있다? 나는 공자의 애첩이 죽었다는 소문을 들었습니다. 헛소문이었던 겁니까?"

"제가 부러 처가 살아 있다는 사실을 숨겼습니다."

허선은 당최 룽거가 이해되지 않았다. 왜 산사람을 죽었다 속이는가?

"어째서입니까?"

"봉성 아문 측이 처를 해치려다가 실패하고 죽은 자들을 보여준 바, 하나는 처의 조선인 전남편이었고 하나는 누군지 모를 사내였습니다. 아문 측은 둘 중 하나의 신원을 확인한 것으로 만족하고 사건 조사를 마무리 지었으나 저는 정체불명의 사내가 계속 마음에 걸렸습니다. 더불어 묵던이 안전하지 못하다 느껴, 봉황성성수위 동 대인께 처를 지켜주십사 부탁드리고 홀로 돌아와 가족들에게조차 처가 죽었다 했습니다. 모두를 감쪽같이 속이는 것이 혹시 남았을지 모르는 납치 배후를 방심시켜 그들이 모습을 드러내게 만드는 방법이라 생각했습니다. 그리고는 남몰래 무엇이라도 알아내려 애썼으나 진전이 없었건만, 오늘 마침내 배후를 알게 되었으니 속이 후련하면서도 서럽기 짝이 없습니다. 저들은 어찌 사람 목숨 귀한 줄을 몰라 순진한 제 처와 자식을 죽이려 했단 말입니까?"

룽거는 주춤거리며 무릎을 꿇었다. 이마를 땅에 붙인 그가 외쳤다.

"유일한 처와, 서른이 다 돼가는 늦은 나이에 겨우 생긴 자식을 죽이려 한 저 악한들을 부디 벌해주십시오!"

"아아, 공자는 일어나십시오. 성치 않은 몸으로 오래 꿇어앉아 있다간 이로울 일이 없습니다. 심문이 완전히 끝나면 죄와 공에 따라 상벌이 명확히 배분될 겁니다. 게다가 나는 공자에게 질문이 남았습니다."

룽거는 내려놓았던 목발을 짚고 일어섰다.

"공자는 타타라 바이비야라는 공자의 사촌 여동생을 시켜 정명수로부터 언문 필체를 얻어냈습니까?"

휴, 괴로운 한숨을 내쉰 룽거는 고개를 저었다.

"어쩌면 정명수의 꿈속에서는 그랬을지 모르겠습니다."

"조선국 세자와 사사로이 만났습니까?"

"세자와 마찬가지로 저도 그를 사냥 훈련에서 본 것이 다입니다."

"……공자의 문초는 이만하면 충분한 듯하군요."

룽거를 등진 허션은 잉굴다이를 돌아봤다. 공손히 읍한 그가 청했다.

"세자관을 관리 감독하시는 의정대신께 여쭙니다. 지금 바로 형부 병졸들을 세자관으로 보내 수색하고 싶습니다. 덧붙여 송구하게도 대신의 여식 타타라 바이비야를 증인으로 소환하고 싶습니다. 허락하시겠습니까?"

"조사에 필요한 모든 것은 실행돼야 한다. 원하는 대로 하라."

허션은 갑군들을 재촉했다.

"세자관 처소 전부를 샅샅이 수색해 언문으로 쓰인 관저 번역본을 찾아와라! 또한 의정대신 댁에 가 대신의 여식 타타라 바이비야를 압송하라!"

갑군 무리가 줄지어 우르르 달려 나갔다.

반 시진가량이 지나자 세자관에 갔던 갑군들과, 잉굴다이 집에 갔던 갑군들이 되돌아왔다. 그들을 따라온 바이비야는 그 험악하다는 형부에 태어나 처음으로 두 발을 들이밀었으매, 긴장을 숨기지 못했다.

그녀는 잉굴다이를 올려다봤다. 평소와 달리 아비는 조금도 웃지 않았다. 무시무시한 표정을 유지한 채 단 한 순간을 딸과 시선을 마주치지 않았다.

꼴까닥 침을 삼킨 바이비야는 다른 사람들을 살피다가, 아무렇게 바닥에 주저앉은 사내를 빤히 내려다봤다. 거지꼴에 다리가 흠뻑 피에 절은 사내는 미움이 깃든 듯도 싶고, 도와달라 간절히 애원하는 듯도 싶은 복잡 미묘한 눈빛으로 바이비야를 마주 올려다봤다.

역관 아저씨…….

바이비야의 얼굴이 굳었다. 용솟음치는 죄책감이 버거워 그녀는 저도 모르게 한 걸음 뒷걸음질 쳤다.

"바이비야 아가씨, 아가씨의 사촌 오라비 타타라 룽거 공자가 아가씨를 통해 정명수의 언문 필체를 얻어냈습니까? 정명수가 관저 시를 번역하게 했습니까?

"바이비야 아가씨, 제발……."

"……."

"저는 아가씨를 아가씨가 열 살 무렵일 때부터 봐왔습니다……."

"……."

"정명수, 함부로 입을 놀리지 마라! 타타라 바이비야, 진실을 말해라!"

버럭 명수를 꾸짖은 잉굴다이는 연이어 냉혹하게 딸을 닦달했다. 실은 딸을 향한 걱정으로 가득한 가슴이 아프다 못해 녹아내리는 것 같았지만, 겉으로 내색 않은 그는 심지어 딸을 위협했다.

"너는 네 사촌 오라비의 지시로 정명수가 관저를 언문으로 번역하게 했다!"

"난 안 그랬어요!"

아빠가 어떻게 나한테 소릴 질러? 어떻게 나한테 무섭게 굴어? 이 심각한 상황에서조차 바이비야는 잉굴다이가 귀한 딸인 자신을 하찮게 대했다는 사실에 분노했다. 분노의 반작용으로 무조건적으로 반기를 들어놓고, 뒤늦게 스스로 한 짓이 당황스러워 그녀는 움찔 몸을 떨었다.

"바이비야 아가씨, 왜 이러십니까? 아가씨가 그랬잖습니까, 오라비 콧대를 찌부러뜨릴 수 있게 도와달라고."

"……내가 언제요?"

"바이비야, 그놈들은 내가 나 자신보다 사랑하는 여자를 죽이려 했다. 세상에 나와 빛 한 번 보지 못한 내 자식을 죽이려 했다."

지난 새벽에 들었던 원통한 목소리를 되새긴 바이비야는 명수를 외면했다. 매몰차게 쏘아붙였다.

"난 그런 적 없어요. 아저씨, 세자관에 뇌물을 달라 했다지요? 죄를 지었으면 반성할 것이지 어째서 있지도 않은 일을 만들어 애꿎은 날 끌어들여요? 지금까지 아저씨와 나쁘지 않게 지내왔다고 생각했는데, 내가 모르는 사이에 내게 무슨 원한이라도 품은 거예요?"

"뭐, 뭐? ……이 상년! 너 따위 개돼지 계집년이 그럼 그렇지!"

"죄인 주제에 감히 내 딸을 모욕해!"

대노한 잉굴다이가 자리를 박차고 일어나자 그가 내리 앉아 있던 의자가 뒤로 넘어갔다. 잉굴다이가 친히 정명수를 참할 것만 같아 허션은 겁에 질렸다. 시체처럼 파리해진 그가 다급히 명했다.

"대질심문은 끝이다! 갑군들은 어서 죄인을 하옥해라! 옥으로 끌고 가! 어서! 어서!"

"잉굴다이! 난 당신한테 충성했어! 내 나라를 팔면서까지 네놈한테 개처럼 충성했어어어! 그런 나한테 너, 네 딸이 이럴 순 없어어어어!"

칼을 빼 든 잉굴다이가 정명수에게 다가갔다. 의정대신, 고정하십시오! 숙부님! 용장군! 허션과 룽거, 소현이 잉굴다이를 만류하는 말소리와 정명수를 에둘러 싸는 갑군들의 발소리가 어우러져 아우성을 자아냈다. 갑군들이 정명수를 잉굴다이의 시야에서 치워 감옥에 가두자 비로소 소란스럽던 대질심문이 파했다.

❀

열흘 뒤 마침내 모든 것이 끝났다.

"두 번째 대질심문을 급히 마무리 지은 직후 왕부일등시위께선 형부 관원 소수와 함께 김돌시를 따로 취조하셨습니다. 시위께서 김돌시에게, '너 혼자 뇌물을 요구했느냐, 너 혼자 타타라 룽거 공자의 첩을 납치, 살해하라 교사했느냐, 맞으면 세로로 아니면 가로로 고개를 흔들어라' 명하셨더니 김돌시가 두 번 다 가로로 고개를 흔들더랍니다. 일등시위께서 '정명수와 합심해 획책했느냐' 또 물으시니, 그때는 세로로 흔들더랍니다."

형부에서 나온 병졸은 잠시 숨을 골랐다.

"전일에는 봉성 아문이 형부에 보내온 문서가 도착했습니다. 문서는 봉성 아문이 기록한 타타라 공자님의 첩 납치 사건에 관한 보고서로, 보고서의 내용은 타타라 공자님의 증언과 일치했습니다. 봉성 아문 측은 납치 사건이 공자의 첩의 전남편이 벌인 단순 치정 사건인 줄 알았으며, 배후가 김돌시와 정명수인 줄은 몰랐다더군요. 마지막으로 세자관에선 관저 번역본도, 다른 어떤 의심스러운 낌새도 발견되지 않았습니다. 이 같은 여러 정황과 증언, 증거를 종합적으로 고려한 결과 일등시위와 형부 관원들께서는 김돌시와 정명수가 뇌물을 요구했고, 공자의 첩을 납치 살해하려 했고, 저들의 죄를 숨기기 위해 되레 공자님과 아가씨, 소현 세자를 모함하려 했다 판결하셨습니다. 일등시위의 보고를 들으신 형부 왕께서는 다시금 진노하시어 죄인들을 참하라 선고하셨고요. 참수는 해질녘에 집행될 겁니다."

병졸은 해맑게 룽거와 바이비야를 봤다. 그는 공자와 아가씨가 기뻐할 거라 예상했다. 그러나 공자는 차분했다. 아가씨는 외려 안색이 어두웠다.

"두 분께선 무언가 더 궁금한 점이 있으십니까?"

"없다. 여기까지 오느라 수고했다."

룽거는 은자를 선물했다. 기대치 않게 큰 소득을 얻은 병졸이 들떠 떠들었다.

"당연히 해야 할 일을 했을 뿐이지만⋯⋯. 감사히 받겠습니다, 공자님!"

"가봐라."

병졸이 나가자 룽거는 속으로 하나, 둘, 셋…… 백을 세려다 고작 서른에서 못 참고 몸을 움직였다. 그는 서둘러 남자 하인들 처소로 향했다.

"야르시!"

다급한 음성을 들은 야르시가 튀어나왔다.

"예, 부르셨습니까요!"

"내가 준 짐을 마차에 실어놨겠지?"

"예, 그럼요. 마차 안쪽에 꼭꼭 실어놨습니다."

"마차를 준비시켜라. 지금 바로 형부에 갈 것이다. 그리고 내 말을 마차에 연결해라."

"예? 그럼 말 두 마리를 매달란 말씀입니까? 형부는 가까워서 한 마리로 충분한데요."

"서둘러라."

"아, 예, 예, 알겠습니다!"

야르시는 후딱 마차를 준비시켰다. 룽거가 마차 안에 좌정한 것을 확인한 하인이 출발하려는 참, 바이비야가 뛰어들었다.

오라비 옆에 턱하니 자리한 그녀는 부루퉁하게 내뱉었다.

"형부에 가자 하는 거 들었어. 역관 아저씨들을 보려는 거지? 나도 갈래."

"……"

바이비야에겐 미안할 따름인지라 룽거는 타이르듯 다정히 말했다.

"너를 감옥에 들여보낼 순 없다, 바이비야. 놈들은 널 보면 다시 상소리를 지껄일 거다."

"역관 아저씨들을 볼 생각 없어. 하지만 가만히 있어봤자 머리만 아프니까 형부 앞까지만이라도 갈래."

"⋯⋯야르시, 출발해라."

말발굽이 달그락거렸다.

이윽고 마차가 멈추자 룽거는 형부 감옥으로 직행했다. 감옥은 피비린내와 썩어가는 상처의 고린내로 가득했지만 그는 괘념치 않았다. 덤덤히 역관들만 찾아 헤맸다.

나란히 줄지은 두 옥방의 중앙에 선 그는 그곳에 갇힌 이들을 물끄러미 바라봤다.

오른쪽 옥방 구석에 김돌시가 나동그라져 있다. 놈은 벌써 죽어가는 듯하다. 볼살을 잘라내는 고문을 받은 놈의 양 뺨은 피투성이에다, 허연 뼈가 드러났다. 가뭄이 든 땅처럼 바싹 메마른 퍼런 입술 새로 연신 앓는 신음이 나왔다.

정명수는 왼쪽 옥방, 벽에 기대 앉았다.

"만신창이인 네놈들을 보고도 내 분은 풀리지 않는다."

김돌시는 반응이 없었다. 반면 정명수는 고꾸라진 머리를 천천히 들었다. 룽거를 발견한 정명수의 미간에 주름이 졌다. 갓난아기처럼 엉금엉금 긴 그는 창살에 매달려 분노를 토해냈다.

"나 혼자 죽을 것 같으냐? 네가 타타라 바이비야를 시켜 내게 언문을 쓰게 한 걸 반드시 증명할 테다!"

"다 끝난 마당에도 헛소리냐, 정명수."

원통함을 참지 못한 명수는 온 얼굴 근육을 일그러뜨리며 바락댔다.

"헛소리? 너나 헛소리 마라! 거짓말 마라 이 개새끼야! 덩치만 곰인 여우 놈아!"

"대체 뭐가 거짓이지? 너는 내 처자식을 죽이려 했다. 세자관에 뇌물을 요구했다. 이 모두가 부정할 여지없는 진실이잖은가?"

"그러는 너는! 네놈은 얼마나 잘났어! 얼마나 깨끗하다고 혼자 고결

한 척이야! 내가 죄인이면 네놈도 죄인이야! 네놈은 거미줄로 옴짝달 싹 못 하게 벌레를 옭매는 거미처럼 날 함정에 빠뜨렸어! 증거를 조작 했어! 네 간교한 뱀의 혓바닥으로 세자를 부추겨 날 사지에 처박았어!"

"아무래도 네놈은 고문 후유증 탓에 혹은 죽음이 두려워 정신에 이 상이 생긴 듯하다."

"난 멀쩡해! 이번에는 날 병신으로 몰려는가 본데, 집어치워라! 네 수작질 따위 두 번 통할 성싶으냐!"

"심신이 온전치 않은들 죽기 전에 한 번쯤은 반드시 반성해라. 내 처자식을 해치려 한 죄, 네 진짜 조국과 조국의 백성들을 배신한 죄의 값을 달게 받아들여라."

"닥쳐라! 닥쳐! 네가 뭘 알아! 나에 대해 뭘 안다고 마음대로 씨불 여! 거지같은 조선은 나한테 아무것도 해준 게 없어! 날 먼저 버린 쪽 은 조선이야! 광해가 실각하자 새로운 임금과 모든 고관들은 강홍립 장군과 나를, 파병된 병사들을, 우리를 버렸다! 장군과 나는, 우리는 명나라와 청나라 사이에서 조선을 지키려 아등바등했지만 그런 우리 를 조선 임금과 놈의 따까리들은 가차 없이 내버렸단 말이다! 그로 모 자라 역적으로 몰길래 나도 버렸다! 조선을! 이웃들을! 친구들을! 나 싫다는 나라 위해 내가 돌았다고 목숨 바쳐 충성하느냐?!"

"하면 네 때 이른 죽음은 순전히 내 처자식을 해치려 한 죗값이라 여겨라. 나로서도 그편이 훨씬 만족스럽다."

"그년과 그년 배 속 네 씨를 없애지 못한 게 내 천추의 한이다!"

쾅, 룽거는 창살을 내려쳤다. 그의 눈동자에 불꽃이 튀었다.

"네놈들 때문에 내 처는 온 얼굴과 몸이 멍투성이가 됐다. 손바닥 이 칼에 베여 찢어졌다. 배 속에 자식을 담은 채로 위협당하는 동안 그녀가 얼마나 고통스러웠을지, 두려웠을지 상상이 가느냐? 정명수, 내 처가 느꼈을 고통과 두려움의 천 곱절, 만 곱절을 느껴라. 네 살을 가르고 네 목을 써는 칼날의 서늘함을 가능한 오래 맛보다가 숨이 끊겨라. 그리고 내세에선 절대 내 앞에 나타나지 마라. 만약 내 경고를 어길 시엔, 나는 네놈을 잘게 조각내 젓갈로 담그겠다."

"나야말로 다음 생엔 범으로 태어나 약삭빠른 여우인 네놈의 살점을 갈가리 찢고 내장을 파헤치겠다! 끝내 잡아먹겠다! 기억해라, 타타라아!"

타타라! 기억해라, 타타라! 하찮은 저주를 되풀이하는 역관을 뒤로한 룽거는 감옥을 빠져나왔다.

누군가 앞을 가로막았다. 정친왕부 일등시위 허션이었다.

노기가 생생한 룽거를 살핀 시위가 물었다.

"낯빛이 어둡습니다, 공자. 그렇게 왜 죄인들을 대면했습니까?"

"내세에선 나와 내 처자식을 괴롭히지 말라, 마지막으로 저들을 타이르고 싶었습니다."

기실 '타이른다.'는 과히 관곡한 표현이었지만 허션은 말뜻을 알아들었다. 그는 이해한다는 듯이 고개를 끄덕였다.

"참수형으로는 부인과 자식을 잃을 뻔한 공자의 아픈 마음을 달래기 부족하군요. 그렇다면 말씀해 보십시오. 친왕께서 무슨 상을 내리시면 위로가 되겠습니까? 죄인들에겐 벌을 내렸으니 공신인 공자께는 상을 내려야지요."

"……가능하다면 두 죄인의 저택에 있는 조선인들을 주셨으면 합니다."

"의외군요. 솔직히 저는 관직에 복귀할 수 있게 힘써주십사 여쭐 줄 알았습니다. 한데 조선인을 달라니, 이유가 뭡니까?"

"조선인들은 값이 비쌉니다."

"……."

문득 허션의 뇌리에, 청루에서 정명수와 김돌시의 뇌물 사건을 들었다 했던 룽거의 증언이 스쳤다.

일등시위는 묘한 눈초리를 해 보였다.

정명수와 김돌시의 집에 있는 조선인 노예들을 상으로 받으면 그들을 팔아 이익을 남길 수 있을뿐더러, 개중의 조선 여자들을 침대로 불러들일 수 있으니 청루에 들락거리는 비용을 아낄 수 있을 것이다.

하여간에 사내들은 마음과 아랫도리가 철저하게 따로 논다. 그래서 겉으로는 나라 제일의 애처가인 듯 구는 사내일지라도, 뒤로는 뭔 짓을 하고 다닐지 알 수 없다.

허선은 나직이 콧방귀를 꼈다.

"공자께서 이재에 밝으신 줄 몰랐습니다. 알겠습니다. 전하께 공자의 바람을 아뢰어 올리지요. 원체 도량이 넓은 전하시니 만큼 능히 허락하실 겁니다. 하면 이만."

"예."

허선이 돌아섬과 동시에 룽거는 아문 밖으로 향했다. 정문 앞에 있던 바이비야가 물었다.

"오라버니, 역관 아저씨들 봤어? 편히 가야 할 텐데…… 많이 분해하지? 아파하지?"

"바이비야."

빨리 기연을 데리러 가야 하는데……. 제발 빨리……. 성난 속을 억누른 룽거는 차게 단언했다.

"정명수와 김돌시는 대청국의 죄인이다. 내 원수다."

"……"

"네 동정은 놈들에게 과분해."

"……나도 알아."

"네게는 많이 미안하다. 그러나 진득하게 네 마음을 풀어주고 싶어도 나는 여유가 없다. 어서 떠나야 한다."

"……"

그러고 보니 오라비 이마에 식은땀이 맺혀 있다. 이 추운 날씨에 땀을 흘리면서까지 조급해하는 까닭이 뭘까? 어딜 간다는 걸까? 일단은 궁금증을 참은 바이비야는 속히 마차에 탔다.

마부석에 아무렇게 걸터앉은 룽거는 야르시를 독촉했다.

"묵던성 밖으로 간다, 야르시."

세 사람이 탄 마차는 노예시장을 지나 묵던성 남문을 빠져나왔다. 구십 리쯤을 더 달리니 주변이 눈에 띄게 한산해졌다. 넓게 펼쳐진 평야에는 소박한 민가가 드문드문 펼쳐 있을 뿐 행인은 보이지 않았다.

이쯤이면 이목으로부터 안전하리라.

"멈춰라!"

끼익거리며 마차가 정지했다. 귀찮은 목발을 내팽개쳐 버린 룽거는 그 자신의 말을 마차에서 떼어냈다. 야르시가 실어뒀던 짐을 꺼내 말 뒤에 실은 그는 훌쩍 말 등에 올라, 어느 때보다 세게 고삐를 움켜쥐었다. 말이 쓰러지지 않는 한 멈추지 않을 것이다. 최대한 빨리 봉성에 갈 것이다. 기연을 볼 것이다.

"다, 다리가 나으신 거예요? 몸놀림이 엄청 가벼우신데요?"

룽거는 경악한 야르시와 어안이 벙벙한 바이비야를 차례로 단속했다.

"야르시, 누가 묻거든 나는 다른 마차를 빌려 타고 갔다 해라. 바이비야, 숙모님께 당분간 날 찾지 마시라 말씀드려다오."

"오라버니, 어디가? 멀리 가? 말 뒤에 무슨 짐을 그리 많이 실었어?"

"걱정하시지 말라고도."

쉽게 포기할 바이비야가 아니었다. 그녀는 말꼬리를 움켜쥐었다.

"어디 가는데! 난 오라버니 선생이야, 대답하고 가!"

"처자식을 데리러 봉성에 간다."

순식간에 말 꼬리가 손가락 새로 빠져나갔다. 휘몰아치는 폭풍 같이 달리는 오라비의 뒷모습이 매순간마다 성큼성큼 작아졌다.

"처자식? 봉성? ⋯⋯그럼 요양 벌판을 지나잖아? 거긴 말 타기에 최곤데."

끝없이 펼쳐져 하늘과 붙어 있는 것 같다는 착각이 드는 요양 벌판. 그곳에서 전력으로 말을 몰면 우울한 기분이 나아질지 몰랐다. 아니, 분명 나아질 거였다.

바이비야는 마차와 이어진 나머지 말 한 마리를 떼어냈다. 고삐와 안장을 갖추지 않은 말에 올라타 갈기를 단단히 움켜쥐었다.

"야르시, 엄마 아빠한테 나 룽거 오라버니 따라가니까 걱정 마시라 전해."

"아이고, 아가씨! 소인이 무슨 재주로 말 없는 마차로 묵던성에 돌아갑니까!"

머리카락을 더듬은 바이비야는 가장 큰 비녀를 빼 던졌다. 야르시는 솜씨 좋게 비녀를 낚아챘다.

"그걸로 근처에서 말 사서 끌고 가."

"아가씨, 그냥 저와 함께 대인 댁으로 가셔요. 봉성 그 먼 곳을 아가씨가 위험하게 어떻게 가시려고요! 대인 댁이 싫으시면 아가씨 시댁으로 돌아가시든가요!"

"왜 못 가? 난 뭐든 할 수 있어. 낭군한테 언제 갈지도 내가 정해. 낭군이 싫어하건 말건, 난 이제 나 하고 싶은 대로 실컷 말 탈 거야!"

바이비야는 핑 말 옆구리를 걷어찼다. '아가씨!', 야르시의 걱정 서린 외침은 그녀를 잡지 못했다.

채생인

룽거는 멍하니 궈웨이 댁, 기연이 머무는 처소의 문가를 쳐다봤다. 심장이 쿵쿵 뛰었다. 가슴이 설레면서 불안했다.

요양 벌판을 달리며 기분이 나아졌던 바이비야 역시 당황해 문가를 보다가, 넋이 나간 오라비의 옆얼굴을 곁눈질했다.

처소 문 왼쪽에 나무로 만든 작은 활과 화살이 걸려 있다. 만주인들은 전통적으로 남자아이가 태어나면 산방 문 왼쪽에 활과 화살 모형을 걸었다. 수렵에 뛰어난 용사가 되라는 축복이었다. 반면 여자아이가 태어나면 문 오른쪽에 붉은 천 조각을 걸었다. 붉은 천은 길함과 상서로움을 의미했다.

떨리는 손으로 활과 화살을 만지작거린 룽거는 한참 만에 뻣뻣이 굳은 고개를 뒤편으로 돌렸다. 궈웨이와 숙용, 갑단 모두 룽거의 눈치를 살피느라 바빴다.

"제 처가 애를 낳았습니까?"

귀웨이는 '놀랐지? 나도 놀랐어.' 하는 듯한 멋쩍은 표정을 지었다. 그와 지숙용은 차례로 룽거를 달랬다.

"그렇게 됐네. 해산하던 날 내가 바깥에서 들으니 두 번인가? 세 번인가를 힘을 주니까 애 우는 소리가 으앙! 울리더군. 첫 자식이 태어나는 역사적인 날, 아우께선 제수 곁에 있고 싶었을 테지? 그렇지만 참 인생사 뜻대로 흘러가지 않아. 아니 그런가?"

"……."

"아기가 급히 나와 산방을 따로 꾸릴 새가 없었어요. 그렇지만 만주인의 산방 전통은 못 지켰어도, 아기가 태어난 지 삼 일째에 새와 들짐승 고기로 만든 소를 넣은 만두를 산파를 통해 방에 들여보내 동서에게 먹였답니다."

"……."

룽거는 갑단에게 물었다.

"산파로 들어가지 않은 것이냐?"

"저는 자식이라곤 서방이 전처 배를 빌려 낳은 의붓딸이 전부예요, 공자님. 제가 직접 애를 낳아보지 않아 출산 쪽으로는 잘 몰라요."

"그럼 안에는 누가 들어가 있지?"

다시 지숙용이 나섰다.

"동네 제일의 산파 할멈을 들여보냈으니 걱정 마세요."

안에 들어가 확인하면 될 것을, 굳은 다리가 영 움직이지 않아 룽거는 줄줄 질문을 쏟았다.

"형수님, 제 처와 아이는 건강합니까?"

"산파 할멈 말로는 그렇대요. 아직 채생인(採生人)을 들여보내지 않았기 때문에 저도 직접 보진 못했지만요."

"아기가 태어난 지 칠 일째에 나와 이 사람은 제수의 친정 부모 대신 안에 들어가, 아이를 또리에 넣는 상차의식을 거행할까 했네. 하지만 채생인을 들여보내지 않은 상황에서 함부로 아기를 보기가 꺼려졌더랬지. 그렇다고 우리끼리 채생인을 정하자니 도리가 아닌 듯해 별수 없이 아우께서 오기만을 기다렸네. 덕분에 아무도 산방에 들어가지 못하고, 애가 나왔으니 가겠다는 산파에게 사정사정을 해 아우가 올 때까지만 제수와 아이의 보모 노릇을 해달라 붙잡아뒀네. 오늘 마침내 왔으니 정해보게. 누굴 채생인 삼겠나? 사냥 솜씨가 빼어난 이를 데려올까? 말 잘 타는 이를 데려올까? 아니면 기운 센 이를 부를까?"

귀웨이가 재촉했지만 룽거는 쉬이 대답하지 못했다.

자식이 생겼다는 사실이 조금씩 실감나 기쁘기도 하고 여전히 믿기 어렵기도 했다. 기연이 걱정되고 미안했다. 그리 마음이 복잡해 룽거는 울상인 채로 희미하게 웃었다.

"저는 자식이 아직 안 나왔을 줄 알고…… 생각해 보지 않았습니다. 지금은 그저 머릿속이 새하얗습니다."

"내가 들어갈게!"

모두의 이목이 번쩍 팔을 치켜든 바이비야를 향했다.

"바이비야, 네가 말이냐?"

룽거는 동생이 채생인으로 적합할지 따졌다. 오라비의 속내를 꿰뚫은 바이비야의 눈꼬리가 뾰족해졌다.

"뭐야, 그 미적지근한 태도는? 난 채생인으로 적격이야. 난 사냥 솜씨가 좋아 토끼는 심심풀이로 잡아. 삵을 잡기도 했어. 내가 말 잘 타는 건 오라버니가 제일 잘 알 테고, 난 튼튼하고 기운 세 아무런 병이 없어. 뿐인가? 똑똑해서 오라버니 선생이야."

"……"

"이의 없지? 나만큼 적당한 사람이 없다는 거 인정하지? 내가 채생인이 돼 오라버니 아들이 날 닮으면, 오라버니 아들은 말 타기와 사냥에 특출해질 거야. 두창을 이겨내고 아흔 살까지 살 거야."

"설마 네가 들어간다 하여 내 아들이 나중에 말안장 대신 고저혜를 좋아하진 않겠지?"

바이비야는 발끈해 반박했다.

"그건 몹쓸 편견이야! 더군다나 난 고저혜 싫어해. 그 불편한 신발보다 안장이 훨씬 좋다고."

"너도 부모가 돼봐라, 바이비야. 평소에는 무시하던 속설에도 쉽게 휘둘릴 거다."

"웃기시네! 방금 아들이 태어난 걸 알아놓고 한 십 년 키운 것처럼 말하긴!"

"……."

"내가 들어갈 거야. 난 조카가 보고 싶어."

"좋다. 네가 내 첫 자식의 채생인이 되어다오. 나와 함께 들어가자."

꿀꺽 마른침을 삼킨 룽거는 조심스럽게 문을 열었다. 확 뻗쳐 나온 방 안의 후덥지근한 열기로부터 갓난아이의 살 내음과 달짝지근한 젖 내음이 나는 듯싶었다.

긴장한 둘은 도둑인 양 발소리를 죽여 움직였다. 구들에 앉은 노쇠한 산파가 흐린 눈동자로 그들을 쳐다봤다. 산파는 반가운 미소를 지었다.

"아이 부친과 채생인이신가 봅니다. 드디어 집에 갈 수 있겠습니다. 산모와 애는 자고 있으나 슬슬 애가 깰 때가 됐지요."

"오라버니, 새언니가 상차의식을 생략하기로 했나 봐."

룽거의 팔꿈치를 친 바이비야가 고갯짓했다. 산파를 치하한다는 것을 깜빡 잊은 룽거는 동생의 시선을 따라가, 침대를 주시했다. 본래는 대들보에 매달았어야 할 또리가 침대 안쪽에 놓여 있다. 또리 옆에는.

룽거는 침대에 붙어 섰다. 또리 속에 누워 자는 강보에 싸인 아들과, 나란히 누운 기연을 정신없이 관찰하던 그는 기연을 불렀다.

"기연."

침대 끄트머리에 걸터앉은 그는 기연을 와락 껴안았다.

"기연, 보고 싶었다!"

"앗! 누구…… 룽거?"

흠칫 놀라 깬 기연은 익숙한 체취를 알아챘다. 팔에 닿은 손길이 익숙했다. 위에 엎어진 몸의 단단함이, 크기가 분명 서방이었다.

"널 다시 내 곁에 꼭 붙들어놓고 살 수 있게 해달라 매일 부처께 기도했다."

"룽거!"

허겁지겁 일어나 앉은 기연은 룽거를 부둥켜안았다. 마주 기연을 껴안은 룽거는 그녀의 부드러운 머리칼의 향기를 깊숙이 들이마셨다. 둘은 서로를 신경 쓰느라 바이비야가 아이를 안아드는 것을 몰랐다.

"왜, 왜 늦게 왔어!"

늦게 왔지만 어찌 됐든, 서방이 와 좋았다. 꿈을 꾸나 싶을 만큼 좋았다. 그래서 기연은 되레 투정을 부렸다.

"해산 날 같이 있겠다 약속했잖아!"

룽거는 오랜만에 안은 기연의 허리를, 팔다리를 마음껏 어루만졌다. 동시에 연방 사과했다.

"미안하다, 미안해. 이미 아이를 낳았을 줄 몰랐다. 아예 늦진 않았다 생각했다."

"늦었잖아! 멀쩡한 서방이 뻔히 있는데 나 혼자 낳았잖아! 미워!"

기연은 서방 가슴에 뺨을 문지르며 손으로는 그의 등을 꼬집으려 시도했다. 하지만 살이 온통 딱딱해 군살이 잡히지 않았다.

"둘째 때도 옆에 없기만 해봐, 도망갈 거야!"

"기연, 네 얼굴을 보자."

기연을 떼어낸 룽거는 그녀의 양 뺨을 감싸 쥔 채 어여쁜 얼굴을 살폈다. 안색은 나쁘지 않으나 애를 낳았는데도 몸과 얼굴 전부, 포동포동한 느낌이라곤 없이 말랐다.

"벌써부터 둘째 욕심을 부리다니, 너답다. 한데, 눈치 보느라 밥을 굶은 것도 아닐 테면서 어찌 이리 말랐는가? 설마 눈치 본 겐가?"

기연은 거세게 도리질했다. 아이를 낳느라 상처 난 아래가 아직 덜 아물어 아팠다. 하여 배변하기가 무서워 씹어 삼켜야 하는 음식을 꺼렸더니 임신 후반기에 쪘던 살이 죄다 빠졌다.

그러한 사실을 솔직히 말하는 대신 기연은 계속 투정을 부렸다.

"당신 없이 외로워 말랐어."

"……내 마음을 무너뜨리려 작정했구나."

룽거는 다시 기연을 껴안았다. 기연의 몸에 들러붙은 그의 강인한 두 팔은 그녀에게, 누군가로부터 철저히 보호받고 있다는 느낌을 줬다. 오래간만인 그 느낌을 만끽하며 룽거 품에 안겨 있던 기연은 뒤늦게 침대 발치에 선 바이비야를 발견했다. 아기!

아껴 마지않는 자식을 낯선 여자가 안은 모습을 보자 두려움이 치솟았다. 기연은 룽거를 불렀다.

"룽거, 우리 아기를 낯선 사람이……."

"나는 타타라 바이비야예요. 룽거 오라버니의 선생이자 사촌 동생이에요. 새언니 아기의 채생인이 됐기도 하네요? 새언니 아기는 이제 날 빼닮아 나처럼 잘나게 클 거예요. 다행이지요?"

기연이 알아듣지 못할까, 바이비야는 또박또박 발음했다. 기연을 놔준 룽거가 말했다.

"기연, 불안해하지 마라. 바이비야는 채생인으로서 우리 아들을 안고 있는 거다."

"그게 뭔데요?"

"채생인은 갓난아이를 처음 보는 외부 사람을 이른다. 청나라에선 아이는 채생인을 닮게 자란다 믿는다. 바이비야는…… 천방지축이긴 하나 성격과 행실이 나쁘진 않다. 몸도 튼튼하니 우리 아들도 건강하게 클 거다."

"……우리 아기, 이만 내가 안을래요. 어차피 당신도 아기 얼굴을 제대로 봐야 되잖아요."

"바이비야, 아들을 내 처에게 줘라. 내 처가 불안해한다."

바이비야는 아기를 돌려줬다. 기연은 아들을 품 안 깊이 끌어안았다. 그 모습을 지켜본 바이비야의 얼굴이 뾰로통해졌다.

"오라버니, 조선말을 잘하네? 새언니는 만주어를 해?"

"조금 한다."

"……새언니는 내가 싫나 봐. 만주어를 할 줄 알면서 인사를 안 하잖아. 날 채생인 삼은 것도 싫어하는 듯해. 그게 아니라면 왜 빼앗듯이 조카아이를 데려가겠어?"

"아니에요!"

기연은 재까닥 만주어로 부정했다. 서툴지만 열심히 설명했다.

"아가씨가 싫은 게 아니라…… 나는 첫애를 잃었어요. 첫애 때처럼 이 애도 잘못되면 어쩌나 불안해 나도 모르게 빼앗듯이 했어요. 기분 나빴다면 미안해요."

아……. 탄식을 흘린 바이비야가 변명했다.

"난 그건 몰랐어요. ……미안해요."

"괜찮아요. ……아가씨를 만나 반가워요. 내 아들의 채생인이 돼줘 고맙고요. 숙모님께 아가씨 얘기 많이 들었어요."

"엄마가 뭐라 했는데요?"

"아가씨가 밝고 예쁘고 씩씩하다고, 숙모님의 자랑스러운 딸이라 하셨어요. 맞는 듯해요."

"……."

갑자기 칭찬을 들으니 조금 쑥스러워져 바이비야는 뺨을 붉혔다.

"저야말로 새언니를 만나고 조카의 채생인이 돼 기뻐요. 새언니와 조카와 인사했으니까 이만 자릴 비켜줘야겠지요? 오라버니, 나 말 타러 갔다 올게. 새언니, 나중에 또 봐요."

"구련성 근처에는 가지 마라, 바이비야. 거긴 들짐승이 많다."

"알았어!"

기분이 좋아진 바이비야는 사뿐한 걸음걸이로 나갔다.

앞으로 더는 뽀로통히 텃세부리지 않겠지? 바이비야의 뒷모습을 보며 생각한 기연은 아들을 룽거에게 내밀었다.

"룽거, 우리 아기 안아봐요."

서툰 동작으로 달팽이처럼 느릿느릿 아들을 안은 룽거는 작은 생명을 우두커니 내려다봤다.

기연이 낳아준 자식은 마냥 예뻤다. 태어난 지 얼마 안 됐음에도 빨갛지 않고 눈, 코, 입이 또렷했다. 숱 많은 새카만 머리카락은 부드러웠다. 평평한 이마는 넓었다.

룽거는 강보를 파헤쳐 아들의 손과 발을 꺼냈다. 작지만 정교한 손가락, 발가락 하나하나를 매만진 그는 감격해 중얼거렸다.

"네 가는 몸에서 내 아들이 나왔다는 사실이 믿기지 않는다……. 너는 비록 겉은 내 반만 하나 실은 큰, 대단한 사람이다……."

"임신한 동안 심한 고생을 겪은 탓에 잘못돼 나올까 봐 무서웠어요. 다행히 일찍 나오긴 했지만, 어느 한 군데 부족한 구석이 없어요. 잘 먹고 잘 누고 잘 자 하루하루 쑥쑥 커요."

룽거는 아이의 이마에 제 이마를 살짝 붙였다. 색색거리는 숨소리가 가까워졌다.

"고생했다, 기연. 이리 예쁜 자식을 낳아줘 고맙다. 네게 평생을 갚아도 모자랄 빚을 졌다."

흐뭇이 웃는 기연에게 입을 맞추려 했지만 으앙, 우렁찬 울음을 토해낸 아들이 방해했다.

"배고픈가 봐요."

기연은 아들을 안아 들었다. 룽거는 아쉬운 줄을 모르고 처와 아들을 지켜보았다.

빽빽, 아들은 힘차게 어미젖을 빨았다. 그런 아들을, 젖을 먹이는 기연을 룽거는 기연 뒤에 앉아 그녀의 허리를 껴안은 채 구경했다. 처와 자식의 모습이 예쁜 걸 넘어 황홀하기까지 해 눈을 뗄 수 없었다.

며칠을 굶은 것처럼 밥을 먹던 아들은 변덕스럽게도 금세 잠에 빠졌다. 기연은 대충 옷을 추스르고, 아기를 토닥이며 룽거를 올려다봤다.

"룽거, 동 대인과 술이라도 같이 마셔야 하는 거 아니에요? 나하고만 있으면 안 될 듯해요."

룽거는 기연의 뺨에 그의 뺨을 문질렀다.

"나는 너와 아들과 있고 싶다."

"여긴 우리 집이 아니잖아요. 얹혀살며 폐를 끼치는 처지에 우리끼리 방 안에 콕 박혀 있으면 죄송하니까 동 대인과 시간을 보내요. 게다가 지 부인께 또리도 선물받았단 말예요."

"기연, 형님과 형수님께 드릴 감사의 표시를 넉넉히 가져왔으니 진정하고 마음을 편히 가져라."

"……."

기연은 서방이 구들에 가져다 놓은 함을 살펴봤다. 저게 보물 상자였던 모양이다.

그녀는 함 옆에 놔둔 또리로 눈길을 옮겼다. 저 또리는 언제쯤 천장에 달아보려나?

"사례금은 사례금이고 민폐는 민폐잖아요. 우리 언제까지 여기서 신세 져요?"

"네가 두 분께 죄송해하는 건 알지만 너와 아들이 마차를 탈 수 있을 만큼 건강해질 때까진 신세 져야 하지 않겠는가? 특히 너는 출산으로 허약해져 있는데, 어찌 찬 바깥바람을 쐬게 하겠느냐."

"나도 아는데도 자꾸 조급증이 일어요."

"그러지 마라, 기연."

"하지만 내 회복을 기다리다간 앞으로 족히 한 달은 더 이곳에 있어야 할 거예요. 그건 너무 기니까 나는 그냥 아래가 아프더라도 참고 마차나 말을 타야겠다고 생각했어요."

내리 다정히 처를 달래던 룽거는 이번에는 단호히 불허했다.

"안 된다. 네가 아픔을 느끼는 상태로는 절대 거동하지 않는다."

"……"

"숙모님이 그러셨다. 산후조리를 등한시하면 후유증이 평생 간다고."

"첫애를 낳았을 때 딱 삼 일 쉬고 집안일을 했지만 멀쩡했어요."

시모와 순명이 언제까지 누워 퍼질러 있을 거냐 닦달해서였긴 하지만 여하튼, 후유증 같은 건 느끼지 못했다.

기연은 앞서 괜찮았던 경험을 말했으니 룽거이 이제 안심할 거라 예상했다. 그러나 전혀 반대로, 미간을 구긴 룽거는 불 같이 성을 냈다.

"내 곁에선 절대 그럴 수 없다!"

"……"

"뭐든 내가 알아서 할 테니 너는 아무 생각 말고 편히 쉬기만 해라. 그런데……"

성인 남자라 하나 룽거는 해산에 대해 아는 게 많지 않았다. 아니, 성인 남자이기 때문에 무지한 것일지 몰랐다. 그는 이번엔 온 얼굴 가득 걱정을 드러내며 유추했다.

"아래가 아픈 이유는 아이를 낳느라 다쳐서겠지?"

"맞아요. 여자들은 아기 낳을 때 아래가 찢어져 상처가 나요."

"통증이 심할 테지?"

"참을 만해요."

"……."

살이 찢어져 상처가 났는데 참을 만할 리가. 고생한 기연이 불쌍해 룽거는 위로하듯 그녀의 배를 어루만졌다.

"나는 눈에 넣어도 아프지 않을 자식을 거저 얻었건만 너는 혼자 온갖 고생을 겪었다. 도움이 못 돼 미안하다."

"당신은 아이 만드는 걸 도와줬잖아요. 당신이 없었다면 내가 무슨 수로 예쁜 아이를 가졌겠어요."

"……그렇지만 나는 네 배에 아들을 만들어줄 때 전혀 힘들지 않았다. 좋기만 했어."

"만들 때는 나도 그다지 힘들지 않았어요. 좋았……."

어쩐지 부끄러워 기어들어 가는 목소리로 중얼거리던 기연은 룽거의 눈치를 살폈다. 시선이 마주치매 서방이 슬쩍 눈웃음을 쳐, 그제야 그가 장난을 쳤음을 알 수 있었다. 진지하다 갑자기 놀리는 게 어디 있어?

"놀리지 마요……."

기연은 뭐가 웃긴지, 하하 소리 내 웃는 룽거의 가슴에 얼굴을 파묻었다. 그 상태로 뺨을 식히다가 더운 기가 가시자 말했다.

"잠깐 고생해 예쁜 자식을 안을 수 있다면 네 번 다섯 번이고 고생할 수 있어요. 그러니까 룽거."

"제 여자도 편안하게 해주지 못하는 자가 어찌 나랏일을 돕겠는가? 네가 아이를 백 명 낳게 하지 않을 거다. 나는 조절할 자신이 있다."

서방은 아이를 하나나 둘만 갖자 했었다. 남자 여자가 한 방에 있으면 원치 않아도 생기는 게 아이거늘 설마 정말로 한둘만 갖겠냐만…….

조절할 수 있다 장담하던 서방이 정녕 자신감이 넘쳤었기에 별수없이 기연은 슬그머니 신경이 쓰였다. 그가 기적적으로 삼신할머니급 능력을 발휘해, 애를 만드는 걸 안 도와주면 어쩌나 싶었다.

"우리, 자식 많이 만들어요."

애교스럽게 설득한 기연은 두 눈을 초롱초롱 빛냈다. 하지만 룽거는 끄떡 않고 샐쭉해졌다.

"정확히 몇 명을 원하는 거지?"

"모르겠어요. 네 명? 다섯 명?"

하, 그는 탄식을 흘렸다.

"한 시진 간격으로 아들 뒤치다꺼리를 하면서 힘들지도 않느냐?"

"힘들지 않아요. 당신이 도와주잖아요. 내가 하는 거라곤 젖 먹이는 일뿐인걸요?"

"이미 말했듯이 기연, 키우는 건 도울 수 있지만 낳는 건 내가 어떻게 할 수 없다. 그러나 난 널 아프게 하기 싫으니 넷, 다섯이 생기지 않도록 조심할 수밖에."

"……나도 한참 예전에 말했지만, 당신이 원하는 대로 안 될 거예요. 나랑 아예 잠자리를 갖지 않는 이상 어림없다고요."

평소에 항상 편을 들어주다가도 왜 자식 얘기만 나오면 튕기는지. 심사가 비틀린 기연은 부루퉁해졌다. 그런 그녀의 기분을 풀어주기는커녕 룽거는 짓궂게 속삭였다.

"아니다. 난 할 수 있다."

"……."

"삐친 척해 봤자 소용없다, 기연."

룽거가 장난을 치느라 부러 더 비협조적으로 구는 걸 아는데도 점점 성이 나 기연은 그를 밀어냈다. 문제는, 서방이 꿈쩍하지 않는다는 거다.

잔뜩 약이 오른 그녀가 쏘아붙였다.

"가서 동 대인과 술이나 마셔요."

"싫다. 난 네 사내인데 왜 자꾸 형님께 보내려 하는가?"

"당신 미워요."

"나는 네가 좋은데?"

가슴에 아교를 바른 양 룽거는 결코 처에게서 떨어지지 않았다. 끈질기게 치대는 그를 얄밉게 쩨리던 기연은 웃는 얼굴에 침 못 뱉는다고, 얼마 안 가 웃고 말았다. 나 좋다는 남자를 상대로 어찌 계속 냉담하랴?

"아이, 진짜 얄미운데 왜 웃음이 나오는지 몰라."

"왜긴 왜냐? 입으로만 밉다 하지 실은 너도 내가 좋은 게지."

뻔뻔히 받아친 룽거는 기연의 양쪽 뺨에 마치 공격을 쏟아붓듯이 번갈아 입을 맞췄다. 꺄르륵거리는 웃음소리가 터졌다.

❀

구들에 앉아 있던 기연은 '으엥……!' 칭얼거리기 시작한 아들을 잽싸게 안아 들었다. 침대에 누운 룽거가 잠에서 깨지 않은 것을 확인한 그녀는 아들을 달래려 애썼다.

"밥도 먹고 쉬야도 했으면서 왜 깼어? 투정 부리지 말고 자자, 응?

착하지?"

다행히 방 안은 조용해졌다. 힘을 준 지 세 번 만에 나오질 않나, 잠투정을 조금만 부리다니, 아들은 효자가 분명했다.

잠든 아들을 또리에 도로 내려놓고 한참 들여다본 기연은 침대에 다가섰다. 아들 얼굴을 실컷 봤으니까 이번에는 서방을 봐야 했다.

간밤에 기연의 등쌀에 밀려 기어코 동 대인한테 갔던 룽거는 술에 취해 새벽에 돌아와서도 내리 아들을 돌봤다. 그러다가 낮잠에 든 지 고작 한 시진밖에 아니 된 터, 기연은 룽거를 깨우지 않으려 조심하며 그를 마주 보고 누웠다.

자는 서방 얼굴이 아들과 똑같다. 거푸집으로 찍어낸 듯싶다.

룽거를 구석구석 뜯어보던 기연은 고개를 갸웃했다. 남자 외모에 관심이 없어 몰랐는데 그러고 보니, 서방은 잘생겼다. 청나라에 와 지금껏 살며 서방보다 나은 만주인 사내를 본 적이 없는 것 같다. 서방의 눈썹은 그린 것처럼 진하고 코는 높다. 눈은 굵다랗고 피부에는 그 흔하디흔한 곰보 자국 하나 없다. 조선 사람들은 열 명 중 셋은 곰보인데.

무릇 남자는 잘생겼으면 얼굴값을 하는 게 당연하다. 잘생긴 데다 집안까지 좋다? 얼굴값에 더해 꼴불견 짓을 해대기 마련이다. 그런데 서방은 그러지 않는다. 딴 여자한테 한눈팔지 않고 다정하고, 말을 잘해 심심하지 않게 해준다. 아이를 엄청 잘 봐준다.

나만 아는 잘난 서방에 건강한 아들까지⋯⋯. 세상에 나보다 행복한 여자가 있을까?

"히."

기연이 배시시 웃은 순간 룽거는 반짝 눈을 떴다.

"자는 날 보면서 웃다니, 해괴하다. 기연."

잠결에 취해 중얼거린 룽거는 기연의 목 아래에 오른팔을 밀어 넣었다. 기연은 기회를 놓치지 않고 서방 가슴에 찰싹 달라붙었다.

"당신이 멋있어서 보고만 있어도 웃음이 나와요."

"그걸 뭐라 한다더라? 눈에 콩깍지가 쓰였다 한다 했나?"

웃은 룽거는 눈을 감았다. 그러나 곧바로 다시 눈을 부릅떠 기연을 쳐다봤다.

"왜 안 자요? 내가 방해돼요? 나 때문에 못 자겠어요?"

"맞다. 너 때문에 못 자겠다. 네가 드디어 아들이 아닌 날 봐주는데 이 금 같은 귀한 시간을 어찌 자면서 보내겠느냐."

"그렇게 말하니까 내가 아들만 보는 것 같아요. 아들만 보지 않았어요. 당신도 봤어요."

"아주 잠깐씩만."

"……."

"예전에는 항상 나만 봤으나 나는 이제 뒷전으로 밀려났다."

"……."

내 서방은 자식한테 질투를 느끼나?

"밤에 너와 누워서도 나는 네 옆얼굴이나 뒷모습밖에 못 본다. 몸은 내게 안겨 있을지언정 네 고개는 매번 아들 쪽으로 가 있으니까."

"당신이 이해해 줘요. 당신보다 아기가 더 내 도움을 필요로 해 그런 거잖아요."

룽거는 홍 콧방귀를 뀌었다.

"당분간만 참는 거다. 만약 계속 날 본체만체한다면……."

"……그럼 어쩔 건데요?"

뾰로통해진 기연은 여차하면 싸울 태세를 갖췄다. 다른 여자를 만날 거라 말하기만 해보라지.

"네가 날 보게 할 거다."

"어떻게요? 다, 다른 여자를 들여 내 속을 긁기라도 하게요? 당신이 그러면 난 화병에 걸려 제명에 못 죽……."

갑자기 핵 상체를 일으킨 룽거는 기연의 목과 뺨과 입술에 마구잡이로 쪽쪽 입을 맞췄다.

"으흐……."

기연은 애가 깰까, 이를 악다물고 웃음을 참았다. 서방 아래에서 빠져나가려 버둥거렸다. 하지만 팔다리가 서방의 팔다리와 얽매인지라 도망갈 수 없었다. 말랑한 입술이 자꾸 목과 뺨을 간지럽혔다.

"룽거, 간지러워……."

"널 간지럽혀 날 보게 할 거다."

"웩! 토 나와!"

"으아앙!"

어디선가 날아든 커다란 외침이 결국 아이를 깨웠다. 마침내 놔준 룽거에게서 빠져나온 기연은 우는 아이를 달래 침대로 데려왔다. 누군가가 재차 외쳤다.

"둘이 막 입을 쪽쪽…… 으악, 못 볼 꼴 봤어! 토 나올 것 같다고!"

"하면 훔쳐보지 말고 나가 말을 타든가, 다른 네가 하고 싶은 걸 해라, 바이비야."

기연이 팔이 아플까, 아이를 안아 든 룽거는 창가를 향해 쏘아붙였다. 바이비야는 창문 틈새로 머리만 들이민 상태였다.

"오라버니, 실은 팔불출이었던 거야? 새언니랑 둘이 있을 때마다 매번 그렇게 꼴사납게 쪽쪽거렸던 거야?"

룽거는 커다란 손으로 아들 몸을 토닥이며 점점 신경질적으로 받아쳤다.

"너는 네 낭군과 그러지 않는가 보군?"

"오라버니가 그러는 건 이상해! 해괴망측해! 끔찍해! 으, 오라버니가 여자랑 입을 맞추다니, 이건 불가능해. 있어선 안 되는 일이야. 한데 있어선 안 되는 일이 일어났으니 어쩌면 나라에 망조가 들지도 몰라. 큰일이라고."

"내가 손가락 하나 까딱 않고 내 처를 그냥 두었다면 어찌 아들을 얻었을 것 같으냐?"

"으헉! 상상되니까 말하지 마! 우웩!"

반복적으로 웩웩거리는 바이비야를 지켜보던 기연은 룽거에게 조선말로 물었다.

"아가씨가 뭐래요? 당신과 아가씨 사이에 오가는 단어가 생소해 못 알아듣겠어요. 당신이 뭐 어떻다는 거예요?"

"내가 너에게 입을 맞추는 것이 토 나올 정도로 이상하다 했다."

"왜요? 부부 사이에 그러는 건 당연하잖아요. 한데 왜…… 토 나올 것 같고 이상하대요?"

룽거는 그저 웃고 말았지만 기연은 시무룩해졌다. 짜증이 났다.

"아가씨 밝은 성격은 좋지만 내 서방을 나쁘게 말하는 건 싫어요. ……내 눈엔 멋지기만 하다고요."

꿍얼거린 기연은 바이비야더러 보란 듯이 룽거의 뒷목을 붙잡아 당겨 그에게 입술 도장을 찍었다. 헉! 놀란 바이비야가 돌덩이가 됐다. 룽거는 얼이 빠져 기연을 멍하니 쳐다봤다.

"……기연, 네 몸이 회복되면 가만두지 않을 거다. 안 재울 거야."

"당신 마음대로 해요."

바이비야는 부부 사이에 오가는 조선말은 알아듣지 못했지만 부부 사이에 오가는 끈적한 눈빛은 귀신같이 알아봤다. 부르르 몸서리친 그녀가 소리쳤다.

"으악, 웬일이야! 둘이 아주 잘 만났네! 으으, 둘, 그 기름을 한 병은 삼킨 듯한 징그러운 눈빛 접어두는 게 좋을 거야! 왜냐면 나 대신 우리 엄마가 곧 저 문으로 들이닥칠 거거든! 지금 엄마랑 아빠가 동 대인 내외와 인사 중이야!"

"기옌! 기옌과 장손이 여기 있다고?!"

경고가 끝나기 무섭게 익숙한 음성이 울리더니 벌커덕 열린 문 틈새로 소야와 잉굴다이, 갑단이 쏟아져 들어왔다. 바싹 마른 소야와 안색이 어두운 잉굴다이를 발견한 기연은 재까닥 일어났다.

"숙모님! ……숙부님!"

"기옌! 네가 정녕 무사했구나!"

순식간에 눈물범벅이 된 소야가 기연을 껴안았다. 조카며느리와 장손이 잘못된 줄로만 알고 좌절에 빠져 살았던 얼마 전까지의 과거가 주마등처럼 소야의 뇌리를 스쳤다. 두 손을 합장한 그녀는 서럽게 울며 기도했다.

"오, 포튀마마님, 감사합니다! 감사합니다! 기옌과 장손을 지켜달란 제 소원을 들어주셨군요!"

"엄마가 울면 새언니 마음이 불편할 거예요! 그쳐요!"

뒤늦게 방에 들어온 딸이 성화를 부려 눈물을 그친 소야는 기연을 침대에 끌어당겨 앉혔다.

"기옌, 앉으렴. 출산한 지 얼마 안 되선 무거운 물건을 드는 것뿐 아니라 서 있는 것, 걷는 것도 조심해야 한단다. 무리했다간 아래가 빠질 수 있어."

"하지만 숙부님께서 서 계신데 저만……."

"앉아 있어라."

잉굴다이는 휘휘 손을 휘저어 기연을 안심시켰다. 기연 옆에 나란히 앉은 소야는 기연의 팔다리를, 등을 매만졌다.

"기옌, 어디 아픈 곳은 없니?"

"없어요, 숙모님. 전 건강해요."

"몸은 잘 회복되고 있고?"

"네. 동 대인 내외가 친절히 돌봐주셨어요. 지금은 룽거가 제가 푹 쉴 수 있게끔 아들을 돌봐줘요. 저는 밥 먹이는 일 빼곤 할 게 없어요."

아차! 너무 솔직했나? 서방을 부려먹는다 하여 숙모님이 언짢아하실까? 기연은 걱정했지만 소야와 잉굴다이는 태연했다.

"그럼, 그래야지! 룽거가 널 도와야 네가 쉬지. 네가 잘못된 줄 알고 몇 날 며칠을 울었는지 모른다. 너무 많이 운 바람에 머리가 터지는 줄 알았어, 흐흑……."

"숙모님, 울지 마세요. 또 머리가 아프면 어떡해요."

"엄마, 울지 말라니까요!"

기연은 소야의 마른 등허리를 토닥였고 바이비야는 닦달을 해댔다. 손등으로 거칠게 눈가를 훔친 소야는 눈물을 참아낸 대신 분통을 터뜨렸다.

"룽거가 봉성에 갔다는 소식을 전해 듣자마자 뒤쫓아 왔단다. 대인께서도 네 안위를 직접 확인하고 싶으시다, 병가를 내고 오셨단다. 이리 널 보니 오길 잘했단 생각이 드는구나. 그리고 룽거가 널 해하려 한 김돌시, 정명수를 고발해 죗값을 치르게 한 것도 백 번 천 번 잘했고 말이다!"

"네?"

"자초지종을 들었단다. 죄인들이 조선국 세자빈이 널 통해 대인께 치대는 걸 불만스럽게 여겨 널 납치 살해하라 네 조선인 전남편을 사주했다지? 고얀 것들 같으니라고! 그놈들에겐 참수형보다 가혹한 벌이 내려졌어야 했어!"

"……."

기연은 아이를 안은 채 옆에 서 있는 룽거를 잠시 올려다봤다. 서방이 뭘 하느라 늦게 왔는지 마침내 알 듯했다. 송국조와 마부의 나머지 패거리를 찾아내 벌을 받게 하고 온 것이다.

"네 전남편이란 자도 참 너무하지! 어쩜 그놈들과 작당해 널 해하려 할 수 있단 말이니? 이미 인연이 끝난 걸 어쩌라고!"

기연은 움찔 떨었다. 송국조 이야기가 나오니 자연스레 가슴 한구석에 죄책감이 일렁였다.

"숙모님, 숙부님…… 미리 말씀드리지 못해 죄송해요. 저는 룽거에게 두 번째로 시집온 거예요. 그, 그렇지만 아이는 룽거 아이가 확실해요!"

소야의 눈이 휘둥그레졌다. 덕분에 기연은 숨이 턱 막혔다.

"숙모님……."

"뭐가 죄송하다는 거니? 물론 장손은 타타라 가문 혈육이지! 나는 네가 뭘 걱정하는지 도무지 모르겠구나, 기옌."

"네……?"

바이비야가 거들었다.

"새언니, 우리는 재혼을 나쁘게 보지 않아요. 우리 조정은 과부들더러 필히 재혼하라고도 하는데요?"

"그런가요, 아가씨?"

"그렇고말고! 아! 기옌, 네가 낳은 타타라 가문 장손을 보자! 봉성에 오는 동안 장손이 어찌 생겼는지 궁금해 잠 한 숨 못 잤단다!"

룽거가 건넨 아이를 받아든 소야는 잉굴다이에게 다가갔다. '예쁘기도 하지!' 탄성을 내뱉은 그녀가 권했다.

"대인도 안아보세요."

"……."

비록 지금껏 남은 자식이라곤 바이비야 하나뿐이나 한때 잉굴다이는 여섯 아이의 아비였다. 그런즉 아이를 안는 그의 자세는 룽거보다 훨씬 능숙했다.

머리와 손가락을 꼬물거리는 장손을 내려다보는 잉굴다이의 무뚝뚝한 얼굴에 희미한 미소가 번졌다. 그러나 얼마 안 가 그는 아이를 소야에게 돌려주고 룽거를 불렀다.

"네게 할 말이 있다. 따로 보자."

두 사내가 바깥에 나갔지만 바이비야와 소야 모녀는 전혀 신경 쓰지 않았다. 아이를 에워싼 모녀는 웃음꽃을 피웠다.

"기옌, 내 눈이 시릴 만큼 아이가 예쁘다. 누굴 닮아 이리 휜칠할꼬? 가만있어 보자…… 이목구비는 룽거를 닮은걸?"

"아니에요, 엄마. 새언니를 닮았다고요. 룽거 오라버니를 닮았으면 애가 예쁠 리가 없지. 그렇지, 조카야?"

"심술부리기는. 아무튼 간에 고생했다, 기옌. 넌 우리 가문의 으뜸가는 효녀다."

숙모는 진정 송국조를 신경 쓰지 않는 듯했다. 완전히 안심한 기연은 기뻐하는 숙모를 따라 미소 지었다.

빈 곁채에 들어온 잉굴다이는 다짜고짜 조카의 뺨을 때렸다. 룽거의 고개가 휙, 거세게 돌아갔다.

분노에 휘감긴 질책이 쏟아졌다.

"내가 병가를 내고 봉성에 쫓아온 이유는 네 처와 아들을 보기 위해서가 아니었다. 이제 너도 자식이 생겼으니 내 마음을 알겠느냐?"

"……."

"너는 내 유일하게 남은 자식을, 외동딸을 죽일 뻔했다. 소현 세자가 제출한 편지는 가짜였지? 네놈, 내 딸을 시켜 정명수로부터 관저 언문 번역본을 받아냈지?"

"……."

룽거는 손등으로 입가를 훔쳤지만 피는 묻어나오지 않았다. 이가 흔들리거나 빠지지도 않았다. 기연이 속상해할 일이 없어 다행이었다.

"내가 다른 누구도 아닌 내 딸의 거짓말을 꿰뚫어보지 못했을 성싶으냐?"

"제가 정명수의 언문 필체를 얻었다는 증거도, 그것을 세자에게 전했다는 증거도 없습니다. 세자관에 있는, 정명수의 필체를 모사한 글쟁이는 속환사를 따라 조선에 돌아갈 겁니다. 그러니 바이비야는 지금까지 그랬듯 앞으로도 결코 위험에 처하지 않을 겁니다."

"이놈이!"

잉굴다이의 몸속 온 피가 거꾸로 치솟았다. 시뻘게진 그는 여차하면 조카를 다시 때릴 기세로 외쳤다.

"네놈이 아직도 내 딸 목숨을 경시해!"

"경시하지 않습니다. 바이비야는 제 여동생입니다."

"그래? 하면 바이비야가 네 여동생이 아니라 네 아들이었더라도 위증을 시켰을 테냐?!"

"……."

"잘난 체란 잘난 체는 혼자 다 하더니 왜 갑자기 벙어리가 됐느냐? 대답해 봐라, 바이비야가 사촌 여동생이 아니라 저 방에 있는 네 아들이었어도 복수를 위해 이용했을 테냐?!"

"……."

룽거는 차마 대꾸할 수 없었다. 바이비야가 자식이었다면? ……끌어들일 엄두조차 내지 못했을 것이다. 자식을 잃을 위험을 감수하기 어렵고 기연이 울까 봐 무섭거늘 어찌 그럴 수 있었겠는가?

"제가 생각이 짧았습니다. 아비가 된 지 얼마 안 된 터라 숙부님의 심정을 제대로 헤아리지 못했습니다. ……송구합니다."

"……."

씩씩대며 룽거를 노려보던 잉굴다이는 사납게 캐물었다.

"날 불신해 내게 일언반구 없이 흉계를 꾸몄느냐? 아직 날 의심하느냐?"

"의심하지 않습니다."

"왜냐면 너는 내 딸의 목숨을 틀어쥐고 있고, 그런 너를 내가 감히 거스를 리 만무하니 자연스럽게 날 의심할 필요가 없어졌겠지. 아니냐?"

만약 잉굴다이가 룽거의 성미를 건드려 화난 룽거가 형부 아문에 바이비야와 그 자신의 죄를 자백한다면, 바이비야는 기필코 죽을 거였다. 고로 딸이 살아 있는 한 잉굴다이는 절대 조카의 뜻을 거슬러선 안 됐다.

"그것과 별개로 숙부님을 의심하지 않습니다. 숙부님께 기연과 제 아들을 해칠 이유가 없다는 것을 알기 때문입니다. 다만 조심했을 뿐입니다. 기연에 관한, 저는 가능한 최대로 신중합니다."

여자한테 단단히 미쳐서는. 저 팔불출! 공처가 놈! 이 이상 룽거를 마주했다간 복장이 터질 듯했다. 답답한 가슴을 주먹으로 펑펑 친 잉굴다이는 성화를 부렸다.

"남의 딸은 우습게 보면서 제 처자식은 끔찍이 챙기는군! 꼴 보기 싫다! 나가라!"

"다시 한 번 송구합니다, 숙부님."

돌아서 나가는 룽거를 노려보던 그가 짜증스레 덧붙였다.

"나와 소야가 출발할 때 속환사도 조선인 포로들을 이끌고 출발했다. 그쪽은 인원이 많아 우리보다 움직이는 속도가 느렸으나 이삼 일 뒤에는 봉성을 지나갈 거다. 세자빈이 말하길 기연의 아비가 세자관에 있었다지? 혹여 그자가 속환사와 함께 이번에 조선에 돌아간다면 기연에게 작별인사를 하라 전하거나 말거나, 네 멋대로 해라."

"예. 상기시켜 주셔 감사합니다."

룽거가 밖에 나오자 근처에서 기다리던 궈웨이가 다가왔다.

황제의 총애를 받는 그 유명한 타타라 잉굴다이를 사적으로 만났다! 잉굴다이가 내 집에 머문다! 설마 나는 조만간 묵던 중앙 조정에 입성하는 겐가?

그러한 매혹적이고도 과히 앞선 상상에 사로잡혀 궈웨이는 몹시 흥분한 상태였다. 그가 신나 떠들었다.

"이보게 아우, 내 집에 잉굴다이 장군이 오셨네! 믿어지는가? 장군께 술을 마시자 청하고 싶은데 싫어하시진 않겠지?"

잉굴다이는 이성적인 인물이었으므로 조카로 인해 감정이 상했다 하여 제삼자에게 화풀이를 할 턱이 없었다. 그렇기에 룽거는 흔쾌히 권했다.

"숙부님께선 술을 좋아하시는 데다 먼 길을 달려오셔 목이 마르실 테니 기꺼이 응하실 겁니다. 안에 들어가 보십시오."

"역시 그렇겠지? 하하하!"

용기를 얻은 궈웨이는 나는 듯한 가벼운 걸음으로 안에 들어갔다. 살짝 열린 문 틈새로 분위기 좋은 대화 소리가 두런두런 새나왔다. 하지만 고민에 빠진 룽거의 귀엔 숙부와 의형이 뭐라 하는지 들리지 않았다. 벌써부터 그는 슬퍼할 기연 걱정뿐이었다.

❀

병가 기간이 길지 않았기에 잉굴다이는 봉성에 온 지 이틀 만에 먼저 묵던으로 올라갔다. 하지만 소야는 기연의 몸조리를 돕기 위해 남았다. 비단 조카며느리를 도우려는 이유만이 아니라, 나이가 적지 않은 그녀가 무리해 여행하는 것을 잉굴다이가 탐탁지 않아 했다. 엄마가 남으니 바이비야 또한 자연스레 따라 남았다.

룽거, 소야, 바이비야까지, 몸조리와 육아를 도와주는 이가 넘쳐나는 덕에 기연은 나날이 건강해졌다. 아정이를 키울 때는 송국조 주먹에 맞으랴, 송국조의 어미와 순명의 시집살이에 시달리랴, 애 키우는 법을 물을 친정 어미 없이 혼자 아등바등하랴 바빴으나 금번에는 몸이 몹시 편했다. '애를 거저 키운다.' 아낙네들의 그 말보다 지금 상황에 적절한 표현이 없었다.

"새언니, 밥 먹어요. 새언니가 안 먹으니까 룽거 오라버니도 덩달아 깨작거리며 굶다시피 하네요."

"기옌, 아직 수유가 안 끝났니?"

식탁에 둘러앉아 식사하던 소야와 바이비야가 구들로 다가와 물었다. 옷을 추슬러 가슴을 가린 기연이 말했다.

"아니요, 막 다 먹었어요. 숙모님, 아가씨, 벌써 다 드셨어요?"

"바이비야는 원래 입이 짧고 나는 충분히 먹었단다. 장손을 내게 주렴. 너도 어서 밥을 먹어야지."

"네."

"고기를 많이 먹어야 한다, 기옌."

"네, 그럴게요."

숙모한테 아들을 준 기연은 룽거 옆에 가 앉았다. 먹는 둥 마는 둥 하며 자리만 지키던 룽거는 기다렸다는 듯이 그녀의 밥그릇에 한 점씩 요리를 놔줬다.

밥을 든든히 먹으라 하루에 두 번, 세 번씩 소야가 강조하는지라 기연은 룽거가 주는 족족 순순히 먹었다. 그러나 슬슬 배가 불러오자 예의 그 버릇대로, 서방이 준 음식을 도로 집어 그의 입가에 가져다 댔다.

"서방, 나 배불러요. 서방이 먹어주면 안 돼요?"

만주어로 속삭인 기연은 애교스럽게 눈웃음을 쳤다. 웃은 룽거는
기연의 손목을 살짝 붙잡아 당겨 젓가락 사이에 걸린 사슴 고기를 받
아먹었지만, 기연의 얼굴 표정은 어두워졌다. 방금 전의 서방의 미소
는 평소와 달랐다. 입꼬리는 올라갔으되 두 눈에는 걱정이 가득했다.
무언가 고민거리가 있는 게 틀림없었다.

심각해진 그녀가 물었다.

"룽거, 왜 그래요? 아기 보느라 피곤해요? 어디 아파요?"

"아무것도 아니다."

"……."

거짓말. 아무것도 아니긴 뭘 아니야. 갑자기 속이 더부룩해졌다.

"고민 있는 거 알아요. 당신이 숨기려 해도 알 수 있다고요."

"……."

기연은 침묵하는 룽거를 독촉했다.

"말해줘요."

"……기연."

충격받을 기연이 걱정돼 룽거는 언제든지 그녀를 토닥일 수 있게끔
그녀 허리에 팔을 둘렀다.

"묵던에서 출발한 속환사와 그가 이끄는 조선인들이 하루 이틀 내
로 봉성을 지나칠 거다."

"네?"

"네 부친도 속환사를 따라 나섰을 테지."

"……."

아버지가 조선에…….

가면 다시는 청나라에 오지 않을 것이다. 재수 없다, 청나라가 있는
방향으론 고개도 돌리지 않을 것이다. 남은 평생을 조선 땅에서 살다
가…… 홀로 죽을 것이다.

우두커니 룽거를 올려다보던 기연은 손에 쥐고 있던 젓가락을 놓치고 말았다. 쨍그랑, 요란한 소음이 피어올랐다. 아이에게 우스운 표정을 지어 보이던 바이비야와, 딸과 조카 손주를 구경하며 까르륵거리던 소야가 부부를 돌아봤다. 그네들 시선을 느낀 기연은 황급히 숟가락을 움켜쥐었다. 그리하곤 태연한 척 말했다.

"숙모님, 아가씨, 죄송해요. 시끄러웠지요? 젓가락을 떨어뜨렸어요."

빤히 기연을 관찰하던 소야가 달랬다.

"그게 뭐 죄송하니. 신경 쓰지 마렴, 기옌."

"네."

기연은 배가 터질 것 같은데도 입에 음식을 욱여넣었다.

"천천히 꼭꼭 씹어 먹어야 한다. 네가 체할까 걱정되는구나."

대충 씹은 음식을 꿀꺽 삼키자 가슴에 돌덩이가 박힌 듯한 느낌이 들었다.

"예, 숙모님."

애써 웃는 기연을 지켜보는 룽거의 미간이 구겨졌다.

봉성 입구에 세워진 패방을 빠져나온 마차는 갓길에 멈춰 섰다.

기연은 초조히 마차 창밖을 내다봤다. 처음과 끝이 보이지 않는 인파가, 거대한 조선인 무리가 봉성을 통과하고 있었다. 수만 명 조선인 포로들은 여전히 뼈만 앙상했다. 그러나 비쩍 곯았다곤 하나 그들의 낯빛은 이제 더할 나위 없이 밝았다. 자신들을 데리러 온 가족에게서 새 옷과 새 신발을 얻어 신고, 봉성에 오던 와중 어느 냇가에서 꾀죄죄한 몰골을 씻어낸 그들은 환한 미소를 지은 채 서로서로와 경쾌히 재잘거렸다. 짧지 않은 기간 동안 타향살이를 했음에도 짐 보따리 하나 없는 그들의 몸놀림은 퍽 가벼웠다. 어떤 이들은 고향으로 돌아가는 기쁨을 주체하지 못해 어린아이처럼 폴짝거렸다.

그나저나 아버지는 어디 있지? 저 사람들은 쉬지도 않나? 조금이라도 더 빨리 조선에 돌아가고 싶어 힘든 걸 못 느끼나?

울상이 된 기연은 옆에 아들을 안고 앉아 있는 룽거를 절망적으로 쳐다봤다.

"아버지가 안 보여요."

기연을 끌어당겨 한 팔로 안은 룽거는 창에 바짝 얼굴을 들이밀었다. 날카로이 바깥을 훑은 그는 마부석의 야르시에게 명했다.

"앞서가라, 야르시. 걷는 자들 앞에 수레와 말이 모여 있을 거다."

다시 움직이기 시작한 마차는 무리의 선두에 모여 있는 말과 수레들과 속력을 맞춰 달렸다. 수레에는 목에 붕대를 감은 자들, 팔이 부러진 자들, 발뒤꿈치를 썰린 자들 등, 몸이 성치 않은 사람들이 시루에 담긴 콩나물 모양새로 바글바글 타고 있었다.

기연과 룽거는 부호를 골라내려 애썼다. 하지만 불구인 이들이 원체 많아 아비를 찾기가 쉽지 않았다.

"쉬어 간다! 쉬어 간다!"

봉성 패방을 지나친 지 십 리가량 됐을 즈음, 조선인 병졸들이 조선말로 고함치며 군중 속을 뛰어다녔다. 흔쾌히 휴식을 맞아들인 사람들은 삼삼오오 짝을 이뤄 저들끼리 모여 앉았다.

"야르시, 멈춰요! 룽거, 당신이 욕먹는 거 싫으니까 마차에 있어요!"

"기연, 잠시만 기다려라!"

아들을 안아 든 기연은 날름 밖으로 뛰쳐나갔다.

압록강을 건너면 가장 먼저 우리 땅의 흙 맛을 볼 거라는 둥, 압록강에 뛰어들어 그간 겪은 고난을, 기억을 깨끗이 씻어낼 거라는 둥, 조선술을 사 먹을 거라는 둥, 들떠 수다 떠는 동포들 틈바구니를 헤치며 부호를 찾아다녔다. 몇몇 동포들이 '저 여자는 어찌 오랑캐 옷을 입고 돌아다닐까?' 묻는 듯싶은, 궁금증과 경멸이 뒤섞인 눈빛으로 기연 모자를 쏘아봤다.

괘념치 않은 기연은 부호를 찾는 데만 집중했다.

어디 있는 거지? 청나라에 살겠다 눌러붙었을 리 만무한데 왜 없는 거야? 설마 죽었나? 룽거가 그런 소린 안 했는데. 이러다 만나기도 전에 휴식 시간이 끝나는…….

"……아버지!"

외딴 구석에 홀로 떨어져 있는 아비를 발견한 기연이 외쳤다.

덜 녹아 아직 차가운 땅에 벌러덩 드러누워 자던 부호는 눈을 떴다. 일어나 앉은 그는 다섯 보 앞에 서 있는 딸이 귀신이라는 양, 황망히 쳐다봤다. 그러나 곧 그는 웬일로 슬쩍 입꼬리를 올려 딸을 반겼다.

딸이 죽었다가 되살아났단 소식은 세자빈이 전해줬다. 한데 이 불효막심한 딸년이 아비가 떠나는 날까지 코빼기를 비추지 않길래 기어코 오랑캐 놈과 살려나 싶었다. 그랬거늘 압록강과 가깝다는 어딘지 모를 이곳에 대뜸 딸년이 나타났다.

그래. 이게 맞다. 조선 사람은 조선에서 살아야 한다. 오로지 나라 배신한 역적들이나 오랑캐들 땅에 남아 오랑캐 연놈들과 붙어먹고 산다.

"너, 조선에 가려고 쫓아왔냐?"

"난 조선에 안 가. 이미 여러 번 말했잖아."

아비의 기대와 달리 기연은 단칼에 부정했다.

"봉성에 머물던 차에 아버지 소식을 들었어. 아무리 싫기만 한 아버지라도 작별 인사는 해야 할 듯싶어 잠깐 들른 거야."

"뭐, 뭐야? 네년이 끝까지……."

기가 막히고 코가 막혀 부호는 창백해졌다. 대관절 딸년은 어쩌려고 황소고집을 부리는고? 남들은 조선에 가겠다 안달인데 혼자 오랑캐들 땅에 남아 어떻게 버티려고? 막돼먹은 그 오랑캐 놈한테 버림받으면, 이 낯선 나라에서 계집의 몸으로 뭘 해 먹고 살 텐가? 시장 한구석에 꿇어앉아 개돼지들한테 '한 푼만 줍쇼.' 빌며 동냥질할 텐가? 청나라 기방에 쳐들어가 창기 짓을 할 텐가?

궁지에 몰린 부호는 마지막 수단으로, 전혀 어울리지 않는 나긋한 목소리로 딸을 타일렀다.

"그놈이 네가 좋다더냐? 너 그게 얼마나 갈 거 같으냐? 남자 새끼들은 조선 놈이건 오랑캐 놈이건 똑같다. 당장 일 년만 지나면 네가 지겹다고, 콩깍지가 벗겨지고 보니 못났다고 구박할 거다. 오 년 뒤엔 늙어 꼴 보기 싫으니 꺼져 버리라 네 등짝을 밀어붙이며 내쫓을 거다. 곱게 밀기만 하면 다행이게? 너 그놈 팔뚝 봤지? 다리통 봤지? 손은 또 어떻고? 솥뚜껑만치 크더만? 송국조한테 맞았을 땐 멍드는 걸로 끝났지만 그놈한테 맞았다간 너 뼈도 못 추려! 진짜 죽어, 이년아!"

"내 서방은 절대 나한테 손찌검 안 해. 내가 자기보다 약한 여자나 때리는 못난이 등신을 서방 삼았을 리 없잖아. 아버지 허접한 안목과 내 안목은 다르다고. 그리고 난 서방한테 구박받지도, 내쫓기지도 않을 거야."

"세상에 절대는 없어! 그놈은 언제고 마음을 바꿔 네년을 두들겨 팰 수 있어! 널 버릴 수 있어! 그 짐승이 널 버리면 네가 혼자 오랑캐들 사이에서 뭘 해 먹고 살겠냐? 시장 통에서 동냥질하거나 다른 짐승 놈 첩실이 되거나 여러 짐승 놈들한테 몸 파는 방법밖에 더 있냐? 소옥이라는 계집애가 네 걱정을 하더라. 조선 사람들은 조선에서 살아야 하지 않겠냐고, 여기 있다간 천수를 누릴 도리가 없을 테니 저나 나처럼 너도 꼭 조선에 가야 한다고, 어떻게든 널 설득하라고 심양을 떠나기 전날까지 강조하더라. 심지어는 심양을 떠나던 날에도 널 찾는 눈치더라. 그 계집애는 지금 여기 어디에 악착같이 섞여 있을 거다. 네

또래인 그년은 그리 야무진데 너는 왜 하고 많은 사내놈들을 내버려
두고 오랑캐를 좋아해 천지 분간을 못하냐! 왜 머저리 행세를 하냐!"

기연의 눈초리가 사나워졌다. 당연히 소옥은 무리 속에 있을 것이
다. 숨을 쉬는 한 기필코 조선에 갈 것이다. 소옥은 소옥이니까.

"난 나고 그 여자는 그 여자야. 비교하지 마."

"그게 중요한 게 아니잖냐!"

"나 아들 낳았어."

"뭐여?"

기연은 아들을 감싼 강보의 머리 부분을 조금 걷어냈다. 동그란 뒤
통수를 본 부호의 눈이 접시만 해졌다.

울기는커녕 반짝이는 새카만 눈동자로 어미를 올려다보는 아들을
마주 내려다본 기연은 다짐하듯 말했다.

"나는 내 소중한 아들, 아비 없는 애로 키우기 싫어. 조선에 데려가
호래자식이라 손가락질 받게 하기 싫어."

환향녀라 욕먹기도 싫다. 이원해처럼, 마음을 억누르며 살다가 죽
기도 싫다.

"그러게 내가 약을 구해 마시든지 동산에 올라가 구르든지 하라 했
잖⋯⋯."

"갓난아기도 어른들 말 다 알아들어! 제발 그만해! 평생 다신 볼 일
없을 텐데 마지막 날까지 나와 내 아들, 서방을 모욕해야겠어? 그럼
아버지 속이 편해?!"

아기를 다시 꽁꽁 감싼 기연은 목에 핏대를 세워 고함쳤다. 한 번은
손자를 보여줘야 할 것 같아 데려왔건만 할아비라는 작자가 건네는
덕담이란 고작 저거다.

기연은 거친 숨을 씨근거렸다. 쇳물을 쏟아 부은 것처럼 뜨겁던 속
이 조금 식자 침착히 말했다.

"아버지는 내가 청나라에 남으면 외톨이로 살다 쓸쓸히 죽을 거라 생각하겠지만…… 난 오히려 조선에서 외로웠어. 엄마, 언니가 죽은 이후 난 항상 혼자였어. 첫딸을 잃었을 땐 외롭다 못해 지옥에 있는 듯했어. 하지만 여기선 아니야. 내가 태어나고 자란 땅을 향한 그리움은 충분히 이겨낼 자신 있어. 내 진짜 가족, 새로운 가족을 일궜으니까."

"……"

"그러니까 난 내 서방과 아들과 남을 거야. 이런 나를 아버지와 조선 사람들이 정명수, 김돌시처럼 볼 거 알아. 이해해. ……그렇지만 나, 죽은 역관들처럼 조선을 괴롭히진 않아. 난 포로로 잡힌 동포들이 배불리 먹게 했어. 조선 여자들이 숲에 갔다가 추행당하지 않게 했어. 소옥 그 여자를 구해줬고 정뇌경과 강효원이 세자관으로 돌아갈 수 있게 했어. 앞으로도 역적 짓은 안 할 거야."

"……"

"다만 서방과 아들과 함께 행복하려는 것뿐이야. 알아?"

"……외로운 게 무서웠으면 조선에 가 조선 놈이랑 재혼하면 됐잖아, 이년아!"

"난 타타라 룽거가 좋아! 내 지금 서방이 좋아! 내 아들의 아비가 좋아!"

"……"

"내 서방이 오랑캐라 나도 유감이지만 그래도 좋다고! 서방은 전쟁통에 죽을 뻔하고 겁탈당할 뻔했던 날 지켜줬어! 아껴줘! 내 외로움을 탓하기 전에 아버지, 단 한 번이라도 나한테 위로가 돼준 적 있어?!"

"……"

어찌나 악을 썼던지 순간 시야가 핑그르르 돌아 기연은 눈을 꼭 감았다. 이를 악다물었다. 부호 또한 조용해 부녀 사이에 정적이 흘렀다.

"기연."

눈을 뜬 기연은 곁에 온 룽거를 올려다봤다. 처를 열심히 찾아다닌 그의 이마에 식은땀이 맺혀 있었다. 그녀가 힘들라치면 그는 어김없이 나타난다.

기연이 울지 않는 것을 확인한 룽거는 부호를 번쩍 안아 들어 가장 가까이에 있는 수레로 가져갔다. 기연은 주위를 휘둘러봤다. 군졸들이 다시 뛰어다니며 뭐라 뭐라 외치고 있었다. 출발을 알리는 게 분명했다.

"이 오랑캐가 어딜 손을 대!"

부호를 자못 거칠게 수레에 집어넣은 룽거는 자신의 손길을 뿌리치려 버둥거리는 부호의 팔을 되레 꽉 움켜쥐어 잡아당겼다. 부호는 아파 비명을 내질렀다.

"악! 이놈이 날 죽이네! 전에도 날 패더니, 인두겁을 뒤집어쓴 금수 새끼가 사람 잡……."

"장인."

삽시간에 벙어리가 된 부호는 경악해 오랑캐를 쳐다봤다. 짐승이 조선말을 한다!

입을 헤벌린 부호를 매섭게 노려본 룽거는 그만 들을 수 있게 나직이 말했다.

"나도 장인이 마음에 들지 않습니다."

"……."

"기연에겐 잘할 것이니 걱정 마십시오."

"……."

"알겠습니까?"

말 자체는 공손한들 무시무시한 협박처럼 들려 부호는 저도 모르게 고개를 끄덕였다.

그제야 부호를 놔준 룽거는 그의 가슴에 비단보로 싼, 경대 크기의 함을 떠안겼다. 그는 그것이 뭔지 따로 설명하지 않았다. 열어보면 알텐데 부호와 굳이 불필요한 대화를 나누고 싶지 않았다.

룽거가 물러난 것을 확인한 마부가 수레를 출발시켰다. 기연은 삐거덕대며 움직이기 시작하는 수레를 뒤쫓아 종종걸음 쳤다.

"아버지, 술 마시지마. 싸우지 마. 아버지한텐 더는 싼값에 팔 딸이, 삯바느질 해 생활비 벌어올 처가 없어. 병신인 아버지와 살아주겠다는 여자도 없을 거야. 그러니 도박장엔 눈길도 주지 말고 정신 똑바로 차리고 살아, 제발! 내 마지막 부탁이야!"

딸을, 딸 품에 안긴 손자를 차례로 눈에 담은 부호는 돌연 반대편으로 고개를 돌렸다. 붉어진 눈시울을 숨긴 그는 매몰차게 내뱉었다.

"내 눈에 흙이 들어가도 오랑캐를 사위로 인정 못 한다. ……네년은 오늘부로 내 딸이 아니다. 오랑캐 서방 둔 오랑캐 년이야."

"……."

"평생 네 서방, 네 새끼나 위하고 살아라. 내 생각일랑 일절 하지 마라. 하물며 꿈에서라도 날 보지 마라."

"내가 미쳤다고 아버지 꿈을……."

꾸냐. 잠 설치게.

쏘아붙이려다 참은 기연은 서글피 인사했다.

"아버지, 잘 가. 이웃들하고 잘 지내. 그래야 챙겨주지."

"……."

부호는 대답하지 않았다. 딸을 돌아보지도 않았다. 결단코.

기연은 계속 종종걸음 쳤으나 수레와의 거리는 자꾸만 멀어졌다.

❀

"저 여자가 당신 충성을 받는 마나님이에요? 당신이 청루에 왔다가 아무 일 없이 나가게 한 이유예요?"

룽거는 기연을 뒤쫓으려 했지만 기다란 손톱이 달린 손이 할퀴듯이 그의 팔을 움켜쥐었다. 그는 길을 막아선 봉영이를, 봉영이의 말을 대강 훑었다. 말이 꼬리를 흔들 때마다 말 궁둥이에 한가득 실린 짐이 덜렁였다.

룽거의 시선을 눈치챈 영이는 비밀스럽게 소곤거렸다.

"당신 덕택에 나 부자 됐어요."

팔에 붙은 여자 손을 밀어낸 룽거는 수레를 따라가는 기연을 살피며 건성으로 물었다.

"넉넉히 챙겼나 보군, 봉영이?"

"그놈이 날 진짜 좋아했나 봐요. 제 보물 곳간을 수시로 보여주면서 내 환심을 사려 하더라고요. 원하는 건 모두 사줄 테니 여편네 노릇을 오래오래 하라 돈 자랑하며 조잘대는 걸 들을 때마다 웃음 참느라 혼났어요."

"네게 곳간 열쇠도 주던가? 내가 알기론 그놈은 의심이 보통이 아닌데?"

"당연히…… 안 줬죠. 그렇지만 열쇠를 어디 숨겨두는지 알아내는 건 나한테 식은 죽 먹기였어요. 난 눈썰미가 좋거든요. 청루에 있는 동안 부자들 주머니 터는 법을 배워 손재주도 좋고 말예요. 내 이 여러 장점을 십분 활용해 조금씩 표 나지 않게 그놈 재물을 나만 아는 곳에 빼돌려 놨고……."

윗니가 몽땅 보이게 환히 미소 지은 영이는 말에 실은 짐 꾸러미를 툭툭 쳤다.

"결과는 이거죠. 당신 돕기를 잘했어요. 나라에 공도 세우고 돈도 얻고, 일석이조가 됐잖아요?"

웃을 상황이 아닌데도 룽거는 피식 실소하고 말았다. 그러나 두 눈은 여전히 기연을 따라다녔다. 그런 그를 샐쭉이 쏘아보던 영이가 물었다.

"듣기론 당신도 짭짤한 수익을 거둔 것 같던데요? 부우자 맞나요? 당신 집에 있는 어린 빡빡이? 아 뭐, 청나라인들이야 죄다 빡빡이지만 아무튼 간에, 걔가 나를 포함한 죽은 역관 놈들 밑에 있던 다른 조선인 노예들을 세자관에 데려가며 그랬어요. 당신이 우릴 세자관에 한 명당 백 냥을 받고 팔기로 했다고, 비싼 어음을 날라야 하니 집에 돌아가는 길에 도둑놈들을 조심해야 한다고요."

"그 어음은 말 그대로 어음으로 끝날 거다. 네 가족을 찾으려면 부지런히 움직여야 하지 않는가?"

"……."

'네 갈 길 가라.'는, 질문을 가장한 관곡한 강요였으나 영이는 물러나지 않았다.

"사람들이 워낙 많다 보니 출발하는 것만 해도 오래 걸려요. 게으름 피워도 돼요. 더구나 난 말이 있잖아요?"

"……."

돌아오는 대답이 없자 심술이 난 영이는 입술을 씰룩였다. 사람을 지척에 두고도 이 남자의 시선은 매순간 마나님을 따라다닌다. 마나님이 어딜 도망가는 것이 아니요, 단지 수레를 배웅하고 있을 뿐이거늘.

"그거 알아요? 당신 같은 남자는 여자들이 싫어해요."

룽거는 역시나 성의라곤 쌀 한 톨만큼도 깃들지 않은 어조로 받아쳤다.

"내 처는 좋다 하니 상관없다."

"상관없다 해도 왜인지 알려줄래요. 당신 같이 한 여자만 아는 남자는 내 남자일 때는 좋지만, 다른 여자 남자일 때는 샘이 나게 해요. 저 남자는 딱히 잘난 점 없는 저년한테 어쩜 저다지 정성스러울까 싶어 질투가 끓어오르게 한다고요."

마침내 룽거는 빤히 영이를 내려다봤다. 그는 재차 실소를 흘렸다.

"청루에서도 느꼈지만 넌 웃긴 여자다. 헛소리 그쯤하고 가라, 봉영이. 난 내 처에게 가겠다."

"치, 가지 말래도 갈 거예요. 나도 날 엄청 좋아하는 서방이 있거든요? 하지만 가기 전에, 당신이 날 무시하고 샘나게 했으니까 화풀이를 해야겠어요!"

벌처럼 쏘아붙인 영이는 룽거의 뺨에 쪽 입술을 붙였다 뗐다. 놀라 커진 남자의 눈이 끈질기게 따라붙는다.

만족해 깔깔 웃은 영이는 말에 올라탔다.

"사실 나는 아이는 내 목숨보다 사랑하지만 서방은, 정이 깊다 뿐이지 처음 만났을 당시처럼 열정적으로 사랑하진 않아요. 아이 아비니 챙기는 거죠. 물론 서방과 아이를 찾으면 깨 볶으며 살 거긴 하지만요. 당신도 당신 마나님이랑 깨 볶으며 잘 살아요? 여느 놈팡이들과는 다른 별종인 당신과의 추억, 제법 특별했어요."

한쪽 눈을 찡긋한 여자가 말을 달려 사라져 갔다.

"룽거!"

멀어지는 봉영이를 지켜보며 한숨을 내쉬던 룽거는 가슴에 뛰어든 기연을 부둥켜안았다. 기연의 이마가 붉으락푸르락했다. 걱정에 사로잡힌 그는 기연의 눈가를 확인하려 했지만 기연은 서방 품에 얼굴을 묻은 채 고집스레 도리질했다.

열이 차올라 뜨거운 뺨을 어루만진 그는 조용히 물었다.

"기연, 울었는가?"

"······아니요."

"네 얼굴이 빨갛다. 열이 난다. ······슬퍼 그런 거겠지."

"······."

불쌍한 내 처, 여자. 내 기연. 룽거는 대답 없는 기연을 다정히 토닥였다.

❈

졸음기 가득한 커다란 눈을 느릿하게 깜빡이는 아들을 안고서 룽거는 방 안을 서성였다. 동시에 그는 기연을 흘끔거렸다. 침대에 드러누워 천장만 노려보는 그녀는 기분이 나빠 보였다. 이유야 뻔했다.

속환사와 조선인들이 떠날 거라는 소식을 들었을 때부터 아비와 실제로 작별할 때까지 기연은 단 한 번도 눈물을 흘리지 않았다. 절망하지도 않았다. 굳세고 차분했다. 하지만 막상 헤어지니 이별이 실감났는지, 처소에 돌아온 이후론 도통 웃지 않았다. 말수가 부쩍 줄었으며 밥을 잘 먹지 않았다.

잠든 아들을 또리에 넣은 룽거는 기연 곁에 앉았다. 그의 눈길은 그녀를 좇았으나 기연은 그를 돌아보지 않았다.

천장에 무언가 신기한 게 달렸나? 벌집이나 새집이 들어섰나? 룽거는 위를 관찰했다. 아무것도 없었다.

"기연······ 네가 슬퍼하니 내 마음이 안 좋다."

기연은 누운 그대로 룽거를 올려다봤다. 드디어 그녀의 눈길을 받는 데 성공한 룽거는 머리를 갸웃했다. 예쁘고 맑은 눈동자에 슬픔이 아닌, 불꽃이 담긴 것 같다는 착각이 들었다.

"아버지가 불구의 몸으로 제대로 살지, 당신이 준 생활비를 아껴 쓸지, 죽으면 뒷수습을 해줄 사람이 있을지 조금 걱정되지만 슬프지 않아요. 난 괜찮아요."

"네가 원한다면 압록강까지 배웅하러 갈 수 있다."

고개를 저은 기연은 착 가라앉은 목소리로 말했다.

"가고 싶지 않아요. 어차피 내 선택은 똑같을 텐데 아버지를 자꾸 봐봤자 마음만 어수선해질 거예요."

"내가 뭘 어떻게 하면 네 기분이 나아질까? 네 걱정이 조금이나마 사그라질까? 말해다오, 기연. 나는 네 서방이다. 널 위로할 의무가 있다."

"……."

일어난 기연은 룽거의 허벅지 사이에 앉았다. 서방의 오른쪽 뺨을 뚫어져라 응시한 그녀는 소매 끝으로 그곳을 닦았다. 기연을 감싸 안은 룽거가 물었다.

"내 얼굴에 뭐가 묻었는가?"

"아니요. ……룽거, 나한테 할 말 없어요?"

"무슨 말?"

"아니, 아니에요. 어떡하면 내 기분이 풀어질지 나도 모르겠어요. 그러니 당신이 방법을 제안해 줘요."

"음."

고민에 빠진 룽거는 한참 만에 말했다.

"기연, 반지를 사줄까?"

"……."

"반지가 싫거든 목걸이나 비녀, 옷…… 그냥 전부 사주마."

재차 고개를 저은 기연은 룽거의 어깨에 머릴 기댔다.

"아버지 배웅 가는 거 말고, 패물 사주는 거 말고 다른 거요."

"나는 정말이지 패물을 마다하는 네가 이해가 안 된다."

"그런 거 안 달아도 당신이 나만 예뻐해 주는데…… 나도 예뻐해 주는데 관심 가질 이유가 뭐 있겠어요."

반지도, 목걸이도, 옷도, 비녀도 싫다는 부인 분께는 뭘 해드려야 할까? 룽거는 머리를 쥐어짰다.

"기연, 마차를 탔을 때 다리 사이가 아프지 않았지?"

"멀쩡했어요."

"그럼 슬슬 짐을 챙겨 묵던에 가자. 집에 가고 싶어 했잖느냐."

"집은 원래 갈 거였잖아요. 한데 그걸로 때우게요?"

"……."

끙. 룽거는 신음을 삼켰다.

"네게 우리 아들 이름을 지어달라 부탁하면, 하루 중 네가 부친을 걱정하는 시간이 줄어들까?"

"우리 아들 이름을, 내가요? 당신이나 집안 어른들 말고?"

"그래. 조선식으로 지어도 난 신경 쓰지 않는다. 조선 사람들은 이름이 두 글자지? 기연, 네 이름처럼."

"꼭 그렇진 않아요. 나라님 아들들 이름은 한 글자로 짓는대요."

"너는 조선 왕의 아들들처럼 우리 아들도 한 글자로 부르고 싶으냐?"

"……모르겠어요."

행복한 고민에 빠져 눈을 반짝이던 기연은 그러나 다시금 시무룩해졌다. 머릿속에 자꾸 그 장면이, 그 말이 뛰어다니며 작명을 방해했다.

안 되겠다. 더는 못 참겠다!

"우리 아들을 뭐라 부를지 정하려니 확실히 아버지 걱정이 덜 되요. 하지만 당장은 마음에 쏙 드는 이름이 안 떠올라요."

"급할 거 없다. 여유 있게 생각해 봐라, 기연."

"알았어요. 그런데 룽거, 실은 내 기분이 나쁜 건 아버지 때문만이 아니에요. 고민이 하나 더 있어요."

"또 있어? 대체 뭐지?"

"……."

"뭐든 간에 해결하고 말 거다. 난 내 처가 웃길 바란다. 우울해 있는 건 싫어."

"그래요?"

"그래."

"정말요?"

"……."

평소와 달리 말꼬리를 잡고 늘어지는 기연이 이상했으나 룽거는 내색하지 않았다.

"정말이고말고."

"룽거, 날 많이 걱정하나 봐요."

"당연한 소릴 한다, 기연."

"그 여자도 걱정하고 있어요? 그 여자가 압록강을 무사히 건너 조선에 도착하길 나 몰래 부처님께 빌고 있어요?"

"……어?"

그는 원망을 숨기지 않는 처를 우두커니 쳐다봤다.

서방의 그 얼떨떨한 표정을 보자 기연의 감정이 폭발했다. 누군가가 가슴 속에 엄청나게 커다란 모닥불을 피운 듯했다. 처음 아바하이를 마주했을 때는 룽거와 그녀의 금슬이 좋은지 궁금했을 뿐이었다. 이원해를 볼 때면 샘나긴 했지만 겉으로 티내진 않았다. 하지만 금번에는 아니었다. 눈구멍, 귓구멍, 콧구멍, 입 구멍…… 땀구멍 하나하나를 포함한 몸에 있는 구멍이란 구멍에서 금방이라도 피가 터져 나올 듯싶었다.

분노에 휩싸여 기연은 말까지 더듬었다.

"그 여자가 당신 뺨에…… 이, 입술을 갖다 대는 거 봤어요. 그 여자 누구예요? 나 봉성에 두고 다른 여자 만났어요? 같이 살았어요?!"

숙모님, 숙부님, 바이비야 아가씨, 갑단 이모, 야르시, 어느 누구도 서방이 딴 여자를 만들었다 언급하지 않았다. 어쩜 그럴 수 있는지!

"나는 혼자 애 낳는 동안 당신은 딴 여자와…… 내가 아버지와 작별하는 동안 당신은 딴 여자와 입을……."

새빨개진 룽거는 뒤늦게 항변했다.

"아니다! 오외, 오홱, 오웩…… 제기랄! 팬캄비(화난다)!"

웬걸. 당황하니 평소엔 술술 나오던 조선말이 엉망진창으로 꼬인다.

"오, 해, 다, 기연! 봉영이가 제멋대로 한 거다!"

"그 여자 이름이 봉영이에요?!"

"기연, 오해하지 마라. 하면 안 된다. 그 여자는 정명수의 첩이었다. 내가 정명수를 고발하는 걸 돕느라 알고 지낸 것뿐이야."

"봉영…… 그 여자가 무슨 수로 당신을 도왔는데요?"

"정명수가 죄를 짓게끔 부추기고 날 위해 첩자 노릇을 했다. 정명수 그놈은 봉영이를 아껴 봉영이의 오라비에게 거저 관직을 내리라 세자관을 협박했어. 그놈들이 널 해치려 한 증거가 없었기에 나는 대신 그 죄로 놈들을 형부에 고발했고 말이다."

"그 여자가 왜 당신을 도왔는데요?"

"날 도운 대가로 봉영이는 정명수의 재산을 챙겨 제 자식과 서방을 찾으러 조선에 갔다."

"……."

"기연, 나와 봉영이 사이엔 아무 일이 없었다."

"입 댔잖아요. 그 여자가 당신과의 추억이 특별했다 말하는 것도 들었어요."

"봉영이가 성격이 짓궂어 장난을 친 거다."

"……왜, 왜 자꾸 그 여자를 이름으로 불러요! 난 당신이 딴 여자 입에 담는 거 싫어!"

"……."

성내는 마나님이 놀랍고 두려워 룽거는 뻣뻣이 굳었다.

"나는 숙모님과 아가씨와 잘래요. 당신은 혼자 자요."

룽거를 밀친 기연은 아들을 안아 들고 달려 나갔다. '기연!', 룽거는 그녀를 불렀지만 돌아오는 대답은 없었다.

왜 이 지경이 된 거지? 왜 내가 처와 아들 없이 혼자가 된 거지? 휑한 방을 둘러보며 자문하던 그는 별안간 밖으로 내달렸다.

"룽거! 깜짝 놀랐다!"

갑자기 뛰쳐나온 조카와 부딪힐 뻔한 소야가 소스라쳐 외쳤다.

"그렇잖아도 널 보러 왔다."

"숙모님, 죄송합니다. 지금은 제가 많이 바쁘니 나중에 듣겠습니다."

"기다려라, 룽거! 기옌이 내 처소에 왔더구나?"

조카를 붙든 소야가 덧붙였다.

"무슨 일이냐 묻지 않았지만 척 봐도 화가 많이 났던데, 여자가 그럴 때는 신중해야 한다. 자칫 말을 잘못했다간 화만 더 돋우거든."

"……."

룽거는 어찌 된 영문인지 설명을 했음에도 끝내 트집을 잡아 화를 내던 기연을 곱씹었다. 그는 초조함을 억누르고 물었다.

"어찌해야 하겠습니까, 숙모님."

"화난 이유가 뭔지에 따라 다르지."

"기연의 부친이 며칠 전에 조선에 갔습니다. 또한…… 제게 다른 여자가 생겼다 오해를 했습니다. 아니라 해명했지만 화를 풀지 않더군요."

"오해가 틀림없겠지?"

"틀림없습니다."

소야는 미심쩍은 표정을 거뒀다.

"기옌이 숟가락을 떨어뜨렸던 날 심기가 불편해 보이더라니 사돈이 떠났구나. 사돈과 헤어져 기옌 마음이 울적하겠다. 아직 널 향한 의심이 완전히 가시지 않아 불안하면서 화가 나기도 하겠다. 울적함과 불안감, 노여움을 푸는 데는 경쾌하면서도 확신을 주는 무언가가 필요할 테지."

"그 무언가가 무엇입니까?"

"먼저 하나만 물어보자. 룽거, 너 따로 정실을 들이지 않을 거지?"

룽거는 반사적으로 인상을 찌푸렸다. 설마 숙모께서 정실을 들이라 하시려는 건 아니겠지.

"숙모님, 저는 기연으로 만족합니다."

"그런데도 넌 네가 좋아 죽는 하나뿐인 처에게 혼례식을 치러주지 않았지."

"……"

"혹여 이미 한 번 겪어봤다 하여 감흥 없어 할 것 같으냐?"

"그러진 않을 겁니다."

기연은 예전에도 첩이었다고 했다. 게다가 그놈은 기연을 위해 거한 혼례식을 치러줄 만한 위인이 아니었다.

"다행이다. 룽거, 바이비야는 말을 타러 나갔단다. 나는 정원을 실컷 구경하려 한다. 그러니 너는 내 처소에 가보렴. 체통 상하게 밤에 몰래 들어와 잠든 기옌을 보쌈해 가지 말고 말이다."

씩 웃은 소야는 처소 반대편, 정원으로 향했다.

기연은 잠든 아들을 하염없이 내려다보았다. 짜증나게, 아들의 귀여운 얼굴 위로 봉영이의 입술 도장을 받던 서방이 아른거렸다.

평소에 몸놀림이 재빠른 룽거가 왜 그 여자는 못 피했을까? 양심이 없나, '할 말이 없냐?'는 질문에 어찌 결백한 척 시치미를 뗐을까? 그리고 봉영이 그 여자, 그 여자는 무슨 심보로 외간 남자에게 입을 들이밀었을까? 아무렴 성격이 짓궂은들 해도 되는 장난이 있고 아닌 게 있건만.

"기연, 잠깐 나와다오."

또 열이 솟구쳐 거친 숨을 씨근거리던 기연은 문가를 흘겼다. 오늘 밤에는 혼자 자라 했는데 왜 왔는지. 올 거면 빨리 오지 왜 이리 늦게 왔는지.

서방이 온 것이 불만스러웠다. 안 왔다면 그것은 그것대로 불만스러웠을 터였다. 이러나저러나 성나긴 마찬가지라 기연은 말벌처럼 쏘아붙였다.

"싫어요."

"부탁이다. 나는 짐이 있어 움직이기 불편해서 그런다."

"그럼 짐을 내려놓든지 가지고 돌아가요."

"기연, 실은 네게 줄 물건이다."

"받고 싶지 않아요."

"……"

"가요."

"……"

더는 아무런 대꾸가 날아들지 않았다. 하지만 그렇기에 기연은 되레 귀를 곤두세웠다.

물러가는 발걸음 소리가 들리지 않았는데 갔나, 있나? 오해라 해명했음에도 뒤끝을 부린다, 저도 덩달아 심사가 꿰졌을까? 만약 그렇다면…… 어떡하지?

서방과 오래 싸우려는 건 아니었고 내일 아침 즘에 화해하려 했거늘, 계획이 틀어진 듯싶어 슬그머니 걱정이 됐다.

내가 화를 풀어주러 다가갔을 때, 설마하니 나를 뿌리치지 않겠지? 설마. ……설마가 사람 잡는 법이다.

"좋아하니까 화도 실컷 낼 수가 없네."

혼잣말한 기연은 더는 참지 못하고 쪼르르 바깥으로 나왔다.

"아!"

"나올 줄 알았다. 네가 날 외면할 리 없지."

"……."

룽거를 마주한 기연은 고작 반 시진을 버티지 못한 스스로가 뒤늦게 멋쩍어 뺨을 붉혔다. 곧이곧대로 나오지 말고 살짝 문을 열어 확인해 볼걸.

"왜 나오라 했는데요? 나한테 줄 게 뭔데요?"

부루퉁히 물은 기연은 룽거가 뒤에 숨기고 있는 무언가를 곁눈질했다. 활과 화살, 말안장이었다. 그녀의 궁금증을 알아챈 룽거가 운을 뗐다.

"네게 긴히 할 말이 있어 불렀다. ……네가 나와 혼인해 줬으면 한다. 내 부인이 돼 남은 일생을 나와 함께해 줬으면 한다."

"……."

"만약 거절하면 난 끝장이다. 신부 없는 신랑이다, 하객들 조롱을 살 터다."

이게 다 뭔 소린가. 기연은 떨떠름히 되물었다.

"이미 같이 사는 데다 애까지 있는 마당에 혼인해 달라니, 무슨 뜻이에요? 신부며 신랑, 하객은 뭐고요?"

"우린 혼례식을 치르지 않았잖느냐, 기연."

"그러니까 그걸 하자고요?"

"그래."

"왜요?"

"응?"

"우리 같이 산 지 일 년이 넘었어요. 그런데 이제 와서 갑자기 왜요?"

"……."

예기치 않은 질문에 당황한 룽거는 뭐라 대답할지 고민에 잠겼다. 이윽고 그는 순진하게도 솔직히 고백했다.

"그럼 네 기분이 나아질까 해서."

"……당신이 생각해 낸 방법이에요?"

"……아니. 숙모님이 도와주셨다."

"……."

어쩐지 너무 생뚱맞더라.

찰나에 기연은 새초롬한 표정을 지었지만 별다른 토를 달진 않았다. 안심한 룽거는 활과 화살, 안장을 내밀었다. 화살은 끝에 화살촉이 빠져 있었다.

"기연, 나와 혼례식을 치러줄 테냐? 수락이면 받아다오."

대답 대신 기연은 딴청을 부렸다.

"혼례식과 이것들이 무슨 상관이라고 줘요? 화살에는 왜 화살촉이 없어요?"

"내가 뺐다. 청나라에선 혼례식 날에 신부가 탄 가마에 화살을 쏜다. 악기(惡氣)를 물리치는 의미이지. 소중한 신부를 다치게 해선 안 되니 당연히 화살촉은 뺄 수밖에 없고."

"말안장은요?"

"신방 문지방에 안장을 놓은 다음에 신부가 넘게 한다. 평안한 시작을 의미한다."

"……."

"너는 반지도, 목걸이, 비단옷, 비녀도 싫어하잖느냐. 그렇다 하여

맨 손으로 구혼하자니 허전했다. 혹여 꽃 선물은 좋아하는가? 지난번에 꽃밭에 구경 갔을 때 행복해했으니, 받는 것도 좋아할 테지?"

"보는 건 좋아하지만 받는 건 딱히…… 그래도 당신이 주면 좋을 것 같아요."

"다음번에는 널 닮은 고운 꽃을 선물해 줄게. 한데, 아직 아무것도 받아주지 않았다. 거절하려는 건 아니겠지?"

"……."

"기연, 어찌 과묵한가? 난 정말 봉영이와……."

"룽거, 그 여자 얘기는 하지 마요."

룽거는 입을 앙다물었다. 그런 그를 울상인 채로 뚫어져라 쳐다보던 기연은 돌연 입술을 실룩였다. 웃음이 터지려 했다.

"난 혼수품을 마련할 형편이 안 돼요."

"이미 줬다. 값을 매길 수 없을 만큼 소중한 우리 아들을."

"……나는 당신을 사랑해요. 수락할게요."

기연은 룽거와 함께 안장을 들었다. 그제야 환히 웃는 그를 따라 웃던 그녀는 서방 팔에 매달려 단단한 가슴에 뺨을 비볐다. 걱정과 화를 모두 잊고선 서방의 두 뺨에, 입술에 차례로 입을 맞췄다.

"난 혼례식을 겪어본 적이 없어요. 더구나 청나라식 혼례식은 구경도 못 해봤어요. 기대돼요."

"네가 실망하지 않게끔 남부럽지 않은 혼례식을 치러주마, 기연."

들떠 애교를 부리는 기연을 홀린 듯이 구경하던 룽거는 안장을 내팽개치고 그녀를 부둥켜안았다. 오랜만에 밝은 기연을 본 것이 반가워 그의 입가에 기쁜 미소가 피었다.

화촉

　신부의 머리에 푸른 봉관을 씌워준 바이비야는 짝짝짝 박수를 쳤다.

　"새언니, 환상적이다! 예뻐요! 룽거 오라버니 오늘 밤 못 자겠네!"

　기연은 거울을 들여다봤다. 연지곤지는 찍지 않았으되, 입술도 빨갛고 목부터 발까지 온몸도 빨갛다. 금색 구름과 분홍 꽃이 수놓인 새빨간 혼례복, 새빨간 신발, 새빨간 입술연지 그리고 물총새의 파란 깃털을 붙이고 홍옥과 진주, 금으로 장식한 봉관……. 화려해도 너무 화려하다. 과하다. 보석과 금실이 빛을 받아 번쩍일 때마다 두 눈이 시리다. 눈 코 입이 흐릿해 보인다.

　"아가씨, 제가 정말 괜찮아요? 쥐 잡아먹고 피를 뒤집어쓴 귀신같지 않아요?"

　"전혀요! 더할 나위 없이 예뻐요."

　"제 눈엔 과한 것 같아요."

"그렇지 않아요. 새언니는 오늘의 주인공이니 이 정도는 꾸며줘야지요. 더구나 명색이 타타라 가문에 시집오는 신부가 꼴이 초라하면, 하객들이 어찌 생각하겠어요? 내 친정을 물로 보지 않겠어요?"

"……."

기연은 다시 거울을 자세히 들여다봤다. 두 번 보니 오늘 좀 예쁜 것 같기도 하고?

"새언니, 일어나요. 신부를 그리느라 배꼽 아래가 간지러울 신랑을 달래러 가야지요."

바이비야는 기연을 잡아끌었다. 기연은 바깥을 두루 살폈다. 석양빛이 내리쬐는 안뜰은 휑했다. 가마와 가마꾼 몇 명만 덩그러니 있었다.

"숙모님은 룽거 집에 가셨어요?"

"네. 조카를 데리고요. 아빠와 함께 손님들을 맞고 있을 거예요. 일손이 부족해 하인들도 죄다 갔고요. 새언니, 업혀요."

바이비야는 돌연 기연 앞에 등을 돌리고 쪼그려 앉았다. 잘못 들었나 싶어 기연이 되물었다.

"아가씨 등에 업혀요?"

"내가 새언니를 업어서 가마에 넣어줘야 해요."

"왜요? 숙모님께 그런 얘기는 못 들었어요."

"엄마가 깜빡했나 보네요. 원래 신부가 친정을 떠날 때는 마차까지 직접 걸어가면 안 돼요. 신부의 오라비가 안아 가마에 넣어줘야 해요. 신부 발바닥이 바닥에 닿으면 친정의 복이 딸려 가거든요. 여기가 새언니 진짜 친정은 아니지만 그래도 내 친정 복을 새언니가 채 가면 안 되잖아요? 우리 엄마 아빠 고생하면 어떡해요."

"그러면 안 되지요. 하지만 제가 무거워 아가씨가 쓰러질 거예요."

"새언니!"

바이비야는 탄식을 흘렸다.

"지금 만주인을 무시하는 거예요? 난 천하장사라고요!"

"……."

"아아, 내 다리에 쥐나겠네! 신랑 바지는 터지고! 빨리 업혀요, 빨리!"

"……."

"늦으면 엄마 아빠가 날 탓할 거예요. 만약 내가 혼나면 새언니한테 복수할 테야!"

주저하던 기연은 바이비야에게 업혔다. 장사라는 말이 아예 허언은 아니었던 듯 '헙!' 기합을 넣은 바이비야는 다리를 후들거리긴 했지만 어찌어찌 일어났다.

"별로 안 무겁네!"

허세를 부린 그녀는 신부를 가마에 넣고 붉은 비단 가리개를 건넸다.

"길 중간에서 룽거 오라버니를 만나, 오라버니가 끌고 온 가마로 갈아탈 거예요. 내릴 때부터 룽거 오라버니가 벗겨줄 때까지 계속 가리개를 머리에 뒤집어써요, 새언니."

"네, 알겠어요."

가마가 출발했다. 미리 설명을 들었던 대로 기연은, 잉굴다이의 집과 룽거의 집 중간 지점에서 룽거가 끌고 온 붉게 치장한 새 가마로 갈아탔다. 뒤집어쓴 얼굴 가리개 때문에 룽거는 볼 수 없었다.

일각을 더 가자 웃고 떠드는 왁자지껄한 소리가 귀청을 마구 때렸다.

"대문을 열어라! 신부 가마가 왔다!"

"신부를 들여보내라!"

"와아! 문이 열렸다! 신부가 들어간다!"

여러 목소리가 합창한 끝에 잠시 주춤하는가 싶던 마차가 다시 움직였다. 이윽고 완전히 멈춘 마차가 바닥에 내려앉더니 통, 통, 통 무언가가 세 번 마차를 때렸다. 기연은 손을 밖으로 내밀어 바닥을 더듬었다. 길쭉한 나무 막대기가 잡혔다. 지난날 봉성동 대인 댁에 머물 당시에 룽거가 줬던 것과 비슷한 화살촉 없는 화살이었다.

"신부가 마음이 급한가 본데! 화살을 가져갔어!"

"하하하! 신랑은 어서 서두르라고!"

"기연, 내려라."

짓궂은 하객들의 재촉에 떠밀린 룽거가 가마 덮개를 거뒀다. 기연이 그가 내민 손을 잡고 나오자 장내는 조용해지긴커녕, 한층 소란스러워졌다. 신부의 얼굴이 보이지 않는데도 하객들은 예쁘다, 아름답다, 신랑이 늠름하다, 부부가 쌍으로 복을 받았다, 칭찬을 쏟아냈다. 하지만 그들이 떠드는 소리가 기연은 잘 들리지 않았다. 그녀는 넘어지지 않기 위해 얼굴 가리개 아래로 보이는 붉은 비단길을 필사적으로 확인하며 불 켜진 화로를 건너고, 마당 가운데에 차려진 커다란 탁자로 다가갔다.

조상신들과 천지신명의 신위가 세워진 탁자 옆에 서 있던 무당은 둘이 신위를 향해 절을 올리자 노래를 부르듯이 축문을 읊었다.

"숭덕 삼 년 오월 보름날, 소인 무당 저저가 여기 두 남녀를 대신해 조상신과 천지신명께 고합니다. 타타라 가문의 장남 룽거, 조선국 출신 기연은 자연의 섭리와 음양의 조화를 좇아 부부의 연을 맺고자 합니다. 둘이 비록 태어난 나라는 다르나 서로 화합하여 가족을 이루고자 합니다. 신들께서는 부디 힘겹게 닿은 둘의 인연이 둘이 동시에 눈감는 그날까지 평탄히 지속되도록 하시옵소서. 둘의 자손이 널리 번성해 다이칭 구룬의 충성스러운 신하가 되도록 하시고, 다이칭 구룬과 조선국이 상생하는 데 기여토록 하시옵소서. 비록 소인과 이들의 정성이 미흡하나 신들께서는 넓은 아량을, 따스한 자비를 베푸시어 남녀를 오래오래 축복하소서."

무당이 축문을 마무리 짓자 하객들은 환호하며 박수갈채를 보냈다. 그들의 축복 속에서 룽거를 따라 신방에 가던 기연은 말안장을 지척에 두고 뒤를 돌아보았다. 룽거는 기연이 쓴 머리 가리개를 거둬 신방 문 꼭대기에 걸었다.

숙모와 숙부, 먼 길을 와준 지 부인, 세자와 세자빈, 일가친척들, 룽거의 친구들, 숙부의 지인들……. 마당을 꽉 채운 하객들은 서로 인사하랴, 신랑 신부에 관해 물으랴, 둥근 식탁에 둘러앉으랴, 여러모로 분주했다. 갑단 이모, 하르갈, 부우자, 소돔비, 야르시, 수와얀다 등, 하인들은 맛난 요리를 실어 날랐다. 성격 급한 젊은 남자 하객 다섯이 하인들로부터 술병을 빼앗아, 춤추며 노래하는 공연단을 향해 내달렸다.

기연은 자신과 마찬가지로 온통 붉은 룽거를 올려다봤다. 기분이 이상하면서 즐거웠다. 서방도 그러한 듯 그의 얼굴이 혼례복 색깔만큼이나 상기돼 있었다.

"나는 저렇게 많은 사람들의 주목을 받아본 적이 없어요. 축하받아 본 적도 없어요. 몇 명이 왔어요?"

"모르겠다."

"몇 명이 왔을까요?"

"그것도 모르겠다. 솔직히 지금 아무 생각이 안 난다. 사람이 많지만 내 눈에는 너만 보인다."

"……"

"너무 예쁘다, 기연. 너 때문에 내 가슴이 뜨겁다 못해 피가 끓는다. 이래서 오늘 어떻게 참지?"

"……"

얼빠진 표정을 한 서방을 구경하던 기연은 수줍게 물었다.

"나…… 예뻐요? 내가 미인은 아닌데."

"아니다. 넌 미인이야. 사내 혼을 쏙 빼놓는."

"……."

"네 유일한 죄는 너무 예쁘다는 거다."

"네?"

혼잣말처럼 중얼거린 룽거는 까르륵 웃는 기연의 허리를 낚아채 끌어안고는, 신부 뺨에 잇달아 쪽쪽거렸다. 기연이 말했다.

"룽거, 방금 막 아이 이름이 생각났어요. 아추훈이라 할래요. 당신과 나처럼, 오늘 우릴 축하해 주러 온 하객들처럼 모든 사람들이 화목하게 지냈음 좋겠어요. 조선과 청나라도 화목해졌으면 좋겠어요. 그리고 우리 아들은 당신과 내 화목의 증거니까 아추훈(화목)이 딱 알맞아요."

"네 마음대로 해라……."

기연이 뭐라 하거나 말거나 룽거는 자꾸만 기연을 매만지고 그녀 뺨에, 이마에, 입술에 정신없이 입을 맞췄다. 출산한 지 오래되지 않은 처를 드러눕힐 순 없으니 입이라도 실컷 맞춰야 했다.

"다들 공연 그만 보고 신방 쪽을 주목해요! 술도 안 마셨으면서 신랑이 훤히 드러난 바깥에서 추태를 부려요! 신부를 먹어 치울 기세야!"

식탁 앞에 앉아 있다가 벌떡 일어난 바이비야가 외쳤다. 하객들의 시선이 일순 부부에게 붙박였다. 남자 하객들이 휘파람을 불었다.

"기연, 널 곤란하게 만들어 미안하다. 안에 들어가라, 나는 손님들께 인사를 해야겠다."

"바이비야 아가씨가 더는 장난을 못 치게 해야겠어요. 그러려면 우선 당신과 내가 입 맞추는 모습에 적응을 시켜줘야 할 듯해요."

"응?"

마당에 가려는 룽거를 붙잡아 목을 끌어안은 기연은 그에게 짙게 입을 맞췄다. 제 장난이 통한 것이 만족스러워 개구쟁이처럼 웃던 바이비야가 사색이 됐다.

"아으! 진짜 죽 잘 맞는다니까!"

"신부가 적극적이야! 화살 주워갈 때부터 알아봤어!"

사람들이 놀렸지만 기연과 룽거는 떨어지지 않았다.

외전

그의 소원

아들을 숙모한테 맡기고 갑단과 수와얀다를 따라 시장에 나온 기연은 콧노래를 흥얼거리며 걸었다. 오랜만에 자식과 서방 없이 홀몸으로 움직이니 다 함께 있을 때와는 다른 느낌으로 기분이 좋았다. 혼인하기 전 처녀 적으로 돌아온 듯했다. 비록 처녀 적에 행복했던 날은 별로 없었지만.

"수와얀다, 마님께서 사과를 사 오라 하셨어. 멍들지 않은 걸로 골라야 해."

과일 가게로 달려든 갑단은 야외에 놓인 가판대에서 싱싱한 사과 하나를 집어 기연에게 건넸다.

"아가씨, 사과 한 알 드시겠어요?"

"네."

기연은 잘 익은 빨간 사과를 대충 치마에 닦았다. 갑단과 수와얀다가 가판대 안을 살펴보는 동안 그녀는 사과를 맛봤다. 귀밑에서 아삭

하는 소리가 날 때마다 혀에 달콤한 맛이 퍼졌다. 입에 침이 고였다.

볼을 우물거리며 지나다니는 사람들을 구경하던 기연은 길 맞은편 식당을 빤히 쳐다봤다. 새로 생긴 그곳은 식당 안팎 식탁 전부가 손님으로 빼곡히 차 있었다. 날씨가 더운데도 불구하고 손님들은 후후 김을 불어가며 갓 삶아낸 물만두를 먹었다.

"아가씨, 다 골랐어요. 이만 마님 댁으로 가시지요."

"이모, 수와얀다, 우리 만두 먹고 가요. 저 가게가 인기가 엄청 많아요. 얼마나 맛있는지 궁금하지 않으세요?"

"네! 궁금해요! 먹고 가요, 작은 마님!"

수와얀다가 얼른 호응했다. 저녁밥을 차릴 때까지의 시간적 여유를 계산한 갑단이 고개를 끄덕였다.

"좋아요. 먹고 가요, 아가씨."

합의한 세 여자는 만두 가게로 다가갔다. 일각을 기다리자 가게 안쪽 식탁 하나가 비었다. 자리를 뺏길세라 재빨리 의자에 궁둥이를 붙인 수와얀다가 바삐 손짓했다.

"어서 오세요, 작은 마님! 서둘러, 울걘!"

둘은 수와얀다 맞은편에 앉았다. 빈 그릇을 치운 점원이 퉁명스레 물었다.

"고기만두, 건어(乾魚)만두 두 종류 있어요. 어떤 걸로 몇 개 드려요?"

기연은 군침을 흘리는 수와얀다를 살폈다. 배가 많이 고파 보이니 넉넉히 시켜야 할 성싶었다.

"수와얀다, 몇 개 먹을 수 있어요?"

"······작은 마님, 저 몇 개 먹어도 되는데요?"

"수와얀다가 먹고 싶은 만큼요."

세상에나! 우리 조선인 작은 마님은 통이 어쩜 저리 크신지! 훌륭하신 분이구나! 반색한 수와얀다가 말했다.

"저는 건어만두, 고기만두 열 개씩 먹고 싶어요."

"알았어요. 이모는요?"

"글쎄요."

"작은 마님, 참고로 울갼이 남기면 제가 먹을 수 있어요!"

"음…… 하면."

잠시 고민한 기연이 주문했다.

"건어만두 서른 개, 고기만두 서른 개 주세요."

"네…… 네? 셋이서 도합 육십 개를요?"

"맞아요. 뭐가 잘못됐나요?"

"아니, 아니요. 금방 갖다 드릴게요."

놀라 기연을 쳐다보던 점원이 부엌으로 갔다. 곧바로 따끈한 김이 끓어오르는 접시들이 셋 사이에 펼쳐졌다.

기연은 고기만두부터 베어 물었다. 고기와 기름 부위를 적절히 섞은 소를 채운 만두는 육즙이 풍부하고 깔끔하면서도 감칠맛이 돌아 맛났지만, 숙모가 만든 것만 못한 듯싶었다. 반면 수와얀다는 생각이 다른 듯 너무 맛있다, 여태껏 살며 먹어본 만두 중 최고다, 잇달아 감탄을 터뜨렸다.

"저는 숙모님이……."

"삼 일 전에 폐하께오서 타타라 가문 공자께 복직을 명하셨다 합니다. 들었습니까?"

"예, 들었습니다. 필시 의정대신께서 은근히 폐하께 조카가 몸이 완전히 회복됐다 아뢰어 올렸을 테지요. 아, 부럽습니다. 제게도 폐하께 총애받는 숙부가 있으면 좋았을 텐데요. 그랬다면 누구처럼, 제멋대로 관직을 그만두고 복직하기를 일삼았을 겁니다."

삽시간에 음식에 흥미를 잃은 기연은 슬쩍 옆을 곁눈질했다. 십대

중후반으로 보이는 턱이 매끄러운 젊은 공자 두 명이 새로이 빈 식탁에 둘러앉았다. 그들은 음식에 술을 곁들이며 재잘거렸다.

"너무 그러지 말아요. 제 부친께서 평하시기를 타타라 가문 공자의 일처리 솜씨가 평소 빼어났던 데다 인품이 겸손하다더군요. 또한 복직한 뒤로 예전보다 훨씬 열심히 일한다 합니다. 그런 인재는 응당 나라를 위해 활약해야지요. 언젠가 저도 제 부친께 인정받는 관리가 되고 싶은 소망입니다."

"흥, 애처가인 척하는 호색한에 이중인격자에게 부친께서 참으로 과분한 칭찬을 하셨습니다."

내 서방이 일을 잘하는구나. 내심 흐뭇해하던 기연은 홱 공자들을 쳐다봤다. 곧바로 수와얀다와 갑단의 눈치를 살폈지만 둘은 먹느라 바빴다. 공자들이 떠드는 룽거에 관한 이야기는 아예 들리지도 않는 듯했다. 하기야 본래 욕먹는 당사자 혹은 당사자와 가까운 이가 아닌 이상, 남들이 뭐라 하건 잘 들리지 않는 법이다. 왜냐면 관심이 없으니까.

기연은 태연한 척 건어만두를 씹었다. 그러나 공자들을 신경 쓰느라 혀가 마비된 기분이었다.

"그게 무슨 말입니까?"

"제 사촌형님이 정친왕부 일등시위이시잖습니까? 허선 형님께서는 지난 정명수, 김돌시 고발 사건 때 정친왕 전하를 보좌하여 심문에 참여했습니다. 직접 공자를 취조하기도 했고요."

"한데요? 사촌형님께 뭔가를 들은 모양입니다?"

"정친왕 전하께서 공자더러 정명수와 김돌시가 세자관에 뇌물을 요구했다는 소문을 어디서 들었느냐, 하문하셨더니 공자가 뭐라 했다는 줄 압니까? 청루의 조선인 여자에게 들었다 했다더군요."

"아, 난 또 뭐라고. 청루에 아니 가는 사내가 어디 있겠습니까? 하물며 신부와의 첫날밤에 대비해 부러 청루에 가 유녀를 상대로 연습하는 이들도 널리고 널린 걸요."

"문제는 그 공자는 자신이 다른 사내들과 다르다는 것처럼 군다는 거지요. 천하에 둘 없는 충성스러운 애처가 흉내를 내, 같이 술을 먹자 하는 친구들 요구를 한사코 거부한다더군요. 당연지사 청루에도 안 가겠다 버티고요. 그래놓고 뒤로는 바깥 여자들과 즐기다니⋯⋯. 저는 앞 다르고 뒤 다른 이를 개인적으로 제일 혐오합니다. 이중인격자들은 존경할 가치가 없어요."

"저는 이해가 갑니다. 단순히 혼자 조용히 술을 마시고, 혼자 조용히 청루에 가는 쪽을 선호하는 취향일지 모르니까요. 그나저나, 요즘 남조의 내부 상황이 어떠한지 아는 바가 있습니까? 저물어가는 마당에 순순히 항복할 것이지 여태껏 다이칭 구룬에 저항하는⋯⋯."

공자들은 명나라를 주제로 토론하기 시작했지만 기연에겐 전혀 들리지 않았다. 기연은 젓가락을 떨어뜨리지 않으려 손에 잔뜩 힘을 줬다.

텅 빈 침실을 확인한 룽거는 밖에 나와 집 이곳저곳을 헤맸다. 한 바퀴를 돌았으나 기연과 아추훈은 나타나지 않았다.

후원에까지 이른 룽거는 애타게 찾던 처자식 대신, 자두나무 아래에 쭈그려 앉아 입술을 맞붙인 부우자와 하르갈을 발견했다. 주인 내외가 오순도순 사는 모습을 부러워하던 하르갈이 마침내 부우자의 오랜 구애를 받아들였다더라. 다른 하인들이 수군대는 것을 들었는데 사실인 모양이었다.

"흠."

헛기침을 들은 남녀가 떨어졌다.

"대, 대인!"

놀라 펄떡인 하르갈이 부우자 뒤에 숨었다. 일어선 부우자가 인사했다.

"대인, 오셨습니까! 소, 송구합니다."

"방해해 미안하나, 처가 보이지 않는다."

"낮에 큰 대인 댁에 놀러가셨다가 아니 돌아오셨어요."

"……"

기연이 낮에 혼자서도 숙부님 댁에 자주 놀러가긴 하지만, 언질 없이 자고 오는 경우는 없었다. 놀러갔다가도 서방이 퇴청하기 전에는 꼭 집에 돌아오곤 했다. 그러한데 여태껏 집을 비울 까닭이란 하나뿐인 듯싶었다.

룽거의 머리털이 곤두섰다. 내가 뭘 또 잘못했나? 열심히 머리를 굴렸지만 해답이 떠오르지 않았다.

"대인, 소돔비를 보내 마님을 모셔 올까요?"

"아니다. 내가 직접 다녀오마. 하던 일 마저 해라."

말을 몰면서도 기연이 화난 정확한 이유를 알아내려 애썼으나 무소용이었다.

숙부 집에 도착한 룽거는 내당부터 가려다 혹여나 싶어 중당 곁채에 들렀다. 창문에 희미한 불빛이 비쳤다. 기연인가?!

반사적으로 안색이 환해진 그는 곁채에 뛰어들었다. 기연은 허리를 곧추세운 채 침대에 홀로 앉아 있었다.

"기연, 숙모님과 내당에 있나 했다. 아추훈은 어디 있지? 숙모님께 맡겼는가?"

"……"

반응 없는 기연의 눈치를 살핀 룽거는 그녀 옆에 슬그머니 앉았다. 손을 뻗어 섬섬옥수를 잡았으나 기연은 서방을 뿌리쳤다. 뿐인가? 일어난 그녀는 살쾡이처럼 사납게 룽거를 쏘아보았다.

"기연, 나는 잘못한 게 없…… 는 것 같지만 무언가가 있겠지? 그러니까 네가 화내겠지? 내가 뭘 잘못했는지 알려주면 시정하겠다. 일단은 진정해라, 무서워. 응?"

"청루에 가지 않기로 했잖아요."

"그래서 안 갔다."

"갔잖아요!"

"무슨 소리냐? 내가 거길 언제 갔……."

"오늘 낮에 시장에 새로 생긴 만두 가게에 들렀다가 옆에 남자들이 떠드는 얘기 들었어요! 당신이 형부 아문에 대고, 역관들 뇌물 소문을 청루에 있는 조선인 여자에게 들었다 했다면서요!"

"……."

"조선…… 조선 여자가 좋다 했을 때 진작 알아봤어야 했는데……."

"이번에도 역시 오해다, 기연!"

새하얗던 머릿속이 정리되자 룽거는 적극 항변했다.

"나는 조선 여자라 하여 다 좋아하지 않는다!"

"거짓말! 나한테 몇 번이나 거짓말했어!"

"거짓말하지 않았다! 널 만난 이후 청루에 딱 한 번 갔었다 이미 말하지 않았느냐!"

"……."

목구멍이 막힌 기연은 넋이 나가 서방을 쳐다보았다. 얼굴을 울긋불긋 붉힌 그녀는 돌연 꽥 외쳤다.

"언제 했어! 안 했어!"

"……."

안 했나?

봉성에서 했던 해명을 되새긴 룽거는 작게 탄식했다. 맞다. 안 했다. 안 했다기보다는, 말을 잘못 했다. 망할.

"기연, 미안하다. 내가 말을 잘못했다. 청루에 갔던 건 봉영이를 사기 위해서였다. 그 여자를 데려다가 정명수를 꾀게 하느라 잠깐 청루에 들렀어. 그렇지만 맹세코 별일 없었다. 봉영이가 상황을 오해해 옷을 벌거벗긴 했었지만 곧바로 다시 입으라 했다."

"뭐?"

"정친왕 전하께 정명수, 김돌시의 죄를 청루에서 들었다 고한 이유는 내가 첩자로 심어 넣은 봉영이한테 들었다고 솔직히 고백할 수 없었기 때문이다."

"……."

"기연, 나는 너밖에 없다. ……사랑해."

"……그런데 왜 봉영이 입술을 피하지 않고 봉영이 벌거벗은 몸을 봤어?! 나를 제외한 묵던에 사는 사람들 전부가 당신이 앞에서만 애처가인 척, 뒤로는 청루에 다닌다 생각할 거잖아! 내가 서방 가식에 속고 사는 불쌍하고 순진한 첩실이라 생각할 거잖아!"

"남들이 뭐라 하건 무슨 상관이냐. 너와 내가 진실하면 된 것 아니냐."

"그래도 싫어!"

"……."

"당신 보기도 싫어! 따라오지 마! 또 따라오면 봉성 동 대인 댁에 가버릴 테야!"

끄떡 않고 악을 쓴 기연은 문밖으로 내달렸다.

열린 문 틈새를 멀거니 쳐다보던 룽거는 무너지듯 침대에 드러누웠다. 마나님은 가끔씩 너무, 많이, 어려웠다.

이번에는 어떻게 화를 풀어주지? 혼인식은 써먹었건만.

"예쁜 처가 버젓이 있는데 혼자 자야 한다니……."

하지만 따라갔다가 정말로 봉성에 가면 어쩔 텐가?

산전수전 두루 겪은 백세 노인인 양 고된 한숨을 내쉬던 룽거는 불현듯 상체를 일으켰다.

"내가 서방 가식에 속고 사는 불쌍하고 순진한 첩실이라 생각할 거잖아!"

최소한 첩실 소리는 그만 듣게 하면 좀 진정할까? 목이 찢어져라 고함치기를 그칠까?
만에 하나 효과가 전혀 없으면 어떡하지?
"하……."
그는 다시 벌러덩 드러누웠다.

❀

도르곤은 자신의 응접실 정중앙에 놓인, 등받이 부분에 꽃을 조각한 붉은 자단목 걸상에 좌정했다.
"예친왕 전하를 뵙니다."
"인사는 대충 하라. 오래간만에 보거늘 예법에 얽히느라 소중한 시간을 낭비하기 싫구나."
깊이 허리 숙인 룽거를 만류한 도르곤은 반가운 미소를 머금었다. 사냥터에서 룽거에게 진 빚을 그는 어제 일처럼 생생히 기억했다. 당시에 죽인 어미 표범의 가죽은 그의 침대에 깔려 있고, 생포했던 새끼 표범은 황궁에 데려다놓고 애완용으로 키워 어느덧 성체가 됐다.
"잉굴다이 장군이 복직 소식을 알려줬다. 본왕이 준 소원 기회를 사용해 복직을 도와달라 부탁했다면 지루한 휴식을 더 빨리 끝낼 수 있었을 게다."

지루하다고? 기연과 하루 종일 있는 게?

룽거는 도르곤의 표현에 공감 가지 않았지만 굳이 속마음을 표 내지 않았다.

"그런데 어인 일로 갑자기 본왕의 왕부에 왔지? 단순히 문안 인사를 하러 왔을 성싶지 않다."

소원을 빌러 왔겠지. 짐작한 친왕은 두 눈을 짓궂게 빛냈다. 그 눈빛을 읽은 룽거가 고백했다.

"전하께 부탁드리고자 하는 바가 있어 찾아뵈었습니다."

"원하는 것이 뭔지 지체 말고 말하라."

"제 조선인 첩을 정실 삼고 싶습니다."

"……."

도르곤은 차마 다시 입을 열지 못했다. 충격이 커다래 일순 귀가 먹은 것 같다는, 잘못 들은 것 같다는 착각이 들었다.

조용하던 그는 한참 만에 되물었다.

"본왕에게 원하는 소원이…… 고작 그건가? 조선인 첩실 계집을 정실 삼고 싶다?"

더욱 높은 관직에 오르고 싶으니 밀어달라거나, 공을 세워 보다 많은 전리품을 배분받아 부자가 되고 싶으니 전쟁터에서 앞장서게 해달라거나 그 외에 뭐든, 야심찬 포부가 담긴 소원이 아닌, 겨우 조선인 첩실 계집이 정실이 되게 해달라?

"예. 맞습니다."

"……."

친왕이 실망을 숨기지 않았지만 룽거는 괘념치 않았다. 맞다 인정하는 그의 태도는 당당했다. 그로 보아 어설픈 농이 아니었다. 진심이었다.

드디어 도르곤은 그간에 인재인지 범부인지 헷갈렸던 룽거를 확실히 평가할 수 있었다. 타타라 룽거는 그의 숙부 타타라 잉굴다이와 다르다. 반대다. 욕심 없고 사고가 짧아 한 치 앞을 내다보지 못하는 소인배 중의 소인배, 타타라 가문의 수치, 그의 아비와 어미의 졸작, 그의 조상들을 욕보이는 자. 그게 바로 타타라 룽거다.

이런 작자가 정백기 소속이라니? 이런 작자를 정백기에 둬야 하는가?

성격 같아서는 당장 소인배를 정백기에서 퇴출시키고 싶었다. 하지만 잉굴다이가 조카 몫을 포함한 최소 열 사람의 몫을 하는 데다 어찌 됐건, 이 소인배는 생명의 은인이었다. 그렇기에 들끓는 미움을 참아낸 도르곤은 그러나 내심 이를 갈았다.

이자를 내 손으로 직접 크게 기용하는 일은 결단코 없으리라. 대군의 선두에서 중원을 칠 영광을 이자에게 허락하지 않으리라.

다짐한 친왕의 낯빛이 싸늘해졌다. 룽거가 더는 흥미롭지 않았다.

"알았다. 황상께 여쭙겠다. 관저궁 신비를 아끼시는 황상의 마음이 그대와 일맥상통하니 십분 이해하시어 허락하실 테지. 결과가 나오거든 내 수하를 보내 알려주겠다. 그러니 이만 돌아가고, 어지간해서는 사사로이 내 왕부에 찾아오지 말라. 모르는 이들이 보면 파벌을 형성하려 한다 오해하지 않겠는가?"

"감사합니다, 예친왕 전하."

친왕이 얼음장처럼 차가운 음성으로 축객을 명했으나 동요 않은 룽거는 태연스레 인사했다. 그 태연함조차 아니꼬워 도르곤은 물러가는 룽거를 불만 가득한 눈빛으로 쏘아보았다.

※

닷새 뒤 황상의 칙서가 집에 도착했다. 황룡이 수놓인 금빛 칙서의 내용을 대충 확인한 룽거는 방 안에 미리 따다놓은 유채꽃 다발을 챙겨들었다.

처를 보러 갈 생각에 흥분해 체통 없이 내달리던 그는 채 말에 오르기 전에, 아추훈을 품에 안은 기연과 대문에서 딱 맞닥뜨렸다.

"기연! 내 아들! 그렇잖아도 널 데리러 가는……."

말끝을 흐린 룽거는 기연을 낱낱이 관찰했다. 오늘도 기연은 예뻤지만 딴 날보다는 미모가 살짝 덜했다. 얼굴이 풀죽었으며 입술은 비죽했다. 잠을 제대로 못 잤는지 눈 밑이 퀭했다. 뺨은 까칠했다.

내 기연이가 왜 이러지? 화가 꽤 가라앉았으니 제 발로 집에 찾아왔을 터, 뭔가 새로운 고민이 생겼나?

"기연."

초조해진 룽거는 칙서와 꽃을 한쪽 옆구리에 끼고, 기연이 힘들지 않게끔 아추훈을 안아 들었다.

"안색이 안 좋다. 어찌 그래. 그간에 나 없이 아이를 봐 힘들어서냐? 아니면 숙모님께 혼이라도 난 겐가?"

"……."

기연은 고개를 저었다. 망설인 끝에 입을 열자 창피하게도 울먹이는 목소리가 새나왔다.

"아추훈 때문 아니에요. 숙모님이랑 갑단 이모가 아이를 많이 봐줘 힘들지 않았어요. 숙모님께 혼나지도 않았고요."

"하면 뭐냐. 왜 울려 해? 안 되겠다. 여기서 이러지 말고 들어가자."

"……."

버티고 선 기연은 마구잡이로 설움을 쏟아냈다.

"당신이 오지 않길래 내가 심하게 화내서 당신도 덩달아 나한테 화난 줄 알았어요. 말로는 따라오지 마라 했지만 내심 기다렸다고요. ……닷새간 계속."

그랬는데 서방이 진짜로 발길을 끊자 잠이 오지 않더라. 입맛이 없어지더니 서방과 갈라서면 어쩌나, 허튼 상상이 떠오르더라. 가슴앓이 한 지난날을 곱씹은 기연은 눈가를 찔끔 적셨다. '이런!', 탄식한 룽거는 기연을 달래려 애썼다.

"아니다. 나는 네게 화나지 않았다. 잘못해 놓고 적반하장으로 나올 리 없잖느냐? 다만 널 뒤쫓았다가 네가 정말 봉성에 갈까 봐 두려웠던 데다 네게 줄 선물이 준비될 때를 기다리고 있었다."

칙서에, 꽃다발에, 아들까지 든 바람에 룽거는 기연을 토닥일 수 없었다. 대신 그녀의 뺨에 입을 맞췄다.

서방을 샐쭉이 흘긴 기연이 말했다.

"당신이 내게 와 화를 풀어줬으면 그게 바로 선물이었을 텐데요."

"그걸로 부족할 줄 알았지."

옆구리에 낀 칙서를 보여주기 위해 룽거는 슬쩍 몸을 틀었다.

"내가 준비한 선물. 널 닮은 꽃에…… 칙서는 네가 열어 읽어봐라."

"……."

유채꽃다발을 집어 들어 향기를 맡은 기연은 둘둘 말린 두루마리를 펼쳤다. 꽃향기 덕분에 나아졌는가 싶던 기분이 다시 울적해졌다.

"룽거, 나는 만주어를 말할 줄만 알지 읽을 줄은 모르잖아요."

"아, 깜빡했다. 내가 읽어줄게. '숭덕 삼 년 유월 열아흐레 날 짐이 명하노니 타타라 룽거의 조선인 첩을 특별히 정실로 인정한다'고 쓰여 있다."

기연의 눈이 동그래졌다. 날이 덥다 하나 참을 만하거늘 갑자기 목에 열이 차올랐다.

"그럼 나 오늘부터 당신 정실부인이에요?"

"그래. 너는 내 정실부인이자 가장 지위 높은 첫 번째 부인이다. 이제 최소한 묵던 사람들이 널 첩실이라 부르진 않겠지?"

"……."

처음 결혼했을 때도 첩이요, 두 번째도 첩이라 팔자가 그리 타고났나보다 했었다. 한데 정실이 됐다. 그것도 양반 댁 정실이.

지렁이 같이 구불구불한 만주어 글씨가 새겨진 칙서를 내려다보던 기연은 감격에 차 중얼거렸다.

"믿기지 않아요. 혹여 날 놀리느라 당신이 위조한 거 아니지요?"

"폐하의 칙서를 말이냐? 난 널 두고 죽기 싫다."

"내가 직접 읽을 수 있다면 의심스럽지 않을 텐데."

"만주어를 읽고 쓰는 법을 배우고 싶거든 내가 가르쳐 줄게."

"아직은 못 읽으니까…… 숙모님한테 읽어달라 할래요. 숙모님한테 자랑할래요!"

"기연, 같이 가자! 마차 타고 가! 숙모님 댁에 걸어 다니지 말라 했잖아!"

서방 걱정을 무시한 기연은 급한 마음을 곧이곧대로 드러내며 내달렸다. 예쁜 처가 납치당할까, 룽거는 그녀를 따라 달음박질쳤다.

〈完〉

〈연표〉

1643년, 홍타이지가 유훈 없이 급사한다. 숙부와 형제, 홍타이지의 아들과 황위를 두고 알력 다툼을 벌이던 도르곤은 그들과의 타협의 결과로 여섯 살짜리 어린 조카를 황제로 세우고 섭정왕이 된다.

1644년, 도르곤을 선두로 청군은 마침내 산해관을 넘어 북경에 입성한다.

1648년, 타타라 잉굴다이가 사망한다.

1650년, 도르곤이 사망한다. 도르곤을 따랐던 정백기, 양백기 장수들은 도르곤의 형 아지거를 황제로 옹립하려 시도한다. 하지만 도르곤에 의해 실각했던 또 다른 섭정왕 지르갈랑의 주도로 그간에 도르곤을 견제했던 세력들이 모여 역모를 저지하고, 관련 장수들은 처형당한다. 그러나 진작부터 도르곤의 미움을 사 괄시받았던 룽거는 수월히 목숨을 부지한다.

〈참고서〉

1. 조선왕조실록
2. 심양일기
3. 병자호란 47일의 굴욕, 윤용철 저, 말글빛냄
4. 삶과 문명의 눈부신 비전 열하일기, 고미숙/박지원 저, 작은길
5. 열하일기, 박지원 저, 소담출판사
6. 만주족 주거문화의 수수께끼, 김정호 저, 이담북스
7. 청나라-키메라의 제국, 구범진 저, 민음사